Le sang des Hauteville - 1

Les chevaliers de Proie

(1000 - 1063)

Michel
SUBIELA

Le sang des Hauteville - 1

Les chevaliers de Proie

(1000 - 1063)

ROMAN

J'ai lu

NOTE DE L'ÉDITEUR

Le lecteur trouvera en fin d'ouvrage un tableau généalogique des Hauteville, de brèves notices biographiques des principaux personnages, et des cartes géographiques lui permettant de mieux suivre l'épopée des rois normands.

REMERCIEMENTS

L'auteur tient à remercier Colette Magnin pour la patience et l'attention avec lesquelles elle lui a fait l'amitié de lire et relire ces pages et celles qui suivront.

Les cartes ont été réalisées par Frédéric Provost

Pour Piero, bien sûr…

Prélude

Monastère de Saint-Jean-des-Lépreux,
onzième jour du Carême de l'an de grâce 1099.

Le temps était venu pour moi d'aller faire mes adieux au Grand Comte de Sicile, Roger de Hauteville, mon ami, mon frère et, bien que je ne sois guère plus vieux que lui, presque mon enfant.

Je revois cette fin d'après-midi d'hiver à Palerme, la brume légère qui montait des mille jardins de la Conque d'Or. L'air était déjà tiède et sentait le jasmin.

Je le trouvai, comme je m'y attendais à cette heure, assis sur la terrasse du palais des anciens émirs kalbides. Le soir, il y donnait leçon à ses fils : celui qui devait de si peu lui survivre et celui qui deviendrait roi. Comme il paraissait jeune encore malgré ses soixante-dix ans.

Au loin, derrière lui, entre les palmiers qui balançaient en silence, la mer s'était figée en un bloc d'argent et l'on apercevait, dressés au-dessus du port, les mâts immobiles des grands vaisseaux de guerre.

Accroupis en tailleur, les deux garçons l'écoutaient avec la gravité touchante des enfants qui entrent dans l'âge de raison. Il leur disait :

— Nous autres, descendants des hommes du Nord, avons toujours eu la passion des îles... Les îles sont des royaumes de potiers !

Et chaque fois que lui revenait à l'esprit cette image qu'il aimait à répéter, ses doigts pétrissaient dans l'espace une argile invisible.

Cette terre qu'il semblait travailler d'une main caressante, je savais bien que c'était la Sicile. Notre Sicile. L'île que nous avons tant aimée, lui, comme une maîtresse exigeante sans cesse à reconquérir, moi, comme une mère trop belle pour n'appartenir qu'à la tendresse d'un enfant.

Demain pourtant, il me faudra la quitter, et sans doute pour toujours.

Dès qu'il m'a aperçu, il s'est levé pour me serrer dans ses bras.

— Salam ! La paix sur toi, Fra Modesto, mon confident, mon confesseur fidèle ! Il nous faut donc nous séparer ! Je sais combien te coûte le service que je te demande. Mais puisque les moines du Mont-Cassin se sont mis en tête de consigner les événements de ma vie, qui donc, mieux que toi, pourrait les leur rapporter ? Tu étais là aux premiers jours et tu ne m'as presque jamais quitté. Qu'ils n'oublient pas de dire la gloire de mes frères : Guillaume si fort qu'on l'appelait Bras de Fer, Robert si rusé qu'on l'avait surnommé le Guiscard. Évite surtout qu'ils ne m'ensevelissent sous des complaisances que j'exècre ou n'inventent des desseins qui ne furent jamais les miens. Fais qu'ils transcrivent la vérité. Mieux, écris-la toi-même !

Et moi, insensé, j'ai promis.

Dès que chantées matines, je saisirai mon vieux bâton ferré, remettrai les clés du reliquaire à mon successeur et prendrai la route. Je profiterai ainsi de la moitié la plus fraîche de la nuit, bien que l'Afrique ne souffle pas encore sur nous ses vents brûlants qui enflamment jusqu'aux crêtes des vagues. Je veux sur-

tout avoir atteint les hauteurs de Solonte quand se lèvera le soleil.

De là, je contemplerai Palerme une dernière fois.

Je sais avec quelle douceur ineffable les premiers rayons de l'aube éveilleront l'ocre des remparts de pisé, la blancheur des maisons basses, l'émeraude des tuiles vernissées et, dans les vergers clos, le vif-argent des ruisseaux qui courent d'oranger en oranger à travers les seguias de terre cuite.

Puis, quand toutes les splendeurs de la ville auront éclaté dans la quiétude du matin, je partirai sans plus me retourner.

Que chacun de mes pas soit comme un baiser d'adieu à la terre de mon enfance.

Il se peut que le Tout-Puissant ne m'ait conservé si longtemps sur cette terre que pour témoigner. Ai-je été autre chose qu'un regard ? Du moins ai-je regardé aller le monde avec une curiosité dévorante, pleine de foi et d'amour. Et pour témoigner de quoi, si ce n'est de la grandeur de l'homme que j'ai le mieux connu et le plus aimé ?

Le chemin sera long d'ici au Mont-Cassin. Je le ferai à pied. J'ai besoin du rythme de la marche pour rameuter les souvenirs perdus dans ma vieille mémoire, mais je sais déjà par quels mots je commencerai mon récit. Des mots que j'ai si souvent prononcés dans les fermes enfumées, les réfectoires des monastères ou les hautes salles des donjons :

« Environ l'an mil, en Cotentin, aux confins du royaume de France, un certain Tancrède... »

Car auraient-ils accompli, les uns et les autres, leur prodigieux destin sans leur rude Normand de père qui avait su, d'un formidable coup d'épieu, les arracher à leur misérable condition et emplir leurs jeunes cœurs d'ambition et de rêves ?

PREMIÈRE PARTIE

DE TANCRÈDE À GUILLAUME
OU
LA LÉGENDE DES BRAS DE FER

(1000-1046)

« Plus fit ce petit de Normand
que la multitude des Grecs. »

Aimé du MONT-CASSIN,
Ystoire de li Normants.

1

Le jour du sanglier

Environ l'an mil, en Cotentin, aux confins du royaume de France, un certain Tancrède, tenancier du comte Néel de Coutances, épousa une payse nommée Murielle, d'origine tout aussi modeste que la sienne et, en l'espace de quinze ans, lui fit cinq robustes garçons et un nombre approximativement égal de filles.

Ce n'était pourtant pas cette vigueur de lit qui lui avait valu quelque notoriété au pays, mais la puissance de son bras. Non que la carrure dudit Tancrède eût de quoi en imposer sur ces terres habitées de colosses blonds et roux. S'il se distinguait, c'était plutôt par sa mâchoire longue et proéminente, peuplée de grandes dents écartées, qui donnaient l'impression que son visage jouait au squelette. Il était plus ossu que musculeux mais ses muscles tenaient si bien à ses os qu'aucun adversaire, coude sur la table, doigts dans les doigts, n'était jamais parvenu à le faire plier. On venait pourtant de plus en plus loin pour l'affronter, car sa réputation ne cessait de se propager.

On l'avait, bien entendu, surnommé Bras de Fer.

Quand l'un de ses partenaires marquait quelque dépit d'avoir fait tant de chemin pour perdre ses illusions, il lui disait d'une voix égale :

— Ne le prenez pas mal, il n'y aura qu'un de mes fils pour me battre un jour.

Ce qui était maigre consolation, mais bonne prophétie.

Après quoi, il ramassait la part des enjeux qui lui revenait et retournait à sa chaumière.

Grâce à ces gains, qu'ils fussent en monnaie d'argent, poules faisanes ou boudin, il y avait toujours, aux fêtes carillonnées, sur la table familiale, quelques plats ou friandises réservés d'ordinaire aux repas des seigneurs. Sa nombreuse progéniture en avait l'estomac fier et le ventre reconnaissant.

*

* *

Guillaume, l'aîné des fils de Tancrède, venait d'avoir quinze ans, quand le duc de Normandie décida d'un voyage sur ses plus lointaines possessions.

Ce duc était Richard, second du nom, petit-fils du terrible chef viking Rollon auquel le roi de France, Charles le Simple, avait bien dû céder les territoires à l'ouest de son maigre royaume d'Île-de-France, tant pour mettre fin aux déprédations du barbare que pour s'adjoindre un puissant vassal. C'était agir en souverain avisé car, sitôt installés, ces brigands des mers se firent paysans, pêcheurs ou marchands, prirent femmes chrétiennes et oublièrent grande partie de leurs mauvaises manières.

Sauf en Cotentin, ultime région où trouvèrent à s'implanter les derniers venus de ces hommes du Nord, Danois ou Norvégiens. Ceux-là sentaient encore leur Viking, si ce n'est au propre – ils ne fleuraient plus la morue ou le hareng séché – du moins au figuré. Chaque baron, petit ou grand, se prenait toujours pour un chef de barque, traitant ses paysans comme des rameurs, faisant fi de toute autorité, à l'exception de celle, lointaine, de ses dieux barbares.

Ce qu'ils représentaient de mauvaise volonté et de désordre justifiait les nombreux voyages d'un duc bien résolu à leur rappeler sa présence et à leur faire sentir sa poigne.

*

* *

Le comte Néel de Coutances étant le plus puissant vassal de la région, il lui revenait d'accueillir son suzerain et de lui offrir une belle chasse. On rameuta pour la battue tous les vilains des alentours et c'est ainsi que Guillaume et ses quatre frères prirent la route, à la suite de Tancrède Bras de Fer qui allait à grandes enjambées, sa pique à la main.

On avait repéré depuis quelque temps une femelle de sanglier qui allaitait encore, monstre formidable que les meilleurs chasseurs tremblaient d'affronter. On la réserva pour l'hôte prestigieux... et advienne que pourra !

Ce qui arriva faillit bien combler leurs secrètes espérances. Quand la laie débusquée apparut sur la sente au milieu des hurlements des chiens qu'on retenait à grand-peine, Néel fit signe à ses compagnons de laisser à leur seigneur duc l'honneur de s'élancer le premier. Mais à la vue de cette bête hérissée de ronces et soufflant comme une forge, le cheval de Richard se cabra, glissa sur des racines humides et fit vider les étriers à son cavalier qui, en tombant, laissa échapper son épée.

Si furieuse qu'elle fût, la femelle marqua un temps d'arrêt, surprise par tant de mouvements et de vacarme, puis se ramassa pour charger l'homme à terre.

C'est alors qu'un rabatteur bondit par-dessus les buissons et sans hésiter planta sa lance dans l'épaule de la forcenée. Il le fit avec tant de violence que la pointe de fer alla se ficher dans le sol. Malgré les terribles sursauts de l'animal blessé, le piqueur, s'arcboutant de toutes ses forces sur le manche de frêne qui menaçait de rompre, le maintint ainsi cloué.

Le duc Richard s'était relevé et, sans plus songer à son épée, était venu prêter main-forte à son sauveur, l'aidant à river la lance. Les deux hommes se regardèrent et comme les soubresauts de la bête se transmettaient au bois, et du bois à tous leurs muscles, ils éclatèrent de rire de se voir ainsi parcourus de tremblements.

L'escorte se décida enfin à accourir. Le duc prit l'arme que lui tendait Néel de Coutances pour achever sa proie, puis palpant les muscles de celui qui était venu si courageusement à son aide, il demanda :

— Par tous les saints, mais qui est donc ce gaillard ?

— Un de mes laboureurs, je crois, dit Coutances feignant d'ignorer que l'homme avait quelques biens en toute propriété.

— Tancrède est son nom, ajouta un autre, mais on l'appelle plutôt Bras de Fer.

— Voilà qui n'a pas dû être bien difficile à trouver, ironisa le duc Richard. Le diable m'emporte ! Consacrer de pareils bras à la charrue, c'est gaspillage et sottise. Néel mon beau cousin, il faut que nous en fassions un baron ! Bras de Fer, combien as-tu de fils ?

— Ces cinq-là, monseigneur !

Le duc examina, admiratif, les solides garçons qui étaient venus se ranger en silence derrière leur géniteur.

— Mais dites-moi, mes jolis, je ne vous ai pas vus venir en aide à votre père ?

— Nous a rien demandé, répliqua l'aîné.

— En avait pas besoin, renchérit le plus jeune qui s'appelait Serlon et paraissait avoir bien plus que ses sept ans.

Les trois autres approuvèrent en hochant la tête.

— Parfait, dit le duc, il faudra donc donner à notre nouveau baron assez de terres pour entretenir cinq vaillants chevaliers et les doter en armes et chevaux.

— Je pourrais peut-être bien faire encore autant de garçons, suggéra benoîtement Tancrède.

Le duc jubilait : l'aplomb de ce paysan l'amusait tout autant que l'expression exaspérée de Coutances.

— Je n'en doute pas, s'exclama-t-il en envoyant un coup de genou dans le bas-ventre de Tancrède qui ne put s'empêcher de laisser une plainte siffler entre ses longues dents. Allons-y pour dix, n'est-ce pas Néel, mon fidèle ami ! Tu feras bien ça pour l'amour de moi.

*

* *

Et c'est ainsi que Tancrède, surnommé Bras de Fer, parti rustre, se retrouva baron fieffé. Il eut droit à une petite place à la table du festin, fit honneur au gibier et au vin et ne put éviter, après le dessert, d'avoir à affronter au bras de fer les plus robustes compagnons du duc de Normandie. Quand tous eurent plié le coude, le duc soupira :

— Eh bien, puisque je n'ai plus de champions, à moi de relever le défi.

Tancrède s'était bien douté que l'affaire finirait ainsi et il avait longuement réfléchi, pendant ses joutes, au moyen de l'éviter.

— Que le seigneur duc me pardonne, s'excusa-t-il, mais tous ces vaillants chevaliers ont usé mes forces autant que le bon vin que vous m'avez permis de boire et je ne serais plus un adversaire digne de lui.

— Fort bien, fort bien, dit le duc soulagé en levant son pichet, affrontons-nous d'autre manière. Au premier qui roulera sous la table !

Il était satisfait de lui. Son voyage commençait bien : il venait de s'attacher, dans ce pays mal soumis, un solide gaillard qui ne le trahirait pas.

Tancrède eut droit à une bonne couverture et à de la paille fraîche pour cuver son vin le reste de la nuit. Au matin, un sergent et deux hommes d'armes vinrent le chercher pour l'accompagner jusqu'à sa ferme. Ils avaient pour mission d'annoncer aux paysans d'alentour la promotion de leur compère et les devoirs et services qui, pour eux, en découlaient. Tancrède réveilla ses fils à coups de pieds dans les côtes et prit le chemin du retour comme si de rien n'était.

À dater de ce jour, les sentiments qu'éprouvaient les fils de Tancrède à l'égard de leur père changèrent du tout au tout. Jusque-là ils avaient tiré quelque fierté de la notoriété que sa force lui avait acquise, mais ils supportaient mal la manière dont il en abusait envers les siens et rêvaient du jour où ils pourraient se venger en le surpassant. Maintenant, ils étaient toute admiration. Sans aller jusqu'à l'aimer, ils se mirent à lui vouer une certaine dévotion.

Il est vrai que la manière dont Tancrède se comporta au lendemain de sa bonne fortune avait de quoi émerveiller : il sembla la considérer comme allant de soi et comme si, l'ayant prévue, il s'y était de longtemps préparé.

On s'était réveillé tard, on partit plus tard encore. Il avait fallu passer prendre le clerc qui devait signer les actes de propriété et qui ne cessait de maugréer parce qu'il avait, à ce qu'il prétendait, veillé la nuit entière pour rédiger ces maudits parchemins.

Ensuite on avait dû se rendre chez Mardochaï, le juif que Néel de Coutances avait fait venir d'Espagne pour être son banquier et qui prêtait à court terme, au taux de cent pour cent. Tancrède se fit expliquer les chiffres, estima ce que ses nouveaux biens pourraient lui rapporter et tenta de négocier délais et pourcentages. Ce fut sans succès : le prêteur ne pouvait se montrer généreux, il reversait les deux tiers des bénéfices à son seigneur.

Vers le milieu du jour on arriva enfin au petit sentier qui, par une brèche dans le haut talus, menait, à travers l'épaisseur des bois, jusqu'à la chaumière du nouveau baron. Un soleil pâle comme la lune traînait derrière les branchages.

Tancrède ordonna à ses aînés de guider notaire et soldats jusqu'à son domaine puis, sans plus d'explications, gardant avec lui son benjamin, le petit Serlon, il partit à grandes enjambées en direction du Mont-Saint-Michel. Tout au long de l'interminable chemin, l'enfant s'épuisa à courir derrière lui, sans jamais se plaindre.

Enfin, au coucher du soleil, l'abbaye se dressa devant eux. Par chance, la marée était basse et ils purent traverser les étendues sableuses à la suite d'un dernier groupe de pèlerins.

*

*　*

Sitôt arrivé, Tancrède demanda à parler au père abbé.

— Je viens de la part du seigneur Richard, notre duc, affirma-t-il tranquillement en voyant qu'on ne semblait pas prendre au sérieux sa requête.

Au Mont-Saint-Michel, le petit-fils de Rollon était vénéré comme le sont tous les bienfaiteurs. Deux années auparavant, il y avait fêté ses noces avec

Judith de Bretagne et, à cette occasion, comblé de ses largesses les serviteurs de l'Archange.

Le sanctuaire Au-Péril-de-la-Mer, qu'on reconstruisait et agrandissait sans cesse, était en perpétuelle effervescence.

Quand Tancrède fut introduit dans la salle capitulaire, les responsables de tous les corps de métiers s'y trouvaient, commentant dans un grand vacarme les problèmes du jour et préparant les tâches du lendemain. Deux larges tables, posées sur des tréteaux, disparaissaient sous l'amoncellement des dessins, croquis, épures et élévations.

Mis en présence de l'abbé Hildebert, Tancrède, sans se démonter, exposa son affaire : le duc, Dieu l'ait en sa sainte garde, l'ayant fait baron, il venait demander qu'on lui fournît un moine architecte afin qu'il pût bâtir le donjon qui attesterait de sa nouvelle dignité et assurerait la protection des hommes dont il avait désormais la garde. Le père abbé hocha la tête :

— Je comprends bien votre désir, mon fils. Que le Seigneur Dieu se soit servi de vous pour épargner souffrance ou, qui sait, pire encore à notre cher duc Richard prouve que vous êtes un bon chrétien et méritez notre aide. Malheureusement, voyez comme nous vivons ici ! Il n'est même plus de silence dans nos lieux de méditation et de prière. Nous avons besoin de tous les bras pour en finir au plus vite.

Le maître des tailleurs de pierre, qui avait entendu la conversation, s'approcha d'Hildebert et lui glissa un mot à l'oreille. Le père abbé sourit discrètement et demanda que l'on fasse venir frère Bartolomeo.

Frère Bartolomeo était un moine turinois, corpulent et rougeaud, auquel la tonsure avait laissé une couronne de cheveux poivre et sel perpétuellement en bataille. Personne ne doutait de ses compétences, mais il avait la manie de vouloir se mêler de tout, de tout régenter, de tout contester. C'était d'ailleurs la raison pour laquelle ses frères, les Bénédictins de Volpiano, l'avaient envoyé bien au-delà des Alpes. Le maître des tailleurs de pierre voyait à son tour l'occasion de se débarrasser, pour un temps, de cette mouche du coche qui collait comme un taon, vrombissait comme un frelon et piquait comme une guêpe.

Frère Bartolomeo était teigneux mais loin d'être sot. Il vit bien la manœuvre, s'emporta à en devenir cramoisi et se lança dans une protestation véhémente, avec un accent effroyable et un vocabulaire provenant de plusieurs langues mais dont Tancrède comprit parfaitement le sens général : le bon frère avait pour vocation d'édifier des temples à la gloire de Dieu et non de construire des bicoques pour des fils de bouseux que toutes les tempêtes de l'océan n'arriveraient pas à décrotter.

Tancrède, qui ne manquait pas de voix non plus, demanda de quel droit ce gros lard le traitait de fils de bouseux quand lui ne se permettait pas de le traiter de bâtard en jupon ! S'il ne portait pas cette soutane qui le rendait aussi intouchable qu'une femme, il lui aurait volontiers envoyé son poing dans la figure pour lui apprendre la charité et l'humilité.

— Si ma bure te gêne, hurla l'autre, qu'à cela ne tienne !

Et, joignant le geste à la parole, il se dépouilla de sa robe et l'envoya valser à l'autre bout de la pièce, apparaissant seulement vêtu de ses chausses passablement élimées et trouées, à l'indignation de ses frères et pour la plus grande joie des compagnons.

Après une rude journée de travail, cette empoignade était, pour tous ces bâtisseurs, un spectacle bien distrayant et le père abbé regretta d'avoir à y mettre fin, mais il y allait de la dignité du lieu.

Si Bartolomeo, nouveau venu, ne connaissait pas la réputation de Tancrède, il n'en était pas de même des quelques vieux moines, enfants du pays, qui proposèrent malicieusement que les deux hommes s'en remettent au jugement de Dieu au cours d'une partie de bras de fer. L'Italien, confiant dans sa corpulence, accepta d'enthousiasme. Il se laissa tomber sur un tabouret et, avant même que Tancrède eût pu se mettre en position, lui assena sur la main une de ces tapes dont il avait le secret et qui lui servaient à démontrer aux apprentis que leur mortier ne valait rien puisque les murs n'y résistaient pas.

Tancrède soutint le choc et, quand tous deux eurent enfin pris la posture qui convenait, Bartolomeo ne parvint à lui arracher que quelques gouttes de sueur. Finalement, le gros moine renonça avec une bordée de jurons prononcés dans un patois que, Dieu merci, même les anges ne devaient pas comprendre.

L'affaire était entendue. Le nouveau baron tenait son architecte.

2

Hauteville

Les désormais sujets du baron Bras de Fer eurent tôt fait de comprendre qu'il n'est pire disgrâce que de tomber sous l'autorité d'un homme qui, la veille encore, partageait votre condition. Il sait tout de vous, devine vos mensonges et vos prétextes, connaît les limites de vos forces et le moyen de vous contraindre à les dépasser.

Le domaine que Tancrède avait hérité de ses ancêtres scandinaves, et dont il avait su préserver l'usage dans la cascade des contraintes féodales, n'était rien de plus qu'une clairière de terre labourable entourée de quelques arpents de forêt qui l'étouffaient comme la main gantée de fer d'un égorgeur. La maison au toit de chaume avec son ouverture unique s'appuyait au tronc des grands arbres de l'ouest pour se protéger des vents acides venus du large. Un ruisseau se traînait platement dans cet espace clos qui n'avait même pas de nom.

Frère Bartolomeo lança, en crachant de mépris :

— Dans mon pays, le seigneur Dieu n'a pas laissé un arpent de terre sans une montagne, une colline ou au moins une roche pour y bâtir une forteresse.

— Il faudra dresser un tertre, là, au centre, dit Tancrède sentencieusement.

— Bien sûr qu'il faudrait élever une motte, et avec quoi ?

— Avec de la terre et du granit.

— Et on le trouvera où, ce granit ?

— Là où vous allez le chercher pour le Mont-Saint-Michel.

— Sur l'île de Chausey ? Parfait ! Et qui le transportera ?

— Toerkil la Baleine ! Ça, j'en fais mon affaire.

Bien que plus âgé que Tancrède, Toerkil était son meilleur et d'ailleurs son seul ami. Leur sauvagerie les rapprochait. Toerkil devait son surnom au fait d'avoir chassé la baleine une grande partie de sa vie sur ces mers lointaines qui touchent aux glaces du septentrion. Il lui manquait un bras et une jambe, dévorés par des monstres marins aux dents aiguisées comme des lames et, pour en faire la description, Toerkil plantait en demi-cercle dans le bois de sa table tous les couteaux et poignards dont il pouvait disposer. On avait dû cautériser ses moignons avec un fer chauffé au rouge et depuis il ne mangeait que viandes ou poissons crus, ne supportant plus l'odeur de la chair grillée.

Lassé de se faire dévorer vivant, il avait échoué son drakkar sur les plages désertes du Cotentin et retourné le bateau pour s'en faire une maison. C'est là-dessous qu'il vivait avec ses femmes (il lui en fallait plusieurs) et toute la progéniture qu'elles lui donnaient.

Comme on n'était pas en saison de pêche, Toerkil la Baleine et ses fils, pour faire plaisir à l'ami Tancrède, rapportèrent sans se lasser tout le granit qu'on leur demanda.

Frère Bartolomeo, bien qu'il ne voulût pas l'avouer, s'amusait comme un fou. Il dessinait des poulies, faisait construire des chariots, fabriquait des trains de rondins. Ici, personne ne pouvait le contredire. Tous se pliaient à sa volonté. Il était celui qui sait. Il aiguillonnait et injuriait ce peuple de croquants que Tancrède et ses fils rabattaient chaque matin comme la meute rabat le gibier.

— Jusqu'à quelle hauteur dresserons-nous la motte, demandait-il ?

Et Tancrède de répondre :

— Je veux voir par-dessus la forêt, jusqu'à la mer !

— Bien, bien ! Plus tu seras haut et plus tu sentiras le feu de la colère divine, maudit païen !

Leurs deux folies se conjuguaient.

Autour des blocs de granit entassés, on creusa un profond fossé dont l'argile servit à colmater les roches et quand l'ensemble parut aussi solide que si Dieu l'avait créé, on commença à dresser les montants de bois de la tour.

Là aussi, la Baleine et ses fils firent merveille. Ils n'avaient pas leur pareil pour abattre et transformer chaque tronc en planches ou en poutres.

On aménagea un sous-sol où s'entasseraient les réserves, un premier étage où le baron trônerait et ripaillerait, un second où s'isoleraient les femmes et où les hommes viendraient les rejoindre pour la nuit, enfin une terrasse où se tiendraient les guetteurs.

Mais quand on eut atteint le sommet, en fait d'apercevoir la mer on ne vit que le moutonnement des hautes branches des arbres, et pour toute chaleur divine on n'eut que la caresse humide des nuages bas.

*

* *

Pendant des mois, tous les hommes du pays souffrirent pour aboutir à ce résultat qui ne leur parut important qu'en proportion de la modestie de leurs ambitions. Par manière de moquerie, ils prirent l'habitude de dire chaque matin qu'ils partaient suer sang et eau pour bâtir la haute ville du nouveau baron.

— Pourquoi pas Hauteville ? se disait Tancrède qui trouvait que ce nom, le temps de l'ironie passé, sonnerait bien et, somme toute, assez fièrement.

Enfin, on détourna le ruisseau pour qu'il remplisse le fossé. On entoura la motte d'une palissade de gros épieux. On en dressa une autre pour protéger un espace plus vaste au-delà des douves. On termina par la construction d'un plan incliné, lancé au-dessus du fossé et qu'on pourrait retirer pour isoler le donjon en cas de besoin.

La foule des paysans qui avaient été si durement soumis à la corvée put enfin pousser un immense cri de soulagement et de joie et ceux qui avaient le plus pâti ne furent pas les derniers à scander : Hauteville ! Hauteville ! sans plus la moindre moquerie.

Mais si les hommes avaient souffert, ils étaient sans doute moins à plaindre que les femmes. La plupart des paysannes étaient restées à la maison pour assumer toutes les tâches et très peu d'entre elles avaient pu venir seconder l'épouse et les filles de Tancrède dans leurs efforts pour nourrir au mieux, sans relâche, tout ce monde affamé.

Peu de temps avant *le jour du sanglier,* comme on avait pris l'habitude d'appeler le moment mémorable où Tancrède avait sauvé la vie du duc Richard, Murielle avait mis au monde une nouvelle enfant. Elle avait vu, avec terreur, son univers familier se défaire, sa chaumière n'être plus qu'un lieu de passage au milieu d'un champ de boue. Elle pensait aux milliers de jacinthes qui enchantaient le sous-bois à chaque printemps et qui, aujourd'hui piétinées, ne repousseraient plus. Tant de bouleversements l'angoissaient. Elle devenait fiévreuse. Quand elle soulevait les énormes chaudrons de soupe, des coups de poignard lui traversaient le bras gauche. Elle se mordait au sang pour ne pas crier.

Le festin d'inauguration fut pour elle une terrible épreuve. Le Mont-Saint-Michel y envoya quelques-uns de ses moines les plus respectables, Néel de Coutances deux de ses officiers. Les barons fieffés du voisinage se sentirent obligés de participer. La curiosité les y poussait.

Même la dame de Ridel, leur plus proche voisine, se fit un devoir de venir, bien que son époux fût depuis bientôt deux ans parti en pèlerinage à Jérusalem. Tancrède la fit asseoir à sa droite.

C'était une femme encore jeune et dotée de tout ce qui peut retenir le regard d'un homme. Le nouveau baron ne la quitta pas des yeux. Il pensait obscurément qu'elle eût mieux convenu à sa nouvelle position que la femme maigre et voûtée, aux yeux tristes, qui était la mère de ses enfants.

À la fin du repas, les fils de Toerkil la Baleine hissèrent leur père jusqu'au sommet de la tour pour qu'il accroche à l'angle est du toit un bouquet de frêne enrubanné.

Les feuilles n'en étaient pas encore fanées quand l'aînée des filles de Tancrède découvrit sa mère morte, effondrée sur la table, agrippée au rebord avec tant de force qu'on eut du mal à lui libérer les doigts.

*
* *

Tancrède était de ces hommes qui ne peuvent imaginer passer une nuit sans user d'une femme, non tant pour leur plaisir que pour leur vanité, comme si le Créateur n'avait conçu une partie de l'espèce humaine que pour servir de miroir à l'autre, pour qu'elle puisse s'y contempler avec orgueil dans sa bestiale prétention.

On avait trouvé une brave paysanne, veuve depuis peu, pour s'occuper des derniers-nés de Murielle et la paysanne estima tout naturel, après avoir couché les enfants, de rejoindre le père dans son lit.

Mais, malgré toute sa bonne volonté, elle ne parvint pas à éloigner les deux pensées qui obsédaient maintenant l'esprit, jusque-là si raisonnable, du seigneur de Hauteville. La première, dont il avait tout de même un peu honte, était qu'après tout, si la mère de ses enfants avait disparu, à ce moment précis, c'était probablement parce qu'elle n'était plus digne de lui. La seconde, que rien ne pouvait écarter, naissait du souvenir du corps magnifique de la dame de Ridel, de ses cheveux qui, détressés, devaient délicatement caresser sa croupe blanche, de ses seins qui donnaient envie de redevenir nourrisson pour y mordre.

Certes, la dame de Ridel n'était pas veuve. Mais après tout, le long silence de son seigneur, même si la route de Jérusalem ne se parcourait pas en un jour, pouvait laisser prévoir quelque embûche ou quelque maladie dont on ne réchappait pas.

Le seigneur de Hauteville prit l'occasion d'une chasse heureuse pour aller faire présent à la dame de ses pensées de deux hérons cendrés, bien emplumés. L'esseulée le reçut aimablement. Elle s'ennuyait.

Avec sa longue mâchoire et ses grandes dents, Tancrède ne pouvait passer pour beau, mais il émanait de son corps puissant cette chaleur virile propre à faire fondre la résistance des femmes les mieux prévenues. Quand il posa sur le sein de la dame, sous prétexte de broderie, cette main qu'elle savait invincible, Tancrède perçut un frémissement, un halètement qu'il savait prometteur. Il parla d'une visite qu'il ferait le lendemain, pour se procurer des remèdes, à la maison de la Charbouclée.

Helga, la sorcière, habitait une hutte sur un îlot de terre vaseuse au milieu des marécages et, si on lui avait donné ce surnom de Charbouclée, c'était parce que seuls les charbonniers osaient se rendre chez elle à la nuit tombée et leur intimité lui avait laissé la peau noircie. La dame laissa entendre qu'elle connaissait l'endroit.

Tancrède y fut à l'heure annoncée. La belle s'y tenait déjà, bavardant avec la sorcière. Un vieux soldat menait son cheval et le sien par la bride.

— Vous m'avez donné envie de revoir ces lieux, dit-elle. Je ne pouvais venir seule. J'ai dû trouver quelqu'un pour m'accompagner. Celui-ci est un homme fidèle et qui a quelque mal à faire vivre sa famille.

Tancrède mit la main à la poche et, prenant l'homme à part, lui promit qu'il en aurait autant à chaque occasion pourvu qu'il sût être aveugle et muet. Dans le cas contraire, il l'attacherait à un arbre, lui arracherait la langue, lui briserait les os et l'abandonnerait à l'appétit des loups. Le soldat avait trop vécu pour prendre à la légère les menaces d'un Bras de Fer.

À Hauteville, nul ne s'étonna des chevauchées du maître sitôt achevé le repas de midi. Guillaume, Dreux et Onfroi, les trois aînés, avaient commencé leur temps d'écuyers au service du comte de Coutances. Ils apprenaient la théorie aussi vite que les autres et, pour la pratique, leur puissance compensait leur inexpérience.

Geoffroi, le quatrième des garçons, s'était remis au travail de la ferme. Il n'aimait rien tant que le parfum de la terre grasse quand la charrue l'éventre.

Serlon, le benjamin, attendait l'âge d'apprendre à son tour l'art d'être chevalier. Il trompait le temps en faisant mille sottises sous les barques renversées où nichait la progéniture de Toerkil la Baleine.

La satisfaction d'amour-propre passée, Tancrède s'exaspérait du peu de prestige que l'on peut tirer de plaisirs secrets. Il exigea de la sorcière qu'elle dise si le seigneur de Ridel était toujours en vie. Elle se livra à contrecœur à toutes les pratiques nécessaires et affirma, tout à trac :

— Je vois de grandes batailles, beaucoup de vaillance... de grandes blessures. Mais il est sur le chemin du retour.

La dame jura qu'elle ne verrait plus son amant.

Ils se retrouvèrent le lendemain et se quittèrent tremblants de remords. Cette conscience de mal faire aiguillonnait leur désir.

*

* *

On était aux premiers jours d'avril. Une lumière très douce faisait miroiter les bourgeons humides de la futaie et se répandait sur le sol. Les jacinthes que Murielle aimait tant, qu'elle pensait à jamais écrasées sous les roues des chariots et le piétinement des hommes, s'étalaient à nouveau autour des troncs argentés des bouleaux. En apercevant ce tapis bleu-violet, Tancrède, la gorge serrée, se dit :

— Il n'y a que nous qui soyons mortels.

Le lendemain, il se rendit au Mont-Saint-Michel pour demander au frère Bartolomeo de bâtir une petite chapelle par-dessus le tertre sous lequel reposait son épouse. Le moine, ravi, le serra dans ses bras.

Mais les travaux à peine entamés, les rendez-vous galants reprirent. Tancrède se persuada qu'il s'était acquis l'indulgence du ciel en faisant à la défunte l'hommage d'un oratoire.

La réponse ne se fit pas attendre.

L'été fut terrible, accablant de canicule. L'herbe sécha. La terre durcissait et se craquelait comme une coquille d'œuf.

Soudain, aux premiers jours de septembre, d'énormes nuées accoururent en se bousculant depuis les lointains de la mer. On venait juste de poser une belle croix de granit au pignon du petit édifice funéraire. Des centaines d'éclairs partirent de nuages plus noirs que les vins les plus sombres, entourant Hauteville d'une prison de feu. La foudre tomba sur un grand chêne. D'immenses éclats s'en détachèrent et, frappant la chapelle, en abattirent la croix.

Puis ce fut le déluge.

Quand frère Bartolomeo revint pour constater les dégâts, le baron terrorisé se jeta à ses pieds. À genoux sur la dalle où l'on avait gravé : « Ci-gît Murielle, épouse fidèle et aimée de Tancrède, seigneur de Hauteville », il lui avoua toutes ses turpitudes.

Satan, en ses pires moments de colère, ne doit pas avoir un visage plus terrifiant que celui que montra le bon moine. Il se mit à hurler :

— Misérable ! Puisque tu n'es pas capable de dominer tes instincts grossiers, je t'ordonne d'être chaste jusqu'à ce que tu aies repris femme légitime et même alors tu ne l'aborderas charnellement qu'après t'être agenouillé pour de longues prières expiatoires.

Et dans l'attente, il lui refusa l'absolution.

Encore frère Bartolomeo ne savait-il pas le pire : la dame de Ridel était enceinte. Ce qui n'avait pas été accordé à l'époux, l'amant l'avait obtenu. Celui qui avait entrepris ce long pèlerinage pour se faire pardonner les péchés qui, pensait-il, avaient rendu sa couche stérile, la retrouverait, s'il revenait, fécondée et souillée par les œuvres d'un autre.

Frère Bartolomeo se mit en quête d'une nouvelle épouse pour sauver le baron de la damnation.

Tancrède refusa les paysannes, on lui refusa les demoiselles.

Le temps pressait, il trouva enfin une solution.

*

* *

Pour satisfaire à ses obligations envers le comte de Coutances et tandis que ses aînés servaient comme écuyers, le baron formait au métier des armes quelques fils de paysans qui lui paraissaient prédisposés. Il avait comme instructeur un vieux soudard qu'il louait fort cher à son suzerain. L'homme était irascible et couturé, ayant longtemps bataillé aux quatre coins du monde.

Tancrède s'était vu confier un jeune homme d'une naissance un peu plus relevée qui se prénommait Odilon. Il était orphelin d'un petit baron dont le cadet s'était empressé de récupérer les biens pour sa propre descendance. Le garçon était doux et timide et, rien qu'à voir sa silhouette mince, on devinait qu'il ne possédait aucun don pour le métier des armes. Les exigences impossibles du soudard l'humiliaient et l'épuisaient.

Aussi chaque dimanche attendait-il l'arrivée de l'aîné des Hauteville comme il eût attendu le Messie. Guillaume revenait de Coutances chaque fin de semaine pour transmettre aux apprentis chevaliers de son père ce que lui-même venait d'apprendre.

Guillaume avait la mansuétude des forts. Dominer lui était naturel, en abuser ne lui venait pas à l'esprit. Il se montrait indulgent et patient avec Odilon. Odilon, reconnaissant, l'adorait et comme il avait une jeune sœur qu'il adorait aussi, il avait imaginé de les offrir l'un à l'autre. Il s'en était ouvert à Tancrède qui, voyant là quelque avantage de prestige, avait pris contact avec l'oncle parâtre. On s'était déjà accordé sur la somme que Hauteville devrait payer au tuteur pour compenser la perte de cette nièce servante, mais de bonne naissance, quand Tancrède s'avisa que son aîné avait bien le temps de se marier. On rouvrit les négociations. On tripla le dédommagement et l'oncle ne vit aucun inconvénient à se débarrasser de la fillette au bénéfice du père plutôt qu'à celui du fils.

Il n'y eut que le jeune Odilon pour s'en désespérer. Il alerta Guillaume qui haussa les épaules. Il ne connaissait pas la promise et ne tenait guère au mariage. Il lui préférait les roueries des petites paysannes, les complaisances des veuves et les cris d'admiration, toujours si flatteurs, des filles de joie.

3

Les noces de Frésende

À cet été torride et tempétueux succéda un hiver de glace. Les noces de Tancrède et Frésende avaient été fixées au mois de février, discrètes et austères, comme il convient lorsqu'un homme mûr, et qui plus est veuf de si peu, épouse une jeunesse.

Guillaume et ses frères allèrent au-devant de la fiancée. La nature semblait avoir décidé de faire de ce jour une fête somptueuse et toute de pureté. Les brumes, happées par le soleil, s'accrochaient à toutes les branches et les rares cris des corbeaux ébranlaient des forêts de cristal.

Ils se rencontrèrent à mi-chemin. Seul Odilon accompagnait sa sœur.

Guillaume voyait Frésende pour la première fois. Il en resta pétrifié, comme si le froid l'avait saisi comme il saisissait tout le paysage silencieux et blanc autour de leur petit groupe étrangement perdu.

La jeune fille dit :

— Ah, c'est vous messire Guillaume ! sur un ton qui lui poignit le cœur.

Il ne sut que répondre et elle resta à le regarder un instant, puis baissa les yeux. Une seule pensée traversait l'esprit du jeune chevalier : Dieu, qu'elle était belle !

Elle avait un port de princesse, une peau aux reflets de porcelaine, des cheveux d'un roux profond dont le soleil faisait de l'or sombre et ses yeux étaient d'un bleu comme il n'en avait jamais vu sauf, peut-être, quand le soir descend sur la mer.

— Ne nous attardons pas, dit Odilon d'une voix que Guillaume ne lui connaissait pas. Il l'observa rapidement et vit qu'il avait le teint pâle, les yeux rougis. Alors, il repensa à tout ce que le jeune homme avait essayé de lui faire comprendre avec beaucoup de modération, à savoir que Tancrède, son père, n'était qu'un vieux bouc s'arrogeant le droit de couvrir les chevrettes de l'année sous le regard des jeunes mâles tenus en respect. Il se rappela aussi qu'il avait dit : Ma sœur vient d'avoir quatorze ans.

Ils repartirent. Plus personne n'ouvrit la bouche. Quand les corneilles se taisaient, il régnait un silence qui abolissait le temps. On avançait dans un monde de givre où plus rien ne bougeait.

*

* *

Outre frère Bartolomeo, l'abbé du Mont-Saint-Michel avait délégué à Hauteville son prieur et deux autres moines. On devait, avant l'office, consacrer la chapelle où reposait Murielle. Il y eut peu d'assistants : de rares paysans qui avaient osé braver le froid, deux ou trois seigneurs et leurs épouses, Toerkil la Baleine et ses aînés qui, à eux seuls, suffirent pour animer le festin qui allait suivre. La dame de Ridel n'était pas venue. Autour de la table dressée en U, on avait ses aises.

On servit du vin et chacun alla prendre des braises pour les plonger dans la boisson et la faire fumer.

La jeune épousée, assise à la droite du maître et les yeux baissés, contemplait la nourriture qu'on posait dans son assiette et à laquelle elle ne touchait pas.

Les hommes parlèrent du duché, de Richard III qui venait de mourir moins d'un an après son père. Maintenant, c'était son frère cadet, Robert, qui avait coiffé la couronne ducale et il se murmurait qu'il s'était quelque peu aidé du poison pour amener son aîné à lui céder la place. Le vieux Tancrède mit fin à ces propos en donnant un formidable coup de poing sur la table. Pour lui, tout ce qui touchait à son bienfaiteur comme à ses héritiers était sacré.

Bien qu'un brasero où rougeoyaient les charbons apportés par la Charbouclée fût posé juste dans son dos, Frésende tremblait de plus en plus fort. Odilon avait ôté son gilet de mouton retourné mais, timide, n'osait le lui porter. Guillaume savait qu'il ne serait d'aucun secours contre la sorte de froid qui s'était emparé de cette enfant, mais il se leva tout de même et alla le poser sur ses épaules. Quand il revint à sa place, il entendit la jeune fille éclater en sanglots et se dit qu'il était temps, pour lui, de partir.

*
* *

Geoffroi, le quatrième des fils de Tancrède, depuis qu'il avait pris en charge l'exploitation des terres de Hauteville et s'était marié avec la fille d'un laboureur qu'on surnommait la Mouette, à cause de son éternel rire en cascade, s'était installé dans la vieille maison où ils étaient tous nés.

C'est là qu'à la demande de Guillaume, les cinq garçons s'étaient retrouvés.

— Voilà, dit l'aîné, Dreux, Onfroi et moi, nous partons.

Dreux et Onfroi se regardèrent surpris, puis approuvèrent de la tête. Guillaume sourit. Ces deux-là, il pouvait compter sur eux.

— Toi, Geoffroi, je ne te demande pas de nous accompagner.

— Manquerait plus que ça, intervint la Mouette. Lui, il a des liens.

— C'est pas toi le lien, ma belle-sœur, mais la terre ! C'est s'attacher à une ingrate, mais chacun son choix.

— Et c'est pourquoi que vous partez ? questionna la Mouette.

Guillaume ne pouvait dire qu'une partie de la vérité.

— Parce qu'ici on est trop nombreux pour manger tous à notre faim.

— C'est pas ma faute, protesta Geoffroi, je fais ce que je peux. On ne tire rien d'une vache qui a les mamelles vides. Et si j'écoutais le père, je crèverais nos paysans à la tâche ! À quoi ça nous avancerait !

— Personne ne te fait de reproches, rétorqua Guillaume, et nous, on t'a aidé autant qu'on a pu, mais le vieux devient plus pingre de jour en jour.

— C'est injuste ce que tu dis là. Je vois bien les comptes. Le juif prend tout.

— Il a bon dos le juif ! Et la dame que vous savez, elle n'a pas eu sa part, peut-être ?

Maintenant que l'aventure avec la dame de Ridel était terminée, plus personne ne l'ignorait à Hauteville comme dans les chaumières d'alentour. Guillaume poursuivit, buté :

— Et pour que l'oncle d'Odilon accepte de lui lâcher Frésende, ça n'a rien coûté non plus ?

— Pas plus que vos chevaux, vos cuirs et votre ferraille.

— Oui mais, avec nos chevaux et nos armes, nous rapporterons de quoi payer le juif.

— Le ciel t'entende ! soupira Geoffroi.

— Il nous entendra, même s'il faut pour ça trancher quelques membres et quelques têtes.

— Et moi, dans tout ça ? demanda Serlon.

— Toi, dit Guillaume, tu iras te faire tirer la morve du nez par les hommes d'armes de Coutances et quand tu seras capable de tenir ton épée sans te fouler le poignet, on verra si on a besoin de toi.

— Je vous embrocherai tous les trois, jura Serlon rageur.

— Et quand vous partez ? s'enquit la Mouette.

— On part, répondit simplement Guillaume.

Quand, à l'aube du lendemain, Tancrède, venu saluer les moines du Mont-Saint-Michel qui s'apprêtaient à repartir, aperçut les trois chevaux équipés que Geoffroi et Serlon tenaient par la bride, quand il vit sortir de la chapelle ses trois aînés vêtus de leur cotte de mailles et leur heaume de fer sous le bras, il comprit qu'une autre vie commençait pour tous, mais ne dit rien.

— Nous vous accompagnerons, déclara Guillaume au prieur en l'aidant à monter sur sa mule.

— Dieu vous bénisse pour votre complaisance.

Quand il eut refermé la clôture de pieux derrière les cavaliers, Geoffroi précisa simplement à son père :

— Ils reviendront pour la trêve de Noël.

Le seigneur de Hauteville tourna les épaules et remonta vers son donjon.

*

* *

Guillaume, Dreux et Onfroi dormirent à l'hostellerie du Mont-Saint-Michel et, au petit matin, franchirent le Couesnon qui charriait des plaques de glace. Ils étaient en Bretagne.

Ils éperonnèrent leurs chevaux et s'offrirent un bon temps de galop débridé en criant à pleins poumons, comme s'ils avaient voulu chasser les nuages.

Ils errèrent pendant quelques jours, s'invitant à la table des paysans quand leur estomac le commandait, mais ne tardèrent pas à trouver embauche pour leurs épées. Les ducs d'Armor ne tenaient pas aussi fermement leur pays que ceux de Normandie.

Ils servirent de petits seigneurs dans de médiocres querelles et refusèrent toujours de se séparer. Et si quelques barons en profitaient pour en rabattre sur leur salaire, ils se rattrapaient au jour du départ en faisant main basse sur l'argenterie.

Leur force et leur audace faisaient merveille. Quand ils s'élançaient côte à côte, chevauchant leurs lourdes montures, hautes statues dressées sur leurs étriers, les épées en moulinets au-dessus de leur tête et criant à l'assaut, ils étaient à la fois le tonnerre, la foudre et la tempête et tout semblait exploser devant eux comme le grand chêne qui s'était abattu sur la chapelle neuve de Hauteville.

Après la Bretagne, ce fut le Perche.

Après le Perche, ce fut l'Anjou.

À leur retour en décembre, après avoir répandu leur butin sur la table du prêteur et appris de lui ce qu'il convenait de rapporter et ce qui n'en valait pas la peine, ils trouvèrent comme ils s'y attendaient Frésende tout près d'accoucher. Elle paraissait calme, presque heureuse et encore plus belle.

Mais ce qui les surprit plus encore, c'est qu'elle eût déjà un nourrisson dans les bras.

— Ne vous méprenez pas, messires mes beaux-fils, dit-elle. Celui-ci n'est pas de moi.

Elle leur raconta l'histoire de ce bébé inattendu. On l'avait trouvé un matin, roulé dans une peau de chèvre à l'entrée du domaine. Le veilleur, interrogé, se souvenait avoir aperçu une ombre plus noire que la nuit s'approcher, puis s'évanouir. Tancrède pensa tout de suite à la Charbouclée et se douta bien de quel ventre était sorti ce petit d'homme. Comme la

Mouette venait de mettre au monde deux filles jumelles, Geoffroi ne fit aucune difficulté pour adopter ce garçon qu'on baptisa tout naturellement comme lui. Mais pour éviter toute confusion, on le surnomma le Dieudonné.

*
* *

L'année suivante, Frésende donnait son jeune sein à son propre fils. Elle avait obtenu de Tancrède que l'enfant portât le nom du père qu'elle avait perdu : Robert. Ce Robert qu'on avait appelé Beauchevel à cause de sa splendide chevelure d'or rouge qui flamboyait au soleil.

Guillaume, à peine l'eut-il vu, s'éprit de cet enfant qui aurait pu être le sien. La jeune mère s'amusait à le lui mettre dans les bras, souriant des maladresses du colosse, attendrie par les précautions qu'il tentait de prendre.

Le seigneur de Hauteville insista pour que l'aîné du premier lit devienne le parrain de l'aîné du second. Était-ce remords ou ruse et précaution ? L'Église ne condamnait-elle pas tout manquement à ces engagements spirituels qu'elle jugeait encore plus damnable que l'inceste ?

D'année en année, le parrain et le filleul attendirent leurs retrouvailles avec plus d'impatience. Durant les veillées d'armes, Guillaume aimait à se rappeler les facéties, les ruses et les colères du petit Robert quand, à peine capable de tenir sur ses jambes, il s'enrageait à lui bourrer les mollets de coups de poing ou quand il grimpait sur ses bras et chevauchait ses énormes biceps, tressautant aux contractions des muscles, solidement agrippé à la chevelure du géant.

Quels que fussent leurs jeux, on apercevait toujours, les observant à distance, impassible, le Dieudonné. Que celui-ci eût été envoyé au seigneur de Hauteville comme un vivant remords, nul ne pouvait en douter : au fur et à mesure que l'enfant avançait en âge, il prenait cette lourde mâchoire insolite, ce menton proéminent que n'avait aucun des autres fils de Tancrède. Il arborerait même plus tard ces grandes dents écartées que seule leur blancheur distinguerait de celles du père inavouable et inavoué.

*

* *

À chacune de leurs visites, les trois chevaliers errants retrouvaient leur père plus voûté, plus décharné. Maintenant, il lui fallait plisser fortement les yeux pour voir ce que chacun, depuis la terrasse du donjon, pouvait découvrir sans effort. Mais il n'en continuait pas moins à honorer ses engagements du *jour du sanglier* : engendrer cinq autres fils. Moins vite sans doute qu'il ne l'eût voulu car il lui échappa quelques filles dont il n'avait guère besoin.

Il y avait bien longtemps que Frésende ne tremblait plus quand elle le voyait, obéissant aux injonctions de frère Bartolomeo, s'agenouiller au pied du lit. Elle avait, tout en donnant la vie, continué de grandir. Elle était sereine, elle ressentait pour tous ces petits êtres sortis d'elle une tendre passion, un dévouement absolu. Elle puisait dans la maternité une satisfaction profonde. Il ne lui serait pas venu à l'idée de se plaindre du chemin nécessaire pour en arriver à tenir un nouveau-né gigotant dans ses bras.

Désormais, il y eut *les premiers et les derniers*. C'est de cette manière qu'ils décidèrent eux-mêmes de se distinguer, non sans malice de la part des aînés.

Guillaume fut *le premier des premiers*, Serlon *le dernier des premiers,* Robert fut *le premier des derniers* et ainsi de suite.

Mais il était évident pour tous ceux qui avaient connu *les premiers* à l'âge qu'avaient aujourd'hui *les derniers* que la même souche, mais nourrie d'une autre sève, avait donné des rejets subtilement différents. *Les derniers* étaient aussi larges d'épaules mais la taille mieux prise, aussi athlétiques mais moins corpulents, le visage plus mince, le cheveu plus dru et plus sombre. Des premiers, on voyait tout de suite la puissance, des seconds, on percevait la souplesse. Mais la différence la plus grande, les yeux seuls ne pouvaient la saisir. C'était affaire de cœur.

Murielle, la paysanne, avait traîné sa portée de chiots dans la boue de la porcherie, sur la paille trempée des étables, avait régné sur elle bien plus par les taloches que par les caresses, car les caresses demandent du temps. Frésende, si modeste châtelaine qu'elle fût, avait tout le temps nécessaire.

*

* *

Tancrède, lui, ne prenait plus plaisir qu'à chasser, malgré sa mauvaise vue. Ses compagnons avaient la délicatesse de tirer leur flèche en même temps, pour lui laisser croire que le canard ou le lièvre qui tombait était victime de ses traits, et les chiens eux-mêmes poussaient la biche ou le chevreuil qu'il n'avait fait qu'entrevoir jusqu'à son couteau d'égorgeur.

Le soir, il s'attardait dans les fermes-auberges, lieux de ses anciens exploits où des amis de jeunesse un peu décatis et quelques vieilles matrones entretenaient son culte.

Mais de ses derniers-nés, il ne se souciait guère, les abandonnant aux femmes et à leurs fantaisies.

Guillaume, lorsqu'il était présent, s'efforçait de faire du *premier des derniers* son égal, lui transmettant ce qu'il avait appris, lui confiant ses expériences. Pour sa joie, l'élève apprenait vite, il aimait la bagarre, ne craignait pas les coups, ne s'avouait jamais vaincu. Quand Robert lui demandait :

— Quand m'emmèneras-tu chevaucher avec toi ? *le premier des premiers*, l'entraînant vers la forêt et prenant une hache au long manche dans chaque main, lui répondait :

— Le jour où tu seras capable de faire comme moi. Et il se mettait à abattre le noyer ou le chêne à deux mains aussi facilement que s'il eût, avec des baguettes, frappé sur la peau d'un tambour.

— Moi aussi, disait Robert, j'agrandirai la clairière. Je n'aime pas les arbres. Ils empêchent de voir la mer.

Guillaume souriait à ce vieux refrain de famille. Il avait aussi à lui offrir quelques maximes tirées de ses observations.

— Puisque tu es tout de même *le premier des derniers*, je vais te confier un secret. J'ai déjà vu des hommes rusés venir à bout de plus forts qu'eux. Alors, vois-tu, pour être le meilleur, il faut être à la fois le plus fort et le plus malin.

Il y avait, pour arracher *les derniers* aux jupes de leur mère et aux câlineries de leurs sœurs, la nouvelle génération des fils de Toerkil la Baleine. Mais à la différence du temps passé, ces petits voyous dépenaillés et insolents ne venaient plus à Hauteville. L'ordre et la propreté que faisait régner Frésende les éloignaient, tout comme les prenaient au dépourvu le ton et les rebuffades des filles du second lit bien peu préparées à admettre des privautés qu'ils croyaient de droit.

C'est donc Robert qui emprunterait le chemin du campement sur la plage, bientôt suivi par un second Guillaume, Humbert et Mauger ses cadets. Là, ils découvraient la fraternité querelleuse, apprenaient l'obscénité et s'éprenaient de la mer.

*

* *

Ce printemps-là, Serlon, pour la première fois, accompagna ses aînés en Bretagne. Mais l'expédition tourna court. À peine étaient-ils arrivés à Dol qu'ils apprirent que des pillards, venus de la mer, avaient ravagé plusieurs fermes, attaqué un château par surprise et emmené la fille du seigneur. Les quatre frères, flairant la bonne affaire, galopèrent jusqu'au château pour offrir leurs services.

Le soir même, ils se plaçaient en embuscade au-dessus d'une crique où ils avaient repéré le campement des brigands et leurs trois drakkars.

Ils attendirent sans bouger tout le reste de la nuit.

Aux toutes premières lueurs du jour, ils se remirent en selle et s'élancèrent sur la grève. Ils avaient compté sur un total effet de surprise mais les autres, qui devaient être restés sur le qui-vive, réagirent aussitôt. Ils n'avaient pas parcouru au galop la moitié du chemin que Guillaume, malgré le fracas de leur charge, entendit distinctement la voix d'un jeune garçon qui criait :

— Merdaille ! C'est *les premiers des premiers* !

— Arrêtez, hurla Guillaume, c'est *le premier des derniers !*

Il fallait se rendre à l'évidence : les quatre Hauteville faisaient la chasse aux enfants de Toerkil et Robert était avec eux !

— Foutez le camp ! leur ordonna Guillaume. Laissez tout en place et foutez le camp !

Tandis que les aînés barraient la route au seigneur qui les avait suivis et à ses hommes d'armes, les enfants de Toerkil la Baleine rembarquaient en toute hâte.

— Ma fille ! Ma fille ! Laissez-moi reprendre ma fille, criait le baron qui ne comprenait rien à cette comédie.

Mais la fille se débattait, déjà serrée sous le bras d'un pirate qui n'entendait pas se séparer d'une si belle aubaine. Alors Serlon, pour son premier exploit, s'élança vers le fuyard et, d'un terrible coup du plat de son épée, l'obligea à lâcher sa proie.

— Pardonne-moi, Thorolf, aujourd'hui, t'étais pas du bon côté, s'excusa Serlon en prenant la jeune fille en croupe. Terrorisée, elle se pressa si fortement contre lui qu'il se sentit rougir.

Pour les quatre frères, la saison était gâchée. Bien que la plus grande partie du pillage eût été récupérée, leur réputation souffrit de leur double jeu et ils préférèrent rebrousser chemin.

La jeune personne que Serlon avait délivrée de l'étreinte de Thorolf n'était en rien la fille du baron, mais celle d'une esclave qu'il avait achetée jadis sur le marché de Rouen. Elle refusait de retourner chez son maître, sachant bien le sort qui l'attendait. Elle était si troublante dans son désespoir, si touchante dans ses pleurs, que les Hauteville en étaient venus aux mains avec les hommes du baron breton pour les empêcher de la reprendre.

Une fois qu'ils l'eurent emmenée avec eux, ils se demandèrent ce qu'ils pourraient en faire. Serlon, lui, le sut le soir même dans la paille de la grange où on leur avait permis de s'abriter pour la nuit. Il apprit aussi qu'elle répondait au prénom étrange de Boerte, était née dans un pays qu'il ne connaissait pas, et qu'il est des corps de femme dont on ne se déprend jamais.

4

Les premiers et les derniers

L'année où naquit *le dernier des derniers*, mille trente et un ans après la venue du Sauveur, connut des pluies torrentielles.

La matrone accoucheuse et la Charbouclée, accourue en renfort avec ses onguents, déclarèrent d'un commun accord qu'elles n'avaient jamais vécu pareil déluge. Elles avaient pourtant de vieilles mémoires encore solides.

— Plût au ciel, dit la sorcière à Frésende, qu'il te vienne un garçon. Si c'est une fille, elle versera bien des larmes ; si c'est un garçon, c'est lui qui en fera couler.

Ce fut Roger.

Quand on l'eut lavé et laissé crier tout son soûl, on l'amena à Frésende pour qu'elle lui donne sa première tétée. La dame de Hauteville le regarda et murmura, extasiée :

— Je n'en ai jamais fait d'aussi beau.

Toutes les femmes de la maisonnée en tombèrent d'accord et prirent l'habitude de l'appeler *la petite merveille.*

Si le vieux Tancrède ne fut pas aussi sensible au charme de son dernier-né, il eut, en le voyant, la certitude du devoir accompli. Il avait tenu à la lettre la promesse faite à son duc : lui fournir dix chevaliers en contrepartie des terres dont il avait été fieffé.

Alors, comment en était-il venu à ressentir cette sorte de dégoût de toutes choses et, avant tout, de lui-même ?

En quoi était-il baron ? Qu'avait-il fait pour son bienfaiteur ? Avait-il jamais porté les armes pour le secourir et le défendre ? Et ses fils dont il était au fond si fier, dont on ne pouvait imaginer trouver plus robustes et plus vaillants à cent lieues à la ronde, pouvaient-ils espérer un destin plus glorieux ?

Il n'y avait pas jusqu'à ses plaisirs les plus intimes qui ne fussent anéantis par cette mélancolie. Même la femme encore jeune et belle qui partageait sa couche mais réservait toute son attention à ces petits morceaux de chair qui, sans sa semence, ne fussent jamais sortis de son ventre, n'éveillait plus en lui de réel désir. Et s'il continuait à s'agenouiller au pied du lit, c'était bien plus pour demander le pardon de ses fautes passées que la purification de ses actes à venir.

À des degrés divers, ce climat de désespérance gagnait les aînés. Geoffroi n'y échappait que par son acharnement au travail et la belle humeur de la Mouette.

Serlon, se remémorant *le jour du sanglier*, la joute homérique avec frère Bartolomeo et l'exaltation des temps épuisants où l'on bâtissait Hauteville, éprouvait en regardant errer le vieux fantôme un sentiment étrange, une pitié qui était le revers de son admiration.

Il lui avait aussi un sujet de reconnaissance. Le vieil homme avait été le seul de toute la maisonnée à accepter sans réticence la présence de Boerte à ses côtés. Or Serlon, même si les excès de tendresse de la petite esclave et les continuelles exigences de son corps l'exaspéraient parfois, ne pouvait plus imaginer de nuits sans elle. Ses frères trouvaient cette dépendance ridicule et leurs moqueries lui en faisaient reproche.

Hauteville n'y gagnait pas en sérénité, mais *les derniers des derniers* avaient, eux, le sang trop neuf et trop d'appétit de vivre pour rien percevoir de cette atmosphère pesante. Dans cette nouvelle fratrie ne manquaient ni les frictions, ni les jalousies, ni les complicités. Et Robert se plaisait à tyranniser son monde, conforté par l'intérêt que lui accordait *le premier des premiers* et la dévotion que lui vouait le Dieudonné.

La venue plus tardive de Roger perturba ces rapports qui avaient trouvé un certain équilibre. L'attention, l'adoration même, que lui portaient toutes les jeunes sœurs qui approchaient, elles aussi, de l'âge de pouponner, frustraient les aînés de ces privilèges de tendresse qu'ils affectaient de mépriser. Le Dieudonné, qui ne pouvait supporter que Robert, son idole, ne fût pas le centre de toutes les affections, se mit à le haïr.

Ceux du premier lit commençaient à se sentir étrangers à Hauteville et passaient le plus clair de leur temps dans les bouges des environs.

*

* *

Ce soir-là, à l'auberge, Serlon ne pouvait détacher son regard de la silhouette d'un homme assis près du foyer. La fumée du brasier, au centre de la pièce, empêchait de le voir distinctement mais quand une brindille s'enflammait, il y avait alors assez de lumière pour entrevoir un visage terrible, creusé de rouges cicatrices et un œil exorbité qui ne se fermait plus.

Lui seul dans la pièce éprouvait en face de cette présence un certain malaise. Tous les autres étaient bien trop occupés à suivre le bras de fer opposant

Guillaume à un marchand germanique qui promenait une petite caravane chargée d'étoffes à travers le pays. L'aîné des fils de Tancrède, un peu par ennui, beaucoup par pression, avait repris les duels qui avaient fait la réputation de son père.

Partout où il passait, les anciens lui disaient, se souvenant des paroles de Tancrède :

— Alors, c'est toi qui vas détrôner ton père ?

Et Guillaume répondait :

— Mon père sera toujours le meilleur ! Mais moi, je suis pas mal aussi. Tu veux essayer ?

— Ce n'est plus de mon âge.

— Eh bien, envoie-moi ton fils !

Il y eut des fils qui vinrent et, comme autrefois, des pèlerins, des soudards, des étrangers de passage amateurs de défis. Il fallut bien admettre que le jeune Hauteville valait l'ancien, ce qui ne découragea pas les tentatives, bien au contraire. Le jeu reprit comme autrefois mais avec plus de sérieux dans l'organisation. Dreux, qui avait la tête sur les épaules, faisait monter les enchères et prenait les paris. Onfroi, adossé à la porte du lieu où se déroulait le combat – ferme, taverne ou donjon –, empêchait la sortie de ceux qui n'avaient pas apporté leur mise. Et Serlon, près des adversaires, veillait à ce qu'il n'y eût aucune tricherie.

Mais ce soir-là, il n'avait d'yeux que pour ce spectateur immobile, au visage tailladé, qu'il ne connaissait pas. Quand Guillaume eut abattu la main du marchand sur la table et que tout le monde eut applaudi à l'habituelle prouesse, l'inconnu se leva et sans un mot, sans un signe, se dirigea vers la porte. Onfroi, bien sûr, lui barra le passage :

— Eh bien, messire, sortez-vous aussi des églises sans verser votre obole ?

— Je donne à Dieu parce qu'il me plaît d'honorer ses serviteurs, dit l'homme à voix haute.

Onfroi lui appliqua son couteau au creux de la gorge, mais l'autre ne perdit rien de son calme.

— Allons, mon bon jeune homme, est-ce ainsi qu'on se traite entre voisins ?

Il s'était fait un certain silence et Dreux, qui glissait les pièces gagnées dans sa bourse de cuir, demanda sans s'interrompre :

— Et qu'y a-t-il en nous qui ne vous plaise pas, messire qui vous dites notre voisin ?

L'inconnu balafré revint vers la table et toisant Guillaume laissa tomber :

— Je n'aime pas voir un chevalier de cette trempe consacrer un pareil bras à des jeux de saltimbanques. C'est gaspillage et sottise.

Guillaume ne comprit pas d'abord pourquoi cette phrase l'avait frappé avec autant de violence. Elle n'avait rien d'insultant, bien au contraire. Et puis il se souvint : c'était, presque mot pour mot, la remarque que le duc Richard avait faite à son père *le jour du sanglier* et il eut la certitude qu'ils allaient voir, à leur tour, leur destin basculer.

— Faudrait-il que les chevaliers dévorent leurs propres bras pour calmer leur estomac ? demanda Dreux avec hauteur.

— Des bras comme les vôtres pourraient gagner, de plus belle manière, de quoi nourrir mille estomacs.

— Là, messire, vous nous intéressez. Et nous aimons bien les histoires, si on peut en tirer profit. Onfroi, viens écouter ce noble conteur et, en passant, apporte-lui son tabouret.

Les quatre Hauteville s'étaient regroupés autour de l'inconnu et les autres spectateurs, curieux mais conscients qu'on ne s'adressait pas à eux, se tenaient en demi-cercle, dans la pénombre.

— Sachez, bons jeunes gens, que je reviens d'un pays bien plus aimable et riche que celui-ci. C'est le Seigneur qui m'y a conduit au retour de Jérusalem.

Mais un pays où les chrétiens sont sans cesse harcelés par ces idolâtres qu'on appelle Sarrasins, où des populations fidèles au pape de Rome souffrent sous le joug des Byzantins qui eux, s'ils ne sont pas idolâtres, ne valent guère mieux tant ils pensent et font tout à l'envers. Les princes de ce pays, qu'on appelle Italie, savent qu'il existe des chevaliers comme vous avec lesquels ils pourraient se libérer des injures des hérétiques. Ils nous ont vus à l'œuvre, moi et mes compagnons, et quand nous avons dû repartir, ils nous ont dit : Si vous rencontrez, dans votre duché de Normandie, des guerriers aussi braves que vous, dites-leur que nous les accueillerons à bras ouverts, qu'ils auront tout ce que de besoin, bon salaire pour leur peine et beau site et belle terre quand ils voudront fonder famille. Ainsi m'a parlé le prince de Salerne et je lui ai répondu : Messire, la Normandie regorge de chevaliers aussi vaillants que nous et capables de vous aider fidèlement à vaincre vos ennemis. Avec cent chevaliers semblables à vous, m'a répondu le prince, plus aucun ennemi ne pourrait nous défier. Voilà de quoi pourvoir à leur voyage.

— Voulez-vous dire, interrogea Dreux, que ce prince vous a donné assez d'argent pour que des chevaliers tels que nous prennent la route pour aller se mettre à son service ?

— Il l'a fait. Demandez au père abbé du Mont-Saint-Michel. Nous avons déposé ce petit trésor entre ses mains.

— Par ma foi, nous le ferons ! dit Dreux en éclatant de rire. Mais, voyons, messire le conteur, si ce pays est aussi beau et accueillant que vous le prétendez, pourquoi l'avez-vous quitté ?

Serlon, toujours fasciné par le visage de cet homme, vit se durcir le regard de l'œil sans paupière.

— Parce qu'en partant pour les Lieux Saints demander la rémission de mes péchés, j'avais laissé au pays la dame qui est mienne et je voulais savoir si de jeunes godelureaux de votre espèce m'avaient fait des cornes de daguet ou de grandes ramures de cerf.

— Et alors ? lança Guillaume effrontément.

— Alors, répliqua l'autre durement, je ne sais pas encore. Mais si cela vous intéresse, croyez bien que vous serez les premiers informés.

— Et pourquoi nous les premiers ?

— N'êtes-vous pas mes plus proches voisins ? Je vois que vous ne me reconnaissez pas. Il est vrai que j'ai été longtemps absent et les adorateurs de Mahomet n'ont pas épargné mon visage, mais croyez que j'en ai tué cinq pour chacune de ces coutures. Je suis votre voisin, le seigneur de Ridel.

Ils burent à leur voisinage, au prince de Salerne, à leurs futurs exploits. Ils apprirent mille détails sur cette terre promise qui, semblait-il, n'attendait qu'eux. Guillaume, dans sa tête, entendait résonner la formule magique qui avait décidé de l'élévation des Hauteville et qui maintenant venait d'être prononcée, si semblable, pour lui-même et ses frères.

Mais dans sa tête, Serlon tournait et retournait une autre phrase que l'homme couturé venait de prononcer : Vous serez les premiers informés. Il y sentait un avertissement et une menace. Il se prit à trembler pour son père, et le seigneur Tancrède lui parut soudain injustement vieux et fragile.

5

Le seigneur de Ridel

On leur avait dit que frère Bartolomeo travaillait au pied de l'abbatiale mais ils trouvèrent le chantier vide. Ils s'apprêtaient à redescendre quand deux mains et une tête rubiconde apparurent à la hauteur du parapet. C'était le moine qui jurait comme un perdu, tentant de se hisser sur l'esplanade, poussé par deux tailleurs de pierre. Un invraisemblable échafaudage descendait vertigineusement jusqu'à la mer qui grondait, écumante, au-dessous d'eux. Les quatre Hauteville ne purent réprimer un mouvement de recul.

— Eh bien, aidez-moi à remonter au lieu de m'observer comme si j'étais une sirène, cria le moine d'une voix haletante. Regardez ce qu'on m'impose, à mon âge. Faut que je m'occupe de tout ici. Je suis entouré d'incapables !

Les deux pousseurs échangèrent un regard ironique puis, délestés de leur fardeau, repartirent à leurs pierres et à leur mortier, évoluant sur ces planches étroites lancées dans le vide comme s'ils parcouraient un chemin de campagne.

Est-ce que ces gens-là sont d'une autre race ou n'est-ce qu'une question d'habitude ? se demandait Serlon. De toute façon, il les trouvait admirables.

— Alors, c'est encore vous ? lança le Bénédictin, reprenant son équilibre et époussetant sa robe. Il ne les avait pas rencontrés depuis des mois !

— Il ne tient qu'à toi de nous voir pour la dernière fois, dit Guillaume.

— Je suis tout ouïe.

— On s'est laissé dire que des seigneurs d'Italie recherchaient de bons chevaliers pour la défense du vrai Dieu.

— Qu'est-ce que vous voulez que j'en sache, répliqua l'autre. Est-ce que j'ai une tête de sergent recruteur ?

— Pourquoi pas ? dit Guillaume.

— Comment le Seigneur peut-il laisser proliférer une race de vipères telle que la vôtre ! Suivez-moi.

Ils prirent des couloirs voûtés, montèrent et descendirent des escaliers tournoyants, passèrent des portes grinçantes, épaisses comme les murs. Chaque fois qu'il rencontrait l'un de ses frères, le moine demandait :

— Où est frère Jérôme ? mais il prononçait *Dzeronimo,* car s'il avait quelque peu amélioré sa langue franque son accent demeurait tout aussi épouvantable.

Dzeronimo était au réfectoire à éplucher des racines. C'était un tout jeune moine dont l'air ahuri ne pouvait que réjouir. Il venait de rentrer d'Italie et était au courant de tout. Il bondit de son banc en répandant les épluchures amassées dans sa bure et se mit à tourner autour des Hauteville en battant des mains.

— Merveilleux ! Merveilleux ! Vous voulez partir là-bas ? Merveilleux, vous êtes exactement les hommes qu'il leur faut...

Guillaume se demandait s'il allait leur examiner les dents et leur tâter le ventre.

— Le prochain convoi de pèlerins part dimanche, après l'office. Une courte étape pour se mettre en jambes et hop ! Le grand voyage. Merveilleux ! Venez, il faut vous inscrire. Il y a déjà neuf nobles chevaliers comme vous sur la liste.

— Hé ! Un instant, dit Dreux. On nous a parlé d'un petit pécule.

— Bien sûr, bien sûr. Le bon prince de Salerne est très riche et très généreux. Allons tout de suite signer le registre. Ah ! Je vous envie ! comme j'aimerais repartir !

— Au diable, ces agités de moinillons, grommela Bartolomeo. Dirait-on pas que le monastère est pavé de tisons ardents !

*

* *

Le cellérier qui se chargeait des inscriptions rajouta les noms de Guillaume, Dreux, Onfroi et Serlon, fils de Tancrède, seigneur de Hauteville.

— Regardez, regardez, disait frère Jérôme en sautillant, pointant son doigt sur les autres noms, ce seront vos compagnons de route. En connaissez-vous déjà ?

Mais les fils de Bras de Fer ne savaient pas lire.

— Ah oui, pardonnez-moi. Et il énuméra : Ami, dit Taillemaure, et ses fils Pierron et Gauthier ; Rodolph, fils de Babéna ; Asclettin, neveu de Rainolph, et Tristan, Hervé, Arnolin... rien que de beaux et braves chevaliers...

— Pour ce qui est de la prime, interrompit le cellérier, on vous remettra une bourse de cent cinquante deniers byzantins quand vous aurez entendu la messe dominicale et juré sur les reliques de saint Michel et de saint Aubert que vous vous engagez à guider et protéger jusqu'à Rome la centaine de pèlerins qui prendront la route avec vous.

— Cent cinquante deniers byzantins ? protesta Dreux. Le seigneur de Ridel nous a parlé du double.

— Certes, certes, approuva le moine économe. Mais l'autre moitié, c'est à Salerne que vous la recevrez. Sinon, n'est-ce pas, comment savoir ? D'ailleurs, c'est plus qu'il ne vous en faut. Vous serez bien accueillis de monastères en hôtels-Dieu, proprement logés et bien nourris tout au long du chemin.

Jérôme-à-la-mine-réjouie insista pour qu'ils retournent au réfectoire partager un bouillon chaud. Il mourait d'envie de leur raconter, tout en finissant d'éplucher ses légumes, les exploits dont il avait été le témoin et qui préludaient à leur voyage.

*

* *

— Les bateaux byzantins (au diable les Byzantins ! ces Grecs traitent les Latins pire que des mécréants) les avaient déposés, lui et les pèlerins normands, dans le port de Bari (ah Bari ! quelle ville, quel port ! vous ne pouvez imaginer...) et ils remontaient vers le sanctuaire du Mont-Gargan (vous savez, c'est là où notre saint Archange a oublié ce beau manteau rouge dont saint Aubert nous a rapporté un pan).

Avant d'entreprendre l'ascension vers la Sainte Grotte, ils avaient été abordés par un gentilhomme lombard qui disait s'appeler Argyros, fils du seigneur Mélès, autrefois maître de Bari et de la Pouille, mais que les Grecs avaient maltraité et privé des terres sur lesquelles régnaient ses ancêtres depuis que Charlemagne les avaient chassés de la plaine du Pô. Il priait tous ces puissants chevaliers de demander à monseigneur saint Michel s'il ne pensait pas que leur devoir était de s'engager à leurs côtés dans le juste combat qu'ils menaient pour recouvrer leurs biens et repousser les usurpateurs.

Les chevaliers normands acceptèrent bien volontiers cette proposition qui ne leur coûtait rien. Ils crurent comprendre que l'Archange, interrogé, conseillait à ceux que rien ne retenait ailleurs de rester et à ceux qui avaient de forts liens au pays d'y retourner.

Le chef des révoltés lombards reconnut la sagesse de cette réponse et invita les premiers à se rendre à Salerne où il leur serait fait le meilleur accueil et proposé une juste rémunération pour leur participation à la cause lombarde.

À Salerne, on les logea confortablement à l'Auberge des Barbares qui s'élevait tout près du port.

Dès leur premier matin, ils furent réveillés par des cris, des bruits de course éperdue, tout un charivari qui les fit s'armer en hâte et s'enquérir de ce qui se passait. La ville était attaquée, non par les Byzantins mais par ces maudits Sarrasins venus d'Afrique, qui occupaient la belle Sicile et, de là, ravageaient les côtes de l'Italie, sans pitié ni vergogne.

Au lever du jour, leurs bateaux étaient entrés dans le port et l'avaient pillé et on les voyait maintenant s'engouffrer dans la rue principale qui montait au château, saccageant les étals et les boutiques. Mais déjà le prince, à la tête de ses troupes, descendait du château pour tenter de les repousser.

N'écoutant que leur courage, nos Normands sautèrent sur leurs chevaux et, prenant les Sarrasins à revers, les taillèrent en pièces, puis sans attendre tournèrent bride et, s'élançant vers le port en faisant tournoyer leurs lourdes épées, pourfendirent et décapitèrent tous ceux qu'ils rencontraient, obligeant les autres à se rembarquer. Ayant aperçu le chantier d'un calfateur où brûlait du goudron, ils s'en firent des brandons qu'ils jetèrent sur les barques ennemies pour les incendier.

Le prince de Salerne serra dans ses bras chacun des chevaliers normands et les embrassa en disant :

— Je n'ai jamais vu, dans ma cité, si beau massacre ! Je promets à ceux qui veulent rester à mon service beaucoup d'argent et autres choses précieuses.

— Merveilleux ! Merveilleux ! concluait le jeune moine, que le récit de ses souvenirs portait à l'extase. Quelle belle vie vous aurez là-bas : vous êtes bénis du Seigneur !

Les quatre Hauteville marchaient en tous sens à travers la pièce, pris, eux aussi, d'une exaltation qu'ils n'arrivaient pas à dominer.

— Et puis, ajouta frère Jérôme, là-bas, vous verrez la mer !

— Eh bien, et ici ? dit Serlon, en désignant les flots gris qui rugissaient à travers les ouvertures du réfectoire.

— Ah ! Ici ! répondit l'autre avec un grand geste de mépris.

Sur le chemin du retour, les quatre aînés de Tancrède de Hauteville galopèrent en chahutant et braillant à tue-tête. Ils coursèrent quelques paysannes et leur taquinèrent la croupe. Ils avaient décidé de passer la nuit en compagnie de Toerkil la Baleine.

Quand le vieux pirate apprit leur engagement, il poussa des cris de joie et les serra contre son cœur.

— Si vous n'aviez pas eu à vous occuper de ces fichus pèlerins, je vous aurais conduits moi-même jusqu'à Salerne sur mon plus beau drakkar.

— On peut aller d'ici jusqu'à l'Italie à travers l'océan ?

— Je crois bien ! Les chemins de la mer mènent partout. Elle tient le monde dans ses mains. On descend vers le sud, on contourne le pays des Ibères, on franchit les colonnes d'Hercule et là, on entre dans le jardin d'Éden.

— Par Dieu, y serais-tu déjà allé ?

— J'ai connu des marins qui en revenaient. L'air y est si doux et le ciel si clément qu'on peut y vivre nus.

— Hommes et femmes ? demanda son fils Thorolf en roulant des yeux.

Il n'y avait que Serlon pour ne point participer à l'allégresse générale et, comme cela se voyait, on insista pour qu'il s'explique. Serlon avoua ses craintes, l'inquiétude qui le rongeait depuis les menaces qu'il avait cru percevoir derrière les sous-entendus du seigneur de Ridel.

— C'est ça qui te tracasse ? fit Guillaume en haussant les épaules. Est-ce que tu t'imagines que ce bonhomme va rameuter le ban et l'arrière-ban pour venir trucider le vieux dans sa tour ? Est-ce qu'on n'est pas là pour le défendre ?

— Il attendra que nous soyons déjà loin.

— Hé ! Mes bougres, s'exclama Toerkil la Baleine, vous êtes peut-être *les premiers*, comme vous vous appelez, mais pas forcément les meilleurs. Je commence à connaître ceux de l'autre lit. C'est même race ! Ils vous valent bien. Le Tancrède peut compter sur eux ! Et le Robert est de taille à vous en remontrer.

— Celui-là, dit Guillaume, il nous vaut tous. Il comprend mieux que moi-même ce que je lui apprends.

— Et le dernier, Roger, *la petite merveille* ?

— Ce n'est encore qu'un enfant.

— Est-il aussi beau qu'on le prétend ? demanda Toerkil. Il faudra que j'aille voir ça de mes yeux.

— Beau comme une fille. C'est ce qu'en dit le Dieudonné.

— Ah, je l'oubliais, le bâtard ! Il était bien le seul à oser appeler ainsi le fils de Tancrède et de la dame de Ridel. Fille pour le visage, mais pour le reste ?

— Aussi bien pourvu que nous pouvions l'être à huit ans.

Toerkil parut méditer.

— Beau comme une fille et pourvu comme un homme, en voilà un qui n'aura pas besoin d'aller jeter loin ses filets pour pêcher les sirènes.

La soirée promettait d'être joyeuse. Les fils de Toerkil la Baleine rapportaient de leurs nombreux trafics dans les ports anglais une bière diablement poivrée qui vous séchait la gorge.

6

Père et fils

Le vieux Tancrède était en discussion avec Geoffroi à propos des semis de printemps quand Guillaume et ses trois frères entrèrent dans la salle du donjon. Geoffroi se rembrunit. Il n'aimait pas les voir arriver ainsi en bloc, l'air à la fois contrit et têtu.

— Nous sommes venus vous annoncer que nous allons partir, lança tout à trac Guillaume à son père.

— Il était temps, dit Bras de Fer. Il y a trop longtemps que vous traîner par ici à ne rien faire.

— Mais cette fois, nous ne serons pas de retour pour la Noël. Nous allons accompagner des pèlerins jusqu'à Rome et ensuite nous avons l'intention de nous mettre au service du prince de Salerne, un grand seigneur d'Italie qui a besoin de nous.

Il y eut un profond silence. Tancrède réfléchissait en se grattant les joues. Ses ongles trop longs faisaient entendre dans sa barbe grise un bruit de pattes de chat s'aiguisant les griffes.

— En ce cas, laissa-t-il tomber, vous partirez nu-pieds et le bourdon à la main.

— Nous partirons en chevaliers que nous sommes, répliqua calmement Guillaume.

— Avez-vous demandé son autorisation au comte de Coutances ?

— Il n'a jamais eu besoin de nous et nous ne lui devons rien : nos chevaux et nos armes ne lui ont jamais appartenu.

— Ils lui appartiennent parce qu'ils sont à moi et qu'il est mon seigneur, dit Tancrède d'une voix vibrante de colère.

— À vous ? Je crois que vous oubliez qu'il y aura bientôt dix ans que nous payons le juif, mes frères et moi.

— Ah ! C'est comme ça que vous prenez les choses ! gronda le vieux.

— Il me semble, pour être juste, que Guillaume, Dreux et Onfroi ont fait plus que payer leur part, intervint Geoffroi dans l'espoir de calmer son père.

— Ne te mêle pas de ça, coupa Tancrède, et vous, messire mon fils aîné, si vous voulez parler en maître ici, vous savez ce qu'il vous reste à faire.

Il était donc venu le moment que Guillaume redoutait tant, vers lequel, il le savait, son destin depuis sa naissance, inexorablement, le poussait. Son père venait de mettre son coude sur la table et tendait son avant-bras, doigts écartés, dans sa direction. Il essaya encore d'éluder.

—À quoi bon, laissez-nous partir. Vous savez bien que c'est juste et nous y sommes décidés.

Tancrède se contenta de le regarder dans les yeux, sans répondre ni bouger.

— Puisque vous le voulez, dit Guillaume.

Il s'assit, enlaça les doigts de son père et la lutte commença. Guillaume s'était promis de ne faire aucun effort pour le vaincre. Simplement, calmement, il lui immobiliserait le bras jusqu'à l'amener à renoncer. Mais le seigneur de Hauteville tenait bon et le fils prit soudain conscience qu'il n'était pas si certain de sortir vainqueur de ce combat-là et risquait de se laisser dominer par la puissance morale du vieux combattant.

Le visage du seigneur de Hauteville, d'ordinaire si pâle, était devenu rouge, ses yeux s'injectaient de sang, un incroyable réseau de veines épaisses grimpaient le long de son cou, envahissaient ses lourdes mâchoires.

Il va se tuer, pensa Guillaume, et il pesa de toutes ses forces.

Pour la première fois de sa vie, Tancrède, dit Bras de Fer, sentit ses phalanges s'écraser sur le bois de la table.

Dans la salle, plus personne n'osait respirer. Guillaume relâcha son étreinte. Tancrède se leva, laissant son bras droit dans la position étrange où l'avait mis la victoire de son fils, telle une branche morte. Son regard alla de Guillaume à Dreux et Onfroi.

— Allez au diable, dit-il.

Puis il passa devant Serlon et le toisa :

— Toi, tu restes.

Serlon baissa la tête et ses frères stupéfaits l'entendirent qui murmurait :

— Oui, père.

*

* *

Il y avait eu les hurlements des chiens qu'on affamait un peu pour les rendre plus féroces, le hennissement des chevaux piaffant sous les mains qui les harnachaient et les grands coups de pied du vieux Tancrède dans toutes les portes.

— Debout, debout ! Vous n'imaginez pas que vous allez partir sans avoir rempli le cellier !

Il n'allait tout de même pas s'attendrir, leur avouer qu'il avait envie de cette dernière chasse avec ses trois aînés, ces trois fils qu'il ne reverrait plus.

Les garçons étaient sortis nus de leur lit, s'étaient précipités dans l'étuve que Frésende avait fait construire.

Mais comme le père n'avait prévenu personne, la pièce n'était pas chauffée et ils s'aspergèrent d'eau glacée en aboyant encore plus fort que la meute et se fouettèrent jusqu'au sang avec des rejets de frêne.

*
* *

C'était une de ces matinées de printemps d'une grande douceur comme en connaît le Cotentin quand les vents du sud-ouest apportent, avec les senteurs de l'iode, le parfum des genêts de Bretagne.

À travers la grisaille qui voilait son regard, le seigneur de Hauteville percevait le vaste tapis de jacinthes et les taches blanches des anémones des bois, semblables à des plaques de neige au sortir des rigueurs de l'hiver. Il offrait son visage buriné aux rayons du soleil qui glissaient entre les feuillages encore tendres et, s'adressant à Odilon qui le guidait, il lançait non sans perfidie :

— Existe-t-il au monde terre plus merveilleuse que celle-ci ?

Guillaume, feignant de parler à Dreux et Onfroi qui chevauchaient en tête à ses côtés, répliquait :

— Il paraît que là où nous allons, hiver comme été, tous les jours sont semblables à celui-ci !

Même le petit Roger, *le dernier des derniers*, prenait part à la fête. On lui avait attribué une vieille rosse qu'il harcelait si fort qu'elle parvenait à soutenir le train. Il s'était même glissé jusqu'à la hauteur du *premier des premiers* et, dressé sur ses étriers pour atteindre l'oreille du colosse, il lui demandait :

— Messire mon frère, quand vous allez partir, vous n'emmènerez pas votre étalon ?

— Par le diable, s'écria Guillaume surpris par cette petite voix ferme, t'imagines-tu que je vais aller servir le prince de Salerne et tous ces bons chrétiens à cheval sur un bouc ou une vache à lait ?

Le gamin éclata de rire et, redevenant sérieux, soupira :

— Dommage ! Vous auriez pu me le laisser. Regardez sur quoi on me fait monter.

— Ah ça, petit morveux, sais-tu seulement ce que c'est que de maîtriser un étalon ?

— Aucun cheval ne me fait peur, affirma tranquillement Roger. Je les serre comme ça entre mes cuisses et quand ils ne peuvent plus respirer et sentent qui est le maître, je leur parle à l'oreille et ils font ce que je dis.

Quel âge avait-il donc, celui-là ? Sept, huit ans ? se demandait Guillaume songeur. Il ne savait pas bien faire le décompte des années, mais il découvrait les muscles gonflés et tendus sur les cuisses déjà puissantes de l'enfant et il se disait que derrière les yeux naïvement charmeurs, le sourire enjôleur, poussait un petit athlète, un vrai rejeton de la race des Hauteville, qu'il avait jusque-là ignoré. Il pensait : Si vieux qu'il soit, le père a su faire de beaux enfants à la petite Frésende. En aurais-je fait autant ? Et aussitôt une autre idée lui venait : Si nous avions eu le même âge, aurais-je pu le vaincre au bras de fer ? Question qui n'aurait jamais de réponse. Question qui guiderait sa vie.

Roger était revenu à sa hauteur. Il passa la main dans les cheveux de l'enfant.

— Je ne te laisserai pas mon étalon, mais je dirai à Odilon de t'apprendre à maîtriser les plus rétifs.

— Odilon n'est pas un guerrier.

— Mais c'est un excellent cavalier. Et puis, qu'est-ce que tu en sais ?

— J'observe, dit Roger. Je sais faire tout ce que vous faites. Lui, non. Moi, je m'exerce et un jour je serai le meilleur.

C'était dit avec tant de conviction que Guillaume en resta sidéré.

*

* *

Au début de la chevauchée, Serlon s'était maintenu à la hauteur de ses frères. Mais voyant qu'on ne lui adressait pas la parole, qu'on ne répondait pas comme d'habitude à ses propos ou à ses plaisanteries, il s'était laissé glisser vers l'arrière et s'amusait de voir Guillaume le Terrible feindre de s'intéresser, à ce qu'il croyait, à cette petite peste aguicheuse qu'était le dernier-né. Ils me battent froid, se disait-il, mais rirait bien qui rirait le dernier quand il les rejoindrait sur la route de l'Italie et leur apprendrait ce qu'il venait d'accomplir. Même le seigneur de Hauteville, là-bas dans sa tour, lui pardonnerait sa soumission mensongère, sachant ce qu'il n'avait pas hésité à faire pour le protéger.

Ce fut une belle journée de massacre. On égorgea des chevreuils et même un grand cerf. Tancrède, aux applaudissements de tous, refit le coup du sanglier transpercé. On abattit des oiseaux à la fronde. Roger y excellait. On eut la chance de tirer à l'arc des oies sauvages. Les chiens se gorgèrent d'entrailles.

Au soir, les deux chariots traînés par des vilains débordaient de viandes odorantes. Serlon dit qu'il fermerait la marche pour s'assurer qu'on ne perdrait pas une pièce de ce carnage. Quand il fut certain qu'on ne l'observait plus, il fit faire un quart de tour à son cheval et piqua à bride abattue vers l'est.

Il voulait atteindre le château de Ridel avant la nuit.

*

* *

La demeure du seigneur de Ridel était déjà dans l'ombre quand il y parvint. Seule la face ouest de la tour flamboyait encore aux rayons du couchant.

La porte d'enceinte était restée ouverte. Des paysans rentraient des chèvres et des moutons. Il se fraya un chemin au milieu des bêtes, attacha son cheval et alla frapper au donjon. On le fit entrer mais pour lui expliquer que le maître du lieu avait déjà rejoint la dame dans sa chambre et qu'il n'était pas question de le déranger.

— Comment ne pas le déranger ? se mit à hurler Serlon. Quand j'ai fait tant de lieues pour venir lui apprendre qu'on le vole, vous entendez, qu'il est victime de moines malhonnêtes, d'hommes sans scrupules qui retiennent à leur profit tout l'argent qu'il a ramené d'Italie ? Non, je n'attendrai pas une minute de plus.

Attiré par ces cris, le sire de Ridel apparut en haut de l'escalier. Il avait passé une longue pelisse par-dessus sa nudité et, des deux poings, la tenait fermée devant lui.

— Que veut dire tout ce tintamarre ? cria-t-il. Pourquoi, diable, hurles-tu de la sorte, jeune Hauteville ?

— J'arrive du Mont-Saint-Michel. On vous a volé. On nous a tous volés ! Le moine cellérier prétend que vous ne lui avez jamais remis le moindre denier pour engager des chevaliers pour le compte de Salerne.

— Mais c'est absurde, bafouilla Ridel. Les moines de Saint-Michel ? Tu perds la tête.

— Je vous jure bien que non.

— Arrête de hurler et viens ici, lui ordonna l'autre.

Le baron rentra dans sa chambre. Serlon, en montant l'escalier, l'entendit qui tirait un rideau.

La pièce était dans la pénombre et, grâce aux chandelles qui brillaient derrière la tenture qu'on venait de fermer, on apercevait vaguement en transparence le lit conjugal et la silhouette de la dame sous les couvertures. Serlon recommençait ses explications.

— C'est bon, c'est bon, j'ai tout entendu. Du diable si je comprends ce qui se passe, mais tu n'as pas besoin de crier ainsi. S'il y a quelque embrouille, à quoi bon l'apprendre à tout le monde !

— Et mes frères et moi, qu'est-ce que nous devenons ?

— Eh bien, partez ! J'arrangerai ça. Vous avez sûrement mal compris.

— Vous tenez vraiment à nous voir partir, dit Serlon en changeant de ton.

— Mais bien sûr, je n'ai qu'une parole.

— Je me demande bien pourquoi, fit le jeune homme d'une voix encore plus douce.

— Qu'est-ce qui te prend, demanda le baron étonné. Je me suis engagé à fournir des chevaliers pour Salerne et vous faites l'affaire.

— Nous, particulièrement ?

— Ni plus ni moins que d'autres.

— Oh si, plus que d'autres, je crois. Que nous allions en Italie ou au diable n'est pas ce qui compte pour vous ?

— Et qu'est-ce qui compte alors ?

— Que le sire de Hauteville soit à votre merci, n'ayant plus de fils pour le défendre. Vous ne pensez qu'à votre vengeance.

Depuis un moment, Ridel essayait de voir où ce jeune homme qui n'avait pas l'air ivre voulait en venir. Au mot vengeance, il comprit. Il devint rouge et se mit à trembler de rage.

— C'était donc lui ! Maudit chien !

Il lâcha sa pelisse pour saisir son épée posée sur un coffre à côté de lui. Serlon vit toute cette chair blanche, un peu grasse. Il laissa glisser le couteau qu'il avait caché dans sa manche. De toutes ses forces il frappa de bas en haut comme on le lui avait appris, juste sous les côtes, la pointe vers le cœur.

Le baron voulut appeler mais au lieu de paroles ce fut un flot de sang qui sortit de sa bouche. Il vacilla, puis tomba en arrière entraînant le rideau et s'effondra, cassé en deux sur le rebord du lit. La dame de Ridel se mit à hurler. Elle sortit des draps, nue elle aussi, et se mit à embrasser le visage du mourant, se barbouillant de son sang.

— Assassin ! Assassin ! clamait-elle. Mon seigneur, mon maître bien-aimé. À l'aide ! À l'aide !

Horrifié, hébété, Serlon ne comprenait plus rien.

— Madame, madame, suppliait-il, je suis Serlon, un fils de Tancrède de Hauteville... C'est pour lui, c'est pour vous que j'ai fait ça ! Ne criez pas !

Déjà on courait dans les escaliers. Malgré sa stupeur, il eut la présence d'esprit de se précipiter vers la porte et de tourner la barre qui la condamnait. De lourdes épaules tentèrent aussitôt de l'enfoncer. Serlon avisa l'unique fenêtre, poussa le volet, s'accrocha au rebord et se laissa tomber dans le vide.

Il atterrit sur une pile de rondins qui s'écroula dans un grand fracas. Une terrible douleur lui traversa la cheville, une autre lui pétrifia l'épaule. Son cheval était à moins de dix pas. À cloche-pied, s'appuyant sur un morceau de bois, il parvint à le rejoindre, à se mettre en selle. Devant lui, un homme d'armes tentait de refermer la porte de l'enclos. Il éperonna, arriva à sa hauteur, l'assomma d'un coup de bûche et s'élança à bride abattue vers l'ombre de la forêt. Un rien de clarté traînait encore.

Il avait son plan : gagner la plage, puis filer vers le sud en galopant sur la lisse de basse mer pour rejoindre le campement de Toerkil la Baleine et s'y réfugier.

Il galopa comme un fou, la joue contre le cou du cheval pour éviter les branches basses. La bête, surexcitée, fonçait droit devant elle, sautant les troncs couchés, explosant les buissons. La forêt n'en finissait pas. Enfin, ce furent les dunes.

Depuis longtemps la nuit était venue. Une lune en son premier quartier faisait luire vaguement les sables de la plage. Serlon allait s'élancer vers la mer pour retrouver le sable humide et plus ferme quand il aperçut cinq cavaliers qui, débouchant du bois, lui coupaient la route du sud. Ils avaient dû emprunter un chemin plus direct et plus courant. Malgré son avance, ils l'avaient rejoint.

Au nord, sa seule voie de salut, se dressait une digue. Il força son cheval à l'escalader. De l'autre côté, on apercevait un grand feu de bois qui éclairait une misérable cahute ct quelques hommes qui mettaient une barque à la mer pour une pêche nocturne. Le cheval chuta en descendant la digue, puis se rétablit. Serlon criait :

— Attendez, attendez !

Il faisait de grands gestes vers les pêcheurs. Arrivé à leur hauteur, il entra dans l'eau.

— Mon cheval si vous m'emmenez ! leur cria-t-il.

Celui qui devait être le maître de l'embarcation, voyant de loin que la bête était magnifique et la sellerie digne d'un chevalier, fit signe à Serlon de les rejoindre et à un gamin qui l'accompagnait d'aller prendre le cheval. Serlon, sans force, se laissa tomber à l'eau. Il hurla de douleur quand les hommes l'empoignèrent pour le faire grimper à bord. Le gamin entraînait déjà le cheval vers la chaumière.

Les cinq cavaliers avaient à leur tour escaladé la digue et tentaient de comprendre ce qui se passait. Les pêcheurs se mirent à tirer sur les rames avec vigueur. La côte s'éloigna rapidement.

Le dernier des premiers tenta de se redresser. Il aperçut les hommes de Ridel qui tournoyaient sur la rive comme des fourmis dont on a coupé le chemin. Bientôt la forêt ne fut plus qu'un long ruban noir ourlé de sable d'or. Puis la lune disparut dans une barre de nuages.

Allongé sur un filet, Serlon tremblait de douleur et de froid. Mais c'était plus encore l'image de Boerte qui lui déchirait le cœur, le souvenir de son corps tiède sans cesse affamé de plaisir. Ce besoin lancinant de jouissance qui l'avait si souvent exaspéré et dont l'absence, déjà, lui paraissait insupportable.

Les ténèbres de la mer et du ciel s'étaient rejointes, enveloppant l'embarcation d'un linceul glacé.

Ni Boerte, ni aucun de ses frères ne devaient le revoir.

7

Boerte

On ne s'aperçut pas immédiatement, au retour de la chasse, de l'absence de Serlon. Dreux fut le premier à la constater alors qu'on allait passer à table. Il avait pris l'habitude de tout compter. Il comptait les deniers ou les œufs que rapportaient à Guillaume ses bras de fer, il comptait les plats et les gobelets d'argent volés dans les châteaux d'Armorique, les vaches et les moutons de Geoffroi, les chevaux et les hommes. Il avait compté ses frères, il en manquait un. Il le dit à Onfroi, Onfroi s'en ouvrit à Guillaume qui haussa les épaules.

— Il boude. Il reviendra quand ça lui aura passé. Il connaît le chemin.

Il y avait trop de monde et de tumulte à table pour qu'on remarquât la présence ou non de l'un ou de l'autre et le vieux Tancrède ne distinguait qu'une masse bruyante et joyeuse de visages flous. Quant aux femmes, elles avaient bien trop à faire pour nourrir ces affamés. On servit tout ce qui n'avait pas besoin d'être faisandé ou mariné. Roger se tenait pour la première fois à la table des hommes et chaque fois que l'un des convives saisissait quelque gros oiseau, bien rôti, il s'écriait :

— Celui-là, c'est moi qui l'ai tué avec ma fronde.

On alla se coucher très tard, repu de chair tendre, de racines bouillies et de compote de pommes.

Vers la mi-nuit, toute la maisonnée fut réveillée au milieu de ses rêves par des hurlements qui montaient de la cour. Tancrède sortit de son lit et se pencha à la fenêtre.

— Mais que se passe-t-il, bon Dieu !

C'était Boerte. Agenouillée au pied de la tour et poings brandis, elle hurlait comme une louve qui s'en prend à la lune. Ses glapissements suraigus étaient entrecoupés d'injures et de malédiction à l'adresse de la race infâme des Hauteville : race de boucs qui engrossaient leurs femmes et les abandonnaient aux terreurs de la nuit pour aller courir les filles de joie.

— Faites-la taire, criait le baron dont l'indulgence avait ses limites.

Odilon s'était précipité pour tenter de raisonner la femme de Serlon, mais c'était peine perdue, elle ne l'écoutait pas et se roulait par terre dès qu'il la touchait.

— Je ne peux pas la calmer, messire. Elle prétend qu'elle a peur. Elle veut qu'on lui ramène Serlon !

— Bats-la, étrangle-la, éructait le vieil homme furieux.

Mais Odilon n'était pas homme à lever la main sur une femme. Guillaume vint à son secours. Il maîtrisa Boerte et l'emporta pour la jeter dans l'appentis qu'on avait bâti pour le couple, adossé à la ferme et condamna la porte avec de solides lanières de cuir.

*

* *

Le lendemain, les trois frères décidèrent sans conviction de battre les buissons du côté où l'on avait chassé. À leur retour, Frésende demanda à Guillaume de venir avec elle débarricader la porte : plus aucun son ne venait de l'appentis. Roger accompagnait sa mère. Boerte était couchée sur son lit, haletante, plus pâle que jamais, les yeux largement cernés. Elle se leva, chancelante, se jeta aux pieds des visiteurs et supplia de ne pas la laisser dormir seule une nuit de plus. Frésende lui proposa de passer la nuit au donjon, mais ce n'était pas ce qu'elle voulait. Elle refusa aussi que des soldats veillent devant sa porte. Elle suppliait que l'un de ses beaux-frères dorme à ses côtés.

— Voyons, dit Frésende avec douceur, soyez raisonnable. Vous savez bien que c'est impossible. Vous imaginez l'un des frères de votre mari passant la nuit seul avec vous ?

La pauvre fille se tourna vers Roger, lui embrassa les genoux et supplia :

— Alors, laissez-moi l'enfant. Rien que le petit Roger. Je serai très sage. Je ne vous tourmenterai plus. Je vous laisserai dormir.

Frésende ne savait que penser. Elle regarda Guillaume qui éclata de rire.

— Ma foi, dit-il en donnant une bourrade au *dernier des derniers*, toi qui n'as peur d'aucun cheval, tu vas nous montrer comment on s'en sort avec ces sortes de pouliches.

— Moi, ça me va, dit Roger en faisant le fier.

Tard dans la soirée, comme Serlon n'était toujours pas revenu, Roger alla dormir, roulé dans une couverture, au pied du lit de Boerte. La jeune femme était calme. Elle lui fit pitié tant elle paraissait lasse, tant on lisait de détresse dans ses yeux verts devenus sans éclat. Aussi accepta-t-il de la rejoindre dans son lit quand elle lui dit que, seule, elle avait trop froid. Elle se mit à jouer avec ses boucles fauves et lui demanda s'il savait qu'elle était enceinte. Il fit signe que oui.

— Qui te l'a dit ?

— Pas besoin qu'on le dise, ça se voit !

Boerte sourit.

— Il paraît que ça s'entend aussi. Si on met son oreille sur le ventre, on entend battre le cœur du bébé.

Elle repoussa la couverture et se découvrit jusqu'aux seins. Roger vit le petit ventre rond et, pris de curiosité, posa son oreille.

Il se fit alors un mouvement dans le ventre. Quelque chose bougea, cogna.

— Il est vivant ! fit Roger émerveillé.

— Parle-lui.

Roger, ne sachant trop quoi dire, mit ses lèvres à la hauteur du nombril et raconta à voix basse comment il avait, avec sa fronde, tué des cailles, des outardes et des grives aussi.

— Ce sont des histoires de garçons, dit Boerte, et si c'était une fille ?

— C'est un garçon, affirma Roger.

Il voulut se relever, mais la jeune femme lui maintint fermement la tête sur son corps.

— Tu sais par où il va sortir ?

— Je suppose qu'il sortira comme tout le monde, répondit-il ironiquement.

— Alors il faut lui préparer le chemin.

Elle prit la main de Roger, la glissa entre ses cuisses et la serra très fort. Il chercha à se dégager mais elle tenait son avant-bras avec force. Ils luttèrent ainsi un moment comme en un jeu, mais quand elle se mit à haleter, quand elle le pressa contre elle à l'étouffer, quand elle se mit à répéter d'une voix rauque :

— Petit... beau petit... deviens vite un homme, deviens vite un homme...

Il se dégagea brutalement et s'enfuit à toutes jambes pour aller finir sa nuit sur la paille de l'écurie entre les pattes des chevaux.

*
* *

On était à la veille du jour où *les premiers des premiers* devaient rejoindre le Mont-Saint-Michel avant le grand départ. Guillaume et ses deux frères ne savaient pas à quel parti s'arrêter. L'absence prolongée de Serlon ne leur apparaissait plus comme un simple caprice. Devaient-ils renoncer à leur projet ? Ils en discutaient encore quand la vigie, au sommet de la tour, sonna de la corne pour annoncer une arrivée. Les trois jeunes gens furent soulagés : Serlon revenait, tout rentrait dans l'ordre.

C'était Robert, *le premier des derniers,* flanqué de son ombre, le fidèle Dieudonné. Leur arrivée inattendue, leur mine sombre firent vite comprendre qu'ils n'apportaient pas de bonnes nouvelles. Ils allèrent droit à la salle où se tenait leur père. Les autres les suivirent pour entendre ce qu'ils avaient à dire.

La dame de Ridel était venue demander justice au comte de Coutances. Elle accusait Serlon de Hauteville d'avoir assassiné son époux. C'était un crime crapuleux. Elle avait cru comprendre que le jeune homme était venu exiger de l'argent pour elle ne savait trop quel voyage. Sur le refus du baron, il l'avait poignardé, puis il s'était enfui.

Le vieux Tancrède s'était affaissé sur lui-même. D'une voix étranglée il s'enquit :

— Qu'est-ce qu'il est devenu ?

— On ne sait pas, répondit Robert. Il semblerait qu'il ait pris la mer avec des marins qui l'attendaient. On a retrouvé son cheval dans une maison de pêcheurs sur les dunes.

— Qu'a dit le comte ? demanda Guillaume.

— Il l'a condamné au bannissement à vie. S'il revient, il aura la tête tranchée.

— Serlon n'est pas un voleur, gronda avec peine le vieux Tancrède. Il fallait tendre l'oreille pour comprendre les mots qui sortaient difficilement de sa gorge. J'irai réclamer justice au duc. Coutances nous méprise, mais le duc est magnanime. Je lui dirai la vérité.

Robert poussa un soupir et regarda ses frères. Fallait-il encore expliquer au seigneur de Hauteville qu'il n'y avait plus de duc, qu'il était mort sur le bateau qui le ramenait de Jérusalem où il était parti en pèlerinage pour expier ses fautes. À moins qu'on appelât duc de Normandie cet enfant, ce petit Guillaume, guère plus vieux que *le dernier des dernier.* Ce petit bâtard pourchassé, qui cherchait refuge de ferme en ferme, dont on avait, un à un, assassiné tous les protecteurs et jusque dans son lit. Non, le duché de Normandie n'était plus celui d'il y a vingt ans. Il n'y avait plus de poigne de fer pour maîtriser les seigneurs de la guerre. Il n'y avait plus, en Cotentin, d'autres lois que celle de Coutances.

— Nous sommes devenus indésirables là-bas, dit Robert. Geoffroi et moi allons rester à Hauteville.

Les trois aînés se regardèrent. Une même pensée leur traversait l'esprit : quel que fût leur désarroi, ils pourraient partir.

*

* *

Frésende avait envoyé Roger demander à Guillaume de monter la voir. Quand il entra dans la chambre, elle lui dit avec un sourire triste :

— Je viens d'entendre votre pas dans l'escalier pour la dernière fois.

— Dois-je comprendre, fit Guillaume, qu'il est reconnaissable entre tous ? Je suis peut-être un peu lourd. Me trouvez-vous si gros ?

— Vous avez le corps moins gros que n'est grand votre cœur, mon beau-fils. Puisque demain vous allez nous quitter et, je le crains, pour toujours, laissez-moi vous dire merci pour tout le bien que vous m'avez voulu et toute la courtoisie dont vous avez fait preuve à mon égard.

— Si je dois connaître des jours difficiles, je me consolerai en pensant qu'il y a ici, à Hauteville, quelqu'un qui me regrette un peu.

— Tout le monde vous regrettera. Mais je vais encore abuser de votre dévouement. J'ai un service à vous demander. Puisque demain notre malheureux Serlon ne vous rejoindra pas...

— J'aurais dû me préoccuper davantage de lui, soupira Guillaume. Je ne l'imaginais pas aussi fou.

— Est-ce vraiment folie d'aimer son père et de vouloir le protéger ?

— Vous aviez un service à me demander. Je suis à vos ordres.

— Beau-fils, dit-elle en lui prenant la main, puisque vous ne serez plus que trois, prenez Odilon avec vous.

— Emmener votre frère ? fit Guillaume surpris. Mais vous savez, madame, qu'il n'est guère porté sur le métier des armes.

— N'y aurait-il que des coups à donner et à recevoir là où vous allez ? Sans doute n'a-t-il pas votre force, mais le croyez-vous dépourvu de toutes qualités qui puissent vous être utiles ?

— Souhaite-t-il vous quitter ?

— Il s'est sacrifié pour m'accompagner du temps que j'étais une jeune fille apeurée. Il voit bien que je suis aujourd'hui une femme qui n'a nul droit de se plaindre et que même on pourrait juger comblée. Je vous en prie, offrez-lui l'occasion d'un peu de vie.

Guillaume se leva.

— Qu'il en soit comme vous le désirez. Vous avez raison : il est assez fin et dévoué pour rendre de réels services aux trois lourdauds que nous sommes et je vous promets que nous aurons grand soin de le protéger.

Il allait sortir.

— Attendez, dit Frésende. Je vous accompagne. Il me semble que c'est à nous d'aller dire à cette pauvre Boerte qu'elle ne reverra plus son époux.

Mais c'était une démarche inutile. Boerte avait disparu.

*

* *

Quelques jours plus tard, la Charbouclée arriva à Hauteville et demanda à voir la dame. Elle lui apprit que la femme de Serlon s'était réfugiée dans sa cabane. Cette Boerte que l'on croyait si peureuse avait trouvé le courage de traverser de nuit la forêt jusqu'à cet étrange refuge.

— Je pense que le sire de Hauteville et vous-même jugerez bon que je la garde. Il y a dans nos bois tout ce qu'il faut pour soigner son mal.

Si la phrase n'était pas dénuée de sous-entendu, Frésende n'y vit pas malice.

— Si vous pouvez me donner quelque argent pour subvenir à ses besoins, je vous en délivrerai jusqu'à ce qu'elle fasse son enfant. Je l'accoucherai en même temps que ma cadette. Elles sont aussi pleines l'une que l'autre.

Le vieux Tancrède donna son accord. Tout lui était devenu indifférent. Depuis qu'il avait appris la terrible nouvelle, il ne trouvait plus le sommeil. Frésende le voyait quitter sa couche comme un fantôme, mais elle n'osait le retenir, ni même lui parler. Par la fenêtre, elle l'avait vu entrer dans la chapelle où reposait sa première épouse et refermer la porte.

Il s'était jeté sur la pierre gravée. Il martelait le sol de ses poings en murmurant, rageur et perdu :

— C'est ta faute ! Pourquoi m'as-tu abandonné ? Si tu n'avais pas préféré rejoindre le Seigneur en son paradis, rien de tout cela ne serait arrivé.

Il se revoyait marchant à grands pas vers le Mont-Saint-Michel avec, sur ses talons, ce gamin qui courait pour ne pas se laisser distancer, ce gamin dont il se disait : Il ne pourra pas me suivre à ce train jusqu'au bout, il a encore de si petites jambes. Je le prendrai sur mes épaules. Mais l'enfant était trop fier pour se plaindre.

Le seigneur de Hauteville sentait qu'une boule humide, remontée de sa poitrine, lui éclatait dans la gorge et s'apprêtait à fuir par ses yeux. Il n'avait pas versé une larme depuis les temps où il marchait à quatre pattes.

— Quand un homme pleure, se dit Tancrède, c'est que sa vie s'achève.

*

* *

L'été allait sur sa fin quand la Charbouclée reparut à Hauteville serrant un petit enfant sur sa poitrine.

— Je vous l'ai apporté pour que vous le voyiez et que vous et le maître décidiez quel nom il faut lui donner, déclara-t-elle en le présentant à la dame de Hauteville.

— Serlon, dit spontanément Frésende.

Tancrède, consulté, hocha la tête.

— Serlon fils de Serlon, précisa-t-il.

Tel fut son nom.

— Si vous voulez me le laisser, reprit la Charbouclée, ma cadette lui donnera son lait, elle en a assez pour deux. Elle vient d'avoir une fille.

— Mais pourquoi ? Est-ce que Boerte n'a pas de quoi le nourrir ?

— Votre belle-fille n'avait rien de ce qu'il faut pour enfanter, expliqua la Charbouclée fataliste, dessinant de ses mains des hanches trop étroites. Mais pourtant, ce petit-là est bien de ce monde. C'est elle qui n'y est plus.

Frésende tint le bébé dans ses bras et le regarda avec tendresse. Il avait un beau visage au teint clair, d'étranges yeux verts et déjà d'abondants cheveux noirs. Plus tard, on prétendit qu'il tenait son étrangeté de sa diabolique nourrice. On avait oublié qu'elle pouvait lui venir de sa mère.

Roger prit l'habitude de courir à travers la forêt jusqu'à la masure de la sorcière. Il se penchait sur le petit Serlon et lui demandait :

— Dis-moi, tu te rappelles que c'est moi qui t'ai caressé dans le ventre de ta mère ? Moi qui t'ai dit que tu étais un garçon. Moi qui t'ai raconté comment on chasse à la fronde...

Le bébé se contentait de gazouiller et de ses petites mains il triturait les boucles de feu du *dernier des derniers.* Sa sœur de lait, couchée à côté de lui, en faisait autant.

— Laisse-le tranquille avec tes questions, protestait la fille de la Charbouclée. Tu vois bien qu'il ne peut pas encore te répondre.

— Je vois bien, soupirait Roger. Je reviendrai.

*

* *

Les bûcherons avaient fait un cercueil de planches grossières pour y mettre le corps de la femme du *dernier des premiers*. On l'y enferma avec tous ses secrets. Mais elle-même, savait-elle à quoi ressemblait le pays d'où elle venait, savait-elle seulement de qui elle tenait son nom étrange ? Avait-elle gardé le moindre souvenir de ce qu'elle avait dû endurer pour devenir cet être excessif et torturé ?

On lui avait creusé une fosse près des étangs, là où la terre était un peu moins dure. On l'enterra par une après-midi tiédasse, sous un ciel de plomb, ce jour même où Guillaume, Dreux et Onfroi, ses beaux-frères, découvraient la splendeur immaculée des neiges éternelles.

8

De Saint-Michel à San Michele

Sitôt chanté l'office des Rameaux, ils avaient quitté le Mont-Saint-Michel, nantis d'un honnête viatique et d'une surabondance de bénédictions.

C'était une précoce journée de printemps, à vous faire regretter de partir. Les pluies de la nuit avaient laissé le ciel d'un bleu tendre et le sable humide s'irisait comme la nacre d'un coquillage.

On assista à un beau spectacle : plus de cent cinquante pèlerins agitant des branches de noisetiers à peine feuillues, en guise de palmes, et les moines, bure retroussée jusqu'à la taille et munis de grandes perches, s'efforçant de les maintenir hors des sables mouvants, les guidant vers la terre ferme comme on conduit les oies au bercail. Un beau spectacle et une belle pagaille !

Sur le rivage où attendaient chevaux, mules et chariots, ce fut pis encore. Parce qu'ils avaient le cœur triste et ressentaient le besoin de se dépenser pour oublier, les Hauteville prirent les choses en main. Ils maudissaient la folie de Serlon et c'était cette folie qui leur manquait.

Ils désembourbèrent des roues, transvasèrent des sacs et des tonneaux, hissèrent des vieillards sur les mules, des femmes sur les bancs des chars et, tout naturellement, quand la colonne fut en état de marche, prirent la tête du convoi juste derrière les trois moines qui avaient pour mission de les guider jusqu'à Rome.

Les autres chevaliers avaient d'abord observé leur agitation avec étonnement, mais bien vite les plus jeunes les avaient rejoints pour prêter main-forte. Découvrir qu'ils avaient là de joyeux et solides compagnons mit un peu de baume au cœur des trois frères et Odilon sut se faire discret, sachant bien que sa présence évoquait une absence.

Au milieu de la journée, ils furent intrigués par le manège de trois cavaliers qui semblaient les suivre depuis l'autre rive du Couesnon, apparaissant et disparaissant au gré du paysage. Les moines leur apprirent qu'il s'agissait d'un seigneur de Falaise, accompagné de ses deux fils. Il s'appelait Ami dit Taillemaure et devait rejoindre les pèlerins, passé les frontières du duché. Il était en délicatesse avec le duc de Normandie ayant, à son retour d'Espagne où il avait bravement combattu les Infidèles et gagné son surnom, massacré les fils de son frère aîné qui venait de mourir, histoire de récupérer le domaine familial. C'était, à ce qu'on disait, un vieil homme auquel l'âge n'avait fait perdre ni le goût de l'aventure, ni celui de l'autorité et ses deux fils, Gauthier et Pierron, l'imitaient en tout et le suivaient aveuglément.

Guillaume, Dreux et Onfroi se regardèrent avec espoir. Pourquoi Serlon ne surgirait-il pas, lui aussi, en chemin, sur des terres où il n'aurait plus rien à craindre ? Mais les jours, en passant, leur firent perdre cette illusion et la beauté du monde la leur fit oublier.

Ils découvrirent la Loire. N'étant jamais descendus si bas, ils voyaient pour la première fois un fleuve. À Saint-Martin-de-Tours, la richesse du monastère les éblouit. C'est là qu'ils récupérèrent le chevalier banni. Au moment du départ, le vieil homme vint se placer devant les trois Hauteville :

— Il ne convient pas que de jeunes hommes comme vous chevauchent en tête, leur dit-il sur un ton de commandement.

— À ta guise, grand-père ! répondit Guillaume avec bonhomie. Espérons seulement que ta monture sera plus fringante que toi, sinon elle nous aura dans le cul.

*

* *

Ils quittèrent les charmes de la Loire pour découvrir, entre Autun et Cluny, les premières collines. Ils les prirent pour des montagnes et les escaladèrent comme des fous, émerveillés qu'on puisse voir le monde d'aussi haut. Ils imaginèrent tout le parti qu'on pouvait en tirer : les guets-apens, les attaques surprises, les dégringolades triomphales. La plupart des jeunes chevaliers, gagnés par leur enthousiasme, les accompagnaient dans ces escapades et tous redescendaient vers la cohorte des pèlerins, hurlant et s'affrontant en de feintes mais très physiques batailles.

— Vous venez encore une fois de laisser ces pauvres gens sans défense ! On ne peut vous faire aucune confiance, vous n'êtes que des enfants irresponsables, cinglait le vieil Ami.

— En avant ! En avant ! lançait Guillaume. La route est libre ! Nous l'avons vue jusqu'au bout du monde !

Et tous criaient leur joie et pressaient encore le pas.

C'était décidément une bonne troupe. De la pointe du jour au coucher du soleil, elle allait bon train, sans même s'octroyer de pauses quand l'étape se révélait trop longue. Puis, la soupe avalée, chacun ronflait sans se faire prier, roulé dans des couvertures, sur les dalles des abbayes ou le plancher des hospices.

Cette promiscuité n'avait rien pour gêner les Hauteville, mais ils appréciaient à leur juste valeur les bons repas et les meilleurs couchers que leur valait l'entremise d'Odilon. Le frère de Frésende, pour les remercier de l'avoir accepté à leurs côtés, n'hésitait pas à frapper aux portes des châteaux ou des belles demeures bourgeoises, expliquant qu'il accompagnait de nobles seigneurs normands qui avaient bien voulu se charger de la protection d'humbles pèlerins en chemin pour aller faire leurs dévotions à l'apôtre Pierre. Sa mine réservée et son langage châtié ouvraient des portes que la seule carrure des trois fils de Tancrède eût suffi à refermer à peine entrebâillées.

C'est ainsi qu'à Lyon ils furent les hôtes d'un banquier florentin. Guillaume s'était fait une spécialité de distraire ceux qui l'invitaient en contant *le jour du sanglier* et Odilon notait avec une sympathie amusée que, de récit en récit, le fondateur de Hauteville passait du rang de simple rabatteur à celui de proche compagnon du duc.

Ils découvrirent à la table de leur hôte et de sa dame une élégance de manières et un raffinement qui leur étaient inconnus, mais la maîtresse de maison sut les mettre à l'aise, s'extasiant sans excès de pudeur sur leur virile apparence. Quant au Florentin, il retint toute leur attention en leur parlant du pays où ils se rendaient.

— Cette Italie du Sud : Campanie, Pouille, Calabre... où vous allez servir, à qui appartient-elle au juste ? Nul ne le sait plus. À notre seigneur le pape ? Théoriquement. Mais que peut l'évêque de Rome sans l'empereur germanique, lequel demeure bien loin ! Alors, à Byzance ? Par d'anciens droits de conquête, sans doute ! Mais le basileus a déjà fort à faire chez lui et Constantinople n'est pas non plus la porte à côté.

— Et les vrais habitants du pays ? demandait Guillaume.

— Les princes lombards ? Ils sont venus là se tailler de belles principautés quand ils furent chassés du Nord : Capoue, Bénévent, Amalfi et Salerne sont de vrais petits royaumes bien gérés et prospères, mais qui se sentent un peu à l'étroit et ne songent qu'à se dévorer les uns les autres.

— Nous devons nous rendre auprès du prince de Salerne pour rencontrer un certain Argyros et l'aider dans sa lutte contre les Grecs, expliqua Guillaume.

— Cet Argyros doit être le fils de Mélès de Bari ou de son frère Dato qui furent l'un et l'autre suppliciés pour s'être révoltés contre le gouverneur byzantin, dit la dame qui aimait les héros malheureux.

— Nous autres Latins avons les Grecs en détestation, reprenait le banquier. Je me réjouis que vous alliez servir une bonne cause, auprès de bons seigneurs.

*

* *

Ils aimèrent Lyon bien que sa splendeur d'antan ne fût plus qu'un souvenir. Deux fleuves, quelle merveille ! L'un sage et glauque, l'autre d'un vert transparent et tout bouillonnant d'écume, parsemés d'un fouillis d'îles, chacune portant son église.

Le banquier les conduisit sur la colline romaine. La cité des Césars n'était plus que ruines, mais il se dégageait du forum effondré, des temples sans toiture, des colonnes branlantes, une impression de beauté et de puissance qui les laissa sans voix.

Ils escaladèrent les gradins de l'amphithéâtre en bondissant et s'arrêtèrent au sommet, pétrifiés : à l'horizon, au-delà des deux fleuves, très loin, au bout d'une vaste plaine, ils crurent apercevoir un monstre gigantesque à la peau rugueuse et crevassée, au dos crêté de blanc pur, et qui semblait endormi.

— Les Alpes, dit le banquier qui les rejoignait, essoufflé. Encore deux dimanches et vous les aurez franchies.

*

* *

Ils les franchirent mais ce ne fut pas sans mal.

On était très tôt dans la saison et leur troupe était la première en ce printemps 1038 à se lancer sur les pentes du Mont-Cenis. À peine en avaient-ils gravi la moitié qu'une terrible tempête de neige les aveugla.

Il fallut mettre pied à terre, calmer les bêtes affolées, les guider en tâtonnant. Un chariot roula dans le gouffre invisible. Quand l'écho du fracas se fut éteint, on appela. En vain. On continua la dure progression, transi de froid. Quand l'hospice du Mont-Cenis se dressa brusquement devant eux, beaucoup désespéraient.

— Vous verrez, vous verrez le fabuleux spectacle qui vous attend demain, disaient les moines pour redonner courage aux pèlerins et aux chevaliers que seuls l'orgueil et une foi profonde retenaient de songer à renoncer au voyage.

Le lendemain à l'aube, on repartit et on vit.

Les nuages porteurs de giboulées s'étaient déchirés durant la nuit et le soleil naissant teintait de rouge pâle les immenses champs de neige qui montaient à l'assaut du ciel, semblables à une fourrure d'hermine qu'eût percée la roche brune des sommets. Des milliards de cristaux flottaient dans l'air glacial.

Spontanément, des actions de grâce venaient aux lèvres de chacun. Comment ne pas adorer ce Dieu qui avait voulu donner à l'univers tant de visages, créer tant de beauté ? Et tous, au sortir de ces rudes épreuves, éprouvaient la sensation d'être accueillis dans un autre royaume.

Ils redescendirent, remontèrent, redescendirent encore. Il n'existait plus ni fatigue, ni crainte, mais le seul bonheur d'être vivant dans la splendeur du monde.

Vers le soir, alors qu'un peu de lumière glissait encore du couchant, ils assistèrent à un miracle : ils crurent voir le Mont-Saint-Michel surgir, à leurs pieds, d'une mer de brume.

C'était la Sacra de San Michele, l'autre sanctuaire dédié à l'Archange. Même architecture folle et puissante, même couleur sombre de la pierre. Toute la troupe plongea dans la vallée, se glissa sous le brouillard comme sous une couverture, remonta interminablement le long plan incliné qui menait au monastère. Les portes s'ouvrirent toutes grandes. Ils furent reçus mieux qu'ils ne l'avaient jamais été.

À l'intérieur de l'édifice se poursuivait l'illusion : tout autant de couloirs, d'escaliers enchevêtrés, de terrasses inattendues et le père abbé qui les attendait dans la chapelle, bras ouverts, leur lança :

— Je vois à vos airs ébahis que vous êtes bien des Normands. Vous vous croyez revenus au pays !

De toute l'assemblée monta un grand rire.

— Combien de temps avez-vous mis pour arriver jusqu'ici ? demanda encore le père abbé.

— Bientôt deux lunes, crièrent plusieurs voix.

— Voilà qui vous donne l'idée de ce qu'est le pas d'un archange.

Car il existait une tradition nordique qui voulait que, pour se rendre au Mont-Saint-Michel, l'Archange flamboyant n'ait eu besoin que de trois enjambées, posant le pied sur le sommet du Mont-Gargan et sur le socle de la Sacra comme sur les cailloux d'un gué.

— Et avant, d'où venait-il ? demanda quelqu'un.

— Mais, dit le père abbé, de Jérusalem !

Ils s'offrirent deux jours de repos et de purification avant de gagner la Via Francigena qui devait mener les pèlerins au terme de leur voyage. La vieille voie romaine déroulait encore fièrement ses grandes dalles de pierre blanche polies par le martèlement des légions parties à la conquête des Gaules.

Si l'air glacé des cimes les avait brûlés comme un vin trop fort, la douceur de la Toscane leur fit l'effet d'une boisson miellée. Instinctivement, chevaux et mulets ralentissaient le pas et personne ne songeait à les éperonner. La sagesse immobile des vieux oliviers, les longues haies de cyprès, la brise tiède, tout incitait à une paresse béate. Les vignes, grimpant haut le long des échalas, semblaient vouloir offrir leurs grappes au voyageur sans qu'il eût à mettre pied à terre. Mais les raisins étaient encore verts et pas plus gros que des grains de blé.

9

Rome, le Pape et la Reine des Fleurs

Depuis leur départ du Mont-Saint-Michel, Guillaume, Dreux et Onfroi étaient allés d'émerveillement en émerveillement. À partir de Rome, ils tombèrent de désillusion en désillusion. La Ville Éternelle fut la plus mauvaise de leurs surprises. Sans doute l'avaient-ils, dans leur pieuse imagination, parée de trop de perfections.

Ils se retrouvèrent dans un cloaque.

Passé les murailles délabrées, ils s'enfoncèrent dans des ruelles sans lumière, pataugèrent dans des rigoles fangeuses. Quelques rares beaux édifices, bardés comme des forteresses, s'apercevaient au milieu d'un amoncellement de taudis puants. Même les ruines de l'antique splendeur impériale, qui leur avaient donné à Lyon une telle impression de grandeur, faisaient penser ici, parce qu'elles servaient de refuge à toute une plèbe miséreuse, à une carcasse portant encore des lambeaux de chair, grouillante de vermine.

Les bons moines qui les guidaient se trompèrent deux ou trois fois de chemin et comme il était quasi impossible de faire demi-tour dans ces boyaux sordides, ils parvinrent au monastère qui jouxtait l'église San Lorenzo aussi épuisés qu'en arrivant à l'hospice du Mont-Cenis.

Mais l'accueil ne fut pas le même. Quatre ou cinq moines, à la mine revêche, ouvrirent un étroit vantail dans la porte cochère et firent entrer les pèlerins un à un, après les avoir examinés pour s'assurer qu'ils ne portaient pas les stigmates de quelque pestilence.

Les chevaliers attendaient, stoïques, assommés par le soleil de midi. Quand ils crurent leur tour enfin venu, les moines leur claquèrent la porte au nez et ils entendirent le bruit d'une barre de fer s'enfonçant dans ses clenches.

— C'en est trop, de qui se moque-t-on ? s'écria le vieux Taillemaure qui, depuis un bon moment, bouillait de rage. Il s'élança vers la porte et se mit à la cogner à grands coups de pieds furieux.

Un fenestron s'ouvrit à l'étage et un moine se mit à crier en les menaçant du poing :

— Partez ! Partez ! Vous n'avez rien à faire ici. Nous n'accueillons pas les brutes et les fornicateurs de votre espèce ! Il ne manque pas de lits dans cette ville pour accueillir vos corps de soudards et vos infamies.

Et il disparut en refermant violemment le volet.

Comme à un signal, les dizaines de va-nu-pieds qui s'étaient attroupés à distance se ruèrent sur les chevaliers, s'invectivant, se battant pour saisir la bride des chevaux, hurlant des offres incompréhensibles mais accompagnées de gestes fort explicites qui leur proposaient, en plus du vivre et du coucher, d'obscènes perspectives. Et certains, pour être plus clairs encore, hissaient à leur hauteur des femmes dépoitraillées, parfois même des gamines, qui tentaient de s'accrocher lascivement à eux.

— Le diable les emporte ! Foutons le camp ! ordonna Guillaume écœuré.

Il lança sans ménagement son cheval à travers la foule et, dressé sur ses étriers, fit signe aux autres de le suivre. Mais la marée humaine qui se refermait derrière lui et ses frères rendait tout regroupement impossible.

— Rendez-vous à Salerne ! lança l'un de leurs compagnons en manière de plaisanterie. Mais il ne croyait pas si bien dire.

*

* *

Les trois Hauteville et Odilon, sans plus se soucier de leurs camarades, s'échappèrent par la seule ruelle qui s'ouvrait devant eux. Et il n'y eut qu'un garçon d'une dizaine d'années pour s'obstiner à courir derrière leurs chevaux.

Chaque fois qu'un obstacle retardait le train des cavaliers, il les rejoignait et tentait de s'agripper à la selle de l'un ou de l'autre. Il avait les cheveux et les yeux plus noirs que le charbon. Guillaume eut pitié de sa course obstinée. Craignant qu'il ne finisse par prendre un coup de sabot, il l'attrapa par le col et l'assit devant lui. L'enfant prit un air triomphant et tenta de saisir les rênes pour pousser le cheval dans une autre direction.

— Dis donc, petite crapule, gronda Guillaume, tu n'imagines tout de même pas que tu vas nous emmener où bon te semble ! et il lui vint à l'idée d'ajouter, pour faire sérieux : Nous voulons voir le pape ! Tu comprends ? Le pape !

Mais malgré de visibles efforts, l'enfant ne comprenait pas.

— Le pape ! hurla Guillaume. Le pape ! Le pape !

L'accumulation des syllabes dut finir par prendre un sens dans la cervelle du gamin. Son visage s'illumina :

— *Il Papa ! Il Papa !* répéta-t-il en appuyant fortement sur le premier *a*. Et il se mit à rire de toutes ses dents et à cligner de l'œil d'une manière inattendue, en même temps qu'il donnait de grands coups de pieds dans les flancs du cheval pour le lancer au galop.

— Hé ! Du calme, petit drôle ! s'insurgea Guillaume. Mais plus rien ne pouvait arrêter le gamin qui tressautait d'enthousiasme en continuant de crier joyeusement :

— *Il Papa ! Il Papa !*

*
* *

Ils franchirent un pont, traversèrent une île, pénétrèrent dans un quartier qui, après tant de tumulte, leur parut presque calme. On longeait de hauts murs derrière lesquels devaient s'épanouir des jardins. Des branches couvertes de fleurs pendaient par-dessus les tuiles faîtières.

Ils s'arrêtèrent enfin devant une double porte aux belles pentures et l'enfant fit claquer le heurtoir en criant pour qu'on vienne ouvrir. Quelques instants plus tard, les battants s'écartèrent et deux petits vieillards obséquieux, vêtus de propre, saisissant la bride des chevaux, les conduisirent à l'intérieur.

Aussitôt, le gamin sauta à terre et, toujours aussi joyeux, invita les quatre cavaliers à en faire autant. Puis, saisissant Guillaume par la main, il l'entraîna vers une gracieuse villa peinte en rose, à demi cachée derrière de grands lauriers. Ils gravirent quelques marches, traversèrent un hall rempli de colonnettes et débouchèrent sur un vaste patio au milieu duquel s'étalait un parterre de fleurs d'où émergeait une statue.

— *Il Papa !* s'écria le gamin ravi en la désignant.

Les quatre hommes se regardèrent, ébahis.

La tête et les épaules d'un jeune adolescent bouclé surgissaient d'un socle rectangulaire. Au centre de cette colonne, se dressait un phallus aux proportions chevalines. Le gamin qui avait maintenant pris la statue par les épaules répétait, l'air canaille : « *Il Papa ! Il Papa !* » tout en rajustant sur la chevelure de pierre une tiare de cuir grossier sur laquelle on avait peint l'Agneau portant la croix.

À ce moment apparurent cinq femmes vêtues de longues robes. Il eût été difficile de les prendre pour des nonnes tant leurs vêtements étaient transparents, leurs appâts à peine masqués par de lourds bijoux. Jamais les Hauteville n'avaient vu de créatures pareillement maquillées, les yeux ombrés de bleu et pailletés d'argent, les joues et les lèvres relevées de rouge écarlate. S'agenouillant au pied de la statue, elles se mirent à la caresser de manière impudique, répétant, avec force œillades à l'égard des visiteurs :

— *Si, si ! Il Papa ! Il nostro carino beato Papa, sancto Benedetto IX.*

Un petit rire fusa derrière les quatre hommes et les fit se retourner. Un seigneur, de mise élégante, les observait, goguenard :

— Reprenez-vous, mes amis, leur conseilla-t-il dans un français parfait. La première fois, cela surprend toujours. Mais c'est bien là notre bon pape Benoît IX, l'idole de ces dames !... Il faut s'y faire !

— Mais, s'étonna Guillaume, c'est une statue à tête d'enfant !

— Oui, vous avez raison. Il a quelque peu grandi depuis les cinq ou six ans qu'il occupe le siège de Saint-Pierre. Mais il était à peu près de cet âge quand son oncle lui a cédé la place.

— Et ce machin ? demanda Onfroi en désignant du doigt le membre triomphant.

— *Stregoneria ! Stregoneria !* expliquèrent avec enthousiasme les femmes qui avaient compris le geste du troisième des Hauteville.

— Sorcellerie, traduisit l'autre. C'est du moins ce que l'on pense ici !

— Ma foi, plaisanta Dreux en regardant ses frères, nous aurions peut-être dû demander à la Charbouclée de nous en faire autant !

— Trop tard, dit Guillaume, il faudra se contenter de ce qu'on a.

— Rassurez-vous, affirma l'homme, ces belles dames s'en satisferont fort bien. Elles ont déjà trop vécu pour conserver de pareilles illusions et, à vrai dire, si notre Saint-Père a failli passer en jugement pour sorcellerie, ce n'est pas du fait de la dimension de son plantoir, mais pour ses capacités, jugées diaboliques, à se servir de ce que la nature lui a donné.

— Qui peut bien avoir eu l'audace de le représenter ainsi ? bredouilla Odilon.

— Il s'agit là d'une de ces vieilles statues qu'au temps des Césars les bons Romains érigeaient aux carrefours pour célébrer leur virilité et attirer la bienveillance du dieu de la fécondité, expliqua le Français amusé. Ces dames l'ont accommodée à leur manière.

— Messire, demanda poliment Guillaume qui, en reprenant ses esprits, sentait monter en lui une grande envie de rire, pourriez-vous nous dire enfin où nous nous trouvons ?

— Chez la *Regina dei Fiori*, la Reine des Fleurs. *Fiora tra i fiori !* Fleur parmi les fleurs ! ajouta-t-il en relevant galamment les prêtresses du saint pontife. C'est-à-dire, en langage châtié, dans l'une des plus charmantes auberges ou, pour parler franc, dans l'un des plus beaux bordels de cette noble cité qui en compte plus que d'honnêtes maisons. Rendez grâces à votre petit chenapan de guide, vous ne pouviez mieux tomber. Prenez ma chambre puisque je dois, hélas, quitter ce paradis. Elle est des plus confortables, faites-moi confiance.

— Entièrement, assura Dreux. Néanmoins, je me demande si…

— Je vous comprends à demi-mot, mes bons amis, dit l'homme en faisant le geste de compter des sous.

Tout a un prix sur cette terre ! Mais comme on ne saurait prendre à un honnête homme plus qu'il ne possède...

Les Hauteville en convinrent, tout en faisant remarquer qu'il y avait sûrement de grandes différences entre les finances des quatre chevaliers d'aventure qu'ils étaient, accompagnateurs de pèlerins et futurs mercenaires du prince de Salerne, et le noble seigneur qui se tenait devant eux.

— Pardonnez-moi de ne pas m'être présenté, s'excusa celui-ci. Et il leur apprit qu'il était le seul représentant laïque d'une délégation de l'évêché de Reims venue négocier auprès du pape la restitution d'une abbaye.

— Et vous traitez de si nobles affaires en logeant ici ? ne put s'empêcher de remarquer Guillaume en souriant.

— Il n'est pas de meilleur moyen pour parvenir jusqu'aux bonnes grâces de Sa Sainteté !

— Parce que le pape fréquente ici ?

— Vous n'y pensez pas ! Mais il fait souvent mander ces *fleurs parmi les fleurs* et je les accompagne.

— Puisque vous nous proposez votre chambre, c'est que vos efforts ont abouti.

— Hélas, non, soupira l'homme de Reims en levant comiquement les yeux au ciel. Il va me falloir revenir un jour ou l'autre. Imaginez combien j'en suis désolé !

Et ce disant, il glissa une main dans l'échancrure de la robe de la plus gracieuse des fleurs du bouquet et lui pinça délicatement le sein.

Un claquement de mains très sec les fit tous se retourner. Une grande femme, coiffée d'une immense perruque, maquillée et vêtue de manière encore plus outrancière, s'avançait vers eux.

— Pardon, pardon, ma noble dame, s'excusa le seigneur champenois. Je me laisse aller... Mes bons amis, je vous présente la Reine des Fleurs !

Les Hauteville saluèrent sans y mettre beaucoup de cœur. Cette grande créature osseuse et autoritaire n'avait rien pour les séduire. Fût-elle reine, ils s'en tiendraient aux fleurs !

La chambre était aussi confortable que promis. Elle disposait, en outre, d'un profond coffre de fer où ils purent enfermer l'argent qu'ils possédaient encore et les quelques bijoux, restes de leurs anciens larcins, qu'ils avaient jugé sage d'emporter à tout hasard. Le serviteur qui les avait conduits dans la pièce leur fit comprendre que si la clé du coffre pendait au bout d'une chaîne, c'était afin qu'ils puissent la porter autour du cou en toute sécurité. Dreux apprécia et s'en fit un collier.

Le dîner fut servi à l'ancienne. On le prit à moitié couché sur des lits dans une belle salle donnant sur le patio. Les plats étaient des plus épicés et, si leurs saveurs avaient de quoi surprendre ces palais normands, elles ne parvinrent pas à décourager leur appétit. Il y avait, outre les Hauteville, cinq ou six autres clients de bonne compagnie. On rit beaucoup du mal qu'on avait à se comprendre pour s'apercevoir que, finalement, on n'y parvenait pas si mal. Chacun avait à ses côtés, assise sur un coussin, l'une de ces demoiselles qui se livrait à mille agaceries et acceptait mille privautés.

Mais à l'heure où l'atmosphère devenait trop chaude, la Reine des Fleurs se leva, claqua dans ses mains sèches et tout le bouquet disparut, laissant aux convives, l'esprit embrumé de bon vin, le soin de retrouver leurs chambres à tâtons.

Pour les Hauteville, habitués au comportement des filles de joie aussi vite disponibles que sollicitées, c'était là une nouveauté tout à la fois excitante et rageante. À ce train, le séjour romain menaçait de durer.

*
* *

Odilon ne possédait pas le tempérament paillard des aînés du vieux Tancrède et sans doute, par inexpérience, gardait-il certaine illusion sur la nature de ses semblables. Tout ce qu'il voyait ici, sans le choquer vraiment, le mettait mal à l'aise. Il ne restait à l'auberge que pour dormir, se levait tôt le matin et, prenant avec sérieux le rôle d'écuyer qu'il s'était attribué, il descendait aux écuries, soignait les chevaux et les harnachait pour ses compagnons. Puis, vêtu le plus modestement possible pour ne pas attirer l'attention de toutes les sangsues qui peuplaient la ville, il partait à la recherche des trésors que la grande cité cachait sous ses oripeaux.

Il avait un autre sujet de consolation. Le premier matin, alors qu'il étrillait l'étalon d'Onfroi, il avait aperçu dans la cour une toute jeune fille, l'une des servantes de la Reine des Fleurs, venue étendre du linge. Sa simplicité lui avait semblé soudain si rafraîchissante qu'il n'avait cessé de la contempler tandis qu'elle suspendait aux fils toutes ces robes transparentes et ces fanfreluches aguichantes. Le lendemain, elle était revenue et il s'était enhardi jusqu'à venir l'aider. Elle l'avait remercié d'un beau sourire et sitôt le linge étendu était repartie en baissant la tête.

Le jour suivant, quand il voulut à nouveau s'approcher d'elle, elle lui fit signe de s'éloigner et détourna la tête. Mortifié, il revint brosser et sangler les chevaux. Mais bientôt il la vit se glisser par une autre porte de l'écurie, après s'être assurée que personne ne la voyait, et s'approcher de lui. Un doigt sur la bouche, elle lui imposa de se taire et se mit à mimer ce qu'elle désirait lui faire savoir. Elle dessinait un collier autour de son cou, imitait les mouvements d'une clé, traçait dans l'espace les formes d'un coffre et désignait ses yeux. Quand elle pensa qu'il avait compris, elle disparut sans un mot.

Odilon, inquiet, retourna dans la chambre. Il avait deviné que la jeune servante l'invitait à dire à Dreux qu'il devait regarder dans le coffre. Les trois frères dormaient encore. Odilon hésita un instant avant de les tirer de leur sommeil. Finalement, il se décida à secouer Dreux, et lui expliqua pourquoi il s'était senti obligé de le réveiller.

— Va au diable ! grogna l'autre. Cette clé n'a jamais quitté mon cou.

Comme le frère de Frésende insistait, il s'emporta. Au bruit de la discussion les deux autres se réveillèrent.

— Oh, la paix ! finit par crier Onfroi. Ouvre le coffre et qu'on en finisse !

— Ouvre, ordonna Guillaume.

Le couvercle soulevé laissa voir les épées, les heaumes et les hauberts rangés comme il les y avait mis. Mais lorsque Dreux eut plongé la main vers le fond, il se mit à jurer comme un damné. Le sac dans lequel ils avaient serré les bijoux et la bourse contenant le reste de leur pécule avait disparu.

En un instant, sans même se concerter, ils s'équipèrent, enfilèrent leurs cottes de mailles, ceignirent leurs épées et se jetèrent dans l'escalier en poussant des cris furieux. Sitôt dans la cour, ils empoignèrent les deux vieux portiers, exigeant qu'ils aillent chercher la Reine des Fleurs. Les vieux s'exécutèrent, terrifiés autant par les menaces des chevaliers qu'à l'idée d'avoir à déranger leur peu commode maîtresse.

Ce fracas avait mis sens dessus dessous toute la maisonnée. Les serviteurs mâles arrivaient armés de broches et de gourdins, les filles hurlaient depuis leur fenêtre. Guillaume, saisissant toutes les jarres de fleurs qui se trouvaient à sa portée, les projetait contre les murs. En quelques instants le sol de la cour fut recouvert de tessons et maculé de terre. Quand le dernier vase fut brisé, on put entendre, venue d'une terrasse, la voix glapissante de la Reine des Fleurs, lançant des appels à l'aide et des imprécations.

— Bon Dieu ! Mais qu'est-ce qu'elle fait, cette vieille charogne, au lieu de se montrer ? cria Guillaume.

Elle ameutait tout le quartier contre ces barbares qui tentaient de lui fausser compagnie sans payer.

Bientôt la cour, puis le patio, furent envahis par des dizaines de voisins menaçants et les Hauteville durent mettre l'épée à la main pour les maintenir à distance.

— Ça va finir en carnage, dit Dreux. Qu'est-ce qu'on fait ?

— Où est passé Odilon ? demanda Onfroi qui ne voyait plus le jeune homme.

Soudain, le mur humain qui leur faisait face s'ouvrit et Odilon jaillit à cheval, traînant derrière lui les trois autres montures. Les chevaliers sautèrent en selle, forcèrent un chemin jusqu'à la porte, balancèrent quelques grands coups du plat de l'épée pour se faire ouvrir et s'élancèrent à l'extérieur.

La rue grouillait déjà d'une foule hostile mais qui dut céder sous l'élan des quatre cavaliers lancés au grand galop.

Des fenêtres des maisons voisines, toutes sortes d'objets pleuvaient sur eux et les injures proférées par la tenancière montèrent encore d'un ton. Elle se tenait à l'angle de la terrasse, vociférant et menaçant du poing. Guillaume se retourna pour l'insulter, mais en l'apercevant les mots lui restèrent dans la gorge. Saisie au saut du lit, sans sa perruque et ses fards, on ne pouvait s'y tromper : la Reine des Fleurs, fleur parmi les fleurs, était un homme.

*
* *

Ils retraversèrent le Tibre et, se fixant sur le soleil, galopèrent à bride abattue en direction du sud. Près d'un amphithéâtre aux proportions gigantesques, une porte s'ouvrait dans la muraille.

Ils se retrouvèrent sur une grande route pavée et poursuivirent leur course furieuse jusqu'au moment où ils sentirent que leurs montures s'épuisaient. Eux-mêmes brûlaient sous leurs cottes de mailles que le soleil chauffait à blanc.

Ils n'avaient aucune idée de la distance déjà parcourue quand ils aperçurent des étangs. Ils tirèrent sur les rênes, sautèrent de cheval et, se dépouillant tout en courant de tous leurs vêtements, se jetèrent à l'eau. Quand ils eurent rafraîchi leur corps, épuisé leur colère, ils sortirent et se laissèrent tomber sur la terre sèche et craquelée.

Tandis que leur peau fumait doucement, les trois frères partagèrent les mêmes visions : la statue de Sa Sainteté ithyphallique et bouclée, les filles qui leur avaient tant laissé voir et si peu donné et la dernière et surprenante apparition de la Reine des Fleurs. Et tous trois, en se regardant, éclatèrent de rire jusqu'à en pleurer. Guillaume, quand il eut retrouvé son souffle, tira en hoquetant la morale qui s'imposait :

— Eh bien, mes enfants, on s'est bien fait baiser !

Là-dessus, ils s'aperçurent qu'ils avaient faim et plus du tout d'argent.

— J'espère que les soupes du pays valent celles de Normandie, proféra Dreux avec le plus grand sérieux.

— Et que leurs paysans sont aussi accueillants que les nôtres ! ajouta Onfroi sur le même ton.

— Et que nous n'avons pas perdu la main, conclut Guillaume.

Huit jours plus tard, ils franchissaient les portes de Salerne, sans avoir le moins du monde maigri.

10

Les princes de Salerne

Après une nuit passée sous les remparts – le ciel de Salerne comptait de bien belles étoiles –, ils avaient pénétré dans la ville en compagnie des premiers marchands qui apportaient fruits et légumes depuis les jardins en terrasses qu'on apercevait taillés dans les collines avoisinantes.

Au premier carrefour, ils aperçurent la mer violette. Elle s'étalait, immobile de plaisir sous la caresse d'une brise tiède venue du sud.

Ils reconnurent les lieux que le petit moine du Mont-Saint-Michel avait si bien évoqués en racontant les exploits du seigneur de Ridel et de ses compagnons courant sus aux Sarrasins. Ils virent l'entrée des écuries d'où ils s'étaient élancés en armes, le port où avaient accosté les envahisseurs et même l'atelier du calfateur dont la poix et le goudron avaient servi à incendier les bateaux des fuyards.

Le voyage était terminé. L'aventure commençait ici.

Dans la douceur de ce petit matin lumineux, les Hauteville s'offraient à elle avec une ardeur et une confiance enfantines, le cœur irrigué d'un sang nouveau.

Sur leurs barques qui grinçaient en frottant aux piliers du ponton, des pêcheurs ravaudaient leurs filets. L'un d'entre eux tranchait des poissons. Il en retirait l'arête, puis il plongeait la belle chair blanche dans une grande bassine d'huile bouillante et, quand elle ressortait toute dorée, il la glissait dans des boules de pain fendues qu'il proposait aux passants. Il en tendit une à Guillaume.

Bien que l'odeur fût des plus alléchantes, le Normand dut refuser, en faisant signe qu'il n'avait pas d'argent. Mais le pêcheur lui mit de force la boule de pain dans la main avec un grand geste d'indifférence et en distribua aux trois autres.

— *Albergo dei Barbari ! Albergo dei Barbari !* répétait-il.

— Prenez, prenez ! Il vous fait crédit, expliqua un badaud qui, pour son commerce, s'était initié à la langue des Francs. Il sait qu'il vous retrouvera, ce soir, à l'Auberge des Barbares et que vous aurez, alors, la bourse pleine. Un placement, en quelque sorte ! Mangez ! Mangez de bon appétit ! Tenez, moi aussi, je vous ouvre un compte. Vous n'allez pas vous présenter devant le prince de Salerne avec ces vêtements fatigués. J'ai de belles tuniques jaune safran ou, si vous préférez, j'en ai d'autres, teintes à la pourpre de murex. Si elles ne sont pas tout à fait à votre corpulence, mes filles vous coudront des soufflets sous les bras et des galons de Damas sur les flancs pour donner de l'aisance ; elles ont des doigts de fée. Tout sera à votre taille avant que vous n'ayez quitté les étuves et le barbier.

Les trois Hauteville et Odilon convinrent qu'ils avaient besoin des services de cet obligeant tailleur et lui emboîtèrent le pas.

— Voici l'hôtel où on vous attend avec quelque impatience, dit le marchand en désignant un solide bâtiment de pierre percé de petites fenêtres en arcade, qui faisait face à son échoppe. Les Grecs l'appellent l'Auberge des Barbares mais nous autres, Salernitains, préférons la Maison des Étrangers.

C'est même chose, mais dite de manière plus courtoise, n'est-ce pas ? Puis se tournant vers Guillaume : Je devine que vous êtes l'aîné. Pendant que je m'occupe des vôtres, allez donc rassurer mon vieil ami messire Aymard le Rôleur. Il désespérait de vous voir arriver. C'est qu'il se prépare de grandes choses !

— Vous n'êtes tout de même pas venu seul, dit Aymard le Rôleur avec inquiétude.

— Non, le rassura Guillaume. Trois de mes frères m'accompagnent.

— Quatre seulement ? Le prince en attendait bien plus, à ce qu'on nous avait annoncé.

— Vous voulez dire que nos compagnons de route ne sont pas encore arrivés ? Nous pensions les retrouver ici. Peut-être n'ont-ils pas eu besoin de quitter Rome aussi vite que nous ! Nous sommes une trentaine : douze chevaliers et leur suite.

— Voilà qui est mieux ! Je vous conduirai dès cette après-midi au château.

Les maisons de Salerne s'étageaient sur une colline qui descendait en pente douce vers la mer. La ville l'occupait jusqu'à mi-hauteur. Au-delà des murailles, un chemin en lacet montait jusqu'à la demeure du prince.

— Une sacrée forteresse, s'exclama Guillaume, tandis qu'ils chevauchaient entre les oliviers et les figuiers.

— C'est le père du prince actuel qui l'a fait bâtir afin de décourager Byzance ou les autres princes lombards qui voudraient s'en prendre à lui. Hélas, vous ne pourrez voir notre seigneur Guaimar car il est fort malade, mais son fils Gisolf vous recevra. Saluez-le comme s'il était le maître car tout porte à craindre qu'il ne le devienne sous peu.

Guillaume et ses frères n'avaient aucune idée de la manière dont il convenait de saluer un futur prince qui l'était déjà sans l'être tout à fait, mais l'accueil chaleureux de Gisolf aurait eu tôt fait de dissiper toute gêne s'ils en avaient ressenti.

Le futur prince de Salerne était un jeune homme un peu rond mais au regard énergique.

— Par Dieu, s'écria-t-il en donnant de grandes tapes sur les bras des arrivants, ce sont exactement les gaillards qu'il nous faut ! Qui nous a adressé de si belles recrues ?

— Le sieur de Ridel, répondit Aymard le Rôleur.

Et comme le prince fronçait les sourcils en cherchant à mettre un visage derrière ce nom, il précisa :

— Celui qui ne pouvait plus fermer l'œil gauche.

— Mais oui, s'exclama Gisolf, un fameux guerrier ! Nous avons tout fait pour le retenir, mais je crois qu'il avait au pays une dame dont les charmes étaient plus forts que toutes nos promesses. La connaissez-vous ? A-t-elle des attraits si puissants ?

— Nous voisinons, répondit Guillaume un peu gêné. La dame de Ridel ne manque pas d'avantages...

— Alors, qu'il soit pardonné ! Comment se porte cet heureux mari ?

— La dernière fois que nous l'avons vu, il paraissait en excellente santé. Et il enchaîna, pour couper court : Il nous a dit de nous mettre à votre service et que nous serions aux ordres du seigneur Argyros dans la lutte contre les Arabes et les Byzantins.

Le prince regarda le Rôleur en souriant :

— Vous vous joindrez aux troupes du seigneur Argyros pour combattre les Sarrasins... aux côtés des Byzantins.

Et devant leur air étonné, il expliqua :

— L'empereur de Byzance a décidé de reprendre la Sicile aux Infidèles. C'est une tâche à laquelle aucun bon chrétien ne saurait se dérober, n'est-ce pas ? Aussi avons-nous demandé au seigneur Argyros de commander nos contingents.

— La Sicile est une île à ce que je crois, mais est-elle petite ou grande ? demanda Odilon.

— Plus vaste que bien des royaumes !

— Alors, les Grecs ont-ils quelque chance de la reprendre ?

— Aurions-nous couru, sinon, le risque de les y aider ? Je crois qu'ils s'en sont donné les moyens : une flotte considérable, plusieurs milliers de soldats et le général Maniakès, un homme hors du commun... à tous points de vue. Je crois, ajouta-t-il en toisant Guillaume et ses frères, qu'il est au moins aussi grand et aussi impressionnant que vous. Il passe pour aussi cruel que fin stratège.

— On nous a dit, intervint Dreux, que les Grecs n'étaient pas des guerriers très intrépides.

— C'est là, en effet, leur réputation. C'est sans doute pourquoi le basileus leur a adjoint sa redoutable garde varègue, sous la conduite du prince Hardrada. Je pense que vous avez entendu parler de lui ?

Même le moindre seigneur au fin fond de la Normandie connaissait les exploits du Viking Harald Hardrada. Chassé enfant de son trône de Norvège par un usurpateur, il était devenu, en Russie, l'amant de la princesse de Kiev, ce qui lui avait valu un nouvel exil. Poursuivant sa route, il était arrivé, après mille péripéties, à Constantinople où lui et ses fidèles avaient formé la fameuse garde privée des basileus. Harald Hardrada était une légende vivante.

— Il doit être un peu votre cousin, suggéra le prince aimablement.

— On dit, en effet, que beaucoup d'entre nous descendent des Vikings venus de Norvège. Mais c'était il y a si longtemps !

— La plupart des chevaliers normands qui ont accepté de demeurer auprès de nous sont déjà sur place aux côtés de nos troupes lombardes. Vous voyez que vous serez bien entourés. Pour le reste, votre salaire sera celui de tout mercenaire mettant sa vaillance et ses armes à notre service et les richesses dont regorge la Sicile peuvent vous laisser espérer un riche butin. À ce propos, messire Aymard, demandez à notre trésorier d'apporter le complément de prime que nous restons devoir à nos amis pour leur long voyage. Et qu'on nous serve à boire !

— Ma foi, dit Dreux, cet argent sera le bienvenu. Nous sommes arrivés la bourse vide car nous nous sommes fait, à Rome, plumer comme des oisillons.

— Les moines, qui devaient nous accueillir, nous ont claqué la porte au nez et nous avons dû loger, finalement, dans... enfin... une maison..., expliqua Guillaume, un peu gêné.

— Hé ! Le moyen de faire autrement ! s'exclama le prince. Rome tout entière est un bordel et je parierais que vos bons moines sont déjà allés réclamer leur pourcentage !

— C'est tout de même une grande honte que la ville de l'apôtre Pierre soit tombée aussi bas. N'y aura-t-il donc personne pour y remédier ? demanda Odilon.

— Un vrai scandale, en effet, mon brave ami, approuva le prince, et l'empereur germanique, quand il le décidera, viendra y mettre bon ordre. Malheureusement, chaque fois que lui et ses soudards descendent en Italie, ils éprouvent le besoin de fourrer le nez dans nos affaires et il n'en résulte rien de bon pour nous.

— Il n'empêche, soupira Guillaume tout en approuvant de la tête, il n'empêche que notre Sainte Mère l'Église est dirigée par un petit branleur !

Aymard le Rôleur, qui servait d'interprète, eut bien du mal à faire comprendre au prince toutes les subtilités de l'expression.

On but devant la fenêtre un vin léger et miraculeusement frais. Le jour touchait à sa fin. Le ciel et la mer semblaient immobiles. D'impalpables poussières montaient du sol desséché. Le soleil déclinant les transformait en paillettes d'or.

*
* *

Ami, le vieux tueur de Maures, et ses deux fils furent les premiers à rejoindre l'Auberge des Barbares. Puis le reste de la compagnie y parvint par petits groupes. Les Hauteville eurent plaisir à revoir la plupart de leurs compagnons et, comme il arrive souvent après un temps de séparation, on se sentit plus proches.

On prit sans plus attendre la route qui menait en Calabre. On fut à Reggio en moins d'une semaine.

— Voilà toute la différence entre un piétinement de pèlerins et un train d'enfer, s'exclama Taillemaure, comme si la rapidité de cette cavalcade à bride abattue eût été de son fait.

Bien avant d'arriver au port de Reggio, ils avaient aperçu les rivages de la Sicile, s'étonnant naïvement qu'une si grande île puisse surgir aussi près de la terre.

Un lourd dromon grec mit à la voile pour leur faire traverser le détroit. Ils n'avaient jamais vu de bateau de cette taille, ventru comme cent baleines et capable d'avaler mille Jonas.

Tandis que les côtes de Sicile venaient à leur rencontre, tous regardaient, fascinés, la gigantesque montagne dont le toit fumait comme celui d'une monstrueuse hutte de pierre.

*
* *

Quelques mois plus tôt, à l'approche de la flotte byzantine, les chrétiens de Messine s'étaient soulevés, massacrant la garnison sarrasine, ouvrant le port et la ville aux troupes de Maniakès. Mais le général grec, malgré l'accueil triomphal reçu, n'avait pas daigné les en remercier. Rendre la Sicile à la vraie foi était le dernier de ses soucis. Il menait une entreprise bien plus personnelle et tout ce qui n'ajoutait pas à sa gloire était de peu d'intérêt. Son dessein était de s'emparer au plus vite de Syracuse.

Même si elle n'avait plus le prestige d'antan, la vieille capitale de la Grande Grèce restait, pour Constantinople, un puissant symbole. En reprendre possession apporterait autant de prestige et d'honneur que la conquête de l'île tout entière.

Trouvant plus prudent de ne pas emprunter la voie directe qui longeait la mer du nord au sud, ce qui l'eût obligé à passer sous la citadelle de Taormina et, pire encore, à frôler les murs de la puissante forteresse de Catane, Maniakès avait préféré contourner par l'ouest la masse de l'Etna. C'était un chemin bien plus long et pénible mais qui, traversant des zones désertiques, exposait à moins de périls.

C'est ce même chemin que les Normands, et les quelques troupes lombardes qui les avaient précédés à Messine, empruntèrent à leur tour. Il montait et descendait à travers d'épaisses forêts seulement coupées par les sombres coulées de lave refroidie qu'avait jadis crachées la gueule du volcan. Mais certaines de ces rivières pétrifiées brûlaient encore les sabots des chevaux.

Contourner la masse gigantesque de l'Etna dans l'effarante touffeur des sous-bois fut une épreuve encore plus pénible que l'ascension du Mont-Cenis. On en vint presque à regretter la tempête de neige et le vent glacial.

Une nuit qu'ils avaient décidé de ne pas faire halte, ils arrivèrent enfin en vue de Syracuse. La lune, qui s'était levée et traçait son chemin parmi les myriades d'étoiles, donnait au paysage encore plus de relief que ne l'eût fait le soleil.

Les hautes murailles blanches de la ville brillaient comme du vif-argent. Sur les collines, à l'ouest, on découvrait des centaines de tentes bien alignées, chacune flanquée d'une torchère. Au milieu, près d'une falaise d'où devait se découvrir toute l'étendue de la cité et de la mer, se dressait une tente plus imposante que toutes les autres, hérissée de fanions qui flottaient mollement dans la brise et dont quatre grands braseros faisaient scintiller les dorures.

— La tente du catépan, annonça le guide qui les avait conduits jusque-là.

Catépan était le titre que portait le général Maniakès, pour signifier qu'il était tout à la fois chef des armées et proconsul.

La troupe des Normands et des Lombards mêlés ne se dirigea pas sur le campement des Byzantins. On la fit descendre vers la plaine, près du rivage, là où des centaines d'hommes ronflaient déjà sous des huttes de branchages.

*
* *

Le lendemain matin, les Hauteville rencontrèrent pour la première fois Argyros le Lombard.

Autant la bonhomie du futur prince de Salerne les avait séduits, autant la personnalité du Lombard les dérouta. C'était un homme mince et de taille médiocre, vêtu à la mode byzantine d'une longue robe aux parements brodés d'or. Il avait de grands yeux sombres, fiévreux, et des plis amers encadraient ses lèvres fines.

Il était accompagné d'un interprète et par son intermédiaire leur adressa, sans chaleur, quelques mots de bienvenue, puis il chuchota à l'oreille du traducteur et s'éloigna pour poursuivre la conversation avec les hommes de sa suite.

L'interprète se présenta à eux comme étant Gauthier, seigneur de Buonalbergo. C'était un homme dans la force de l'âge mais son fils Girard, qui l'accompagnait, ne devait pas avoir vingt ans.

— Nous combattons aujourd'hui aux côtés des Grecs, précisa alors l'interprète, parce que les princes lombards nous l'ont ordonné. Mais vous ne devez pas oublier que nous sommes au service du seigneur Argyros et que c'est lui seul qui nous commande.

Cette petite mise au point faite, ledit seigneur Argyros revint auprès d'eux et leur demanda s'ils avaient des questions à lui poser.

— Oui, dit Guillaume. Quand donnerons-nous l'assaut à Syracuse ?

Un sourire vite effacé détendit pour la première fois le visage du chef lombard. Il eut un geste fataliste.

— Dieu seul le sait ! répondit-il. Le catépan a demandé à Constantinople de lui envoyer des machines de siège. Elles arriveront quand elles arriveront. J'espère que vous aimez faire rouler les dés !

Mais ce n'était pas pour jouer aux dés que les fils de Tancrède de Hauteville avaient fait tout ce chemin.

11

Syracuse

À travers les franges qu'il avait fixées à la visière de son heaume pour se protéger de l'éclat du soleil, Guillaume observait la ville et le paysage alentour. Les murailles de Syracuse étaient si blanches que la mer, par-delà la cité, semblait un ciel de nuit.

C'était le septième matin depuis leur arrivée et cette journée promettait d'être semblable aux autres. On devinait, aux brefs éclairs qui zébraient les collines de l'ouest, que les Grecs fourbissaient leurs épées et le métal de leurs cuirasses. Au pied de la falaise, entrant et sortant des immenses grottes où ils avaient établi leur campement, les soldats varègues d'Harald Hardrada s'apprêtaient avec une feinte nonchalance à leur entraînement quotidien. Guillaume entendait, derrière lui, les Lombards jacasser comme à l'accoutumée et ses compagnons normands se quereller, histoire de passer le temps.

— Tout cela n'a que trop duré ! se murmura-t-il.

*

* *

Sur les remparts, au-dessus de la porte principale, on dressait un dais, comme chaque matin. Bientôt le gouverneur maure – le propre neveu de l'émir de

Catane – viendrait s'y asseoir à l'ombre, afin de goûter le spectacle du jour, entouré de tous ses dignitaires et l'on verrait frémir les parois vertes et blanches d'un abri de toile derrière lequel se dissimulaient leurs femmes et leurs concubines venues apprécier les prouesses des chevaliers. Ainsi essayait-on de tromper l'ennui de cet interminable siège.

Chaque matin, le catépan Maniakès désignait l'un de ses chevaliers grecs pour aller provoquer les chevaliers maures et, à son tour, le neveu de l'émir se choisissait un champion. Puis les deux guerriers s'affrontaient sous les yeux des deux camps, tandis que de part et d'autre montait un déferlement de cris d'encouragement ou de réprobation, d'insultes et de quolibets. Le silence ne retombait qu'après que le cavalier vainqueur eut rejoint les siens et qu'on eut, de l'autre côté, emporté le vaincu, mort ou vif.

— Oui, tout cela n'a que trop duré, répéta Guillaume à haute voix.

— C'est bien mon avis, approuva le vieux Taillemaure qui, s'il n'avait guère de sympathie pour les Hauteville, partageait leur mépris pour l'attentisme des Grecs et de leur général.

— Eh bien, ça va changer ! dit Guillaume et, se tournant vers ses frères, il les prévint : Tenez-vous prêts à tout ! Et toi, Odilon, va chercher l'homme qui parle à la fois notre langue et l'arabe.

Il allait falloir attendre le bon moment, celui où tous les grands personnages de Syracuse auraient pris place sous le dais, celui où le catépan, depuis le seuil de sa tente, désignerait le combattant du jour.

Odilon revint avec l'interprète.

— Qu'on lui donne un cheval, ordonna Guillaume.

*

* *

Là-bas, sur la falaise, le champion grec s'équipait. L'heure était venue.

— Maintenant ! dit Guillaume.

Il saisit le cheval de l'interprète par la bride et l'entraîna au galop vers la grand-porte de Syracuse jusqu'en limite de portée de flèches.

— Tu vas traduire mot pour mot tout ce que je vais dire. Sur le même ton que moi et en criant aussi fort.

Alors les voix de l'aîné des Hauteville et de son interprète s'élevèrent, puissantes, dans le silence qu'avait créé leur apparition inattendue.

— C'est à toi que je m'adresse, prince de cette ville, noble neveu du grand émir de Catane. Je ne suis pas venu de mon lointain pays pour me mesurer avec l'un de tes braves. C'est toi-même que je défie en combat singulier car je suis Guillaume, fils de Tancrède, seigneur de Hauteville, fidèle du duc de Normandie. On murmure dans notre armée que tu n'es qu'un lâche. Je refuse de le croire. Je n'ai pas peur de toi. As-tu peur de moi ? Si tu n'as pas le courage de m'affronter, vas te réfugier là où je sais que tu caches tes femmes et elles sauront alors qu'elles partagent le lit d'une moitié d'homme. Mais si tu es un homme entier, sors de ta ville, viens me rejoindre et prouve-leur que tu es digne de les posséder. Je t'attends.

De longues minutes passèrent pendant lesquelles on n'entendit plus que le crissement entêtant des cigales et le lointain glissement des vagues sur les galets du rivage. Puis le gouverneur se leva, écartant ceux de son entourage qui tentaient de le retenir et Guillaume sut qu'il avait gagné la première manche et que sonnait l'heure de vérité. Il ne s'agissait plus de faire toucher le bois de la table au bras d'un adversaire. Il ne s'agissait plus d'affronter l'invincible lutteur qu'était son père. Il s'agissait de savoir qui, de lui ou du chef sarrasin, ne verrait pas ce soir le soleil se noyer dans la mer.

La porte de Syracuse s'entrouvrit et le gouverneur jaillit dans la lumière, revêtu d'une cotte de mailles éblouissante et le casque empanaché. Guillaume fut surtout saisi par la beauté de son cheval. C'était une bête frémissante à la robe d'un blanc immaculé, nerveuse et racée, comme il n'en avait jamais vu. Fougueuse et légère, voilà ce qu'il me faut ! pensa Guillaume et il eut un bref sourire.

Le Maure avait déjà l'épée à la main et Guillaume dégaina à son tour. Immobiles, ils se saluèrent en s'observant.

Maintenant, se dit Guillaume, il faut que je lui donne confiance, et il s'élança le premier. C'était marquer de l'impatience et une certaine fragilité de nerfs. En arrivant sur son adversaire, il feignit de commettre l'erreur de se placer du côté de l'épée et non du bouclier, mais il déboula sur le flanc du cheval blanc avec une violence de bélier. Il avait calculé que lui et sa monture devaient peser le double de l'ennemi. Aussi, ayant paré le premier coup d'épée, flanc contre flanc, sans chercher à frapper, il se mit à pousser de tout son poids de sorte que le Sarrasin, inévitablement, se trouvait repoussé vers les lignes grecques. Il crut y voir une ruse et se mit à injurier le Normand.

— Parle, mon coquelet, parle toujours, se disait Guillaume, je ne comprends rien à ton verbiage mais je sais ce que tu penses : ce chien refuse de se battre, ce qu'il veut, c'est me pousser vers son camp et me faire capturer par les siens !

Depuis les remparts, la foule poussait des cris de rage et d'indignation.

Pressé comme il l'était, le gouverneur de Syracuse ne pouvait ni donner de coups, ni reculer. S'élancer vers l'avant le porterait vers les rangs ennemis. Mais c'était pourtant sa seule chance. Il lui fallait pousser suffisamment le cheval pour pouvoir contourner par l'arrière la monture de son adversaire.

La manœuvre était difficile et c'était là que Guillaume l'attendait.

Il y eut cette fraction de seconde pendant laquelle le Sarrasin ne fut plus occupé qu'à dégager son cheval. Alors le fils de Tancrède, se dressant de toute sa hauteur sur ses étriers, abattit son épée entre le cou et l'épaule de son adversaire. Il y eut un horrible bruit de chair éclatée et d'os brisés. Le coup fut d'une telle violence qu'il trancha le corps jusqu'à la selle. Le sang et les entrailles jaillirent en tous sens. Le cheval blanc, affolé par l'odeur, se mit à tournoyer comme un fou, balançant le cadavre ouvert comme une figue mûre.

Tandis que depuis les remparts montaient des cris d'horreur et des lamentations, les portes de la cité s'entrouvrirent : des cavaliers arabes s'élançaient hors de la ville, dans un réflexe absurde, pour porter secours à leur chef.

— *Thor aï !* hurla Guillaume, espérant que le vieux cri de guerre viking, tant de fois entendu dans les récits de Toerkil la Baleine, serait compris des Varègues, les plus proches de l'entrée de la cité. Puis sans hésiter, sa grande épée dans la main droite et la plus courte à gauche, il fonça sur la cavalerie sarrasine. Une joie immense l'envahit : il entendait, derrière lui, le martèlement des lourds chevaux normands. Il savait que ses frères et ses amis s'étaient élancés. Mais, plus rapides encore, Hardrada et ses hommes, dans une chevauchée éperdue, rasant les remparts, se précipitaient sur les derniers cavaliers maures qui passaient la poterne.

Comprenant leur erreur, les Sarrasins tentèrent de refluer mais leur recul même empêchait la fermeture des portes. Dans une formidable ruée, les Normands entrèrent dans la ville en les culbutant. Guillaume et Hardrada, en se croisant, échangèrent un regard complice. Le chef varègue fit comprendre qu'il filait droit vers le port et les Hauteville et leurs compagnons s'élancèrent dans les rues qui longeaient les remparts.

Pris au dépourvu, si peu préparés à ce qui leur arrivait, les Sarrasins, malgré leur vaillance, ne purent opposer une longue résistance, d'autant que les Grecs et les Siciliens de la ville, se mêlant au combat, les entravaient de mille manières.

Le soleil était encore au zénith quand les derniers défenseurs déposèrent les armes. Des centaines de cadavres jonchaient les rues et leur sang teintait les dalles de marbre de l'antique cité.

Les Varègues, parvenus à s'emparer de la tour qui défendait l'entrée du port, avaient décroché l'énorme chaîne qui en barrait l'accès et la flotte byzantine qui assurait le blocus entra dans la rade à force de rames.

La victoire était totale et les vainqueurs, Normands et Varègues, épuisés par tant d'efforts et de violence, accablés par l'écrasante chaleur de l'été sicilien, s'abandonnaient à la torpeur, recherchant leur souffle et pansant leurs blessures.

Ils furent arrachés à cette léthargie par des rugissements de trompes et des claquements de cymbales : l'armée grecque, précédée de sa fanfare, entrait en bon ordre dans la ville.

Et puis, ce furent l'horreur et le carnage.

Ceux qui n'avaient en rien participé au combat s'arrogeaient tous les droits des vainqueurs. En hâte, les chrétiens peignaient des croix sur leurs murs pour tenter d'échapper au saccage et au massacre. Mais les hommes de Maniakès enfonçaient toutes les portes, déculottaient les hommes, éventraient les circoncis ou ceux qu'ils croyaient tels. Les femmes dont ils n'abusaient pas sur place, tirées hors de leur maison, étaient parquées sur la plage pour servir aux plaisirs de la nuit. De-ci de-là, quelques maisons commençaient à brûler.

Les Hauteville et leurs compagnons, qui s'étaient regroupés, regardaient avec écœurement ces hyènes se repaître de la bête que d'autres avaient abattue. S'ils savaient que rien n'est plus légitime que de jouir de la femme d'un ennemi vaincu, comme de se payer de sa peine sur ses richesses, il leur semblait, en revanche, que tant de violence et de cruauté venant d'hommes qui n'avaient couru aucun risque était une abjection.

Ils se firent ouvrir les portes d'une auberge, burent plus qu'ils n'avaient soif et prirent leur plaisir avec des femmes qui se donnaient à eux pour prix de leur protection.

La nuit était déjà bien avancée quand ils songèrent à regagner leur cantonnement. Ils passèrent le long de la plage où l'orgie se poursuivait encore. Sans doute ceux qui n'avaient plus la capacité de posséder les malheureuses qu'on avait traînées là s'étaient-ils offert un dernier plaisir en les éventrant car près du rivage, dans une grande flaque de lune, on apercevait des dizaines de cadavres que la mer balançait doucement.

Un peu plus loin, ils virent un vaste bassin d'eau claire et ils éprouvèrent le besoin de s'y laver. C'était là qu'aux temps légendaires la nymphe Aréthuse s'était transformée en fontaine pour échapper aux étreintes du fleuve Alphée et ce fut là qu'un petit moine, qui s'appelait Fra Modesto, les retrouva.

*

* *

Il les avait cherchés pendant des heures et des heures, depuis le moment où il avait acquis la certitude qu'à travers son humble personne Dieu voulait leur adresser un message. Il avait parcouru la ville en tous sens, sans rien voir de ses misères, seulement habité de la vision qui lui avait été accordée et dont le souvenir le faisait trembler plus que s'il eut été pris de fièvre.

À l'aube, comme tous ces derniers jours, il était monté s'agenouiller sur les remparts. Tête baissée, il s'était mis à prier afin que Dieu donne la force de vaincre au chevalier qui allait combattre l'Infidèle ou l'accueille en son paradis s'il n'était pas exaucé.

Mais ce matin-là, surpris par la voix puissante du Normand lançant son défi, saisi par l'importance du combat qui s'engageait, il n'avait pu en détacher son regard, jusqu'au moment où le coup d'épée tranchant le corps du jeune chef sarrasin l'avait tellement empli d'horreur qu'il avait levé les yeux au ciel.

C'est alors que ce qu'il avait vu l'avait pétrifié d'extase. Dans le ciel immaculé de ce jour d'été, deux nuages improbables avaient jailli de l'Orient. Sur le premier, sombre comme une nuée d'orage, il avait très nettement distingué tout un grouillement de démons noirs, fuyant comme des cafards ou des cloportes, tandis que sur le second, plus blanc que marbre, une cohorte d'anges, brandissant des épées flamboyantes, suivait un chevalier qui semblait fait de l'argent le plus pur, comme seul pouvait l'être l'Archange saint Michel, Commandeur des Armées Célestes.

Les hurlements d'épouvante ou de joie poussés par la foule massée sur les remparts avaient effacé ce mirage et il s'était enfui jusqu'à l'église la plus proche, la seule que les mahométans avaient concédée au culte chrétien. Il s'était jeté au pied de l'autel pour demander : « Pourquoi, Seigneur, pourquoi m'as-tu fait voir ce que nul autre n'a vu ? Veux-tu que je sois ton messager ? » Et le silence de Dieu lui était apparu d'une grande éloquence.

Enfin, alors que la mi-nuit était depuis longtemps passée, un homme ivre, qui sortait d'une taverne, lui dit que le chevalier qu'il cherchait venait juste de partir avec deux de ses compagnons et il montra la direction qu'ils avaient prise.

Le petit moine se mit à courir pour les rattraper. Il voulait se jeter aux genoux du Guerrier Élu comme s'il était l'Archange lui-même et lui dire : « Agenouille-toi aussi, louons le Seigneur, et je te révélerai par quelle vision Il m'a fait connaître ce qu'Il attend de toi. »

Mais comment se mettre à genoux devant ce géant, un peu titubant, qui sortait de l'eau, complètement nu, en se flagellant à grands coups de feuilles de papyrus ?

— Rhabillez-vous, lança Guillaume à ses frères, il y a un avorton de moine qui nous regarde.

*

* *

Le lendemain, vers le milieu de la matinée, Guillaume fut réveillé par trois soldats grecs qui lui ordonnèrent de les suivre et ne lui laissèrent même pas le temps de s'asperger le visage : le catépan exigeait sa présence sur-le-champ.

Guillaume attendit un grand moment sous le soleil, devant la tente de Maniakès, observant les allées et venues des gardes varègues. Enfin, un homme grisonnant qui portait la robe blanche des scribes lui dit d'entrer et lui ordonna de ne pas baisser la tête. Le Normand entra, très droit, sans comprendre ce que cela signifiait. Mais le général grec, tapi dans l'ombre, eut un rictus de plaisir : il avait fait tailler l'entrée de sa tente à sa mesure et il avait été jusqu'à présent le seul à sentir, chaque fois qu'il entrait et sortait, ses cheveux frôler la toile. Cette fois encore, il fut rassuré : le colosse venu du Nord n'était pas plus grand que lui.

Venant de l'extérieur, Guillaume mit un certain temps avant d'apercevoir la silhouette du catépan.

Mais quand elle commença à lui apparaître distinctement, il dut s'avouer que l'homme était encore plus impressionnant vu de près que de loin : il avait un torse si formidable que ses jambes en paraissaient trop courtes, même s'il eût été facile de tailler un jeune écuyer dans chacune de ses cuisses. Mais ce qui frappait plus que tout, c'était la brutale laideur du visage : le nez épaté au-dessus d'une bouche informe et un front si proéminent qu'il semblait que la nature l'eût fait naître coiffé d'un casque. La voix profonde et rocailleuse qui sortait de ce casque le fit sursauter. Elle exprimait une froide et puissante colère.

— Qui t'a permis de défier le gouverneur ? Et qui t'a permis d'entrer dans la ville ?

Guillaume, qui s'attendait à tout sauf à cette réprimande, en resta coi.

— Je t'ordonne de répondre ! Apprends que rien ici ne se fait sans que je l'aie voulu. Quel châtiment attends-tu pour la liberté que tu as prise ?

— J'attends, dit Guillaume qui sentait monter en lui une violente colère, j'attends que tu me félicites et que tu me remercies pour t'avoir livré Syracuse.

L'interprète hésita un instant avant de traduire.

Maniakès s'approcha du Normand à le toucher :

— Si tu n'étais pas un chien de mercenaire imbécile, je te ferais fouetter jusqu'à ce qu'il n'y ait plus un pouce de peau qui tienne sur ton corps.

Il fit signe à l'aîné des Hauteville de sortir, puis le rappela :

— Quand on aura nettoyé la ville de toutes ses souillures, nous y ferons une entrée solennelle. Dis à Argyros que vous et ses Lombards défilerez en dernier et ne t'avise pas de sortir du rang !

Guillaume sentit toute sa rage tomber d'un coup. Il jubilait. Il venait de comprendre que l'impitoyable catépan, le tout-puissant représentant de l'orgueilleuse Byzance, redoutait la popularité qu'il pouvait avoir acquise, lui, ce chien de mercenaire.

*
* *

— Le diable emporte cette montagne de chair puante, s'écria Argyros quand Guillaume lui eut rapporté son entrevue avec Maniakès.

Pour la première fois, Guillaume se sentit une certaine sympathie pour le Lombard.

— Vous haïssez vraiment les Grecs, dit-il.

— Je hais cet homme et tous ses semblables. Qu'ils crèvent ! Mais j'aurai encore plus de plaisir à les humilier qu'à les tuer de mes propres mains et tu vas m'y aider ! Laisse-moi, il faut que je réfléchisse.

*
* *

Ce fut le 15 août 1040, jour de l'Assomption de Marie, que l'armée chrétienne fit son entrée dans Syracuse.

Quand on ouvrit les portes, la ville était à nouveau digne de recevoir le catépan. On apercevait encore, çà et là, les brandons noircis des charpentes incendiées et les trous béants des portes défoncées, mais les soldats grecs avaient contraint les habitants à laver les rues comme on nettoie le sol d'une taverne de ses vomissures.

Le défilé commença vers dix heures. Il devait faire le tour de la cité puis, remontant la rue principale, parvenir jusqu'au parvis de la cathédrale qu'on allait reconsacrer car elle avait, depuis près de deux siècles, fait office de mosquée. Tous les chrétiens de la ville avaient suspendu à leurs fenêtres tapis et tissus brodés.

S'il y eut bien des vivats et des applaudissements à l'entrée de Maniakès et de ses officiers, ils baissèrent vite d'intensité. La foule cherchait à apercevoir celui qu'elle avait imaginé chevauchant au côté du catépan, celui qui était pour elle le vrai héros de la libération de Syracuse. Sa déception était palpable autant que son étonnement. Depuis l'aube, les Syracusains s'étaient pressés dans tous les lieux de culte qu'ils se réappropriaient, et là ils avaient entendu un petit moine à la voix d'or qui interrompait ses cantiques pour leur conter la vision dont Dieu l'avait honoré.

Et soudain la rumeur courut : il était là ! Il venait de franchir le porche ! Il chevauchait modestement au milieu de ses compagnons normands ! Ils fermaient la marche ! Alors la foule, désertant la tête du cortège, se rua vers l'arrière.

— En êtes-vous sûr ? Comment l'avez-vous reconnu ? demandait-on de toutes parts.

C'était fort simple : il n'était ni tellement plus grand, ni tellement plus imposant que certains des Normands parmi lesquels il chevauchait, seulement à côté de lui caracolait le cheval blanc du gouverneur maure et il le tenait par la bride.

Ce fut un déchaînement d'enthousiasme et tous ceux qui arrivaient à s'approcher de lui, les femmes qui tendaient leurs enfants à bout de bras ou embrassaient ses genouillères, les gamins qui sautaient pour toucher la poignée de son épée comme s'il se fût agi d'une sainte relique et tous les hommes qui lançaient en riant leur chapeau, tous l'appelaient d'un nom que le Normand d'abord ne put comprendre puisqu'ils le criaient en grec.

Mais bientôt, parce que certains, pour l'honorer, en avaient fait la traduction, ce nom, on se mit à le crier du mieux qu'on pouvait, dans la langue des Francs. Il fallut quelque temps à Guillaume avant de comprendre que les trois syllabes que les habitants de Syracuse ne cessaient de marteler, par lesquelles ils clamaient leur reconnaissance et leur admiration, étaient bien celles qui composaient le surnom de *Bras de Fer*.

L'émotion lui serra la gorge, à croire qu'il allait pleurer. Seigneur Tancrède, mon père, pensa-t-il, je n'ai rien demandé. Ce nom de Bras de Fer, c'est eux qui me le donnent. Est-ce que je peux le refuser ?

12

Odilon

Maniakès redoutant une contre-offensive de l'émir de Catane, les Normands eurent pour tâches, dans les jours qui suivirent, de surveiller les routes et les chemins qui menaient vers le nord, de détruire les villages et les fermes qui pourraient servir de refuges en cas de bataille et, au passage, de brûler les campagnes. Le catépan craignait aussi que ne débarquent au sud des renforts venus des côtes africaines et il avait assigné la même tâche aux Varègues d'Harald Hardrada. Les deux armées regagnaient chaque soir leur cantonnement.

— Toute l'île est sèche comme un fagot ! Si on continue comme ça, c'est toute la Sicile qui va flamber, se plaignait Guillaume auprès d'Argyros.

— Qu'elle brûle ! lançait le Lombard qui semblait se désintéresser de plus en plus de cette expédition.

Les Hauteville auraient bien aimé savoir ce que pensaient les chefs varègues de ces ravages inutiles et de cette absurde campagne qui s'enlisait, mais en discuter par l'intermédiaire d'un interprète les décourageait.

*

* *

La répartition de l'énorme butin pris aux Maures de Syracuse avait été fixée au lundi suivant et Guillaume avait pensé avec soulagement qu'ils n'auraient pas à jouer, ce jour-là, les incendiaires. Mais la veille, quand Argyros les réunit, comme chaque soir, il les informa que rien n'était changé et qu'ils auraient à reprendre le lendemain, à l'aube, la route de Catane.

— Alors, nous ne serons pas là pour le partage ? protesta Guillaume.

— Et après, répliqua sèchement Argyros, me crois-tu incapable de faire respecter les droits de chacun, Normands et Lombards ? Si tu te méfies de moi, désigne l'un des tiens pour me surveiller !

Il allait protester par courtoisie quand le vieux Taillemaure, saisissant la balle au bond, proposa l'un de ses fils.

Dreux sentit que le vieil homme et Guillaume allaient encore se quereller :

— Je ne pense pas que ce soit une bonne idée, messire Ami. Vos fils sont parmi nos plus vaillants guerriers et nous sommes trop peu nombreux pour nous priver de leurs bras. Je propose Odilon. Aucun d'entre nous ne serait mieux à même de seconder le seigneur Argyros, dans ces sortes de tractations.

— Ce sera Odilon, trancha Argyros en se levant pour mettre fin à la discussion.

Ces petites querelles entre Normands l'exaspéraient. De plus, il avait cru sentir chez l'aîné des Hauteville une défiance qui froissait sa susceptibilité.

Guillaume, conscient de sa maladresse, se demanda, avant de s'endormir, comment il pourrait la réparer. Le lendemain matin, il pensa avoir trouvé.

Avant de monter à cheval, comme Odilon s'approchait pour lui demander s'il avait des recommandations à lui faire, Guillaume lui dit :

— Quand tu iras rejoindre Argyros, prends le cheval du Sarrasin et offre-le-lui de ma part.

Odilon devint livide. Devant les portes de Syracuse, quand le cadavre du gouverneur avait enfin vidé les étriers, il s'était précipité vers le cheval rendu fou. Avec sa patience habituelle et toute la tendresse qu'il avait pour les chevaux, il était parvenu à le calmer, à le ramener avec lui. Il l'avait lavé de toutes ses souillures et, depuis, il éprouvait pour cette bête magnifique une véritable passion.

— Pas le cheval blanc ! supplia-t-il, atterré.

— Mais il est à moi ! Et de prise loyale, s'agaça Guillaume, se méprenant. Je suis libre d'en faire ce que je veux.

— Il est à toi et de prise loyale, répéta Odilon sans trouver la force de s'expliquer.

— Alors, fais ce que je te dis.

Le frère de Frésende regarda les cavaliers normands s'éloigner, accablé de tristesse et de solitude.

*

* *

Depuis qu'il avait eu *sa vision* sur les remparts de Syracuse, Fra Modesto ne quittait plus les Hauteville. Il s'était institué leur ange gardien. Et Guillaume Bras de Fer – c'est ainsi que désormais tous l'appelaient – se demandait, maintenant qu'il l'avait entendu chanter les louanges du Seigneur de cette voix dont la beauté ne semblait pas humaine, s'il n'était pas l'un de ces anges combattants descendu de son nuage éblouissant pour venir faire un bout de chemin à son côté.

Mais comme les trois frères étaient sans cesse en expédition, c'était finalement en compagnie d'Odilon que le petit moine passait le plus de temps, cherchant à tout savoir de son héros. Seulement Odilon était la discrétion même, de sorte que Fra Modesto en venait, pour l'amadouer, à se raconter lui-même.

Il était né à Palerme, d'une mère amalfitaine et d'un père sicilien qui commandait un bateau de commerce. Une tempête en mer Égée avait emporté le marin alors que Modesto n'avait pas encore dix ans. La veuve était retournée en Italie vivre chez son frère. Celui-ci avait un ami d'enfance, moine au Mont-Cassin qui, ayant entendu un jour l'adolescent chanter à l'église de son quartier, avait tenu, émerveillé, à le présenter à son abbé. C'est ainsi que, par la grâce de cette voix exceptionnelle qui avait conservé le cristal de l'enfance, Fra Modesto était devenu Bénédictin.

En apprenant le projet de reconquête de la Sicile, le Mont-Cassin avait envoyé sur l'île deux doctes moines, chargés de défendre la liturgie romaine sur cette terre byzantine. On leur avait adjoint Fra Modesto pour la simple raison que, du fait de ses origines, il parlait tout à la fois le grec, l'arabe et l'italien.

*

* *

Odilon harnachait la monture de l'émir pour aller l'offrir à Argyros quand le petit moine l'avait rejoint.

— Tu aimes vraiment cette bête ! lui avait-il dit.

— Qu'ai-je d'autre à aimer ? soupira Odilon.

Quand il avait cherché un nom à donner au cheval blanc, il avait songé au prénom de la petite servante romaine, mais il s'était aperçu qu'il ne le connaissait même pas. Alors il avait choisi de le baptiser Frésende.

Fra Modesto, tandis qu'ils se rendaient au camp des Lombards, devinait la tristesse du jeune Normand et, pour l'apaiser, lui disait un peu maladroitement :

— Il faut avoir confiance. Le Seigneur nous comble quand et comme Il veut, mais Il ne nous abandonne jamais. Qu'ai-je fait pour mériter qu'Il me donne des visions, si ce n'est pour le servir ? Pourquoi m'a-t-il doté de cette voix, si ce n'est pour que je l'honore et chante ses louanges ?

Et Odilon, perdu dans ses pensées, lui avait dit sans à propos :

— Je voudrais que tu chantes un jour pour ma sœur Frésende.

Ils n'avaient plus échangé une parole jusqu'à la tente d'Argyros.

*

* *

Et maintenant, tandis que le soir tombait, Fra Modesto dévalait en courant cette colline du haut de laquelle il guettait, depuis des heures, le retour des chevaliers normands.

— Venez vite ! Venez vite ! leur criait-il en faisant, des deux bras, de grands gestes fous.

— Qu'est-ce qui se passe encore ? demanda Onfroi qui avait été le premier à l'apercevoir.

— Je parie qu'on s'est encore fait rouler ! répondit Dreux.

*

* *

La répartition du butin avait eu lieu dans l'immense espace du théâtre antique, taillé dans le roc. Il était maintenant désert. Mais au milieu de la scène où le poète Eschyle avait jadis fait crier aux Perses leur détresse, un homme était attaché par les poignets à un poteau de bois. Mais était-ce encore un homme ?

Guillaume avait espéré, un instant, ne pas le reconnaître. Mais il fallait se rendre à l'évidence : ce visage tuméfié à la bouche grande ouverte dans un cri suspendu, ce corps entièrement nu à la peau éclatée, ce dos sanguinolent, sur lequel les mouches et les guêpes faisaient comme une toison, étaient bien ceux d'Odilon.

Il vivait encore.

Maniakès s'était vengé. Devant la foule des Grecs et des Lombards réunis pour le partage, il avait accusé le jeune Normand d'avoir volé le cheval du gouverneur de Syracuse et il l'avait fait mettre nu et fouetter. Il l'avait laissé agoniser sous le terrible soleil de cette journée d'août tandis que les chefs se disputaient les trésors arrachés à la ville conquise.

— Que pouvais-je faire, moi ? Que pouvais-je faire ? demandait le petit moine en sanglotant.

— Et Argyros ? interrogea Guillaume.

— Il a essayé de s'interposer, mais le catépan l'a menacé du même sort en lui rappelant que c'était pour lui, après tout, que le cheval avait été dérobé.

On ramena jusqu'au campement ce corps pantelant qui, par moments, râlait un peu.

*

* *

Tout s'était bousculé dans la tête de Guillaume : la douleur, la rage et le désir de vengeance. Il aurait voulu que tous se ruent sur le campement des Grecs pour les massacrer. Il voulait égorger Maniakès de ses propres mains, lui faire endurer ce qu'il avait osé faire souffrir à un innocent. Mais on l'avait raisonné : combien étaient-ils face à la multitude des soldats byzantins ? Quelle serait l'attitude des Varègues ? Et même s'ils sortaient vainqueurs de cette tuerie, combien d'entre eux survivraient ?

N'existait-il pas un moyen plus lent, mais plus sûr de prendre sa revanche ?

*

* *

Guillaume et Ami Taillemaure entrèrent ensemble sous la tente d'Argyros. Le vieux chevalier avait tenu, cette fois, à accompagner l'aîné des Hauteville. Quels que fussent ses sentiments à son égard, il se sentait solidaire de son frère de race.

— Nous partons, dit Bras de Fer.

— Tous les Normands partent, précisa Taillemaure. Même ceux de Buonalbergo qui sont venus avec toi. Et toi, que fais-tu ?

Argyros regarda fixement les deux hommes. Il réfléchit très vite, pesant les risques, mais imaginant aussi dans quelle situation leur défection mettrait le géant présomptueux qui le traitait, lui, Argyros, prince lombard, avec tant de morgue.

— Dans ce cas, dit-il, il nous faut partir vite.

Lui aussi tenait sa vengeance.

On passa la nuit à plier bagage, à ranger les armes, à charger le butin sur les bêtes de somme. Aucune lueur ne montait encore de l'est quand le premier groupe partit. Il était composé de la trentaine d'hommes qui avait formé l'escorte des pèlerins du Mont-Saint-Michel. Ils entouraient le chariot dans lequel on avait installé Odilon sur le ventre, couché sur les linges les plus doux qu'on avait pu trouver. Le médecin personnel d'Argyros se tenait à côté de lui. Il avait lavé ses plaies et les avaient enduites d'onguent, mais le jeune homme n'avait toujours pas repris connaissance.

Quand le jour se leva, les Grecs et les Varègues découvrirent que non seulement les Normands, mais aussi la plupart des Lombards du Nord, ceux qui venaient de Campanie ou de Pouille, avaient disparu.

Refusant les détours, ils avaient emprunté, cette fois, la route de Catane. Argyros et les Normands en étaient vite tombés d'accord : cette voie était celle sur laquelle ils avaient le moins de chance d'être poursuivis.

Même furieux, Maniakès ne serait pas assez fou pour risquer un affrontement sous les yeux des Sarrasins de Catane. Il pouvait espérer, en revanche, que la garnison de la ville ferait le travail à sa place.

C'était compter sans l'audace des Hauteville et de leurs amis.

*

* *

Parce que Taillemaure, au cours de ses batailles en Espagne, avait fait l'expérience des négociations avec les Sarrasins, Guillaume avait tenu à ce qu'il prenne la tête de l'ambassade envoyée auprès de l'émir de Catane. Onfroi y participait, ainsi que Fra Modesto en qualité d'interprète.

Il ne s'agissait de rien de moins que d'obtenir la neutralité de la ville à leur égard et assez de bateaux pour regagner les côtes italiennes. En échange, les Normands proposaient non seulement une partie du butin pris à Syracuse, mais surtout de signer un traité d'amitié par lequel ils s'engageaient à ne plus jamais prendre les armes contre l'émir de Catane.

Les Normands comptaient sur le bon sens du chef sarrasin : celui-ci, s'il n'ignorait rien de ce qui s'était passé à Syracuse, imaginait bien l'affaiblissement considérable que représentait, pour le général grec, la désertion des meilleurs parmi ses chevaliers.

— Pourquoi votre puissant guerrier qu'on appelle, m'a-t-on dit, Bras de Fer, n'est-il pas venu lui-même solliciter mon amitié ? Est-ce parce qu'il a tué mon neveu ? Si c'était la volonté d'Allah, comment pourrais-je le lui reprocher ?

— Ton neveu a relevé, avec courage et honneur, un terrible défi, affirma Taillemaure, et si tu veux bien signer ce traité qui scellera notre amitié, celui qu'on appelle Bras de Fer viendra te le confirmer lui-même.

— Je connais la vaillance de votre peuple et vous connaissez la bravoure des nôtres. À quoi bon nous affronter ? Pourquoi chercher à nous nuire ? Soyons frères et nos ennemis fuiront devant nous comme les chacals fuient devant des lionceaux nés de la même mère.

Les Normands avaient obtenu ce qu'ils voulaient. L'émir refusa seulement de laisser le gros de la troupe pénétrer dans sa ville mais il promit de leur envoyer, dans le petit port de Naxos qui se trouvait à deux heures de là, suffisamment de bateaux pour les transporter. Il y adjoindrait une petite embarcation rapide à vingt-quatre rames dans laquelle Odilon, dont on lui avait dit l'injuste martyre, pourrait prendre place.

Il était entendu que cet arrangement ne concernait que les Normands et que, pour les Lombards, on les laisserait poursuivre leur chemin jusqu'à Messine où les attendait leur propre flotte.

C'était la première fois que les Hauteville s'étaient retrouvés en face d'un chef sarrasin et la facilité avec laquelle ils avaient pu s'entendre avec celui-ci, l'intelligence et le raffinement dont il avait fait preuve les amenèrent à nuancer les jugements trop simples qu'ils avaient portés jusque-là sur les Infidèles.

Il y avait donc, dans cet espace où ils avaient décidé de tenter leur chance, bien plus de cartes à jouer qu'ils ne le croyaient.

*

* *

Le jour même de la signature du traité, ils partirent pour Naxos, préférant attendre sur place l'arrivée des navires promis.

Ils dînaient sur la plage quand les guetteurs postés sur la route du sud revinrent à bride abattue pour donner l'alerte : une troupe s'avançait à découvert et tout laissait à penser qu'il s'agissait de mercenaires varègues.

Avant même qu'on ait eu le temps de se mettre à couvert, cinq cavaliers pénétraient dans leur campement et le prince Harald lui-même, sautant de cheval, s'élança bras ouverts vers Guillaume et, lui donnant l'accolade, s'écria :

— Eh bien, mon cousin, j'espère qu'il vous reste encore quelques reliefs de repas car nous mourons de faim ! Puis il parcourut, d'un regard amusé, la petite troupe qui s'était mise sur le pied de guerre.

— Il est vrai que je vous cours après, mais c'est pour vous remercier. Vous m'avez donné un beau prétexte pour dire adieu à Byzance, à ses pompes et à ses monstres. Je crois que mon périple autour du monde s'achève. Je me suis souvenu qu'on m'avait, enfant, volé un royaume. Il est temps que j'aille le reprendre.

Les deux hommes étaient arrivés à la hauteur du chariot où reposait Odilon.

— Comment se porte ton ami ?

Guillaume eut un geste d'impuissance.

— Crois bien que moi présent, dit le chef varègue, nul n'aurait pu le fouetter longtemps. Est-ce qu'un même sang ne coule pas dans nos veines ?

Il entraîna Guillaume vers la mer, à l'écart des autres. Le petit moine sautillait autour d'eux, cherchant à traduire leurs propos au plus vite.

— Écoute-moi, mon cousin au bras de fer, j'ai servi Byzance sur tous les fronts, contre toutes sortes de peuples et j'ai toujours, tu m'entends, toujours été vainqueur. Sais-tu pourquoi ? Tu me diras : parce que nos têtes sont aussi solides que nos bras, parce que nous aimons nous battre, parce que la mort ne nous fait pas peur ? Sans doute ! Mais surtout parce que tous les guerriers qui me servent sont mes frères, parce que nous avons eu les mêmes ancêtres, aimé les mêmes femmes, partagé le même pain. Alors, je suis venu aussi pour te donner un conseil : saisis ta chance ! Deviens le chef de ceux qui t'accompagnent ! Aujourd'hui, après ce que tu as fait, nul autre mieux que toi ne peut y prétendre.

Ils étaient revenus au milieu des Normands. Harald s'était remis en selle. Dressé sur ses étriers, il leur lança :

— Normands ! Vous êtes de vaillants guerriers ! Demain, vous serez invincibles, comme mes Varègues, mais à une condition : que vous vous donniez un chef ! Non pas un noble Lombard ou un Grec empanaché, mais un homme de votre race, un homme qui vous comprenne, un homme auquel vous serez fier d'obéir parce qu'il sera le meilleur d'entre vous ! Alors le monde sera à vos pieds. Et moi je sais bien, si j'étais à votre place, qui je choisirais dès cet instant : le vainqueur de Syracuse, Guillaume Bras de Fer.

Il y eut un tonnerre d'applaudissements mais les fils du vieux Taillemaure réclamèrent le silence : leur père voulait parler.

— Je suis bien d'accord avec ce que nous dit le prince Harald, mais je vous demande de réfléchir au choix qu'il nous propose. Qui pourrait nier la force et le courage de Guillaume Bras de Fer ? Mais qui pourrait aussi nier qu'il faille plus que cela pour mener des hommes à la bataille et leur assurer la victoire. Il y faut sagesse et expérience, connaissance des ruses et science des combats et cela, moi qui ai tant lutté et tant vécu, je peux seul vous l'apporter.

— On s'en serait douté, glissa Dreux à l'oreille d'Onfroi.

On sentit un flottement dans l'auditoire et des discussions éclatèrent à voix forte, aussitôt couvertes par le claquement de boucliers heurtés les uns contre les autres. On vit alors s'avancer au milieu du cercle, porté sur les épaules d'un grand Normand, le petit moine qui, de ses deux bras levés, désignait le ciel.

Dans le silence suscité par cette étrange apparition, on entendit s'élever la voix douce de Fra Modesto :

— Guillaume Bras de Fer n'est ni le choix du prince Harald, ni le mien, ni le vôtre ! C'est le choix du Seigneur Dieu car je vous l'ai dit comme je l'ai vu : il était, sous les murs de Syracuse, comme l'ombre projetée sur la terre de l'Archange saint Michel.

Une formidable explosion d'enthousiasme succéda à ces paroles et les paysans d'alentour, en percevant ce vacarme, durent penser que l'Etna, qui les écrasait tous de sa haute silhouette, laissait à nouveau éclater sa colère.

Cette nuit-là, le frère de Frésende fut seul à ne rien entendre.

C'est ainsi que Guillaume Bras de Fer, premier fils de Tancrède de Hauteville, devint, sur la terre sicilienne, duc des Normands d'Italie.

13

Le partage de Melfi

On avait allongé Odilon dans l'espace étroit entre les bancs de nage et on l'avait abrité sous un morceau de toile dressé comme une tente, autant pour le protéger du soleil que pour dérober aux regards ce corps lacéré et brûlé qu'on ne pouvait vêtir.

Ils étaient, outre Guillaume, deux pour l'accompagner : Fra Modesto, à qui le médecin d'Argyros avait confié ses remèdes avant de retourner au service de son seigneur, et Girard, le fils du sire de Buonalbergo qui considérait comme un devoir de ne plus quitter le blessé. Ils s'étaient découvert, en parlant du pays, un certain lien de parenté : Gauthier de Buonalbergo était le petit-cousin d'un certain Robert, dit Beauchevel, lequel n'était autre que le père de Frésende et Odilon.

L'émir ne les avait pas trompés : le voilier mis à leur disposition était des plus rapides. L'équipage avait replié les rames. Un fort vent venu d'Afrique gonflait la voile latine et faisait gémir le mât et la vergue comme les troncs d'une futaie dans la tempête. Le boutre semblait voler sur une mer crispée, couleur d'argent terni.

Le maître du bord ne cessait de crier des ordres, louvoyant habilement, sans baisser l'allure, entre les tourbillons et les récifs du détroit de Messine, mais toujours son regard se tournait vers le sud où d'énormes nuages au ventre noir se culbutaient en échangeant des éclairs. Le vieux marin, inquiet, torturait sa barbe grise.

Guillaume, lui, ne remarquait rien. Il eût souhaité qu'un vent plus puissant encore les pousse vers cette Salerne où, il en était certain, on saurait guérir son jeune compagnon. Pouvait-il en être autrement ? Pouvait-il s'imaginer obligé d'avouer un jour à Frésende qu'il avait laissé mourir ce frère qu'elle lui avait confié ? Ce frère auquel il se reprochait maintenant d'avoir accordé si peu d'attention.

Ils étaient restés, eux, les trois aînés du vieux Tancrède, fermés dans leur égoïste fratrie, acceptant sans même un merci tous les services qu'il leur avait rendus et jusqu'à ce rôle d'écuyer qu'il avait tenu auprès d'eux bien qu'il fût d'un sang plus noble que le leur.

Pour chasser ces idées sombres, il repensait au départ d'Harald Hardrada, au matin de ce même jour, et aux propos qu'ils avaient échangés.

Juste avant que le chef des Varègues ne monte en selle, Guillaume lui avait demandé, puisqu'il verrait Argyros avant de s'embarquer à Messine, de bien dire au chef lombard que son élévation à lui, Bras de Fer, au rang de chef des Normands, ne mettait pas en cause son autorité.

— Je le lui dirai, avait promis Hardrada. Puis, mettant sa main sur l'épaule de Guillaume, il avait ajouté : Méfie-toi d'Argyros. Il a tété le sein de Byzance.

Il y avait une vingtaine d'années, après l'écrasement de la révolte de Bari par les occupants grecs et la fin ignominieuse infligée à son oncle, chef des insurgés lombards, le petit Argyros, qui allait sur ses sept ans, avait été exilé avec sa mère à Constantinople, assez près des fastes de la cour impériale pour en être ébloui à jamais, assez loin pour se ronger du désir d'y avoir quelque part. Cela, Guillaume le savait.

— S'il a bu le lait de Byzance, répondit-il, le voilà devenu femelle, comme eux tous ! Quel mal pourrait-il nous faire ?

Le Varègue l'avait foudroyé du regard :

— Crois-tu que Maniakès ait quelque chose d'une femelle, à moins qu'il ne s'agisse d'une gorgone ?

— Celui-là, je l'aurai un jour entre mes mains et je le tuerai !

— Oublie-le. Tu l'as blessé à mort. Sans nous, il perdra la Sicile et, s'il parvient vivant jusqu'à Constantinople, tous ceux qui le craignent et le haïssent l'achèveront. Il n'y aura plus de fontaine sur son chemin qui ne soit empoisonnée. Oublie-le, te dis-je, sois comme le chasseur qui abandonne le gibier pantelant à la meute vorace. Adieu donc ami, il y a peu de chance pour que nos chemins se croisent à nouveau un jour, mais fassent les dieux que nous entendions souvent parler l'un de l'autre.

— *Thor aï !* avait-il lancé en sautant en selle, et Guillaume avait vu, pour la seconde fois, un léger sourire détendre les lèvres du prince Harald que ses Varègues appelaient Hardrada, c'est-à-dire en langage nordique le Sévère.

Était-ce la houle qui avait forci ou l'évocation de Maniakès qui ramenait Guillaume à la réalité du moment ? Le vent maltraitait la toile sous laquelle Odilon reposait. L'une de ses mains avait glissé sous le tissu et sa lividité fascinait le Normand : la contempler, si frêle et abandonnée, faisait naître dans cet esprit simple et viril un sentiment étrange qui ressemblait à de la tendresse.

Il s'approcha du frère de Frésende et, comme personne ne l'observait, lui saisit la main.

Elle était glacée.

La mort d'Odilon déclencha une véritable mutinerie. L'équipage sarrasin se mit à aller et venir, interpellant le capitaine avec véhémence, lançant de grands gestes vers la mer et le ciel, amenant d'autorité la voile.

— Que se passe-t-il ? Qu'est-ce qu'ils veulent ? demanda Guillaume au petit moine.

— Il n'est pas d'usage, chez eux, qu'un cadavre reste à bord. Ils disent que le ciel et la mer augmentent leur colère parce qu'Allah le réclame.

— Mais, protesta Guillaume, il faut bien l'enterrer.

— La terre ou la mer, c'est toujours le sein de Dieu et nous rejaillirons vivants, de l'un ou de l'autre, à l'heure du jugement.

— Il y a tant de nos ancêtres qui reposent au fond des océans, intervint Girard.

On enveloppa le corps d'Odilon dans la toile qui avait abrité les dernières heures de sa courte vie. On détressa un bout de cordage pour l'attacher et on le déposa dans le creux d'une vague.

Aussi longtemps qu'on put voir le corps flotter, Fra Modesto chanta la messe des morts. Le frère de Frésende disparut quelque part entre Charybde et Scylla.

*

* *

Le voilier sarrasin trouva un abri précaire sous les falaises de Tropea. Comme il n'y avait plus aucune raison de naviguer jusqu'à Salerne, les deux Normands et le petit moine débarquèrent et, après s'être procuré des chevaux, gagnèrent Mileto qui n'était qu'à quelques heures de marche et où, Fra Modesto et Girard de Buonalbergo en étaient d'accord, les troupes d'Argyros et leurs compagnons normands devaient nécessairement passer en remontant vers le nord.

Quand Guillaume Bras de Fer découvrit Mileto, il bondit sur sa selle et s'écria : « Voilà bien la forteresse qu'il nous faudrait ! »

La ville dressait ses murailles tout autour d'une plate-forme rocheuse, au milieu d'une vaste gorge. Elle dominait d'un côté la route qui reliait Reggio à Salerne, Naples et Rome et, de l'autre, un torrent bondissant qui dégringolait des montagnes voisines.

— Ce serait l'endroit idéal pour nous établir, poursuivit le nouveau chef des Normands d'Italie toujours dressé sur ses étriers.

Girard de Buonalbergo, qui chevauchait à son côté, haussa les épaules.

— Enfin ! s'indigna Guillaume, cette cité est imprenable et verrouille tous les chemins. Qui la possède est maître de toute la contrée.

— Sans doute, concéda Buonalbergo, mais ce maître règne sur un peuple de mangeurs de glands. Regarde tout autour ! Ce ne sont que collines arides, gorges impraticables, montagnes couvertes de forêts impénétrables. Tu changeras d'avis quand tu connaîtras la Pouille.

La Pouille, Guillaume n'avait fait que l'effleurer en descendant vers la Sicile.

— Raconte-moi la Pouille, ordonna Guillaume quelque peu agacé.

Il n'est pas facile de raconter un pays et le jeune Girard, un temps, chercha ses mots.

— La Pouille, commença-t-il, c'est comme une ceinture qui entourerait la taille de l'Italie, de la mer Adriatique à la Méditerranée ou mieux encore, c'est un collier de chien entre les États du pape et les terres du sud que domine encore l'empereur d'Orient. Un collier aux dents acérées sur lequel ni les loups ni les lions ne peuvent mordre et ces dents, tu verras, ce sont quelques dizaines de villes : Venosa, Lavello, Acerenza, Minervino et, la plus formidable : Melfi ! Des villes qui se font face comme des sentinelles, de sorte que quiconque pense échapper à l'une tombe dans les filets de l'autre. Des citadelles tout aussi imprenables que Mileto, mais entourées de vastes plaines fertiles. De quoi nourrir des guerriers qui ont l'estomac large. C'est à Melfi que va vous conduire Argyros. Il s'y est réfugié et loge chez le gouverneur depuis que le catépan Maniakès s'est approprié sa grande maison de Bari.

Guillaume n'écoutait plus. Il se moquait bien de Bari et de la demeure familiale du Lombard. Il rêvait, et au fur et à mesure que son rêve prenait corps, il s'agaçait à l'idée qu'il lui faudrait peut-être patienter longtemps avant de voir arriver ses frères et ses compagnons.

L'attente ne fut pas aussi longue qu'il l'avait redouté.

Trois jours plus tard, toute l'armée regroupée prenait le chemin de Melfi. Guillaume eut tout le temps, au cours de cette remontée vers le nord, de confier son projet à chacun de ses amis.

En arrivant sous les remparts de Melfi, de discussions en discussions, le rêve était devenu un plan de campagne dont un petit nombre d'élus partageaient les secrets. Et quand ils installèrent leur campement au bord d'une rivière dont un peu d'eau rafraîchissait encore les galets, quand ils se retrouvèrent au milieu de cette plaine toujours verdissante malgré l'été finissant, même ceux qui avaient gardé en eux quelques réticences se dirent que, risque ou pas, le jeu en valait la chandelle.

*

* *

Cette nuit-là, dans sa chambre de Melfi, Argyros, fils de Mélès, dormait d'un sommeil agité. Lui aussi rêvait, mais son rêve était un cauchemar, un songe qui revenait souvent le hanter et qu'il savait de mauvais augure.

Il se voyait dans les combles de la grande maison paternelle, à Bari, devant la petite lucarne qui ouvrait au ras du plancher. Il savait qu'il ne fallait pas regarder ce qui se passait dans la rue, mais ses yeux ne pouvaient plus se fermer. Il y avait ce squelette qu'on traînait derrière un cheval avec une pancarte fichée dans son crâne éclaté, sur laquelle on pouvait lire en grec : Mélès le traître ! Puis venait un âne et Argyros reconnaissait, dans la face pitoyable couverte de sang et de crachats de celui qui le montait, son oncle Dato, et le choc était si violent qu'il en perdait l'équilibre et tombait, tombait lentement, vertigineusement jusque dans un grand sac que tenaient deux soldats grecs. Il tentait de s'en extraire, répétant, affolé : « Moi, je n'ai rien fait, je n'ai que cinq ans ! » mais le sac se refermait au-dessus de sa tête. Puis une main y glissait un serpent pour rappeler sa malignité, un coq pour symboliser sa trahison et enfin un singe pour témoigner de son indignité et bien qu'il fût dans l'obscurité, se débattant au milieu de toutes ces bêtes rendues folles par la terreur, il voyait les soldats du catépan se saisir du sac, le brandir et le jeter à la mer.

Il poussa un cri et s'éveilla couvert de sueur en bredouillant : « Ce n'est pas moi qu'on a jeté à la mer ! C'est mon oncle Dato ! Je n'avais que cinq ans ! »

Il se rendit compte que quelqu'un le secouait pour l'éveiller et il entendit la voix de son ami Landolf, le gouverneur de Melfi.

— Allons, calmez-vous. Vous faisiez un cauchemar. Reprenez vos esprits. Il se passe des choses terribles, ici. Vous entendez ?

Argyros tendit l'oreille. Ce qu'il avait pris pour le grondement de la mer était le bruit des sabots de dizaines de chevaux cavalcadant à travers la ville : de lourdes montures chevauchées par de lourds cavaliers. Mais pourquoi les chevaliers normands caracolaient-ils dans les rues de Melfi ?

— Habillez-vous vite et suivez-moi. On nous attend.

*

* *

Quand Argyros et le gouverneur arrivèrent au palais, le jour se levait à peine ; c'est à la lumière des torches qui brûlaient encore qu'ils découvrirent Guillaume Bras de Fer et Ami Taillemaure siégeant à la table du conseil, entourés de quelques-uns de leurs compagnons en armes.

— Asseyez-vous ! lança Guillaume de son ton le plus débonnaire. On n'attendait plus que vous !

— Qu'est-ce que cela signifie ? Que se passe-t-il ici ? voulut protester le Lombard.

Mais sans tenir compte de ses questions, Guillaume enchaîna :

— Nous sommes venus dans votre pays, messire Argyros, pour nous mettre à votre service afin de combattre les Grecs et vous délivrer de leur présence, non pour les servir, fût-ce contre les Infidèles !

— C'est une tâche difficile qui nous attend là, enchaîna le vieux Taillemaure, et pour être certains d'y parvenir, nous avons dû prendre quelques dispositions que vous approuverez, nous en sommes certains.

— Mais enfin, s'emporta le gouverneur, qui vous a laissés entrer dans la ville ?

— Vous-même, dit Guillaume.

— Je ne parle pas de vous à qui nous avons offert l'hospitalité, répliqua Landolf en désignant Guillaume et ses frères, Ami et ses fils. Je parle de tous ces guerriers qui se promènent dans la ville en conquérants !

— Nous n'avions pas grande confiance dans les hommes que vous aviez chargés de garder les portes de la ville et encore moins dans la petite garnison grecque que vous tolérez auprès de vous. Il nous a fallu les éliminer pour assurer, à l'avenir, votre sécurité et la nôtre.

Argyros et le gouverneur comprenaient maintenant les conséquences irréversibles de leur imprudence : les troupes normandes consignées dans la plaine, ils avaient trouvé normal d'offrir l'hospitalité à l'aîné des Hauteville et à ses douze plus proches compagnons. Ils apprenaient à leurs dépens que ces quelques hommes-là valaient, à eux seuls, une armée et qu'il n'était pas bon de les laisser sortir la nuit. Les soldats grecs et lombards qui avaient eu la charge de veiller sur Melfi gisaient maintenant, le crâne fracassé, au pied des murailles.

*

* *

Le pouvoir n'avait pas changé de main dans la seule capitale de la Pouille. La première partie du plan ourdi par Guillaume avait parfaitement fonctionné. Melfi prise, chacun des douze chevaliers s'était vu attribuer l'une des villes alentour avec mission de s'en emparer avant l'aube, suivant les mêmes expéditives méthodes.

Il avait attribué Venosa à Dreux, et Lavello à Onfroi parce que c'étaient les forteresses les plus proches. Mais les autres étaient tout aussi bien servis. Ce qui n'empêcha pas le vieux Taillemaure d'y aller de sa protestation :

— Et naturellement tu gardes pour toi Melfi et ce qu'elle représente de richesses et de puissance !

Mais Guillaume tenait trop à la cohésion des Normands dans les combats qui s'annonçaient pour ne pas avoir réfléchi au moyen d'éviter que la capitale de la Pouille ne devienne entre eux une pomme de discorde.

— Tu te trompes, respectable Taillemaure, je résiderai à Melfi parce que vous avez fait de moi votre duc, mais Melfi restera indivise entre nous tous et nous la gérerons ensemble, en toute amitié.

— Je rends hommage à ta sagesse et dans ce cas, dit Ami qui ne voulait pas être en reste, donne Trani que tu m'avais attribuée à mon fils Pierron, trouve une autre cité pour mon fils Gauthier, et je ne réclamerai rien pour moi.

Guillaume s'amusa en lui-même de cet arrangement : le vieux malin avait découvert le moyen de se hausser généreusement à son niveau, et sans y perdre...

Maintenant l'aîné des fils de Tancrède de Hauteville allait pouvoir espérer passer du rang de duc d'un groupe de mercenaires normands à celui de duc de Pouille. Il fallait pour cela que s'accomplisse la seconde partie de son plan.

Quelques jours plus tard, certain que toute la région était solidement aux mains de ses hommes, il laissait son nouveau domaine sous la surveillance de ses frères et partait pour Salerne dans la seule compagnie de Fra Modesto et de Girard de Buonalbergo qui voulait bien faire ce détour avec lui avant de rejoindre son père et ses chevaliers déjà en route pour leur fief.

14

Consécration

—Venez, suivez-moi. Je suis sûr que vous mourez de faim, lança joyeusement Guillaume en courant vers le port comme un gamin libéré de ses corvées. Il eût été bien en peine de dire pourquoi il était si heureux de se retrouver à Salerne.

Le marchand de poissons frits se tenait à sa place habituelle sur le quai et Guillaume lui commanda double ration pour lui et ses amis. Quand chacun se fut rassasié et que le pêcheur tendait la main pour se faire payer :

— *Albergo dei Barbari !* clama Guillaume.

L'autre lui fit un grand sourire et le salua avec empressement.

— Ne vous avais-je pas dit que c'était une ville merveilleuse. On y paie avec des mots !

Fra Modesto, scandalisé, sortit de son aumônière les quelques sous qui lui restaient, mais le marchand les refusa en répétant véhémentement :

— *Albergo dei Barbari ! Albergo dei Barbari !*

Guillaume éclata de son rire tonitruant.

— Moque-toi de moi tant qu'il te plaira, dit le petit moine, je crois bien que c'est la première fois que je t'entends rire.

Guillaume réfléchit un instant, stupéfait. La remarque était juste. Avait-il eu, depuis son départ de Salerne, la moindre occasion de rire ?

*

* *

Le tailleur auquel les quatre compagnons allèrent ensuite rendre visite ne se montra pas aussi naïf que le pourvoyeur de poissons frits, mais il reconnut Guillaume et les vêtements qu'il lui avait confectionnés.

— Du solide ! Je vous l'avais promis. Du solide ! et je suis sûr qu'ils ont fait bataille.

Bien qu'il fît encore plus chaud qu'aux rares jours de canicule à Hauteville, le fils de Tancrède se choisit un gilet brodé doublé de peau de loup qui, il est vrai, lui donnait grande allure et en commanda deux autres pour ses frères, puis il offrit à Girard une tunique dont les fines arabesques brodées lui avaient plu. Ne sachant quel présent faire au petit moine, il se rabattit sur un bonnet de velours nanti de grandes oreillettes finissant en jugulaires. Puis, tandis qu'il abandonnait sa tête et son visage aux mains d'un barbier dont l'échoppe ouvrait sur la grand-rue et que les filles du tailleur maudissaient leur père de ne pas se limiter à la clientèle des nains, Girard et Fra Modesto montaient jusqu'au château pour solliciter, dans les formes, une entrevue pour Guillaume de Hauteville, dit Bras de Fer, chef élu des Normands d'Italie.

Le fils du seigneur de Buonalbergo avait ses entrées au château, mais il n'était pas besoin de son entremise pour inciter Gisolf de Salerne à recevoir le chevalier normand, le seul surnom de Bras de Fer suffisait.

Harald Hardrada, à son retour de Sicile, avait été l'hôte de Salerne et il avait conté toute l'affaire en des termes flatteurs. Le jeune prince avait bien fait le rapprochement entre ce pourfendeur d'émir qui avait forcé les portes de Syracuse et le grand gaillard sympathique qui avait baptisé Sa Sainteté Benoît IX d'un surnom dont aucun traducteur n'avait pu lui donner le sens exact mais dont la sonorité l'amusait tant : *le petit branleur* !

*
* *

L'entrevue fut fixée au lendemain, en fin de matinée. Gisolf eut plaisir à voir qu'il ne s'était pas trompé sur l'homme mais en même temps, alors qu'ils se serraient la main, il se dit que quelque chose avait changé dans les traits de ce chevalier d'aventure : il avait toujours ce visage souriant, certes, cette expression de bonhomie, ce regard presque naïf, mais tous ses traits ne semblaient plus qu'affleurer sur un squelette plus dur, comme le souvenir d'un portrait plus ancien. Le prince félicita Guillaume de ses exploits, l'assura qu'il approuvait son départ de Sicile et déplora le traitement ignominieux qui avait été infligé à son parent.

— Je pense, poursuivit-il, que vous avez mesuré l'insolence et la cruauté de ces seigneurs byzantins. Si nous avons dû, un temps, nous associer à leur entreprise, vous comprenez qu'ils restent nos pires ennemis.

— Nous l'entendons bien ainsi et c'est pourquoi nous avons pris pour vous venir en aide quelques dispositions qui s'imposaient, dit Guillaume.

Et tout à trac, il lui exposa ses intentions. Lui et ses compagnons venaient de prendre possession de toutes les grandes cités de la Pouille. Ils en faisaient hommage aux princes de Salerne et voulaient bien se reconnaître comme leurs plus loyaux et plus fidèles vassaux si, en contrepartie, les princes de Salerne acceptaient de consacrer Guillaume duc des Normands d'Italie, et ses compagnons seigneurs des villes conquises.

Gisolf resta un instant sans voix et, pour se donner du temps, reconnut que c'était là une proposition aussi généreuse qu'inhabituelle et qu'il convenait, avant tout, qu'il s'en entretînt avec son père.

Guillaume s'aperçut alors qu'il avait oublié de demander des nouvelles de la santé du vieil homme.

— Il souffre d'un mal étrange, mais fort répandu ici, expliqua le jeune prince. Parfois il semble au plus mal et le lendemain se trouve remis. Il peut, un jour de grande chaleur, frissonner et claquer des dents et recouvrer, au cœur de l'hiver, le sang bouillonnant de ses vingt ans. Même nos médecins de Salerne, qui passent pour fort savants, ne disposent que de peu de remèdes car la maladie vient de l'air qu'on respire quand le vent du nord nous apporte, dans les temps de sécheresse, l'odeur fétide des marécages. Pour le moment, le seigneur mon père a repris un peu de ses forces et je pourrai l'entretenir de votre proposition. Revoyons-nous demain à la même heure.

Quand Guillaume et ses compagnons retournèrent au château, ils se trouvèrent en face de toute une assemblée de seigneurs et de juristes. Guaimar, quatrième du nom, aussitôt mis au courant des propositions du Normand, avait réuni conseillers et hommes de lois. Tout cet aréopage avait réfléchi, débattu une grande partie de la nuit et les notaires du palais n'avaient pas même pris une heure de repos. Ils avaient reçu l'ordre de rédiger sur-le-champ un projet d'accord.

Après avoir soupesé la proposition de Guillaume Bras de Fer, l'avoir examinée sous toutes ses faces, les princes avaient dû admettre qu'elle ne présentait pour Salerne que des avantages. Les objections qu'elle pouvait soulever n'étaient, somme toute, que d'ordre moral : il s'agissait de rien de moins qu'entériner un coup de force et d'accorder des titres de duc et de comte pour des terres dont la Principauté n'était nullement propriétaire.

Les bénéfices qu'on pouvait espérer d'une entente avec ces redoutables aventuriers, qu'il valait mieux avoir pour obligés que pour ennemis, étaient tels qu'il convenait de passer outre à trop de légalisme. Mais comme on était à Salerne aussi pointilleux que formaliste, on avait tenu à entourer cet accord de l'habillage juridique le plus convaincant possible.

Gisolf se leva pour accueillir Guillaume et ses amis. Il donna l'accolade au grand Normand et lui déclara :

— Je crois que nous allons bien nous entendre.

Mais ce qu'entendit Guillaume de la bouche d'un clerc arrogant et prétentieux, traduit par un autre qui ne l'était pas moins, se trouvait formulé de telle manière qu'il n'en saisit pas grand-chose. Une fois la pesante lecture terminée, il tapa sur ses cuisses et dit :

— Bon, en bref, où en sommes-nous ?

Gisolf sourit et résuma : le prince de Salerne reconnaissait Guillaume comme unique chef des Normands de Pouille, avec le titre de duc et donnait pour fiefs, à lui et ses compagnons, tous les domaines qu'il considérait comme repris aux Byzantins.

En contrepartie, Guillaume et les Normands de Pouille se reconnaissaient comme assujettis au prince de Salerne, s'engageaient à ne jamais prendre les armes contre lui et à lui porter assistance contre tout ennemi, quelle qu'en fût la race ou la religion, et en toute occasion.

C'était exactement ce que souhaitait Guillaume. Aussi déclara-t-il que c'était là bel et bon traité et que lui et ceux de sa nation n'auraient plus désormais d'autres ennemis que les ennemis de Salerne, dont ils défendraient les intérêts et les princes de toute la force de leurs bras qui étaient – rappela-t-il au passage – d'une redoutable vigueur.

Et gratuitement, ajouta en lui-même Gisolf car il venait, en un tour de main, de transformer des mercenaires qu'il eût fallu payer au prix fort en sujets redevables du service des armes.

Il y eut alors un moment très émouvant car on vit arriver le vieux Guaimar IV qu'on était allé sortir de son lit et qui devait être, en effet, dans un bon jour, car il ne portait qu'un léger manteau de soie par-dessus sa chemise de nuit.

Appuyé sur l'épaule de son frère cadet Guy, il gagna son siège princier, fit signe à Guillaume et ses amis de s'approcher et leur dit d'une voix qui s'efforçait d'être ferme :

— Ce nous est un grand plaisir de voir des hommes tels que vous solliciter notre bienveillance. Sachez que nous vous accueillons de tout cœur et particulièrement vous, Guillaume, aujourd'hui duc de Pouille par notre volonté, en reconnaissance de vos exploits et de votre sagesse.

Il se pencha pour murmurer à l'oreille de son frère, qui hocha la tête en signe d'approbation, et reprit :

— Si, comme nous le croyons, vous n'avez encore contracté aucun mariage devant la Sainte Église de Rome, je vous propose, pour sceller notre alliance par les liens du sang, d'épouser la fille de mon frère Guy, ma chère nièce Guida. Ainsi deviendrez-vous mon très cher neveu et le très estimé cousin de mon fils Gisolf.

*

* *

Tout au long du chemin qui redescendait vers la ville, Guillaume garda le silence. Respectant sa méditation, ses compagnons se taisaient aussi et lui laissaient prendre un peu d'avance.

Soudain, il fit faire demi-tour à son cheval et hurla :

— Foutre Dieu ! Je crois bien qu'ils m'ont marié, ces enfants de salauds ! Faites ce qu'il vous plaira, mes amis. Moi, je vais prendre la plus belle cuite de ma vie !

Ce ne fut qu'au petit matin, dans les vapeurs de l'alcool, qu'il commença à se demander à quoi pouvait bien ressembler cette femme qu'on allait mettre dans son lit et dont il ne pourrait pas se débarrasser dès le lendemain.

Dire que Guillaume se rendit avec quelque inquiétude à la rencontre de sa promise serait exagéré, mais il ne pouvait se défendre d'une certaine nervosité, ridicule à ses propres yeux, mais assez compréhensible. Se marier pour la première fois, alors qu'il avait plus de trente-cinq ans, ne pouvait qu'apporter quelques bouleversements dans ses habitudes et perturber l'idée qu'il s'était faite jusque-là de son destin intime.

Il fut soulagé de découvrir que la nièce du prince de Salerne avait encore tous les charmes de la jeunesse bien qu'elle ne fût ni belle, ni laide. C'était déjà beaucoup. Il l'eût épousée même griffue comme une harpie et velue comme une guenon, étant donné ce que ce mariage avec une héritière du meilleur sang lombard représentait pour lui, fils d'un laboureur qu'un heureux coup de pique à travers le corps d'un sanglier furieux avait élevé bien modestement au-dessus de sa condition.

*

* *

Il était assis à la droite de Guaimar et de son épouse, presque en face de la jeune fille placée à côté de son père, de sorte que chaque fois qu'on lui passait les viandes ou servait le vin, il avait l'occasion de glisser un regard vers elle. Elle semblait le sentir, car alors elle relevait la tête et le regardait bien en face, sans effronterie mais semblant dire : Tu as beau être grand et fort, tu ne feras pas ce que tu voudras de moi !

Quand il avait dit à Gisolf combien cette offre d'union était un honneur pour lui et l'enchantait, le prince lui avait répliqué :

— Attends de connaître les femmes de notre lignage. Ce sont de redoutables femelles !

Avait-il eu raison de rire ? À bien l'observer, cette jeune Guida ne devait pas être du genre facile à négliger. Guillaume dut reconnaître que ce n'était pas pour lui déplaire et il s'abandonna sans arrière-pensée à la joyeuse ambiance qui régnait autour de la table, oubliant même les regards ironiques qu'échangeaient certains convives en le voyant suer à grosses gouttes sous son gilet fourré de peau de loup.

Mais l'événement qui survint alors détourna l'attention de tous : un serviteur était entré et avait parlé brièvement à l'oreille de Gisolf. Celui-ci, après s'être entretenu un instant avec son père, était sorti en s'excusant.

Il revint quelques minutes plus tard et introduisit deux ambassadeurs de la cour qui arrivaient de Sicile, porteurs d'importantes nouvelles.

Les prédictions d'Harald Hardrada se révélaient exactes. Des renforts sarrasins venus d'Afrique avaient débarqué sur les côtes siciliennes entre Agrigente et Gela. Maniakès, accouru, les avait battus une première fois, mais un soulèvement général de l'île avait contraint le catépan, réduit à ses seules forces, à s'enfermer dans Syracuse où la situation n'était guère meilleure pour lui. Les habitants, lassés de ses exactions et de son mépris, avaient ouvert les portes aux

Sarrasins dont la présence leur paraissait moins insupportable que celle de leur libérateur grec.

Il faut dire que Maniakès avait mis le comble à leur indignation en faisant déterrer le corps de la sainte patronne de la ville, Lucie, vierge et martyre, pour l'envoyer en présent au basileus.

Le catépan s'était bien douté de l'indignation qu'allait susciter son sacrilège mais il devait, à tout prix, apaiser la fureur qui s'était emparée de l'empereur de Constantinople quand il avait appris le départ de ses fidèles Varègues et l'inutilité des machines de guerre qu'il avait fallu envoyer à grands frais, alors que le seul coup d'épée d'un vulgaire mercenaire avait suffi à ouvrir les portes de Syracuse.

Bref, au moment où les deux ambassadeurs avaient réussi à fuir la ville en ébullition, il ne restait à Maniakès, pour tout refuge, que le château fort dominant le port. Il y attendait le retour de sa flotte débandée pour fuir vers la Calabre.

En entendant ce récit, Guillaume sentit son sang se mettre à bouillir dans ses veines : l'heure de la vengeance venait-elle de sonner ?

Quand le prince de Salerne, bien conscient lui aussi de l'importance des événements qu'on venait de lui rapporter, demanda à tous les hommes présents de le suivre dans la salle du Conseil, l'aîné des Hauteville entrevoyait déjà un plan d'action. Il se sentait, à cette heure, assez de rage et d'obstination pour l'imposer.

15

« Pourquoi tout ce carnage ? »

— Nous l'écraserons contre les remparts de Bari comme on écrase un cafard sur un mur, conclut Guillaume en faisant claquer ses larges mains sur la table. Marteler le bois était le seul moyen qu'il avait trouvé pour maîtriser son exaltation.

Si Harald le Sévère avait vu juste quant au sort qui attendait Maniakès et son armée après la défection des Normands et des Lombards, c'est bien vainement qu'il avait conseillé à l'aîné des Hauteville de laisser à la meute vorace le soin d'achever la bête. Guillaume était de la race des chasseurs qui tiennent à honneur de donner eux-mêmes le coup de grâce au gibier qu'ils ont forcé.

Tous ceux qui entouraient, ce soir-là, les princes de Salerne le comprirent bien en voyant avec quelle violence il exprimait son désir de revanche. Ils saisirent aussitôt le parti qu'ils pouvaient en tirer. Le destin du catépan grec leur importait peu mais infliger une humiliation à Byzance, voire rejeter son autorité et refaire à leur profit, sur toutes ces terres du sud, l'unité du vieux royaume lombard était leur plus secret dessein.

Aussi écoutèrent-ils avec une réelle attention le plan que le nouveau duc de Pouille leur proposait avec conviction, d'autant plus que ce que rapportaient les deux ambassadeurs de Salerne des probables intentions de Maniakès avait de quoi les inquiéter.

Vaincu en Sicile, indésirable à Constantinople où il était tombé en disgrâce, l'ambitieux catépan avait-il d'autres solutions que de prendre le pouvoir à Bari, y reformer son armée, pressurer le pays, s'en faire un tremplin pour fomenter un coup d'État et endosser la pourpre impériale ?

— Où pensez-vous qu'il accostera dès qu'il aura pu fuir Syracuse ? demanda Guillaume.

— Sûrement pas à Reggio, répondit l'un des envoyés de Salerne. Les Sarrasins ont repris Messine et contrôlent à nouveau le détroit.

— Je ne le vois pas non plus prenant le risque de contourner toute la Calabre, ajouta le second. Cela lui prendrait trop de temps et le mettrait à la merci de la flotte sarrasine. Reste Tarente d'où, en quatre ou cinq jours de marche, on peut rejoindre Bari.

— Alors, c'est à Bari que nous l'attendrons, affirma Guillaume.

— Encore faudrait-il être maître de la cité, protesta Gisolf, on sait la ville imprenable à moins d'un très long siège.

— Imprenable par la force, sans doute, mais Argyros ne prétend-il pas avoir des intelligences dans la place ? S'il s'y trouve un fort parti antibyzantin qui lui soit tout acquis, il pourrait nous livrer Bari par la ruse, comme nous avons pris Melfi et les autres villes de Pouille. Je pense qu'il a compris la méthode !

Jusque-là, le vieux prince de Salerne, n'avait pas prononcé un mot. Il semblait sommeiller et ses épaules maigres tressautaient par moments. Il souleva ses lourdes paupières, parcourut du regard tous les hommes qui se trouvaient là, se racla la gorge et murmura simplement :

— Pourquoi pas ? Mais hâtons-nous ! Nous ne savons pas combien de temps mettra le Grec à sortir de son guêpier.

*
* *

Sans même s'octroyer une heure de repos, Girard de Buonalbergo partit rattraper son père pour lui demander de faire demi-tour et regagner Melfi.

Le lendemain matin, tandis que Gisolf mobilisait ses chevaliers, le vieux prince de Salerne, surmontant sa fatigue, prenait, en compagnie de Guillaume et de sa suite, la route de la Pouille.

— Je suis le seul à pouvoir convaincre Argyros, avait-il dit à l'aîné des Hauteville. Je suppose que toi, il ne doit pas te porter dans son cœur et puis nous parlerons en route de tes noces.

C'est tout juste si le Normand comprit à quoi Guaimar faisait allusion. Son futur mariage lui était sorti de l'esprit.

Il était préoccupé d'un autre rendez-vous.

*
* *

Argyros ne fut pas difficile à convaincre. L'idée de retrouver, à Bari, le pouvoir qu'y avait exercé sa famille, l'espoir de se réinstaller dans la grande maison de son enfance, témoignage de leur ancienne domination, le désir d'en massacrer les usurpateurs suffirent à lui faire accepter le plan quelque peu audacieux que Guaimar se garda bien d'attribuer au seul Bras de Fer. Et comme à juste titre, le prince insistait sur le fait que seule la rapidité d'exécution pouvait rendre ce projet moins déraisonnable, Argyros se mit en route aussitôt. Il partit, escorté de quelques fidèles Lombards et de sept Normands triés sur le volet qui devaient lui prêter main-forte. Ils emmenaient avec eux plusieurs mules chargées d'objets de valeur dérobés à Syracuse et dont la vente à bon prix devait servir de prétexte à leur entrée dans la ville.

*

* *

S'ils partaient par la voie la plus courte en direction de la mer, Guillaume, en revanche, flanqué de ses deux frères et de l'élite des chevaliers normands, prit un chemin plus tortueux, suivant les multiples rivières qui se frayaient un passage à travers les montagnes des Murges, parvenant ainsi en toute discrétion à mi-distance entre Tarente et Bari.

Dreux et Onfroi, débordant d'enthousiasme à l'idée du grand affrontement qui les attendait, riaient sans raison et bourraient de coups de coude les flancs de leur aîné en le traitant de tous les noms.

Gisolf et ses Lombards descendaient par la côte ouest. Ils avaient pour mission d'approcher au plus près de Tarente, sans se faire remarquer. De là, ils se tiendraient prêts à suivre l'armée grecque afin de lui couper toute retraite.

Quant au seigneur de Buonalbergo, dès qu'il aurait rejoint les troupes de Guillaume Bras de Fer, il irait prendre position face à eux, de l'autre côté de la route : ainsi Maniakès et ses hommes se trouveraient pris en tenaille.

Le dispositif était en place bien avant que les espions infiltrés à Tarente n'eussent annoncé l'approche de la flotte de Maniakès. Tous étaient si désireux d'en découdre qu'il ne leur vint pas à l'idée que le catépan puisse, dans sa fuite, emprunter un autre itinéraire. La seule crainte de Guillaume était que les Sarrasins de Sicile ne soient parvenus à l'empêcher de s'échapper, lui volant ainsi sa vengeance. Il lui semblait que sa vie n'aurait plus de sens s'il ne parvenait pas à se mesurer avec cet homme-là.

*
* *

Les troupes normandes avaient pris position à l'abri d'une épaisse forêt de chênes, sur les pentes des dernières collines dominant la plaine de Bari. Des sommets, on pouvait deviner, dans le lointain, les murailles de la ville.

Plusieurs jours passèrent qui, après l'ardeur des marches forcées et l'espérance des batailles, semblèrent interminables.

Que Maniakès mît du temps à trouver le moment opportun pour s'échapper n'avait rien que de très normal, mais l'inquiétude qui se mit à gagner les chefs normands venait d'ailleurs : Argyros n'avait encore envoyé aucun message annonçant le soir et l'heure où les portes de Bari seraient ouvertes pour laisser entrer les guerriers normands chargés d'exterminer la garnison grecque et de tenir la ville.

Enfin un cavalier arriva de Tarente pour avertir que les premiers des lourds dromons qui transportaient Maniakès et les restes de son armée se profilaient déjà à l'horizon, cinglant droit vers la rade et le port. Il devenait indispensable de savoir quelle était la situation à Bari. Si Argyros avait échoué, un changement total de tactique s'imposait. Il fut donc décidé qu'un petit contingent, sous le commandement de Girard de Buonalbergo, s'approcherait cette nuit même de la ville pour tenter de s'informer.

*
* *

La nuit était claire mais le pays désert, et la petite troupe put galoper à bride abattue jusqu'aux abords de Bari, sans prendre trop de précautions.

Quand ils furent en vue des remparts, les trois premiers cavaliers descendirent de cheval et s'approchèrent de la poterne, avec d'autant plus de prudence qu'il leur semblait apercevoir plusieurs sentinelles comme figées de part et d'autre de la porte. Ils mirent l'épée à la main et, enhardis par tant d'immobilité, s'avancèrent un peu plus encore.

Ce qu'ils avaient pressenti leur devint évident : il ne s'agissait pas de sentinelles mais de suppliciés attachés à des poteaux. Leur mort remontait à plusieurs jours. Bien qu'ils fussent déjà en partie dévorés par les corbeaux et les vautours, leur stature et leur chevelure blonde suffisaient à faire reconnaître en eux les Normands qui avaient accompagné Argyros dans son entreprise.

Et voilà qu'il s'était mis à pleuvoir. Le jour refusait de se lever. D'un ciel uniformément noir s'écroulaient des trombes d'eau qui ployaient les hautes branches des chênes et des hêtres et rejaillissaient en gerbes drues sur les blocs de granit parsemant la forêt. Des torrents de boue ravinaient les pentes, mettant à nu les racines des arbres.

Le vieil Ami Taillemaure était monté s'abriter dans une sorte de grotte, tout en haut de la colline. Guillaume, en voulant le rejoindre, avait glissé plusieurs fois sur les pierres trempées et la terre ravagée. Ses genoux et ses mains étaient couverts de glaise rouge.

— Tu t'es perché bien haut, dit-il au vieux guerrier en le retrouvant.

— J'aime autant ne pas recevoir sur la tête toute la merde des autres, grogna Taillemaure. Aurais-tu quelque chose d'important à me communiquer ?

— Argyros nous a trahis.

— Ça, je le sais ! Et figure-toi que je m'en doutais un peu. Tu croyais lui avoir seulement enseigné comment on prend une ville, tu lui as aussi appris à se méfier de nous.

— Harald Hardrada m'avait mis en garde.

— Tu mourras avant de savoir écouter ceux qui ont vécu.

— Je ne suis pas si naïf que tu le crois. J'avais pesé le pour et le contre. Mais qu'espère-t-il en se dressant tout à la fois contre nous et les Grecs ? Ses intentions m'échappent.

— Il y a bien des choses qui t'échappent, tout comme le pourquoi du voyage échappe à la mule.

— En tout cas, Maniakès ne m'échappera pas.

— Si c'est la volonté de Dieu. Mais sache une chose : tout duc de Pouille que tu puisses te prétendre, ne compte pas sur moi et les miens pour goûter ton ragoût et te verser l'hydromel. En revanche, je peux te servir quelques conseils. Dis-toi bien que tout le monde, ici, se fiche pas mal de Maniakès. L'outrage qu'il a fait à ton compagnon, nous l'avons tous ressenti mais, avec notre départ de Sicile, nous nous sentons quittes.

Guillaume tourna sur lui-même et fit un pas pour s'éloigner.

— Attends ! Je n'ai pas fini...

— Je sais ce que je voulais savoir.

— Tu ne sais rien du tout. Le vin est là, sers-toi. Ta vengeance ne concerne que toi... mais il y a une chose qui nous intéresse tous et que tu as oubliée : le butin que les Grecs ramènent de Sicile vaut cent ou mille fois celui auquel nous avons eu droit. Avec l'espoir de s'emparer de telles richesses, qui ne te suivrait jusqu'à la mort ? Bois avant qu'il n'y ait davantage d'eau que de vin dans ton gobelet. Je finirai par croire que le ciel est avec toi : les Grecs ne doivent pas savoir, aussi bien que nous, chevaucher dans la boue et batailler sous la pluie.

*

* *

Le lendemain, quand les premiers guetteurs annoncèrent l'approche des troupes de Maniakès, le ciel était redevenu d'un bleu intense et le soleil levant faisait fumer les vêtements de laine et la robe des chevaux. Des volutes de brume montaient du sol détrempé, dissimulant la cavalerie normande.

Il régnait sous les frondaisons un lourd silence, seulement troublé par le cliquetis des gouttes d'eau tombant des feuilles et le murmure des prières. Les étalons, que les écuyers tenaient serrés par la bride, saisis par cette pesante attente, ne songeaient ni à s'ébrouer ni à hennir.

Au pied de la colline, la plaine semblait parsemée d'innombrables lacs, brillants comme des miroirs.

Guillaume, Dreux et Onfroi, immobiles sur leur monture, échangeaient parfois un rapide regard et leurs yeux pétillaient comme ceux des enfants à l'heure où va se réaliser une promesse longuement attendue. Tous trois imaginaient le déboulement brutal, le fracas des branches brisées et des pierres qui roulent et l'explosion des gerbes d'eau quand ils atteindraient la plaine.

Il en fut ainsi avec, en plus, au premier signal de Bras de Fer, les hurlements farouches de cette horde de loups affamés se ruant sur le troupeau qui s'avançait sans méfiance.

Mais si l'armée grecque n'avait ni tant de hargne, ni tant de vaillance, c'était en revanche une armée bien entraînée, habituée aux manœuvres et rompue aux stratégies de défense. D'abord bousculée par la violence inattendue de l'assaut normand, elle sut se regrouper et faire front, dressant une muraille d'hommes et de piques pour protéger son chef et son trésor.

Guillaume et les siens tentèrent de déborder par les ailes, mais les rangs ennemis s'allongeaient, se resserraient, évoluant en bon ordre, pareils à un vol d'étourneaux ondoyant au-dessus d'un champ d'oliviers.

Abritée derrière les piques de ses fantassins et les flèches de ses archers, la cavalerie byzantine attendait, immobile. Longtemps, Maniakès l'avait dominée de sa haute stature, mais maintenant, alors que les Normands se rapprochaient, de coups de boutoir en coups de boutoir, Guillaume se rendit compte qu'on n'apercevait plus le catépan. Ses frères avaient dû faire la même constatation car ils se frayaient un passage jusqu'à lui en criant :

— Il va nous échapper ! Il s'enfuit ! Il va se réfugier à Tarente !

Alors la rage de Bras de Fer ne connut plus de limites. Il se dressa sur ses étriers et hurla :

— À la hache ! À la hache !

Pourquoi était-ce ce cri-là qui lui était venu à l'esprit ? Il y avait bien longtemps que ces descendants de Vikings ne se battaient plus à la hache, mais il sut aussitôt qu'il avait été compris car des hurlements semblables lui répondirent de partout. Dans un vacarme assourdissant, oubliant toute prudence, la cavalerie normande pulvérisa les lignes des fantassins et d'un même élan se jeta, comme un torrent, sur les chevaliers ennemis, emportant tout sur son passage.

Ce fut un terrible carnage.

Le nombre n'était pas en faveur des chevaliers de Guillaume, mais rien ne pouvait égaler la pesante poussée de leurs corps et de leurs chevaux, la puissance de leurs coups et la violence de leur exaltation.

Et tandis qu'il frappait de tous côtés, l'aîné des fils de Tancrède comprit pourquoi il avait crié « À la hache ! ». C'était contre les bois qui étouffaient la clairière de Hauteville qu'il semblait à nouveau se battre, pour atteindre ce quelque chose qui se dérobait derrière la forêt. Mais les branches qu'il tranchait étaient des bras ou des jambes, les troncs qu'il fendait étaient des torses d'hommes et les têtes décapitées roulaient par terre comme la cime des arbrisseaux. Et quand ils eurent abattu toute la forêt, quand toute la futaie fut jetée à bas, il n'y eut plus devant eux que les innombrables chariots abandonnés.

Alors que toute la horde se ruait sur le convoi, en arrachait les trésors, plongeait dans l'or et l'argent comme dans un bain de vigueur, les trois Hauteville demeuraient pétrifiés au milieu de cette inutile boucherie comme si les jambes de leurs chevaux eussent été à tout jamais engluées dans la boue, le sang et les entrailles.

Au loin, les portes de Tarente se refermaient derrière Maniakès. Les troupes des princes de Salerne, chargées de lui couper la retraite, n'étaient pas arrivées à temps. Désorientées par la volte-face d'Argyros, elles avaient traîné les pieds.

La terre n'avait pas encore tout à fait séché sous le toit de branchages et Guillaume était affalé, dans la boue. Jamais son corps ne l'avait fait autant souffrir et la douleur dans ses bras était telle qu'il eût voulu les arracher.

Quand Pierron et Gauthier, les fils d'Ami, passèrent devant lui, portant sur une civière improvisée le corps de leur père, il eut du mal à se relever pour saluer la dépouille du vieux Taillemaure. Il se souvenait vaguement l'avoir vu tomber au milieu du combat, il savait que l'orgueil avait décuplé ses forces déclinantes et qu'il s'était battu avec autant de vigueur que ses fils jusqu'au moment où, comprenant qu'il n'avait plus les moyens de lutter, il s'était redressé fièrement sur ses étriers, avait jeté son épée et son bouclier pour se laisser engloutir par la marée grecque.

Pourquoi était-il mort et pour qui ? se demandait soudain Guillaume. Pourquoi tout ce carnage, tant d'horreurs accumulées, puisque Maniakès lui avait échappé ?

Onfroi qui n'en finissait pas de reprendre son souffle, accroupi à deux pas de lui, répétait dans un murmure :

— Je te l'avais bien dit : nous sommes invincibles ! La chevalerie normande est invincible ! Regarde, mais regarde ce que nous avons fait de toute une armée !

Entre les arbres, on ne pouvait voir les milliers de corps déchiquetés qui jonchaient la plaine comme une moisson, mais on apercevait, par-dessus la cime des arbres, le vol interminable des charognards.

— Il n'y a plus rien à boire, dit Guillaume en fracassant la cruche qu'il venait de vider. Va m'en chercher une autre !

*

* *

C'est ivre que Guillaume fit tout le chemin qui les ramenait à Melfi et ivre encore qu'il gagna Salerne pour y célébrer ses noces.

Les festivités furent à la hauteur de ce qu'on pouvait attendre de la sage munificence des princes de Salerne.

On y vint de partout alentour : ceux de Bénévent, ceux d'Aversa et ceux d'Amalfi, l'abbé du Mont-Cassin lui-même pour remercier le duc normand de la générosité dont il venait très diplomatiquement de faire preuve à l'égard du grand monastère. Ceux qui n'accoururent pas par prudente déférence vinrent par curiosité. Il y eut même un envoyé du pape Benoît

IX, un moine austère et d'incontestable dévotion que l'on disait pourtant oncle ou parrain du *petit branleur*.

Ce fut lui qui apprit aux princes de Salerne les dernières nouvelles en provenance de Constantinople : l'impératrice Zoé, devenue veuve, avait mis dans son lit un ancien amant, Constantin, gentilhomme de la cour, qu'on avait surnommé Monomaque à cause de son goût pour les duels. Le nouvel empereur avait bien connu Argyros. Ils avaient, durant leur enfance, tissé de solides liens d'amitié.

Guillaume trouvait enfin une explication à la trahison du fils de Mélès. Dans l'accession au pouvoir de son ancien compagnon de jeunesse, il avait vu l'occasion d'obtenir le titre de catépan pour gouverner à son profit ce qui restait de Lombardie byzantine, délivré tout à la fois de Maniakès et des Normands occupés à s'entretuer.

Le caprice amoureux de l'impératrice Zoé avait seul causé ce qui pouvait passer pour une imprudence de la part de Guillaume. Mais le vieux Taillemaure n'était plus là pour reconnaître que l'aîné des Hauteville n'avait pas eu tout à fait tort.

*

* *

Le matin même des épousailles, on vit arriver dans le port de Salerne un boutre aux armes de Catane. Une délégation envoyée par l'émir Ibn Timnah apportait deux présents au futur marié. D'abord, une épée de Tolède à la poignée incrustée d'or et de rubis. Toute semblable à la mienne, faisait dire l'émir, car deux sœurs jumelles ne sauraient se combattre.

Mais ce fut le second cadeau qui toucha le plus Bras de Fer. Aucun message ne l'accompagnait : la splendeur du magnifique cheval blanc qui avait coûté la vie à Odilon parlait d'elle-même. En le récupérant dans Syracuse reconquise, l'émir de Catane avait aussitôt pensé à le lui rendre. Ce geste lui assurait l'amitié indéfectible de l'aîné des Hauteville.

Plusieurs jours avant ses noces, Guillaume avait cessé de boire. Il savait maintenant que la fièvre qui s'emparait de lui chaque soir n'était pas due à l'alcool. Venait-elle de cet air maléfique que l'on respire ici, quand le vent du nord souffle par-dessus les marécages ?

En revoyant le cheval blanc, Fra Modesto ne put retenir ses larmes et Guillaume, ému, lui en demanda la raison.

— La dernière fois que j'ai parlé au cher Odilon, expliqua-t-il, il embrassait cet étalon qu'il aimait et que, pour t'obéir, il allait offrir à Argyros. Ce jour-là, je lui ai promis que j'irai, un jour, en Normandie chanter pour sa sœur Frésende.

— Je le veux aussi, dit Guillaume, et tu lui offriras de ma part le beau cheval qui porte déjà son nom.

*

* *

Les objets du butin avaient été changés en belles pièces d'or et d'argent, cadeau du duc de Pouille au Mont-Saint-Michel, puis on les avait rangées dans des sacs de cuir dissimulés dans un coffre, sous les manuscrits et rouleaux que le Mont-Cassin offrait au monastère Au-Péril-de-la-Mer. Le petit moine tremblait à l'idée d'en avoir la responsabilité au cours d'un si long voyage, bien que Guillaume eût pensé à lui adjoindre, pour sa protection, quelques solides guerriers normands atteints du mal du pays.

Mais l'argent était le dernier des soucis de l'aîné des Hauteville. Il voulait, avant tout, que Fra Modesto raconte la fin d'Odilon, dise à quel point il se sentait coupable de n'avoir pu tenir sa promesse de le protéger. Seul le pardon de Frésende pourrait ramener un peu de paix dans son âme, hier si placide, aujourd'hui sans cesse tourmentée.

— Il faut aussi que tu dises au *premier des derniers*, celui de mes demi-frères qui s'appelle Robert, que j'ai besoin de lui.

Depuis que tant de responsabilités et de doute l'accablaient, il n'avait cessé de désirer la présence de son filleul à ses côtés. Qu'était-il devenu ce grand jeune homme dégingandé dont l'intelligence et la force l'avaient de tous temps émerveillé ? Avait-il, tout en prenant du muscle et de la carrure, gardé son sourire ironique, son regard un rien dominateur et son grand nez insolent qui semblait flairer tous les vents ?

Ce n'est qu'au moment où l'on s'apprêtait à larguer les amarres qu'il agrippa Fra Modesto pour ajouter avec brusquerie :

— Tu diras aussi au seigneur Tancrède, mon père, que ce surnom de Bras de Fer, tu peux en témoigner, je ne l'ai pas sollicité. C'est le Seigneur Dieu et le peuple de Syracuse qui m'ont fait Guillaume Bras de Fer !

Le voilier salernitain prit la route de Gênes dans un de ces moments de l'hiver où les marins savent bien que la Méditerranée retient son souffle avant de s'abandonner aux fureurs de l'équinoxe.

Chaque soir, Fra Modesto s'endormait en songeant à cette Normandie qui était pour lui une terre de légende et qu'il imaginait féerique et mystérieuse, paysages fugitifs et incertains, comme ceux des rêves.

16

Sous l'œil du dragon

Le dragon glissait silencieusement parmi les joncs, entraînant à son cou des écharpes de brume.

Entre les rideaux mal joints de la litière, Judith le regardait apparaître et disparaître sans étonnement ni inquiétude, mais se pouvait-il que ses yeux de treize ans fussent seuls à le voir ?

Elle entendait à l'avant du convoi son demi-frère, Robert de Grandmesnil, et les deux chevaliers qui l'accompagnaient bavarder comme si de rien n'était, et les écuyers qui fermaient la marche se racontaient à voix basse des histoires que ses oreilles de toute jeune fille n'avaient pas à entendre. Quant à dame Herléva, sa fidèle et encombrante nourrice, elle sommeillait comme d'habitude, pesant sur l'attelage de tout son poids de grosse dame bouffie.

Le dragon, maintenant, semblait avoir disparu. L'avait-elle rêvé ? Depuis plusieurs jours déjà, la faim avait cessé de la faire souffrir, mais elle lui laissait une sorte d'ivresse fiévreuse dans laquelle songe et réalité se mêlaient mollement. Y avait-il seulement de la brume sur ce pays étrange et silencieux où toute vie semblait se résumer à quelques clapotis fugaces ?

Soudain, les trois chevaliers de tête aperçurent un envol de grands échassiers. Grandmesnil lança le signal par lequel il avait l'habitude d'appeler à la poursuite. Les écuyers s'élancèrent, abandonnant la litière, tout à leur passion de chasseurs.

On arrivait sur un pont de bois, étroite passerelle de rondins au sommet d'une butte. Les mules peinèrent pour hisser leur lourde charge et s'arrêtèrent, épuisées, au milieu du passage.

C'est alors que le dragon jaillit, dressant son mufle hideux à moins de deux mètres de la jeune fille. Les mules, terrifiées, se cabrèrent. L'un des muletiers tomba à l'eau. Judith, agenouillée au bord du palanquin, perdit l'équilibre et partit en avant.

Une main forte la retint et elle eut l'impression que le monstre venait de se transformer, par magie, en un robuste garçon qui lui sembla à peine plus âgé qu'elle et dont la chevelure en bataille semblait avoir retenu tout le soleil des étés passés. Elle se sentit plaquée contre une poitrine à la fois puissante et douce, comme si on avait recouvert une statue de marbre de la peau tendre d'un jeune chevreau. Il montait de ce corps, auquel elle se raccrochait, un parfum d'iode et de terre mêlées.

Par-derrière, le dragon de bois souriait, sarcastique.

Le garçon faisait ce qu'il pouvait pour remettre sur ses jambes cette demoiselle tombée dans ses bras et qui avait les pieds coincés entre un brancard et le sommier de bois. Il n'y pouvait parvenir car sa main droite tenait une épée à double tranchant qu'il n'avait visiblement pas l'intention de lâcher, de sorte qu'il ne pouvait faire usage que de la gauche pour retenir ce corps frêle qui ne cessait de glisser et il devait sans cesse déplacer sa main pour l'empêcher de choir.

— D'ordinaire, croyez-le, je suis plus en chair que cela, dit la demoiselle avec une coquetterie ingénue. Si vous sentez mes côtes, c'est qu'il me faut jeûner !

Sentir le souffle de ces mots dans son cou ajouta à la confusion du garçon déjà troublé par le contact des jeunes seins pressés contre sa poitrine nue.

C'est alors que la dame Herléva, qui s'était évanouie de terreur, reprit un peu de conscience et beaucoup de voix et se mit à hurler si fort que les chasseurs, alertés, rebroussèrent chemin au grand galop, l'épée à la main.

En entendant l'approche des chevaux, quatre ou cinq gamins déguenillés, restés dans la barque à tête de dragon, sautèrent à l'eau et s'échappèrent comme une volée de moineaux. L'embarcation, déséquilibrée par le poids de la proue sculptée qu'on avait fixée à son avant, piqua du nez et le terrible dragon se retrouva le bec dans la vase comme un vulgaire canard qui cherche sa pitance.

Robert de Grandmesnil arriva le premier à l'entrée de la passerelle :

— Qu'est-ce que c'est que cette racaille, s'écria-t-il en voyant ces enfants loqueteux qui s'enfuyaient de partout. Vivons-nous un conte de nourrice ou sommes-nous tombés au pays des trolls ?

On pouvait se poser la question car maintenant, outre le garçon aux cheveux flamboyants, il ne restait plus sur le pont qu'une sorte de lutin qui, planté à côté du muletier étendu, lui enfonçait la pointe d'une pique dans le cou.

— Veux-tu lâcher ça, espèce de petit monstre ! ordonna Grandmesnil.

Mais l'enfant, qui ne devait pas avoir plus de six ans, se contenta de regarder vers son compagnon sans broncher.

Grandmesnil, remit de sa frayeur, commençait à s'amuser.

— Et toi, ravisseur de nymphe, demanda-t-il à l'aîné des deux brigands, à quel monde appartiens-tu ?

— Je n'appartiens à personne, répliqua l'adolescent d'une voix furieuse.

— Fort bien, dit Grandmesnil, mais comme cette demoiselle ne t'appartient pas non plus, je t'ordonne de la lâcher immédiatement.

— Surtout pas, protesta la jeune fille, j'ai les pieds coincés. S'il me lâche, je fais la culbute !

Elle se raccrochait fermement à ce corps inconnu auquel elle pouvait s'abandonner sans honte et dont la chaleur lui tournait un peu la tête.

— Par la mort de Dieu, faites quelque chose, dame Herléva ! s'impatienta Grandmesnil.

Mais la dame Herléva, suffocante et tremblante, ne pouvait être d'aucun secours.

Alors, sur un signe de tête de son aîné, le petit lutin abandonna son prisonnier et se glissa jusqu'au palanquin. Avec des gestes précautionneux, il dégagea les deux pieds de la demoiselle et lui guida doucement les jambes jusqu'à terre. Judith, surprise par tant de prévenances de la part de ce petit voyou, le regarda avec attention et découvrit qu'il avait, sous ses cheveux d'un noir de jais, des yeux immenses et d'un vert extraordinaire.

— Comment t'appelles-tu, lui demanda-t-elle avec gentillesse.

L'enfant, au lieu de répondre, posa son index sur ses lèvres closes.

— Mon Dieu, serait-il muet ?

— Il se pourrait bien, répondit l'aîné énigmatique.

— En tout cas, fit Judith avec douceur, ses yeux parlent pour lui. Il n'y a que les chats pour en avoir de pareils ! Ton petit frère doit voir la nuit.

— Ce n'est pas mon frère, mais mon neveu. Il s'appelle Serlon fils de Serlon. Il voit la nuit comme le jour, l'avenir comme le passé et ici comme ailleurs. C'est parce que sa mère est morte en le mettant au monde et qu'il a dû téter le lait de la sorcière.

— Je comprends, dit Judith d'un air pénétré.

— Allons, maintenant, jette cette épée, ordonna Grandmesnil.

Mais l'autre, appuyé fermement sur la poignée, la pointe reposant sur les planches, montrait qu'il n'avait pas la moindre intention d'obéir.

— Que personne ne m'approche ou je lui tranche le cou, menaça-t-il en faisant tournoyer avec dextérité son épée au-dessus de sa tête. Je suis Roger de Hauteville, dernier fils du seigneur Tancrède et écuyer du comte de Coutances.

— Je vois que tu en as revêtu la livrée, ironisa Grandmesnil.

La tenue du jeune écuyer avait de quoi surprendre : il ne portait qu'un gilet en peau de mouton sur sa poitrine nue et les jambes de ses braies avaient été coupées à hauteur des cuisses.

— Je m'habille comme il me plaît quand je ne suis au service de personne et je ne vais pas patauger dans ces marécages avec une blouse de lin et des chausses de cavalier ! Maintenant, si vous voulez vous battre, présentez-vous comme je viens de le faire

— Très juste, jeune chevalier, répondit Grandmesnil en inclinant cérémonieusement la tête. Sache donc que je suis Robert de Grandmesnil et que cette demoiselle, que tu as si courtoisement empêché de choir, est la fille de la dame Hadvise Giroie, ma mère, et de son second mari, Robert comte d'Évreux.

Si la brume s'était déchirée à l'instant pour faire place au plus éclatant des soleils, Roger de Hauteville n'eût pas été plus abasourdi. Les noms qu'il venait d'entendre appartenaient à des familles parmi les plus nobles et les plus célèbres du duché. Il découvrait, avec stupeur, que dans les veines de la jeune fille qu'il avait osé serrer dans ses bras coulait le sang des ducs de Normandie. Rien d'étonnant à ce qu'elle fût aussi belle !

C'est le moment que choisit le dragon pour réapparaître. La barque, qu'un mouvement de la rivière avait dû libérer, se souleva brusquement et la figure de proue jaillit dans une gerbe d'eau pour venir s'accrocher définitivement au rebord du pont comme un oiseau foudroyé au sortir des enfers.

— Par le diable, quelle merveille ! s'écria Grandmesnil en sautant de cheval pour aller s'agenouiller auprès de la pièce de bois sculptée.

La tête et le cou du dragon paraissaient torturés de rides profondes, mais ces rides, à y regarder de plus près, étaient faites d'une multitude de serpents tressés dont les têtes formaient des bouquets d'où sortaient des faisceaux de langues fourchues qui représentaient elles-mêmes autant de minuscules reptiles s'enroulant les uns sur les autres. Dans les espaces laissés libres, des entrelacs d'arabesques, de spirales, de volutes se répondaient avec une parfaite harmonie.

— Ce n'est qu'une vieille barcasse, dit Roger.

— Je me fiche de ces planches pourries. C'est la figure de proue qui m'intéresse.

— S'il n'y a que ça, fit le garçon qui cherchait une échappatoire, je peux vous en faire voir d'autres et de plus belles, je crois.

— Où ça ?

— À moins d'une lieue d'ici, sur la grève !

— Eh bien, tu as intérêt à nous y conduire au plus vite ! Marchez devant, toi et ton petit gnome ! Et n'essaie pas de nous fausser compagnie.

Mais l'enfant aux yeux verts avait disparu.

— Où est-il passé ? demanda Judith d'une voix inquiète.

Pour toute réponse, Roger eut un geste tournoyant de la main qui semblait signifier que Serlon fils de Serlon s'était évaporé comme un tourbillon de brume.

Judith refusa de remonter dans la litière et son demi-frère la prit en croupe. Elle se sentait bien. Solidement calée sur le cheval, agrippée à la taille de Grandmesnil, elle ne pouvait détacher les yeux du dos large et des cuisses nues du garçon qui marchait devant eux d'un pas régulier et si rapide qu'il fallait parfois presser un peu les chevaux. Se découvrir si consciemment effrontée la rendait légère et joyeuse.

*

* *

Quand on arriva à la crique où Toerkil la Baleine avait échoué ses vieux drakkars, Grandmesnil bondit d'enthousiasme et voulut s'élancer au galop. Roger retint son cheval par la bride.

— Du calme, dit-il. Vous ne savez pas à qui vous avez affaire.

Et du menton, il désigna le campement du chasseur de baleines. Devant les bateaux renversés qui servaient de maisons à la tribu du vieil homme se tenait toute une bande d'êtres hirsutes, armés de haches et de harpons.

— Holà, messire Toerkil, cria le dernier des Hauteville. C'est moi, Roger.

— C'est *le dernier des derniers* ! dit Thorolf, le fils aîné du vieux.

— Je le vois bien, dit l'autre. Et qu'est-ce que tu nous amènes ?

— Des gentilshommes de très noble famille qui s'intéressent à tes drakkars.

— Et pourquoi donc s'intéressent-ils à mes drakkars ?

— Mais, pour vous les acheter, mon bon ami, lança Grandmesnil en le saluant.

— Ici, en dehors du poisson, rien n'est à vendre !

— Nous pouvons peut-être en discuter. J'aurais grand plaisir à posséder deux ou trois de ces figures de proue qui ne vous servent plus à rien, il me semble, puisqu'elles pourrissent sur la plage. Je suis prêt à vous en donner un bon prix.

— L'argent !... fit le vieillard avec un geste de royal mépris.

Il avait grande allure, dressé sur sa jambe unique, une béquille coincée sous son moignon de bras et cette barbe couleur de fer qui lui hérissait le visage.

Grandmesnil voulut insister, confiant dans son habileté et sa diplomatie, mais il ne fit que se rendre plus antipathique aux yeux du vieux pêcheur qui avait, au premier regard, pris en grippe ce personnage élégant à la courte barbe trop bien taillée.

— Dieu vous garde, dit Toerkil et, tournant le dos, il se glissa sous son bateau-abri pour n'en plus ressortir.

— Il est de mauvaise humeur, dit Thorolf. Vous tombez mal, mais je pense que si vous repassez par ici, une autre fois, on pourra peut-être s'arranger.

Voilà donc le genre de rustre dont nous sommes tous issus, pensait Grandmesnil en se remettant en selle. Malgré sa déception, il ne pouvait s'empêcher d'éprouver une certaine admiration. Il avait, comme nombre de grands seigneurs normands policés, gardé le culte de ces mythiques ancêtres vikings dont il venait de voir l'un des derniers représentants.

— Et c'est encore eux qui nous prêterons mainforte pour nous débarrasser de ce petit bâtard de Guillaume qui se croit duc de Normandie ! conclut-il à l'oreille de Judith, certain qu'elle avait deviné le cours de ses pensées.

Il se mit à songer à la fière allure qu'auraient ces antiques figures de drakkar fichées dans le hall du château qu'il se ferait construire… après la victoire !

*

* *

— Vous entendez la cloche ? cria Roger.

Depuis un moment déjà leur parvenait un tintement lugubre : quatre coups de battants lents suivis d'un silence et repris inlassablement. Mais brusquement, le rythme s'était fait plus rapide et plus violent.

Roger avait sauté en croupe derrière l'un des écuyers :

— Éperonnez ! Éperonnez ! criait-il, ou nous allons rater le dernier passage !

Les mains en porte-voix, il se mit à lancer des « ohé ! » à assourdir son cavalier.

Tous filaient maintenant ventre à terre sur le sable durci.

La cloche pendait au bout d'une potence qui sembla surgir devant eux à l'improviste. Un moine en maniait frénétiquement la corde. Dès leur arrivée, il cessa de carillonner.

— Je vous ai entendus venir. J'espère qu'il n'est pas trop tard. Faites silence.

En tendant bien l'oreille, on percevait, par-dessus le froissement imperceptible d'une marée lointaine, une autre sonnerie, plus ronde et plus calme.

— C'est bon, dit le moine, la cloche de Montjoie nous guide. Ne perdons plus de temps. Nous sommes attendus et le chemin est encore praticable.

Ils prirent la tête d'un train de muletiers qui apportaient du bois de chauffage et auxquels s'étaient joints quelques pèlerins transis de froid.

La longue traversée des sables commença.

— Celui qui vient jusqu'ici pour rencontrer Dieu et saint Michel, l'Archange messager, le fait au péril de la mer, déclama le moine qui les guidait. Le chemin qui mène à la vertu est étroit et quiconque s'en écarte, ne serait-ce que d'un pas, est la proie des démons.

Pour illustrer son propos, il saisit une grosse bûche dans la charge d'une mule et la lança sur le côté. Le bois flotta un très court instant puis, avec un horrible bruit de succion, le sable l'avala d'un coup.

— Rassurez-vous, ajouta-t-il familièrement à l'adresse de la toute jeune fille qui chevauchait enlacée à la taille du premier des cavaliers, quand la marée se retire à sexte, comme aujourd'hui, elle ne revient qu'à vêpres. Nous arriverons sains et saufs, et à temps pour l'office.

Mais Judith n'avait pas peur. Elle n'était même pas déçue. Pourtant, ce soir-là, le Mont-Saint-Michel dont on lui avait dit merveille n'était qu'un grand mur de roches grises qui s'assombrissait au fur et à mesure que diminuait l'épaisseur des brumes.

Fidèle, et de plus en plus claire, la cloche continuait de les guider.

*

* *

Ils furent accueillis, au pied du sanctuaire, dans une vaste cabane de planches qu'enfumait un brasero. On servit du vin chaud pour les hommes, de la tisane sucrée au miel pour les femmes et des biscuits secs parfumés au fenouil.

Tout au long de la traversée, Grandmesnil avait eu le temps d'expliquer au moine qui les guidait les motifs de leur pèlerinage : la demoiselle d'Évreux était atteinte d'une étrange maladie qui empêchait son estomac de retenir quelque nourriture que ce fût. Les médecins se montraient impuissants à la guérir. Ils étaient allés, sans plus de succès, de lieux saints en reliques et ne gardaient espoir qu'en l'intercession de l'Archange et de saint Aubert, fondateur et premier abbé du Mont.

Le moine était monté prévenir le père abbé et celui-ci leur faisait savoir qu'ils pourraient, s'ils avaient encore la force d'entreprendre l'ascension, assister à l'office des vêpres. Il tiendrait à grand honneur de leur présenter lui-même les reliques.

Depuis Évreux, Judith avait vu tant de saintes horreurs, présentées par des moines qui sentaient encore plus mauvais que ces restes misérables, qu'elle aurait volontiers remis au lendemain. Mais elle savait aussi que ce serait la dernière épreuve et s'y déclara prête.

Ce fut une ascension difficile, non que le chemin fût si mauvais, mais il était encombré par le va-et-vient continuel des tailleurs de pierre et de leurs aides qui se hâtaient d'achever leur travail avant la venue de la nuit.

Le sommet du mont était toujours un immense chantier, mais l'on voyait déjà se dresser les piliers du temple futur qui promettait d'être vaste comme une cathédrale, juste au-dessus de la modeste église actuelle dans laquelle on pénétrait par un escalier précaire taillé à même le roc, comme s'il se fût agi d'une grotte.

La célébration des vêpres était déjà bien avancée. Quand ils entrèrent, le chœur bourdonnant des moines venait de se taire et dans le silence encore vibrant une voix céleste s'éleva, solitaire, d'une fraîcheur et d'une pureté telles que Grandmesnil n'en avait jamais entendu. Elle exprimait sans effort la plénitude et l'extase puis, soudain au plus aigu, se mettait à trembler un peu, poignante, comme si elle eût cessé de parler de l'absolu divin pour chanter la misère des hommes et leur nostalgie. Ainsi, pensa Grandmesnil, doivent chanter les anges compatissants.

Dès la fin de l'office, le père abbé, un religieux piémontais du nom de Suppo, vint les accueillir avec une prévenance si appuyée qu'elle mit Grandmesnil sur ses gardes. Le moine, dédiant toute son attention à Judith d'Évreux, insista sur le courage qu'il avait fallu à une si jeune fille pour arriver jusqu'ici, dans son état de faiblesse.

— Dieu merci, ajouta-t-il, dès qu'elle aura correctement mangé, il n'y paraîtra plus.

— Mais..., protesta Grandmesnil.

— Je sais ! je sais ! Sa maladie... Mais nous lui aurons, auparavant, fait toucher nos Très Saintes Reliques. Douteriez-vous de leur pouvoir ?

Il n'y avait pas à se tromper sur l'ironie du ton.

Cet Italien nous a percés, ragea Grandmesnil, ou bien l'aurait-on informé ? Ces abbés sont terribles ! Et pour changer de sujet, il demanda qui était cet enfant à qui le Seigneur avait fait la grâce d'une voix si merveilleuse.

— Ce n'est pas un enfant, dit l'abbé en souriant. C'est un jeune Bénédictin qui nous vient du sud de l'Italie. L'entendre nous fait toucher au paradis. Nous tentons de le retenir quelques jours...

Comme la file des moines passait à proximité pour regagner le monastère, il fit signe au chanteur.

— *Venite*, Fra Modesto ! Il y a là un noble seigneur et sa jeune sœur que vous avez émus.

On fit les présentations en oubliant Roger dont la tenue négligée n'appelait pas la considération. Mais lui, sans la moindre gêne, s'adressa au moine chanteur.

— Si vous venez du sud de l'Italie, peut-être y aurez-vous rencontré mes frères aînés. Nous sommes sans nouvelles d'eux.

Fra Modesto porta son regard vers le jeune homme et se sentit troublé. Était-ce l'éclat de la chevelure ? La finesse des traits ? La beauté de ce corps de jeune athlète évoquait en lui d'autres images.

— Peut-être, mais les Normands sont nombreux dans mon pays, dit Fra Modesto. Comment se nomment-ils ?

— Ils sont trois, répondit Roger. L'aîné s'appelle Guillaume, le deuxième...

Il ne put terminer sa phrase : une telle émotion avait envahi la face du petit moine qu'il en resta interdit. Alors, Fra Modesto se jeta sur cet adolescent qui le dépassait déjà d'une tête, le serra dans ses bras et se mit à l'embrasser en répétant :

— *La petite merveille !* Tu es bien *le dernier des derniers, la petite merveille* ?

Judith fronça le nez et ne put s'empêcher de glousser : le visage au teint si clair de Roger s'était empourpré et cette soudaine coloration n'avait rien à voir avec les efforts qu'il faisait pour tenter d'échapper à l'étreinte incongrue du moine italien.

Fra Modesto se rendit compte de l'embarras dans lequel il mettait le garçon. Il le relâcha et lui serrant simplement les poignets, lui dit d'une voix remplie de joie :

— Tu es Roger de Hauteville, n'est-ce pas ? Alors sache que *les premiers des premiers* te saluent par ma voix.

La formule sibylline plongea le petit groupe dans l'étonnement et le benjamin des Hauteville, pourtant seul à pouvoir la comprendre, dans la stupéfaction. Alors, s'adressant à l'abbé Suppo, moitié en italien, moitié en français, le petit moine lui expliqua qu'il venait de rencontrer le plus jeune des frères du duc de Pouille, gendre du prince de Salerne et dont il était, lui, l'humble Fra Modesto, le messager et, s'il osait dire, l'ami : cet illustre Guillaume Bras de Fer, dont il lui avait conté les exploits et tant vanté les mérites.

— Vous devez confondre, dit calmement Roger. Bras de Fer, c'est mon père !

C'est ainsi que *le dernier des derniers* connut le destin qui avait échu au *premier des premiers*. Au cours du souper qui allait suivre, au réfectoire, il devait en apprendre tous les détails.

Pour le moment, des moines en procession apportaient les reliques. D'un coffret de bois précieux marqueté de céramiques multicolores, on extrayait la tête de saint Aubert. C'était bien le crâne le plus effrayant que Judith ait eu à contempler au cours de ce pèlerinage : il était encore partiellement recouvert de peau, comme si on se fût amusé à coller sur ses tempes et ses joues des paquets de feuilles mortes, et conservait des touffes longues, clairsemées, de cheveux décolorés et raidis. Il arborait surtout un trou profond et cylindrique dans l'os frontal, au-dessus de l'œil gauche, là où le doigt incandescent du Commandeur des milices célestes s'était enfoncé pour convaincre à tout jamais l'évêque Aubert de la réalité de Sa Très Sainte Apparition.

On entoura d'un fin mouchoir de soie l'index de Judith et elle fut invitée à l'introduire délicatement dans l'orifice, touchant ainsi au plus près à cette éternelle présence en creux du message sacré. Ensuite, avec d'infinies précautions, on déposa sur la nappe immaculée de l'autel une longue et étroite châsse d'or incrustée de gemmes. L'abbé Suppo l'ouvrit et, l'inclinant vers Judith, lui fit découvrir, étendu sur une tablette de bois noir et poli comme du métal, un grand triangle de tissu pourpre rehaussé de fils d'or.

— C'est un pan du manteau de l'Archange, murmura le petit moine, avec son drôle d'accent chantant où roulaient les « r ». Le reste du vêtement, je l'ai vu, pieusement conservé, au Monte Gargano. Saint Michel l'avait abandonné à notre vénération, plié sur un peu de mousse, à l'entrée de la Grotte lors de sa dernière apparition...

— L'avant-dernière, corrigea l'abbé Suppo, car Fra Modesto n'ose vous dire qu'il a vu l'Archange de ses propres yeux. Une grâce bien rare. C'était en Sicile, à Syracuse...

*
* *

Comme les femmes ne pouvaient demeurer au monastère, l'abbé Suppo avait installé Judith et la dame Herléva dans une petite maison au flanc du rocher, là où vivait une aimable personne qu'il donnait pour sa nièce.

On avait apporté dans leur chambre des galettes au miel et un plein saladier de blanc-manger. Le poulet finement haché, bien mêlé à la mie de pain détrempée de lait, relevé à la poudre de cannelle, avait enchanté le palais de Judith. Il lui semblait n'avoir jamais rien goûté de plus onctueux et de mieux parfumé. Et maintenant elle passait avec attendrissement sa main sur son estomac rebondi.

— Il ne me faudra pas trop longtemps pour ne plus faire pitié, se réjouit-elle.

Penchée à l'unique fenêtre de la chambre pour se donner un peu de fraîcheur, elle regardait monter la mer. La terre submergée fuyait dans les brumes. On les voyait flotter en paquets cotonneux que le vent emportait. La lune apparaissait et disparaissait sans cesse et le mouvement puissant de la marée, sous sa lumière froide, engloutissait en un instant de grandes îles plates, courait à l'assaut de plages lointaines, dessinait des fleuves qui s'élargissaient soudain jusqu'à se confondre.

— Tirez le rideau, par pitié, gémit dame Herléva en serrant encore plus fort, autour de son gros corps, les fourrures jetées sur le lit. Vous allez nous faire geler !

Judith laissa retomber le rideau.

— Levez-vous, ordonna-t-elle de sa petite voix la plus autoritaire, et allez me chercher l'écuyer qui garde notre porte. Je veux qu'il fasse venir le jeune seigneur de Hauteville. Qu'il se débrouille pour le trouver. J'ai à lui parler.

— À cette heure, protesta la nourrice. Ce garçon dans votre chambre ? Vous n'y songez pas !

— Je ne vous empêche pas d'être présente. Allez ! allez vite, si vous ne voulez pas mourir de froid !

*

* *

Roger était descendu jusqu'aux écuries, la tête en feu, ivre de tout ce qu'il avait appris. Il voulait surtout se retrouver seul pour repenser au moment le plus heureux de cette journée, peut-être la plus belle de sa vie : celui où le hasard avait jeté dans ses bras l'être le plus merveilleux qu'il lui ait été donné de rencontrer, car pouvait-il exister au monde une fille plus jolie, plus simple et plus drôle ? Était-il fou d'imaginer qu'une demoiselle d'Évreux avait éprouvé quelque plaisir à se serrer contre lui ?

Dans la pénombre de l'écurie, il aperçut un grand cheval blanc dont l'élégance frémissante l'attira. Il ne put résister au plaisir de le caresser.

— À qui appartient cette bête, demanda-t-il à un moinillon qui changeait les litières. Au moins à un prince !

— Il est beau, n'est-ce pas ? répondit l'autre avec dans les yeux un émerveillement naïf qui plut à Roger. Non, il n'est pas à un prince. C'est un moine, italien ou sicilien, je ne sais plus, qui vient de l'amener.

— Fra Modesto ? demanda Roger, intrigué.

— Je crois bien. Le cheval, lui, s'appelle Frésende.

— Comme ma mère, s'étonna Roger.

Et il lui sembla qu'une force inconnue traçait tout autour de lui, ce jour-là, des signes qu'il ne pouvait encore comprendre.

17

Roger et Judith

Outre le cheval blanc destiné à Frésende et les sacs de monnaies byzantines et lombardes offerts aux moines du Mont-Saint-Michel, Fra Modesto rapportait des présents pour chacun des Hauteville : de riches vêtements que Guillaume Bras de Fer avait fait confectionner par le tailleur de Salerne et ses filles.

Le petit moine avait tenu à ce que Roger revête les siens au plus vite, trouvant sa tenue peu convenable en un lieu aussi sacré. Et maintenant qu'il était convoqué par la demoiselle d'Évreux, le jeune homme s'en félicitait car, outre une fine chemise taillée dans un tissu qui lui était inconnu, il y avait aussi un gilet en peau de loup gris retournée qui lui seyait fort bien.

À vrai dire, ce n'était pas là les vêtements qui lui étaient destinés. *Le premier des premiers* n'avait pas imaginé combien *le dernier des derniers* avait pu forcir en ces quelques années et Fra Modesto lui avait attribué ceux destinés à Serlon au cas où il aurait reparu, ce qui, hélas, n'était pas le cas.

Tandis qu'il montait en bondissant vers la maison où étaient hébergées Judith et la dame Herléva, Roger ne songeait même pas à se demander quel pouvait bien être le motif d'une invitation aussi tardive. Il était simplement heureux à l'idée de revoir la jeune fille.

Jusque-là, il n'avait pas attaché une grande importance aux femmes et, s'il était curieux de leurs corps et des plaisirs qu'on pouvait en tirer, il redoutait leurs provocations insistantes et préférait la fréquentation de celles qui n'étaient que tendresse pour lui. Il découvrait maintenant un sentiment nouveau, exaltant et fébrile, où se mêlaient émotion et désir.

Et puis, plus simplement, il était curieux de voir l'effet qu'il ne manquerait pas de produire dans sa nouvelle et avantageuse tenue. Mais quand la dame Herléva eut ouvert la porte, c'est lui qui demeura bouche bée.

La demoiselle d'Évreux trônait au milieu de la chambre, assise très droite sur un tabouret, les pieds reposant sur un coussin de velours. Elle portait une robe finement brodée où se mêlaient diverses nuances de bleu en harmonie avec ses yeux clairs et ses cheveux blonds qui venaient d'être tressés avec soin. Une minuscule chaînette d'or ceignait son cou long et mince. Elle toisa le jeune homme avec une hauteur et une sévérité dont l'excès eut certainement fait sourire quelqu'un de plus expérimenté que le dernier des Hauteville, et lui dit :

— Eh bien, messire écuyer, vous voilà enfin ! Il me semble que vous avez bien tardé à venir vous justifier et présenter vos excuses. Je vous écoute.

Mais Roger était bien trop ébloui pour trouver que répondre.

— Ne vous méprenez pas, reprit la jeune fille. Il se peut que l'indulgence de mon demi-frère vous ait donné à croire que vos mauvaises manières étaient pardonnées, mais c'est qu'il a tant d'idées qu'il oublie l'une en passant à l'autre. Il n'en est pas de même en ce qui me concerne et j'attends vos explications quant à l'agression dont dame Herléva, ma nourrice, et moi-même avons été victimes.

Pris au dépourvu, Roger eut spontanément recours à l'arme dont il savait disposer quand il souhaitait l'indulgence de sa mère ou la complicité de ses sœurs : il fit passer dans son regard toute l'ingénuité possible et décocha à la demoiselle son sourire le plus enjôleur. Il vit aussitôt que cela marchait aussi bien avec les jeunes comtesses qu'avec les petites baronnes car les yeux de Judith se troublèrent et ses traits se détendirent imperceptiblement.

— J'avais besoin d'un cheval, laissa tomber Roger.

— Ah ! Vous aviez besoin d'un cheval..., bredouilla presque la jeune fille. Puis, se reprenant : Pensiez-vous le trouver sous le matelas de ma litière ou m'avez-vous prise pour une pouliche ? Et d'abord, pourquoi aviez-vous besoin d'un cheval ?

— C'est à cause de Toerkil la Baleine ! Vous le connaissez, le vieil homme à la grande barbe blanche. Ou plutôt, c'est à cause de son fils, Thorolf.

— Il faudrait savoir.

— C'est-à-dire que c'est assez compliqué. L'un et l'autre y sont pour quelque chose...

— Eh bien ! Si vous n'êtes pas capable de choisir, contez-moi l'affaire et nous en jugerons par nous-même.

Alors, le dernier des fils de Tancrède s'accroupit sans façon au pied de la demoiselle d'Évreux et se mit à lui raconter l'aventure de la nuit précédente avec autant de naturel que s'il se fût adressé à l'un de ses compagnons.

*

* *

Thorolf ne cessait de répéter à Roger qu'ils n'avaient, les uns et les autres, aucun avenir ici et que, s'ils étaient des hommes, ils devraient reprendre les grandes courses, comme l'avaient fait leurs ancêtres, à la découverte de terres inconnues et de pays à conquérir. Mais le vieux Toerkil haussait les épaules et prétendait que ces temps ne reviendraient plus pour une raison bien simple : sur toutes les côtes du monde, les habitants, même les plus bornés, avaient appris à se méfier des incursions des hommes du Nord. Et en premier lieu, ils ne laissaient plus traîner leurs chevaux le long des rivages, mais les cachaient loin à l'intérieur des terres. Comment pouvait-on piller et combattre si on ne parvenait pas à s'emparer de chevaux ?

— Eh bien, emmenons les chevaux avec nous ! répliquait Thorolf. Le vieux Toerkil s'emportait :

— Nos drakkars peuvent aborder sur n'importe quel rivage, remonter n'importe quelle rivière, justement parce qu'ils sont trop hauts de flancs et trop plats de quille pour embarquer ou débarquer des chevaux !

— Eh bien, construisons des bateaux qui en soient capables ! répliquait Thorolf par provocation.

C'était en effet une gageure, mais un beau jour il s'y était mis. Il avait désossé un vieux drakkar encore solide, abaissé ses plats-bords, ponté la quille, rendu escamotables les bancs de nage. Les premiers résultats avaient semblé convaincants : les chevaux embarquaient et débarquaient sans trop de mal en levant un peu la jambe. Restait à savoir si cette nouvelle embarcation tiendrait la mer à pleine charge. Il fallait tenter l'épreuve, seulement on ne disposait que de cinq chevaux et il en eût fallu plus du double pour que l'expérience eût un sens.

C'est alors que Roger avait imaginé d'en emprunter sept à un certain Gunnar, benêt de ses amis, qui gardait, dans un pâturage voisin, les chevaux du comte de Coutances. *Le dernier des derniers* avait dû promettre sur son honneur que les montures seraient restituées dès le surlendemain.

C'est ainsi que la veille, au petit matin, le nouveau drakkar avait pris la mer avec ses douze chevaux embarqués sans mal et, sur les bancs de nage, Roger, Serlon, le vieux Toerkil et une partie de sa tribu. Les vents étaient contraires et il avait fallu ramer ferme pour gagner l'île la plus proche, qui était celle de Chausey.

La traversée s'était effectuée on ne peut mieux et, le débarquement des chevaux promettant de se faire sans histoires, Roger s'était lancé dans l'escalade d'un tertre qui dominait la plage. De là-haut, dans les toutes premières lueurs de l'aube, il avait découvert ce qu'était une île : un bloc de terre et de roches mêlées, ramassé comme un lutteur contre les assauts des vagues, où pas un point du rivage n'échappait au regard. Un château fort dont les remparts seraient la mer.

Hormis la fureur des flots, tout paraissait calme. Des moutons gris semblaient dormir paisiblement en contrebas sous la surveillance de bergers allongés, roulés dans leurs pèlerines. Roger sortit son épée et, la brandissant vers le ciel, il se mit à hurler pour dominer la plainte du vent :

— Moi, Roger de Hauteville, déclare prendre possession de cette île, au nom du seigneur Tancrède, mon père.

Thorolf l'avait rejoint pour lui annoncer que tous les chevaux étaient maintenant à terre mais les mots lui restèrent dans la gorge : réveillés par les cris de Roger, les soi-disant bergers s'étaient débarrassés de leurs couvertures et d'un seul élan, saisissant masses, ciseaux et barres de fer, se précipitaient vers les envahisseurs. Les paisibles pasteurs étaient en fait de robustes tailleurs de pierre et si les moutons, eux, ne bougeaient pas, c'est qu'ils étaient des blocs de granit encore mal taillés.

— Demi-tour, bon Dieu ! Ils vont nous massacrer, hurla Thorolf.

Et tout en redescendant vers la crique, il criait : Rembarquez ! Rembarquez !

Le vieux Toerkil, comprenant qu'il y avait danger, entreprit aussitôt de faire remonter les chevaux.

Roger et Thorolf sautèrent dans le drakkar quand le dernier s'apprêtait à embarquer. C'est alors que, du haut de la colline, les tailleurs de pierre commencèrent à les bombarder de gros cailloux. L'un d'eux atteignit l'un des petits enfants du vieil homme qui s'écroula en hurlant, l'épaule fracassée.

Le vieux mit à la voile. Le vent arracha l'embarcation si brutalement que le cheval qui n'avait pas fini de monter retomba, accroché au bordage par les pattes avant, se débattant furieusement au risque de déséquilibrer la barque. Les pierres pleuvant de partout, Thorolf, sans hésiter, saisit une hache et lui trancha les pattes. Dans un hennissement terrible, la bête s'enfonça dans la mer rougie de son sang.

— Es-tu fou ? Regarde ce que tu as fait, s'indigna Roger en saisissant Thorolf par le col.

— C'est toi qui es fou, protesta l'autre. Qu'est-ce que tu avais besoin de provoquer ces brutes ?

— Et le cheval, hein ? Qui va remplacer le cheval ? Il appartenait à Gunnar ! Tant pis pour toi, je prendrai un des tiens !

— Si tu touches à un de nos chevaux, je te jure que je te fends la tête.

Ils en étaient venus à se battre et le vieux Toerkil avait dû les séparer.

— Si Thorolf ne nous avait pas débarrassé du cheval, à cette heure on aurait tous le crâne fracassé. Alors, calme-toi et pour le reste, petit, c'est ton affaire.

— Je comprends, dit Judith avec le plus grand sérieux, il vous fallait retrouver un cheval !

— Je m'y étais engagé. C'est une affaire d'honneur.

— Évidemment ! Mais de là à vous en prendre à moi et à ma nourrice !

— Est-ce que je pouvais savoir que votre litière transportait deux femmes ? Je vous ai pris pour des marchands ! Prendre à des marchands, ce n'est que voler des voleurs.

— On ne vous a pas appris qu'il fallait demander avant de se servir ?

— Demander, vous en avez de bonnes ! Vous me voyez demandant : donnez-moi un cheval ? Et à qui par le diable ?

— À moi, par exemple.

— Parce que vous me donneriez un cheval si je vous le demandais ?

— Pourquoi pas ? Demandez !

— Je vous le demande.

— Voilà qui est mieux ! Eh bien, prenez l'un de ceux des écuyers de mon frère.

— Et vous imaginez qu'il serait d'accord ?

— Apprenez, messire, que mon frère n'a pas pour habitude de me refuser ce que je veux. D'ailleurs, il serait mal avisé de s'y risquer.

— Dans ce cas ! dit Roger, un peu ahuri.

— Mais il vous faudra, bien sûr, lui offrir une compensation.

— Et laquelle, puisque je n'ai justement pas le moindre argent ?

— Je pense que deux de ces têtes de dragon sculptées qu'il désire tant suffiraient à le combler. Alors arrangez-vous pour les obtenir.

— Je m'arrangerai, dit Roger en se relevant.

— Attendez ! Ce n'est pas tout. Il me semble que vous avez aussi une dette envers moi. Rapportez ce cheval au plus vite, mais revenez de même. Je compte que vous nous attendrez sous la cloche de l'autre rive et nous servirez de guide jusqu'à Coutances. J'en ai assez de zigzaguer à travers bois. Me le promettez-vous ?

— Sur mon honneur !

— N'est-ce pas aussi sur votre honneur que vous aviez promis de ramener les chevaux, ironisa Judith.

— Eh bien, répliqua Roger en ayant à nouveau recours à son regard ingénu, n'est-ce pas ce que je vais faire ?

— Par ma foi ! dit la dame Herléva en refermant la porte, ce garçon ne manque pas de culot.

— Oui, oui, oui..., chantonna la jeune fille. Maintenant, aide-moi à me déshabiller, je tombe de sommeil.

Sitôt glissée bien au chaud entre les peaux de bêtes qui paraient le lit, elle crut sentir, entre rêve et sommeil, l'immense rocher s'arracher doucement de son socle et, tel un puissant navire, fendre les flots, voguant vers ces terres de lait et de miel dont avait parlé le petit moine à la voix d'ange. Ces terres qui avaient noms Syracuse et Palerme, Salerne et Melfi... Des terres si douces qu'un archange aux cheveux flamboyants et au sourire ravageur pouvait y oublier négligemment son manteau à l'entrée d'une grotte.

*

* *

— Venez, dit l'abbé Suppo en entraînant Robert de Grandmesnil. Profitons de cette éclaircie, nous bavarderons en faisant les cent pas sur la terrasse.

Le vent de la nuit, venu du plus lointain de l'océan, avait ramené le mont à son port d'attache et dispersé les brumes. Mais déjà, à l'horizon du couchant, une longue cavalcade de nuages noirs chevauchait la mer.

— Ainsi, vous souhaitez nous quitter dès demain ?

— À moins que ma chère sœur Judith n'ait pas encore retrouvé toutes ses forces, répondit Grandmesnil.

— Oh ! Soyez sans crainte. Ma nièce vient de monter pour m'apporter de ses nouvelles : elle chante comme un pinson et saute comme un cabri. Je la crois tout à fait remise.

— Grâce à vos bontés ! et à l'intercession de saint Michel et de saint Aubert.

— Allons, répliqua l'abbé. Ne blasphémez pas.

— Moi, blasphémer ?

— N'est-ce pas un blasphème que d'attribuer au Seigneur des prodiges qu'il n'avait ni besoin ni, peut-être, envie d'accomplir ? Allons, cessons de feindre. Il n'y a ici que les mouettes pour nous entendre.

— Vous savez donc ?

— Est-ce que je sais ? Est-ce que je devine ? Voilà des jours et des jours que vous allez de monastère en monastère et, comme par hasard, ces abbayes sont toutes sur les terres des plus va-t-en-guerre de nos barons normands. Il vous fallait un prétexte pour échapper à la surveillance du comte d'Évreux et aux espions du duc Guillaume : cette charmante enfant a bien voulu le fournir en renonçant courageusement à la gourmandise de son âge. À l'heure de devenir femme, ces petites demoiselles sont tellement exaltées !

— S'agit-il seulement de cela ? Mais peut-être ne savez-vous pas qu'elle est née d'un viol.

— Il me semblait que le comte d'Évreux avait épousé votre mère devant la Sainte Église.

— Il l'y a forcée, après avoir assassiné mon père !

— Ce sont les mœurs du temps, elles sont odieuses. Mais pourriez-vous m'affirmer que tous ces beaux seigneurs que vous rameutez ne songent à prendre les armes que pour rétablir le règne de la vertu ? Vous avez tenté, à maintes reprises, de faire assassiner le duc Guillaume alors qu'il n'était qu'un enfant et vous avez échoué. Aujourd'hui qu'il est de taille à déjouer vos traquenards, vous vous préparez à l'affronter en combat régulier. C'est plus honorable et plus courageux, mais vous échouerez encore.

— Ce sera à Dieu d'en décider, mon père.

— Pensez-vous que Dieu puisse donner raison à des parjures ?

— Donc, nous perdrons cette bataille ?

— Je le crois. Parce que beaucoup d'entre vous se battront avec mauvaise conscience, ou par simple vanité et goût du désordre.

Grandmesnil se tint un long moment silencieux. Il semblait fasciné par les flots d'embruns qui coulaient, face à eux, sur le récif de Tombelaine et que de rares éclats de soleil faisaient miroiter. Il finit par demander :

— Vous me désapprouvez, donc vous me trahirez ?

— Vous plaisantez, mon cher fils ! D'ailleurs à quoi cela servirait-il ? Les dés sont jetés. N'êtes-vous pas au bout de votre quête ?

— Il me reste à rencontrer Néel de Coutances.

— Vous n'aurez aucun mal à le convaincre : c'est le plus enragé de tous. À ce propos, si vous pouviez, en allant le voir, faire un petit détour par Hauteville, j'aimerais confier Fra Modesto à votre garde.

— Ce ne sera pas un détour. J'ai bien l'intention de passer par le donjon de ce seigneur Tancrède. Il lui reste peut-être encore quelques redoutables fils qui ne soient pas partis à la conquête de l'Italie. Ne vous en déplaise, leurs bras... et le sien nous seraient des plus utiles.

— Outre les bonnes nouvelles dont il est porteur, Fra Modesto doit leur remettre quelques cadeaux de valeur et les routes ne sont pas si sûres.

— Il serait bouffon, s'exclama Grandmesnil en éclatant de rire, que ce petit moine soit venu jusqu'ici pour se faire égorger par quelque Hauteville désireux de lui dérober des présents qui leur sont destinés.

Les nuages noirs avaient envahi plus de la moitié du ciel et de grosses gouttes commençaient à s'écraser sur les ardoises du pavement. L'abbé Suppo voulut ramener Grandmesnil à l'intérieur, mais celui-ci le retint.

— Et si nous perdions cette bataille, que me conseilleriez-vous : l'exil ? Je ne m'y résoudrais jamais. J'aime trop la terre de mes ancêtres pour l'abandonner.

— Alors, dit Suppo, je ne vois qu'une solution : fondez une abbaye ! Vous achèterez à ce prix l'indulgence de l'Église et deviendrez, pour les soldats du duc, quasiment intouchable. Bien sûr, il y faut quelque prétexte, mais vous êtes orfèvre en la matière.

— Je ne sais. Tout cela est bien nouveau pour moi.

— Allons donc ! C'est un taureau égaré qui a conduit son bouvier jusqu'à cette grotte du Monte Gargano où l'Archange avait oublié son manteau. C'est un taureau encore qui est apparu à saint Aubert pour lui indiquer l'emplacement sur lequel saint Michel souhaitait voir bâtir un autel à sa dévotion. Il ne doit pas manquer de taureaux dans votre pays !

Les deux hommes rentrèrent précipitamment pour se mettre à l'abri, bras dessus bras dessous, satisfaits l'un de l'autre comme deux grands seigneurs qui se sont reconnus et compris.

Le rocher de Tombelaine avait à nouveau disparu derrière un lourd rideau de pluie.

18

Chansons de Sicile

Le vieux Tancrède jurait comme mille diables.

Il pestait toujours de la sorte quand il inspectait la double palissade de bois qui entourait Hauteville, ce qui lui arrivait au moins une fois par jour. Ne pouvant plus se fier à sa vue, il flanquait de grands coups de pieds dans chaque rondin pour en mesurer la solidité de sorte que ceux que la pluie et l'humidité avaient rongés à la base craquaient au ras du sol. Mais personne ne les remplaçait !

C'était bien la peine d'avoir engendré tant de fils. Et ce grand dépendeur d'andouilles de Robert qui avait osé lui dire :

— Si tu ne cognais pas si fort dedans, ils tiendraient plus longtemps !

Celui-là passait ses journées à abattre des arbres trois fois gros comme lui mais ne trouvait jamais le temps de tailler et d'épointer des pieux pour la protection du donjon. Le seigneur de Hauteville entendait le fracas de sa cognée au loin dans les bois. Il devait travailler en compagnie de Geoffroi le Dieudonné. Dieudonné ! On aurait mieux fait de l'appeler Dieurendu puisque le Seigneur avait prêté la main à la dame de Ridel et à la Charbouclée pour le lui retourner, à sa plus grande honte.

Les mugissements d'une corne l'arrachèrent à ses pensées. Depuis le sommet de la tour, la sentinelle annonçait l'approche de quelque visiteur et il se rappela que Serlon fils de Serlon (comment faisait-il, ce petit drôle, pour tout savoir avant les autres ?) était venu leur annoncer la prochaine arrivée de nobles seigneurs conduits par *le dernier des derniers*.

La dame de Hauteville avait eu le temps de mettre un peu d'ordre et de faire jeter du foin frais sur le dallage de la grande salle. Geoffroi le fermier avait égorgé une bonne douzaine de poules que son éternelle rieuse de femme (il y avait bien de quoi rire dans ce bas monde !) et ses jumelles devaient s'empresser de plumer et de barder (il allait encore falloir les marier ces deux-là ! Il avait déjà assez de mal à trouver des partis pour ses propres filles sans trop déchoir, alors s'occuper de ses petites-filles !).

*

* *

Quand les arrivants pénétrèrent dans la cour, le vieux Tancrède avait revêtu des vêtements si ce n'est neufs, du moins propres. Il essaya de savoir combien ils étaient mais ils ne formaient, pour ses yeux malades, qu'une masse grisâtre au milieu de laquelle éclatait une tache d'un blanc éblouissant : sans doute la robe d'un cheval immaculé, et il se dirigea vers cette monture qui ne pouvait appartenir qu'à un prince. Mais ce fut son fils Roger qui en descendit pour le prendre par la main et le conduire devant ses hôtes.

— Voici le seigneur de Hauteville, mon père Tancrède dit Bras de Fer. Voici le seigneur Robert de Grandmesnil et sa demi-sœur Judith, seconde fille du comte d'Évreux.

— Ah ! fit seulement le vieil homme, de sorte qu'il revint à Frésende de leur souhaiter la bienvenue.

En la voyant venir vers eux, Fra Modesto se sentit désemparé. Tout au long du chemin, il avait prié : Seigneur ne pourrait-on, un seul jour, n'être messager que de bonnes nouvelles ? Et maintenant qu'il voyait celle à qui il devait apprendre la mort de son frère, si semblable à Odilon, avec ce même visage pur, ce même sourire effacé, il se retrouvait sans force. Il entendit Roger dire :

— Ce beau cheval est pour vous, dame ma mère.

Alors le Bénédictin s'avança pour réciter le petit discours qu'il avait soigneusement préparé :

— Il vient de Sicile, ma fille. Je l'ai conduit jusqu'à vous à la demande de votre beau-fils Guillaume, aujourd'hui illustre duc de Pouille par droit de conquête et, par alliance, neveu très aimé du prince de Salerne. Il vous l'offre pour vous remercier très respectueusement de l'affection que vous avez toujours témoignée à son égard. Mais c'est votre frère Odilon qui l'avait baptisé du nom de Frésende, en souvenir de vous.

Il avait espéré que, peut-être, l'usage volontaire de cet imparfait préparerait Frésende à la triste nouvelle mais, si c'était le cas, elle n'en laissa rien paraître, se contentant de caresser le front et le cou du superbe animal en lui murmurant :

— Un si long chemin...

Dès qu'on apporta la soupe, épaisse de gros légumes et de belles tranches de lard, Judith demanda :

— Je ne vois pas messire Roger qui fut notre guide.

Elle lança un regard impérieux vers Grandmesnil qui, amusé, s'empressa d'ajouter :

— Il nous a été un précieux compagnon, nous faisant prendre les plus courts chemins et les mieux abrités de cette méchante pluie. Nous aimerions l'avoir auprès de nous pour l'en remercier.

Tous deux écartèrent leur tabouret pour montrer qu'il y avait encore de la place entre eux.

On alla chercher Roger.

Le repas terminé, tous ceux de la ferme vinrent rejoindre les convives du donjon car Fra Modesto avait annoncé qu'une fois restauré, il conterait les exploits du *premier des premiers*. La salle, en un instant, fut pleine de monde et d'enfants de tous âges qui s'entassèrent sur les marches de l'escalier montant à l'étage.

Voilà donc le moment venu, pensait le petit moine, et c'est bien ainsi. Ne vaut-il pas mieux que le meilleur et le pire se racontent à travers une chanson de geste ? Est-ce que les mots dont sont faits les contes ne sont pas l'encens de nos gloires et le baume de nos misères ? Alors, de sa voix douce qui imposait le silence, il commença.

D'abord, il dit la beauté de Salerne et les merveilles de sa Sicile tant aimée. Il dit Syracuse et le défi de Guillaume. Toute l'assistance retint son souffle. Il dit l'Archange saint Michel chevauchant les nuages, le chef sarrasin fendu en deux et, dans l'assistance, les cris d'horreur et d'admiration se mêlèrent indistinctement. Il dit la foule des chrétiens faisant un triomphe à l'aîné des Hauteville et l'acclamant du nom de Bras de Fer. Il dit la vilenie des Grecs et la cruauté du catépan Maniakès. Il trouva les mots suaves avec lesquels on peint le martyr des saints pour dire Odilon mourant pour le beau cheval blanc. Chacun se tut. Frésende pleura en silence. Il dit la fureur de Guillaume, le départ des fidèles Normands et l'amitié d'Harald Hardrada et tous, remplis de fierté, applaudirent. Il dit comment furent prises Melfi, Lavello et Venosa et Robert éclata de son rire d'ogre et tous l'imitèrent. Il dit comment le prince de Salerne avait reconnu à Guillaume le titre de duc des Normands de Pouille et comment il lui avait donné sa nièce en mariage et Frésende pleura encore. Il dit comment

Guillaume avait vengé Odilon en taillant en pièces l'armée grecque près de Tarente et le fabuleux butin qui en avait résulté. Il dit les châteaux et les églises que les trois frères bâtissaient. Il dit qu'ainsi finissait ce qu'il savait pour l'heure de la chanson de Guillaume Bras de Fer.

Alors le vieux Tancrède, qui n'avait jusque-là ni dit un mot ni même eu un frémissement, fièrement enveloppé dans le manteau en peau d'ours qui venait de lui être offert, abattit avec violence sa large main sur le coin de la table et, dans le silence soudain revenu, il martela :

— C'est ici que Guillaume a gagné le droit de s'appeler Bras de Fer !

Plus personne n'osant parler, Fra Modesto en profita pour exprimer son désir, puisqu'il avait aperçu près de l'entrée un petit oratoire, de dire l'office des morts. Il convenait que les vivants, dans leurs grands moments de joie et de fierté, songent à l'âme des disparus.

*

* *

La chapelle où reposait Murielle, la première femme de Tancrède, était si petite qu'il n'y eut guère plus de participants à l'office qu'autour de la table du donjon.

Frésende, subjuguée de tristesse, était venue jusque-là en s'appuyant sur Roger, et Judith s'était placée à côté d'elle pour la soutenir.

Depuis qu'il était presque aveugle, le vieux seigneur de Hauteville vivait le monde à travers ses bruits et quand il entendit la voix ineffable de Fra Modesto offrir les paroles du requiem, il lui sembla que Dieu avait voulu consacrer ces lieux une seconde fois. Il le ressentit comme le signe d'une sorte de pardon divin.

À la fin de la cérémonie, quand tous les assistants quittèrent les lieux, le petit moine retint Frésende en lui expliquant qu'il lui restait une promesse à accomplir. Et comme la dame de Hauteville s'appuyait encore sur les deux jeunes gens, il leur dit qu'ils pouvaient demeurer aussi.

— Dame Frésende, ma fille, j'ai promis à votre frère, le matin de son supplice, alors que je ne connaissais rien de son destin, que je chanterais un jour pour vous et je n'ai que ce moment pour le faire.

Ce ne fut pas un chant religieux qui sortit de sa gorge mais une simple complainte paysanne, étrangement rythmée, si douce et si riche à la fois que, sans comprendre les paroles, ils en furent bouleversés.

— C'est une chanson de votre pays, n'est-ce pas ? demanda Frésende en baisant la main du petit moine pour le remercier. Vous l'avez chantée comme on chante ce qu'on aime. L'avez-vous composée ?

— Non, dit le Bénédictin, je l'ai seulement traduite.

— Du latin ou du grec ? demanda Judith qui se voulait savante.

— De l'arabe, répondit le petit moine. Elle raconte l'histoire d'un jeune Sarrasin qui abandonne son Afrique pour aller retrouver, en Sicile, la jeune fille qui lui est promise et il dit :

Pourquoi se plaindre de l'exil
Quand la terre promise est encore plus belle ?
Pourquoi pleurer l'absence d'une mère
Quand la fiancée est plus douce encore ?

— Est-ce que la Sicile est plus belle que la Pouille ? demanda Roger.

— La Pouille semblerait le reflet du paradis si la Sicile n'existait pas, répondit Fra Modesto.

— C'est une très grande île, n'est-ce pas ? Mais il s'y trouve bien une hauteur d'où on puisse la voir tout entière ?

— On le dit ! Il y a, tout au centre, une grande cité que les Grecs nomment Enna et les Sarrasins Ksar Ianni. C'est une forteresse imprenable, au sommet d'une montagne. Mais je ne l'ai jamais visitée car les Infidèles n'y sont guère accueillants aux chrétiens.

— Est-ce que mon frère Guillaume retournera conquérir la Sicile, un jour ?

— Je ne sais. Il a déjà tant à faire.

— Alors, promit Roger avec toute l'assurance de ses quatorze ans, moi j'irai !

— *Inch' Allah !* fit le petit moine.

*

* *

On logea tant bien que mal tout ce monde pour la nuit. Dame Herléva et Judith eurent le privilège de dormir dans l'étuve qui était encore tiède. La demoiselle d'Évreux en profita le lendemain pour s'attarder sous les couvertures.

Roger, qui s'était levé à la pointe du jour, s'impatientait, surveillant le travail des écuyers qui sellaient les chevaux pour le prochain départ, allant de l'un à l'autre, les agaçant avec ses interventions intempestives. La porte de l'étuve s'ouvrit enfin et Judith en sortit déjà toute parée pour le voyage. Il se précipita vers elle et, sans la saluer autrement, lui demanda :

— Avez-vous rêvé de la Sicile ?

— Ma foi, je crois bien, répondit la jeune fille amusée.

Roger baissa la tête comme s'il ne trouvait plus rien à dire.

— Eh bien, que vous arrive-t-il ? Vous voilà devenu muet comme Serlon ?

Alors, tout à trac, il murmura entre ses dents, si bas qu'elle crut d'abord ne pas avoir compris ce qu'il disait :

— Un jour, je vous offrirai la Sicile !

Puis il retourna à grands pas vérifier pour la centième fois le harnachement des chevaux.

— Il est fort, il est beau et, en plus, il est fou ! Que peut-on espérer de mieux d'un garçon ? se dit Judith avec un sourire qu'elle adressait aux anges.

*

* *

Avant le départ, Grandmesnil voulut à nouveau tenter de persuader le vieux Tancrède de participer à la bataille contre le jeune duc de Normandie. La veille au soir, il avait essuyé une fin de non-recevoir très sèche. Jamais Tancrède de Hauteville ne prendrait les armes contre un descendant de son bienfaiteur. Que le comte de Coutances, son suzerain, se parjure tant qu'il en avait envie, mais lui n'en ferait rien et ce n'est pas le prétexte maladroitement évoqué par Grandmesnil de la bâtardise du duc qui risquait de trouver quelque écho auprès du vieux tueur de sangliers.

Grandmesnil enrageait : avoir à ses côtés le père du duc de Pouille n'aurait pas manqué d'impressionner. Voilà pourquoi il s'obstinait à faire une dernière tentative. Mais *le premier des derniers* à qui il s'en ouvrit l'en dissuada. Il avait une autre proposition à lui faire.

Dès son réveil, Robert était allé trouver son père pour lui dire :

— J'admire votre refus, mais il n'est pas sans danger pour Hauteville, à supposer que les conjurés l'emportent. Aussi ai-je pensé à une autre solution : vous refusez de vous joindre aux ennemis du duc, mais vous me laissez aller me battre à leurs côtés. Si le bâtard l'emporte, vous lui serez resté fidèle et je passerai pour une tête brûlée. Dans le cas contraire, tout le monde saura que j'ai participé à la victoire des rebelles.

Le vieux Tancrède avait réfléchi un instant pour conclure par ces simples mots :

— Il faut penser à Hauteville !

Grandmesnil était satisfait. Il ne repartait pas les mains vides : à défaut de ce vieillard prestigieux mais presque aveugle, le demi-frère du duc de Pouille, au meilleur de l'âge, ce n'était pas si mal non plus !

*

* *

Le séjour auprès de Néel de Coutances ne fut, comme prévu, qu'une courte et simple formalité. Il n'y eut que Roger et Judith pour le regretter.

Maintenant qu'il avait accompli la mission qu'il s'était fixée et qu'il se savait découvert, Robert de Grandmesnil n'avait qu'une hâte : regagner au plus vite les murailles de son château et y attendre l'heure de la confrontation.

Fra Modesto fut à nouveau du voyage. Bien que soulagé d'avoir pu distribuer la plupart des dons précieux sur lesquels il veillait avec angoisse depuis l'Italie, il lui restait encore quelques manuscrits que l'abbé du Mont-Cassin destinait à son homologue de l'abbaye du Bec, un Italien comme lui dont les Normands avaient francisé le nom de Gianfranco en Lanfranc.

On confia à Roger, puisqu'il était apprécié, le soin de conduire Grandmesnil et sa suite jusqu'à la route de Falaise par les plus courts chemins, mais qui oserait jurer qu'il n'imagina pas quelques détours ?

On repassa devant la croix qui marquait l'entrée du sentier menant à Hauteville. Judith aperçut, assis sur le socle, deux enfants qui semblaient les attendre. Elle fut heureuse de reconnaître Serlon fils de Serlon et devina que la fillette qu'il tenait par la main ne pouvait être que sa sœur de lait.

Les enfants coururent vers les cavaliers et s'inclinèrent. À leur grande stupéfaction, Judith et Grandmesnil entendirent le petit muet déclarer sur un ton cérémonieux :

— Nous vous remercions de l'honneur que vous nous avez fait en nous visitant à Hauteville et vous souhaitons bon voyage et bon retour. Que Dieu vous garde !

— Mais il parle ! s'écria Judith.

La petite-fille de la Charbouclée haussa les épaules :

— Seulement quand il a quelque chose à dire.

On reprit le chemin jusqu'à la route de Falaise. C'est là qu'on devait se séparer. Les deux jeunes gens se saluèrent d'abord sans rien dire. Mais Judith rappela Roger :

— N'oubliez pas que mon frère attend ses dragons sculptés. Puis elle ajouta sur un ton plus bas : Et souvenez-vous qu'à moi aussi vous avez fait une promesse.

— Sur mon honneur, affirma Roger, je ne l'oublierai pas.

*

* *

À partir de ce jour, *le dernier des derniers* vécut dans l'attente du moment où aurait lieu l'affrontement entre le duc de Normandie et les barons rebelles. Il y verrait Grandmesnil et pourrait lui demander des nouvelles de la demoiselle d'Évreux. Ne plus rien savoir d'elle lui était une torture.

Le jour tant espéré arriva enfin. C'était en janvier de l'année suivante.

Robert partit le premier, flanqué du Dieudonné et de son écuyer Iven. Le vieux Tancrède lui donna sa bénédiction dans la grande salle du donjon mais il ne sortit pas pour saluer son départ afin que tous, ici, sachent qu'il désapprouvait.

Au sortir de la forêt *le premier des derniers,* au lieu de prendre la route de l'ouest qui menait à Coutances, fit tourner sa monture vers le sud en sifflotant.

— Hé ! lui cria Geoffroi. Tu n'es pas encore réveillé ou quoi ? Ce n'est pas de ce côté-là qu'on va !

— Eh pourquoi diable ! Tous les chemins mènent à Rome !

— Sauf que ce n'est pas à Rome que nous allons.

— Moi si ! cria Robert sans se retourner.

Les autres donnèrent des éperons pour le rejoindre.

— Dis donc, demanda Geoffroi, à quoi tu joues ?

— Vous ne vous imaginez tout de même pas, mes bons amis, que je vais vous faire risquer votre peau dans cette stupide affaire où nous n'avons rien à gagner. Et puis, qu'est-ce que nous avons, nous, contre les bâtards, hein mon Dieudonné, alors que le duc de Pouille nous réclame ? *Le premier des premiers* a besoin de nous. Qui m'aime me suive !

— Mais, protesta le Dieudonné, pourquoi ne l'as-tu pas dit ?

— Parce que tu te figures que le vieux nous aurait laissés partir pour l'Italie avec ses meilleures armes et ses plus beaux chevaux ?

Et il s'élança au grand galop comme si Melfi était au tournant du chemin.

— Ah ! Le rusé ! Ah ! Le guiscard ! Ah ! Le fieffé rusé ! Ah ! Le fieffé guiscard ! hurlait Iven entraînant le Dieudonné médusé à sa suite.

— Va pour guiscard, cria Robert sans ralentir. Robert le Guiscard ! Ça me va. Tous les Hauteville ne peuvent pas s'appeler Bras de Fer !

Deuxième partie

ROBERT LE GUISCARD

(1047-1057)

« Car si un chétif persécute le fortissime lion,
il sera viande de ce lion. »

Aimé du Mont-Cassin,
Ystoire de li Normants.

1

« Il faut tuer Byzance ! »

On approchait du temps de la Nativité et ils arrivaient au terme de leur voyage, chevauchant sous un ciel toujours aussi serein, à peine d'un bleu plus tendre. Le vent du sud soufflait doucement, encore chargé de senteurs d'épices, d'écorces d'oranges et de roches brûlées. On eût dit que le printemps venait déjà à leur rencontre. Ils avaient, en chemin, dépassé les chevaux de l'hiver.

Dans les monastères où Robert le Guiscard, Geoffroi le Dieudonné et l'écuyer Iven avaient fait étape depuis leur arrivée en Italie, les moines affinaient leurs voix les plus allègres pour chanter la venue de l'Enfant-Dieu, voix émouvantes mais dont aucune n'avait la pureté de celle de Fra Modesto.

Au Mont-Cassin, l'abbé Richer les reçut avec quelque tiédeur malgré le message que lui adressait, en leur faveur, son collègue du Mont-Saint-Michel. Celui-là, allez savoir pourquoi ! ne devait pas aimer les Normands. Il alla jusqu'à leur reprocher, à demi-mot, de retenir de force son petit moine chanteur.

— Il y a de ça ! ironisa le Guiscard, feignant de croire à une plaisanterie. Il parcourt le pays en compagnie de l'un de nos plus grands seigneurs, messire de Grandmesnil, qui semble ne plus vouloir s'en séparer. Il nous a dit, un jour, que votre frère avait l'une de ces voix dont on sait, quand elles se taisent, qu'elles ont enchanté le silence.

L'abbé Richer ne put qu'admirer la formule, mais maugréa contre ces moines sans cervelle qui préfèrent girovaguer plutôt que de servir humblement leur monastère et approfondir leur recherche spirituelle.

S'ils n'éprouvèrent pas grande sympathie pour le maître des lieux, les nouveaux arrivants ne purent cacher leur admiration devant ce puissant monastère qui veillait, telle une forteresse, sur l'immensité des terres de saint Benoît et s'entourait, sur chaque hauteur, d'ouvrages défensifs dressés comme autant de sentinelles.

La Pouille leur réserva d'aussi belles surprises. Ils s'émerveillèrent de découvrir, perchées comme des nids d'aigle, les citadelles fortifiées qui coiffaient chaque colline.

Ici, on parlait leur langue et les noms leur étaient familiers. Ils se sentirent chez eux.

Enfin ce fut Melfi.

La roche dans laquelle la cité enfonçait ses épaisses murailles ressemblait à une souche massive, soigneusement sciée et qui montait en pente douce vers l'orient où, figure de proue à l'avant d'un navire, se dressait la tour de quatre étages que Guillaume Bras de Fer avait fait construire, avec son appareillage de clair calcaire et de tuf gris arrachés aux parois du Mont Vulture, le volcan dont la lourde silhouette fermait l'horizon du sud.

L'aîné des Hauteville s'était réservé, pour son usage personnel, le troisième étage du donjon. Quatre belles fenêtres s'ouvraient aux points cardinaux. Par celle de l'est, chaque soir, il voyait les feux que Dreux et Onfroi allumaient au sommet des tours de Venosa et de Lavello. Il pouvait même les apercevoir, couché, car son lit s'appuyait au mur de l'ouest. C'était là qu'il s'était effondré tant de soirs, harassé de chevauchées et de batailles, là qu'il avait ronflé au petit matin après ses nuits de beuverie, là qu'il avait engrossé la nièce du prince de Salerne.

C'est là qu'il se mourait.

Son temps s'achevait et on s'agitait en vain autour de lui. Mais comment imaginer, par cette journée où un air vif et pur se coulait à travers les ouvertures de la chambre, que la pestilence, venue des lointains marécages, emportait ce géant vers d'autres rivages.

*

* *

Quand Robert entra dans la pièce, la gorge serrée, il se dit que s'il n'avait pas été prévenu il n'aurait pu reconnaître son parrain, le plus proche de ses frères. Le colosse d'airain n'était plus qu'un corps flasque et, sous sa peau plissée, ses muscles, hier encore si puissants, jouaient maintenant comme glissent les méduses sous la surface de la mer. Robert lui prit la main. L'aîné sembla hésiter un instant, puis un peu de sang monta à ses joues blafardes et il murmura en tentant un sourire :

— Ah ! Te voilà ! Tu as mis le temps !

— Ce n'est pas facile de partir, répondit le cadet, se forçant à un ton jovial.

— À qui le dis-tu ! murmura le malade.

Faisait-il allusion à son bras de fer avec son père ou songeait-il à sa fin prochaine ?

— Et comment va le père ?

— Il y voit de moins en moins et râle de plus en plus.

— Finalement, c'est lui qui va gagner : il restera le seul Bras de Fer.

Il ferma les yeux, se laissa aller sur les oreillers et se mit à trembler. Deux médecins s'approchèrent pour lui faire boire quelque potion et ajuster ses couvertures.

— Venez, dit Onfroi en prenant Robert et Geoffroi par le bras. On va vous servir à boire et à manger.

— Que le Dieudonné y aille, dit *le premier des derniers*. Moi, je reste. Fais-moi apporter un pichet et quelque chose à ronger.

Il n'avait pas fait tout ce chemin pour s'éloigner, ne serait-ce qu'un instant, de ce demi-frère mourant dont il sentait maintenant qu'il était, sans doute, le seul être qu'il ait admiré sans réserve.

Guillaume avait cessé de trembler. Son regard parcourait toute la salle, semblant chercher quelqu'un.

— Qu'est-ce que tu veux ? lui demanda Robert.

— Fra Modesto ? Il n'est pas revenu avec vous ?

— Pour tout te dire, nous avons préféré partir sans prévenir, et lui court la campagne.

Le visage de Bras de Fer se marqua de tristesse.

— Et comment va la dame de Hauteville ? s'enquit-il après un temps d'hésitation.

— Oh ! Ma mère se porte mieux que jamais. Elle se prend pour une princesse depuis qu'elle caracole sur son beau cheval blanc.

Un éclair fugitif brilla dans l'œil de Guillaume.

— Ta mère est une princesse, dit-il.

Et il sembla s'endormir paisiblement. Frésende avait accepté son présent et s'en montrait heureuse. Elle lui avait donc pardonné la mort d'Odilon.

*

* *

La nuit était venue. Les torches fixées de part et d'autre de l'entrée projetaient à travers la salle leur lumière vacillante. Dans la pénombre, médecins et serviteurs dormaient. Deux moines marmonnaient des prières, agenouillés près d'un petit autel dressé sous un crucifix.

Assis sur le bord du lit où *le premier des premiers* agonisait, Robert continuait de veiller, luttant, non sans peine, contre le sommeil. Le Dieudonné s'était proposé pour le remplacer mais il avait refusé. Depuis un moment, Guillaume avait rouvert les yeux. Il faisait de visibles efforts pour tenter de lui parler. Il semblait vouloir lui transmettre une pensée qu'il n'arrivait pas à ordonner. Robert se pencha vers lui.

— Je suis là, je t'écoute. Que veux-tu me dire ?

Alors, avec effort et comme si cette seule phrase résumait tout son message, il murmura :

— Les Grecs sont des femmes... les Sarrasins sont des hommes...

— Et nous, messire mon frère, que sommes-nous ?

— Nous, répondit Guillaume d'une voix un instant plus ferme, nous, nous sommes des lions !

Plus tard, Robert le Guiscard devait reconnaître que c'était à cette boutade inattendue, sortie du cerveau embrumé de fièvre de son aîné, qu'il devait de s'être voué à saint Marc dont on disait qu'il avait eu un lion pour compagnon fidèle. Il ferait broder des lions sur ses étendards, mais comme ni lui ni aucun de ceux qui l'entouraient n'en avaient encore vu, ils ressembleraient plutôt à des chats furieux munis de pattes d'ours, au mieux, à des léopards.

*

* *

Vers le milieu de la nuit, Onfroi vint à son tour proposer à Robert de prendre sa place auprès du mourant afin qu'il puisse se reposer, mais lui-même titubait de fatigue et le Guiscard refusa encore.

— Cela dure depuis des jours, dit Onfroi.

— Est-ce pire cette nuit ?

— Comment savoir ? Les médecins affirment que tout autre que lui serait mort depuis longtemps.

Robert le raccompagna jusqu'à la porte.

— Et pour la succession ? Comment cela va-t-il se passer ? Il n'a que des filles...

— Quelle succession ? soupira Onfroi. Légalement nous ne possédons rien, ni lui, ni nous.

— Mais il est duc des Normands de Pouille !

— Il reviendra aux Normands d'élire un autre duc et au prince de Salerne de le consacrer, s'il l'accepte. Dreux a quelque chance de l'emporter, mais ça n'ira pas de soi...

Robert était venu se rasseoir sur le lit. Mille idées tournaient dans sa tête. Il attendait avec impatience que son aîné donnât quelques signes de lucidité. Quand des frissons l'éveillèrent à nouveau, le Guiscard le saisit avec force aux épaules et lui murmura à l'oreille :

— Tu m'entends ? Onfroi vient de me dire que ce ne sera pas simple pour Dreux de prendre ta place. Moi, je peux essayer. Si tu m'as fait venir, c'est parce que tu sais bien qu'après toi je suis le meilleur.

Le malade trouva la force de se redresser. Il regarda durement Robert dans les yeux et, s'accrochant au col de son vêtement, lui dit dans un souffle, en martelant les mots :

— Je t'interdis ! Il y a Hauteville et pas Guillaume ou Dreux ou toi. Après moi, ce sera Dreux et après Dreux, Onfroi, s'il le faut, et toi après Onfroi, si Dieu le veut, ou alors ce que nous avons entrepris de bâtir s'écroulera. Je m'en vais, mais pour Hauteville, tout ne fait que commencer. Jure-moi que tu serviras loyalement Dreux, que tu feras tout pour qu'il devienne et reste duc comme je l'ai été.

De sa main tremblante, Guillaume Bras de Fer tentait d'attraper l'Évangile posé sur un coffre à son chevet. C'était un gros ouvrage aux feuillets enfermés dans une couverture en peau de porc sur laquelle était dessinée une belle croix potencée tracée à l'encre brune. Robert Guiscard prit le livre, posa sa main sur la croix et jura, plus par déférence que par conviction. Mais il savait qu'un serment, fait en un tel moment, l'engageait impérieusement et qu'il ne le trahirait pas.

*

* *

Guillaume, soulagé, s'était endormi et le cadet avait dû à son tour céder au sommeil car il fut brutalement réveillé par l'étreinte, sur ses poignets, de deux mains de fer. Il ouvrit les yeux et vit à quelques centimètres de lui le visage hagard de Guillaume. Le mourant semblait avoir retrouvé toute son énergie et c'est d'une voix rendue ferme par la haine qu'il lui dit :

— Il faut tuer Byzance !

Ce furent ses derniers mots.

Robert ne chercha pas à desserrer l'étau qui enfermait douloureusement ses poignets. Quand les médecins s'éveillèrent, au petit matin, ils durent se mettre à deux pour détacher ces doigts morts.

Malgré la réelle tristesse qu'il éprouvait, Robert ressentait une sorte d'exaltation en se répétant :

— *Le premier des derniers* arrive, *le premier des premiers* s'en va. Chacun son tour, chacun son temps ! Tout est bien !

2

De frère en frère

Les barons de Pouille ne participaient pas à la guerre de harcèlement que Dreux menait en Calabre, à la demande de son frère, pour rendre la vie impossible aux Grecs. Sitôt parvenue l'annonce de la mort de Bras de Fer, ils avaient pris la route de Melfi.

Bien que leurs fiefs fussent les plus éloignés, les deux fils d'Ami Taillemaure accoururent parmi les premiers et Onfroi, en les accueillant, comprit que cette hâte n'annonçait rien de bon pour l'avenir immédiat des Hauteville, aussi attendait-il le retour de son frère avec impatience.

Dreux arriva enfin. Il demanda aussitôt à voir le corps de son aîné, mais il avait déjà fallu l'enfermer dans son cercueil, un lourd sarcophage de marbre qu'il avait lui-même choisi et qui avait dû, jadis, contenir la dépouille de quelque général romain car il portait, sculpté en ronde bosse, l'image d'un homme à la poitrine cuirassée d'airain conduisant fièrement son char tandis qu'une déesse ailée tendait une couronne de laurier au-dessus de sa tête. Sur les faces latérales, des légionnaires brandissant aigles et enseignes marchaient vers le triomphe.

Mais ce grand bassin de pierre s'était révélé trop petit pour que le géant puisse y reposer de tout son long. Le premier des fils de Tancrède de Hauteville termina son voyage tête basse et genoux au menton, comme il l'avait commencé quelque quarante-cinq ans plus tôt dans le ventre de Murielle, la paysanne qui aimait les jacinthes.

*

* *

Dreux aperçut le Dieudonné et Robert parmi les familiers qui veillaient auprès du sarcophage. Dans un visage aux traits tirés par l'insomnie, le grand nez du *premier des derniers* prenait encore plus d'arrogance.

— Ah ! Vous voilà aussi ! dit-il simplement. Et il gagna aussitôt la grande salle où le duc, de son vivant, tenait conseil et rendait la justice. Il avait demandé à tous les barons de l'y attendre. Désignant la place qu'aurait dû occuper son aîné, il leur déclara :

— Nous venons tous de subir une perte terrible. Ne laissons pas ceux qu'indispose notre présence profiter de notre désarroi. Montrons-nous plus unis que jamais. Et pour qu'ils sachent que rien ne change dans nos desseins et notre détermination, je vous propose de me reconnaître comme le successeur naturel de mon frère aîné, moi qui me suis toujours tenu à ses côtés et qui, je vous le promets, ai retenu toutes ses leçons.

Il y eut ceux, les plus nombreux, qui approuvèrent bruyamment, quelques autres qui se contentèrent d'acquiescer de la tête et le petit groupe, serré en bout de table autour des fils de Taillemaure, qui demeura silencieux jusqu'à ce que Pierron prenne la parole :

— Tu as parlé avec bon sens et nous ne sous-estimons pas les périls dans lesquels nous nous trouvons. Mon père, bien qu'il fût par la sagesse et l'expérience digne de commander à tous, s'était incliné, en Sicile, devant la volonté de la majorité des Normands, écuyers, soldats et chevaliers. Convoquons ici même le plus grand nombre de nos compagnons d'armes, car il ne convient pas que nous seuls, barons, décidions qui, aujourd'hui, est le plus apte à nous conduire.

Il se tut et se rassit. On entendit pendant quelques instants le bourdonnement des apartés, puis Tristan de Montecaglioso, qui était le plus âgé de l'assemblée, haussant la voix, proclama :

— Il me semble que ce que vient de dire Pierron fils d'Ami est de bon conseil.

Même ceux qui étaient les plus proches des Hauteville en convinrent. Dreux, lui, savait qu'il venait de perdre la première manche.

Depuis quelque temps, les entreprises des fils du vieux Tancrède n'avaient guère été couronnées de succès.

En offrant jadis pour fiefs, aux deux fils de Taillemaure, Trani et Civitate, Guillaume n'avait songé qu'à les éloigner le plus possible du centre du pouvoir, mais par méconnaissance de la géographie des lieux, il les avait placés dans de bien meilleures conditions que lui pour combattre les Grecs.

Trani n'était guère à plus d'une journée de Bari, la capitale byzantine où régnait Argyros devenu catépan par la volonté de Constantinople. La route qui y menait n'offrait ni piège, ni obstacle. Bras de Fer et les siens devaient, au contraire, depuis Melfi, contourner par l'ouest de hautes montagnes, se glisser par un étroit chemin que bordaient les marécages de la mer Tyrrhénienne et les contreforts des Apennins, où dominaient les forteresses ennemies.

Le duc de Pouille avait, depuis un an déjà, lancé une grande expédition contre Tarente, moins par nécessité de conquête que par désir de vengeance.

Il ne pardonnait pas à la cité de lui avoir dérobé Maniakès.

Si les maigres garnisons grecques perchées sur leurs rochers n'avaient pu s'opposer au passage de sa puissante cavalerie, elles avaient suffi, par la suite, à nuire à ses approvisionnements, en vivres comme en matériel. Il avait dû construire sur place ses machines de guerre mais, n'en ayant ni la science ni les moyens, elles s'étaient révélées inefficaces. Tarente lui avait, une fois de plus, échappé.

C'est alors qu'il faisait retraite, comprenant, un peu tard, qu'il ne pourrait obtenir de succès tant qu'il n'aurait pas fait sauter les verrous placés sur son chemin, qu'il avait été terrassé par ce mal impitoyable, venu du *mauvais air,* et dont il souffrait déjà depuis longtemps. Il avait regagné Melfi agonisant, laissant à Dreux le soin d'achever le travail comme il le pourrait. Et voilà que sa mort forçait Dreux à abandonner une tâche à peine commencée.

L'expédition de Calabre se soldait par un échec.

Dans le même temps, Argyros, à la tête des troupes byzantines de Bari, bien conscient de la menace que représentait la présence des Normands à Trani, avait lancé toutes ses forces contre la ville pour tenter de la reprendre, mais Pierron, aidé de son frère Gauthier accouru de Civitate, avait fait mieux que résister : il n'avait cessé de commander des sorties meurtrières contre les assiégeants, les obligeant finalement à s'enfuir, retraite si désastreuse que le basileus avait démis le chef lombard de son commandement et l'avait rappelé à Byzance : c'était, pour le fils du vieil Ami, une double victoire.

*

* *

L'assemblée qui devait choisir le nouveau duc de Pouille put se tenir trois jours plus tard, dès la tombée de la nuit, à la lumière des torches. La vaste place devant le château bâti par les Hauteville était à peine assez grande pour contenir la foule des Normands, et leur masse bouchait les rues adjacentes. Dreux avait demandé à Onfroi d'envoyer Robert et Geoffroi, que personne ne connaissait encore, se mêler à la foule pour sentir le vent.

Les deux nouveaux arrivants allèrent se placer sous le porche de la cathédrale, face à l'entrée de la citadelle.

Le gros des partisans des Hauteville s'était groupé devant le château.

À l'autre bout de la place, là où débouchait l'artère principale, se tenaient Pierron et son cadet Gauthier, entourés de leur petit nombre d'amis.

Entre ces deux groupes inégaux, tout l'espace grouillait d'une foule qui s'agitait sans cesse, en tous sens, tels des poissons oubliés dans une flaque par la marée descendante.

Plusieurs des principaux barons du partage de Melfi prirent la parole pour exposer leur point de vue. Dans la fraîcheur de cette nuit de décembre, leurs voix portaient bien, mais on ne les écoutait guère dans l'attente de ce que Dreux allait dire. Avec une éloquence mesurée, il vanta les exploits passés, exhorta à la fidélité, rappela la solidité des fondations sur lesquelles, tel l'architecte qui connaît les plans, il bâtirait avec eux l'avenir car tous, ici, pouvaient témoigner que Guillaume Bras de Fer, le duc qu'ils s'étaient donné, le souhaitait pour successeur.

L'assistance accueillit ce discours avec enthousiasme.

Le silence un peu revenu, Gauthier, fils d'Ami, réclama à son tour la parole. Il dit que nul ne contestait les mérites de Guillaume Bras de Fer, ni que ses frères l'eussent toujours et courageusement assisté. Mais leurs mérites étaient ceux d'un passé révolu, le temps n'était plus aux combats singuliers, aux tergiversations et aux ruses. L'avenir appartenait aux habiles politiques et aux stratèges, et nul dans ces domaines ne pouvait surpasser son frère Pierron de Trani, lui qui venait, la veille même, de battre l'armée grecque et de chasser d'Italie le traître Argyros.

Tandis que Gauthier développait ses arguments, Robert voyait bien que les petits poissons avaient cessé de tourner en rond. Insensiblement, ils s'agglutinaient du côté du parti des fils de Taillemaure et quand le jeune homme eut posé la candidature de son frère, il eût été bien difficile de dire si les cris d'adhésion qui se levèrent alors étaient plus ou moins fournis que ceux qui avaient acclamé la proclamation du fils de Tancrède.

D'un côté à l'autre de la place, on commença à s'invectiver, à se provoquer. Robert sentit le danger.

Il y avait sur la façade, à côté du porche de l'église, une fenêtre protégée par de gros croisillons de fer. Il fit signe à Geoffroi de l'aider à s'y hisser, et ainsi accroché, dominant la foule, se tenant d'une seule main aux barreaux, il se mit, de sa voix de stentor, à réclamer le silence. Le calme fut long à venir, mais cette grande et puissante silhouette qui se balançait au-dessus des têtes finit par attirer l'attention et la retenir. On l'écouta :

— J'arrive, hurlait le Guiscard, de cette terre de Normandie qui nous a tous vus naître, où vivent encore nos pères et nos mères. Avant de partir, je l'ai parcourue en tous sens et, partout, dans les donjons et les monastères, les palais et les fermes, et jusqu'à la cour du duc Guillaume, jusque sur les terrasses du Mont-Saint-Michel, à Rouen, Évreux ou Fécamp, j'ai entendu chanter vos exploits, j'ai entendu parler de vous avec admiration et envie. Et je vous retrouve ici, en train de vous insulter et de vous quereller. Est-ce que la renommée se serait trompée sur votre compte ? Comment pouvez-vous hésiter quand on vous demande de choisir un nouveau guide, alors que votre gloire à un nom ? C'est ce nom-là que la terre de vos ancêtres connaît, c'est ce nom-là qui fera que vos exploits vous survivront. Ce nom-là, c'est Hauteville. Alors, moi qui ne sais rien de vous que ce que raconte la légende, je ne crie ni Dreux, ni Pierron, ni Hugues, Gauthier, Humbert ou qui sais-je encore, je crie Hauteville !

Et il martela plusieurs fois : Hauteville ! Hauteville ! Hauteville !

Et ceux qui étaient groupés autour de Dreux hurlèrent plus fort que jamais et toute la masse des indécis, par vagues croissantes, proclama à son tour le nom de Hauteville.

Cette fois, sans plus de doute : le compte y était. Un proche des fils d'Ami, à la forte corpulence, braillant et gesticulant, essayait encore de se faire entendre. Pointant son doigt vers Robert toujours suspendu à sa grille, il ne cessait de répéter la même phrase que personne n'entendait. La tempête un peu calmée, son obstination finit par intriguer et ses propos furent enfin audibles :

— Et qui es-tu, toi, la grande gueule ? Comment t'appelles-tu ? interrogeait-il inlassablement.

Le Guiscard aurait dû s'attendre à cette question, mais elle le prit de court. Le silence s'était presque fait.

— Tu veux savoir qui je suis ? répéta Robert pour se donner le temps de la réflexion. Il sentit qu'on lui tapait sur la jambe et vit que le Dieudonné lui tendait la main pour être hissé à sa hauteur.

Dès qu'il se fut accroché à côté de lui, il cria :

— Vous voulez savoir le nom de mon compagnon de route ? Je comprends qu'il vous soit encore inconnu, mais prenez garde à ne pas l'oublier ! Pour avoir côtoyé cet homme tout au long du voyage, je sais que vous n'avez pas fini d'en entendre parler. Il se nomme... Robert Guiscard ! Tout ce qu'il vient de vous dire si bien, je le partage et s'il vous faut un nom illustre pour le partager à votre tour, je vous donne le mien car, sans celui qui me l'a transmis, bien peu d'entre vous seraient, ce soir, sur cette place. Je suis Geoffroi Ridel, fils du seigneur de Ridel, le héros de Salerne, celui dont les exploits ont fait que le nom de Normand signifie, sur cette terre d'Italie, force et courage. Et moi aussi, Geoffroi Ridel, je crie : Hauteville !

Toute l'assistance l'imita frénétiquement. Robert Guiscard, lui, n'entendait plus rien. Les paroles de son frère bâtard lui avaient fait l'effet d'un coup de massue. Il avait failli lâcher prise et plonger tête première dans la foule.

— Ça alors, mon Dieudonné ! fut tout ce qu'il trouva à dire quand la parole lui revint.

— Il n'y a plus de Dieudonné, dit l'autre sans sourire. Je m'appelle Geoffroi Ridel. Ne l'oublie plus.

Déjà, les fils d'Ami Taillemaure et leurs compagnons avaient quitté la place. On entendait le galop de leurs chevaux s'éloigner sur les pavés, vers la porte de Melfi. Robert sentait son cœur battre dans sa poitrine : ne venait-il pas de remporter une grande victoire. Il leva les yeux vers le ciel criblé d'étoiles et murmura :

— Eh bien, *le premier des premiers*, es-tu heureux là-haut ? J'ai fait ce que tu m'as demandé !

Il venait aussi d'apprendre trois choses : que sa voix pouvait magnétiser les foules comme elle dispersait les loups dans les forêts de Coutances, que les lions n'allaient pas tarder à se dévorer entre eux et que Geoffroi, à l'avenir, ne se contenterait peut-être plus de jouer les ombres.

Quand la foule des indécis apprit enfin qui était en réalité *la grande gueule*, il y avait déjà longtemps que Dreux était revenu de Salerne, confirmé dans son titre de duc des Normands de Pouille. Il y en eut quelques-uns, peu nombreux, pour s'en offusquer, mais la plupart en rit et se réjouit d'avoir remis son sort entre les mains d'une lignée d'aussi rusés coquins.

Outre sa consécration, Dreux ramenait de Salerne une femme, un titre de comte et, venue de Rome, une nouvelle préoccupante.

Le prince Guaimar avait d'abord proposé au second des Hauteville d'épouser la veuve de son frère, mais cet arrangement déplaisait à Dreux et il l'écarta en arguant que sa belle-sœur n'avait produit que des filles. Le vieux Guaimar dut bien reconnaître que c'était là une tare. Il se décida donc à lui donner pour femme l'une de ses propres filles, Rocca, et pour faire bonne mesure il les fit comte et comtesse de Melfi. Dreux accepta : la fiction du gouvernement de la ville partagé entre les douze barons, voulu par Bras de Fer, n'avait plus de raison d'être.

Si le prince de Salerne tenait tant à resserrer les liens tissés entre lui et les redoutables guerriers normands, c'était à cause de la nouvelle préoccupante : *le petit branleur* avait encore fait des siennes.

*

* *

Il avait fallu expliquer à Robert pourquoi et en quelle circonstance feu Guillaume Bras de Fer avait surnommé ainsi Sa Sainteté Benoît IX, mais il avait été inutile de lui décrire le degré de bassesse et d'infamie auquel en était arrivée la papauté. Lui et Geoffroi étaient passés par Rome quelques semaines auparavant et, si bref qu'eût été leur séjour, il leur avait suffi pour apprendre ce que le prince de Salerne avait confié à Dreux.

S'ils n'étaient pas tombés dans les filets de la Reine des Fleurs, ils en eurent quelques regrets après avoir entendu le récit de l'aventure vécue par *les premiers des premiers*. Prudents, les moines du Mont-Saint-

Michel leur avaient donné l'adresse d'une hostellerie sur les pentes de l'Aventin où des Bénédictins recevaient des pèlerins de marque. L'accueil y avait été fort aimable et les moines s'étaient enquis de ce que les deux chevaliers désiraient connaître de la Ville. Ils avaient répondu d'une seule voix, et la main sur le cœur, qu'ils désiraient voir le pape et recevoir sa bénédiction.

— Vous y tenez vraiment ? Est-ce bien nécessaire ? avait demandé le moine soudain très embarrassé.

— Comment donc ! s'était indigné le Guiscard. Nous venons combattre le Sarrasin qui n'aime guère l'Église du Christ et le Byzantin qui déteste ses représentants sur terre et nous n'aurions pas droit à la bénédiction apostolique comme le plus vulgaire des pèlerins ?

— Bien sûr que vous y avez droit ! Ce serait un devoir pour le pape, bredouilla le prieur de plus en plus gêné. Mais lequel ?

— Lequel quoi ?

— Quel pape voulez-vous rencontrer ?

— Mais le seul, l'unique, l'évêque de Rome, le souverain pontife !

— Mais... c'est qu'il y en a trois...

Il y en avait trois, en effet, et en apparence tous aussi légitimes les uns que les autres.

À la Noël précédente, le peuple et la noblesse de Rome, lassés des turpitudes de Benoît IX, ou jaloux de ses prouesses, avaient chassé *le petit branleur* et fait élire à sa place un brave et fort modeste évêque qui monta sur le trône de Saint-Pierre sous le nom de Sylvestre III. Mais tout au début de l'année suivante, l'incorrigible Benoît, ayant rameuté ses partisans, faisait retour dans sa bonne ville et, réélu, se réinstallait au Latran tandis que le malheureux Sylvestre se barricadait dans l'inaccessible mausolée d'Hadrien que les chrétiens avaient rebaptisé château Saint-Ange.

Mais il était, entre-temps, arrivé pire à l'inépuisable fornicateur que de perdre sa tiare : il avait perdu la tête. Il était tombé éperdument amoureux d'une demoiselle de la plus haute aristocratie qui, ô merveille, refusait de lui abandonner sa vertu avant le mariage.

Convoler, pour un pape, même aussi peu regardant sur les principes, n'allait pas de soi et, désespéré, il s'était confié à son parrain, l'archiprêtre Gratien. Ce Gratien était le saint homme qui avait représenté la papauté à Salerne lors du mariage de Bras de Fer où tous avaient apprécié sa rigueur et ses vertus. Le bon moine avait vu là l'occasion de mettre fin, pour le plus grand profit de l'Église, au règne calamiteux de son filleul et lui avait tout benoîtement proposé de lui racheter sa charge. Comme l'amoureux n'était pas de ceux qui peuvent se contenter de trente deniers, il avait fallu y mettre le prix : mille cinq cents livres sur le coup et la promesse d'une rente annuelle correspondant à la totalité de ce que versait le royaume d'Angleterre comme denier de Saint-Pierre. L'honnête Gratien n'y avait pas vu malice. Et on s'était empressé de le reconnaître pape à son tour.

Sitôt répandu, le bruit de cette tractation causa un énorme scandale. Ce que la conduite ignominieuse de l'un n'avait pas produit, la naïve complaisance de l'autre l'accomplissait. Vendre et acheter le trône de Saint-Pierre était le pire acte de simonie qui se puisse imaginer et la simonie passait pour plus peccamineuse que l'obscénité et la luxure.

Peut-être les choses en seraient-elles restées là si la demoiselle, cause de toutes ces turpitudes, ne s'était obstinée dans son refus de se donner à Benoît IX, même pape défroqué. Alors notre *petit branleur,* ne voyant plus de raison de demeurer dans la vie laïque, s'en était revenu réclamer sa place et, devant le refus de son parrain de lui rouvrir les portes du Latran, il s'en était allé faire le pape à Santa Maria Maggiore.

C'en était trop ! les bonnes âmes s'émurent. On prévint le Mont-Cassin. Le Mont-Cassin informa Cluny et l'abbé de Cluny implora le roi des Germains d'aller remettre de l'ordre dans la Cité Éternelle.

Les princes de Salerne venaient d'apprendre qu'Henri III, touché par toutes ces suppliques, réunissait une armée et s'apprêtait à prendre la route du Sud, pour faire élire un descendant de Pierre plus respectable et plus digne de mettre sur sa tête et celle de la reine Agnès la couronne impériale, perspective qui, pour les princes lombards, n'augurait rien de bon.

— Et en quoi cela devrait-il nous inquiéter ? demanda le Guiscard imperturbable. Nous ne sommes pas Lombards !

Dreux, qui devait d'urgence régler la cérémonie du transfert du corps de Guillaume de Melfi à Venosa, laissa à Onfroi le soin d'expliquer à leur cadet la précarité de leur sort et l'imbrication de leurs destins.

*
* *

Il fallut trois paires de bœufs choisis parmi les plus robustes pour traîner le sarcophage de l'aîné des fils de Tancrède après qu'on l'eut hissé, non sans peine, sur une charrette dont on avait doublé les planches et les roues. On trembla dans les descentes, on transpira dans les montées.

L'arrivée à Venosa fut un triomphe pour Dreux.

Tous les barons venus se joindre au cortège, les représentants du Mont-Cassin, de Salerne, Bénévent, Capoue et Amalfi, découvrirent le gigantisme et la splendeur de ce que le nouveau duc avait entrepris de bâtir aux portes de sa cité-forteresse et qui devait être le mausolée témoignant, pour les siècles à venir, de la grandeur et de la puissance des Hauteville.

Après avoir somptueusement restauré l'ancienne église, on commençait à bâtir, s'appuyant sur elle, une véritable cathédrale qui serait dédiée à la Sainte-Trinité et dont les forts piliers sortaient déjà de terre. On devinait, aux dimensions des fondations, combien vastes seraient l'abbaye et l'hostellerie où trouveraient asile les innombrables pèlerins en route pour Jérusalem.

Sitôt le sarcophage déposé avec dévotion dans l'abside qui devait provisoirement l'abriter, Dreux reprit la route de Melfi. Le Guiscard souhaitait le suivre, mais Onfroi mit tant d'insistance à l'inviter à faire un détour pour découvrir son fief de Lavello qu'il se sentit obligé d'accepter.

*

* *

Ce fut pour Robert et le Dieudonné l'occasion d'admirer, une nouvelle fois, combien était harmonieuse la campagne de la Pouille et commodes ces collines escarpées d'où l'on pouvait voir venir.

– Ce donjon-là m'irait bien ! s'exclamait le Guiscard. Pas à toi mon... Geoffroi Ridel ! Mais peut-être préfères-tu cette bonne forteresse perchée là-bas ? Je m'en contenterais aussi.

Il plaisantait de la sorte en observant Onfroi du coin de l'œil. Mais celui-ci se contentait de donner les noms des seigneurs qui occupaient ces lieux, rapportait brièvement les combats auxquels ils avaient participé et les exploits qu'ils avaient accomplis aux côtés des Hauteville.

*

* *

Robert et Geoffroi fêtèrent Noël auprès d'Onfroi et de sa compagne, entourés de prévenances et d'amabilités. Dans l'attente de se voir octroyer, à son tour, une princesse salernitaine, le troisième des fils de Tancrède partageait sa couche avec une prise de guerre. C'était une dame grecque, plus de la première jeunesse, mais pleine de charme et d'intelligence et qui avait sur son rustique compagnon l'ascendant que les esclaves lettrés savent prendre sur leurs maîtres.

Elle s'appelait Phophi, possédait d'excellentes manières et poussa la prévenance jusqu'à mettre dans le lit de ses hôtes deux jeunes villageoises qui avaient le goût de la découverte.

Une hospitalité aussi ostentatoire suffit à faire comprendre au Guiscard que la belle fraternité qui avait uni les trois premiers sous la forte tutelle de l'aîné n'était pas loin de se fissurer : Onfroi et son égérie faisaient tout pour les attacher à leur camp. Ils en furent pour leurs frais. Pour le moment du moins, le pouvoir était ailleurs.

Si Venosa, en dépit de tous les efforts des bâtisseurs de Dreux, n'avait pas le prestige de Melfi, Lavello n'atteignait pas celui de Venosa, mais Robert s'en serait bien contenté. Il avait sa petite idée là-dessus et en fit part à Geoffroi qui l'approuva.

Ils prirent congé. L'avenir les appelait à Melfi. Ils y furent pour le nouvel an.

Ils étaient loin de s'attendre à la partie de cache-cache à laquelle le nouveau duc de Pouille allait les faire jouer. Il n'avait jamais le temps de les recevoir, sortait dès qu'ils entraient et quand Robert, par hasard, le croisait dans un escalier ou un couloir et lui lançait, avec de plus en plus d'impatience :

— Enfin, tu imagines bien qu'il faut que je te parle ? l'autre répondait :

— Tu vois que je n'ai pas une minute. Mais tout va bien ! Qu'est-ce qu'il y a ? La nourriture ne te convient pas ? Fais fouetter le cuisinier ! Et si ta chambre est trop étroite, choisis celle qui te plaît et jette les occupants par la fenêtre, je t'absous d'avance !

*

* *

À peine la veuve de Guillaume Bras de Fer retournée à Salerne, en compagnie de ses filles, dans l'attente d'un remariage, Dreux avait pris possession du lit de son aîné.

Robert, lui, dormait au deuxième étage de la tour parmi les gardes chargés de la protection du nouveau comte de Melfi. Comme il savait se montrer un compagnon des plus aimables, quand il le voulait, il avait été vite adopté et tous se distrayaient de l'entendre parler du pays, de le voir faire des tours, d'imiter l'un ou l'autre et surtout de leur démontrer, preuves à l'appui, que la maîtrise du bras de fer était un don inné chez tous les fils de Tancrède. Il amusait la galerie mais rongeait son frein et, quand on fut à la fin de janvier, il estima que la plaisanterie avait assez duré.

Au moment où les servantes, comme chaque soir, montaient avec peine le grand baquet dans lequel le duc prenait son bain, il se précipita à leur aide par feinte galanterie, tourbillonna sur le palier en aspergeant tout le monde et, au milieu de l'hilarité générale, pénétra dans la chambre de son frère sans qu'aucun garde ait songé à s'y opposer.

Dreux était déjà dans son lit.

— Qu'est-ce que tu fais là ? Tu vois bien que je suis couché, grogna-t-il en sortant à moitié des couvertures.

— Inutile de te lever, mon cher frère. Tu peux fort bien entendre ce que j'ai à te dire confortablement allongé.

— Je t'en prie, fiche-moi la paix. Je passe des journées épuisantes, si tu savais. Et en plus, ce mariage ! Tu ne peux pas imaginer à quel point il est compliqué d'épouser une princesse. Enfin, puisque tu es là, grogna Dreux, dis-moi ce que tu veux.

— Je veux Lavello, annonça le Guiscard imperturbable.

— Tu es tombé sur la tête !

— Je n'en ai pas le souvenir. Réfléchis : tu n'as plus besoin de Venosa puisque tu as Melfi. Tu donnes Venosa à Onfroi et, comme je suis le troisième, Lavello me revient.

L'instant de stupéfaction passé, *le deuxième des premiers* s'étouffa de colère.

— Parce que tu t'imagines que les choses se passent comme ça ? Alors, écoute-moi bien, bougre d'âne ! Il n'y a pas un pouce de terre libre dans toute la Pouille, mais par contre il y a des dizaines de chevaliers, mes compagnons, qui sont là depuis des années, qui ont souffert et bataillé à mes côtés et qui tirent la langue dans l'attente d'un fief qui ne vient pas : ils le méritent cent fois plus que toi qui n'a jamais rien fait et qui débarque, ici, la gueule enfarinée.

— Oui, mais moi, je suis ton frère ! *Le premier des derniers* peut-être, mais premier tout de même !

— Ici, ce n'est pas Rome et on n'y possède que ce qu'on a gagné. Mets-toi ça dans le crâne.

— Soit, soit ! concéda le Guiscard d'une voix flûtée, mais comme on dit dans nos campagnes : quand il n'y a plus de duvet sur le ventre de la poule, il reste encore à plumer les ailes !

Il s'était planté au milieu de la pièce, battant l'air de ses deux bras comme s'il voulait voler et pointant ses mains en direction de l'est et de l'ouest.

— Ma parole, se dit Dreux, ce grand morveux me fait du chantage. Est-ce qu'il essaierait de me faire peur ?

À l'est, il y avait les irréductibles fils de Taillemaure. Il imaginait sans peine quelle aubaine ce serait pour eux d'accueillir ce nouveau rejeton du seigneur de Hauteville en conflit avec ce frère dont il avait aidé à l'élection.

À l'ouest, ce n'était pas mieux : Dreux et ses Normands venaient d'aider Guaimar de Salerne à s'emparer de Capoue. Il avait fallu toutes leurs forces réunies pour en chasser Pandolf, celui qu'on appelait le Loup des Abruzzes parce qu'il alliait la férocité instinctive des bêtes sauvages à la froide cruauté des hommes. Or, ce terrible guerrier, loin de s'avouer vaincu, regroupait ses partisans et toute la lie des mercenaires, pour reprendre son bien et combler son besoin de vengeance. L'aîné des fils de Frésende lui serait une belle recrue. Mais pourquoi cet animal de Guillaume – paix à son âme ! — s'était-il entiché de ce garnement arrogant ? Qu'avait-il eu besoin de le lui coller sur les bras ?

Comme s'il suivait à la trace les pensées de son aîné, Robert insinua :

— Si *le premier des premiers* m'a demandé, avec insistance, de vous rejoindre, je suppose que ce n'était pas pour que j'étrille vos chevaux et change leur paille ? Mais n'en parlons plus. Geoffroi et moi allons reprendre la route. Certains vont y perdre, d'autres y gagner. C'est la vie.

— Mais bon sang, protesta Dreux sur un ton qui se voulait apaisé, est-ce que je m'explique si mal ou est-ce toi qui refuses de comprendre ?

Il venait de repenser à Scribbla, à la petite forteresse, au seuil de la Calabre, qu'il avait dû abandonner à la mort de Bras de Fer, avec sa maigre garnison. Qu'en restait-il aujourd'hui ?

— Si notre regretté Guillaume t'a appelé auprès de nous, ce n'est pas pour t'offrir une vie de confort, mais pour que tu aies, comme nous, toutes les chances de te tailler un beau domaine dont tu sois le maître. Il n'avait rien de plus que moi à te donner en Pouille. Mais aujourd'hui, c'est la Calabre qui nous appelle, la Calabre que nous voulons arracher aux Byzantins. Voilà pour toi un beau terrain de conquête. Force le passage, assure le chemin, nous te rejoindrons avec toutes nos forces et nous partagerons en frères comme nous l'avons toujours fait jusqu'ici. Pour commencer, je te donne Scribbla. C'est une position stratégique. Tu y trouveras une petite garnison et j'y ajoute quelques-uns de mes hommes qui t'accompagneront. Ils connaissent les lieux.

— J'emmène Geoffroi.

— Bien sûr, emmène le Dieudonné ! Pardon Geoffroi Ridel ! Ridel ! Celle-là, c'est vraiment la meilleure ! Allez, file !

— ... jusqu'à Scribbla, lança le Guiscard. Bonne nuit, mon frère, et puisque tu viens de faire une bonne action, qu'elle te soit rendue au centuple.

— Je t'en foutrais des bonnes actions, murmura Dreux, finalement assez satisfait de lui-même.

Après tout, l'envoyer à Scribbla, c'est comme l'envoyer au diable !

Quand Robert parvint à la maison où logeait le Dieudonné pour lui apprendre la grande nouvelle, il le trouva en train de raconter à ses hôtes et leurs voisins et amis assemblés comment le seigneur de Ridel, son père, avait été assassiné après être tombé dans un guet-apens tendu par les fils d'un petit baron du voisinage qu'il avait publiquement châtié pour avoir importuné sa femme, au temps de son absence.

De mieux en mieux, voilà qui est nouveau ! se dit le Guiscard, s'il nous arrive quelqu'un du pays, il aura intérêt à lui fendre le crâne avant qu'il ait ouvert la bouche ! Et ces fables qui l'eussent en d'autres temps exaspéré, ce soir-là le firent rire aux larmes : dans trois jours, ils seraient à Scribbla !

Il n'allait pas tarder à regretter de ne pas être resté à batailler contre Guillaume, le duc bâtard, dans les grasses prairies normandes.

3

À la recherche de Grandmesnil

De tous les fils de Tancrède de Hauteville, Roger, *le dernier des derniers*, fut le seul à participer à la bataille de Val des Dunes qui devait, en cette année 1047, décider du sort du duché de Normandie et du destin de Guillaume le Bâtard. Encore traversa-t-il l'épreuve comme en un rêve. Ce premier combat, auquel toute sa jeunesse fougueuse le préparait, ne laissa dans sa mémoire que le souvenir d'une quête débridée. Autour de lui on ne songeait qu'à tuer et survivre, lui ne pensait qu'à retrouver Robert de Grandmesnil pour en obtenir des nouvelles de Judith. Il avait quinze ans, il était éperdument amoureux, il pouvait frôler la souffrance et la mort sans les voir.

Au reste, l'affaire était bien mal engagée.

Les rebelles étaient partis bien trop tôt en campagne et ils piétinaient depuis des jours dans la plaine de Caen où ils s'étaient regroupés, n'osant s'avancer plus loin sur des terres qui leur étaient moins acquises.

On était au début du printemps, un printemps si gorgé de pluie que le cœur de la Normandie n'était plus qu'un vaste marécage.

Si habitué qu'on fût à ces temps désastreux, on n'y trouvait guère d'encouragement et les petits barons commençaient à se demander si leur seigneur avait eu raison de les jeter dans cette aventure qui bafouait leurs serments. On puisait, tout au plus, quelque réconfort dans l'idée que ce retard mis par le Bâtard à venir les affronter provenait de ses doutes sur la valeur de ses propres troupes.

La raison était tout autre : conscient du petit nombre de ses fidèles, il était allé demander à son suzerain, le roi de France, de lui venir en aide. Mais Henri Ier avait quelque peu tergiversé.

Quand l'ennemi se présenta enfin, les rebelles à demi-englués de boue purent apercevoir, aux côtés du robuste bâtard de vingt ans, le panache blanc du roi de France suivi de l'étendard de Charlemagne et de l'élite de la chevalerie française.

On se livra alors à une manœuvre compliquée : Guy de Brionne, poussé par les va-t-en-guerre de l'est qui voulaient à tout prix affronter le Bâtard campé à la droite du roi de France, dut passer devant la cavalerie du Cotentin pour aller prendre position et Roger put enfin apercevoir Robert de Grandmesnil, juste avant qu'il n'abaisse la visière de son casque.

Néel de Coutances jubilait : on lui donnait donc le roi de France à affronter.

Avant que l'ordre de charger fût lancé, on vit deux ou trois seigneurs rebelles, poussés par leurs vassaux, sortir du rang, traverser l'espace neutre et, la lance baissée, se rendre auprès de Guillaume. On apprit par la suite qu'ils avaient demandé au jeune duc la permission de le gratifier d'une chiquenaude sur le bras. Ainsi pourraient-ils, puisqu'ils avaient fait le serment de ne quitter le champ de bataille qu'après l'avoir frappé au moins une fois, s'en retourner chez eux sans être parjures.

Le vent tournait.

La terre trembla sous le martèlement des lourds chevaux s'élançant les uns contre les autres. Néel chargea droit vers Henri Ier. Mais le comte était déjà un vieil homme et Roger vit l'un de ses chevaliers se porter devant lui pour le protéger et, d'un coup de lance, jeter à terre le roi de France. Ce fut le seul exploit de cette journée calamiteuse.

La chevalerie française, aiguillonnée par l'outrage, attaqua avec toute sa science et sa fureur. Coutances eut son cheval tué sous lui. Roger, l'épée brandie dans la main gauche, s'élança pour lui amener une autre monture. Un Français lui coupa la route et l'assomma d'un coup de masse.

Quand il reprit connaissance, parmi les corps ensanglantés et les étalons qui perdaient leurs entrailles, il comprit que le désastre était complet. Au milieu de la plaine qui se vidait, il aperçut son cheval qui revenait vers lui. Il sauta en selle et, oubliant les siens, galopa ventre à terre dans la direction où il espérait pouvoir retrouver Grandmesnil.

*

* *

Roger coupait au plus court. Son cheval patinait, se rattrapait, plongeait dans des mares de boue, dérapait sur des pentes glissantes et lui-même, éclaboussé de toutes parts, ressemblait à une statue d'argile. Autour de lui, il ne voyait que corps noyés par dizaines, chevaux enlisés s'étouffant dans la terre gluante, mais de Grandmesnil et de ses poursuivants, plus aucune trace.

Il traversa un bois et se retrouva dans un champ que bordait une rivière contenue entre de hauts talus. Alors qu'il en remontait le cours, il s'entendit appeler :

— Holà ! Écuyer mon ami, qui que vous soyez, venez à mon aide !

Il fit faire demi-tour à son cheval et aperçut une cabane de pisé au bout de laquelle était fixée une drôle de roue faite de grandes pales. À quoi pouvait bien servir cette étrange machine ? Il n'avait jamais vu de moulin à eau. On n'en construisait que depuis peu.

Un corps aux trois quarts submergé s'accrochait d'une main à l'une des planches et tentait de se maintenir la face hors de l'eau. Roger reconnut la barbe bien taillée et le visage long et fin de Robert de Grandmesnil. Il sauta de son cheval et courut à la rivière.

— Soyez béni, mon bon, dit Grandmesnil. Débarrassez-moi de ce gros cadavre qui m'écrase et tirez-moi au sec, mais par pitié doucement, je dois avoir l'épaule gauche fracassée en mille morceaux et la jambe de même.

— Dieu merci, vous êtes vivant ! Ne vous inquiétez pas, je vais vous sortir de là !

— Grand merci de votre sollicitude. Ami ou ennemi, vous êtes mon sauveur !

— Mais... vous ne me reconnaissez donc pas ? Je suis Roger de Hauteville.

— Par tous les saints, s'écria Grandmesnil en essayant de rire : *la petite merveille* ! Tu as décidément l'art de surgir là où on ne t'attend pas, mon jeune vaurien. Mais je te pardonne plus facilement cette apparition que la première.

— Sans la première, il n'y aurait sans doute pas eu celle-ci ! Où sont vos compagnons ?

— Tous morts, je crois bien. Le diable emporte les Français !

— Qu'allez-vous faire ? Essayer de regagner Évreux ? demanda Roger en hissant Grandmesnil sur la berge.

— Évreux ? Jamais, par tous les diables ! Je vais tenter de me cacher un temps au château d'Échauffour auprès de mon oncle et de mon frère, si les anges veulent bien me porter jusque-là et, même encore vivant, j'y ferai le mort. À propos d'Évreux, j'ai un message pour toi. Il vient un peu tard : ma demi-sœur – tu te souviens d'elle, n'est-ce pas ? – m'avait chargé de te demander, pour le cas où je te verrais avant la bataille, de te garder en vie car tu lui as promis quelque cadeau, je crois... Ainsi, tu promets des cadeaux à une demoiselle qui semble toute prête à les accepter ? Curieuses manières en vérité. Par contre, les cadeaux que tu me dois, à moi, tu les as déjà oubliés.

— Si vous parlez des têtes de drakkars, je n'ai pas encore eu le temps de régler l'affaire. Mais je n'ai qu'une parole. Est-ce que vous comptez toujours faire construire un château ?

— Hélas, non ! mon jeune brigand. Je vais fonder une abbaye.

— Et vous y mettrez ces têtes diaboliques ?

— Et comment donc ! Je veux bien finir père abbé, mais pas ermite.

Et cet homme extraordinaire entreprit de lui décrire le projet qui devait assurer son impunité, comme le lui avait suggéré l'abbé Suppo sur la terrasse du Mont-Saint-Michel.

Il avait déjà tout prévu. Vue de l'extérieur, ce serait une véritable forteresse mais, à l'intérieur, tout en raffinement. Rien ne serait trop beau pour l'église et le cloître. Ses appartements s'élèveraient au-dessus de la bibliothèque et des salles d'étude car on enseignerait, dans son monastère, la philosophie, le latin et la musique. À ce propos, je tiens à récupérer ce Fra Modesto, pas question qu'il aille galvauder ses talents ailleurs ! On y apprendra aussi les lettres et les arts, et pourquoi pas la science de la guerre !

— Il me plairait bien d'étudier tout cela, dit Roger.

— Est-ce que, par hasard, tu songerais à te faire moine ?

— Pas plus que vous ermite, mais j'aimerais bien m'instruire... surtout auprès de vous.

— J'entends bien, mon jeune filou, et je te promets que, si Dieu le veut, tu seras mon premier élève, et aux frais de l'abbaye encore. Elle te devra bien ça. Après tout, tu viens de me sauver la vie.

Roger était au comble de l'exaltation et faisait de gros efforts pour le dissimuler.

— Et où sera-t-elle votre abbaye ? demanda-t-il en mettant le plus d'indifférence possible dans sa voix.

— Mystère, mon vaillant pilleur de litière ! Là où aura lieu le miracle !

— Ah ! S'il faut attendre un miracle, soupira le jeune homme déçu.

— La belle affaire ! Je n'ai pas eu à attendre bien longtemps pour que tu me retrouves.

— Seulement, moi je vous cherchais !

— Eh bien, fais-moi confiance : je vais chercher aussi !

Le soir venait, la pluie s'était remise à tomber. Au loin, dans la forêt déjà sombre, tremblaient des lueurs de torches.

— Manquait plus qu'eux, jura Grandmesnil, les charognards ! Ceux-là ne nous feront pas de cadeaux. Ils vont nous prendre jusqu'à notre chemise et nous découper en morceaux pour aller plus vite.

— Vous n'êtes pas en état de vous défendre, dit Roger. Je vais vous aider à grimper sur mon cheval, et vous filerez. Ne vous inquiétez pas pour moi, je saurai bien leur échapper.

Malgré sa souffrance, Grandmesnil se laissa mettre en selle sans une plainte.

— Vous direz..., commença Roger.

— Compte sur moi : je dirai à notre chère demoiselle que tu étais sale comme un mendiant et plus laid qu'un suppôt du diable, mais qu'il te reste encore assez de bras et de jambes pour lui apporter son cadeau. Et n'oublie pas mes dragons.

Grandmesnil s'éloigna au galop.

Roger descendit dans la rivière et, tantôt nageant, tantôt marchant, se cachant du mieux qu'il pouvait, il avança ainsi durant des heures. Il arriva transi, les membres gelés, jusqu'à un pont qui menait à un village. Tout paraissait calme. Il chercha l'église mais n'eut pas la force d'y arriver. Il s'effondra devant la porte de l'une des premières maisons.

*

* *

Quand il reprit conscience, il était couché sur une paillasse. Un peu de feu brûlait au centre d'une pièce sombre et ses vêtements séchaient autour.

Deux vieux entrèrent portant des fagots. Ils rirent de leurs bouches édentées en le voyant réveillé. Ils rirent en lui donnant à boire un peu de lait chaud. Ils rirent quand ils le virent tenter de récupérer ses vêtements sans sortir complètement du lit car ils l'avaient couché nu sous des lambeaux de couverture et ils rirent encore quand il chercha à son doigt la bague qu'il voulait leur donner en remerciement, car ils l'avaient déjà prise.

Et c'est aussi démuni qu'un mendiant qu'il reprit, le cœur plein d'espérance et de joie, la route de Coutances.

Serlon fils de Serlon l'attendait, comme il se devait, au débouché du sentier de Hauteville, assis au pied de la croix de granit en compagnie de sa sœur de lait.

— Te voilà enfin ! dit le petit lutin en lui prenant la main. La dame Frésende sera bien heureuse de te revoir. Elle vous pleure déjà tous.

— Tous ? s'étonna Roger.

Et ce fut seulement alors qu'il se rendit compte qu'il n'avait aperçu ni Robert, ni le Dieudonné, sur le champ de bataille de Val des Dunes.

À quelques jours de là, un moine venu du Mont-Saint-Michel fit le détour par Hauteville pour apprendre au vieux Tancrède que l'aîné du second lit, son écuyer et son ombre avaient pris, à leur tour, le chemin de la Pouille.

On avait choisi, pour cette délicate mission, le jeune Bénédictin qui ne rêvait que de retourner en Italie. Le prieur avait pensé qu'il serait le plus apte à justifier, par l'irrésistible attrait des terres du sud, leur inqualifiable conduite. Robert avait prévenu que la colère du tueur de sanglier risquait d'être terrible. Aussi le Bénédictin s'attendait-il au pire. Il fut pourtant terrorisé en voyant les épaules du vieil homme se mettre à tressauter violemment, tandis que montaient de sa gorge des éructations rauques comme des râles.

Le messager du Mont-Saint-Michel ne savait pas que c'était ainsi que le seigneur de Hauteville riait.

4

Une citadelle en enfer

— Et c'est quoi ton Scribbla ? n'avait cessé de demander le Dieudonné tandis qu'ils chevauchaient vers les portes de la Calabre, posant la question sur ce ton à la fois méfiant et dédaigneux adopté depuis qu'il était devenu Geoffroi Ridel.

— Tu verras, tu verras, répondait joyeusement Robert Guiscard comme s'il savait, par avance, quelle belle surprise les attendait.

Le mutisme de leurs deux guides aurait pu freiner son enthousiasme, mais il n'y prêtait aucune attention : il allait enfin avoir son château. Il en ferait le tremplin de futures conquêtes.

— Un pays de mange-glands ! avait prévenu autrefois Girard de Buonalbergo. Dreux s'était bien gardé de rapporter le propos au *premier des derniers*. D'ailleurs, il était injuste : il y poussait aussi des châtaignes.

À la fin du troisième jour, ils pénétrèrent dans les gorges du Crati, torrent sans profondeur mais que les innombrables et minuscules cascades qui descendaient des montagnes alimentaient en toutes saisons. Ici du moins on ne manquerait pas d'eau.

On aperçut enfin, au sommet d'un éperon rocheux, quelques constructions de pierre. Pas même une tour, tout juste un pigeonnier fait de blocs mal cimentés au milieu d'une cour en dévers où croissaient les chardons, le tout cerné d'une palissade de bois à laquelle s'adossaient des cahutes de pierres sèches et que le moindre tir de catapulte eût suffi à abattre. Mais qui pourrait avoir l'idée de traîner une catapulte jusque-là ?

— Voilà une fortification avancée qu'il faudra rapidement remettre en état, dit le Guiscard d'un ton péremptoire.

— C'est ça, Scribbla ! laissa tomber l'un des deux guides, répondant enfin à la question renouvelée de Geoffroi, un rien d'amertume dans la voix.

Une dizaine d'hommes descendirent en courant au-devant de la petite troupe qui, outre Robert, Geoffroi, leurs guides et leurs écuyers, comptait deux soldats conduisant une charrette tirée par des mules.

Sans tenir compte de la présence des chevaliers, ceux qui dévalaient de la forteresse se jetèrent sur la charrette et commencèrent à la fouiller sans ménagement, s'empiffrant de la viande séchée et des fromages qu'elle contenait. Robert regardait, effaré, ces hommes qui ressemblaient plus à des naufragés retrouvés sur une île déserte qu'à des conquérants prêts à se ranger sous l'autorité d'un nouveau seigneur.

— Hé ! cria l'un des guides, gardez-en pour les autres !

— Quels autres ? demanda l'un des bâfreurs, la bouche pleine.

— Ceux que vous avez laissés là-haut !

— Y a plus personne là-haut ! et avec des gestes éloquents, il fit comprendre que cinq de leurs compagnons étaient morts en se vidant par le fondement. On n'avait même pas pu les enterrer chrétiennement. Il n'y avait pas vingt centimètres d'humus sur cet amas de rochers et ils reposaient sous des tumulus de cailloux comme des chefs barbares.

Le Guiscard comprit qu'il lui faudrait remettre à plus tard ses rêves de batailles et qu'il devait, avant tout, songer à nourrir ses hommes.

Il avait d'abord pensé que les gardiens de Scribbla noircissaient le tableau pour masquer leur nullité mais, après avoir parcouru le pays, il dut reconnaître qu'ils n'exagéraient pas.

*

* *

Dès qu'on sortait de la gorge, on ne découvrait que de rares terres cultivables et qui avaient toutes été incendiées, d'abord par les Grecs pour gêner l'avance des Normands et une seconde fois par les Normands en retraite pour décourager les Grecs de les poursuivre. Les plus jeunes des paysans avaient fui vers la protection de villes plus lointaines et les vieux attendaient la mort en mâchant des racines sur le seuil de leurs cabanes calcinées.

Les soldats grecs qui tenaient encore quelques citadelles ne devaient pas être logés à meilleure enseigne. Ils regardaient passer, indifférents, le Guiscard et ses cavaliers qui poussaient sans cesse plus au sud. Ils semblaient n'avoir même plus la force de faire dévaler le moindre caillou sur la tête des passants.

Continuant d'avancer sans risque, Robert aperçut enfin les premières villes de la Calabre. Mais leurs murailles étaient infranchissables. Il poussa alors du côté de la mer : le résultat ne fut pas plus heureux. De grandes étendues de vase puante protégeaient le littoral et on apercevait, au loin, des huttes montées sur pilotis, demeures de pêcheurs aussi inaccessibles pour ces cavaliers affamés que les bourgades défendues par leurs fortifications.

Guiscard exhortait ses hommes à la patience, leur expliquant qu'ils devaient à tout prix tenir jusqu'à l'arrivée des troupes du duc, son frère, et qu'alors ils iraient prendre ces cités qui devaient regorger de tout ce dont ils rêvaient. Ils l'écoutaient, mais l'entendaient-ils encore ?

Un seul homme jouissait de quelque prestige parmi eux. C'était un Savoyard du nom de Bérard que les habitants de son village avaient jeté dans une crevasse en punition d'un crime, sans doute abominable, puisqu'il n'avait jamais voulu en parler. Il s'en était sorti et la chance avait voulu qu'il rencontrât sur son chemin un cortège de pèlerins en route vers le Monte Gargano. Il s'était joint à eux et, une fois arrivé en Pouille, s'était engagé dans l'armée de Bras de Fer.

Ce n'était pas à ce passé, entouré de hasard et de mystère, qu'il devait l'estime de ses compagnons, mais à ses talents de grimpeur.

Lui seul était capable d'escalader ces montagnes abruptes qui écrasaient de toute leur hauteur minérale le misérable site de Scribbla. Il en rapportait parfois une chèvre sauvage qu'il savait capturer comme les chamois de ses montagnes natales ou, à défaut, ramassait toujours quelques oiseaux, quelques rongeurs et, au moins, des œufs qui arrivaient tout broyés au fond de son sac et qu'on lapait avec les miettes de leurs coquilles.

Si l'hiver avait été pluvieux en Normandie, détrempant le champ de bataille de Val des Dunes, il avait été, sur le sud de l'Italie, désespérément sec. La chaleur qui montait déjà des roches surchauffées, mêlée à la tiédeur des vents du sud, laissait présager l'enfer étouffant que serait l'été.

De Melfi, on ne recevait toujours aucun signe.

*

* *

Un soir, quelques hommes, partis sans illusion à la recherche quotidienne d'on ne savait quoi, étaient revenus en poussant de grands cris de triomphe. Ils traînaient derrière eux une misérable jument. Ils avaient, à tout hasard, torturé deux vieux paysans qui avaient fini par avouer où ils cachaient cette malheureuse bête qui ressemblait à une outre au col desséché.

L'animal allait mettre bas et, à l'idée de l'abattre pour la manger dans cet état, l'âme paysanne du Guiscard se révolta. On lui fit remarquer que cette haridelle n'aurait même pas la force de pouliner et il dut laisser faire. On avait, depuis longtemps déjà, dévoré les deux mules qui traînaient la charrette. On mangea la jument et le poulain à venir, puis Robert, écœuré et furieux, fit sceller son cheval et flanqué du seul Iven, son écuyer, reprit la route de Melfi.

*

* *

— Je comprends mon Robert, je comprends, disait Dreux en essayant de calmer son cadet. Mange ! Et toi aussi, Iven. Nous parlerons plus calmement quand vous aurez le ventre plein. Mais si vous saviez dans quelle merde je suis !

— Nous, si nous avions de la merde, on la boufferait ! lança Robert. Mais sa colère tombait peu à peu et il devait reconnaître que son aîné avait quelque excuse pour avoir oublié Scribbla et ses misérables vigiles.

— Tant qu'il sera à Rome, je ne pourrai pas bouger.

Ce *il*, c'était Henri III, roi de Germanie et d'Italie, et aujourd'hui empereur. À peine passé les Alpes, il avait réglé l'affaire des trois papes. Le bon moine Gratien, pape Grégoire VI, avait reconnu sa très grande faute : l'invraisemblable crime de simonie commis en achetant à son filleul la charge de représentant du Christ sur terre. Mais comme il avait péché en toute bonne foi, l'enfer étant lui-même pavé de bonnes intentions, Henri s'était contenté de l'exiler à Cologne où il allait mourir à peine arrivé, sans doute étouffé par le poids du remords.

Sylvestre III, à qui on ne pouvait reprocher, somme toute, que d'avoir profité des circonstances, fut prié de regagner son évêché de Salina et de n'en plus sortir.

Quant au *petit branleur*, peu désireux de voir des étrangers décider de son sort, il avait jugé prudent de disparaître on ne savait où. Il ne resta plus au roi germanique qu'à imposer aux Romains d'élire pour pape l'évêque de Bamberg qui faisait partie de sa suite et il ne resta plus à l'évêque de Bamberg, devenu pape Clément II de manière canonique, qu'à poser la couronne impériale sur le front de son auguste protecteur et de son épouse Agnès de Poitou.

Soulagé d'en avoir fini avec l'Église, le nouvel empereur n'allait pas manquer de s'intéresser à cette Italie du Sud dont on pouvait, depuis Charlemagne, considérer qu'elle lui appartenait, tout comme le pape la revendiquait depuis que l'empereur d'Orient, Constantin, en avait fait donation aux successeurs de Pierre. Mais le nouveau pape n'était pas en état de s'immiscer dans les projets de cet empereur qu'il venait de sacrer.

— Tu vois, mon bon Robert, poursuivait Dreux, pourquoi je ne peux pas bouger. On ne sort pas quand on sent venir l'orage. Mais ce n'est pas tout. Ce petit fumier de Pierron de Trani ne cesse de me harceler. Sais-tu qu'il a essayé de prendre Lavello à Onfroi ? Notre frère s'est bien défendu, tu l'imagines. De ce côté-là, je suis rassuré, mais j'ai dû envoyer des troupes en renfort. Il y a pire encore. L'autre fils de Taillemaure – le diable ait son âme et fasse rôtir sa charogne à petit feu ! – pousse tous les Normands du nord, tous ces râleurs qui se croient mal servis, à se tailler des fiefs sur les terres de Saint-Pierre et du Mont-Cassin. Tu vois d'ici les cris de femelles effarouchées que poussent les bures et les soutanes. Qu'est-ce que tu veux que j'y fasse ? Mais c'est sur moi que ça retombe. Il faut que tu tiennes, mon petit frère. Si les choses tournent mal ici, les Grecs vont en profiter pour nous prendre par le cul. Je compte sur toi.

Dreux pouvait compter sur lui. N'en avait-il pas fait le serment à Bras de Fer mourant ? Il n'avait obtenu qu'une chose, mais elle devrait suffire à soutenir le moral des troupes : Melfi enverrait tous les dix jours à Scribbla un convoi de ravitaillement. Le Guiscard et son écuyer, l'estomac plein d'excellente nourriture, la tête embrumée par les vapeurs de ce vin auquel ils n'avaient plus goûté depuis des jours et des jours, surveillèrent le chargement du premier convoi et, satisfaits, s'en retournèrent au pays, comme le dit en riant le Guiscard.

*

* *

La première fois où j'ai été accueilli en héros, devait se souvenir le Guiscard, c'était parce que je traînais un charreton de victuailles.

À son retour de Melfi, les naufragés de Scribbla firent bombance et reprirent confiance. La masse des montagnes alentour n'était pas moins écrasante, ni moins étouffant l'air qui montait de la gorge. Mais on respirait mieux l'estomac plein. Pour ces hommes robustes et simples, tremper un morceau de galette dans une huile bien grasse ou glisser un peu de viande séchée entre deux moitiés d'oignon justifiait de vivre, et donc d'espérer. Le vin de Pouille était noir et pâteux comme de la mélasse et il fallait, pour le couper, descendre chercher de l'eau fraîche dans le cours raréfié du Crati et la remonter par l'interminable sentier taillé dans la roche. Le fond de la citerne n'était plus depuis longtemps qu'un épais tapis de mousse verdâtre.

Dans l'euphorie générale, Geoffroi se faisait un devoir de jouer les rabat-joie. Il ne cessait de harceler Robert pour qu'il rationne les hommes.

— Mais puisque Dreux a promis d'en envoyer autant d'ici quelques jours ! protestait le Guiscard, qu'ils en profitent.

L'autre prenait son air supérieur et dubitatif et levait les yeux au ciel.

— Tu fais un beau Ridel, ironisait Robert agacé. Avec ta ganache moulée sur celle du vieux et tes doigts crochus comme ceux du *deuxième des premiers* !

Mais tout de même inquiet, il mettait quelques provisions de côté.

Le convoi promis par Dreux arriva au jour fixé. Cette fois, on se garda bien d'épargner et on eut tort, car ce fut le dernier.

On recommença à maigrir et les quelques épices mises en réserve ne suffirent pas à rendre mangeable la chair dure et amère des corneilles et des choucas.

Bérard, le Savoyard, reprit ses courses dans la montagne, mais il en revenait presque toujours bredouille, rapportant au mieux quelque petit gibier qui excitait plus l'appétit qu'il ne calmait la faim. Il poussait ses recherches chaque jour un peu plus loin. Il finit par s'attaquer à une barre rocheuse qu'il avait jugée, jusque-là, infranchissable.

C'est en parvenant, après bien des efforts, sur l'autre versant, qu'il aperçut la ferme.

Elle était bâtie près d'une petite rivière, au milieu d'un vaste espace de champs soigneusement cultivés, cachée au regard par de hautes collines abruptes. Le seul chemin qui y menait disparaissait dans une gorge orientée au sud-est. Les nombreux bâtiments qui la composaient se protégeaient derrière une enceinte de pierres ouvrant par un porche digne d'un château.

Tout cet univers caché grouillait d'activités. Des bergeries montait le bêlement des agneaux, l'écho répétait à l'infini le chant des coqs et les cris des hommes aiguillonnant leurs mules.

Bérard resta un long moment, bien tapi derrière un gros rocher, à contempler, fasciné, cette oasis qui venait de surgir sous ses yeux au milieu de ce désert de roches, de pierrailles et de hautes et stériles futaies.

— Il faudrait contourner toute la montagne, dit le Savoyard. Mais ça prendrait des jours ! Et comment être certains de la retrouver, cachée comme elle est ?

— Où est le problème ? demanda Robert, nous passerons par le même chemin que toi.

— Vous n'y arriverez jamais.

— Ça, mon garçon, c'est toi qui le dis. En tout cas, nous le saurons dès demain.

Le Guiscard choisit, en plus de Geoffroi et de leurs deux écuyers, les trois hommes qui lui parurent les plus agiles et les moins épuisés et qui se prétendaient peu sujets au vertige.

Ils partirent dès l'aube, n'emportant que deux haches et leurs épées.

Les premières pentes furent gravies sans trop de difficultés, mais dès qu'on sortit de la forêt, il fallut affronter des parois de rochers piquetées de rares épineux. La petite troupe tentait de suivre son guide, cherchant tant bien que mal à l'imiter, mais le Savoyard sautait comme un bouquetin, sûr de son équilibre, sans jamais ralentir sa progression et, quand la montagne se faisait muraille, il trouvait d'instinct des anfractuosités imperceptibles pour y fixer ses pieds, des aspérités invisibles pour y accrocher ses doigts, tandis que les Normands, suant et dérapant, tentaient de passer en force, se hissant ou se poussant les uns les autres.

Ce parcours, que Bérard avait effectué pour la première fois en deux heures à peine, il leur fallut la journée entière pour l'accomplir et le Guiscard dut s'avouer qu'il n'avait jamais autant souffert. Il découvrait avec étonnement qu'il existait des domaines dans lesquels d'autres pouvaient être meilleurs que lui. Et de se voir ainsi dépassé par ce petit montagnard virevoltant faisait naître en lui un peu de dépit et beaucoup d'admiration.

Ils franchirent le dernier obstacle juste avant la tombée de la nuit et aperçurent enfin la grande ferme cachée au fond de sa vallée secrète.

— Qu'est-ce qu'on fait maintenant ? demanda Geoffroi à son demi-frère.

— Chercher un abri et dormir. Ce fichu Savoyard nous a tous crevés. Quand nous aurons repris des forces et que ces paysans ronfleront, il sera temps de leur rendre visite.

Ils rebroussèrent chemin, trouvèrent un peu d'eau pour y tremper les châtaignes racornies qui étaient toute la nourriture qu'ils avaient emportée, mâchèrent et s'endormirent comme des bêtes, derrière un repli de rocher.

*

* *

Une âcre odeur de fumée les tira de leur lourd sommeil. Ils se levèrent d'un bond, le cœur battant, persuadés que la forêt brûlait et qu'ils risquaient d'être pris au piège. Mais comme ils ne voyaient pas plus de lueurs qu'ils n'entendaient de craquements autour d'eux, ils comprirent, rassurés, que le vent leur apportait les relents d'un incendie plus lointain. Ils se précipitèrent vers le balcon naturel depuis lequel ils avaient, la veille au soir, observé la vallée.

C'était la ferme qui brûlait.

La plupart des bâtiments, hormis la maison principale, étaient la proie des flammes et, à leur lumière, on distinguait très nettement, étalés dans la cour, des corps immobiles.

— Par tous les diables, jura Robert, on s'est fait avoir !

À l'évidence, d'autres, dont on ne voyait plus trace, avaient eu cette nuit la même idée qu'eux.

La petite troupe contemplait le désastre, hébétée, abasourdie par cet incroyable coup du sort, découragée à la pensée de tant d'efforts vains.

Le jour se levait. Des granges et des étables, les flammes mourantes ne laissaient plus que les carcasses noires des charpentes encore fumantes. Et tandis qu'ils regardaient le ciel blanchir par-delà les collines de l'est, les Normands aperçurent, venant de cette même direction, une douzaine de cavaliers en armes qui s'approchaient au grand galop. Peut-être l'un des habitants de la ferme avait-il réussi à s'enfuir pour aller donner l'alarme ou peut-être les lueurs de l'incendie avaient-elles alerté les guetteurs de la ville la plus proche.

Les cavaliers pénétrèrent dans la cour, mirent pied à terre, allèrent soulever les corps gisants, mais ne trouvèrent que des cadavres.

Du bâtiment principal, qui était en grosses pierres et avait résisté, sortit un vieillard sans force qui tenta de se diriger vers eux et s'effondra sur les genoux. On se précipita pour le soutenir. Obstinément, de son bras tendu, il désignait un point vers le nord. Depuis son observatoire, le Guiscard comprit le geste et chercha du regard ce que montrait cet index pointé. La montagne, dans cette direction, présentait à son sommet une sorte de faille. Tout le reste était dissimulé sous la végétation, mais on pouvait imaginer que la brèche se poursuivait jusqu'au sol et formait un passage.

— Suivez-moi ! cria le Guiscard en s'élançant, moitié relevé, en direction de ce passage supposé. Courage, mes enfants ! Si on arrive à récupérer des chevaux, on ne sera peut-être pas venu pour rien.

Il avait retrouvé toute son énergie et les autres, ragaillardis, le suivirent sans chercher à comprendre.

*

* *

Ce n'était pas un chemin qui s'infiltrait sous les frondaisons à travers la brèche qui tranchait la montagne, mais le lit d'un cours d'eau à sec. Les pillards étaient bien passés par là. Sur un espace où stagnait encore un peu de boue, on pouvait apercevoir des traces de roues et les empreintes de nombreux chevaux.

Quand les cavaliers venus de la ferme incendiée y pénétrèrent à leur tour, le Guiscard avait déjà dressé son embuscade. Sans reprendre souffle, il avait fait abattre à coups de hache et tailler en pointe de solides branches. Trois de ses soldats devaient surgir à la hauteur d'un passage plus étroit pour bloquer les cavaliers tandis que trois autres, sautant depuis les rochers les jetteraient à bas de leurs chevaux. Robert et Geoffroi interviendraient par l'arrière au cas où certains voudraient rebrousser chemin, ce qui fut le cas de la plupart car les Normands attaquaient en poussant des hurlements terribles comme s'ils eussent été cinquante. Les fuyards n'allèrent pas bien loin car les deux Hauteville brisèrent leur élan en les frappant à grands coups de perche à hauteur de la gorge. Un seul réussit à forcer le passage mais Iven l'abattit d'un lancer de fronde et seul son cheval fut perdu.

On se hâta d'achever les blessés et de les dépouiller. Les hommes de Scribbla coiffèrent les heaumes et enfilèrent les armures faites de plaques métalliques superposées en écailles et non d'anneaux emboîtés. On avait donc eu affaire à des soldats grecs.

Ainsi munis de bons chevaux et protégés comme il convient, le Guiscard et les siens s'élancèrent à la poursuite de ceux qui avaient osé les précéder dans la rapine. On ne devrait pas avoir grand mal à les rattraper malgré leurs quelques heures d'avance, car leurs chariots chargés de butin ne pouvaient que se traîner sur cette sente chaotique. Ils avaient même dû s'encombrer des femmes de la ferme car on n'en avait pas aperçu parmi les cadavres gisant dans la cour.

Pourtant, quand le soleil fut au zénith et que la chaleur commença à devenir étouffante dans ce boyau étroit, on ne les avait toujours pas revus.

Soudain, dans le ciel silencieux de midi, on entendit, plusieurs fois répété, le cri aigu et plaintif d'un milan auquel un autre répondit, comme venu de terre.

— C'est un qui imite, dit le Savoyard.

— M'a tout l'air, renchérit Robert. Il mit pied à terre et, désignant un flanc de la montagne, il ajouta à l'adresse de Bérard : On va voir, cette fois, si tu es capable de grimper plus vite que moi.

Le jeune montagnard n'eut aucun mal à dépasser son chef. Mais quand il arriva au sommet et se retourna, il dut reconnaître que le géant normand apprenait vite.

À leurs pieds s'étalait un vallon formé par le confluent de deux rivières, un peu semblable à celui de la ferme cachée, mais sauvage et moins vaste. Loin à l'opposé, entre deux collines, on apercevait un pont et un tronçon de route.

L'appel du milan retentit à nouveau. Le Savoyard désigna une falaise qui s'étendait vers le nord. On y distinguait nettement le trou noir d'une grotte devant laquelle quatre ou cinq hommes s'agitaient.

— Voilà leur repaire, dit le Guiscard. Il faut qu'on les ait rejoints avant qu'ils ne sortent à l'air libre.

Il entreprit de redescendre à toute vitesse et, cette fois, arriva le premier en bas, ayant chuté à mi-parcours et dévalé le reste de la pente en roulant comme une pierre.

Toute la troupe s'élança à bride abattue, sans plus prendre de précaution. Ils s'étaient attendus à ce que les poursuivis s'égaillent dans les rochers en entendant l'approche de leur cavalcade, mais tout au contraire, à un tournant, ils se trouvèrent face à six cavaliers qui bouchaient le passage et les attendaient l'épée à la main. Par-derrière eux, on percevait les cris des cochers qui tentaient d'éloigner au plus vite les chariots.

Le choc fut rude. Les pilleurs se défendaient bien et le Guiscard se sentit plein d'admiration pour ces brigands qui osaient faire front. En même temps, il bouillait de fureur à l'idée du butin qui leur échappait.

Il n'y avait, dans ce passage étroit, aucun moyen de contourner les combattants. Presque à regret, Robert embrocha celui qui était devant lui et, continuant sur sa lancée, rejoignit le premier chariot. Il en trancha les rênes et s'élança vers le second, mais avant d'avoir pu l'atteindre se trouva face à face avec l'homme qui devait mener le convoi, sans doute le chef de cette bande qui, sans hésitation, fonçait sur lui pour l'affronter. Celui-là aussi maniait bien l'épée, mais il n'avait ni la taille, ni la puissance du fils de Tancrède.

— Allons, laisse-toi désarmer. Tu vois bien que je n'ai pas envie de te tuer, vous me feriez de trop bons soldats ! scanda le Guiscard à haute voix, en accompagnement de chacun de ses coups d'épée, bien certain de ne pas être compris. Mais à sa stupéfaction, il entendit l'autre lui demander :

— Si t'as pas envie de me tuer, qu'est-ce que tu veux alors ?

L'étonnement rendit le Guiscard un court instant inattentif et il ne para le coup de son adversaire qu'au dernier moment mais avec tant de violence qu'il lui arracha son arme.

— Écoute ce que je veux, dit-il en saisissant à la gorge l'homme désarmé : Moi aussi, j'étais venu pour piller cette ferme, mais tu m'as devancé et je n'aime pas ça. Alors, part à deux. Et puis, j'ai besoin d'hommes comme vous. Ou vous me suivez ou je vous massacre tous. Dis à tes compagnons de cesser de se battre et j'en ferai autant.

Les deux hommes s'affrontèrent un instant, les yeux dans les yeux.

— Toi, tu es Normand ! répondit le chef des brigands.

— Toi, tu me plais, répondit Robert. Alors, tu es à mon service ou je te coupe la tête ?

L'homme sourit et donna un ordre dans une langue que le Guiscard ne put identifier.

— On ne se bat plus ! lança-t-il à son tour.

Le silence de midi redescendit jusqu'à eux depuis le sommet des montagnes.

*
* *

C'était une bande d'esclavons, de ces Bulgares qui, comme nombre de leurs ancêtres, avaient traversé l'Adriatique pour venir en Italie du Sud louer leurs bras au plus offrant. L'armée lombarde les avait recrutés, ils étaient passés en Sicile sous les ordres d'Argyros, avaient vu Bras de Fer fendre en deux le gouverneur de Syracuse et, quand Normands et Lombards étaient revenus sur le continent, ils avaient été abandonnés à eux-mêmes.

Depuis toutes ces années, ils remontaient sans conviction vers le nord, changeant sans cesse de repaire, vivant de rapines et s'en trouvant heureux. Quand ils surent que Robert était le cadet de ce Guillaume Bras de Fer qu'ils tenaient pour un héros, ils se réjouirent de s'être mis à son service.

— En échange, leur promit Robert, je vous apprendrai non pas la bravoure, vous l'avez déjà, mais l'art de se battre et je vous garantis que vous aurez intérêt à me suivre parce que, foi de Hauteville, nous irons loin et vous rirez du temps où vous n'étiez que des voleurs et des égorgeurs.

— Buvons, proposa pour toute réponse le chef de la bande qui s'appelait Vouko. Et du vin de fête !

On en apporta de gros cruchons du fond de la grotte.

On fit une grande bringue, un de ces festins qui scellent l'amitié. Quand tout le monde fut passablement ivre et repu, les brigands songèrent, avant d'aller dormir, à s'occuper des femmes, mais comme il n'y en avait pas assez pour tous, une bagarre éclata. Alors, de sa voix de stentor qu'amplifiait encore l'écho de la caverne, le Guiscard s'écria :

— J'oubliais ! Je vous apprendrai aussi la discipline.

Il prit deux de ces bagarreurs à bout de bras et les envoya rouler vers la vallée, puis se tournant vers Vouko, dit en souriant :

— Voilà ! Le temps qu'ils remontent, les autres auront fini leur petite affaire.

Ils restèrent à respirer l'air de la nuit. À ces hauteurs, il était frais, pur et d'une incroyable douceur. Le cœur du *premier des derniers* pompait à grands coups un sang vif et renouvelé. Au diable Scribbla, pensa-t-il, je n'y mettrai plus jamais les pieds, et pour la première fois depuis la mort de Bras de Fer, il se sentit heureux.

Le lendemain matin, premier réveillé, il sortit de la grotte. Le soleil déjà levé versait des coulées d'or sur toute la vallée. De grands rapaces plongeaient du haut du ciel ou tournoyaient dans l'espace. Il les contempla en riant d'envie, puis il rentra brusquement, alla secouer le Dieudonné et le traîna à l'extérieur :

— Regarde, lui dit-il, regarde !

L'autre se frottait les yeux, encore endormi.

Il y avait juste en face de la grotte, de l'autre côté de l'étroite vallée, une sorte d'éperon rocheux à moitié détaché de la montagne.

— Imagine ! Si le vieux avait eu ce socle pour y bâtir Hauteville... Eh bien, c'est là que moi, Robert Guiscard, je vais dresser mon donjon ! Je le consacrerai à saint Marc, l'évangéliste qui aimait les lions. Cette route, là-bas, Vouko m'a dit que c'est celle qui mène vers les ports de Calabre d'où l'on s'embarque pour la Sicile. Personne ne passera plus sur cette route sans que je le voie, sans que je le veuille... et sans payer tribut. Et personne ne pourra espérer me déloger.

Le Dieudonné feignait de scruter tout autour de lui de son air un peu las.

— Fort bien, fort bien, dit-il, sauf que je ne vois ni juif alentour pour te prêter de l'argent, ni Mont-Saint-Michel pour te fournir un architecte.

— Je me garderai bien de passer ma vie à engraisser un usurier, grommela-t-il en retournant dans la grotte bourrer les dormeurs de coups de pieds.

Il était temps de faire de ces flemmards inconscients de vrais soldats.

5

Histoires de brigands

Vouko devait apprendre au Guiscard que la ferme qu'il avait pillée et incendiée appartenait à un riche Grec nommé Petros, seigneur de la ville de Bisignano.

Le lendemain, Geoffroi Ridel, vêtu le plus dignement possible, reprenait la route du cours d'eau asséché, flanqué d'Iven et du chef des esclavons, qui devait lui servir d'interprète.

Ils retrouvèrent les cadavres des soldats grecs que personne n'avait recherchés et les jetèrent dans une faille où les charognards sauraient s'occuper d'eux. Ils se tinrent à distance de la ferme dont on déblayait déjà les décombres, passèrent le Crati à gué au lieu-dit Aquanera parce que la rivière y coulait sur un lit de pierraille volcanique et aperçurent, le soir suivant, les murailles de Bisignano.

Le lendemain aux premières heures, ils voulurent rencontrer le seigneur Petros, se disant porteurs d'un message de la plus haute importance de la part du représentant du duc de Pouille.

Le Grec les reçut sans tarder, se demandant avec une certaine appréhension ce que le redoutable chef normand pouvait bien lui vouloir. Aussi transpirait-il en accueillant les trois visiteurs. Il est vrai que c'était un homme de forte corpulence. Il bégayait un peu comme si ses mots se fussent de temps en temps embourbés dans l'épaisseur de son triple menton, et même sa voix paraissait grasse.

Par l'intermédiaire de Vouko, Geoffroi lui apprit que le duc avait chargé son frère Robert de délivrer son duché des brigands qui infestaient les régions frontalières de la Pouille et de la Calabre. Au cours de sa mission, ledit seigneur Robert avait mis la main sur le butin que ramenait une troupe de pillards dont le chef, sous la torture – et Vouko rapporta ces propos sans sourciller –, avait avoué qu'il provenait du sac d'une ferme appartenant au seigneur de Bisignano.

Le frère du duc de Pouille se proposait donc de restituer à leur propriétaire les femmes et les biens dérobés, à l'exception des denrées périssables qui avaient été distribuées entre ses vaillants soldats pour les récompenser de leur peine.

Par la même occasion, il remettrait les prisonniers entre les mains du seigneur de Bisignano pour qu'il fasse bonne justice. À cette fin, il demandait au noble seigneur de bien vouloir le retrouver, le dimanche suivant, après l'office de none, au lieu-dit Aquanera car le duc de Pouille, considérant que les territoires au-delà du fleuve ne faisaient pas partie de sa juridiction, avait interdit à ses hommes d'y pénétrer.

En attendant ce rendez-vous, Geoffroi était chargé de remettre à son hôte le seul bien dérobé qu'il avait pu apporter avec lui : la bourse remplie de drachmes que les brigands avaient dérobée au régisseur.

Le Grec, ému par de si rares attentions, et bégayant encore plus que de coutume, invita les trois ambassadeurs à partager sa table et, après les avoir traités princièrement, embrassa Geoffroi et le pria d'assurer le frère du duc de Pouille qu'il aurait désormais pour lui toute l'affection qu'un père doit à son fils.

*
* *

S'il avait pu se demander si tout cela n'était pas trop beau pour être vrai, le seigneur de Bisignano n'eut plus aucun doute en arrivant avec son escorte, à la date prévue, sur la rive est du Crati. Il put apercevoir, de l'autre côté du gué, la cohorte des brigands entravés et liés les uns aux autres et les chariots où s'entassaient, entre les fûts, les hottes et les cageots, les servantes et paysannes de son domaine. Il reconnut, montés sur leurs chevaux, les trois ambassadeurs qui le saluèrent et, juste derrière eux, un personnage de haute et belle stature qu'il devina être ce vaillant et généreux Robert, frère du duc de Pouille.

Le bon Vouko, poursuivant son rôle d'interprète, s'avança jusqu'à l'entrée du gué et lança :

— Noble sire de Bisignano, mon maître le seigneur Robert, très touché de l'affection que tu as désiré lui témoigner en le considérant comme ton propre fils, souhaite pouvoir être accueilli dans tes bras comme tout enfant souhaite être serré dans les bras de son père.

Le Guiscard, après avoir fait signe à tout son entourage de s'éloigner et détaché ostensiblement sa ceinture pour jeter à terre son épée, s'avança jusqu'au milieu du gué. Le Grec, pour ne pas être en reste, fit écarter ses hommes d'armes et poussa son cheval jusqu'à la hauteur de Robert. Là, après s'être souri, ils tombèrent dans les bras l'un de l'autre.

Le Grec dut penser que le Normand éprouvait en effet pour lui une affection filiale débordante car il se sentit serré à la taille à en perdre le souffle. Puis soudain, il se vit arraché de son cheval et jeté en travers de la selle de son cher fils qui, faisant aussitôt demi-tour, l'emporta au grand galop.

Quand l'escorte grecque médusée songea à réagir, les brigands prisonniers, déjà débarrassés de leurs faux liens, leur envoyaient une volée de flèches, histoire de les décourager. Aussi, jugèrent-ils plus sage d'aller discuter de cet événement inattendu à l'abri des murailles de Bisignano, ce qui les priva des imprécations que le Guiscard lançait à l'adresse du Dieudonné :

— Enfant de salaud, tu ne pouvais pas me dire qu'il était si gros ! J'ai failli ne pas pouvoir le soulever et j'ai manqué crever mon cheval.

— Il m'amusait de voir comment tu allais t'en sortir, répondit Geoffroi imperturbable.

*

* *

Attaché par les chevilles à un lourd bloc de pierre, au fond de la grotte, le seigneur de Bisignano ne cessait de protester et de geindre.

— Ce n'est pas un homme, pestait le Guiscard, c'est une outre à jérémiades !

On avait mis le malheureux au brouet de châtaignes et il rêvait de cailles rôties et de panses de brebis. Ses songes lui arrachaient des cris déchirants. Il appelait Vouko qui était le seul à comprendre sa langue et lui posait toujours la même question :

— Est-ce que mon bon fils Robert a enfin envoyé quelqu'un pour réclamer ma rançon ?

Il eût vendu père et mère pour retrouver sa table et son confort. À l'entendre, on obtiendrait tout ce qu'on voudrait. Sa femme l'aimait, ses enfants l'adoraient, ses concitoyens le vénéraient et même ses débiteurs lui tressaient des lauriers tant il était compréhensif et généreux.

Vouko pressait Robert de fixer un chiffre afin qu'on en finisse avec ces cris, ces plaintes et ces gémissements.

— Est-ce que je sais, moi, répliquait Robert, combien il m'en coûtera pour bâtir ma forteresse de Saint-Marc ? Il n'y a qu'un architecte qui puisse le dire !

Il s'était mis dans la tête de faire payer la construction de son futur donjon, rien de plus, rien de moins, par celui qui s'était dit son père. On trouvait, certes, des architectes à Bisignano, le Grec les proposait en vantant leur art, mais Robert ne voulait pas de ces bâtisseurs de maisonnettes ! Il lui en fallait un de la trempe de frère Bartolomeo.

*
* *

— Viens tout de même le voir, insista Vouko, il prétend avoir quelque chose d'important à te dire.

— Tu parles ! grogna le Guiscard. Qu'on m'allume une torche. Je vais lui brûler la barbe. Ça fera fondre ses bajoues et il hurlera pour quelque chose.

Quand il arriva, au fin fond de la caverne, dans ce recoin où on retenait le Grec à côté des jarres de vin, Robert poussa un juron. À la lueur de sa torche, il venait d'apercevoir sur l'une des amphores un sigle gravé, un simple quadrillage enfermé dans un cercle : la grille de saint Laurent, la marque que Dreux faisait apposer sur ses productions de Venosa.

— Vouko ! hurla le Guiscard à en faire trembler la montagne. Affameur de Normands ! Je vais te tuer ! Regarde ça, Geoffroi ! Ce n'est pas Dreux qui voulait notre mort ! Quand je pense que nous avons osé médire de notre cher frère ! C'est ce brigand, cette infâme canaille qui pillait notre ravitaillement au passage, charrettes comprises. Je vais l'étrangler.

Il éclata de son rire énorme et prit l'esclavon dans ses bras en jurant par tous les saints, ce qui était bien une façon de l'étouffer. Toute la bande était accourue et riait de confiance. C'était pour cela qu'on l'aimait, le Guiscard, avec lui on pouvait s'attendre à tout et on ne s'ennuyait jamais ! On en oubliait son autoritarisme et sa morgue.

On l'aimait aussi parce qu'il payait de sa personne. À ces hommes qui se battaient d'instinct, il avait entrepris d'enseigner toutes les techniques et les finesses qu'il connaissait, tout ce que lui avaient appris les sergents de Néel de Coutances qui étaient de bons maîtres et n'avaient jamais eu, il n'en doutait pas, de meilleur élève que lui.

Il leur apprenait à s'économiser, à ne courir que des risques calculés, il leur faisait comprendre qu'il n'était pas besoin de grandes armées pour l'emporter dans ce pays où trois blocs de pierre suffisaient à boucher un passage, mais qu'en revanche chacun devait à lui seul posséder les qualités de toute une armée. Il leur disait qu'il fallait prendre exemple autant sur les animaux que sur les hommes, savoir se faufiler comme un serpent, grimper aux murs comme une araignée et montrer les crocs comme une bête fauve.

Chaque jour, Bérard le Savoyard avait pour mission de leur faire escalader une paroi. Robert faisait son apprentissage en même temps qu'eux et revenait, comme eux, les mains saignantes et le corps meurtri. À Geoffroi revenait la tâche de les rendre habiles à l'arc et à la fronde. Et quand tous rentraient le soir, épuisés, le Guiscard leur disait :

— Je veux que vous deveniez durs comme ces pierres, que vous sachiez plonger sur vos proies comme des aigles et rugir comme des lions. Et alors, l'Arabe comme le Grec, l'Allemand comme le Lombard trembleront devant nous.

*

* *

Le Guiscard, après sa découverte, allait quitter la grotte en oubliant le Grec, mais Vouko le retint :

— Écoute, il a une idée à propos de l'architecte.

Le prisonnier s'était souvenu que, non loin de là, se dressait un monastère bénédictin que les moines, inquiets pour leur sécurité sur ces terres abandonnées à la violence et au pillage, avaient décidé de fortifier. Ils avaient fait appel pour cela à un architecte du Mont-Cassin, leur maison mère. L'homme qu'on leur avait envoyé s'était présenté au seigneur de Bisignano afin d'obtenir des tailleurs de pierre et des maçons pour son entreprise. Il avait même été jusqu'à solliciter une donation, en plein pays byzantin ! Ces moines latins ne doutaient de rien.

Le Guiscard, qui avait tant admiré lors de son passage au Mont-Cassin la qualité et l'efficacité des fortifications, se dit qu'il tenait enfin son homme. Mais Vouko préféra lui ôter tout de suite ses illusions. Certes, l'homme de l'art était toujours là puisqu'il achevait la surélévation du clocher afin d'en faire une tour de guet mais, connaissant bien le lieu pour avoir tenté de s'y introduire à plusieurs reprises, il pouvait affirmer qu'il eût été plus facile de s'emparer de Bari que de pénétrer dans ce couvent. Quant à s'en faire courtoisement ouvrir les portes pour venir en appeler à la bonne volonté de l'architecte, il n'en était pas question. Les bons frères, échaudés, étaient tout sauf accueillants.

Le Guiscard voulut en avoir le cœur net. Il organisa, avec quelques hommes, une petite expédition. À peine furent-ils en vue du couvent qu'on entendit une cloche sonner l'alarme et tous les murs de la forteresse bénédictine se hérissèrent de moines brandissant piques, fourches et gourdins.

À partir de ce moment, le Guiscard ne songea plus qu'au moyen de lever cet obstacle. Il tournait et retournait le problème dans sa tête car il n'était pas homme à renoncer à ses projets.

Enfin, un soir, alors qu'il allait s'endormir et que le vent, se coulant dans les feuillages, lui faisait souvenir du chant de la pluie sur les toits de Hauteville, de l'âcre odeur des vêtements humides séchant autour des braseros, de la tiédeur des couvertures en peau laineuse, il crut réentendre la douce voix de sa mère les endormant de ses contes. Et ce fut comme si la dame Frésende s'était penchée au-dessus de lui, pour lui souffler la solution. Il lui était revenu en mémoire l'histoire de ce chef viking qui s'appelait Hasting et qui, un jour, pour pénétrer dans un monastère dont il convoitait les richesses, s'était fait passer pour mort.

Dès que le cortège funèbre émergea de la forêt, la cloche, comme prévu, carillonna pour donner l'alerte, mais les processionnaires n'en poursuivirent pas moins leur chemin. Arrivé au pied de la butte, on sortit le cercueil de la charrette et quatre esclavons, précédés par Geoffroi, entreprirent de le monter par l'étroit sentier en zigzag qui menait à l'entrée des bâtiments.

Le Guiscard n'avait voulu laisser à personne le soin de jouer le mort, mais il commençait à s'en repentir. Il s'asphyxiait sous le drap qui recouvrait la boîte de planches mal équarries dans laquelle il était couché. La puanteur qui venait des trois lapins crevés qu'on avait logés entre ses jambes pour donner plus de vraisemblance au stratagème commençait, sous cette chaleur, à l'incommoder au plus haut point.

Et voilà que maintenant il se retrouvait les pieds en l'air et la tête en bas dans cette grimpée cahotante.

Si ces crétins me lâchent, pensait-il, ce sera moi le dindon de la farce.

Il lui était bien égal de tromper des moines, mais simuler une mort dont il appartenait à Dieu seul de fixer l'heure lui donnait mauvaise conscience. Au-dessus de lui, il entendit une voix crier :

— Holà ! Qui que vous soyez, n'approchez pas. On n'entre pas ici.

Mais l'ascension se poursuivit. Enfin, les porteurs s'immobilisèrent et il retrouva une position horizontale un peu plus confortable. Depuis le monastère, on ordonnait toujours :

— Rebroussez chemin ! Nous n'accueillons plus ni vivants, ni morts. Gare à vous si vous ne redescendez pas sur-le-champ.

Il entendit des pas et imagina Geoffroi s'avançant vers la muraille, les bras largement ouverts en signe de bonne volonté.

— Par pitié, mes bons pères, écoutez-moi, suppliait le Dieudonné. Nous venons de perdre notre chef. Il a mené une vie de pécheur, mais ses accents de repentir, au moment de rendre l'âme, vous auraient bouleversés tout comme nous. Nous lui avons juré de faire dire, pour son salut, une belle messe funèbre. Aidez-nous à accomplir notre serment pour son repos éternel et pour le nôtre.

— Et nous, répliqua un moine, nous avons fait vœu de n'ouvrir cette porte à personne. Alors, déguerpissez !

— Jamais, proclama le Dieudonné avec un bel accent de sincérité. Nous resterons ici jusqu'à ce que celui qui a dit : *Frappez et l'on vous ouvrira* ait rendu votre cœur sensible à la pitié.

Le Guiscard se sentit déposé à terre. Ses porteurs s'étaient mis à genoux et priaient.

Les effluves qui montaient de son cercueil devaient parvenir jusqu'aux narines des bons moines car il crut comprendre que l'un d'entre eux estimait qu'il n'était certes pas mort en odeur de sainteté.

Du temps passa. Les moines avaient dû se retirer. La voix de Geoffroi lui murmura :

— Tiens le coup, ils vont bien finir par céder ces maudits cochons !

Un moment plus tard, l'un des Bénédictins revint pour annoncer :

— Le père abbé consent à bénir la dépouille de votre chef.

On attendit encore plusieurs minutes avant que la lourde porte ne s'entrouvrit en grinçant.

— Entrez ! Vous et les quatre porteurs. Personne d'autre, et sans armes ! intima une nouvelle voix guère plus aimable

— Nous n'avons pas l'habitude de pénétrer dans la maison de Dieu avec nos épées, protesta le Dieudonné offensé.

Là, pensa Robert du fond de sa boîte, il doit écarter sa cape et montrer sa ceinture vierge de tout attirail.

Enfin, il se sentit soulevé. Son cercueil cogna contre la porte qu'on avait dû seulement entrebâiller et, après quelques détours, il comprit qu'on était enfin arrivé dans la chapelle. Il fut aussitôt assailli, à travers le linge qui le recouvrait, par d'insupportables vapeurs d'encens qui faillirent le faire tousser. Le père abbé, avisé de l'odeur de putréfaction qui montait du cadavre, avait pris ses précautions.

Les porteurs déposèrent la bière sur des tréteaux et le père abbé, accompagné de ses concélébrants, arriva enfin par une petite porte latérale.

À peine le service funèbre était-il commencé que le prêtre se retourna, affolé, en entendant les hurlements de terreur que poussaient ses moines : le drap recouvrant le cercueil avait volé en l'air, des morceaux de viande en putréfaction s'éparpillaient à travers la nef et le mort, jaillissant de ses quatre planches, lançait à ses compagnons les épées sur lesquelles il avait reposé jusque-là et pointait sa propre lame contre les côtes du père abbé en criant :

— Du calme ! Le ciel m'est témoin que je ne vous veux aucun mal. Je respecte trop ce lieu et vos personnes. Je désire seulement qu'on aille me chercher le frère architecte car je dois lui parler.

Vouko invita le moine qui était le plus proche de lui à s'exécuter en lui précisant bien qu'il devait le ramener seul et sans rien dire de ce qui se passait ici, faute de quoi il serait responsable du plus grave et du plus sanglant péché de leur vie.

Robert, imaginant que tout bâtisseur ne pouvait que ressembler au frère Bartolomeo – encore ne l'avait-il pas connu du temps de sa première vigueur –, se préparait à un duel homérique. L'homme qui entra n'était pas de cette trempe, ni par la taille ni par la voix, mais le calme dont il sut faire preuve, en découvrant la situation, plut au Guiscard.

— Vous allez me suivre, mon père. Je dois vous montrer le lieu où j'entends que vous bâtissiez mon donjon, et sans tarder.

— Mais, dit le moine, j'ai déjà bien du travail ici.

— Votre abbaye peut attendre, elle est déjà mieux scellée qu'un sarcophage. Je vous dirai ce que je souhaite vous voir bâtir et vous me direz au plus vite combien il m'en coûtera. Vous y ajouterez dix pour cent que je remettrai à votre communauté pour les émotions que j'ai pu lui causer.

— Trente, suggéra le père abbé en dépit de l'épée qui, il est vrai, s'était un peu éloigné de ses reins.

— Quinze, dit Robert.

On transigea à vingt. Après tout, c'était le Grec qui payait. J'espère, pensa brusquement le Guiscard, que le seigneur de Bisignano est bien aussi riche qu'il le prétend !

Il l'était, mais de justesse.

Quand il entendit le chiffre, quelques jours plus tard, il hurla et sanglota plus qu'il ne l'avait jamais fait.

— Tu fais plus que me saigner, mon cher fils, protesta-t-il en se jetant aux genoux de Robert. Tu me ruines.

— Hé ! Mon cher père, répliqua l'autre, ce ne sera pas si dur : nous t'avons déjà appris à jeûner.

Avant sa mise en bière, Robert avait renvoyé à Scribbla le Savoyard et les trois autres soldats. Ils devaient apporter des vivres aux malheureux demeurés sur place et les relever. Lourdement chargés, ils évitèrent la montagne et prirent cette fois la route.

Trois jours plus tard, Bérard était déjà revenu. Coupant au plus court suivant son habitude, il venait prévenir Robert qu'un cavalier venu de Melfi guettait son retour avec impatience. Il était porteur d'un message du duc de Pouille ordonnant à son frère de le rejoindre immédiatement.

Comme il fallait s'y attendre, l'empereur d'Allemagne, après avoir mis de l'ordre dans les affaires de l'Église romaine, s'intéressait maintenant au désordre qui régnait plus au sud, bien décidé à ramener les princes de Salerne dans les limites de leur principauté.

Tous les chefs normands étaient convoqués à Capoue.

6

Dans la cour des grands

Le Guiscard était d'une humeur de chien. Pourquoi donc l'arrachait-on à son rêve de château ? Était-il si puissant baron qu'il lui faille se présenter de toute urgence devant le pape et l'empereur ? En quoi son très cher frère Dreux avait-il tellement besoin de sa compagnie ? Il n'était pas loin d'imaginer quelque entourloupe. Pouvait-il deviner que ses aînés, si longtemps habitués à penser et agir à trois, à deux se sentaient bancals.

Une seule chose le rassurait : il avait toute confiance dans le Bénédictin architecte. Celui-là, comme tous ses semblables, avait la passion de bâtir et, pourvu qu'on lui proposât un défi et les moyens de le relever, se vouerait à sa tâche sans arrière-pensée, oublieux des conditions dans lesquelles il y avait été amené.

Robert avait passé la nuit qui précédait son départ pour Melfi à lui répéter ses instructions, après quoi il avait pris la route en compagnie du seul Iven, confiant sans crainte et, il l'espérait, pour un temps très court, l'avenir de sa seigneurie de Saint-Marc au seul Geoffroi Ridel. Mais il enrageait à l'idée qu'il ne verrait pas les premiers croquis et ne donnerait pas le premier coup de pioche.

*

* *

À Melfi, il avait appris que Dreux et Onfroi étaient partis pour Capoue depuis trois jours déjà. Le lieutenant du duc de Pouille chargé de l'accueillir lui avait fait des remontrances à propos de son retard. Robert, qui avait mauvaise conscience d'avoir abandonné si longtemps Scribbla sans en avertir personne, n'avait pas répliqué mais il s'était promis de faire payer un jour le ton sur lequel on s'était permis de lui parler.

Quand l'officier lui ordonna d'aller prendre en hâte dans le coffre de son frère des vêtements plus appropriés aux circonstances, il avait explosé :

— Sommes-nous des paysans pour nous transmettre nos braies de père en fils et d'aîné en cadet ? Si messire mon frère est si pressé de m'avoir à ses côtés, je ne vais pas le faire attendre un instant de plus sous prétexte de toilette.

Et sans même prendre un instant de repos, il avait planté là l'officier qui devait lui faire escorte.

*

* *

Robert et Iven dormirent en selle, et leurs chevaux en marchant. En empruntant la Via Appia, on était sûr de ne pas se perdre. L'antique route romaine, qui passait au pied de Melfi, traversait Capoue après avoir contourné Bénévent.

La ville s'encastrait au confluent de deux fleuves et son château s'élevait, austère et massif, à la pointe de la presqu'île. Les murailles ébranlées, les façades perforées disaient encore la violence des récents combats qui avaient opposé les princes de Salerne à Pandolf IV, l'exécrable Loup des Abruzzes, et rendu Guaimar et Gisolf maîtres de la cité.

Dans la cour de la forteresse, des valets prirent leurs chevaux en charge en leur indiquant que l'empereur d'Allemagne et le pape tenaient séance dans la salle du Conseil.

L'entrée du grand guerrier et de son écuyer, couverts de poussière, ne passa pas inaperçue. Quand Dreux, averti d'un coup de coude par Onfroi, vit son frère cadet se présenter en cet état, il blêmit. De lui avoir causé ce désagrément, le Guiscard se sentit vengé.

Il vint se placer, sans trop de discrétion, derrière ses aînés, et la tête levée comme s'il voulait, de son grand nez, renifler l'atmosphère qui régnait ici, il se mit à observer les uns et les autres avec un air d'autant plus arrogant qu'il se sentait, au fond de lui-même, fort mal à l'aise, et pour tout dire intimidé. Quels *puissants* avait-il rencontrés jusque-là, lui *le premier des derniers,* hormis le comte de Coutances, un Grandmesnil de passage et quelques abbés indulgents ? Et maintenant il avait en face de lui, trônant sur l'estrade qui occupait le fond de la pièce, rien de moins qu'un pape et un empereur, l'un de blanc vêtu et l'autre du velours noir le plus fin, une courte cape d'hermine négligemment attachée autour de son cou et ne couvrant que son bras gauche.

Debout derrière eux se tenait une cohorte de seigneurs et d'ecclésiastiques. Bien que tous ces hauts personnages s'entretinssent à voix basse, le vacarme était assourdissant car de jeunes clercs traduisaient simultanément les propos des uns et des autres en plusieurs langues, chacun s'efforçant de dominer l'autre.

Robert n'écoutait pas, mais il examinait l'assemblée avec attention, cherchant à comprendre ce qui se jouait au-delà de ce brouhaha.

Le petit homme au corps tordu et au visage de chèvre qu'un sculpteur eût pu prendre pour modèle du diable, et qui glapissait ses reproches et ses accusations, ne pouvait être que ce Pandolf, le Loup des Abruzzes, que les princes de Salerne avaient depuis peu chassé de Capoue, sa capitale.

Le prince Guaimar, lui, se tenait à côté des frères Hauteville, s'avançant parfois d'un pas pour répondre, avec un peu trop d'impatience.

Une chose sautait aux yeux : Pandolf et ses conseillers occupaient une bonne place, à côté de l'estrade, tandis que ceux de Salerne faisaient face, au premier rang certes, mais parmi la foule des barons, et cela suffisait à faire comprendre que le prince de Capoue avait retrouvé toute son autorité dans son château et que le pape et l'empereur se refusaient à reconnaître la mainmise de Salerne sur Capoue.

Un autre détail frappa l'attention du Guiscard : chaque fois qu'Henri III souhaitait un avis, ce n'était pas vers le pontife qu'il se penchait, mais vers un prélat qui se tenait en retrait sur sa droite. Voilà l'homme fort, pensa le Guiscard, et il ne cessa plus de l'observer si bien que, deux ou trois fois, leurs regards se croisèrent.

Quand la séance fut levée, un des conseillers qui se trouvaient sur l'estrade s'approcha de Dreux et lui parla à l'oreille. Dreux se tourna vers Robert et lui dit d'un ton sec :

— Suis-moi. On veut que je te présente.

Le Guiscard s'inclina devant le pape, baisa son anneau et dit de sa voix la plus profonde :

— Il y a quelques mois, quand je séjournais à Rome, trois papes auraient pu me donner leur bénédiction, mais j'ai préféré m'enfuir. Aujourd'hui, je suis accouru pour solliciter la vôtre. Puis, tournant son visage vers l'empereur, il ajouta : Grâces soient rendues à celui qui a permis que je connaisse cet honneur et cette joie.

C'était le petit compliment qu'il ruminait depuis des heures, bien décidé qu'il était, qu'on l'en prie ou non, à approcher le pape et l'empereur et il se sentit fier comme un enfant de l'avoir débité avec tout le sentiment nécessaire.

— Je vois, messire, que vous êtes venu en guerrier, lui dit Henri III. Où donc combattiez-vous ?

— Les troupes de Byzance ne sont plus en état de protéger la Calabre des razzias des Sarrasins de Sicile ni des ravages des hordes de brigands qui l'infestent. Nous nous efforçons de faire respecter l'ordre et de tenir de solides places fortes d'où protéger fermes et villages.

— Votre expérience nous intéresse. Il faudrait que vous parliez de cela avec l'évêque Gebhardt, mon précieux conseiller, dit l'empereur en désignant le prélat dont le Guiscard avait deviné l'importance.

Robert s'inclina. Ses yeux restèrent, un court instant, fixés sur la sobre élégance des habits de l'Allemand. Il fut certain de n'avoir jamais vu plus beaux tissus, plus fines coutures et plus élégantes broderies.

— J'ai bien fait de venir vêtu en guerrier, je ne m'habillerai autrement que lorsque je pourrai porter de ces vêtements-là !

*

* *

La séance du lendemain eut lieu en l'absence d'Henri III. L'empereur germanique avait tenu à faire un brin de conduite à son épouse qui avait décidé de se rendre en pèlerinage au Monte Gargano. Elle devait le rejoindre ensuite à Florence où ils seraient les hôtes du margrave de Toscane qui avait sollicité l'honneur de baptiser sa fille Mathilde en leur impériale présence.

L'assemblée du jour ressembla à un synode et Robert eut tout loisir d'observer le pape Clément. C'était un homme d'une trentaine d'années avec des traits fins et un visage replet de jeune aristocrate. Sa chevelure aux boucles châtaines lui donnait un air encore plus juvénile. Mais il parlait avec feu et conviction de sa volonté de réformer l'Église, de lutter contre le marchandage des plus hautes charges ecclésiastiques, objet de honte pour tout bon chrétien et sujet de raillerie pour les Infidèles. Il voulait aussi mettre un terme au mariage des prêtres qui avait pour effet de dilapider, d'héritage en héritage, le patrimoine de Saint-Pierre. Mais il fut interrompu, presque sans ménagement, par l'abbé du Mont-Cassin, ce Richer qui avait reçu sans trop d'amabilité le Guiscard lors de son passage.

— Tout le monde sait bien ici qu'il importe de lutter impitoyablement contre ces fléaux que sont la simonie et le nicolaïsme, mais il ne faudrait pas oublier les misères quotidiennes dont nous autres, moines, sommes accablés : ces pillages, ces molestages, ces massacres accomplis par des hordes barbares jusque dans nos cloîtres, pire encore, jusqu'au pied des autels. Et par qui ? Par cette plèbe sans foi ni loi qui nous arrive du nord, chaque jour plus nombreuse, plus avide que faucons, plus dévoreuse que sauterelles, ces Normands que nos princes, dans leur folie, ont appelés pour les aider à régler leurs misérables querelles et qui aujourd'hui, libres de toute discipline, ravagent le pays.

Alors, du banc des Normands s'éleva la voix de Gauthier de Civitate. Il parla en son nom et celui de son frère, Pierron de Trani, qui n'avait pu venir ne voulant pas relâcher, même un seul jour, la pression qu'il exerçait sur les Grecs de Bari. Le fils du vieux Taillemaure rappela l'hypocrisie des moines qui faisaient sonner les cloches de leur monastère quand les Normands venaient prier pieusement devant leurs autels, alertant les habitants des environs pour qu'ils viennent assassiner ces chrétiens innocents et désarmés tandis que les bons frères conservaient les mains propres.

— Innocents ! s'indignait l'abbé Richer. Innocents ! Toi, Gauthier, et toi, et toi, lançait-il en pointant du doigt les barons normands, vous tous, qui avez l'âme plus noire que l'enfer à force de cruauté et de cupidité !

— Pourquoi t'en prendre à moi ? protesta le frère de Pierron avec fureur. Tu n'as rien à me reprocher. Je tiens mes hommes d'une main de fer, tout comme mon frère. Quelle autorité ai-je sur les autres ? Est-ce que je suis le duc des Normands de Pouille ?

Dreux se levait pour répondre quand, du fond de la salle, un homme s'avança, vêtu de loques et brandissant un bâton noueux. Son nom parcourut l'assistance. Ceux qui le reconnaissaient informaient les autres : C'est Pierre Damien, le saint ermite !

— Que souhaites-tu donc, Richer ? interrogea-t-il de sa voix d'imprécateur. Que l'évêque de Rome endosse la cuirasse de César et ceigne son glaive ? Est-ce que la Sainte Église, corps du Sauveur, peut être autre chose que paix et amour ? Que sont la malhonnêteté et la fornication à côté du crime des crimes : encourager les serviteurs de l'Agneau à la vengeance et au meurtre !

De tous côtés, évêques et moines commencèrent à s'invectiver. Le brouhaha devint général. Le pape tentait de reprendre les choses en main, mais il était dépassé. Le Guiscard vit l'évêque Gebhardt, qui représentait son empereur, s'éclipser discrètement.

— Je crois que tout cela ne nous concerne plus, dit-il en se penchant à l'oreille de Dreux. Puisque vous ne semblez pas avoir grand besoin de moi, je vais aller me dégourdir les jambes.

*

* *

Le Guiscard arpentait le pont romain par lequel la Via Appia franchissait le Volturno, se distrayant au va-et-vient des Capouans, au passage des barcasses, quand une voix au fort accent germanique l'interpella :

— Vous vous ennuyez donc à notre synode ?

L'évêque Gebhardt dévisageait le Guiscard d'un œil amusé.

— Je n'ai nulle raison de m'ennuyer, monseigneur, dit Robert.

— Si, si, je vous ai bien observé hier et ce matin encore. Nos sages assemblées n'amusent pas l'homme d'action que vous êtes.

Il entraîna le Guiscard à marcher le long du fleuve.

— Pour être franc, avoua Robert, je trouve que c'est beaucoup tourner autour du pot.

— Soyez encore plus clair, je vous en serais reconnaissant.

— J'ai bien compris que l'empereur ne voulait en aucun cas voir s'accroître la puissance des princes de Salerne. Mais le meilleur choix est-il de s'allier avec le diable !

— Le diable ! Comme vous y allez ! On dit le Loup, je crois ?

— Diable ou loup, vous ne pouvez que détester cette créature-là et vous vous préparez à lui rendre un pouvoir que trop de cruautés ont rendu exécrable à ce que j'ai, de partout, entendu dire.

— Merci de parler franc comme je vous l'ai demandé. Mais le moyen de faire autrement ?

— La guerre entre les deux princes recommencera, l'un ou l'autre l'emportera et, au bout du compte, qu'aurez-vous gagné ? Juste un peu de temps..., alors que l'un et l'autre ramenés à leurs seules forces ne présenteraient aucun danger pour l'autorité impériale.

— Ramenés à leurs seules forces, dites-vous. Mais encore ?

— Maniakès était un grand général et Byzance une grande puissance. Qu'en est-il resté quand les Varègues de notre cousin Hardrada et les Normands de mon frère Guillaume les ont abandonnés ?

— Et que serait Salerne ou Capoue sans les Normands de votre frère Dreux ?

— Est-ce que la question mérite seulement d'être posée ?

— Mais il me semble que vos aînés sont liés à la famille de Salerne par des liens très étroits.

— La femme, quand elle se met au lit, y trouve la férule de son mari et non celle de son père.

La formule était osée et fit rire l'évêque qui approuva :

— Voilà qui sent sa bonne maxime. Que suggérez-vous donc ?

— Si nous autres, Hauteville, avons besoin de Salerne, c'est parce qu'elle nous garantit des titres et des biens que nous avons conquis de haute lutte. Imaginez quelle serait la reconnaissance de mes frères si cette garantie nous était assurée, plus légitimement encore, par un seigneur combien plus prestigieux.

Ils durent s'effacer pour laisser passer une file de marins qui tiraient un bateau plat chargé de vivres destinés au banquet d'adieu. Ils reprirent leur promenade en devisant sur le chemin de halage. La journée était chaude, mais une petite bise venue de la mer rendait leur marche agréable.

*

* *

Le lendemain, l'empereur d'Allemagne avait repris sa place auprès du pape sur l'estrade de la grande salle. Le Loup des Abruzzes, qui devait avoir eu vent de quelque confidence, arborait un sourire retroussé qui le faisait plutôt ressembler à une hyène.

Henri III remercia l'assistance des sages conseils grâce auxquels il était en mesure de rendre son arbitrage. Il annonça que son secrétaire allait lire les trois points de la décision qu'il avait arrêtée.

Le secrétaire déroula un parchemin et lut d'une voix un peu trop forte qui se voulait chargée de toute l'autorité impériale, mais résonnait désagréablement entre les murs de pierre.

Les deux premiers points étaient des plus attendus : le prince de Salerne devait se retirer de Capoue, et il était ordonné à chacun de se tenir dans les limites de sa principauté. De son côté, le prince de Capoue devait s'engager à renoncer à toute querelle avec l'ensemble de ses voisins. Seul, le troisième point faisait s'interroger les participants à cette ultime assemblée, car on ne voyait pas quel autre problème l'empereur pouvait bien avoir eu à résoudre. Aussi est-ce dans le plus parfait silence qu'on entendit proclamer que le souverain du Saint-Empire Romain Germanique confirmait dans tous leurs titres et possessions les Normands de Pouille. Comtes par volonté impériale étaient désormais les douze du partage de Melfi. Duc de tous les Normands de Pouille était Dreux de Hauteville, à charge pour lui de les maintenir dans la discipline et le respect des biens de l'Église et de ses serviteurs.

Cette déclaration inattendue laissa tous les participants stupéfaits. Dreux et Onfroi n'étaient pas les moins surpris. Quant au Guiscard, il pointait son grand nez vers le plafond, ne sachant, au cas où il croiserait le regard de l'évêque Gebhardt, s'il conviendrait ou non d'esquisser un sourire.

Les princes de Salerne, faisant contre mauvaise fortune bon cœur, furent les premiers à féliciter leur gendre pour cette consécration. Ce n'était pas le moment de détendre les liens de la parenté et de l'amitié, mais ils se sentaient humiliés.

*

* *

Le Loup des Abruzzes avait décidé d'offrir une dernière et somptueuse collation avant que le pape, l'empereur et leurs suites quittent, l'un pour Rome et l'autre pour la Toscane, sa cité de Capoue retrouvée. Mais un grave incident vint gâcher la fête.

On était à peine au milieu du repas quand on vint apprendre à Henri III que l'impératrice, renonçant à son voyage au Monte Gargano, venait de faire demi-tour. Il avait été prévu que, pour sa première nuit, elle fasse étape à Bénévent. Mais en arrivant devant la ville, elle y avait trouvé porte close. La population révoltée avait chassé ses princes qu'elle jugeait trop complaisants à l'égard de l'Empire et se refusait à accueillir la représentante d'un pouvoir auquel elle avait toujours refusé de se soumettre.

L'empereur blêmit sous l'outrage, rougit et blêmit encore, puis maîtrisant difficilement sa rage, se tourna vers Dreux pour lui dire :

— Messire duc, je vous donne Bénévent. Traitez ses gens comme je le ferais moi-même si j'en avais le temps.

Cette décision provoqua une grande effervescence parmi les gens d'Église. Le pape, harcelé de cris et de protestations, eut du mal à comprendre ce que chacun tentait de lui dire : il avait toujours été entendu que Bénévent était placé dans l'orbite de Rome. Clément II, jusque-là évêque de Bamberg, l'ignorait et ne savait plus comment protester.

— Il me semble, suggéra-t-il à l'empereur d'une voix timide, que nous pourrions nous charger de cela. On me dit que le duché de Bénévent a des liens tout particuliers avec le Domaine de Saint-Pierre…

— Au spirituel ! Au spirituel ! C'est pourquoi je compte sur vous pour les excommunier, répliqua Henri III impatienté.

Il pensait l'incident clos, mais le cardinal chancelier Hildebrand qui, sous plusieurs papes déjà, menait dans l'ombre la politique de l'Église, l'interpella sans ménagement :

— Il ne s'agit pas seulement de cela. Je crains que Votre Grandeur n'ait oublié les termes de la Donation de Constantin.

Et de sa voix haut perchée dont il savait parfaitement jouer pour la rendre cinglante, le redoutable prélat rappela qu'il y avait plus d'un demi-millénaire que l'empereur Constantin, après avoir reçu le baptême, avait donné au pape d'alors, et à tous ses descendants, non seulement la ville de Rome mais toutes les provinces du sud de l'Italie, avant de s'en aller lui-même fonder Constantinople car – et il citait mot pour mot – là où la primauté sacerdotale et la capitale de la religion chrétienne ont été instaurées par le Souverain Céleste, il ne convient pas qu'un souverain terrestre exerce le pouvoir. Et il conclut, très raide :

— L'empereur germanique ne peut donc, quelle que soit la gratitude que nous avons pour ses bienfaits, disposer de villes ou de territoires qui ont été remis pour toujours et de droit à l'Église romaine.

— Je vous entends messire cardinal, coupa Henri, exaspéré. Mais je suis le roi des Romains, j'ai été personnellement offensé et les choses iront comme je l'ai décidé.

Il se leva, cachant avec peine sa fureur. Le malheureux pape ne savait plus où se mettre et, pour tenter d'arranger les choses, pria son cher frère l'évêque d'Ostie de délivrer aux Bénéventins une bulle d'excommunication marquée de son sceau.

Dreux, qui avait besoin d'Onfroi pour ramener au plus tôt à la raison les Normands prédateurs du Mont-Cassin, chargea le Guiscard, flanqué de quelques chevaliers, d'accompagner l'envoyé du pontife et d'apprendre aux révoltés de la cité lombarde qu'ils avaient un nouveau maître.

L'empereur attendit en trépignant le retour de l'impératrice Agnès pour quitter cette Italie du Sud qui avait toujours été pour ses prédécesseurs une plaie et un boulet.

7

Didier de Bénévent et les cousins de Buonalbergo

Dommage, pensait Robert, que l'évêque Gebhardt ne chevauche pas à mes côtés. J'aurais pu lui servir, puisqu'il semble les apprécier, cette nouvelle maxime : « Il faut savoir accepter les présents empoisonnés qui nous viennent d'en haut, à condition qu'on ne vous force pas à les avaler. »

Bénévent était un cadeau empoisonné et, pour le moins, une bouchée dure à avaler. Il avait eu à ce sujet, la nuit précédente, une grande conversation avec Dreux. Jusque-là, son aîné lui était apparu comme une pâle copie de Guillaume Bras de Fer mais, s'il n'était ni de joyeuse compagnie ni d'affectueuse attention, il prenait à réfléchir et travailler un plaisir communicatif et le cadet s'était senti, pour la première fois, en harmonie avec ce frère auquel il devait reconnaître une bonne dose de sagesse et de sens politique.

— Entends-moi bien, avait précisé le comte de Melfi, forcer les Bénéventins à se soumettre serait non seulement s'aliéner l'Église qui les couve de son aile, mais s'attirer l'hostilité de tous les Lombards, y compris ceux de Salerne qui nous en veulent déjà. Bénévent est le symbole de leur indépendance, la capitale de leur royaume perdu. Alors, du tact ! Marquons notre territoire ! Qu'ils sachent que nous avons autorité sur eux et que nous pourrions, si l'envie nous en prenait, leur mener la vie dure.

— Certes, mais pas sans mal, se dit le Guiscard en apercevant la cité.

Bénévent se dressait, calme et massive, sur une faible hauteur au milieu d'une plaine fertile. Il croyait bien n'avoir jamais vu d'aussi hautes, d'aussi épaisses murailles. Elles suffisaient à expliquer la confiance et l'insolence de ses habitants. Une grande porte de bronze, à deux battants ouvragés, décourageait toute entrée. Elle était close, bien qu'on fût au milieu de la journée. Les guetteurs, sur les remparts, feignant de regarder ailleurs, ignorèrent superbement l'arrivée de la cinquantaine de chevaliers et gens d'armes que Dreux avait confiés à son jeune frère et à l'évêque d'Ostie.

— Frappez et l'on vous ouvrira, rappela Robert, ironique, à l'oreille d'Iven.

L'écuyer sauta de cheval et, de la garde de son épée, se mit à cogner sur le bronze. Devant son peu de succès, d'autres vinrent se joindre à lui et ce vacarme assourdissant finit par décider l'un des gardes à se pencher vers eux.

— Mon ami, cria le Guiscard à pleins poumons, ayez la bonté de nous faire ouvrir.

— Je n'ai pas ce pouvoir, répondit le soldat.

— Eh bien ! Dans ce cas, ayez la bonté d'aller en demander l'autorisation à qui commande ici.

— C'est notre margrave et il n'aimerait pas être dérangé.

— Un margrave ? Tiens donc ! murmura le Guiscard. Puis, se retournant vers l'évêque d'Ostie : À vous, monseigneur, je crois qu'on vous entendra mieux.

— Je vous prie, mon fils, d'aller prévenir qu'Hermelin, évêque d'Ostie, est venu jusqu'ici pour remettre un message du souverain pontife.

L'homme quitta sans un mot le sommet de la muraille et disparut.

On attendit un grand moment. Les chevaux piaffaient, Robert sifflotait, l'évêque s'énervait. Enfin parut le margrave, moustachu et ventripotent. Sans lui laisser le temps de placer un mot et afin qu'il n'y ait point de malentendu, le Guiscard lui lança, le plus courtoisement du monde :

— Messire margrave, puisque c'est là, je crois, votre titre, veuillez ouvrir cette porte, que nous puissions nous entretenir des affaires de cette bonne ville de Bénévent que sa majesté Henri III, empereur d'Allemagne et roi d'Italie, vient de placer sous l'autorité du duc de Pouille.

Le visage rougeaud du Lombard s'empourpra plus encore et l'on vit apparaître à ses côtés une foule de chevaliers et de bourgeois qui avaient dû le suivre à distance et se regardaient, effarés.

Le margrave se tourna vers eux, les consulta et claironna enfin :

— Nous ne reconnaissons d'autre autorité que celle, bienveillante, de l'évêque de Rome.

— Je crains qu'elle ne vous fasse défaut : voici monseigneur l'évêque d'Ostie chargé de vous excommunier au nom de notre Très Saint Pape Clément II.

On vit alors un ecclésiastique, qui devait être l'évêque du lieu, se pousser au créneau et lancer :

— Un pape qui excommunie Bénévent ne peut être qu'un faux pape !

— Eh bien, pour la dernière fois, ouvrez les portes et nous en discuterons !

— Ce serait volontiers, dit le margrave qui avait retrouvé toute son assurance, malheureusement, nos princes, quand nous les avons chassés, sont partis en emportant les clés.

— Il se fout de nous ! grogna Iven entre ses dents.

— Comme tu es perspicace, mon compagnon, fit le Guiscard sur le même ton. Je me faisais la même réflexion.

— Par Dieu, quelle insolence ! s'emporta l'évêque Hermelin perdant de plus en plus patience.

— Du calme, monseigneur, lui susurra Robert. Puis, s'adressant toujours aussi aimablement au margrave : Vous voilà donc prisonniers, comme c'est fâcheux. Nous nous ferons un devoir de vous délivrer si vous nous dites où se cachent vos seigneurs.

— Faites donc ! J'ai toutes raisons de croire qu'ils sont allés se réfugier dans leur villa de Padouli, à moins d'une heure de chevauchée. Et il désigna la route qui s'éloignait vers l'est.

— Comptez sur nous et au plaisir de nous revoir, lança Robert en faisant signe à sa troupe de se remettre en marche.

Dans un coin de sa tête, le nom du margrave venait de s'ajouter à la liste de ceux qui ne l'emporteraient pas au paradis.

*

* *

Le soleil frappait fort, la route était poussiéreuse, mais on avait de quoi boire attaché à la selle, et la cavalcade ne fut pas déplaisante. On put même échanger, de loin, quelques propos badins avec les paysannes qui liaient les gerbes dans les champs. La saison avait été bonne. On coupait déjà les blés.

Une heure plus tard, on apercevait l'imposante villa fortifiée des princes de Bénévent.

— Mordieu, jura le Guiscard en faisant cabrer son cheval, je rêve ou serions-nous maudits ?

La ferme ressemblait en tous points à celle du seigneur de Bisignano, et pour augmenter encore la similitude, elle aussi était en partie la proie des flammes. Mais ici on était en pleine bataille.

— Allons, mes amis ! cria Robert dressé sur ses étriers et brandissant son épée, mon vénéré frère le duc nous a demandé de mettre un peu d'ordre dans ce pays ! Faisons notre devoir.

Il abaissa la visière de son heaume, piqua des éperons et les cinquante chevaliers s'élancèrent en hurlant à sa suite.

— Et maintenant, qu'est-ce qu'on fait ? s'enquit l'officier qui commandait l'escorte.

Toute la troupe était massée depuis un moment devant l'entrée de la villa et les premiers chevaux piétinaient les débris du portail défoncé. À travers toute la cour, les combats se poursuivaient avec violence et personne ne semblait s'être aperçu de l'arrivée du Guiscard et des siens.

À l'heure de l'attaque, la surprise avait dû être totale car les défenseurs des lieux n'avaient pas eu le temps de s'équiper. On en voyait dont les cottes de mailles non lacées pendaient sur les épaules, d'autres n'avaient pu que se couvrir la tête d'un casque, d'autres encore se battaient à corps découvert. Malgré cela, ils s'acharnaient à défendre une sorte de vaste préau qui reliait la chapelle au donjon et sous lequel les assaillants tentaient de pénétrer.

— Alors qu'est-ce qu'on fait ? redemanda le lieutenant. Ils sont plus nombreux que nous !

— Dans ce cas, mon bon, dit Robert, on aide un camp à se débarrasser de l'autre et, ensuite, on se retourne contre les vainqueurs.

— Oui, mais quel camp choisir en premier ?

— Celui du plus faible, voyons !

C'était visiblement celui des défenseurs, bien qu'un chevalier, qui avait passé l'âge de se battre et devait être le prince de Bénévent, tentât courageusement de faire face.

Des écuries en feu parvenaient des hennissements déchirants.

— Ils ne vont tout de même pas laisser griller les chevaux, s'indigna Robert, prêt à s'élancer de ce côté-là. Mais comme s'il avait été entendu, les portes s'ouvrirent en claquant et des chevaux affolés se ruèrent dans la cour, la crinière fumante, poussés par cinq ou six chevaliers lombards qui avaient réussi à s'équiper et s'élançaient pour prendre les assaillants à revers.

— Cette fois, il est temps d'intervenir, soupira le Guiscard, et il lança toute sa cavalerie pour couper la route aux nouveaux arrivants et s'interposer entre les belligérants. Frappant de droite et de gauche, il pénétra sous le préau en hurlant :

— Remettez les épées au fourreau. Je vous l'ordonne au nom de l'empereur germanique, du pape de Rome et du duc des Normands par-dessus le marché.

— Je suis prince de Bénévent et je ne vous obéirai que si vous mettez ces brigands à la raison car nous avons été assaillis par traîtrise, protesta le vieil homme combatif.

— Et moi, déclara celui qui devait être le chef desdits brigands, je me moque autant de l'empereur que du pape et pour ce qui est du duc des Normands, s'il a quelque chose à me dire, qu'il le fasse en personne.

Et ôtant son casque, il révéla un visage de vieux Normand teigneux.

— Il faudra que tu te contentes de son frère, vénérable chevalier, ironisa le Guiscard

— Je connais bien le frère du duc ! Toi, va au diable, tu n'es qu'un blanc-bec ! Et sautant à terre avec une surprenante agilité, il se jeta dans la mêlée et la bataille recommença. Mais un des cavaliers, qui se tenait à ses côtés, ne le suivit pas et dit aimablement à Robert :

— Veuillez excuser mon père, messire, il n'a jamais été d'humeur commode et l'âge n'a rien arrangé.

— Ne vous inquiétez pas, dit le Guiscard, le mien est de cette trempe. Que diable faites-vous ici ?

— Nous sommes venus délivrer ma tante que ces Lombards séquestrent.

— Si vous dites vrai, je vous ferai rendre justice. Je suis Robert de Hauteville.

— Et moi, Girard de Buonalbergo. Père ! Père ! C'est l'aîné de Frésende, le petit-fils de Beauchevel ! Notre cousin Robert !

La nouvelle dut surprendre un instant le vieux guerrier qui croisait le fer avec le prince de Bénévent, car il oublia de parer et son adversaire en profita pour lui projeter la pointe de son épée en pleine poitrine, mais le bras n'avait plus assez de vigueur pour percer la cotte de mailles et le Normand irascible en fut quitte pour une vive douleur qui le mit dans un état de fureur telle que, d'un moulinet de sa lame, il trancha le cou de son ennemi et envoya la tête rouler à l'intérieur de la chapelle jusqu'au pied de l'autel.

Ce qui se produisit alors laissa le Guiscard et ses compagnons stupéfaits.

Devant l'autel se tenait un jeune homme maigre, vêtu comme un moine mais non tonsuré. De longues boucles noires accentuaient encore la pâleur de ses traits émaciés, et on se serait attendu, en découvrant cette silhouette fragile, à le voir s'évanouir devant un si horrible spectacle. Mais tout au contraire, le jeune homme saisit par les cheveux cette tête sanguinolente, la leva à hauteur de son regard et se mit à lui parler d'une voix lasse où perçait un peu de tendresse :

— Le Seigneur a frappé, je vous l'avais prédit. On ne se dresse pas contre la Volonté de Dieu. Vous avez voulu me donner le goût du péché, souiller ma chair et mon esprit. Dieu vous en a puni.

Puis, présentant cette face décapitée au Christ Pantocrator dont l'image immense décorait le fond de la chapelle, il s'écria :

— Ah ! Seigneur, aie pitié de cette âme ! Pardonne à mon père et accueille-le dans ton paradis, il ne savait pas ce qu'il faisait.

Le jeune Lombard posa délicatement la tête sur l'autel et, se jetant de tout son long sur le sol, s'abîma dans une muette prière.

Dans le silence revenu, on entendit des glapissements de femmes et le vacarme d'une porte bardée de fer qu'on tentait d'ébranler, à l'autre bout de la nef. Quand des soldats l'eurent ouverte, six femmes en cheveux et à moitié dévêtues, parées et fardées à ne pas dépareiller le cheptel de la Reine des Fleurs, sortirent en poussant de grands cris effrayés.

— Est-ce que ta tante est parmi elles ? demanda Robert au jeune Buonalbergo.

— Est-ce que tu t'imagines que ma tante est une pute ? s'indigna Girard.

— Ne te fâche pas, mon cousin ! Qu'est-ce que j'en sais, moi ?

Ils se retrouvèrent tous dans la salle d'où venaient de s'échapper ces appétissantes catins. Un grand lit défait couvert de drap fin et de coussins de soie en occupait le centre. A côté, sur des tréteaux nappés de lin blanc, on avait posé en abondance toutes sortes de mets, de confiseries et de belles aiguières de vins, tous les ingrédients d'une orgie qui en fit saliver plus d'un.

Au fond de la pièce, un escalier étroit menait vers le sommet de la tour : il en descendait d'harmonieuses voix de pucelles chantant des psaumes avec conviction.

— Elle est là-haut, cria le vieux Buonalbergo et il s'élança, suivi de quelques-uns de ses hommes, pour redescendre presque aussitôt en poussant devant lui une dizaine de nonnettes qui tentaient de poursuivre leur chant. Elles traversèrent la pièce en courant et passèrent dans la chapelle où le jeune homme s'était remis à genoux. Elles s'élancèrent vers lui et l'entourèrent à l'étouffer, regardant tous les chevaliers qui étaient là avec des airs farouches. L'un d'eux, ôtant son casque pour se faire reconnaître, supplia :

— Venez demoiselle Aubérée, je suis là pour vous protéger.

Le Guiscard eut envie de rire : celui qui venait de parler si bravement paraissait aussi vieux que l'irascible Buonalbergo et le prince décapité réunis.

— Mon bon Martin Chenu, protesta la jeune nonne, sur notre âme, nous ne bougerons pas tant que vous n'aurez pas tous juré de ne faire aucun mal au prince Didier. Nous ne vous laisserons pas martyriser un saint ou il faudra nous tuer aussi !

— Je ne tolérerai pas cette comédie plus longtemps, ma petite sœur ! gronda le plus ancien des Buonalbergo.

— Si vous touchez un seul cheveu de cette enfant, vous aurez affaire à moi, menaça Martin Chenu.

— Avise-toi de m'en empêcher et ta tête ira rejoindre, sur l'autel, celle de ce fichu Lombard !

— Cessez vos stupides chamailleries, ordonna le Guiscard qui hésitait entre fou rire et feinte colère.

Alors, la toute jeune fille, saisissant, avec un sûr instinct, de quel côté était la vraie autorité, se jeta aux pieds de Robert, lui enserra les jambes de ses bras et, tout en lui embrassant les genoux, se mit à le supplier d'épargner le vertueux Didier.

Robert se sentait un peu gêné, il essayait de relever la demoiselle qui s'agrippait à lui. La regardant de si près, il lui trouva un charmant visage innocent et un petit corps adorablement grassouillet comme il convient à seize ans.

— Tranquillisez-vous, ma cousine, dit-il en faisant passer de rassurantes vibrations dans sa voix de basse, il ne sera fait aucun tort à votre protégé tant que je n'aurai pas tiré toute cette affaire au clair.

En lui-même, il pensait : Qu'est-ce qu'elles ont, toutes ces folles, à se préoccuper de cet avorton, fût-il prince de Bénévent ? Et d'abord, dites-moi, avez-vous été enlevées et séquestrées ?

— Nous ? Jamais, protestèrent toutes les nonnettes en chœur.

— Nous sommes venues de notre plein gré, affirma la demoiselle Aubérée, pour soutenir notre bien-aimé Didier dans son combat contre ces horribles femmes et chanter et prier pendant son supplice.

Le Guiscard mit un moment à comprendre qu'elle appelait supplice les bontés qu'on avait demandé à des filles de joie de prodiguer à cet intransigeant jeune homme, sans doute pour éveiller une virilité qui ne devait pas souhaiter s'exprimer.

Le Guiscard donna ses ordres, fit taire toutes les protestations et concéda à son cousin qui ne décolérait pas que toute l'affaire se réglerait au château de Buonalbergo.

Tout au long du chemin, le vieux baron fit bande à part, mais le jeune Girard tint compagnie à son cousin, visiblement heureux de cette rencontre.

— Enfin, lui disait Robert, cette petite demoiselle ne peut pas être ta tante. Elle a bien cinquante ans de moins que ton père.

— Le vieux du vieux aimait les femmes par-dessus tout, expliquait Girard. Il s'est marié pour la dernière fois à plus de soixante-dix ans et, d'ailleurs, il est mort à la tâche.

— Heureux homme ! Le ciel nous réserve pareil destin !

— Quand est arrivée cette dernière enfant, il s'est senti fondre. Rien n'était trop beau pour elle. Avant de mourir, il a partagé ses terres et ses hommes entre mon père et elle, et il a confié à son fidèle écuyer, ce Martin Chenu que tu as vu tout à l'heure prêt à se battre pour la protéger, la charge de faire en sorte que les droits d'Aubérée soient respectés. À seize ans, elle dispose de cinquante chevaliers, bien à elle, et d'assez de biens pour les entretenir. Mon père n'a jamais été très commode, mais depuis qu'il s'est vu privé de la moitié de son héritage, il est devenu tout à fait impossible. Si tu as besoin d'un chevalier dévoué à tes côtés, je suis ton homme. J'ai grande envie de prendre le large.

— Tu serais le bienvenu, affirma Robert en lui tapant sur l'épaule. Et cinquante chevaliers ne me déplairaient pas non plus.

— Ah ! Je vois pourquoi on t'a surnommé le Guiscard ! s'esclaffa l'autre. Alors, épouse ma tante avant qu'elle n'ait prononcé ses vœux !

— Je vais y réfléchir, dit Robert.

Et tout en y réfléchissant, il en vint à se demander si, finalement, l'acquisition des cinquante chevaliers ne lui importait pas moins que le désir qu'il éprouvait pour cette gamine rondelette et franche qui avait su reconnaître son pouvoir sans le craindre.

Ce grand gaillard arrogant, qui éveillait si aisément le désir des femmes mûres, avait toujours effrayé les tendrons. Les petites pucelles, qui se pâmaient devant la peau fine et les airs câlins de *la petite merveille*, s'enfuyaient dès qu'il avançait vers elles ses mains puissantes et son grand nez impérieux.

Or, *le premier des derniers* avait le goût des jeunettes et, ce jour-là, la petite Aubérée lui avait offert ce regard éperdu que les jeunes filles réservaient à son cadet. Comblé, il en venait presque à se sentir ému au souvenir de ce *dernier des derniers* que, sans se l'avouer, il avait toujours jalousé.

8

Guiscardises

En découvrant Buonalbergo, Robert comprit mieux le farouche désir d'indépendance du vieux Gauthier.

La cité était opulente et coquette et si le château n'avait rien de ces nids d'aigle qu'affectionnait le Guiscard (où en est San Marco ? au diable ces pertes de temps !), il était bien assez vaste et solidement construit pour abriter la centaine de chevaliers et leur suite qui appartenaient au baron et à la touchante Aubérée.

Les négociations furent difficiles. Le seigneur de Buonalbergo exigeait la villa Padouli comme prise de guerre et Robert dut ressasser les raisons de son refus : il n'y avait pas eu guerre et encore moins victoire, seulement décapitation d'un malheureux prince. Toute cette expédition n'était que brigandage et l'enlèvement d'Aubérée mauvais prétexte.

Il voulait bien passer sur le pillage auquel s'étaient livrés les sbires du baron mais, pour le reste, tout ce qui appartenait à Bénévent appartenait désormais au duc de Pouille par la seule volonté de l'empereur.

Quant au jeune prince Didier, il ne pouvait être ni monnaie d'échange ni objet de rançon et il revenait à Dreux de décider de son sort.

À tout cela, le seigneur de Buonalbergo opposait une mauvaise foi hargneuse et de brusques colères que ne tempéraient qu'à peine les égards qu'un hôte doit à ses invités.

Comment, dans un tel climat, parler mariage ? Et pourtant, le Guiscard ne cessait d'y penser. À chaque moment de pause, il allait, en compagnie d'Iven, traîner comme par hasard sous les fenêtres de la chambre où il savait qu'on avait mis l'oiseau en cage.

— Tu ne trouves pas qu'elle a l'air d'une petite caille ? disait-il en mettant ses mains en corbeille comme s'il avait tenu délicatement un oisillon.

L'écuyer tortillait les longs poils de sa moustache rousse : son chevalier avait, d'ordinaire, des expressions plus crues pour évoquer les charmes des dames auxquelles il s'intéressait au passage.

Quand on revenait à la table des discussions, Girard de Buonalbergo faisait de grands signes d'encouragement dans le dos de son père pour inciter son lointain cousin à faire sa demande. Mais le Guiscard, plus prudent, sentait bien que le moment n'était pas opportun.

Il menaçait de ne l'être jamais. Il fallait trouver une autre solution.

*

* *

Iven, qui traînait auprès des cuisines, emboîta le pas du garçonnet qui portait le repas à la jeune prisonnière. Le gamin, moyennant quelques jolies piécettes, avait accepté de dire un mot à l'oreille de la demoiselle. Elle s'était aussitôt levée pour venir dans l'entrebâillement de la porte.

— Demoiselle, lui murmura l'écuyer en lui faisant signe de n'alerter personne, il fallait que je vous parle. Le jeune prince Didier est en grand danger. Votre frère projette de le faire assassiner cette nuit.

La jeune fille ne put retenir un cri d'effroi.

— Eh bien ! Aubérée, que faites-vous à cette porte ? Revenez immédiatement, lança la voix revêche d'une femme qui devait être chargée de sa surveillance.

— Mais, bredouilla Aubérée, le seigneur Robert va le protéger.

— Hélas non, fit Iven de son air le plus tragique. Nous partons dans l'heure. Vous seule pouvez encore sauver ce bon jeune homme. Mon maître est dans l'écurie à surveiller le harnachement des chevaux. Allez vous jeter à ses pieds.

— Demoiselle Aubérée, refermez cette porte et venez manger, ordonna la voix revêche.

Sans l'écouter, Aubérée quitta la chambre et partit en courant à travers les couloirs. Iven repoussa la targette extérieure, laissant la gardienne affolée cogner pour se faire ouvrir.

La jeune fille savait bien qu'elle agissait contre toutes convenances, mais qu'y pouvait-elle ?

Elle traversa la cour en rasant les murs et se précipita dans l'écurie, haletante, le cœur battant. Elle se demandait comment elle aurait le courage d'affronter le regard des chevaliers du seigneur Robert, mais la question n'eut jamais de réponse : il n'y avait personne autour des chevaux si ce n'est le Guiscard lui-même qui parlait à sa monture et se retourna en l'entendant arriver.

— C'est vous, ma chère enfant ! dit-il avec douceur en lui saisissant les mains, j'avais peur de devoir partir sans pouvoir vous saluer. Mais vous êtes venue et j'en suis bien heureux.

— Ah ! Messire Robert, ayez la bonté de venir en aide au jeune prince de Bénévent. On me dit qu'il est en danger ici, emmenez-le avec vous, supplia-t-elle tout en bataillant pour essayer de se dégager.

— Allons, allons, murmura Robert, calmez-vous, ma jolie cousine. On dirait que vous avez peur. Ce n'est pas de moi, j'espère ? Bien sûr que je le protégerai, votre petit saint. Mais serez-vous aussi bonne avec moi que je le serai avec lui ?

Et il se mit à lui débiter toutes sortes de charmantes banalités de sa belle voix de velours. La jeune fille se sentit perdue entre ces mains puissantes qui remontaient de ses avant-bras vers ses épaules avec tant de douceur et cette grande chaleur d'homme qui la laissait sans force. Elle eût voulu s'enfuir mais ses jambes tremblaient trop pour même la porter.

— Ah ! oui... ma vie... toute ma vie à côté de vous, pour vous servir comme un esclave, pour vous protéger comme un saint Georges, pour vous aimer comme aucun ange de Dieu ne saurait le faire, poursuivait la chaude voix de basse.

C'est alors qu'on entendit les cris et les pas d'hommes qui traversaient précipitamment la cour. La petite Aubérée devint blême.

— Ne craignez rien, je suis là. On ne vous verra pas, assura le Guiscard en la prenant dans ses bras pour la coucher sur la paille. Ne dites rien, je vais vous cacher.

Et il s'allongea à moitié sur elle.

La porte s'ouvrit à la volée et Robert vit apparaître, sur le seuil, le seigneur de Buonalbergo, son fils et le vieux Martin Chenu suivis de quelques hommes qui portaient des torches et d'Iven qui tortillait à nouveau sa moustache.

En découvrant la scène, le seigneur de Buonalbergo poussa un hurlement terrible. Il se serait jeté, sans plus réfléchir, sur le Guiscard si Girard et les autres ne l'avaient retenu.

Robert, tel un pénitent, à genoux et les bras en croix, faisait face, quémandant sur le ton le plus humble :

— Ne faites pas de mal à cette enfant. Elle est innocente ! Tout est ma faute ! Mes bons amis, je vous prends tous à témoin de mon repentir : je l'épouse.

— Comment ? Tu l'épouses ! s'étouffa le vieux Gauthier.

— Oui, oui, je comprends : vous pensiez ne plus pouvoir la marier. Tout le monde saura, demain, qu'elle a participé aux orgies des princes de Bénévent. Mais moi je sais qu'elle est restée pure ! Je la protégerai de toutes ces médisances et je forcerai toutes ces bonnes âmes hypocrites à la respecter.

Buonalbergo ne savait plus comment réagir, effrayé et désarçonné par tant d'aplomb. Ce fut Martin Chenu qui demanda :

— Demoiselle Aubérée, dites-moi si cet homme vous a manqué et je le taillerai en pièces.

C'est qu'il serait bien capable d'essayer, ce vieux fou, songea Robert, touché par tant de dévouement et de fidélité. Et très vite, il murmura à l'oreille de la jeune fille :

— Dites que vous m'épousez et votre petit prince est sauvé !

Et pour transformer sa phrase en serment, il baisa la fine croix d'or qu'elle portait à son cou en frôlant négligemment sa poitrine.

Aubérée, éperdue, ne comprenait pas ce qui lui arrivait, elle ne savait plus ce qu'elle voulait, ni comment le dire et elle s'entendit ordonner d'une voix blanche :

— Mon bon Martin, obéissez aux ordres de mon cousin Robert.

Et vaincue par trop d'émotion et de honte, elle fit ce qu'il convenait de faire : elle s'évanouit en se raccrochant à cet homme qui était en train de lui faire oublier Dieu et ses saints.

*

* *

Dès l'aube du lendemain, Robert Guiscard, décidant qu'il avait tout pouvoir pour statuer en lieu et place du duc de Pouille, eut un entretien avec Didier de Bénévent. Il trouva le jeune homme parfaitement calme et en fut impressionné.

— Je suis arrivé trop tard pour empêcher la mort du prince votre père et le regrette fort, lui dit-il.

— Dans ce cas, répliqua le jeune homme en l'invitant à s'agenouiller à côté de lui, prions ensemble pour le salut de son âme.

Après quoi, ils parlèrent de l'avenir.

Robert lui proposa de reprendre Bénévent avec l'aide des chevaliers normands à la seule condition qu'il accepte de se reconnaître vassal du duc de Pouille, comme le voulait l'empereur germanique.

— N'attendez rien de moi, déclara fermement le prince. Je ne souhaite ni richesse, ni pouvoir, ni rien qui nous vienne de ce monde. Pour ce qui est de Bénévent, je vous le dis, l'empereur, en donnant la ville à votre frère, a mal agi sous l'effet de la colère et il devra, un jour, se déjuger. Jamais un empereur du Saint-Empire n'a remis en question la Donation de Constantin. Maintenant, faites de moi ce que vous voulez. Ce sera la volonté de Dieu…

Il venait de ses beaux yeux sombres un regard plein de force et son corps maigre semblait rayonner d'une énergie invisible qui en imposait. Le Guiscard commençait à mieux comprendre l'ascendant qu'il avait pu prendre sur toutes ces jeunes exaltées prêtes à tout pour le protéger.

— Je vois, soupira le Guiscard, alors, que suggérez-vous ?

*

* *

On trouve, au large du Monte Gargano, un chapelet d'îlots sauvages. Sur l'un d'eux, dédié à saint Nicolas, la roche est percée d'innombrables grottes qu'habitent de pieux ermites loqueteux. Comme ces mystiques intransigeants toléraient, à distance, la présence de quelques disciples, c'est auprès d'eux que Didier de Bénévent choisit, à vingt ans, de s'exiler.

Pour rassurer totalement la petite Aubérée, Robert confia au chevalier Martin Chenu le soin de conduire le jeune prince jusqu'au port de Termoli. De là, quelque barque de pêcheurs le conduirait sur ce récif perdu où chaque pierre abritait un scorpion.

Cinq années passeraient avant le jour où se rouvrirait, pour lui, dans le siècle, le chemin auquel le destinaient sa naissance et ses vertus.

*

* *

Ainsi l'héritier de Bénévent entrait-il dans l'âge du renoncement, au moment où, pour l'aîné des fils de Frésende, venait le temps des amours. Il venait aussi pour *le dernier des derniers*.

9

Les nuits de Saint-Évroult

Dans la désormais lointaine Normandie, un miracle venait d'avoir lieu.

C'était aux limites des terres d'Échauffour, domaine qui appartenait, par les femmes, aux Grandmesnil et où le demi-frère de Judith d'Évreux, Robert, s'était réfugié pour échapper à la vindicte du duc de Normandie, après la lamentable déroute de Val des Dunes.

Un matin brumeux de novembre, alors que Robert, son frère, et son oncle Guillaume chassaient sur leur domaine en compagnie de l'abbé de Jumièges, un paysan affolé avait surgi devant eux, par le plus grand des hasards, les suppliant de l'aider à récupérer son unique taureau qu'il ne pouvait, à lui seul, faire sortir d'une grotte où il s'était réfugié.

— Nous avons déjà fait bonne chasse, ajoutons une bonne action à cette heureuse journée, suggéra Robert. Aidons ce pauvre homme !

On l'approuva. Les cavaliers suivirent le paysan jusqu'au milieu d'un marécage où se dressaient les ruines d'un petit édifice de pierres grossièrement taillées dans la roche et dont le linteau portait une croix gravée.

À l'intérieur, le taureau prisonnier se débattait en beuglant pitoyablement.

C'est là qu'il fut évident qu'on se trouvait en face d'un miracle. Comment ce magnifique animal avait-il pu, de lui-même, franchir l'étroit passage qui servait de porte, alors qu'il avait le front bien trop largement garni pour pouvoir passer naturellement par l'entrée ? Mais le plus merveilleux apparut ensuite : le taureau, en se débattant, avait fait s'effondrer en partie le mur du fond, révélant une vaste niche dans laquelle reposait un squelette encore vêtu de lambeaux de bure et portant sur sa poitrine creuse une belle croix d'argent massif. En découvrant ces restes, tous les assistants furent saisis d'une sainte terreur.

— Nous avons retrouvé l'ermitage de Saint-Évroult ! s'écria Grandmesnil.

Évroult était un moine exemplaire qui avait lutté et prié, quelque cinq cents ans plus tôt, pour évangéliser ces terres encore à demi païennes. On avait depuis longtemps perdu sa trace mais la tradition voulait qu'à sa mort ses disciples, chassés par les invasions barbares, aient scellé son tombeau et brouillé les chemins pour protéger sa vénérable dépouille.

Après avoir longuement prié, les chasseurs ressortirent à l'air libre dans un grand état d'exaltation et Robert de Grandmesnil jura, prenant ses compagnons à témoin, que désormais il consacrerait toutes ses forces et toute sa fortune à bâtir, ici même, une immense abbaye dont la splendeur ferait retentir à travers la chrétienté la gloire de cet humble serviteur de la foi.

Son oncle Guillaume et son frère Hugues jurèrent qu'ils l'aideraient de tout cœur dans cette tâche et l'abbé de Jumièges promit qu'il leur donnerait pour abbé le plus digne de ses moines.

*

* *

C'est ainsi qu'arriva peu de temps après, au château d'Échauffour, un saint prêtre du nom de Thierry de Mathonville qui débordait de reconnaissance et d'exaltation à l'idée de la tâche qui l'attendait. Il avait si bonne réputation que Robert de Grandmesnil prit le risque de se rendre en sa compagnie jusqu'à la grande abbaye voisine du Bec où régnait l'illustre et redoutable Lanfranc, le très écouté conseiller du duc de Normandie. Il venait offrir à sa paternelle autorité l'avenir de la future abbaye de Saint-Évroult.

Lanfranc, Lombard et fin politique, admira les accents de conviction avec lesquels ce rusé gentilhomme protestait de sa foi et de son abnégation. Aussi, quand Grandmesnil conclut :

— Pour tout ce que je vous offre, je ne demande qu'une seule chose... L'abbé du Bec se dit : « Nous y voilà ! Il va enfin me demander d'intervenir auprès du duc pour obtenir son pardon ! »

Mais Grandmesnil sollicitait simplement qu'on voulût bien permettre à ce petit chanteur à la voix d'or, qu'on appelait Fra Modesto, de professer à Saint-Évroult, avant son retour au Mont-Cassin.

Thierry de Mathonville renchérit. Il était lui-même passionné de musique et rêvait de faire éclore, dans cette abbaye à venir, une nouvelle et splendide liturgie.

— Je vais y réfléchir, dit Lanfranc pris de court. Mais dès le lendemain, à leur grand étonnement, Fra Modesto vint lui-même leur annoncer qu'il séjournerait à Saint-Évroult avant de regagner l'Italie.

Seulement Saint-Évroult n'existait pas encore !

*

* *

Un an et demi plus tard, quand Roger de Hauteville arriva sur les lieux en compagnie du petit Serlon, précédant une charrette conduite par le dernier des fils de Toerkil la Baleine et dans laquelle brinquebalaient deux superbes dragons de bois aux couleurs criardes, un lac baignait déjà les hautes murailles de Saint-Évroult. On avait détourné une petite rivière pour transformer le marécage en étang poissonneux.

Les colonnes de la future nef se dressaient fièrement autour du tombeau de l'ermite et si les premiers moines, venus de Jumièges, du Bec et d'ailleurs, dormaient encore dans des baraquements de bois, le logis abbatial portait déjà sa toiture. Par-dessus les grandes salles où s'activeraient les chantres et les copistes, les appartements de Thierry de Mathonville et de Robert de Grandmesnil connaissaient le sobre confort qui convenait. On y accédait par un bel escalier qui se séparait en deux pour gagner une galerie à colonnes. C'est au pied de cet escalier que Robert fit placer les deux terribles figures de proue.

— Dieu nous garde ! protesta Thierry de Mathonville, tremblant presque en les découvrant. Vous n'allez pas nous faire passer chaque jour devant ces représentations diaboliques ?

Et Robert, désignant la haute croix de bois suspendue dans la galerie, de répondre simplement :

— Ainsi saurons-nous chaque jour d'où nous venons et vers quoi nous allons !

*

* *

— Voilà mon providentiel ami, s'était exclamé Grandmesnil en apercevant Roger devant la charrette immobilisée au milieu de l'espace qui serait bientôt le cloître de Saint-Évroult.

À contre-jour, *le dernier des derniers* avait eu du mal à reconnaître le frère de Judith dans ce moine en robe de bure qui descendait vers lui en sautant de bloc en bloc.

Robert de Grandmesnil avait été reçu dans l'ordre des Bénédictins au terme d'une procédure quelque peu accélérée mais que le bon Thierry de Mathonville avait suggérée, le Bec approuvée et Jumièges accomplie. Pouvait-on faire moins pour un homme aussi généreux qui n'aspirait qu'à être prieur dans l'ombre d'un pieux abbé ?

À l'heure du repas, quand le crissement des scies et le martèlement des ciseaux sur la pierre se furent tus, on entendit, venant du seul bâtiment achevé, une voix ineffable et reconnaissable entre toutes et qui ne chantait ni laudes, ni psaumes, mais ce vieux refrain sicilien qui disait :

Pourquoi se plaindre de l'exil
Quand la terre promise est encore plus belle.
Pourquoi pleurer l'absence d'une mère
Quand la fiancée est plus douce encore.

Roger se précipita et Fra Modesto le prit dans ses bras.

— *La petite merveille !* s'écria-t-il. Viens par ici, j'ai une foule de choses à te dire que tu ne sais peut-être pas.

Il lui apprit la mort de Bras de Fer et que l'empereur germanique en personne avait fait Dreux duc de Pouille et comte de Melfi avec la bénédiction du pape. Tout le monde disait que *le deuxième des premiers* était un sage chevalier.

— Et que sais-tu de mon frère Robert ?

— On m'a rapporté que, là-bas, on ne l'appelle plus que le Guiscard ! Il s'est bâti un château dédié à saint Marc et commande à une armée de chevaliers qui terrifie les Byzantins de Calabre.

— Et la Sicile ? Fait-il quelque chose pour la Sicile ?

— Hélas, soupira le petit moine. Ma pauvre Sicile ! Je crois que plus personne n'y songe...

— J'aime autant ! murmura Roger.

*

* *

On déjeuna sur le tas, en compagnie des architectes, des métreurs et des compagnons. Grandmesnil paraissait à l'aise au milieu de tous. Quand à la fin du repas il demanda à Serlon s'il avait bien mangé et ne souhaitait rien d'autre, le petit lutin lui répondit :

— Grand merci, messire, et si je savais quand nous reverrons la demoiselle d'Évreux, je serais comblé.

Roger faillit s'étouffer. Rien n'avait été préparé entre eux et le garçon, impassible, ne tourna même pas le regard vers lui.

— Si vous restez en notre compagnie jusqu'à dimanche, vous la verrez, mon jeune sire. Elle accompagne toujours ma mère qui vient jusqu'ici pour entendre la messe.

On était au milieu de la semaine et Roger pensa que ce dimanche n'arriverait jamais. Dieu merci, Grandmesnil, faisant feu de tout bois, sut les embaucher pour des tâches de portefaix qui leur procurèrent la sensation de journées courtes et des nuits sans rêves.

*

* *

C'était une de ces belles journées de printemps comme le pays d'Ouche en connaît parfois et dont la brève splendeur suffit à faire oublier les grisailles passées. Les nuages qui s'attardaient regorgeaient de lumière et de l'or coulait sur tous les feuillages.

Elle était là !

Ce ne pouvait être qu'elle, sagement penchée au premier rang, dissimulée sous un grand manteau à capuche. Loin dans l'assistance, Roger ne cessait de se balancer d'un pied sur l'autre pour ne jamais la perdre de vue. Quand Fra Modesto entonna le *O Virga Mediatrix* avec cette puissante douceur qui courbait toutes les échines, elle se tourna vers Roger, leurs yeux se croisèrent et il sut à ce regard calme et grave qu'elle n'avait cessé de penser à lui, tout comme il n'avait, durant tous ces mois, cessé de penser à elle.

Au terme de la messe, dès qu'il eut fini d'officier, Grandmesnil vint le chercher ainsi que Serlon pour les présenter à sa mère. Le dernier fils de Tancrède voyait pour la première fois la dame d'Évreux. C'était une grande et belle femme, mais l'âge avait rendu ses traits autoritaires et deux larges plis au coin de sa bouche indiquaient l'amertume des temps passés.

— Dame ma mère, dit Grandmesnil, je vous présente le jeune homme qui, je crois bien, m'a sauvé la vie dans les circonstances que vous savez. Il est fils du seigneur Tancrède de Hauteville et frère du duc de Pouille.

— J'ai beaucoup entendu parler des exploits de vos frères, déclara-t-elle avec un rien de hauteur. Mais ils comptent moins pour moi que le vôtre puisque Dieu a voulu que vous veniez en aide à mon cher Robert.

Elle allait s'éloigner en entraînant sa fille mais Judith se planta devant Roger.

— On me dit, messire écuyer, que vous venez ici pour vous faire moine ?

— Seulement si vous me l'ordonnez, bredouilla Roger, désarçonné par ce ton malicieux.

La jeune fille fronça le nez, comme à son ordinaire quand elle s'amusait et Roger se sentit perdu : comme elle était belle ! Il ne se souvenait pas qu'elle eût les yeux d'un bleu si sombre, presque violet. Ses joues s'étaient remplies, lui donnant un visage plus joyeux. Ses épaules s'étaient arrondies et les seins minuscules, qu'il avait écrasés sur sa poitrine avec tant de plaisir, gonflaient maintenant son corsage.

Sans même le charme de leur première rencontre, il en serait ce jour-là tombé amoureux.

Judith se baissa pour embrasser Serlon et Roger en profita pour lui glisser à l'oreille, avec une audace désespérée :

— Est-ce que nous nous reverrons… autrement ?

— N'est-ce pas, mon cher frère, que Saint-Évroult est lieu de miracle ? dit la jeune fille à haute voix en se relevant, tournée vers Grandmesnil.

*

* *

Longtemps encore, ils n'eurent que ces dimanches pour se rencontrer. Ils attendaient l'office dans la fièvre, ils en sortaient tremblants de frustration. Depuis des semaines, Serlon et le fils de Toerkil avaient regagné le Cotentin, laissant Roger entre les mains d'un Grandmesnil fidèle à sa promesse.

Au sortir de la messe, la demoiselle d'Évreux disait à Roger :

— Vous n'avez toujours pas de nouvelles de votre petit neveu Serlon ? Vous savez comme je l'aime !

Et elle insistait sur le mot *aime* en fixant le jeune homme dans les yeux. Et lui :

— Il vous le rend bien. Tout le monde vous aime à Hauteville !

Ou encore Judith promettait :

— Ce soir, je prierai pour la dame Frésende, votre mère, pour la remercier de tous ses bienfaits.

Et Roger s'épanouissait en pensant : le meilleur de ses bienfaits, ne serait-ce pas moi ?

Un jour, alors que l'abbé Thierry retenait l'attention de tous par de subtils propos, elle parvint à caresser longuement, d'un doigt, le poignet de Roger et il vit, dans son regard, qu'elle s'enchantait du trouble qu'elle lui causait.

Une autre fois, ce fut lui qui réussit à frôler sa joue de ses boucles fauves. Il la vit quitter l'abbaye en se caressant le visage et porter ensuite ses doigts à ses lèvres.

Enfin, il y eut les mercredis. Grandmesnil avait décidé que, ce jour-là, il convenait d'améliorer l'ordinaire. Dès après matines, il partait pour la chasse, ses vêtements de chevalier cachés sous la soutane, flanqué de ses plus fidèles disciples : Roger et quatre autres jeunes gens de bons lignages qu'il gardait sous sa coupe.

Sitôt hors de vue de Saint-Évroult, on roulait les robes sous la selle et on s'élançait à bride abattue, hurlant comme des démons. Une fois les montures surchargées de dépouilles sanglantes, Grandmesnil conduisait son monde jusqu'à Échauffour où son oncle Guillaume et son frère Hugues les attendaient de pied ferme pour les perfectionner dans l'art de l'épée et la maîtrise du cheval de bataille.

Les Grandmesnil étaient tous d'élégants et subtils guerriers et chacun luttait d'émulation pour les imiter.

Judith trouvait mille prétextes pour venir les rejoindre. Elle admirait le tableau de chasse du jour, demandait à celui-ci comment il avait pu, d'un premier coup de lance, décrocher l'anneau pendu à l'arbre, à celui-là à quelle hauteur il avait su frapper le mannequin pour qu'il tournât si longtemps comme une toupie et, faussement dédaigneuse, elle disait à Roger :

— Messire le cadet des Hauteville, à vous je ne demande rien, vous êtes déjà bien trop fier de vos prouesses !

Tous riaient de cette pique et Roger faisait mine de se sentir penaud.

Un jour, à la fin du repas à Échauffour, la petite servante qui apportait pour dessert des pommes cuites fourrées de confiture servit Roger en dernier et avec tant de maladresse que le fruit tomba à terre. L'enfant s'accroupit pour le ramasser et Roger se sentit pincé au mollet. Il se baissa à son tour, comme pour l'aider, et la petite qui n'avait sans doute pas l'habitude de servir de messagère balbutia, les lèvres tremblantes :

— Soyez demain soir dans la crypte de Saint-Évroult, une heure après le coucher du soleil.

*

* *

Le dernier des derniers ne savait pas plus lire ni écrire que ses frères, mais il apprenait maintenant en latin, et y prenait un réel plaisir. Les phrases de la liturgie trouvaient un sens, tout comme les paroles d'évangile que les tailleurs de pierre gravaient avec tant d'habileté. Il comprenait les propos qu'échangeaient entre eux les plus savants des moines et se sentait de moins en moins exclu de leur communauté.

Écrire lui procurait tout autant de satisfaction. Il admirait les copistes et tentait d'imiter leur belle calligraphie, les yeux à deux doigts du parchemin, tirant la langue et noircissant ses boucles blondes en les tortillant de ses doigts maculés d'encre. Mais les chiffres surtout l'amusaient pour leurs formes et leur malice. N'avaient-ils pas le pouvoir de vous dire si vous étiez riche ou pauvre ?

Il est vrai que le moine cellérier qui leur enseignait le calcul étalait chaque jour sous leur regard son beau livre de comptes, soigné comme un vitrail.

Un vieux Bénédictin qui avait beaucoup voyagé se trouvait là aussi pour leur montrer à quoi ressemble le monde :

— Il est semblable à une main posée à la surface des océans. Espagne, Italie, Grèce, Palestine et Afrique sont autant de doigts. Au cœur de la paume se dresse Jérusalem.

— Et la Sicile ? demandait Roger.

— La Sicile, expliquait-il, est comme une goutte d'eau qui tomberait de ton index, si ton doigt était l'Italie.

Roger s'imaginait recueillant cette perle précieuse.

Il aimait par-dessus tout ces heures du soir où Robert de Grandmesnil ouvrait, dans sa chambre, les belles pages illustrées de son Vergèce et en tirait, pour les cinq fils de barons, les grands préceptes de l'art militaire que cet auteur avait su compiler et si clairement traduire des textes anciens.

Pourtant, ce soir-là, Roger s'excusa de ne pouvoir suivre la leçon. Il avait de forts maux de tête et besoin de prendre l'air.

*

* *

Les murs et les colonnes de la future église abbatiale étaient déjà dressés mais ne supportaient encore ni toit ni charpente. Le pavement, en revanche, était posé ainsi que le chevet dont l'arrondi s'inscrivait en saillie dans la muraille d'enceinte. De part et d'autre de l'emplacement de l'autel, des marches menaient à la crypte. On avait laissé là, intact, le vieil ermitage de Saint-Évroult et le squelette du bienheureux y reposait toujours à sa place. L'abside de la chapelle coiffait le tout comme un bonnet coiffe un crâne.

Roger descendit dans la crypte, sûr à cette heure de ne pas être aperçu. Un peu de clarté parvenait dans la salle basse à travers deux ouvertures en ogive guère plus larges que des meurtrières. Par moments, un léger clapotis qui venait mourir au chevet de l'église disait le passage, sur l'étang, d'une sarcelle ou d'une poule d'eau.

Beaucoup plus tard, alors que la nuit était tout à fait venue, il lui sembla entendre un bruissement de rame à peine perceptible. Il passa la tête par l'une des ouvertures et parvint à distinguer un bateau plat qui glissait sans effort parmi les joncs. À l'avant se tenait une petite silhouette encapuchonnée qu'il reconnut tout de suite.

Comme il se penchait encore plus, il se rendit compte que son corps robuste mais encore mince d'adolescent pouvait tout juste se faufiler à travers l'ouverture et il se laissa tomber de l'autre côté.

La roche sur laquelle s'appuyaient les fondations formait un minuscule tremplin. La barque vint y cogner en douceur. Il aida la petite silhouette à venir le rejoindre sur la terre ferme où il y avait si peu de place qu'ils ne pouvaient que se tenir serrés l'un contre l'autre.

— Venez sur la barque, conseilla Judith. Ici, on pourrait tout de même nous voir.

À l'arrière de l'embarcation, un avorton souriait de toutes ses dents plantées au hasard.

— Ne vous occupez pas de lui, dit la jeune fille, il est sourd et muet et quelque peu idiot, mais fidèle : je crois qu'il m'aime.

— Je m'en réjouis pour vous, murmura Roger. Je me suis toujours demandé si vous pouviez éveiller de tels sentiments.

La demoiselle d'Évreux plissa son petit nez et, une fois de plus, il fut séduit par cette grimace comique et il ne put résister au désir de lui mordiller le visage, puis ses lèvres glissèrent vers celles de Judith.

*

* *

À partir de ce jour, ils surent que cette terre n'est pas nécessairement une vallée de larmes et se persuadèrent que Dieu soulève parfois, pour ceux qui s'aiment sans mesure, le voile de péché qui enferme le monde.

Comme il n'y avait que leurs corps pour exprimer l'amour qui les dévorait, ils parlèrent avec leurs corps.

Le nautonier, s'il était de peu d'esprit, s'intéressait tout de même un peu trop à leur intimité. Ils prirent l'habitude de le déposer au milieu d'une sorte d'îlot, nanti d'une outre de vin et de quelques biscuits que Roger dérobait aux cuisines.

Les saisons passèrent. Quand le temps était doux, ils jouissaient de leurs corps, nus sous les étoiles. Quand les brumes revenaient, ils cachaient leurs jeux sous des amas de fourrures. Un temps, les grenouilles chantaient leurs amours et un temps, les chouettes se racontaient leurs folies.

— Vous avez de la chance, vous, les garçons, disait Judith, vous avez quelque chose à offrir.

— C'est vous, demoiselles, qui avez de la chance, vous pouvez vous offrir tout entière.

Mais cette offrande-là, il ne l'accepta jamais.

Il eût pu la prendre sans effort dans ces moments où elle n'eût même pas songé à se défendre. Il eût pu la posséder quand elle ne savait plus quoi lui abandonner pour dire encore mieux sa passion.

— Non, disait-il fermement. Seulement quand j'aurai accompli ce que je t'ai promis pour être digne de toi.

Il s'était fait une haute idée de leur destin et il existait tant d'autres moyens pour épuiser leur désir.

*

* *

La dame d'Évreux étant allée rejoindre son époux à la cour du duc de Normandie, Judith restait à Échauffour sous la seule garde de la dame Herléva. Chaque soir d'évasion, la jeune fille apportait affectueusement à sa nourrice son indispensable tisane qu'elle agrémentait de quelques gouttes d'extrait de valériane. La grosse femme y gagnait des nuits d'autant plus paisibles qu'elle n'était pas réveillée par ses propres ronflements. Elle trouvait bien, au matin, que sa tendre petite Judith avait le teint pâle et le regard las, mais n'avait-elle pas la triste habitude de s'inquiéter sans raison ?

Le seul à ne pas être dupe fut sans doute Robert de Grandmesnil. Il s'amusa des yeux cernés de son élève, du chevrotement de sa voix certains jours et de ces moments d'hébétude qui allaient jusqu'à lui faire confondre une catapulte et un mangonneau. Il soupçonna la vérité, mais n'en laissa rien paraître. L'aventure amoureuse qu'il devinait servait ses desseins.

*
* *

Il y avait eu des soirs d'été au clair de lune, des automnes et des hivers sous les peaux de bêtes que leur chair tiédissait, et le chant de la pluie à la surface de l'étang et l'appel du coucou et le retour du rossignol. Autour de leur amour, le monde tournait. Maintenant la chapelle avait un toit.

Un soir, en descendant dans la crypte, Roger buta sur deux corps enlacés. Il reconnut l'un des tailleurs de pierre et son jeune apprenti. Les deux ouvriers se levèrent, effrayés d'avoir été surpris.

— Nous ne faisions rien de mal, dit l'aîné, le petit avait froid.

— Je me moque bien de ce que vous faisiez, s'écria Roger, mais ce qui ne me plaît pas, c'est ce que vous allez faire.

Il venait d'apercevoir, posés en dessous des ouvertures qui donnaient sur l'étang, deux barreaux de fer hérissés de pointes.

— Je ne veux pas que vous posiez ça, commanda-t-il.

— Mais, protesta le compagnon, on nous l'a ordonné. C'est pour empêcher de jeunes voleurs de se glisser par ici.

— Je m'en moque ! Débrouillez-vous ou je me ferai un devoir d'apprendre à tous que je vous ai trouvés en pleine bougrerie.

— Soyez bon, ayez pitié de nous, dit le tailleur de pierre. Que vous importe... ?

— Ce qui m'importe, c'est de pouvoir passer librement par l'une de ces ouvertures chaque fois qu'il me plaît.

— Il y aurait peut-être une solution, suggéra l'apprenti qui semblait moins affolé que son maître. En creusant plus profondément la pierre du haut, il suffirait de remonter la barre de fer pour pouvoir la sortir. Je crois qu'on ne s'en apercevrait pas.

— Eh bien ! Voilà un arrangement qui me convient, s'exclama Roger. Recouchez-vous et que le petit ne prenne pas froid.

Et d'un mouvement agile des reins, il lança ses pieds à travers l'étroite fenêtre et disparut de la crypte.

Cette nuit-là, Judith lui trouva un air préoccupé et s'en inquiéta.

— Je ne supporte plus que nous ayons à nous cacher, dit Roger, je veux que tout le monde sache que nous nous aimons. Pourquoi rester dans l'ombre comme si nous en avions honte ?

La jeune fille approuva. Mais ils savaient, l'un et l'autre, combien la lumière était dangereuse pour eux qui comptaient si peu d'amis.

10

Le géant Bohémond

C'est du côté de Dreux que vint la plus forte opposition au mariage du Guiscard avec Aubérée de Buonalbergo.

Le duc des Normands de Pouille avait un esprit méfiant et l'expérience n'avait fait qu'accentuer cette tendance naturelle. Il avait eu vent de la construction de la forteresse de San Marco, appris comment son jeune frère avait aguerri sa bande d'esclavons et combien les rescapés de Scribbla lui étaient aujourd'hui dévoués. Voir tomber cinquante bons chevaliers dans la corbeille de mariage n'était pas pour le rassurer, mais il avait très vite compris que le cadet était bien décidé à passer outre à ses réserves et il avait fini par céder. Ce n'était pas le moment de créer quelque dissension entre les Hauteville : les faveurs de l'empereur germanique avaient suscité autour de sa personne assez de suspicion et de ressentiment.

Pendant ce temps, le seigneur de San Marco grignotait le fruit pour – comme il aimait à le dire – en dégager le noyau avant de l'écraser. Le noyau, c'était Bari, la capitale de ce qu'il restait d'Italie byzantine. S'en emparer lui paraissait la seule action digne de ses ambitions, capable de lui assurer une renommée qui le hisserait à la hauteur de ses frères.

Il avait, dans cette entreprise, et ce n'était pas non plus pour plaire à Dreux, un allié objectif en Pierron de Trani, l'irréductible adversaire des premiers Hauteville. Les deux hommes ne s'étaient ni rencontrés, ni concertés, mais tant que le fils du vieux Taillemaure harcelait les Grecs au nord, les soldats de Byzance ne pouvaient se retourner massivement contre la petite armée dont disposait maintenant Robert. Et inversement.

Magnétisés par son verbe, enthousiasmés par sa pugnacité, les nouveaux chevaliers du Guiscard se surpassaient. Ils avaient enfoncé, décimé sans pitié toutes les troupes qui tentaient de leur barrer la route. Les forteresses dégarnies se rendaient les unes après les autres. Les hommes de Bérard le Savoyard escaladaient la nuit les murailles de celles qui tentaient de résister, massacraient les sentinelles et ouvraient leurs portes à la fureur normande.

Pour les fortes cités qu'on ne pouvait aussi aisément réduire, le Guiscard pratiquait cette tactique de la terre brûlée qui avait si fortement indigné jadis, en Sicile, Guillaume Bras de Fer. C'était une arme à double tranchant : affamer l'assiégé, c'était aussi affamer l'assiégeant, et les hommes de Robert dépendaient pour leur subsistance des provisions venues de Pouille que l'aîné leur vendait au prix fort.

*

* *

Mais si, ce jour-là, le Guiscard quittait en toute hâte le siège d'Altamura pour remonter vers le nord, galopant à en crever ses chevaux, ce n'était pas pour aller quémander quelque surcroît de vivres. Un messager, envoyé par le vieux Martin Chenu, venait de lui apprendre que la dame Aubérée allait bientôt mettre au monde son premier enfant.

— Je n'y connais rien, s'était agacé le Guiscard, mais il me semblait qu'il y fallait plus de temps que ça.

— Sans doute, avait reconnu l'envoyé, mais le chevalier Martin dit qu'elle est si grosse que, si elle n'accouche pas au plus tôt, elle risque d'éclater.

À cette idée, le Guiscard ne vivait plus.

Quand il arriva sur le chemin traversant la vallée que dominait sa forteresse, il ne fit même pas cette halte habituelle qui lui procurait le plaisir de découvrir son donjon. C'était pourtant devenu une sorte de rituel qui lui rappelait ce jour où, au retour de Buonalbergo, en découvrant San Marco presque achevé, il n'en avait pas cru ses yeux.

Le Bénédictin architecte avait fait merveille. Derrière les remparts qui épousaient étroitement les mouvements du rocher, la tour massive dressait son défi. L'escalier étroit, qui descendait jusqu'au fond de la combe, taillé à même la roche, était tracé de telle manière qu'il suffisait d'y faire rouler quelques blocs pour que tout indésirable fût réduit en bouillie avant même d'en avoir gravi les premières marches.

À cheval, on accédait à cette citadelle par un chemin de crête. Et comme, de ce côté, le sol était trop dur pour qu'on puisse y creuser un profond fossé, on avait hérissé les approches d'une barrière de pieux acérés.

Tel était San Marco, la fierté du *premier des derniers* auquel, pour la première fois, il ne pensa pas même à jeter un regard.

*
* *

La petite Aubérée gisait dans son lit, dolente. Ses belles joues rondes s'étaient creusées et l'on n'y voyait plus courir ce sang frais qui leur donnait des couleurs de pomme mûre.

Robert lui avait saisi la main, lui embrassait le creux du coude, le bras, les épaules.

— Ma petite caille, implorait-il, dis-moi que tout va bien.

— Qu'est-ce que c'est, *petite caille* ? demandait la matrone accoucheuse dont l'air impérieux et revêche n'était pas sans rappeler celui de la Charbouclée.

On lui expliqua ce qu'était une caille, alors la vieille, haussant les épaules, marmonna qu'on n'avait jamais vu une caille pondre un œuf de busard !

Dans une pièce à côté, le petit busard hurlait à pleins poumons de sorte qu'il ne vint pas à l'idée de son père de demander si c'était une fille ou un garçon.

— Je veux voir le petit Marc, dit le Guiscard.

— Marc ? grogna Martin Chenu qui semblait en vouloir à son seigneur. Vous feriez mieux de l'appeler Bohémond, comme le géant de la fable !

Le Guiscard n'avait jamais prêté beaucoup d'attention à l'allure des nouveau-nés, mais il lui sembla que celui-ci devait être deux fois plus grand que les autres. Il avait surtout une énorme tête qui semblait sculptée à coups de hache, sans rien de ce flou qui fait que tous les bébés tendent à se ressembler. Il affichait déjà la mâchoire volumineuse du vieux Tancrède, le nez fort et busqué de son père, et les deux petits yeux enfoncés sous des arcades proéminentes qui donnaient au vieux Buonalbergo son air méchamment buté.

— Comment as-tu trouvé ton fils ? demanda Aubérée, inquiète, quand le Guiscard vint la rejoindre.

Elle semblait avoir miraculeusement recouvré quelques forces depuis le retour de son seigneur.

— Magnifique ! s'exclama-t-il avec sincérité. Mais je t'avais demandé de me faire un garçon… pas un homme. Je crois que nous allons l'appeler Marc-Bohémond.

Il resta un moment assis à côté d'elle. Il songeait : J'ai baptisé mon donjon Saint-Marc et tous ici, même mes plus proches, disent San Marco, comme les gens du pays. Je crie à mes chevaliers Hauteville ! Et on me répond Altavilla ! Et demain, tout le monde dira que mon fils s'appelle Bohémond !... et je suis le maître !

Mais au fond, tous ces changements que la *vox populi* lui imposait n'étaient pas pour lui déplaire. Ils sonnaient bien. Altavilla surtout l'enchantait. Il y avait, dans cette version italienne de son nom, du tambour et de la trompe.

Il méditait ainsi, écoutant le souffle épuisé d'Aubérée qui s'était endormie quand le géant Bohémond avait bien voulu mettre fin à ses hurlements, lorsque le vieux Martin Chenu vint le chercher : la matrone accoucheuse l'attendait sur la terrasse, au sommet de la tour, pour lui dire le futur destin de son héritier.

*
* *

Elle se tenait à genoux, face à la montagne, au milieu d'un cercle d'objets hétéroclites : figurines tressées, ossements et coquillages.

Jusque-là le ciel était demeuré vide, mais à peine le Guiscard était-il apparu qu'un vol d'étourneaux, venant du couchant, traversa l'espace. Aussitôt deux faucons, jaillis d'on ne sait où, s'élancèrent à leur poursuite.

Le premier se mit à tracer de larges cercles au-dessus d'eux. Le second, à grands frémissements d'ailes, parvint à le rejoindre. Alors, le premier plongea, coupant en deux l'essaim des oiseaux. Le second s'élança à la poursuite de ceux qui fuyaient vers l'est et on les vit disparaître dans l'ombre annonciatrice de la nuit.

— Alors, dit Robert avec un brin d'ironie, que signifie ce que tu as vu ?

— Oh ! répondit la femme en se relevant avec peine, si je n'étais pas si vieille, je tremblerais devant toi et l'enfant que tu as engendré car tu iras très loin et répandras la terreur, et ton fils ira plus loin et on le craindra comme on te craint déjà.

— Plus loin ? Tu veux dire plus haut que moi ?

— Non. Aussi haut que toi, mais... plus loin... Et elle fit un geste vague en direction de l'est.

L'accoucheuse avait trop vécu pour ne pas être méfiante. Elle se garda bien de dire qu'elle avait, au même moment, aperçu sur le mont d'en face, au-dessus des grottes où jadis campaient Vouko et ses brigands, un aiglon planté sur le bord de son aire et qui commençait seulement à battre des ailes.

De très loin, vers le nord, descendaient de sombres nuées chargées de pluie.

11

Un pape pour la guerre

Le vent mauvais, qui roulait vers Melfi ses nuages de tempête, venait de Rome.

Les papes n'étaient plus trois à se disputer le trône de Saint-Pierre, mais ils se succédaient à si brève cadence qu'on aurait pu en avoir l'illusion.

Sitôt l'empereur reparti, l'excellent Clément II, malgré le vaste programme de réformes dans lequel il s'était lancé, avait jugé nécessaire, par fraternelle sollicitude, de prendre le temps de visiter son prédécesseur, Benoît IX, pour l'amener sur le chemin de la repentance. Aussi s'était-il rendu au monastère de Grottaferrata où cet abominable fornicateur avait trouvé refuge.

— Vous jugerez par vous-même, avait dit le père abbé en accueillant son prestigieux visiteur, je n'ai jamais vu de pénitent plus pétri d'humilité et de contrition.

Guillaume Bras de Fer lui-même n'aurait plus osé le traiter de *petit branleur* : le pape destitué se jeta aux pieds de son vertueux successeur en versant des torrents de larmes. Mais tandis que son visiteur entamait un sermon, il observait, à travers ses longs cils humides, la gourmandise avec laquelle Clément II dégustait les fruits confits venus de Sicile dont on avait déposé une corbeille à son intention.

Benoît IX avait encore de l'entregent au-delà de la clôture. Il lui fallut tout de même plusieurs semaines pour faire parvenir, au chevet du pontife, et le plus anonymement du monde, ces friandises qu'il paraissait si fort apprécier. Clément II aima particulièrement les cédrats : ils le tuèrent en une nuit. Personne n'avait osé goûter un présent destiné au pape. Ce pontificat avait duré le temps d'une grossesse.

Benoît IX fit à Rome un retour triomphal, entouré des dignitaires de sa noble famille et de leur clientèle. Le clergé et le peuple de la Ville le réélirent avec enthousiasme. Il avait bien quelques défauts, mais c'était un enfant du pays.

Averti, l'empereur germanique prit fort mal la chose, chercha dans son entourage un réformateur plus téméraire encore que Clément II, le trouva en la personne de Papon, évêque de Brixen, et chargea le margrave de Toscane d'aller l'imposer aux Romains inconséquents. *Le petit branleur* eut la sagesse de comprendre que trop, c'est trop. Il regagna sa cellule de Grottaferrata pour n'en plus jamais sortir.

Désigné à Noël, sacré en juillet sous le nom de Damase II, l'évêque de Brixen eut tout juste le temps de dérouler le parchemin des réformes à entreprendre. Il mourait vingt jours plus tard. Sans doute avait-on oublié de vider la corbeille sicilienne.

Désormais, il n'y avait plus de pape du tout. On ne se bousculait pas pour revendiquer une charge aussi périlleuse. Chacun avançait de bons prétextes pour décliner l'insigne honneur.

Henri III mit six mois pour dénicher un oiseau rare auquel on n'eût pas trop à forcer la main. Ce fut son cousin Brunon, évêque de Toul, qui trouva quelque grandeur à relever le défi. Son poignet avait jusque-là donné plus de coups d'épée que sa main n'esquisserait jamais de bénédictions. Il décida de mettre Rome à ses pieds en jouant de cette humilité conquérante que seul permet le véritable orgueil. Il finit le chemin pieds nus, en habit de pèlerin, et attendit devant les portes de la Ville qu'on voulût bien venir le chercher.

Les Romains s'entichèrent de cet original et l'évêque de Toul prit le nom de Léon IX.

*
* *

Dreux, quand il le rencontra à l'heure des hommages, fut moins enthousiaste. Ce grand homme roux à la main de fer et au regard dominateur ne lui dit rien qui vaille. Il avait été informé que, sur la fin de son voyage, ce pape batailleur avait écouté les doléances des villages et des monastères que les Normands ne cessaient de malmener sans plus d'égards pour le sacré que pour le profane.

Lui-même, de plus en plus irrité par la résistance de Bénévent, avait eu parfois la main lourde sur les terres et les biens de la cité lombarde et il n'ignorait pas que Buonalbergo, par habitude, et Gauthier de Civitate, pour le mettre dans l'embarras, satisfaisaient leurs appétits au détriment du patrimoine de Saint-Pierre.

Et voilà que pour couronner le tout, le margrave et les bourgeois de Bénévent étaient en grande discussion avec le nouveau pontife, à quelques mètres de lui. Il ne pouvait entendre ce qu'ils se disaient mais devinait bien qu'ils demandaient la levée de leur excommunication et promettaient, en contrepartie, de se livrer corps et biens à l'autorité protectrice de l'Église. Ce qu'il ne pouvait deviner, en revanche, c'était que le pape s'inquiétait du destin des princes de Bénévent.

— Notre malheureux prince a été décapité, en dépit de son grand âge, par des brigands normands, alors qu'il résidait sur ses terres de Padouli, expliquait le margrave. Quant à son héritier, ils l'ont enlevé et nul ne sait ce qu'il est advenu de lui.

Richer, l'abbé du Mont-Cassin, le savait et s'empressa de le raconter : le jeune prince s'était réfugié sur une île où, après un temps d'exaltation ascétique, il avait rejoint la communauté que les moines de Saint-Benoît venait d'y implanter et où son érudition et sa spiritualité faisaient merveille.

— Eh bien, qu'on nous l'amène, avait commandé Léon IX. Il nous sera en ces circonstances de bon conseil.

— Je ne sais s'il acceptera, protesta l'abbé. Il répugne fort à s'occuper des affaires de ce monde.

— Et l'obéissance ? dit sèchement le pape roux. Ordonnez !

*
* *

Sans attendre les avis de son futur conseiller, l'ancien évêque de Toul s'était fait une idée assez claire sur les rapports de force qui existaient dans cette Italie du Sud et il s'était persuadé que ces Normands, dont la voracité menaçait ce qui était aujourd'hui son domaine, étaient de trop récente souche pour qu'il fût difficile d'en arracher les jeunes racines.

Il fit de Bénévent la première étape du voyage à travers le Sud qu'il entreprit au lendemain de son élection, et cette fois la cité en liesse ouvrit ses portes. Puis il se rendit à Salerne, après avoir prié le prince Guaimar d'y inviter Dreux. Le duc de Pouille les rejoignit en toute hâte, mais non sans méfiance.

À travers un discours très convenu, les deux hommes se jaugèrent. Le Normand eut droit à une belle leçon de morale : le pontife lui rappela combien arracher un seul poil de la barbe d'un homme d'Église était offenser Dieu et combien de larmes devait verser le Christ en voyant les misères que ses chevaliers infligeaient aux plus humbles. Bref, il fallait que cela cessât si on voulait s'entendre.

Il n'y avait rien à redire et Dreux, une fois de plus et à la grande satisfaction de Guaimar et de Gisolf, jura de sa bonne foi et s'engagea au respect. Muni de la bénédiction apostolique, il s'en retourna à Melfi bien décidé, pour ne plus s'attirer d'ennuis, à regarder vers le Sud où cet animal de Robert allait de conquête en conquête en toute impunité.

Mais c'était oublier les ennemis de son propre camp.

Sans doute n'avait-il pas fait encore la moitié du chemin quand un messager de Bénévent arriva à Salerne pour apprendre au pape que les Normands de Civitate avaient de nouveau pillé un convoi presque aux portes de Bénévent et, pour couronner leur exploit, fait un feu de joie de quelques fermes avoisinantes et d'une petite communauté monacale. Le pape lorrain était un sanguin. Il entra dans une fureur terrible, dit qu'il n'en tolérerait pas plus et que, si les Normands voulaient la guerre, ils l'auraient.

Le prince Guaimar tenta de lui expliquer que les Normands de Dreux n'étaient pour rien dans cette affaire, que c'était là un coup d'un des pires ennemis du duc et que cet événement, si déplorable fût-il, ne devait rien changer au pacte qui venait d'être signé. Mais le pontife ne voulut rien entendre.

— Au lieu de défendre ces impies et ces assassins, vous feriez mieux de rassembler vos chevaliers et tous vos guerriers car je vais, de mon côté, réunir tous les seigneurs italiens, au nord comme au sud de Rome, et je vous promets bien que j'écraserai cette vermine.

Guaimar, après avoir consulté rapidement son fils, déclara non sans embarras à l'évêque de Rome qu'il était au regret de ne pouvoir le suivre dans cette voie. Salerne ne prendrait jamais les armes contre les

Normands qui leur étaient liés par la fidélité et la parenté.

— Vous m'obligez à m'allier aux Byzantins, hurla Léon IX écumant de rage. Vous le regretterez !

Si le départ brutal du pontife affligea les princes de Salerne, la dernière menace les amusa plutôt. Les relations entre Rome et Byzance étaient si détestables qu'ils n'imaginaient pas un instant qu'une telle alliance fût possible.

Tant d'années avaient passé qu'ils avaient oublié Argyros.

12

Le complot de la Saint-Laurent

L'homme le prit par le coude et le ramena dans la lumière, à l'entrée de la grotte.

— J'aime bien connaître les traits de ceux avec qui je m'entretiens, dit-il.

Robert se laissa observer avec complaisance, prenant son temps pour regarder le paysage qui surgissait à ses pieds. Écrasées sous le ciel de juillet, les hautes falaises du Monte Gargano plongeaient vertigineusement dans le bleu dur de la mer. De si haut, les vagues, et même l'écume du rivage, paraissaient pétrifiées. L'air frémissait de chaleur et le chant des cigales semblait le bruit même de cette vibration.

Tout en bas, dans le petit port de Siponte aux quais de pierre blanche, on voyait amarrés un fin vaisseau de course grec et, à côté, la lourde barque qui avait amené le Guiscard.

Robert imagina le vol de l'Archange : lumière éblouissante dans la blanche lumière du jour.

— Je comprends, dit-il, que le seigneur saint Michel ait choisi un tel lieu pour s'y reposer un moment.

— Et y ait oublié son manteau !

L'homme ramena le Normand dans la fraîcheur de la grotte. Tout au fond, à peine éclairé par quelques lumignons, luisait le coffre dans lequel on avait rangé ce qu'il restait du rouge vêtement. Il en venait une senteur de cèdre qui embaumait.

— Voilà ! Je vous connais maintenant, poursuivait l'homme. Vous ne ressemblez pas à vos aînés, et pourtant on voit bien que vous êtes un Hauteville. Savez-vous qu'à la cour de Byzance on vous connaît déjà sous le nom de Guiscard. Heureux homme ! Quand la renommée transmet un surnom aux quatre vents, c'est que s'ouvrent les portes de la gloire. Moi, je ne suis qu'Argyros, fils de Mélès.

— Le nom de votre père vaut toutes les épithètes, répliqua très diplomatiquement le Guiscard.

— Sans doute, mais il n'a pas fait que votre frère le duc se déplace en personne pour entendre ce que j'ai à vous dire. Guillaume Bras de Fer serait venu. Nous avions l'un pour l'autre une grande estime. J'ai approuvé son départ de Sicile après l'offense que lui avait faite cette face avinée de Maniakès. Je l'ai approuvé et je l'ai suivi. Ensuite, à Melfi, il m'a poignardé dans le dos. J'en ai été profondément peiné. Quelle faute ! Nous aurions pu aller si loin ensemble et aujourd'hui nous n'en serions pas là.

Je crois bien ! pensa Robert, je serais sous la table en train de lacer tes sandales dans l'attente d'un os à ronger.

— Le passé est le passé, dit-il à haute voix. Mais vous n'avez pas dû faire tout ce long chemin pour que nous le récrivions ensemble.

— Certes non. Je suis venu vous parler de *votre* avenir. Savez-vous que vous courez de grands dangers ?

Avant de poursuivre, Argyros versa du sirop de fruit coupé d'eau fraîche et les deux hommes burent à la même coupe. Robert nota avec intérêt cette prévenance ambiguë.

— J'ai eu entre les mains la lettre que le pape Léon a envoyée à l'empereur d'Orient, elle est pleine d'injures à votre égard. Il vous y traite de chiens et d'impies, d'hommes sans foi ni respect. Il supplie, oui je crois qu'on peut le dire ainsi, il supplie le basileus de joindre ses armées aux siennes afin de vous exterminer une fois pour toutes. Vous souriez ?

— On m'a toujours appris que les mariages contre nature restaient stériles. Est-ce que les Grecs ne haïraient plus l'Église latine et son pontife ?

— Michel Cérulaire, le patriarche d'Orient, n'a que haine pour eux, mais il n'est pas le conseiller le plus écouté de l'empereur. Constantin est un sage souverain, soucieux du bonheur de son peuple comme de sa propre gloire et lui seul tient les rênes du dragon.

— Du dragon ?

— Byzance est un dragon repu et qui somnole un peu. Mais qu'on l'excite et il crachera des flammes. Vous souriez encore ? Je sais, vous tenez en piètre estime les soldats grecs. Mais ce dragon peut aussi cracher de l'or. Et avec de l'or à foison, on arme les plus gros navires, on fabrique les plus puissantes machines de guerre, on loue les meilleurs bras. Vous le savez bien. Ah ! L'or de Byzance !

Et il se mit, sur un ton lyrique, à lui décrire les palais de porphyre, les banquets aux lanternes sous la lune, les fêtes dans les jardins suspendus au-dessus du Bosphore, les courses de chevaux empanachés s'affrontant dans l'arène. Il évoqua les bijoux sur la gorge des femmes, la soie de leurs robes si fine, que la main croit les caresser nues. Et conclut dans un soupir :

— Voilà tout ce que j'aurais voulu expliquer au duc votre frère.

— Mais, dit Robert, il m'a délégué pour que je lui rapporte vos propos, mot pour mot. Je n'ai pas trop mauvaise mémoire.

— J'en suis certain. Vous avez la tête aussi bien faite que le corps. Vous autres, Normands, êtes la jeunesse du monde ! Puissiez-vous ne pas oublier d'écouter la sagesse des anciens. C'est un peu ce qui a manqué à votre cousin Hardrada. Il a eu tort de renoncer aux splendeurs que Byzance lui offrait. Mais enfin, il ne s'en est pas si mal sorti. Savez-vous qu'il a retrouvé son royaume de Norvège ? Saura-t-il s'en contenter ? Vous direz aussi à votre frère que l'empereur d'Orient possède toute une liste de titres honorifiques dont il peut disposer à sa guise. Ils sont imprononçables et nul ne sait au juste à quelles fonctions ils correspondent, mais ils ouvrent toutes les portes et donnent droit à des rentes et des privilèges inouïs.

— Je le lui préciserai aussi.

— Bien. Mais entre nous, amicalement, quelles conclusions tirerez-vous de notre entretien quand il sollicitera votre avis ?

— Je lui dirai qu'à tant vanter les merveilles de Byzance, j'ai bien compris que vous nous proposiez, amicalement, de partir un jour à leur conquête.

Il eut envie de lui rapporter ici les dernières paroles de ce Bras de Fer qu'il disait estimer : « Il faut tuer Byzance ! » mais il s'en garda bien : il n'avait jamais vu le visage d'un homme passer aussi vite de la stupeur à l'admiration et de l'admiration à la haine.

*
* *

La dernière boutade du Guiscard fit beaucoup rire Onfroi, mais Dreux lui imposa sèchement le silence :

— Ainsi donc, il se proposait de nous corrompre. Ce n'est pas si mal calculé. Il se dit : le pape a besoin de Byzance pour chasser les Normands ; ou nous l'aidons à les écraser et empires d'Orient et d'Occident se retrouvent face à face, ou les Normands, achetés par l'or de Byzance, deviennent les vassaux du basileus et l'Italie du Sud devient une zone tampon sur laquelle moi, Argyros, je pourrai régner à nouveau, un peu catépan au sud, un peu prince lombard au nord. Tu as eu bien raison de lui couper l'herbe sous les pieds, mon Robert. Seulement, maintenant, les choses sérieuses vont commencer.

— Dans ce cas, je vais repartir sur-le-champ en Calabre voir si Bari commence à recevoir quelques bons dromons grecs débordants d'hommes, de chevaux... et d'or.

— Demeure encore quelques jours. Dans une semaine, c'est la Saint-Laurent. J'aimerais que, cette fois, tu viennes avec moi et Onfroi à Monte Ilario pour ce pèlerinage auquel je tiens.

Depuis qu'il avait bâti, sur ces terres, ce petit sanctuaire qu'entretenaient quelques moines et qui servait de cache au trésor des Hauteville, Dreux ne manquait jamais ses dévotions au saint qui riait en grillant sur la braise. Mais le Guiscard refusa tout net. La sagesse voulait qu'il retourne à son poste et, malgré l'insistance de son frère, il n'en démordit pas. À la vérité, il avait surtout hâte de revoir Aubérée. Il avait laissé sa petite caille encore bien convalescente et repensait avec inquiétude à sa faiblesse et à sa pâleur. Il éprouvait pour cette enfant qui l'adorait un mélange de désir brutal et de tendresse paternelle. De se découvrir sensible, grâce à elle, l'émouvait.

À l'approche de la Saint-Laurent, des nouvelles inquiétantes de mouvements de cavaliers, venus du nord et s'approchant des avant-postes de Troia et Bovino, obligèrent Onfroi à se porter au secours des deux citadelles avec une petite armée.

Dreux dut se résoudre à entreprendre seul son pèlerinage.

Au matin du 10 août, il fut seul à recevoir l'hommage des moines, seul à gravir le chemin tortueux jusqu'au sanctuaire, seul à en ouvrir la porte, seul à découvrir le visage de ses assassins.

*

* *

Qui ? La question courait sur toutes les routes de Pouille. Qui avait assassiné ou fait assassiné le comte de Melfi ? On parlait d'une conjuration. Il y aurait eu un plan pour faire disparaître, au même jour et à la même heure, tous les chefs normands. Mais au fur et à mesure que les barons arrivaient à Venosa pour les funérailles, on put voir qu'il n'en manquait aucun, hormis ceux que le temps avait déjà emportés.

Le sarcophage romain où reposait Dreux n'avait rien à envier à celui de Guillaume Bras de Fer et la cérémonie fut plus somptueuse encore. La nouvelle église de la Sainte-Trinité était maintenant presque achevée, vaste et rutilante comme une cathédrale, et le nombre des moines qui la servaient multiplié par dix.

Quand leurs voix innombrables dirent la colère de Dieu et la paix accordée au juste, le Guiscard éprouva une émotion que l'annonce même de la mort de son frère aîné ne lui avait pas causée. Il s'en voulut de s'être montré si impatient et si défiant à l'égard de l'homme qui resterait pour toujours le second bâtisseur de ce temple élevé à la gloire des Hauteville.

Il imaginait où serait placé, un jour, le corps d'Onfroi et sa propre dépouille et, plus tard encore, celle de Marc Bohémond. Il exigerait que la douce Aubérée repose pour l'éternité à ses côtés. Si bouleversante était la beauté des cantiques qu'il eût, pour un peu, versé des larmes.

Le pape avait délégué, pour le représenter, son secrétaire et premier conseiller, le cardinal Hildebrand. L'éternel abbé Richer avait fait le voyage depuis le Mont-Cassin. Le prince Guaimar de Salerne, malade, avait gardé son fils Gisolf auprès de lui mais chargé son frère Guy de le remplacer.

*

* *

Accablé par sa brusque solitude, Onfroi avait tenu à ce que Robert ne le quitte pas et on le voyait parfois s'appuyer sur l'épaule de son cadet. Mais s'il marquait le coup, son esprit n'en restait pas moins en alerte et il sut gérer cette situation inattendue avec beaucoup d'habileté. Il fit comme si la succession de Dreux allait de soi, chaussa les bottes du disparu, donna les ordres qu'il aurait donnés. Il se doutait que l'inquiétude, née de cette situation dont il n'hésitait pas à augmenter le tragique, ne manquerait pas de souder, derrière le symbole que représentaient les Hauteville, même les seigneurs d'aventures qui leur étaient les moins dévoués.

Contrairement à Dreux après la mort de Bras de Fer, et afin d'aller au plus vite, il fit part au frère du prince de Salerne de son souhait d'épouser la veuve de son frère. Il est vrai que la dame avait prouvé sa fécondité en donnant un héritier à Dreux et si l'enfant s'était noyé alors qu'il marchait à peine, elle n'y avait aucune responsabilité.

— Qui, à ton avis ? demanda le Guiscard à son frère alors qu'ils se retrouvaient seuls dans la grande salle du château de Lavello, ayant volontairement renvoyé tous ceux qui les accompagnaient.

Onfroi en tenait pour le pape. Robert n'y croyait pas. Du portrait qu'en avait fait Dreux, il tirait la certitude que le pontife était un adversaire redoutable mais franc, de cette race de guerriers qui ne refusent jamais l'affrontement d'homme à homme, mais répugnent au meurtre. Lui avait vu le regard d'Argyros.

— Raconte-moi encore une fois comment on t'a rapporté que les choses s'étaient passées ?

Les moines avaient accueilli le duc des Normands à la porte de leur ermitage, puis ils l'avaient précédé sur le rude sentier qui mène au sanctuaire de saint Laurent en balançant leurs encensoirs. Arrivés devant le porche, ils s'étaient rangés de part et d'autre de l'entrée et, suivant un rituel établi depuis plusieurs années, Dreux, laissant les chevaliers qui l'accompagnaient à quelque distance, s'était approché de la porte et, détachant la clé qu'il portait toujours à son cou, avait ouvert la chapelle et s'était avancé dans la nef jusqu'à disparaître dans l'ombre. C'est alors qu'on avait entendu des bruits de course et les cris d'appel du blessé.

Les chevaliers normands s'étaient rués à l'intérieur où les assaillants qui les attendaient de pied ferme étaient parvenus à tuer deux d'entre eux et à en blesser plusieurs avant d'être massacrés. Un seul des assassins avait survécu à ses blessures, un Italo-Lombard du nom de Rizo, homme sans foi ni loi et tueur patenté à ses heures, qui prétendait ne rien connaître de ses commanditaires. C'était probablement la vérité car on l'avait torturé bien qu'agonisant avant de le jeter, pantelant, dans un brasier, parce que – comme le disait Onfroi – on n'allait pas perdre son temps à chercher une grille pour le faire rôtir comme le bon saint Laurent !

Robert Guiscard marchait de long en large en réfléchissant :

— En dehors de notre frère, qui possédait une clé de la chapelle ? demanda-t-il.

— Moi, répondit Onfroi en sortant de sous sa chemise la clé qu'une chaîne retenait à son cou. Moi et les moines.

— Enfin, précisa le Guiscard, les assassins sont entrés dans la chapelle et ont refermé la porte derrière eux. Donc, eux aussi possédaient une clé ! Celle des moines ?

— Ils ne s'en seraient jamais dessaisis. Ils sont tous fils de Normands de modeste origine et dévoués corps et âme à notre famille. Et Dreux se montrait plus que généreux à leur égard.

— Et celle de Guillaume, se rappela brusquement Robert, qu'est-elle devenue ?

— *Le premier des premiers* n'a jamais eu de clé. Il ne savait même pas à quoi servait cette chapelle.

— Et à quoi sert-elle, au juste ?

— Écoute, je ne peux pas garder ce secret pour moi seul. Après tout, nous avons toujours été deux à le partager. La tombe, derrière l'autel, ne contient pas les restes de saint Laurent.

— Ça, figure-toi, je m'en doutais un peu !

— Si tu y descendais et raclais la terre du fond, tu découvrirais une dalle. Et sous cette dalle, une fosse. C'est là qu'est caché notre trésor de guerre. Celui des premiers butins et des premières conquêtes.

— Et Guillaume ne le savait pas ?

— Pour l'argent, il faisait, comme moi, entièrement confiance à Dreux et en obtenait ce dont il avait besoin. Seuls, Dreux et moi savions.

— Sans parler de tous ceux qui ont construit la cache et transporté ce qu'elle contient.

— Ceux-là, fit Onfroi avec un geste navré qui contredisait son sourire, ne peuvent plus en parler qu'au diable ou aux saints ! Ils sont tombés dans une embuscade à leur retour et ont tous péri.

— Encore heureux que ce ne soit pas à l'aller.

Le sourire d'Onfroi s'accentua encore.

— Je n'allais pas piller notre propre fortune. Et devant le regard amusé du Guiscard, il ajouta en manière d'excuse : Il était comme ça, notre pauvre frère, trop bon. Il fallait passer derrière lui pour terminer le travail.

— Ce qui ne change rien au mystère de la clé, reprit Robert après un temps de méditation.

— Je crains que Dreux n'ait commis une imprudence.

Imprudent, Dreux ? se demanda le Guiscard, lui déjà si méfiant par nature et échaudé par cette affaire de coffre dans ce bordel de Rome dont on m'a tant parlé. Est-ce que ce ne serait pas plutôt toi, mon cher frère ? Toi, qui n'as pas la sobriété de ton aîné et dois souvent dormir d'un sommeil bien lourd au côté de la belle Phophi, ta courtisane grecque ? En même temps, il repensait à cette coupe de sirop qu'Argyros lui avait tendue dans la grotte du Monte Gargano après y avoir lui-même trempé ses lèvres. Celui qui pense qu'on peut le soupçonner sait de quoi il est capable.

Décidément, sa conviction était faite : derrière l'assassinat de Dreux, il y avait l'or de Byzance et la main d'Argyros. Et quelle meilleure complice pouvait-on trouver que cette intelligente captive grecque qui semblait avoir une telle emprise sur l'homme qui aujourd'hui, peu ou prou, héritait du duché de Pouille. Était-il sage de laisser le ver dans le fruit ?

*

* *

Maintenant, quand il voyageait, le Guiscard, outre quelques chevaliers, se faisait accompagner de Vouko et du Savoyard qui ne le perdaient pas du regard.

L'après-midi qui précédait leur dernière nuit à Lavello, les trois hommes se promenaient en devisant dans la cour du château, s'arrêtant un moment sous la fenêtre qui, au deuxième étage, éclairait la chambre du seigneur des lieux et de sa maîtresse.

— Possible ! dit le Savoyard.

— Tu auras très peu de temps.

— Il m'en faudra moins encore.

— Si tu rates ton coup, nous sommes tous perdus.

— Pas de danger, répliqua l'autre avec un clin d'œil et le Guiscard se souvint de ce que le Savoyard... n'avait jamais dit de son passé !

Ce soir-là, alors que les hommes restés seuls dans la grande salle buvaient plus que de raison, tandis que les servantes débarrassaient la table, Bérard sortit pour satisfaire un besoin naturel.

Il était revenu depuis longtemps déjà, en se rajustant, quand on entendit un hurlement dans les étages : l'une des suivantes de Phophi venait de découvrir sa maîtresse étendue en travers de son lit, le visage violacé, les yeux exorbités et la langue pendante. On ne retrouva jamais le lacet de cuir qui avait visiblement servi à l'étrangler.

Onfroi fit enterrer sa compagne sans trop de cérémonie. Ce décès opportun lui évitait quelques complications domestiques. Il n'en épouserait que plus paisiblement la veuve de son frère.

13

Prélude à l'orage

Guy de Salerne était à Melfi depuis quelques jours pour négocier avec le nouveau duc de Pouille les discrètes cérémonies de son remariage quand un messager exténué arriva de Salerne et se jeta à ses pieds en tremblant : le vieux prince Guaimar venait d'être assassiné à son tour alors qu'il embarquait pour aller faire, dans les eaux chaudes et sulfureuses de Pouzzoles, la cure que ses médecins lui avaient prescrite.

Mais cette fois, on connaissait les meurtriers : deux des propres gendres du prince, deux fils du Loup des Abruzzes.

Après la mort récente de ce sinistre personnage, Guaimar, désireux de faire définitivement la paix avec Capoue, avait signé un traité d'alliance que scellait un double mariage.

Non seulement les deux héritiers capouans avaient tué leur beau-père, mais ils s'étaient emparés de Salerne où ils tenaient le prince Gisolf en otage.

La riposte d'Onfroi fut d'autant plus rapide qu'il imagina à nouveau découvrir la main du pape derrière cette affaire qui n'était peut-être que de famille.

Comme ses troupes, depuis le drame de Saint-Laurent, étaient maintenues en alerte, il put prendre le jour même la route du nord, rameutant au passage tous les barons normands du voisinage qui savaient ce qu'ils devaient aux princes de Salerne.

Les Capouans n'étaient pas de taille à résister longtemps à cette force bien supérieure et animée du désir de vengeance, et les habitants de Salerne n'attendaient que ce secours pour se révolter et ouvrir les portes de la ville qui fut reprise en un jour. Les conjurés trouvèrent refuge dans le donjon où Onfroi imagina d'utiliser la poix et le goudron des calfateurs pour les enfumer.

Guy, craignant pour la vie de son neveu Gisolf, supplia les Normands de mettre fin à leur fureur et de le laisser négocier. Il promit sur les Évangiles qu'il laisserait les Capouans retourner dans leur cité, sains et saufs, s'ils rendaient le prince et renonçaient à l'avenir à toute entreprise contre Salerne.

Les beaux-fils assassins et leurs sbires, qui se savaient pris au piège, sautèrent sur l'occasion, demandant simplement que les troupes normandes quittent au préalable la ville, ce qui fut fait. Personne ne remarqua qu'Onfroi, au lieu de ramener ses chevaliers en direction de Melfi, remontait vers le nord.

Deux jours plus tard, alors qu'escortés par quelques hommes en armes de Salerne, les conjurés et leurs complices faisaient route vers Capoue, ils virent s'avancer vers eux une petite troupe, à la tête de laquelle se tenait Onfroi.

— Est-ce que ces hommes ont obtenu l'autorisation de sortir sains et saufs de Salerne pour retourner à Capoue ? cria le duc de Pouille.

— Oui ! hurlèrent à pleins poumons les Normands.

— Et qui les y a autorisés ?

— Le prince de Salerne, répondirent-ils en criant encore plus fort.

— Est-ce que moi, Onfroi de Hauteville, j'ai fait le même serment ?

— Non.

— Alors, en avant mes amis, en avant !

La petite escorte salernitaine s'empressa de faire demi-tour, ne voulant pas assister, même de loin, à ce massacre qu'elle ne pouvait ni ne souhaitait éviter.

*

* *

Cette affaire réglée, Onfroi s'apprêtait à rejoindre la Via Appia en direction de sa capitale quand on vint lui apprendre que les machines de guerre, qu'il avait fait suivre pour un éventuel siège de Salerne, étaient enfin arrivées. Il trouva désolant de les avoir déplacées pour rien et jugea l'occasion propice pour humilier ce pape Léon dont il voyait l'ombre maléfique se profiler derrière tous les malheurs qui l'accablaient.

Il s'offrit un détour par Bénévent, non pour s'emparer de la ville qu'il savait par expérience imprenable à moins d'un interminable siège, mais pour lui infliger quelques profondes blessures dont elle et Rome se souviendraient.

Pendant trois jours, ses catapultes expédièrent boulets et charges enflammées par-dessus les remparts. Il n'avait jamais pris autant de plaisir à entendre le crépitement des incendies et le fracas des toits et des murs éventrés.

Quand il eut épuisé ses réserves de projectiles et de brandons, il s'en retourna, d'un cœur léger, vers Melfi.

*

* *

L'annonce de cette cruelle agression sur sa bonne ville de Bénévent parvint à Léon IX alors qu'il présidait un synode à Ancône. Dans le même temps, l'empereur germanique bataillait contre les Hongrois, juste de l'autre côté de l'Adriatique.

L'infatigable pape n'hésita pas un seul instant. Il fit mettre à la voile, traversa la mer et chevaucha jusqu'au camp d'Henri III pour le convaincre qu'il fallait en finir.

*

* *

Depuis sa tente, à travers les panneaux de la portière qu'il écartait d'un doigt, l'évêque Gebhardt vit le pape ressortir de chez l'empereur, mais il se garda bien d'aller rejoindre le souverain et attendit d'être appelé. Cela prit quelque temps. Il en déduisit qu'Henri III n'était pas fier de lui.

On finit par venir le chercher.

L'empereur germanique était assis sur son lit de camp et, comme le conseiller s'en doutait, d'assez méchante humeur.

— Je crois que vous allez être assez satisfait de moi, dit l'empereur sans grande conviction. Le diable d'homme ! Pour un peu, il m'aurait pris au collet. Enfin, il sait que je ne redescendrai en Italie sous aucun prétexte. C'est l'essentiel, n'est-ce pas ?

— Mais… ?

— J'ai dû céder sur Bénévent. Enfin, en partie seulement. Je lui ai concédé d'être vicaire impérial sur l'ensemble du duché moyennant une rente de deux mille livres qu'il doit prélever sur je ne sais quel évêché.

— Eh bien ! Cela ne s'appelle pas une concession mais… disons, une bonne affaire.

— Oui, cela servira au moins à rembourser la somme que je vais prélever sur ma cassette pour qu'il puisse se constituer une armée.

— Ah ! fit l'évêque. Et puis ?

— Je lui ai promis la cavalerie souabe.

Gebhardt garda un silence lourd de réprobation.

— Nous n'en avons plus besoin ici, n'est-ce pas ? poursuivit Henri.

— Dieu merci non ! Mais autant dire que vous risquez le sort de vos meilleurs chevaliers, sans grande nécessité pour l'Empire. J'espère qu'il vous a baisé les pieds !

— Je ne pouvais pas faire moins, coupa l'empereur avec irritation. C'est tout de même mon cousin et nous avons été bien heureux de le trouver quand personne ne voulait aller faire le pape à Rome.

— Certes, dit Gebhardt.

La conversation semblait terminée et l'évêque s'apprêtait à sortir quand l'empereur, regrettant le ton agacé sur lequel il s'était adressé à son plus proche et plus sûr conseiller, se leva pour ajouter amicalement :

— Je vous remercie de prendre, malgré votre robe, plus de soin des intérêts de l'Empire que de ceux de l'Église.

— Attendez que je sois pape ! dit l'évêque avec, dans les yeux, un pétillement de malice.

En revenant vers sa tente, Gebhardt songeait à la maxime que Robert lui avait servie à Capoue : *La femme, quand elle se met au lit, y trouve la férule de son mari et non celle de son père*. Comment l'appelait-on déjà, ce grand gaillard qui dissertait avec une redoutable franchise sur les rapports de force entre les puissances de ce monde : Le rusé ?.... L'avisé ?.... Le Guiscard ! Ce Normand-là n'avait rien d'une brute, ni d'un impie. Il y avait certainement d'autres moyens que la guerre pour s'entendre avec des hommes de cette trempe.

Rentré sous son abri, il s'agenouilla devant son oratoire de campagne, mais il se garda bien de prier pour la victoire de l'un ou l'autre camp. Il n'était pas homme à demander à Dieu de s'occuper des affaires d'État.

*
* *

Onfroi aurait reconnu sa silhouette entre toutes, et pourtant il n'en croyait pas ses yeux. Ce cavalier couvert de poussière qui venait d'entrer en trombe dans la cour du château et qui exigeait si fort d'être conduit immédiatement devant le duc ne pouvait être que Pierron de Trani. Mais comment imaginer Pierron de Trani franchissant ainsi, flanqué de deux hommes pour toute escorte, les portes de Melfi ? Sans laisser au soldat qui frappait à sa porte le temps de s'exprimer, Onfroi ordonna :

— Fais-le entrer !

Pierron pénétra dans la pièce en coup de vent :

— Les armées du pape se sont emparées de Civitate. J'ai tout lieu de penser que mon frère Gauthier et ses chevaliers ont été massacrés.

— Les armées du pape ? répéta le comte de Melfi en se demandant si le fils du vieux Taillemaure n'était pas devenu fou.

Les forteresses de Bovino et de Troia, qui surveillaient la route venant de Rome, n'avaient rien vu passer. Buonalbergo, plus au sud, n'avait rien signalé non plus et pourtant il était impossible de douter de ce qu'affirmait, crispé, l'éternel ennemi des Hauteville.

Selon toute apparence, Léon IX, faisant décrire à ses troupes une large boucle par le nord, avait surgi au pied du Monte Gargano et déversé sur Civitate une horde innombrable de soldats, de sac et de corde, qui avaient submergé la petite cité.

Mais il y avait plus inquiétant encore : ceux qui avaient réussi à s'échapper pour avertir le comte de Trani affirmaient que la chevalerie souabe au grand complet, terreur de l'Europe, rivale acharnée de la cavalerie franque, campait non loin de là, entre les rives du Fortore et du Biferno, où elle semblait guetter on ne savait quoi.

La réponse, ce fut Robert, accouru deux jours plus tard, qui l'apporta : plusieurs navires byzantins, de gros dromons chargés d'hommes et de chevaux, avaient longé la côte calabraise avant de jeter l'ancre dans le port de Bari. Le pape et ses chevaliers allemands attendaient, pour poursuivre leur attaque, que les deux armées aient fait leur jonction.

Les chefs normands se trouvaient face à un vrai dilemme. Il leur fallait un certain temps pour réunir toutes leurs forces contre une menace aussi formidable, mais ce même temps permettrait à leurs adversaires de se regrouper.

Onfroi demanda à Pierron de retourner en hâte à Trani pour défendre sa forteresse et tenter de ralentir l'avancée des hommes de Byzance. Puis il chargea le Guiscard de gagner du temps en feignant de parlementer avec le pape et Robert prit aussitôt la route du nord-est.

*

* *

Civitate n'ouvrit pas ses portes à l'ambassadeur du duc de Pouille mais l'entrevue sollicitée eut lieu devant les remparts.

Le pape sortit, flanqué de ses conseillers et des chefs allemands. Robert se présenta à lui avec beaucoup d'humilité. Il s'était fait accompagner d'une trentaine d'hommes qu'il avait choisis, au grand étonnement de son frère, pour leur petite taille. Outre ses esclavons, il y avait là quelques Calabrais ralliés et quelques vrais Normands, mais qui n'étaient pas dotés du gigantisme des Hauteville. Il savait quc la tudesque avait toujours méprisé la médiocre stature des chevaliers français et il voulait les endormir dans l'illusion d'une victoire facile.

On négocia trois jours durant sans que le Guiscard puisse décider si le pape hésitait encore à s'engager dans ce combat, qui convenait sans doute à son tempérament mais fort peu à sa mission apostolique, ou si lui aussi gagnait du temps dans l'attente des renforts d'Argyros.

Le Guiscard promettait toujours, et avec obstination, ce à quoi son frère s'était déjà engagé : respecter le Domaine de Saint-Pierre et les biens de l'Église pour peu qu'on reconnût les droits qu'ils s'étaient acquis par la conquête. Le pape voulait bien pardonner leurs méfaits. Il tolérerait leur présence en Pouille et en Calabre à la condition expresse qu'ils acceptent de devenir vassaux de Rome sur des terres que, jadis, Constantin avait dévolues à l'Église. À l'exception de Bénévent que l'empereur venait de leur retirer.

Pendant ce dialogue de sourds, les Allemands campés sur les murailles ne cessaient d'abreuver la délégation normande de quolibets et d'injures. Robert eut l'impression qu'à plusieurs reprises le pape demandait à son secrétaire, Frédéric de Lorraine, de les faire taire.

Ce bras droit du pontife était un évêque des plus belliqueux, frère d'un seigneur de guerre dont tout l'Occident connaissait la redoutable réputation. Désireux d'en découdre pour faire, à son tour, ses preuves ailleurs qu'au pied des autels, il prit le parti des chevaliers germains, et sans qu'on puisse savoir si le pape Léon avait tenté ou non de le modérer, somma les Normands de retourner sur leur terre natale s'ils ne voulaient pas être exterminés comme il convenait à la vermine qu'ils étaient.

Arrivé là, le Guiscard, estimant que les choses avaient assez traîné pour qu'Onfroi ait eu le temps de rassembler son monde, fit tourner bride à ses compagnons et tous s'éloignèrent sous les sifflets et les plus obscènes menaces.

La guerre était déclarée.

14

Le grand affrontement

Ils n'avaient pas attendu la fin des pourparlers pour se mettre en route et maintenant ils remontaient tous vers le nord, ceux d'Ascoli et de Minervino, de Cannes ou de Monopoli, de Frigente comme d'Acerenza, tous les anciens compagnons de Bras de Fer et tous leurs héritiers.

À les apercevoir ainsi se hâtant sur tous les chemins de la Pouille, Onfroi se sentait réconforté. Ces têtes de cochons, ces râleurs impénitents, ces fieffés égoïstes retrouvaient, à l'heure du plus grand danger, cette solidarité de race qu'avaient toujours connue ces ancêtres vikings dont ils gardaient à peine le souvenir.

Mais à les compter, il se sentait moins rassuré. Seraient-ils seulement aussi nombreux que ces seuls chevaliers souabes tant redoutés ? De plus, il faudrait affronter toute cette piétaille que le pape avait embrigadée avec l'argent de l'Empire et tous ces seigneurs du nord de l'Italie, tout aussi prédateurs qu'eux du Domaine de Saint-Pierre et des grands monastères, mais que la nécessité avait lavés de tout péché.

Et qu'en serait-il si les Grecs d'Argyros arrivaient à leur tour ?

Le Guiscard, retourné en hâte à la rencontre de son frère, avait là-dessus son idée : victoire ou défaite, le pape serait toujours le pape et l'empereur, l'empereur. Dans cette affaire, un seul risquait son avenir et peut-être sa tête, c'était Argyros. Aussi l'intelligent Lombard ne se joindrait-il à la bataille que s'il la sentait gagnée. Il pourrait, dans le cas contraire, se targuer d'avoir eu la sagesse d'épargner le sang grec.

Les informations qui venaient de la côte apprenaient que Pierron de Trani, tout en reculant devant les forces byzantines, parvenait à les freiner suffisamment par ses harcèlements continuels tandis que Geoffroi Ridel, qui remontait de Calabre, attaquant l'arrière-garde grecque en de brèves escarmouches, les obligeait sans cesse à prendre le temps de se reformer. Onfroi n'en pressait pas moins tout son monde, brûlant les étapes, marchant la nuit, ne laissant aux hommes que ce qu'il fallait de sommeil pour ne pas trop perdre de leur vigueur.

Il y avait une autre raison à cette marche forcée : les vivres s'épuisaient. Ils étaient partis sans prendre le temps de faire de suffisantes réserves, et passé les territoires soumis depuis longtemps, ils ne traversaient plus que des terres qu'ils avaient eux-mêmes ravagées. Les habitants, en se réfugiant dans les petites cités encore indépendantes, y avaient mis à l'abri leurs récoltes. Or il n'était pas question de perdre un seul jour pour leur faire rendre gorge. On en était à griller de maigres portions de céréales sur des pierres chauffées.

La nuit, à mesure qu'on approchait de Civitate, on ne faisait même plus de feu.

*

* *

Robert et Onfroi chevauchaient côte à côte, tentant de tout imaginer, de tout prévoir.

— Je ne me suis pas contenté d'observer ces bonnes âmes, expliquait le Guiscard, j'ai aussi beaucoup regardé le pays autour de Civitate. Ce n'est pas vraiment une plaine, plutôt un amas de petites collines, hautes comme des taupinières et dominant à peine un cirque aplani au bout duquel coule le Fortore. Jusqu'aux avant-dernières collines, nous serons invisibles, ensuite ils découvriront notre approche. Il faudra un peu de temps aux Souabes pour traverser le fleuve.

— Espérons que les autres engageront le combat sans les attendre et que nous aurons le temps d'en éliminer une bonne partie.

Les choses se passèrent ainsi.

*

* *

Le gros de l'armée, conduite par le duc de Pouille, déboucha face à Civitate et fit mine de vouloir l'encercler. Aussitôt les portes de la ville s'ouvrirent et les chevaliers italiens, bien protégés par un rempart d'innombrables piétons, s'élancèrent pour les en empêcher.

Le Guiscard, placé à l'aile gauche, à la tête de ce corps d'élite qu'il avait formé patiemment et auquel s'étaient joints, sous l'autorité du vieux Gauthier et de son fils, ceux de Buonalbergo, avait pour mission de s'interposer entre les Italiens et les Allemands que l'on voyait déjà franchir le fleuve.

On avait appris, dans la nuit, que les Grecs seraient à pied d'œuvre dès le lendemain. Pierron de Trani, sur l'aile droite, formait le seul fragile rempart devant les troupes byzantines en attendant d'être renforcé par ceux de Geoffroi Ridel qui manœuvraient en hâte, en contournant plus à l'ouest.

Le premier choc donna les résultats que l'on pouvait attendre. L'ardeur, la puissance et la maîtrise des Normands eurent vite raison des Italiens qui se débandèrent en tous sens, tandis que les seigneurs du nord, devant cet effritement qui les laissait en première ligne, ne cessaient de retourner dans la forteresse pour refaire leurs forces. La matinée était déjà très avancée et la chaleur de ce milieu de jour accablante quand Robert poussa le cri convenu pour annoncer l'arrivée immédiate de la chevalerie teutonne.

Depuis les remparts de Civitate, le pape et son entourage suivaient le déroulement de la bataille. Le peu de succès de leurs armées, en ce début d'affrontement, n'avait pas surpris Léon IX et encore moins le cardinal Frédéric de Lorraine qui n'avait que mépris pour tout ce qui n'était pas allemand.

Onfroi regroupait massivement sa cavalerie quand il s'aperçut avec stupéfaction du comportement de Robert et de ses hommes : avant même que l'ennemi fût sur eux, ils fuyaient se réfugier derrière la première colline. Onfroi et les siens, alors qu'ils n'avaient pas eu le temps de reprendre souffle, se retrouvèrent seuls pour subir le premier choc du vrai combat.

Sur les remparts de Civitate, on jubilait.

Ce que fut ce duel, de chevalier à chevalier, tel que l'avaient exigé les Allemands, aucun Normand ne devait l'oublier et jamais, dans leurs souvenirs, ils ne se rappelleraient avoir affronté d'adversaire à ce point à leur taille.

Un duel où chacun savait qu'il n'y aurait que des vainqueurs et des morts.

Maintenant, le Guiscard avait dissimulé ses hommes derrière la colline et envoyé Vouko et le Savoyard, auxquels on avait accroché sur le dos des branchages pour qu'ils se confondent avec les buissons, observer cette bataille de titans depuis le sommet du monticule. Ils avaient surtout pour mission de surveiller, sur leur droite, la colline à l'abri de laquelle devait camper l'armée grecque.

Au bout d'un long moment, on vit enfin apparaître au sommet les premiers cavaliers d'Argyros. On les devinait prêts à s'élancer pour le cas où les Normands d'Onfroi commenceraient à faiblir.

Sur un geste de son chef, la cavalerie du Guiscard monta à son tour sur le faîte et les Grecs disparurent dès qu'ils les virent. Ce petit jeu de bascule se renouvela trois fois de suite et Robert sut qu'il avait vu juste : sa seule présence maintenait Argyros à distance. Rassuré de ce côté-là, il avait rejoint ses guetteurs au sommet et ne s'intéressait plus qu'au combat qui se poursuivait dans la plaine avec une violence inouïe, sans qu'il fût encore possible de deviner qui l'emporterait.

Pourtant, il devenait perceptible que les Normands faiblissaient. C'est parmi eux que l'on comptait les premiers morts et les plus faibles décrochaient plus souvent, mais toujours pour revenir dans la mêlée.

— Bon Dieu ! Qu'est-ce qu'on fout, gueulait le vieux Buonalbergo. On y va maintenant !

— On ira quand je l'ordonnerai, lui répliqua Robert sur un tel ton que le vieux ne broncha plus.

Mais tout en se forçant à l'obéissance, chacun se demandait ce que le frère du duc pouvait bien avoir en tête, sauf peut-être ses fidèles de San Marco. La veille au soir, il leur avait dit :

— Écoutez-moi bien. Tout ce que vous avez appris, toute cette discipline que je vous ai imposée, tous les efforts auxquels je vous ai contraints, tout cela fait que vous êtes les meilleurs donc, demain, vous sortirez vainqueurs de ce combat. Sinon, mieux vaut choisir de mourir car à quoi bon s'être donné tant de peine. Et n'oubliez pas que saint Michel et saint Marc veillent sur Hauteville et que nous sommes des lions.

Il attendait un signe et le signe vint.

Il ne quittait plus des yeux son aîné et, soudain, il le vit abaisser son bouclier avec un léger temps de retard. L'épée du chevalier souabe qui l'assaillait dut pénétrer dans la cuisse du duc car Robert fut certain d'avoir entendu, au milieu de ce vacarme d'enfer, de hurlements, de chocs de fer et de sabots, de hennissements, le cri de douleur d'Onfroi.

— Maintenant ! se dit-il.

Il sauta sur son cheval, brandit son épée et clama à pleins poumons : Altavilla !

Alors, tous ces chevaux qu'on tenait si fort par la bride et qui rongeaient leur frein, tous ces hommes chargés d'impatience et de fureur, s'élancèrent dans la plaine dans un bruit d'avalanche. Pareils au torrent qui, à la fonte des neiges, arrache la digue de branchages et de rochers qui freine son cours et déferle en grondant sur la vallée, les chevaliers du Guiscard fondirent sur les Souabes.

— Nom de Dieu ! L'enfant de salaud ! s'écria Onfroi en comprenant enfin la manœuvre de son frère. Il ne sentait plus sa blessure, à peine la tiédeur du sang qui coulait sur sa jambe, et toute fatigue venait de lui être ôtée. Le triple enfant de salaud, il m'a poussé à les user jusqu'à en crever, mais maintenant, c'est gagné !

Que pouvait la chevalerie souabe, épuisée par la résistance des Normands d'Onfroi, contre des cavaliers dont le bras n'avait encore connu aucune fatigue, dont le regard était toujours vif, dont les chevaux frémissaient d'ardeur.

— Tranchez-leur la tête ! Coupez-les en deux ! Faites-en des nabots ! Race de nains ! Race de nains ! hurlait le Guiscard, les forces décuplées de voir ses fidèles compagnons apporter la victoire quand on ne s'y attendait plus.

Sur les remparts de Civitate, le pape était devenu livide. On courait autour de lui, affolé.

— Tout le monde à la rescousse ! hurlait Frédéric de Lorraine. Qu'on me donne une épée !

Les chevaliers italiens repartirent au secours des Allemands sans trop de conviction, mais la petite troupe de Geoffroi Ridel leur coupa la route et suffit à les éparpiller et à les détruire.

C'en était fini. Le vent étendait un immense silence sur cet immense charnier.

*

* *

Quand le jour commença à décliner, le pape et tous ceux de Civitate durent se rendre à l'évidence : il ne restait plus un seul chevalier souabe qui fût encore vivant. Pas un seul dont le corps fût entier.

— Où sont les Grecs ? demandait Frédéric de Lorraine, bouillant de rage, en s'en prenant au pape lui-même qui ne semblait plus ni voir ni entendre.

Les Grecs, cachés aux yeux de tous par les collines du sud, effectuaient avec discipline leur retraite vers les quais de Siponte.

Le cardinal lorrain essayait d'entraîner le pape pétrifié vers l'escalier qui descendait des remparts.

— Venez, abritons-nous dans le donjon. De là, nous pourrons négocier.

Mais toute une foule d'hommes brandissant des bâtons et des torches enflammées leur barrait le passage. Les habitants de Civitate, terrifiés à l'idée des représailles que ne manqueraient pas d'exercer sur eux les terribles Normands, tentaient de s'emparer du pape et des prêtres qui l'accompagnaient, les repoussant vers le haut des remparts. Les clercs, terrorisés, acculés, descendirent en trébuchant les quelques marches étroites qui menaient directement vers les portes de la ville et que gardaient encore quelques soldats italiens.

— Tenez bien les portes fermées ! Frayez-nous un chemin ! ordonnait le cardinal à ces derniers fidèles. Mais déjà la foule, que rien ne pouvait plus contenir, les submergeait.

*

* *

— On avait adossé Onfroi à une pile de manteaux. Le sang coulait toujours en abondance de la plaie béante qu'il avait à l'aine. Il refusait qu'on la cautérise au fer rouge, se souvenant de Toerkil la Baleine qui, depuis qu'on avait brûlé la plaie de sa jambe et de son bras perdus, ne pouvait plus manger que de la viande crue. On lui banda la cuisse en serrant très fort, mais les linges, au fur et à mesure, s'imprégnaient de rouge.

— Combien de temps pour s'emparer de Civitate ? demanda-t-il à Pierron de Trani.

Le fils du vieux Taillemaure allait répondre quand le Guiscard arriva au galop :

— Les portes de Civitate viennent de s'ouvrir !

Vouko, accourant à son tour, précisa que le pape et toute sa suite étaient sortis de la ville, chassés par la population qui les lapidait. Onfroi voulut se relever, mais il n'en eut pas la force. La tête lui tournait. Alors, désignant le Guiscard d'un doigt qui tremblait, il put simplement murmurer : Lui ! avant de s'évanouir.

Même sans comprendre ce geste ni entendre cette voix trop faible, nul n'aurait imaginé en cet instant ne pas se mettre aux ordres du Guiscard. Sa ruse et sa vaillance lui avaient fait rejoindre cette race de demi-dieux qui surgissent dans les grands moments pour assurer le triomphe des justes.

Et même ceux que la stratégie du frère du duc de Pouille avait amenés aux portes de la mort s'enthousiasmaient en le voyant passer, fiers d'avoir été les pions de cette partie triomphale. Le parfum de la victoire chassait dans leur bouche le goût du sang.

*
* *

Le pape et sa suite s'étaient immobilisés à quelques dizaines de mètres des portes de la ville, là même où ils se tenaient quelques jours plus tôt pour entendre les propositions de paix et d'obéissance des délégués normands, comme s'il leur était impossible de faire un pas de plus dans ce marécage de chair et de sang.

Le soleil couchant allongeait jusqu'au pied des remparts l'ombre fantastique des hommes et des chevaux enlacés dans la mort.

Le Guiscard, après avoir ordonné à Pierron de Trani de reprendre possession de la ville et d'en calmer les excités, avait réuni ceux qui l'avaient accompagné lors des pourparlers. Eux aussi avaient trébuché au milieu des cadavres et, maintenant, ils faisaient face à leurs ennemis vaincus.

Robert marcha vers le pontife et, arrivé à deux pas de lui, s'agenouilla tête baissée comme s'il attendait sa bénédiction, et tous ceux qui le suivaient en firent autant. Le pape ne put que les bénir.

Puis le Guiscard se releva, jeta un regard glacial vers le cardinal de Lorraine et, se tournant à nouveau vers le pape, dit simplement :

— Nous aurions pu nous entendre.

Léon IX était blême. La main crispée sur sa poitrine, il murmura d'une voix presque aussi faible que celle d'Onfroi l'instant d'avant :

— Dois-je me considérer comme votre prisonnier ?

— Nous sommes trop bons chrétiens pour en user ainsi, dit le Guiscard.

— Dans ce cas, puis-je prendre mes dispositions pour retourner à Rome ?

— Nous en reparlerons demain. Pour l'instant, je vous vois bien trop faible. Regagnez votre chambre pour vous y reposer. Je veillerai moi-même à ce que vous y soyez en sécurité.

*

* *

Le pape retrouva sa chambre, qui avait été celle de Gauthier, fils d'Ami Taillemaure.

Quand il vit les soldats normands que le Guiscard faisait poster autour du donjon, quand il entendit répandre derrière sa porte la paille sur laquelle d'autres hommes en armes allaient dormir, il comprit que, désormais, il ne s'évaderait plus qu'en rêve. Il ne savait pas encore qu'il avait perdu le sommeil.

Le lendemain matin, quand Robert vint le voir, il le trouva vieilli de dix ans au sortir de la nuit terrible qu'il venait de connaître. Il tenait toujours ses mains crispées sur le haut de son ventre et murmura :

— Je n'étais pas sur le champ de bataille, mais des épées m'ont transpercé l'estomac toute la nuit.

Robert lui fit part des décisions qu'il avait prises en accord avec le duc de Pouille qui se remettait de sa blessure. Ils jugeaient qu'il ne serait pas raisonnable, pour sa sécurité, que le pontife regagnât Rome aussitôt. On pouvait bien imaginer tous les ennemis que cette défaite allait lui créer. Déjà avant le conflit, tant de voix chrétiennes, jusque dans son entourage, s'étaient élevées pour lui reprocher de trahir le message du Christ en choisissant de faire périr par l'épée au lieu de convaincre par l'amour. On risquait des troubles dans la ville et le retour aux pires turpitudes de l'aristocratie romaine devant ce pouvoir affaibli.

Ils avaient choisi une autre solution : le pape se reposerait dans sa bonne ville de Bénévent d'où il pourrait, entouré d'hommes sûrs, poursuivre l'œuvre de réforme de son pontificat.

Le Guiscard sortit sans pouvoir s'empêcher de sourire : c'était ce qui s'appelait faire d'une pierre deux coups.

*

* *

Cette fois, le margrave en voyant se présenter à la porte de Bénévent le pape en personne, suivi d'une partie de la Curie, et bien qu'il fût accompagné du Guiscard et de ses hommes, ne put prétendre qu'il ne possédait plus les clés de la ville.

Le soir même, quand il fut assuré que les soldats de Bénévent étaient désarmés, que ses Normands veillaient aux quatre coins de la ville et que le pape était installé dans les appartements des princes de Bénévent, le Guiscard convoqua le chef de la ville :

— Margrave, je me suis laissé dire que tu détenais certains de mes compatriotes dans les geôles du château.

Le Bénéventin moustachu protesta, mais Robert insista pour aller vérifier. On descendit dans les bas-fonds de la forteresse. Le geôlier allait ouvrir toutes les portes les unes après les autres quand le Guiscard aperçut, dans le sol, une grille qui ouvrait sur un cul-de-basse-fosse.

— Qui est le malheureux enfermé ici ? demanda-t-il.

— Malheureux ! ironisa le margrave. C'est une sorte de fou ! On a toute raison de croire qu'il a tué ses enfants pour les manger.

— Voyons cela, dit le Guiscard en faisant ouvrir la grille.

À peine la trappe soulevée, le Guiscard prit le margrave par la taille et le projeta dans le trou puis, refermant lui-même la grille, il mit la clé dans sa poche et ordonna au geôlier affolé :

— Si le margrave te demande un jour d'ouvrir, réponds-lui que tu le voudrais bien mais que les princes de Bénévent ont emporté les clés.

C'était mesquine vengeance personnelle, il en convenait, mais elle lui procurait presque autant de satisfaction que son triomphe de Civitate.

15

Les vétérans de Civitate

Cet été 1053, qui s'était ouvert par la sanglante victoire de Civitate, fut l'un des plus torrides que l'Italie eût connu depuis bien des années. De Rome à la Sicile, le ciel déversait sur les terres du Sud des colonnes de feu. Les galets fumaient dans les torrents desséchés et les pèlerins racontaient avoir vu des buissons s'enflammer sur le bord des routes.

Où se cachait le Dieu de miséricorde ? Pourquoi abandonnait-Il les hommes à Sa colère ? Ici, un enfant naissait avec un seul œil au milieu du front, là, un autre avec des pieds fourchus et une queue de taureau. Les chiens mêlaient leurs prières à celles des hommes et l'on en avait entendu qui, le museau tendu vers les étoiles, suppliaient : « Pitié mon Dieu ! Pitié ! »

Septembre n'apporta aucun apaisement. Pas un souffle d'air ne se coulait dans les ruelles de Bénévent et le pape Léon étouffait, reclus dans sa chambre pourtant vaste.

— Moi, c'est au ventre que je suis crucifié, murmurait-il, épuisé.

De jour comme de nuit, à l'improviste, des couteaux semblaient s'enfoncer dans ses entrailles enfiévrées. Didier de Bénévent baignait son front ou lui tenait la main. Mais les mains étaient moites et les linges étaient tièdes. Secrétaire du pontife, le jeune prince et bénédictin faisait sans cesse l'aller et retour entre Rome et sa ville natale, s'arrêtant au passage au Mont-Cassin d'où il rapportait anecdotes et comptes rendus de lectures, seules distractions du pape Léon.

— Vous êtes fin lettré, mon fils. J'ai plaisir à vous entendre parler de saint Augustin ou de Plotin, mais aussi de Virgile et d'Horace. J'ai grand besoin de votre aide mais, après ma mort, retirez-vous au Mont-Cassin, je ferai en sorte que vous y soyez accueilli comme bibliothécaire. Étudiez, lisez, méditez. Il faut tant de jours et d'efforts pour atteindre à un peu de sagesse et maîtriser ces passions qui nous perdent ! Quand j'ai accepté ce terrible devoir d'être pape, j'étais déjà un homme d'âge et pourtant mon esprit n'était pas mûr encore.

— Nul pontife n'aura fait plus que vous pour rendre à Notre Mère l'Église toutes ses vertus et l'on vous tiendra pour un saint, protestait Didier avec conviction.

— Puisse le Père Céleste m'accabler de tant de souffrances sur cette terre pour que je sois digne, à l'heure qu'il voudra, d'être accueilli dans son paradis.

Comme ils avaient changé l'un et l'autre ! Le grand Alsacien roux, bâti comme un lutteur, n'était plus que l'ombre de lui-même. Ses cheveux clairsemés avaient pris, autour de son crâne, la couleur de la paille moisie et dans sa face torturée de rides son regard se voilait comme celui d'un aveugle.

On ne retrouvait plus rien dans la silhouette un peu enveloppée du prince Didier de celle de l'ermite des îles Tremiti. Dans ce visage devenu poupin, les beaux yeux sombres perdaient de ce feu qui avait touché le Guiscard à Buonalbergo. Il traînait maintenant dans son sourire bonhomme un rien de condescendance.

— Et comment se porte le duc de Pouille ? demanda le pape.

— On dit que sa blessure le fait parfois terriblement souffrir et le rend grabataire et que parfois elle se fait oublier et le laisse chevaucher jusqu'au fin fond de la Calabre, au côté de son frère Robert.

— Je prie pour lui, dit le pontife, ajoutant en se forçant à sourire : Pensez-vous qu'il ait le cœur d'en faire autant ?

Ces deux blessés de Civitate, l'un dans son âme, l'autre dans sa chair, n'étaient pas au bout de leurs peines.

D'autres poignards se préparaient qui perceraient encore les entrailles du pontife, plus douloureux que la honte de la défaite, plus insupportables que le souvenir des sept cents chevaliers souabes massacrés, que les habitants de Civitate avaient mis des jours et des jours à enterrer, pêle-mêle, avec leurs chevaux.

*

* *

Sitôt connue la défaite de Civitate, Michel Cérulaire, le patriarche de Byzance, avait exulté en secret, mais il regrettait sans doute qu'Argyros et l'armée grecque aient échappé au désastre. C'en eût été fini des rêves d'alliance avec les Latins exécrés. Il se mit à chercher le moyen de faire en sorte que plus jamais Rome et Byzance ne puissent imaginer marcher d'un même pas, et il le trouva.

Il accusa publiquement le pape et ses cardinaux d'avoir souhaité, et favorisé en sous-main, la victoire des Normands afin d'imposer leurs rites à tout le clergé grec d'Italie et notamment l'usage du pain sans levain pour l'Eucharistie qui n'était qu'un infâme retour aux pratiques juives. En représailles, il obligea les églises latines d'Orient à renoncer à leurs rituels et fit fermer celles qui s'y refusaient.

Léon IX protesta et argumenta. L'empereur Constantin Monomaque tenta de freiner les emportements de Michel Cérulaire mais la rue, dans sa haine de tout ce qui était romain, vola au secours de son patriarche.

À Byzance, comme à Rome, la plèbe manipulée par les ambitieux et les intrigants façonnait souvent le pouvoir.

*

* *

Depuis Bénévent, Léon IX tentait de mettre sur pied une délégation chargée de réconcilier les inconciliables. Après de longs mois, elle partit enfin pour Constantinople mais sa composition n'était pas celle qu'il avait souhaitée. Ses chefs étaient trois des pires va-t-en-guerre de Civitate avec, à leur tête, ce Frédéric de Lorraine qui ne voulait attribuer la défaite des troupes pontificales qu'au manquement de l'armée grecque, et suait l'intolérance autant que la haine.

Le basileus les accueillit courtoisement mais le patriarche Michel refusa de les recevoir. Les représentants du pape, outragés, déposèrent à son intention, sur l'autel de la cathédrale Sainte-Sophie, une bulle d'excommunication. Puis, après avoir ostensiblement lavé leurs pieds, souillés par la fange byzantine, ils s'en retournèrent à leur vaisseau.

Le patriarche tenait sa victoire. Les voiles latines étaient encore visibles depuis les rives du Bosphore qu'il excommuniait à son tour les messagers apostoliques et, pour faire bonne mesure, le pape lui-même.

Désormais, il n'y avait pas seulement deux races et deux empires : il y avait deux Églises.

Le schisme était consommé.

Léon IX ne le sut jamais.

Ce pape, que nulle main criminelle n'avait tenté d'empoisonner, à la différence de tant de ses prédécesseurs, mourait rongé par le venin de sa propre conscience.

Il agonisait depuis six mois dans sa prison dorée de Bénévent quand il comprit qu'il n'avait plus la force de poursuivre aucun combat.

Il se décida à envoyer des messagers à Melfi pour demander au duc de Pouille l'autorisation d'aller mourir à Rome. À sa grande surprise, ce fut Onfroi lui-même qui vint lui porter la réponse.

— Vous savez bien, Très Saint-Père, que votre retour à Rome ne dépend que de vous.

Le malade hocha la tête en signe d'approbation et murmura d'une voix blanche :

— Mais... pas Bénévent !

Onfroi en avait par-dessus la tête de Bénévent. Il se tourna vers l'un des clercs qui l'accompagnaient :

— Ajoutez que le duc de Pouille renonce à toute prétention sur Bénévent et reconnaît la cité comme partie intégrante du Domaine de Saint-Pierre.

Alors Léon IX, le bras soutenu par l'abbé Didier, signa l'acte par lequel l'Église de Rome reconnaissait, à son tour, l'autorité des Normands sur toutes les terres et les villes qu'ils avaient conquises ou étaient en train de conquérir.

— Pourrez-vous supporter un tel voyage ? demanda l'aîné des Hauteville en voyant avec quelle difficulté le pape imprimait son sceau au bas du parchemin.

— Seulement en litière, je le crains.

C'est dans cet appareil que celui qui avait parcouru l'Europe en caracolant d'évêché en évêché regagna sa dernière demeure. Onfroi avait décidé de l'accompagner. Mais avant d'arriver à Capoue, sa plaie à l'aine se rouvrit, laissant échapper des flots de pus. Il dut faire un long séjour dans la ville pour permettre à ses médecins de le soigner. Sans doute firent-ils moins pour son rétablissement que sa robuste constitution.

Léon IX poursuivit seul sa route. Une fois arrivé à Saint-Pierre, on voulut le conduire dans sa chambre, mais il demanda à voir l'emplacement qu'on avait prévu pour son tombeau, dans les catacombes. Quand on lui eut indiqué la place qu'il occuperait aux côtés de ses prédécesseurs, il exigea qu'on y déposât sa civière et il s'endormit enfin de ce sommeil profond qu'il n'avait pas connu depuis tant de mois, et qui allait devenir éternel.

Des semaines plus tard, en apprenant, au retour des émissaires, la rupture entre les Églises d'Orient et d'Occident, l'abbé Didier se réjouit que la nouvelle en eût été épargnée à ce pape qu'il vénérait comme un saint.

Il quitta sa table de travail couverte de manuscrits, descendit de l'estrade qui dominait la vaste salle où s'entassaient les centaines d'ouvrages de la bibliothèque du Mont-Cassin et se rendit à la chapelle pour rendre grâces. Ceux qui le croisèrent furent bien surpris de voir un léger sourire flotter sur ses lèvres. Il s'imaginait arrivant à Bénévent et, pour distraire son protecteur, lui rapporter comme il l'avait fait tant de fois une nouvelle anecdote : Michel Cérulaire, le vindicatif patriarche de Byzance, avait réussi l'exploit d'excommunier un mort !

*

* *

Le duc des Normands de Pouille survécut presque trois ans, jour pour jour, à son illustre ennemi. La veuve de Dreux lui avait donné deux fils. L'aîné, Abélard, allait sur ces cinq ans et le second, Hermann, tétait encore sa nourrice

Il vivait en père de famille, gérant ses biens et cultivant son prestige et, quoi qu'il lui en coûtât, comprenait qu'il avait déjà passé la main. Toujours plus au sud, Robert, le héros de Civitate, auréolé de cette victoire dont on lui attribuait tout le mérite, porté par l'enthousiasme de ses troupes, animé par sa jeunesse et la puissance de son bras, allait de conquête en conquête.

À l'est, Bari n'était plus qu'une île battue par le flot de la marée normande. À l'ouest, le Guiscard poussait des pointes de plus en plus audacieuses et la terreur qu'il inspirait livrait parfois des citadelles sans qu'il eût à combattre.

Il mettait le siège devant Cosenza, l'une des dernières places fortes grecques qui refusât de se rendre, quand un messager vint le prévenir que le duc son frère le réclamait de toute urgence.

Onfroi était à nouveau au plus mal. L'inflammation avait gagné son ventre et ne cédait ni aux onguents ni aux coups de lancette. La jambe devenait noire. Les médecins de Salerne, convoqués en hâte, convinrent qu'il était temps de la couper. Mais *le troisième des premiers* refusa. Il n'était pas un chevalier souabe pour se laisser découper. Lui entrerait entier dans la mort.

Quand le Guiscard le rejoignit enfin, l'aîné, épuisé, ne put retenir quelques larmes et ils restèrent un moment dans les bras l'un de l'autre, ultime et d'ailleurs unique moment d'affection fraternelle qu'ils eussent connu.

Onfroi fit venir le jeune Abélard et le petit Hermann que portait sa nourrice. Le Guiscard dut jurer de veiller sur eux et de gérer au mieux le comté de Melfi jusqu'à leur majorité.

*
* *

On trouva un troisième sarcophage. L'église de la Sainte-Trinité de Venosa était enfin achevée. Quand les voix admirables des moines s'élevèrent pour en appeler à la clémence de Dieu, Robert connut l'impression du rêveur qui retrouve un songe très ancien.

Bien que son frère, au lendemain de l'assassinat de Dreux, s'en fût passé, lui, de retour à Melfi, souhaita assurer son propre pouvoir et convoqua tous les barons pour qu'ils le reconnaissent comme leur duc. Son prestige était tel qu'il ne courait aucun risque. Parenté oblige, on vint même, et pour la première fois, de Buonalbergo.

Il n'y eut qu'une ombre au tableau, mais elle suffit à gâcher son triomphe : Pierron de Trani n'avait pas daigné se déplacer. Le Guiscard s'était imaginé qu'à travers leurs combats autour de Bari et plus encore leur stratégie commune à Civitate, une sorte de complicité s'était établie entre eux. Il découvrait qu'il n'en était rien. Il se reprocha d'avoir fait preuve de trop d'indulgence envers cet ennemi héréditaire qui, peu à peu, se constituait un puissant domaine aux portes du sien et se refusait à reconnaître son autorité.

Rome lui était un autre sujet de préoccupation. Un temps, les Normands avaient cru en avoir fini avec cet adversaire-là. L'évêque Gebhardt, le conseiller de l'empereur germanique, *mon ami* Gebhardt, comme aimait à le dire le nouveau duc, avait succédé à Léon IX sur le trône pontifical, mais il était mort deux mois avant Onfroi, et c'était la silhouette d'un autre ennemi héréditaire qui se projetait, maintenant, depuis Rome : celle de Frédéric de Lorraine, enragé de revanche.

Aussi, attentif aux dangers qui se profilaient, et comme Geoffroi Ridel le remplaçait vaillamment en Calabre, le Guiscard s'éternisait-il à Melfi.

À San Marco, Marc Bohémond grandissait goulûment, comme poussent les géants, et Aubérée attendait patiemment que son époux eût besoin de tendresse. De ce double sentiment que Robert éprouvait pour elle, désir charnel et paternelle affection, le second l'emportait de plus en plus sur le premier.

Il est vrai que la dame de San Marco n'était plus la demoiselle de Buonalbergo. Les souffrances de son premier accouchement l'avaient beaucoup transformée. Il aimait toujours autant la cajoler, reposer sa tête sur ses seins, mais il ne la prenait plus qu'avec quelque remords qui gâtait son plaisir.

Il reprit le goût des belles garces que l'on peut chasser avec un peu de monnaie et une grande tape sur les fesses afin de dormir en paix.

Chaque soir, quand il se retrouvait seul et repu dans la chambre où il avait vu mourir Guillaume et Onfroi, il disait quelques prières pour s'assurer la bienveillance du ciel, puis revenait vers le lit et, comme si Bras de Fer y fût encore présent, s'adressait à lui :

— Tu vois, j'ai respecté mon serment. Les choses vont comme tu l'avais prévu : voici que mon tour est venu. Demain, j'enverrai la veuve d'Onfroi et ses deux enfants à San Marco, l'air y est meilleur qu'ici. Ils tiendront compagnie à Aubérée et cesseront de traîner dans mes pattes. J'ai appris aujourd'hui une nouvelle qui devrait te faire plaisir. À Durazzo, juste de l'autre côté de l'Adriatique, des tueurs envoyés par le basileus ont assassiné le général Maniakès. Je me serais employé à venger Odilon, comme tu le souhaitais. Le ciel m'a épargné ce surcroît de travail. Voilà où nous en sommes ! Tu as eu plus de chance que moi, messire *le premier,* vous avez eu tous trois plus de chance que moi : vous aviez toujours un frère à qui parler, moi, je dois m'adresser à une ombre.

Il est vrai que parfois il se sentait très seul. Il se prenait à espérer que ses cadets viendraient le rejoindre. Mais le souhaitait-il vraiment ? Il pensait à Mauger, au second Guillaume, rarement au *dernier des derniers*. Pour lui, Roger demeurait ce gamin enjôleur à la peau trop tendre. Il oubliait que dix années avaient passé depuis le jour où, à Hauteville, ils s'étaient vus pour la dernière fois.

16

Les amants séparés

Chaque jeudi, qu'il vente ou qu'il pleuve, et même les rares fois où il fallait briser la glace de l'étang, les moinillons de Saint-Évroult avaient pour tâche de pêcher le poisson frais du vendredi.

L'abbé Thierry se plaisait à les observer depuis la fenêtre de sa chambre d'où son regard passait par-dessus la muraille d'enceinte. Il s'amusait d'entendre leurs cris effarouchés quand leurs pieds s'enfonçaient trop profond dans la vase ou quand un gros poisson sautait vers eux pour échapper à la nasse, et les rires de tous quand l'un d'eux, transi d'avoir chuté dans l'eau, courait se sécher aux cuisines.

Mais ce jour-là, rien ne parvenait à le distraire. Trop de tourments l'accablaient. Les Grandmesnil ne cessaient sournoisement de lui compliquer la tâche. Après tout ce qu'ils avaient investi pour bâtir cette abbaye, ils semblaient s'être mis en tête d'en recevoir les dividendes, revendant en cachette des terres qu'ils avaient auparavant offertes, spéculant sur les fournitures, allant même jusqu'à l'accuser lui, le père abbé, de retenir à son profit une partie des sommes destinées aux aumônes, quand c'étaient eux-mêmes qui puisaient dans la caisse.

Il avait dû, pour se disculper, en appeler à l'abbé du Bec. Lanfranc avait porté l'affaire devant le duc de Normandie. L'évêque de Rouen, chargé de faire toute la lumière, l'avait blanchi, mais l'atmosphère depuis était devenue irrespirable et il était angoissé à l'idée de ce qu'on allait encore pouvoir inventer pour lui rendre la vie impossible.

Et maintenant, il y avait ce grand garçon assis derrière lui et qui serrait les mâchoires pour ne pas pleurer. Du moins le devinait-il et c'était la raison pour laquelle il restait dos tourné, planté devant la fenêtre.

— Es-tu bien certain, mon cher fils, de ne pas souhaiter que je t'entende en confession ? finit-il par lui demander d'une voix douce.

— Non, dit Roger fermement, je ne me sens coupable d'aucun péché. Je voulais simplement vous parler, comme on parle à un père, et entendre vos conseils.

— Je suis votre père à tous, dit l'abbé en posant ses mains sur les épaules de Roger. Ces épreuves, auxquelles Dieu te soumet, ont un sens, même si tu ne le discernes pas. Sont-elles là pour confondre ton orgueil, raffermir tes sentiments, dire la vérité de ta passion ? Tu le sauras un jour.

Même si le père abbé n'avait pas connaissance de leurs escapades nocturnes, il était du moins au courant des sentiments qui liaient Roger de Hauteville à Judith d'Évreux. Fra Modesto l'avait informé de *cet amour voulu par Dieu*, comme il l'affirmait, et Thierry de Mathonville attachait une grande importance à tout ce que disait le petit moine visionnaire. Il n'était pas loin de voir en lui un messager du Seigneur.

— Je pensais qu'il avait quelque estime pour moi, murmura Roger.

L'abbé sursauta. Mais le jeune homme ne parlait ni de Dieu ni du Bénédictin à la voix d'or, il poursuivait simplement son idée.

— Oh ! Il fait plus que t'estimer. Mais le pire, avec des hommes comme Robert de Grandmesnil, c'est que leur haine est toujours plus forte que leur amour. Il hait encore plus le comte d'Évreux qu'il ne t'aime et humilier le meurtrier de son père lui importe plus que ta propre humiliation.

*

* *

Quand Judith avait révélé à sa mère son amour pour le dernier des Hauteville et leur désir de se marier, la suppliant de préparer le comte d'Évreux à cette idée, la dame Hadvise était devenue d'une pâleur de cire et c'est en tremblant qu'elle s'était écriée :

— Jamais ! Es-tu folle ? Crois-tu que nous n'avons pas déjà eu notre lot de malheurs ? Que cette idée te sorte de la tête ! Qu'il n'en soit plus jamais question.

Il ne leur restait plus qu'à solliciter l'entremise de Robert de Grandmesnil. Lui avait pris la chose avec sa condescendance habituelle :

— Enfin ! On cesse de me faire des cachotteries ! Vous m'avez bien amusé, mes tourtereaux. Je savais qu'il vous faudrait un jour en passer par moi. Que ne ferais-je pas pour ma chère Judith et mon sauveur fournisseur de dragons ?

— Mais, demanda Roger surpris par tant d'assurance, est-ce que le comte voudra vous écouter ?

— Je crois avoir assez donné, répliqua Grandmesnil, désignant d'un geste large tout ce qui l'entourait, pour mériter quelque attention. Mon cher beau-père est assez sot, mais pas au point d'oublier qui je suis.

Quelques semaines passèrent. Puis un soir, alors que dans la chambre de Grandmesnil se terminait un cours sur le bon usage de la *tortue* défensive dans les légions romaines, Grandmesnil retint Roger :

— Évreux chasse cette semaine dans la forêt de Conches, je vais t'indiquer le lieu où il s'arrête pour le repas de midi. Je lui ai tout dit, il attend ta visite.

Parle-lui à la fin du banquet, le vin le pousse à la bienveillance.

— Mais... comment a-t-il réagi ? questionna Roger anxieux.

Grandmesnil eut un sourire énigmatique.

— Il demande à te voir et... comme tu gagnes à être vu !

*

* *

Deux jours plus tard, Roger était au rendez-vous de chasse. La matinée avait été un peu froide mais belle. Le comte d'Évreux, ses lieutenants et ses barons festoyaient à l'abri d'une grange largement ouverte. Quand la fin du repas approcha, Roger, qui s'était mêlé à la foule des piqueurs et rabatteurs, pria l'un d'entre eux d'aller prévenir le seigneur d'Évreux et, quand ce fut fait, se présenta devant lui.

Il avait imaginé que le père de Judith se lèverait et l'entraînerait à l'écart, mais il n'en fut rien. Sans presque le regarder, Évreux lança :

— Alors, c'est toi le moine dont mon beau-fils m'a annoncé la venue ?

— Je ne suis pas moine, messire comte, mais écuyer et son élève.

— Peu importe. Dis ce que tu as à me demander.

— Mais..., bredouilla le jeune homme décontenancé, je pense que messire Robert vous l'a déjà annoncé et...

— Il ne m'a rien dit du tout. Sinon, pourquoi serais-tu là ? Alors, cesse de me faire perdre mon temps.

Roger ne savait plus s'il devait poursuivre ou battre en retraite. Mais réunissant tout son courage, il insista :

— La question est trop intime, messire, pour que je puisse en parler autrement qu'en votre seule présence.

— Vous entendez, mes bons amis, s'écria Évreux, il y aurait quelque question intime entre moi et ce moinillon dont on ne saurait débattre devant vous.

Les rires de l'assistance exaspérèrent Roger qui lança sans réfléchir :

— Il s'agit tout de même de votre fille Judith !

Le comte devint écarlate et s'emporta.

— Fais attention, moinillon, ne t'avise pas de calomnier ma fille !

— La calomnier ? s'indigna Roger, alors que je l'aime comme elle m'aime et que je suis venu solliciter votre autorisation de l'épouser !

Évreux resta un instant sans voix, puis manqua s'étouffer :

— Bouffon ! Tu n'es ni un moine, ni un écuyer, tu n'es qu'un bouffon !

— Je suis Roger, fils du seigneur Tancrède de Hauteville.

— Et savez-vous qui est ce Tancrède de Hauteville ? dit le comte en se tournant vers les convives : un vilain que mon grand-oncle, le duc Richard, a tiré de son fumier pour un heureux coup d'épieu dans l'épaule d'un sanglier. Un paysan ingrat qui, pour tout remerciement, a voulu poignarder son petit-fils à Val des Dunes.

— Ni mon père ni mes frères ne se trouvaient à Val des Dunes, protesta Roger qui ne se maîtrisait plus. Moi seul y étais, comme écuyer du seigneur de Coutances.

— Eh bien, ça prouve que ton père et tes frères sont moins stupides que toi, cracha le père de Judith, et il partit d'un rire qui sonnait si faux que tout son entourage eut du mal à l'imiter. Puis il fit un geste sec de la main en direction du jeune homme, comme pour chasser un valet et il se détourna vers ses compagnons.

— Je suis aussi le frère du duc de Pouille, cria Roger au comble de la rage et du désespoir.

Évreux donna un grand coup de poing sur la table.

— Eh bien ! Disons que c'est par respect pour lui que je ne fais pas lâcher les chiens. Mais ma patience a des limites et je ne les retiendrai pas longtemps.

C'est assez pour que je tire mon épée et te tranche la tête, pensa Roger. Et advienne que pourra !

Mais il savait qu'alors il n'aurait plus la moindre chance de revoir Judith et cette seule idée suffit à lui faire ravaler sa honte.

Il partit à reculons sans quitter le comte des yeux, manqua trébucher sur une racine à l'entrée du chemin où était attaché son cheval, monta lentement en selle et s'éloigna en retenant la bête qui voulait prendre le galop.

Il maudissait le monde entier et se répétait que l'amour rend lâche !

*

* *

— L'amour ne rend pas lâche, murmurait l'abbé Thierry avec indulgence. Mais il rend la vie précieuse : la vie de ceux que nous aimons, comme la nôtre et même, par ricochet, la vie de ceux que nous aurions tendance à haïr.

Par la fenêtre montait le chant cadencé des moinillons ramenant dans leurs paniers d'osier l'enchevêtrement visqueux des carpes, des ablettes et des anguilles.

— Pardonnez-moi, mon père, de vous avoir importuné avec ma tristesse, mais j'avais grand besoin de vous parler. Je vais quitter Saint-Évroult. Malgré tout ce que je dois à cette maison, tout ce que j'y ai appris et toutes vos bontés, je dois maintenant reprendre ma route.

— Je suppose que tu vas rejoindre tes frères en Italie. Quand penses-tu nous quitter ?

— Demain, peut-être. Après-demain au plus tard.

— Et si je te demandais de patienter une semaine encore ? Nous pourrions faire route ensemble.

Roger regarda Thierry de Mathonville sans comprendre.

— Vous ne songez pas à abandonner Saint-Évroult ?

— Pour moi aussi, il est temps. Je suis vieux. Je ne sais plus où est mon devoir et n'ai même plus la force de le chercher. J'ai décidé de me rendre à Jérusalem. J'irai sur le Golgotha demander au Seigneur de me relever de ma tâche. Mais s'il me fait signe de la poursuivre, alors je reviendrai. Je serais heureux de commencer mon voyage avec, à mes côtés, un bon et solide compagnon comme toi.

— Je n'irai pas jusqu'à Jérusalem, dit Roger presque à regret.

— Eh bien, quand nos chemins devront se séparer, nous nous dirons adieu.

*

* *

Ce soir-là, dans la crypte de Saint-Évroult, Roger attendit en vain la visite de Judith. La pluie tombait, lente, compacte, glissant un rideau plus pâle entre la lucarne et la nuit. Aucun bruit de rame ou d'esquif ne vint troubler son clapotis monotone à la surface de l'étang.

C'est encore à Fra Modesto qu'il dut d'avoir des nouvelles. La dame Hadvise avait en hâte conduit sa fille dans un couvent proche d'Échauffour.

— Je sais, avait-elle dit à la mère supérieure, que ce n'est pas dans vos usages, mais je saurai me montrer très reconnaissante si vous vouliez bien faire en sorte que ma fille prononce ses vœux plus rapidement qu'à l'accoutumée.

Ainsi pensait-elle la mettre à l'abri aussi bien de sa passion que des contraintes que pourrait lui imposer son père.

Judith avait pu voir le petit frère sicilien, qui venait parfois enseigner le chant aux moniales. Elle lui confia un message pour Roger.

— Vous n'en changerez pas un seul mot, lui avait-elle fait promettre.

— N'ayez crainte. J'ai une mémoire de chantre, et pour le lui prouver il en répéta tous les termes du premier coup et sans hésitation : « Je garderai pour vous ce que vous m'avez gardé. Souvenez-vous du cadeau que vous m'avez promis, je saurai venir à temps pour le recevoir. »

Ce dernier signe de l'amour de Judith s'inscrivit dans le cœur de Roger en lettres de feu.

*

* *

Le dimanche suivant, quand ils partirent au petit matin, la pluie avait cessé de tomber. Elle s'était immobilisée dans l'espace en un brouillard épais qui gardait un peu de la grisaille de la nuit.

Robert de Grandmesnil qui, à la tête du chapitre, était venu saluer l'abbé Thierry et lui souhaiter bonne route, fut surpris d'apercevoir Roger sur son cheval, en tenue d'écuyer. Le jeune homme détourna le regard et amena sa monture jusqu'à la porte de l'abbaye pour y attendre l'arrivée de l'abbé.

L'idée de voyager en la compagnie de cet homme de cœur, le dernier message de Judith qui ne cessait de résonner dans sa tête et le simple goût de l'aventure qui hantait l'âme de tous les Hauteville suffirent, peu à peu, à arracher *le dernier des derniers* à sa mélancolie.

Parce que l'abbé de Saint-Évroult y tenait, il eut la chance de visiter Cluny, ce qu'aucun de ses frères, pressés de gagner le Sud, n'avait eu l'occasion de faire.

Une petite délégation de moines, comme il en partait sans cesse de ce haut lieu de la pensée chrétienne, devait se rendre à Rome. Thierry de Mathonville convainquit son jeune compagnon de les accompagner. C'est donc là qu'ils se séparèrent, le père abbé poursuivant sa route vers le Danube, Byzance et la Terre Sainte.

Après l'avoir longuement embrassé et béni comme on bénit un fils, Thierry de Mathonville remit à Roger une lettre pour le bibliothécaire du Mont-Cassin avec lequel il était depuis quelques années en étroite correspondance et qui s'appelait Didier de Bénévent.

17

Le manteau du lépreux

Ainsi, pour la troisième fois, de dix ans en dix ans, un fils du vieux Tancrède prenait la route de l'Italie. Ils suivaient tous le même chemin, mais leurs intentions et leurs états d'âme n'étant pas semblables, aucun sans doute ne vit le même paysage.

Pour Guillaume, Dreux et Onfroi, partis à l'aventure sans idées préconçues, le combat pour amener à bon port une troupe disparate de pèlerins avait transformé le voyage en aventure partagée. Ils y avaient gagné d'indéfectibles amis et quelques ennemis irréductibles. Le Guiscard et le Dieudonné répondaient à l'appel d'un duc qui disait avoir besoin d'eux. Ils allaient le rejoindre, pleins d'assurance, et le but les intéressait plus que le parcours.

Tout autre était l'état d'esprit dans lequel se trouvait *le dernier des derniers*. Lui s'exilait, mais un rêve le guidait. Il pensait chaque jour à ceux qu'ils quittaient sans trop d'espoir de les revoir, et d'abord à la dame Frésende que Fra Modesto avait promis de faire prévenir à la première occasion. Mais quand donc un moine de Saint-Évroult retournerait-il au Mont-Saint-Michel ? Toute la vie du duché de Normandie, depuis Val des Dunes, semblait se concentrer dans l'est victorieux et le Cotentin s'éloignait comme un bateau à la dérive.

Plus fort encore, il regrettait l'absence du petit Serlon. Il aurait tant souhaité l'avoir à ses côtés. L'adolescent devait maintenant servir à son tour d'écuyer au comte de Coutances. Sa complicité silencieuse comme son mystère lui manquaient.

Et puis, il y avait le vieux Tancrède et cet autre père, l'abbé Thierry, qui s'éloignait de lui à peine trouvé et qui savait le comprendre et le conseiller avec si peu de morale et tant de philosophie.

Seule Judith, parce qu'elle était sa vie même, ne lui manquait pas. Il retrouvait son visage dans les tourbillons du Rhône, les neiges du Mont-Cenis, les éternels nuages de brume sur la Sacra San Michele et rien ne ressemblait plus à l'harmonie de son visage et la gaieté de son regard que les paysages de la Toscane.

Plus il s'éloignait d'elle et plus il pensait la rejoindre comme si la Sicile, le rêve commun que Fra Modesto leur avait insufflé à travers quelques souvenirs et une chanson, n'était rien d'autre qu'une barque arrimée au chevet de l'Italie semblable à celle qui, chaque nuit, ramenait son amour au pied de la chapelle de Saint-Évroult.

*
* *

Aucun de ses aînés n'avait accompli le long voyage en si peu de jours. Ses compagnons étaient de fameux gaillards, aussi bien les deux moines français, Anthelme le Bourguignon et Mathieu le Picard, que les deux Italiens, Tomaso et Vicenzo. Ils avaient au moins trois points en commun : ils se tenaient en selle comme des chevaliers, conversaient en latin, ce qui n'était pas pour gêner Roger qui maintenant le pratiquait, et portaient, en plus de leur gourdin ferré, une hache accrochée à leur selle.

— C'est pour débiter les arbres qui pourraient nous barrer la route, disait avec sérieux le Bourguignon, et le Picard ajoutait :

— Il y a parfois des humains qui ont des têtes de bûches...

Ils étaient des hommes de devoir et galopaient sans répit pour porter au plus vite à Rome les réflexions de Cluny. Ils étaient des hommes d'amitié et s'entendaient bien avec Roger qui la suscitait spontanément.

Le soir, dans les monastères qui les hébergeaient, ils avaient de graves discussions sur l'avenir de l'Église. Ils la voulaient exemplaire, assez puissante par ses seules vertus pour imposer la paix de Dieu et diminuer le malheur des humbles. Ils voulaient que le pape fût, par ses mérites, le garant de l'ordre divin et pour cela il ne convenait pas que les laïcs, fussent-ils empereurs ou princes, se mêlent de son élection. Or, disaient-ils, l'occasion s'en présentait : Henri, l'empereur germanique, venait de mourir ; son fils n'était qu'un enfant au berceau et l'actuel pontife, Victor, un grand réformateur. Cluny l'encourageait fermement à réserver désormais l'élection du successeur de Pierre aux seuls évêques et cardinaux. Il avait aussi à lutter pour enrayer le schisme né de l'entêtement de quelques têtes grecques et latines surchauffées car nos seuls véritables ennemis, disaient-ils, sont les sectateurs de Mahomet.

— Il faudrait leur reprendre la Sicile, glissait Roger.

— La Sicile et l'Espagne qui furent terres chrétiennes !

Et ils soupiraient.

*

* *

Parce qu'ils aimaient la compagnie du dernier des Hauteville, au lieu de se diriger directement sur Rome, ils l'accompagnèrent un temps sur la Via

Tiburtina qui menait directement vers le Mont-Cassin. Cela n'allongeait guère leur parcours et ils se quitteraient à Rieti pour rejoindre Rome par la Via Salaria.

Ce fut une initiative malheureuse. Ils arrivèrent à Rieti sous une pluie diluvienne. Elle tombait sur la région depuis plusieurs jours et le Velino, en crue, était infranchissable.

Ils ne trouvèrent aucun monastère pour les accueillir et durent se loger à l'auberge du pays. Après s'être séchés autour du feu, ils décidèrent de se réconforter d'un bon repas.

Ils étaient en train de dévorer un poulet, tout en dissertant sur les grands sujets qui leur tenaient à cœur, sans se préoccuper de leurs voisins de tablée, quand l'un de ces derniers se leva pour aller se planter en face de Roger et lui demander en italien si, par hasard, il ne serait pas normand.

Il y avait un moment que cet homme et ses compagnons observaient la flamboyante chevelure du jeune homme et murmuraient entre eux.

Roger comprit la question et hocha affirmativement la tête en souriant. L'homme brandit une barre de fer qu'il tenait cachée dans son dos et si l'abbé bourguignon n'avait pas saisi promptement la canne ferrée qui ne le quittait jamais et, d'un coup violent, brisé le coude de l'agresseur, le destin du dernier des Hauteville se serait sans doute arrêté là.

Roger avait laissé ses armes dans la chambre.

— File, lui dit le frère Anthelme. On va arranger ça !

Déjà, les deux moines italiens s'expliquaient en criant. Protégé par le bâton du Bourguignon, Roger s'élança vers l'escalier qui menait aux chambres.

Dans la salle, le ton montait. D'entendre parler italien, et par des voyageurs en soutane, faisait réfléchir certains mais les autres, comme enragés, criaient leur haine des Normands et juraient de se venger sur celui qui avait osé venir jusque-là pour les narguer.

Dans la chambre, Roger saisit son épée. Il s'apprêtait à redescendre quand une main féminine lui saisit le poignet.

— Prends toutes tes affaires et suis-moi, lui fit comprendre à voix basse la femme de l'aubergiste.

Sitôt qu'il eut pris son sac, elle le tira vers sa propre chambre. Déjà les clients de la salle, après avoir débordé les moines, s'élançaient vers l'étage.

La femme désigna à Roger une petite fenêtre qui donnait sur les toits.

— Ils vont te tuer. Pas les moines. Seulement toi. Ils ont déjà égorgé des pèlerins normands. Cache-toi dans la grange, en face. Je viendrai te voir.

On entendait maintenant courir dans le couloir. Roger enjamba la fenêtre, s'avança rapidement sur le toit, manquant glisser à plusieurs reprises. Quand il arriva au bout des tuiles, il vit qu'il y avait un espace de plus de deux mètres entre le bâtiment et la grange, là où passait une venelle, et que la porte du grenier à foin était fermée. De toutes ses forces, il lança son sac contre la porte qui s'entrouvrit, sauta pour atterrir sur le petit espace que le battant avait libéré et se faufila à l'intérieur. Depuis l'auberge lui parvenaient des cris de colère et des vociférations. Déjà on se répandait dans la cour, à sa recherche. Il alla vers le fond du grenier et s'enfouit dans la paille.

La joue écrasée contre le plancher, il entendit monter vers lui d'étranges grognements. Il risqua un œil entre les planches mal jointes.

Juste en dessous, dans la pénombre, un visage le regardait, une face horrible, aux lèvres absentes, au nez rongé et qui reniflait comme le font les porcs.

D'autres créatures hideuses s'approchèrent à leur tour dont certaines, malgré leurs plaies, avaient gardé visage humain. Il recouvrit rapidement le plancher de paille pour ne plus les apercevoir et s'assit le cœur battant, s'attendant à ce que l'enfer s'ouvre sous ses pieds.

La nuit était déjà tombée depuis longtemps et la pluie n'avait toujours pas cessé quand il entendit, au-dessous de lui, la voix de la dame aubergiste. Il regarda à nouveau à travers le plancher et la vit qui apportait de l'eau, du pain et une grande bassine de nourriture pour les hôtes de la grange. Tandis qu'ils mangeaient bruyamment, comme ils le pouvaient, elle monta le rejoindre avec de quoi boire et quelques aliments.

— Sois rassuré pour tes amis. Ces enragés les ont jetés hors de la ville, mais sans leur faire plus de mal. Toi, s'ils te trouvent, ils te tueront. Quelle idée aussi d'étaler ces cheveux blonds et de dire que tu étais normand.

— Mais pourquoi ? Qu'est-ce que les Normands leur ont fait ?

— Ils ont tué leur père, leur frère ou leur fils. Ça ne te suffit pas ? Tu tombes de la lune ou quoi ? Tu n'as pas entendu parler des villages pillés, des récoltes incendiées ? Tu n'as pas entendu parler de la bataille de Civitate ? Ceux d'ici se sont battus au côté du pape et les tiens les ont massacrés sans pitié. Qu'ils aient tué tous les chevaliers allemands, ça nous est bien égal mais nous, nous ne faisions que défendre notre pays.

— Il fait nuit, dit Roger. Je vais prendre mon cheval et partir.

— Décidément, tu n'es qu'un jeune fou, tu t'imagines qu'ils ont laissé les portes de la ville ouvertes ! Et d'ailleurs ils ont volé vos chevaux. Prends patience, je verrai ce que je peux faire pour toi. Tu as de l'argent ?

— Oui, un peu, dit Roger en tâtant l'aumônière accrochée à sa ceinture. Prenez ce que vous voulez.

— Ah ! Il y a bien d'autres choses que j'aimerais prendre de toi, dit la femme en ôtant les brins de paille qui s'étaient mêlés à ses cheveux. Allez, mange ! Elle se releva en soupirant : Demain, je te dirai combien il me faut pour te sortir de là. Mais ne te montre pas.

— Ceux d'en dessous m'ont vu.

— Ceux-là, personne n'osera les approcher pour demander ce qu'ils savent.

— Attendez, dit Roger alors que la femme s'apprêtait à redescendre. Si vous avez tant de raisons de nous détester, pourquoi cherchez-vous à m'aider ?

— Heureuse mère que la tienne ! J'ai pitié d'elle ! Si j'avais fait un fils aussi beau que toi, je ne voudrais pas qu'on me l'abîme.

Et elle disparut avec un nouveau soupir.

Dans la nuit, Roger repensa à la bourse qu'il avait tâtée quelques heures auparavant, quand la femme lui avait demandé s'il possédait de l'argent. Elle lui avait semblé bien gonflée. Il glissa ses doigts à l'intérieur et palpa quelques gros écus dont il était sûr qu'il ne les possédait pas au départ. L'abbé Thierry avait dû les glisser à son insu lors de leur séparation.

La femme ne revint qu'à la nuit suivante alors qu'il était prêt à n'importe quelle imprudence pour sortir de cette prison. Elle arriva, comme la veille, avec de l'eau et des vivres.

— Écoute-moi bien. Ceux d'en bas quittent la ville demain matin, juste avant le jour. L'un d'eux va monter, il te vendra son manteau. Tu partiras à sa place. C'est le seul moyen pour toi de sortir d'ici. Personne n'osera s'approcher pour te regarder sous le nez. Quand même, j'ai amené un bout de tissu pour te le serrer sur la tête et cacher tes cheveux et voilà un morceau de charbon pour te salir les mains et le visage. Marche et pleurniche comme les autres et tout ira bien. Il t'en coûtera trois écus pour celui qui te donne son vêtement.

— Prenez tout, dit Roger en détachant sa bourse.

— Vous êtes trop bon, jeune homme, je me contenterai de vous embrasser.

Roger n'eut que quelques heures d'un sommeil entrecoupé de cauchemars. Chaque fois qu'il s'éveillait, il entendait geindre et prier cette horde misérable dans laquelle il allait devoir se fondre.

Il s'était de nouveau assoupi quand il se sentit secouer à l'épaule. Un œil dévoré de taches blanches le regardait et une main déformée cognait contre sa poitrine dans le geste traditionnel de celui qui quémande des sous. Roger versa rapidement plusieurs pièces dans cette main. Il entendit l'homme les faire sonner et ricaner de plaisir, puis se dévêtir de son manteau et le lui tendre. À l'aide d'une lanière, Roger avait accroché son épée à son cou. Il enfila la cape et rabattit le capuchon. Une puanteur fade et aigre l'enveloppa aussitôt.

Tout se passa comme prévu. Personne ne lui prêta attention. Il franchit les portes de la ville en traînant la jambe et le dos courbé. Il n'eut pas à se forcer pour adopter cette posture, écrasé qu'il était par le poids de son humiliation.

*

* *

La crue du Velino n'avait pas emporté le pont romain, mais l'eau montait encore jusqu'au parapet et la rivière avait répandu sur ses berges des nappes de limon fertile que les paysans étalaient sur leurs champs à l'aide de grands râteaux de bois.

Ceux qui voyaient s'approcher ces misérables se signaient et détournaient le regard et les plus proches de la route s'en éloignaient au plus vite. Roger n'y prêtait aucune attention, il ne songeait qu'à quitter cette colonne où certains l'observaient par en dessous, se demandant qui il pouvait bien être. Il aperçut un petit bois à un coude de la rivière et décida que ce serait là qu'il leur fausserait compagnie.

Maintenant qu'il était enfin seul, Roger n'avait qu'une idée en tête, se débarrasser de son manteau mais il ne se sentait même pas le courage de le toucher. Il arracha quelques feuilles et, les tenant entre ses doigts, dénoua les cordons et laissa tomber le vêtement sur la berge. Ses mains et tout son corps lui paraissaient souillés. Il se jeta tout habillé dans l'eau jaunâtre de la rivière et s'y roula longuement. Elle était tiède et laiteuse et lui fit l'effet d'un baume.

Petit à petit, il ôta ses vêtements, les mit à sécher sur la rive et replongea encore. Puis il pensa au moyen de faire disparaître le manteau. Il eût souhaité le brûler. Mais où trouver du feu ?

De ses mains, il creusa un grand trou dans la glaise, poussa le tissu avec un bâton et projeta par-dessus des poignées de boue qu'il se mit à tasser rageusement pour qu'il ne reste aucune trace de sa honte.

Ainsi agenouillé, les mains appuyées sur la terre, il sentit jaillir de ses yeux, sans qu'il puisse les contenir, ces sanglots qu'il maîtrisait depuis la forêt de Conches. C'est à peine si ses épaules frémissaient, à peine si son visage se crispait, mais les larmes coulaient en abondance, creusant des sillons dans la terre qui maculait son visage.

Il eut l'impression qu'on l'observait. À travers son regard brouillé, il aperçut deux enfants qui l'examinaient en se tenant par la main, comme auraient pu le faire Serlon et la petite-fille de la Charbouclée.

Il se frotta les yeux pour mieux les voir, mais le geste suffit à les faire s'enfuir.

Ils coururent jusqu'à leur village pour raconter qu'ils avaient vu un chevalier aux cheveux d'or, vêtu seulement d'argile et qui pleurait à genoux la mort de son manteau qu'il venait d'enterrer. Mais comme personne ne les croyait, ils finirent par garder cette histoire pour eux.

18

« Je veux la Sicile ! »

Il demandait à tous ceux qu'il rencontrait sur le bord des routes s'il était bien sur le chemin du Mont-Cassin. Il obtenait toujours la même réponse, par signe : tout droit et derrière la colline. Mais Dieu avait modelé cette terre de telle façon qu'une colline en cachait toujours une autre et la route semblait n'avoir jamais de fin.

Bien qu'il possédât encore quelques piécettes, il ne trouvait guère de nourriture. Plus il allait vers le sud, plus les paysans fuyaient à son approche ou se claquemuraient, et ceux qu'il arrivait à surprendre n'avaient à lui offrir qu'un oignon ou quelques olives racornies.

Il toucha enfin au but, si épuisé qu'il n'avait plus la force d'y croire. Pourtant, cette immense bâtisse sur sa montagne, aussi haute que le Mont-Saint-Michel, aussi vaste que Cluny, entourée de puissantes murailles comme Grandmesnil lui-même n'aurait osé en rêver pour Saint-Évroult, ne pouvait être que la grande abbaye fondée par saint Benoît.

Il dit au moine portier qu'il avait une lettre pour le bibliothécaire, et on le conduisit à l'intérieur du monastère. Ils traversèrent un grand hall peuplé de miséreux. C'était l'heure où l'on distribuait la soupe aux pauvres, et la chaude odeur des légumes bouillis lui tordit l'estomac mais il n'osa rien demander et il ne vint pas à l'idée de son guide de proposer un si vulgaire brouet à ce beau jeune homme qui, bien qu'à bout de force et crotté, gardait si noble allure.

Le bibliothécaire était un grand vieillard au visage raviné, la tonsure entourée d'un rare duvet gris. Il lisait un parchemin, le nez collé dessus.

— Je vous apporte une lettre de votre ami, l'abbé Thierry de Mathonville, dit Roger.

— Connais pas, grogna le bibliothécaire.

— Le père abbé de Saint-Évroult en Ouche, insista Roger.

— Connais pas, répéta le moine plus sèchement encore. Je n'ai pas perdu la mémoire !

— Enfin, vous êtes bien le moine Didier ?

— Le Seigneur me préserve d'une telle vanité. Aujourd'hui, Didier est notre père abbé.

— On m'avait dit que c'était Frédéric de Lorraine…

— Frédéric de Lorraine s'appelle Étienne IX depuis qu'il est pape, maugréa l'autre comme si cette annonce ne lui faisait aucun plaisir. D'où sors-tu, mon fils ?

— Ce serait bien long à raconter, dit Roger avec lassitude, mais je me rends à Melfi pour y rejoindre mon frère le duc.

Le vieux moine s'avança pour examiner de près le visage de Roger comme s'il eut voulu le sentir puis il grimaça, se recula et, revenant à son parchemin, bougonna :

— Si tu veux voir le père abbé, attends-le par ici. Il ne va pas tarder. Il nous visite chaque soir avant l'office de vêpres.

Roger regarda la pièce autour de lui, aperçut un tabouret entre deux banques chargées de rouleaux et de livres et alla s'y asseoir. Mais il se rendit bien vite compte qu'il avait par trop sommeil pour pouvoir tenir assis. Il s'allongea sur le carrelage, sans plus de façon, et s'endormit.

Il fut réveillé par une voix suraiguë qui glapissait :

— C'est un faux ! Tu entends ! J'en étais sûr, ah ! ah ! J'avais deviné juste : la Donation de Constantin est un faux !

Le bibliothécaire semblait s'être dédoublé. Le moine qui lui faisait face, à peine moins grand, à peine plus maigre, paraissait son jumeau.

— Tu te rends compte ! poursuivit-il avec la même jubilation et la même véhémence, maintenant j'en ai la preuve. Il n'y a jamais eu de Donation de Constantin. Frère Tiburce m'a sorti l'original de la bibliothèque du Latran, par vanité ! Tu sais comment il est depuis qu'il sévit à Rome : encore plus infatué. Il n'a pas résisté au plaisir de me le montrer. Dès que je l'ai palpé, j'ai su : le parchemin et les lettres, pas d'époque ! Le grattage fait n'importe comment ! Le sceau de l'empereur, mauvaise imitation !

— Dieu du ciel ! La Donation ? Un faux ? Et c'est ici qu'on l'a fabriqué ?

— Jamais de la vie ! Un travail grossier, je te dis : du travail de Français !

Puis il se mit à sautiller comme un enfant, en tapant dans ses mains :

— Tu te rends compte, nous tenons les papes à la gorge. L'empereur Constantin ne leur a jamais rien donné. Pas plus Rome que l'Italie, pas plus l'Italie que la Sicile ! Rien ! Juste son palais du Latran ! On les tient à la gorge, je te dis.

— Il faut avertir l'abbé Didier au plus vite.

— C'est bien pour ça que j'ai tant couru malgré mes reins brisés.

A ce moment, une querelle éclata dans la pièce voisine et un moine entra, demandant au bibliothécaire de venir ramener le calme. Roger aperçut, entre les étagères, la salle où les copistes avaient abandonné leurs pupitres pour se chamailler. S'il n'avait pas bien compris l'importance de ce qu'il venait d'entendre, il ne pouvait douter que le hasard l'eût fait dépositaire d'un secret qui ne lui était pas destiné et, se sachant oublié, il jugea préférable de quitter la pièce par la première porte qui s'offrit à lui. Elle ouvrait aussi sur le hall, maintenant vide. Ne sachant où aller, il s'allongea sur un banc de pierre et se rendormit.

*

* *

Rêvait-il ? Il entendait, venue de loin, une voix très douce qui murmurait :

— Mon Dieu, qui est cet ange ?

Et une autre, moins amène et déjà connue, répondait :

— Cet ange ? C'est le frère du diable !

Une main le secoua doucement. Il tenta de se relever, mais retomba assis.

— Vous voyez bien, reprit la voix douce, que ce jeune homme meurt de faim. Vous n'avez même pas songé à lui offrir de quoi se restaurer !

Roger regarda ce visage un peu replet que la pénombre rendait presque juvénile.

— Je suis l'abbé Didier, dit la voix.

L'abbé frappa dans ses mains, deux jeunes moines accoururent.

— Aidez ce jeune homme à monter dans mes appartements, faites porter à boire et à manger et dites bien que c'est pour un hôte.

— Peut-être que l'infirmerie serait mieux indiquée ? suggéra le bibliothécaire.

— J'ai dit : dans mes appartements ! répliqua le père abbé.

— Mais c'est que j'arrive de Rome avec une nouvelle fort importante à vous transmettre, insista le second vieillard.

— Plus tard, coupa l'abbé, prouvant qu'en dépit de son air débonnaire il ne manquait pas d'autorité.

*

* *

Le vin chauffait l'estomac du dernier des Hauteville et le pâté en gelée était des plus délicieux. Dans une douce euphorie, laissant l'abbé Didier relire la lettre de Thierry de Mathonville, il examinait les lieux. Même l'austère cellule du père abbé de Saint-Évroult aurait pu passer pour luxueuse en comparaison de la chambre de cet homme qui dirigeait l'un des plus puissants monastères de la Chrétienté. Le contraste était encore plus saisissant pour Roger quand il songeait au luxe des autres parties du bâtiment qu'il venait de traverser. Mais dans cette chambre, dont les fenêtres donnaient sur la splendeur des collines, tout n'était que dépouillement et rigueur.

— Pauvre cher frère Thierry, dit l'abbé Didier en reposant la lettre, comme il a dû souffrir pour tout abandonner ainsi... et pourtant je l'envie. Que ne donnerais-je pour tout quitter et partir en pèlerinage à Jérusalem !

Il souriait avec indulgence en regardant Roger mastiquer, comme s'il s'émerveillait de découvrir un si bel appétit chez un jeune homme qui parlait le latin presque aussi couramment que lui.

— J'ai connu ici les mêmes difficultés, poursuivait Didier de Bénévent, par besoin de confidence. Le père abbé précédent m'a mené la vie dure et il ne m'aimait guère.

— Celui qui est pape aujourd'hui ?

— Lui-même. Voyez-vous, mon enfant, par le cœur nous pouvons sentir l'amour de Dieu, mais notre esprit est trop limité pour entendre Ses raisons. Nous avions un bon empereur et il est mort dans la force de l'âge. Il nous avait donné l'excellent évêque Gebhardt pour pontife et celui-ci ne lui a survécu que quelques mois. Savez-vous que ce pape estimait fort votre frère, le duc Robert ?

— Robert, duc ? Mais je croyais que c'était mon demi-frère Onfroi qui avait succédé à Dreux.

— Mon Dieu, je suis désolé : le duc Onfroi est mort depuis quelques mois déjà, vous ne le saviez pas ? C'est aujourd'hui celui que tout le monde appelle le Guiscard qui est seigneur de Pouille.

— Vous le connaissez ?

— Oh oui ! Quand je l'ai rencontré pour la première fois, je tenais à bout de bras la tête du prince mon père qu'on venait de décapiter.

— Ce n'est pas mon frère ? s'inquiéta Roger horrifié.

— Non, non, le duc Robert est un homme qui sait se maîtriser et qui a bien mérité son surnom. Voyez-vous, c'est une grande chance que d'avoir affaire à des hommes intelligents. Ils peuvent au moins comprendre où est leur intérêt. Je n'ai peur que des imbéciles. Notre pape actuel n'a en tête que vengeance et carnage. On ne se bat pas à mains nues contre les fauves, n'est-ce pas ? Mais on a vu des taureaux et des lions s'agenouiller devant les martyrs. Le pape actuel est comme votre Grandmesnil, plus habité de haine que de compréhension. Quand il est parti pour Rome, il a tenté d'emporter le trésor de l'abbaye et nous avons tous dû nous battre, ici, pour l'en empêcher. Et vous savez pourquoi il lui fallait nous dépouiller ? Pour recommencer sa guerre contre vous, comme si Dieu, à Civitate, n'avait pas clairement montré Sa volonté.

— À Rieti, raconta Roger, on a voulu me tuer simplement parce que j'avais les cheveux blonds. Sommes-nous à ce point haïs de tous ?

— De tous, je ne sais. De beaucoup, je le crains. Comprenez : ils vous ont fait venir pour vous battre à leur place, et de mercenaires vous êtes devenus leurs maîtres. Pour le reste, vous n'êtes sans doute ni meilleurs, ni pires que les autres créatures de Dieu, mais vous possédez des qualités que l'on jalouse. Allons, vous voilà rassasié, il faut vous reposer maintenant. Ce soir, vous prendrez mon lit, vous avez plus besoin que moi de son confort.

Roger protesta, mais l'abbé Didier fut inflexible. Il voulait consacrer cette nuit entière à la prière.

De fait, chaque fois que Roger avait été réveillé par la clochette qu'on agitait dans les couloirs pour appeler les moines aux offices nocturnes, il avait aperçu le père abbé agenouillé sur le carrelage devant un petit crucifix de bois qu'éclairait un lumignon.

À d'autres moments, il lui avait semblé qu'une main légère écartait les boucles de son front, comme le faisait la dame Frésende quand la fièvre collait ses cheveux d'enfant.

*

* *

L'abbé Didier pensait que le duc Robert devait encore se trouver à Melfi. Il y avait invité les barons de Pouille et ceux qu'il avait récemment installés en Calabre à venir débattre des dispositions qu'il convenait de prendre à la suite de l'installation sur le trône pontifical du plus hargneux des vétérans de Civitate.

Roger en eut confirmation dès son arrivée dans la ville. Des oriflammes de toutes couleurs claquaient au vent à chaque angle du château et celui à qui il demanda où il pourrait trouver le duc se contenta de se tapoter l'oreille : depuis la salle basse du donjon parvenait le brouhaha d'un banquet.

On avait dressé dans la vaste pièce, si sombre que même à cette heure de midi des flambeaux l'éclairaient, une grande table en forme de U sur laquelle s'entassaient viandes, fruits et cruchons de vin.

Personne ne prêta attention à l'entrée de Roger et il resta un moment à observer l'assemblée. L'homme qui trônait au centre, le seul à être assis sur une chaise à dossier et qui pointait son grand nez de droite et de gauche, pour inviter les participants à prendre la parole, était bien *le premier des derniers*. Au fond, il n'avait pas changé.

— Ces étalons arabes sont peut-être vifs, mais ils plient sous notre poids comme des mannequins d'osier, disait l'un des convives.

Et un autre ajoutait :

— Si nous ne pouvons attendre l'arrivée de bêtes de France, contentons-nous des chevaux hongrois.

— Je crains qu'il ne le faille, trancha le Guiscard. Nous manquons cruellement de montures.

Et il agita sa coupe de vin qui était vide.

Plusieurs seigneurs se disputèrent l'honneur de la remplir. Roger n'avait jamais vu autant d'empressement, pas même à Coutances. Il est vrai que Néel n'était pas duc !

Robert leva sa coupe en l'honneur de ses hôtes et c'est alors qu'il aperçut Roger. Il resta un bref instant surpris, clignant les yeux. Malgré cette tignasse flamboyante, ces traits réguliers et fins, ce sourire toujours ébauché, il douta : il ne les imaginait pas plantés sur ce corps d'athlète. Roger s'avança vers lui et le salua.

— C'est donc bien toi, dit Robert. Qu'est-ce que tu viens faire ici ?

Roger s'était attendu à un accueil de ce genre et il avait imaginé la plus consensuelle des répliques :

— Je t'apporte la bénédiction de la dame notre mère.

— Tu aurais mieux fait de nous apporter des chevaux, lança le Guiscard à haute voix.

S'il n'avait eu les nerfs à vif, Roger aurait pris cette boutade pour ce qu'elle était : un vulgaire propos d'après boire destiné à faire rire une assemblée de flagorneurs, qui d'ailleurs ne s'en priva pas. Mais il avait, tous ces derniers temps, accepté tant d'humiliations que c'en était une de trop. Il tourna les talons et sortit.

Le messager qui entrait au grand galop dans la cour ne comprit jamais ce qui lui était arrivé. Alors qu'il arrêtait sa monture, une main s'était tendue vers lui comme pour l'aider à descendre mais il s'était retrouvé jeté à terre et avait reçu un si violent coup d'avant-bras sur la gorge qu'il en avait eu le souffle coupé et perdu connaissance.

Roger avait enfourché le cheval, l'avait éperonné durement pour le précipiter dans la salle basse du donjon et là, sautant à terre, il avait enfoncé la pointe de son couteau dans la croupe de l'animal qui, affolé de douleur, s'était mis à ruer et bondir en tous sens.

— Tu voulais un cheval, en voilà un ! hurla Roger.

Avant qu'on ait pu le maîtriser, l'animal avait renversé les tables, brisé la vaisselle, répandu sauces et boissons. Les barons, furieux, avaient déjà la main sur la poignée de l'épée, n'attendant qu'un ordre du Guiscard et celui-ci, comme à l'accoutumée, fit le contraire de ce qu'on attendait. Il éclata de son rire énorme, bondit par-dessus la table renversée, écarta à coups de pieds les tessons et les reliefs, serra longuement Roger dans ses bras, puis se tournant vers ses hôtes :

— Mes bons seigneurs, mes chers amis, je vous présente mon bien-aimé frère Roger. C'est *le dernier des derniers*, mais reconnaissez que c'est aussi le plus beau ! Après tant de perfection, on a brisé le moule.

Pas vrai, *la petite merveille* ? murmura-t-il à l'oreille de son cadet. Allons, mes compagnons, faites nettoyer cette porcherie, redemandez tout ce dont vous avez encore envie. Je reviens vers vous dans un instant.

Il entraîna Roger dans sa salle de travail. Quatre ou cinq copistes s'affairaient autour d'une grande table dont le Guiscard libéra un coin d'un geste large qui fit crier d'horreur les secrétaires.

— Arrêtez de scribouiller, versez-nous de mon vin si vous n'avez pas encore tout bu et disparaissez.

Il en restait et Roger, assis face à son frère, but son gobelet d'un trait.

— Il est bon, n'est-ce pas ? Tu as bien fait de venir : tout est bon ici. Alors, comment se porte la dame notre mère ?

— La dernière fois que je l'ai vue, elle allait on ne peut mieux. Mais ses yeux sont tristes depuis que vous êtes partis.

— Et le vieux ? demanda Robert.

— Encore plus vieux !

— Je vois, dit l'aîné en souriant.

Puis brusquement, son visage perdit toute bonhomie. Il planta ses yeux dans les yeux de son frère :

— Alors, maintenant que nous sommes seuls et puisque te voilà, qu'est-ce que tu veux ?

— Je veux la Sicile ! dit Roger.

TROISIÈME PARTIE

ROGER
OU
LE RÊVE SICILIEN

(1057-1063)

« C'était un jeune homme très beau,
de haute et élégante stature, aimable et joyeux
en toutes circonstances, doué d'une grande force
physique et d'un égal courage
dans les combats et qui,
par toutes ces vertus,
savait gagner l'estime de tous. »

Geoffroi MALATERRA,
De Rebus Gestis Roggerii.

1

Premières armes

—Va pour la Sicile, avait dit le Guiscard. Tant que tu ne me demandes pas Byzance !

Encore une de ses boutades ! s'était imaginé Roger, agacé, jusqu'à ce que dans les jours qui suivirent, alors qu'ils chevauchaient chausse contre chausse sur la route du sud, il eût compris qu'affronter l'Empire d'Orient faisait réellement partie des ambitions de son aîné.

Robert se laissait aller à quelques bribes de confidences.

Il disait :

— Nous avons la meilleure cavalerie du monde. Avec de tels chevaliers et notre appétit de loup – pas vrai mon petit frère ? – nous sommes invincibles. Les puissances qui nous entourent se sont endormies, repues.

Ou encore :

— Le Seigneur Dieu nous a fait un don, à nous Hauteville : que nous commandions et les autres aussitôt obéissent. Nous crions : marche ! et ils avancent. Halte ! et nul ne s'avise plus de bouger.

Puis, comme pour lui-même, au sortir d'une longue réflexion silencieuse :

— Il nous faudra bâtir une flotte capable de faire de nous les maîtres de la Méditerranée. On dit que les Calabrais sont de bons marins et nos ancêtres n'étaient pas les derniers sur la mer, que je sache ! Cela coûtera beaucoup d'argent, mais nous en avons. Plus que tu ne peux imaginer ! Et puis, la Sicile regorge de richesses à ce qu'on dit. Elle a suffi à nourrir la Rome des Césars. Ce n'est pas rien ! Avec l'or de la Sicile, ils ont conquis les trois quarts du monde.

Ainsi leurs deux rêves semblaient se rencontrer. Était-ce pour cette raison que l'aîné se montrait soudain si affectueux envers ce cadet qu'il avait jusque-là quelque peu dédaigné ? Il le voulait sans cesse à côté de lui et l'exhibait à chaque occasion.

Il lui avait même, par ces temps où les chevaux manquaient, offert un étalon, un robuste normand sorti de ses écuries personnelles et qu'il avait appelé Braisil parce que c'était une bête ardente comme la braise et d'une belle robe fauve.

*

* *

Durant l'absence du Guiscard, Geoffroi Ridel avait maintenu autour de la ville de Cosenza, l'une des dernières forteresses qui verrouillaient l'extrême sud de la Calabre, un siège symbolique, se limitant à empêcher le ravitaillement de la population. Il accueillit le duc de Pouille avec son éternel air désabusé et quand Robert, poussant devant lui *le dernier des derniers*, lui demanda :

— Vois-tu qui vient de nous arriver ? il plissa les yeux longuement comme une taupe qui ne serait pas capable de distinguer une pintade d'un cygne.

— Je te salue, le Dieudonné, lança aimablement Roger espérant, par la voix, se faire mieux reconnaître.

Mais l'autre devint blême et tourna le dos en maugréant :

— Manquait plus que celui-là !

— Je crois qu'il m'apprécie toujours aussi peu, fit Roger avec un petit sourire.

— C'est que tu l'as vexé, expliqua Robert. Tu l'as appelé Dieudonné.

— Et comment aurais-je dû l'appeler ?

— Geoffroi Ridel.

Roger écarquilla les yeux et resta bouche bée.

— C'est vrai, tu ne peux pas être au courant. Il a décidé, dès son arrivée ici, de se faire gloire de la renommée de son faux père. Et pourquoi pas, après tout ! Nous sommes assez nombreux pour servir la réputation du vrai.

— Tu aurais pu m'avertir.

— Je n'y ai même pas pensé. C'est une si vieille farce.

Roger pensa que l'excuse était un peu courte. Il se demandait si son frère, en dépit de toutes ses attentions, ne souhaitait pas lui créer quelques ennemis.

Tout autre fut l'accueil que lui réservèrent les gens de Buonalbergo. Même ce vieux grincheux de Gauthier le serra avec effusion contre sa poitrine et, tirant sans ménagement sur la chevelure blond-roux, s'écria :

— Nous avons retrouvé Beauchevel !

Girard, le fils, en lui donnant chaleureusement du *mon beau cousin,* lui promit qu'il serait son frère juré et ne le quitterait plus.

Tout se passait comme si, par le miracle de cette toison flamboyante, Roger eût été le seul digne de sortir du ventre de Frésende.

Il n'y eut pas jusqu'au vieux Martin Chenu qui ne l'adoptât. Depuis que le Guiscard l'avait arraché à la garde d'Aubérée et de San Marco, le vieil homme promenait sa mélancolie, cherchant sur qui déverser le trop-plein de son âme protectrice. Le rire franc de Roger le conquit.

Un jour que le vieil écuyer s'apprêtait à courir sus à quelques chevaliers grecs qui avaient tenté une sortie,

Roger voulut savoir pour quelle raison il se faisait attacher sur sa selle.

— Tu vois bien que si je tombe, je suis mort, bougonna l'autre. Tu m'imagines ferraillant à pied comme un fantassin ?

Il est vrai qu'à cheval, ses épaules larges et son torse puissant faisaient oublier des jambes courtes et arquées sur lesquelles il ne pouvait, au sol, que trottiner en se dandinant d'une manière grotesque. À cette vision, Roger ne put s'empêcher d'être pris d'un fou rire innocent et communicatif. Le vieil écuyer, au lieu de s'en offenser, rit à son tour de tous ses chicots, non sans l'avoir traité d'insolent.

Les occasions de se dérider n'étaient pas si nombreuses autour de Cosenza. On s'ennuyait. Maintenant qu'on avait déjà brûlé et ravagé les alentours, il ne restait plus qu'à attendre que les assiégés aient mangé leurs derniers corbeaux et leurs derniers rats.

Un matin, le Guiscard convoqua son frère.

— Je dois partir pour Salerne. On me dit que ce maudit pape lorrain reprend contre nous la politique de Léon IX et tente de renouer alliance avec les Grecs. Il faut que je sois sûr de la neutralité du prince de Salerne.

— Pourquoi te manquerait-elle aujourd'hui ?

— Parce que Guillaume, comme Dreux, et Dreux comme Onfroi, étaient liés à eux par le mariage. Ce n'est pas mon cas.

— Tu n'y peux rien.

— Si. Je peux marier mon fils Bohémond avec l'une de leurs filles.

— Mais quel âge a Bohémond ? Sept, huit ans ?

— Peu importe. Ces pondeurs de femelles auront bien une princesse qui lui corresponde. L'essentiel est qu'ils soient promis l'un à l'autre.

— Et en ton absence ?

— Ridel commandera au couchant et toi au levant. Je te préviens, c'est le flanc le plus exposé. C'est par là que des renforts grecs pourraient surgir. J'ai déjà averti certains de mes chevaliers et ceux de Buonalbergo. Ils acceptent d'être sous tes ordres.

— Tu me mets à l'épreuve si je comprends bien, dit Roger.

— Je t'offre ta chance.

En remerciant son aîné, Roger pria le ciel pour que l'occasion lui fût donnée de la saisir.

*

* *

Il n'y avait pas plus de deux semaines que le Guiscard avait repris la direction du nord quand les hommes chargés de surveiller, en amont, la route de Bari arrivèrent en pleine nuit pour annoncer qu'une petite armée grecque, suivie de nombreux chariots de ravitaillement, avait quitté la ville et se dirigeait vers Cosenza.

On s'attendait à cette alerte depuis quelques jours, car d'autres espions avaient signalé le passage d'une flotte grecque le long de la côte Adriatique. La nouvelle ne surprit pas Roger, il l'attendait même avec impatience. Depuis longtemps déjà sa réaction était prête.

Les messagers repartirent comme ils étaient venus, invisibles dans la nuit.

Le lendemain, alors que le jour était bien levé et que les guetteurs étaient à leurs postes sur les murailles de Cosenza, ils réapparurent, galopant à bride abattue, feignant la panique et désignant avec obstination la route par laquelle ils étaient arrivés. Aussitôt, il y eut un grand branle-bas de combat dans le camp et Roger, ne laissant que quelques hommes pour le garder, s'élança vers le nord-est à la tête du gros de ses chevaliers.

Aucune de ces manœuvres n'avait échappé aux regards des assiégés et ils en tirèrent les conclusions qui s'imposaient : les renforts tant attendus arrivaient enfin et ils devaient être de quelque importance. Aussi, réunissant toutes leurs forces, ils s'élancèrent par la porte orientale pour, dans un premier temps, ravager le campement ennemi, ce qu'ils firent sans mal, les défenseurs ayant reçu de Roger l'ordre de s'enfuir à la moindre attaque, après que l'essentiel des provisions eut été, en hâte, dissimulé dans la forêt voisine à la faveur de l'obscurité.

Confortées par cette totale et facile victoire, les troupes de Cosenza se jetèrent ensuite à la poursuite des Normands, certains de les prendre à revers quand la bataille serait engagée avec ceux qui venaient à leur secours.

C'est à la sortie d'un premier col qu'ils tombèrent dans le piège. Descendant en trombe des collines où ils s'étaient dissimulés, les hommes de Roger fondirent sur eux par surprise et parvinrent sans mal à les tailler en pièces. Roger, avec tout l'enthousiasme du néophyte et la folle audace de celui qui engage en meneur son premier combat, s'élança en tête, hurlant comme un diable. Si sa voix n'avait pas la puissance de celle du Guiscard, son intrépidité et sa furie galvanisèrent tous les courages.

— Le fou ! Le fou ! hurlait Martin Chenu.

Et comme tous souhaitaient qu'il n'arrivât aucun mal à ce chiot enragé, l'affaire fut enlevée promptement.

Sans même s'octroyer un moment de répit, on reprit la route, de col en col, jusqu'au moment où les hommes envoyés en avant-garde signalèrent la présence de l'armée grecque qui s'apprêtait, la nuit venant, à bivouaquer.

Roger décida qu'on prendrait un peu de repos sur place. Il hésitait entre deux stratégies : se précipiter sur le camp endormi avant les premières lueurs de l'aube ou se dissimuler dans les bois et surprendre l'ennemi au passage, comme on l'avait fait la veille. Il réunit les principaux barons pour savoir ce qu'ils en pensaient. Presque tous furent d'avis de reprendre la tactique qui leur avait si bien réussi. Certes, la bataille serait plus rude. On aurait à affronter un plus grand nombre d'ennemis, sans doute mieux aguerris, mais on bénéficierait de l'effet de surprise alors qu'il paraissait impossible de s'approcher du campement sans être repéré.

Roger remercia les barons, disant qu'il s'en tiendrait à leur choix et s'en alla dormir comme tous les autres, bouillant d'impatience.

L'engagement du lendemain fut aussi âpre qu'ils l'avaient imaginé. Entamé au milieu de la matinée, il dura presque jusqu'au coucher du soleil, les Grecs, malmenés, se repliant et revenant obstinément à la charge. Le nombre jouait en leur faveur. Leur cavalerie eut sans cesse le dessous mais l'infanterie opposait aux chevaliers normands, sur un passage étroit, un mur infranchissable sur lequel les assauts se brisaicnt.

On tenta de passer en force, mais Roger y renonça très vite : trop des siens s'empalaient sur les lances adverses.

Il ordonna la retraite. Mais ce n'était qu'une feinte pour trouver un chemin par lequel il puisse contourner la passe et, dans un galop furieux, rejoindre l'arrière-garde grecque. À partir de là, il comptait bien semer la panique parmi ceux qui conduisaient les chariots de ravitaillement, les obliger à faire demi-tour et, profitant de ce moment d'incertitude, écraser le gros de l'armée revenu à leur secours.

*
* *

Le surlendemain, les habitants de Cosenza qui avaient veillé toute la nuit sur les remparts virent enfin arriver les chariots tant attendus, mais les cris de joie s'étouffèrent dans leurs gorges quand ils découvrirent qu'ils étaient conduits par des Normands. Par-dessus les tonneaux et les sacs de vivres, on avait étendu les cadavres mutilés des soldats vaincus.

Roger s'avança vers la porte d'Orient et, relayé par un interprète, proclama qu'il était prêt à partager le blé, le vin et toutes les bonnes choses qui étaient dans les chariots avec les habitants de la cité, à qui il ne serait fait aucun mal, s'ils décidaient de se rendre. Comme il ne restait plus que des vieillards, des enfants et des femmes pour défendre la ville, les portes s'ouvrirent.

Roger connut à Cosenza sa première entrée triomphale, sous les acclamations des siens mais dans le silence d'une population hébétée. Il se fit une joie d'aller ouvrir la porte d'Occident pour laisser pénétrer, dans *sa* ville, Geoffroi Ridel et ses compagnons.

Avec les vivres de Bari, on improvisa le soir un banquet. Gauthier de Buonalbergo, à la fin du repas, leva une coupe de vin en l'honneur du petit-fils de Beauchevel, louant une habileté qui lui aurait mérité le surnom de Guiscard et une vigueur qui justifierait celui de Bras de Fer, tant on avait vu de têtes voler à chaque moulinet de son épée.

Alors seulement Roger prit conscience que, pour la première fois de sa vie, il avait tué. Il s'étonna de n'en ressentir ni tristesse, ni remords. Ainsi allait le destin des hommes : quand le plus fort frappait, le plus faible mourait. Ce n'était que le jeu cruel de la vie.

*

* *

Roger, accueillant son frère aîné aux portes de Cosenza, eut du mal à cacher sa fierté. Le Guiscard l'embrassa sans un mot, se laissa guider vers la grande salle du château et, arrivé devant la porte, fit signe à Geoffroi Ridel et Gauthier de Buonalbergo de le suivre. Comme Roger s'apprêtait à leur emboîter le pas, il le repoussa :

— Je t'appellerai.

Un long moment après, le Guiscard raccompagna les deux hommes à l'extérieur et fit signe à Roger d'entrer.

— Tu as commis deux fautes, lui dit-il sans ménagement. Tu as engagé un combat sans être certain de le gagner et tu as risqué ta vie.

— Je t'ai livré Cosenza, répliqua Roger.

— Il n'y a ni cité ni forteresse qui vaille la vie d'un Hauteville ! Tu as été vaillant mais téméraire, audacieux mais imprudent. Ne recommence jamais.

Roger se raidit, mais déjà le Guiscard l'avait pris par les épaules et poursuivait en le regardant dans les yeux :

— Ce qui est à moi est à moi. Mais à partir de maintenant ce que nous prendrons ensemble, nous le partagerons en frères. Demain nous partons mettre le siège devant Mileto. Ce ne sera pas une mince affaire. En voyant la citadelle, tu comprendras. C'est le plus gros obstacle sur la route qui mène à Reggio. De Reggio, on dit qu'il suffit de tendre le bras pour cueillir les fleurs qui poussent en Sicile.

Mileto, c'était la forteresse dont Guillaume Bras de Fer, au retour de Syracuse, avait rêvé de faire son repaire avant qu'on ne lui parle de la Pouille et de Melfi.

*

* *

Roger n'avait connu que l'épilogue du siège de Cosenza. Il dut vivre la totalité de celui, sans fin, de Mileto et comprit l'énervante lenteur de cette conquête qu'il avait imaginée rapide et violente comme une bourrasque. Mileto l'inexpugnable, dix fois plus vaste que San Marco, mais tout aussi haut perchée.

À trois reprises, Bérard le Savoyard et ses hommes avaient tenté d'en escalader les parois. Chaque fois, ils avaient été repérés et repoussés à coups de blocs et de cailloux.

La dernière tentative s'était achevée tragiquement. Le Savoyard, quoique blessé, avait pu redescendre, mais plusieurs de ses compagnons avaient lâché prise et s'étaient écrasés dans le lit asséché du torrent.

Restait à attendre que les habitants meurent de faim ou de soif, mais qui pouvait savoir de combien de vivres et d'eau potable ils disposaient. Les chevaliers tuaient le temps en jouant aux dames ou aux osselets quand ils ne s'adonnaient pas à la chasse dans les montagnes avoisinantes.

Roger courait le gibier en compagnie de son cousin Buonalbergo et de Martin Chenu. Dès les premières expéditions, il s'était pris de passion pour cette terre sauvage dont la brutale beauté l'émerveillait. Tout l'enchantait : l'étouffante senteur des sous-bois, la masse des hautes falaises basaltiques étincelant au soleil, les plateaux rocailleux où l'on marchait les pieds embaumés de thym et, sur les hauteurs, près des sommets, les petits lacs immobiles, les cascades où il faisait si bon se glacer le corps après tant de sueur et d'effort.

Les bêtes sauvages abondaient, puissantes, méritant la traque, massifs sangliers dignes de la pique d'un Tancrède, béliers aux énormes cornes retournées sur elles-mêmes et qui, quand ils chargeaient, pouvaient vous éclater le ventre ou vous briser les reins.

Le soir, quand il redescendait vers le campement et que les sabots de Braisil glissaient sur la sente caillouteuse, Roger faisait à Judith le récit de ses joies. Il devait parfois s'exprimer à voix haute car Martin Chenu finit par lui demander :

— Mais enfin, à qui parles-tu comme ça ?

— Je parle à mon cheval, bredouilla Roger confus.

— Gamin ! lança le vieux. Mais il était ému en pensant au temps où lui-même confiait ses sentiments à l'oreille de sa monture.

*

* *

Un jour, Girard de Buonalbergo proposa à Roger de visiter le lieu où ils avaient débarqué en catastrophe lors de leur retour de Syracuse, il y avait presque vingt ans. Il pourrait apercevoir cette mer qui avait englouti à jamais le corps d'Odilon.

— Le seul d'entre nous, comme il disait, qui n'ait jamais vieilli !

Ils partirent, une douzaine de chevaliers, en direction de Tropea, bien armés afin de décourager toutes velléités belliqueuses de la part de la garnison du petit port. Mais alors qu'ils s'apprêtaient à contourner la cité, ils eurent la surprise d'en voir les portes s'ouvrir. Une délégation, moines en tête et portant la Croix, s'avançait vers eux pour leur remettre symboliquement les clés de la ville. On les avait pris pour l'avant-garde de l'armée normande. Tropea, effrayée, faisait allégeance.

Roger monta au sommet de la tour de guet espérant découvrir la Sicile. Mais une longue bande de nuages barrait l'horizon. Soudain, alors que le soleil allait se noyer dans les flots, elle se déchira, laissant entrevoir, dans le lointain, un grand cône noir qui fumait et crachait des flammes.

— L'Etna ! C'est l'Etna ! hurlait Roger en sautant et battant des mains comme un enfant.

Mais ce n'était que le Stromboli.

Ils revinrent par la route qu'avait jadis empruntée Bras de Fer et quand Roger découvrit à son tour Mileto, depuis les hauteurs, il comprit ce que *le premier des premiers* avait éprouvé.

Le soir, au dîner, il se pencha à l'oreille du Guiscard pour n'être entendu que de lui :

— Quand nous aurons pris Mileto, si tu en es d'accord, j'aimerais m'y installer.

— Quand aurons-nous pris Mileto ? fit l'aîné pour toute réponse.

Moins d'une semaine plus tard, Roger fut réveillé par des sons de trompe. Il se précipita hors de sa hutte, persuadé qu'on les attaquait. Ce n'était pas le cas. Le Guiscard avait brusquement décidé de lever le siège.

Il faisait encore un temps magnifique mais l'armée remontait déjà vers le nord pour prendre ses quartiers d'hiver.

— Je ne veux pas courir le risque d'être surpris par le mauvais temps, répondit sèchement Robert quand son cadet tenta de lui faire comprendre que c'était folie de renoncer si tôt et après tant d'efforts.

*

* *

Depuis son retour de Salerne, *le premier des derniers* semblait avoir changé d'humeur. Roger avait essayé de savoir comment avait été accueilli le projet de mariage de Bohémond avec l'une des héritières de la principauté mais Robert s'était contenté de lui répondre, avec un peu d'agacement :

— De quoi t'inquiètes-tu ? Ils ont encore plus besoin de moi que je n'ai besoin d'eux !

Roger était bien décidé à en reparler à San Marco, où il s'imaginait invité pour une partie de l'hiver. Mais comme on arrivait en vue de la citadelle, le Guiscard, après avoir, suivant la coutume, fait arrêter les chevaliers qui l'accompagnaient pour admirer son domaine, demanda de sa voix puissante à *ceux de Scalea* de se présenter devant lui. On vit aussitôt accourir deux chevaliers et cinq ou six fantassins.

Scalea était un petit port, plus au nord, dont le donjon surveillait le golfe de Policastre où les Sarrasins avaient l'habitude de se mettre à l'abri avant de repartir razzier les côtes italiennes. Mais de razzias, depuis que les Normands s'étaient chargés de tout dévaster, ils n'en commettaient plus guère.

— Voilà, dit le duc de Pouille en administrant une tape sur l'épaule de son frère, je te donne ces hommes et je te donne Scalea et les terres qui l'entourent. Réjouis-toi, te voilà baron.

Puis, portant son regard vers Martin Chenu, il ajouta à son intention :

— Je crois que tu t'entends bien avec mon frère. Je veux que tu l'accompagnes. Je vous souhaite bonne route. Ne perdez pas de temps. De là-bas, on doit bien apercevoir la Sicile !

2

Si Gafar le marchand

Depuis la tour de guet qui surplombait le port, on ne voyait que le bleu infini de la mer.

Roger aimait à y monter pour assister, de loin, au combat des pêcheurs contre les poissons-épées. Il suivait cette lutte titanesque qui durait jusqu'au moment où les puissants monstres marins finissaient par s'abandonner, ligotés de cordes et percés de harpons.

Ces jours-là, c'était fête sur les quais. Le vieux Beppé, le seul homme du pays capable de découper l'étrange animal selon les règles, officiait comme un prêtre. Longtemps après qu'on se fut disputé les meilleurs morceaux de cette chair succulente ou résigné à emporter les plus bas, la tête du géant des mers demeurait sur l'étal, son long dard crénelé brandi vers le ciel et tout enguirlandé de fleurs.

Le golfe était poissonneux et les impôts rentraient bien. L'arrière-pays, dans la paix normande, connaissait aussi un regain de prospérité.

— Nous devrions augmenter les taxes, disait Martin Chenu.

Mais Roger protestait :

— Nous ne serions qu'à peine plus riches et ils se sentiraient beaucoup plus pauvres.

Le vieil homme acquiesçait : ce gamin avait toujours raison et rien ne le touchait plus que de voir ce guerrier jeune et téméraire s'appliquer à aligner des chiffres dans un livre de comptes qu'il était seul à pouvoir tenir. Il soupirait :

— C'est celui-là que ma petite Aubérée aurait dû épouser.

Dans ses divagations, il refaisait le monde et mariait *ses* deux enfants. Au crépuscule, il accompagnait le dernier des Hauteville au sommet de la tour et ils mêlaient leurs mélancolies comme les rayons du soleil couchant se mêlaient à la mer.

— Tu ne comprendras rien, disait Martin Chenu, tant que tu n'admettras pas que ton frère n'est qu'un jaloux. Jaloux de tout, jaloux de rien. De ceux qui possèdent la moindre parcelle d'une qualité qu'il n'a pas comme de ceux qui prétendent approcher ses mérites ou son pouvoir. Il a été heureux de te montrer à tous parce que tu ajoutais à son prestige mais dès qu'il a compris qu'on commençait à t'estimer, qu'on apprenait à t'aimer, alors il t'a envoyé au diable. Il a préféré abandonner Mileto plutôt que de la partager avec toi. Mileto, c'est pour la Calabre ce que Melfi est à la Pouille. Toi à Mileto, tu devenais un rival. Il a voulu afficher sa puissance et te montrer que tu n'étais rien sans sa volonté.

— Et s'il t'a exilé à mes côtés, c'est aussi par jalousie ? ironisa Roger.

— D'une certaine manière. Il n'a jamais supporté l'attachement que me témoigne ma petite Aubérée. Mais il y a pis : c'est mon regard et mon franc-parler qu'il n'admettait plus. Et s'il ne t'a pas retenu à San Marco, en dépit de son envie de t'impressionner, c'est pour que tu ne découvres pas que ce n'est rien d'autre qu'une prison. Il vit là comme un chef de meute entouré de brigands et d'assassins, ces Bérard, ces Vouko, tout à sa dévotion. Sais-tu qu'à peine le duc Onfroi enterré, il s'est fait élire à la tête de la Pouille alors qu'il avait fait à son frère le serment de gérer le duché pour le compte d'Abélard, son fils aîné ?

— Non, je ne le savais pas, dit Roger. Mais peut-être tiendra-t-il parole.

— Allons, mon petit, tu n'es pas si naïf ! Il s'arrangera d'une façon ou d'une autre pour ne pas avoir à la tenir. Je tremble rien que d'y penser.

— En tout cas, ne craignez rien pour dame Aubérée, je suis sûr qu'il l'aime. La manière dont il m'a parlé d'elle, comme de son fils, ne trompe pas.

— Le ciel t'entende ! Oui, je crois qu'il l'aime. Mais j'ai un sombre pressentiment : qu'a-t-il bien pu se passer à Salerne ? C'est depuis ce voyage qu'il se montre sous son plus mauvais jour.

— Sur ce sujet, je n'ai rien pu apprendre. À quoi bon se tracasser à l'avance ?

— Écoute-moi bien, reprenait le vieil homme, je vais te dire une chose : si tu veux Mileto, il faut que nous allions la prendre avant lui, à son nez et à sa barbe. Nous irions par la mer jusqu'à Tropea qui est maintenant à nous. Ceux de Mileto ne peuvent plus espérer aucun secours. L'hiver doit les affamer autant qu'un siège. Peut-être que si on leur propose une reddition honorable, qui leur éviterait les cruautés du Guiscard, ils nous ouvriront leurs portes sans même qu'on ait à tirer l'épée. Peut-être même, pourrait-on les acheter. Bien sûr, il y faudrait un peu d'argent...

De l'argent, on passa les longues soirées d'hiver à chercher le moyen de s'en procurer.

Un jour, le ciel lui-même apporta la solution. Le ciel, ou plutôt la mer.

*

* *

Dans les derniers jours de février, les pêcheurs rentrèrent en hâte au port avant même d'avoir jeté leurs filets. À la résistance des vagues, à la couleur des flots, les plus anciens avaient senti qu'une tempête se préparait. On l'attendait pour l'équinoxe de printemps, elle venait avec une lune d'avance.

À midi, sous un ciel glauque, la mer poussa un long rugissement et s'élança à l'assaut des îles et des côtes comme un taureau furieux. Le dernier des Hauteville, qui connaissait bien les violences de l'océan, découvrit que la Méditerranée, derrière ses longs moments de douceur, cachait de redoutables colères. Malgré le vent qui le faisait tituber et les embruns qui montaient jusqu'à lui, il ne pouvait quitter le sommet de la tour, fasciné par ce spectacle inattendu et terrible.

La nuit accourut bien avant son heure. Le veilleur qui se tenait à côté de Roger crut apercevoir plusieurs bateaux sur l'horizon : deux vaisseaux marchands, flanqués d'un troisième, plus petit, qui se dérobait à la vue à chaque montée des vagues. Roger comprit l'aubaine. Il n'avait rien oublié des récits en forme de leçons de Toerkil la Baleine, chasseur, pirate et naufrageur.

*

* *

Le port de Scalea s'abouchait à l'entrée d'une rivière. En un rien de temps, on porta sur chaque rive toutes les quantités de bois que l'on put trouver. Dès que la nuit l'emporta sur la maigre clarté du crépuscule, on les enflamma. Déjà, les pêcheurs mobilisés se tenaient sur leurs barques encore arrimées au quai.

Il ne fallut pas plus d'une heure pour comprendre que le piège allait fonctionner. Les feux qui brillaient aux mâts des bateaux se dirigeaient droit vers la rivière et l'on imaginait la lutte épuisante des marins essayant de gagner ce fallacieux refuge.

Vers la deuxième heure de la nuit, alors que les bûchers ne brillaient plus que de l'éclat des braises, le premier navire s'enfonçait dans l'embouchure.

Comme la rivière était étroite, il longea la rive au plus près pour faire de la place à ceux qui le suivaient, heurta la berge et s'envasa. Le second vint s'immobiliser contre lui. À peine le troisième, une petite embarcation rapide, s'était-il glissé à leur suite que les pêcheurs de Scalea, à force de rames, sortaient du port pour bloquer la passe, encordant leurs barques les unes aux autres, juste à l'entrée de la rivière.

Durant un long moment, il ne se passa plus rien. Des lumières brillaient sur les bateaux captifs où l'on distinguait des silhouettes qui allaient et venaient de la manière la plus naturelle. Enfin le plus petit des navires manœuvra habilement et pénétra dans le port pour accoster au quai que les pêcheurs avaient quitté pour former leur barrage.

Roger et Martin Chenu, accompagnés de quelques hommes d'armes, s'approchèrent, intrigués, jusqu'à la passerelle qui venait d'être lancée. Ils virent alors apparaître trois hommes vêtus, malgré la tourmente, d'impeccables robes blanches aux poignets et aux cols brodés. Tous les trois portaient des gilets de velours sombre doublés de laine, brillants de perles et de verreries multicolores. Le plus âgé des trois salua profondément en portant la main à son front et à son cœur, puis demanda :

— Lombards ? Grecs ? Normands ?

— Normands, répondit Roger machinalement, surpris par cette étrange apparition.

Alors l'arrivant, faisant effort pour parler la langue des Francs qu'il mêlait à bien d'autres, rendit grâces au seigneur du lieu pour lui avoir offert un abri. Pour le remercier de son hospitalité, il venait de donner l'ordre à ses serviteurs de préparer un repas. Il les accueillerait bien volontiers à son bord à moins qu'ils ne préfèrent, pour leur confort à tous, être servis dans leur propre demeure, car l'eau du port était des plus agitées.

Roger et Martin Chenu se regardèrent, un peu ahuris tant cette scène, éclairée par des torches dont le vent couchait la flamme, paraissait appartenir au monde du rêve.

— Soyez les bienvenus, dit tout naturellement Roger.

En un rien de temps les marins, qui allaient et venaient en courant depuis leur bateau, transformèrent l'austère grande pièce de la tour en un lieu confortable. Des dizaines de lampes à huile éclairaient la pièce, des tapis et des coussins jonchaient le sol, des braseros de cuivre brûlaient, embaumant de leurs aromates la salle tout entière.

— Moi et mes fils goûterons de tous les plats avant que vous n'y touchiez, dit le visiteur. Nous avons aussi d'excellents vins de l'Etna. Vous voudrez bien nous pardonner de ne pas en boire car notre Prophète nous a interdit les produits de la vigne. Mais vous pourrez vous servir du vôtre si cela ne vous convient pas.

L'homme se présenta : c'était un marchand arabe du nom de Si Gafar el Nabeuli. Il était d'origine syrienne et ses ancêtres avaient suivi, jadis, le prince Abd er-Rahman quand il avait gagné l'Espagne pour y fonder le royaume de Cordoue. Ils en avaient reçu beaucoup de largesses et lui devaient leur fortune. Depuis, leur famille avait essaimé aux quatre coins de la Méditerranée musulmane et lui-même était né dans une ville d'Ifriqiya appelée Nabeul.

— J'ai passé mon enfance au bord de la mer, racontait-il, dans une riche villa romaine près de sources d'eau chaude, pavée de belles mosaïques représentant des vaisseaux naviguant au milieu de dauphins et de pêcheurs nus lançant leurs filets.

À la mort de mon oncle, j'ai pris la direction du comptoir de Palerme. J'en rends grâces à Allah le

Puissant, le Miséricordieux, car il n'est pas de ville, à ma connaissance, où un homme puisse vivre plus heureux et entouré de plus de merveilles. Même Cordoue l'Andalouse, malgré ses splendeurs, ne peut comparer son site à celui de la Conque d'Or. Seule Médine, la ville du Prophète, égale Palerme en beauté. C'est pourquoi nous autres Arabes l'appelons tout simplement M'dina, la Ville. Mais j'aime aussi son nom grec, Panormos, parce qu'il signifie : *Tout en Jardins*.

Roger était sous le charme. Il observait son hôte et ses fils avec curiosité. Il voyait des Sarrasins pour la première fois de sa vie. Ils n'avaient rien de ces diables sortis de l'enfer que laissaient imaginer les fables des bons moines. Celui-là, au contraire, avait la peau claire et les traits fins. Seul l'un de ses fils affichait un teint plus mat et des cheveux aux boucles serrées comme il n'en avait encore jamais rencontré.

Quand le dernier des Hauteville s'était présenté, le marchand, après lui avoir redit tout son respect, avait ajouté :

— Vous êtes donc le frère de celui qu'on appelle le Guiscard ? C'est un seigneur de grande renommée. Savez-vous qu'une partie de la cargaison, grâce à vous sauvée, est destinée à la belle-famille de son défunt frère ? Je transporte des objets d'une certaine valeur qui m'ont été commandés par le prince de Salerne.

Le vieux Martin Chenu essayait d'avoir quelques précisions sur la valeur réelle de ces marchandises, mais Roger s'en moquait bien. Il interrogeait inlassablement le Palermitain sur les splendeurs de sa ville. Il voulait tout savoir sur la façon dont on y vivait. L'autre répondait avec précision et affabilité. Mais il fut à son tour grandement surpris quand Roger se mit à fredonner la chanson sicilienne que Fra Modesto lui avait apprise. Le marchand et ses fils la reprirent en chœur. Chantée en arabe, elle parut plus touchante encore. Roger expliqua de qui il la tenait.

— Voyez-vous, dit Si Gafar, je ne suis pas étonné que nos chemins se croisent. Que sommes-nous, nous autres marchands, si ce n'est l'ombre des conquérants ? Nous n'avons pas votre courage. Les ombres ne sont pas vaillantes, elles accompagnent, elles suivent. Parfois à l'aube ou au coucher du soleil, elles peuvent précéder. Mais nous continuons inlassablement à parcourir les chemins que vous avez ouverts, et pourquoi, si ce n'est pour faire découvrir la beauté que chaque peuple crée sous des formes diverses ? Que serait ce pouvoir auquel vous aspirez sans la beauté qui en est comme l'auréole et le rend reconnaissable par tous ? Je le dis, comme l'a dit votre Christ : nous sommes le sel de la terre. Pardonnez-moi de vous parler si franchement, comme on le fait avec un ami. Je vous connais depuis si longtemps.

— Vraiment ? dit Roger avec un sourire amusé.

Le Palermitain glissa quelques mots en arabe à ses fils qui approuvèrent et poursuivit :

— Je vous vois chaque matin quand j'ouvre les yeux et vous êtes la dernière image que j'emporte avant de m'endormir.

Il parlait lentement, fixant Roger dans les yeux, ravi du mystère qu'il entretenait.

— J'ai dans ma chambre une statue de vous. Elle provient d'une petite île, qui s'appelle Delos, et représente le Dieu du soleil des anciens Hellènes. Les Grecs pensaient que les Dieux descendaient parfois parmi nous. Je sais aujourd'hui qu'ils avaient raison puisque vous avez servi de modèle au sculpteur, il y a plus d'un millénaire.

Une à une, les lampes à huile s'étaient éteintes et il ne restait plus pour éclairer la pièce que les deux flambeaux fichés près de l'entrée. Le marchand se leva, frappa dans ses mains et ce qui n'avait pas encore été emporté des reliefs du repas le fut aussitôt.

— Voilà que les lampes en s'éteignant nous rappellent que les douceurs de la conversation nous ont fait oublier la nécessité du sommeil. Il est temps de nous retirer, si toutefois vous nous y autorisez.

Roger admira la finesse avec laquelle Si Gafar avait souligné l'ambiguïté de la formule.

— Vous avez dit tout à l'heure, marchand, que vous n'aviez pas le courage des chevaliers, mais vous êtes bien l'homme le plus courageux que j'ai rencontré jusqu'à ce jour.

— N'en croyez rien, je n'ai pas un tel mérite. Je pourrais vous répondre qu'il n'arrive que ce qu'Allah a écrit dans le livre de nos destinées et, qu'habitant Palerme, je peux imaginer ce qu'est le paradis et ne pas redouter d'avoir à m'y rendre, mais ce ne serait pas la vérité. Je sais simplement qu'un marchand vivant a tellement plus à offrir qu'un marchand mort !

— Qu'auriez-vous à m'offrir ce soir dont j'aurais tellement besoin ? demanda Roger.

— Par exemple la satisfaction de l'un de vos rêves.

— Est-ce aussi ma statue qui vous a enseigné quels sont mes rêves ?

— Non, pas votre statue, mais vous-même. Vous rêvez de voir Palerme et de connaître la Sicile. Que la tempête se calme et je vous y conduirai. Croyez-moi, je suis un bon guide. Pendant le temps du voyage, bien sûr, mes bateaux et mes fils resteront dans votre port. Nous autres, Arabes, tenons plus à nos fils qu'à toute chose au monde.

Cette nuit-là, dans sa chambre, Roger n'arrivait pas à trouver le sommeil. Ce n'étaient pas les rugissements de la mer qui le tenaient éveillé, mais cette seule question qui ne pouvait avoir de réponse immédiate : combien de temps encore cette tempête allait-elle durer ?

3

Le lait et le miel

—Regardez-la maintenant nous faire les yeux doux, la gazelle ! lança le marchand palermitain.

Pour lui, toutes les femmes étaient des gazelles, et gazelle tout ce qui participait de l'humeur changeante des femmes, à commencer par la mer.

Un peu de brise dans la voile latine soulageait l'effort des rameurs. Le fin navire sarrasin filait sur les eaux comme l'homme heureux glisse dans le sommeil. Roger, accroupi à la proue du vaisseau, regardait la Sicile venir à sa rencontre.

On avait fait escale à Tropea. La petite garnison avait passé l'hiver sans trop de mal. Les guetteurs chargés de surveiller Mileto rapportaient que la ville n'avait plus été ravitaillée depuis fort longtemps. La capitale convoitée par Roger n'offrait plus que le silence massif des tombeaux.

— Ce n'est pas encore la Sicile, protestait le dernier des Hauteville, debout à la proue du navire qui courait plein sud. C'est toujours la Calabre !

— Non, sur la gauche, c'est la Calabre, mais à droite, c'est déjà la Sicile.

Roger, incrédule, ne voyait aucun espace s'ouvrir entre les deux rives. Il fallut déboucher dans l'étroit passage qui sépare l'île du continent pour qu'il se persuade enfin.

Dieu ! Que ces deux terres étaient proches ! Agenouillé, les bras en croix, il tendait les mains vers elles comme un enfant désireux d'entraîner ses camarades dans une ronde.

La grande masse fumante de l'Etna, avec sa collerette de neige, emplissait l'horizon.

De Tropea, on eût pu gagner directement Palerme, mais Roger avait d'autres desseins en tête. Il imposa au marchand d'aborder par l'est. Il tenait à bien connaître ce rivage et l'île dans toute sa largeur.

On laissa Scylla et Reggio à bâbord, on doubla sur tribord la haute tour qui servait de phare et le port de Messine. Le marchand ne voulait pas y accoster. Son bateau y était connu, mieux valait ne pas trop éveiller la curiosité. On jeta l'ancre à Tremestieri, petit port à peine plus au sud, où il avait des entrepôts.

*

* *

Tout au long du voyage, en ce printemps méditerranéen où le ciel et la mer n'étaient que splendeur, on avait parlé de Dieu. Roger s'émerveillait : ce païen, cet impie, ce Sarrasin prétendait qu'ils avaient le même, celui d'Abraham, dont ils étaient tous les fils. Il disait que sa religion respectait Jésus comme saint parmi les saints et le plus vertueux des prophètes, et honorait, sous le nom de Myriam, la mère très pure qui l'avait engendré. Bien sûr, Jésus n'était fils de Dieu que par la noblesse de l'esprit et non par la chair. Dieu était l'Unique. Comment pouvait-on l'imaginer en trois personnes et vivant, ne serait-ce qu'un instant, parmi nous ? C'était une terrible hérésie à laquelle Mahomet était venu mettre fin en scellant pour toujours les ultimes messages de l'Éternel.

Le soir, à Tremestieri, Roger aurait voulu discuter encore, mais le marchand avait protesté en riant. Il n'était pas un maître en théologie. Il ne savait que ce que tout bon musulman doit savoir pour se conformer à la volonté d'Allah. Demain, à Messine, il lui présenterait un très vieil homme, un ancien associé de son père, qui consacrait le reste de ses jours à l'étude du Livre et à l'approche de la Vérité.

— Il est très riche mais partage sa fortune avec les pauvres. Ne t'étonne pas de sa modeste robe de laine, il appartient à une confrérie mystique qu'on appelle les soufis à cause justement du tissu grossier qu'ils portent par humilité.

*

* *

Chaque mercredi, dès l'aurore, des centaines de paysans descendaient des vallées voisines pour apporter à Messine le lait, les légumes, les fruits, les chèvres et les moutons qu'ils vendraient au souk hebdomadaire.

Roger, le marchand et quelques-uns de ses marins se joignirent à cette caravane affairée et bruyante pour passer les portes de la ville.

Quels qu'aient été les plaisirs de la navigation, Roger fut heureux de remonter en selle et Braisil, qui avait supporté avec stoïcisme le balancement du bateau, dut se réjouir plus encore de retrouver la terre ferme.

De Messine, Roger voulait tout voir et tout savoir et le Palermitain s'en amusait. Comme il ne convenait pas de se présenter trop tôt chez cet homme pieux à la robe de grosse laine, on parcourut les remparts. À l'opposé de la porte principale s'ouvraient deux autres portes en chicane d'où, par des rampes, on pouvait gagner le port. La citadelle se dressait à l'extrême pointe de la péninsule, au milieu des vignes. De ses tours, on devait pouvoir surveiller sans peine toutes les côtes calabraises et la mer Tyrrhénienne et même, au-delà du détroit, la naissance de la mer Ionienne.

Depuis que le dernier des fils de Tancrède avait posé le pied sur le sol sicilien, chaque détail des lieux se gravait dans sa tête comme si sa mémoire eût été une pierre polie travaillée au burin.

*

* *

Ahmad fut le premier à faire à Roger l'offrande du lait et du miel. Sa robe brune cachait un grand corps squelettique et son visage, travaillé de plis profonds, s'encadrait d'une barbe courte d'un blanc immaculé.

La maison du soufi, derrière sa façade aveugle, s'ouvrait sur un jardin qui s'étendait jusqu'aux remparts, planté d'arbustes taillés avec soin autour d'une vasque où buvaient des colombes. Le marchand s'adressait au vieillard avec respect. Roger ne pouvait comprendre ce qu'ils se disaient. Il voyait, aux regards, qu'on parlait de lui et sans doute des questions religieuses qu'il n'avait cessé de poser dans sa totale ignorance. Le saint homme hochait la tête. Il s'adressa enfin franchement au Normand et lui dit ce que le marchand tenta laborieusement de traduire :

— Mon ami Si Gafar pense parfois que je ne suis pas un parfait disciple de Mahomet (Que la bénédiction d'Allah soit sur lui !), mais il se trompe. Il suffit de proclamer de toute son âme : Il n'y a pas de dieu si ce n'est Dieu, et Mahomet est Son Prophète, pour être dans l'absolu de la Vérité ! Mais nous autres soufis, et en cela sommes-nous peut-être un peu plus proches de vous, Nazaréens, pensons qu'il n'est pas interdit d'aspirer, dès cette vie, à s'élever jusqu'à Dieu et à se fondre en Lui. Nous cherchons cette exaltation par la pureté, la beauté et la prière, car à travers toutes ces vertus c'est un peu de Lui-même qui se répand en nous et nous attire jusqu'à Lui.

— Je connais, dit Roger, un moine né sur cette île. Il a une voix si merveilleuse que, lorsqu'il chante, quelque chose de Dieu pénètre dans nos cœurs et nous arrache à la terre.

— Qu'Allah le garde ! Et nous fasse vivre assez longtemps pour le connaître ! dit le vieillard en posant un regard très doux sur le visage de Roger. Tu viens de si loin, nous croyons être si différents et nous venons de nous comprendre. Justement parce que l'étincelle de l'Unique brûle en chacun de nous.

Il se leva et entraîna ses deux visiteurs vers le jardin. Depuis un moment, Roger y avait aperçu deux enfants qui jouaient. À l'appel du vieil homme, ils s'approchèrent.

— Si je n'étais pas dans la Miséricorde de Dieu, dit le soufi en s'adressant à Si Gafar, crois-tu qu'Il m'aurait fait un tel présent ? Crois-tu que j'aurais pu, moi qui suis plus qu'au terme de ma vie, engendrer tant de perfection ?

Les deux adolescents se tenaient côte à côte, arrêtés respectueusement à quelques mètres de leur père.

Roger découvrait, émerveillé, ce garçon et cette jeune fille de même taille et d'une étonnante minceur, jumeaux d'une beauté presque irréelle. Leur démarche, en venant les rejoindre, avait été la grâce même. Réservés, ils attendaient, les yeux baissés derrière leurs longs cils noirs.

Ce matin-là, dans ce jardin silencieux où les rosiers mettaient leurs premières fleurs et qu'embaumait le ciste, il sut que des anges, parfois, descendent parmi nous.

*

* *

Depuis Messine, deux routes permettaient de gagner Palerme. La plus confortable traversait l'intérieur de l'île mais obligeait à un détour, l'autre, plus courte, longeait la côte. Roger choisit la seconde. Son voyage ne pouvait s'éterniser et il préférait ne pas s'éloigner de la mer.

Durant plusieurs jours, on chemina entre rivage et montagne. D'innombrables rivières dévalaient des hauteurs pour finir en cascades ou se perdre dans le sable des plages. Elles débouchaient parfois d'étroites gorges et parfois de vallées plus larges que dominaient des villages perchés et de rudes citadelles. Les pales d'innombrables moulins tournaient sous la force des eaux. Aux flancs des collines, les amandiers étalaient leurs champs de neige.

Si quelque barrière rocheuse, infranchissable, venait plonger directement ses racines dans la mer, la route en se détournant traversait de hauts plateaux où l'or des genêts ravivait l'éclat du soleil. On croisait au passage de grands troupeaux avançant patiemment en broutant les herbes odorantes et, depuis les hauteurs, on apercevait, sur des plaines lointaines, la montée du vert tendre des blés ou l'alignement des vignes. Partout les feuilles luisantes des citronniers et des orangers reflétaient la claire lumière du ciel d'avril.

On força un peu les étapes. Le soir qui précédait leur entrée dans Palerme, les voyageurs avaient dormi dans l'une de ces auberges pour marchands qui avaient ponctué leur route. Ils étaient arrivés à la nuit, passablement épuisés. Mais à peine le jour commençait-il à poindre que le marchand avait éveillé Roger pour l'entraîner au-dehors.

Là, dans les premiers rayons du soleil levant, à l'autre bout d'un vaste golfe, le jeune homme avait enfin découvert la Ville enchâssée dans son écrin de hautes montagnes. Le blanc rosé des maisons, l'ocre des remparts de pisé émergeaient d'une oasis de verdure où se mêlaient la haute élégance des palmiers et l'épaisseur vernissée des orangeraies.

Des bateaux sortaient du port en file ininterrompue et, si loin qu'on fût, l'air était si pur qu'on entendait leurs voiles claquer dans le vent du matin.

*

* *

Plus qu'une ville, Palerme était un archipel de cités au milieu d'un océan de jardins parcourus de cours d'eau qui, descendant vivement des montagnes voisines, s'apaisaient soudain pour former avec nonchalance de grands bassins où fleurissaient les iris.

Arrivés par la route de Messine, ils laissèrent sur leur droite la puissante citadelle de la Kalisha, l'Élue, qui abritait les administrations de la cité, groupées autour du palais des anciens sultans et dont les murs de pierre claire dominaient la rade.

Ils franchirent la ville nouvelle et entrèrent dans la vieille cité par la Porte de la Mer. Une large rue pavée de marbre traversait toute l'agglomération d'ouest en est, bordée de centaines d'échoppes où s'étalaient toutes les marchandises du monde, des plus communes aux plus recherchées.

Le marchand envoya l'un de ses serviteurs annoncer son retour et prévenir qu'un hôte l'accompagnait.

— Après ce long voyage, dit-il à Roger, nos corps ont bien besoin d'un bain d'eau brûlante et d'un bon massage.

L'entrée dans le Grand Hammam de ce chevalier normand aux cheveux flamboyants ne passa pas inaperçue bien que l'affluence fût déjà grande. Elle éveilla beaucoup de curiosité et un peu de convoitise. Après qu'on eut remarqué de quelles attentions le marchand entourait son compagnon, il y eut des échanges de sourires, des regards entendus et quelques moues de dépit.

Roger n'y prêtait pas la moindre attention. Il était fasciné par la beauté du lieu, des mosaïques vivement colorées qui traçaient sur les murs de complexes figures géométriques. La grande salle ronde l'éblouit avec sa large piscine entourée de hautes et fines colonnettes. Elles cernaient un déambulatoire bordé de niches dans lesquelles des silhouettes fantomatiques se reposaient en silence. De longs rais de lumière matérialisés par la vapeur descendaient de la coupole à travers de petites ouvertures en forme d'étoiles.

Tandis que l'eau du bain, qui lui avait semblé au premier abord insupportablement chaude, amollissait délicieusement tous les muscles de son corps, il se revit, allongé au côté de Judith dans la barque plate, sur l'étang de Saint-Évroult, ces jours bénis où ils s'aimaient sous la lumière des étoiles. Comme elle lui manquait !

*

* *

En franchissant le seuil de sa maison, blottie tout au fond d'une ruelle calme, Si Gafar frappa dans ses mains pour chasser les femmes de sa parenté qui auraient pu se trouver encore dans les salons et conduisit Roger vers un patio sur lequel ouvraient plusieurs pièces.

— Voilà ta chambre. Circule librement et profite des lieux à ta guise. Les femmes disposent d'une autre cour et ne viendront pas traîner par ici.

— Et celle-ci ? demanda Roger en montrant la jeune fille qui se tenait à côté de la porte que le marchand venait d'ouvrir.

— C'est une esclave, elle se nomme Elena. Je te l'ai choisie parce qu'elle est chrétienne. Tu peux disposer d'elle comme tu l'entends.

Roger la dévisagea : elle devait avoir l'âge de Judith quand il l'avait retrouvée à Saint-Évroult et bien que la jeune esclave eût les cheveux noirs, un regard sombre et rien de la mine malicieusement effrontée de la demoiselle d'Évreux, il perçut dans sa taille, son corps, l'affleurement de sa jeune poitrine, une ressemblance vague et il se sentit agacé d'être si facilement ému.

Il entra dans la chambre, referma la porte, heureux de se retrouver seul, se laissa tomber sur l'un des divans qui meublaient le fond de la pièce et s'endormit.

Quand il s'éveilla, la première chose qu'il vit fut une statue de marbre qu'on avait posée sur un socle au pied de son lit.

— Est-ce que je t'ai menti, interrogeait la voix de Si Gafar, en disant que j'ai tant de fois ouvert et fermé les yeux devant ton image ? Qu'Allah soit béni ! On prétend que les œuvres d'art sont des souvenirs qui ne meurent jamais ! Comment ne pas te reconnaître dans l'immortel qui a inspiré celle-ci ?

Roger observait la statue. Le dieu, légèrement déhanché, s'appuyait contre un tronc d'arbre et sa main, qui avait dû tenir un objet aujourd'hui disparu, remontait négligemment vers sa poitrine.

— Comment le saurais-je ? répondit Roger à la fois flatté et gêné. Est-ce qu'on se connaît soi-même ?

— Il se fait tard. Il faut que tu découvres la venue du soir dans les jardins de Palerme. Traîne jusqu'à l'aube si le cœur t'en dit, cette ville n'est jamais si vivante que la nuit. Ne m'en veux pas si je ne puis t'accompagner, je suis resté absent trop longtemps et j'ai quelques responsabilités au Conseil de la cité. De plus, je dois songer à mes affaires et gagner, n'est-ce pas, de quoi payer ma rançon.

Roger eut un geste embarrassé. Le marchand se mit à rire, puis frappa dans ses mains. Un jeune homme de mise soignée, à l'air éveillé, vint le rejoindre.

— Je mets Slimane à ton service. C'est un bon guide et il saura t'éviter quelques pièges. Je te livre à Palerme.

*
* *

Ils sortirent à l'heure où les muezzins, du haut des centaines de minarets, appelaient à la prière. En passant devant ce qui, aux yeux de Roger, ne pouvait qu'être la cathédrale, Slimane fit comprendre au Normand qu'il voulait y entrer pour la prière du soir. Roger voulut le suivre mais le Sarrasin lui désigna une petite bâtisse au tournant d'une rue adjacente. Roger s'en approcha, aucun signe religieux n'ornait la façade mais pourtant on y entendait chanter vêpres. Il entra.

À l'autel, un vieux prêtre officiait, en grec, devant une assistance trop nombreuse pour l'exiguïté du lieu. Puis la foule se retira et Roger resta sur le seuil à attendre Slimane. Le prêtre s'approcha de lui. Sans doute lui demanda-t-il en grec qui il était et d'où il venait, mais Roger ne le comprit pas. Il essaya le latin et ils purent converser. Il apprit que cette petite église consacrée à sainte Agathe était le seul lieu de culte chrétien ouvert dans la ville. La grande cathédrale, tout à côté, avait été transformée en mosquée. Des tentures vertes masquaient les images pieuses sous des versets du Coran.

— Je te bénis, voyageur mon fils. Je suis heureux de t'avoir rencontré. Souviens-toi du pauvre Nicodème, évêque de Palerme, et profite de la ville puisque Dieu l'a voulue si belle. Mais, pour nos péchés, Il ne nous a pas jugés dignes de la conserver.

*
* *

Ce fut une nuit enchantée. Les rues grouillaient de monde et tandis qu'ils déambulaient entre les étals dans la lumière des lampes à huile et des flambeaux,

Roger se sentait l'objet de toutes les curiosités comme s'il eut été la réincarnation de l'un de ces immortels inaccessibles et convoités qui aimaient, jadis, se perdre au milieu des mortels.

Comme on était au début du printemps, la jeunesse chantait et dansait déjà dans les jardins, autour des braseros. Les vieux bavardaient avec componction, assis sur des bancs à l'abri des treilles. À tous les carrefours, des marchands offraient des viandes grillées et des soupes odorantes. Roger et Slimane s'assirent à plusieurs reprises à des tables improvisées et, chaque fois, le guide demandait discrètement à l'oreille du traiteur qu'on apportât pour le voyageur des figues et du vin doux.

Comme l'avait prévu Si Gafar, ils ne rentrèrent qu'à l'aube après avoir vu l'eau du port rosir aux premiers rayons du soleil.

Sur le seuil de sa chambre, Roger retrouva la petite esclave qui dormait, roulée en boule. Il essaya de l'enjamber sans la réveiller mais le faible grincement de la porte suffit à la mettre debout. Entrée derrière lui, maladroite et confuse, elle se mit à courir de la cuvette d'eau à l'aiguière pour lui rafraîchir le visage et lui servir à boire, puis du lit qu'elle préparait à ses pieds pour retirer ses bottes.

— Allons, calme-toi, lui disait Roger amusé. Je n'ai besoin de rien, ni de personne. Mais comme elle ne pouvait le comprendre, elle s'affolait encore plus.

Il fit alors ce qu'il n'aurait jamais dû faire : lui saisissant les poignets au passage pour l'immobiliser, il lui sourit.

Il n'en fallut pas plus pour que la petite esclave tombât follement amoureuse de ce bel étranger de passage.

4

Alexandre à Palerme

Il avait été réveillé à plusieurs reprises par des chants et des rires venant de la rue, des sons aigres de flûte et des rythmes de tambourins, puis il s'était rendormi au roucoulement des colombes, au pépiement des oiseaux venus boire à la vasque du patio. Parfois, c'étaient des cris d'enfants arrivant de la cour voisine et les réprimandes aiguës des femmes de la maison. Et maintenant, c'était la voix cordiale de Si Gafar le marchand.

— Lève-toi, chevalier Paresse. C'est jour de fête à Palerme.

— Jour de fête ? Juste le lendemain de mon arrivée ! J'ai de la chance, s'écria Roger en bondissant.

Ce serait plutôt malchance s'il n'en était pas ainsi. À Palerme, il y a chaque semaine quelque prétexte à festivité. Plus le temps d'aller au hammam. Slimane te jettera quelques seaux d'eau glacée qui finiront de te réveiller. Ton esclave a lavé ton linge.

Les vêtements propres s'étalaient sur un autre divan, encore tiédis de soleil. Ils dégageaient un parfum léger et un peu troublant.

— Tu as eu droit à de l'eau de rose, quel privilège ! Moi, j'ai dû me contenter de la fleur d'oranger. Mets aussi ce gilet de velours, je crois qu'il t'ira bien.

*
* *

Ils sortirent de la ville par la Porte de la Fontaine Bienfaisante. D'interminables files de Palermitains endimanchés, serpentant parmi les vergers, se dirigeaient vers le Djebel Grifo.

Juste au pied de la montagne se dressait une solide palissade hérissée de mâts où s'accrochaient de grands étendards, tantôt rouges, tantôt verts, frappés d'une épée, d'une lune ou d'un croissant. Cette clôture délimitait un vaste demi-cercle de terre aride et de rocaille. Tout autour s'étageaient des gradins. Une foule bruyante et bariolée en occupait déjà les travées supérieures, tandis que la noblesse de la ville prenait nonchalamment possession des places qui lui étaient réservées. Une fois assis, Si Gafar dit à Roger :

— Nous allons assister à une course au mouflon. C'est l'une des épreuves préférées de nos jeunes gens.

— Et en quel honneur ce spectacle ?

— En l'honneur de nos anciens sultans zirides, bien qu'ils n'aient plus autorité ici depuis près de vingt ans. Mais ils ne nous ont pas laissé de trop mauvais souvenirs.

— Et qui règne à Palerme aujourd'hui ?

— Mais nous, *la Gamah*, le conseil des notables. Pour le reste, la Sicile est divisée en trois *willayas*, vous diriez trois duchés, je crois, celle de Mazzara à l'ouest, celle d'Enna au centre (nous autres Arabes l'appelons Ksar Ianni), et à l'est celle de Catane dont l'émir est cet Ibn Timnah qui s'entendait si bien avec ton frère Guillaume Bras de Fer.

— J'ignorais qu'ils se fussent rencontrés.

— Ils ont même signé autrefois un traité d'assistance et d'amitié et c'est sur l'un des bateaux de mon oncle que l'on a transporté les présents que l'émir offrait à ton aîné lors de son mariage à Salerne. Il y avait, entre autres, je me souviens, un bien beau cheval blanc.

Roger écoutait de toutes ses oreilles.

Le spectacle commençait.

De jeunes chevaliers sarrasins, aux vêtements surchargés d'or et de perles, attendaient dans l'arène qu'on eût, par la porte opposée à la montagne, libéré un mouflon de sa cage. C'était une bête énorme et magnifique venue des monts du désert d'Afrique, le front large et les cornes puissantes, capable de briser les pattes d'un cheval d'un coup de tête et qui devait peser plus lourd qu'un homme.

Le jeu consistait, pour les cavaliers, à s'emparer du mouflon avant qu'il ait pu gagner le flanc de la montagne. S'il parvenait au-delà des limites qu'un cheval pouvait escalader, la poursuite cessait et l'animal retrouvait sa liberté.

L'affrontement était passionné et violent. Les petits chevaux arabes manœuvraient avec dextérité et les cavaliers, pour séduire la galerie, enjolivaient la chasse de mille acrobaties.

Quatre, cinq mouflons avaient déjà été poussés dans l'arène et à chaque capture, Roger avait remarqué que le vainqueur traînait la bête terrassée jusqu'à un bout de la palissade, en un lieu où sept hommes, entièrement vêtus de noir, bras croisés, impassibles, entouraient un palanquin d'où quelque dame de haut rang devait suivre l'épreuve à travers des croisillons de bois tournés.

Aussitôt, hissé par des dizaines de bras, le mouflon était égorgé et jeté au pied de la litière.

Au commencement, Roger avait suivi le spectacle avec intérêt mais bien vite le trop de maniérisme des concurrents l'avait agacé et Si Gafar remarqua son impatience.

— Du calme, lui dit-il, bien des yeux te regardent, étranger aux cheveux blonds. Le jeu est ouvert, si tu as envie d'y participer et soutenir l'honneur de ta race, je n'ai qu'un geste à faire.

— Pourquoi pas ? dit Roger. Je commence à m'ennuyer.

— Prends mon petit cheval.

— J'irai sur Braisil.

— Il est bien trop lourd.

— Il me convient.

— Comme tu veux.

Le marchand agita son mouchoir et, sous les acclamations de la foule qui aimait les défis, fit savoir qu'un chevalier de passage sollicitait la faveur de participer à la compétition.

Il était temps, on allait libérer la dernière bête et il ne restait que deux cavaliers sarrasins en piste.

*
* *

Quand l'étranger entra dans l'arène, les plus raffinés sourirent en voyant avec quelle lenteur il se déplaçait sur sa robuste monture. Roger savait bien qu'il ne pouvait rivaliser de finesse avec ses adversaires caracolant pour rabattre leur proie et l'empêcher de gagner les hauteurs.

À un certain moment, les deux Palermitains, lancés au galop, furent sur la bête en même temps et, la coinçant entre eux, se baissèrent et la saisirent par les cornes.

Roger éperonna. De tout son poids il s'enfonça comme un coin entre les deux cavaliers que leur lutte ralentissait, propulsa le mouflon en avant, les obligeant à le lâcher sous peine de vider les étriers. Alors, sans même mettre pied à terre, il s'en saisit et le brandit à deux bras au-dessus de sa tête puis, après avoir fait le tour de la palissade, le rapporta triomphant vers le marchand.

Il vit bien, mais trop tard, que celui-ci lui faisait signe de n'en rien faire.

Sur un geste de Si Gafar, plusieurs hommes s'emparèrent du trophée et l'emportèrent en courant jusqu'à la mystérieuse litière où la bête, rapidement égorgée, alla rejoindre la masse sanglante de ses semblables.

Une formidable ovation était montée des gradins populaires, couvrant les protestations indignées de la noblesse. La plupart des jeunes cavaliers qui avaient concouru, avec à leur tête ceux que Roger venait de berner, s'avancèrent vers lui, menaçant et lançant des insultes. Si Gafar se plaça devant lui et réclama le silence, les deux mains levées. Il avait l'habitude de l'autorité et l'art de se faire entendre. On finit par l'écouter.

Ce qu'il dit alors, Roger ne le sut qu'après :

— Au lieu de vous en prendre à ce visiteur qui est mon hôte et donc l'hôte de Palerme, vous feriez bien, jeunes gens, de méditer sur ce qui vient de vous arriver. Oh ! Certes, vous n'avez pas été vaincus selon nos sacro-saintes règles, mais vous avez tout de même perdus ! Est-ce que celui qui vient de triompher ne ressemble pas au grand Alexandre, le conquérant de l'Univers ! Souvenez-vous du nœud gordien. Il avait été façonné de manière si compliquée que nul ne pouvait le défaire mais Alexandre, lui, a pris son épée et l'a tranché. Voilà la leçon que vient de vous rappeler ce noble étranger. Faites-en votre profit ! Craignez qu'un jour quelqu'un de plus simple, de moins prétentieux que vous ne vienne trancher, d'un coup, le nœud tissé par toutes vos affectations et toutes vos vanités.

La foule approuvait et, parmi l'élite palermitaine, les hommes d'âge opinaient. La jeunesse dorée, elle, ne se calmait pas et on en serait sans doute venu aux mains si les gardes vêtus de noir qui entouraient la litière ne s'étaient interposés. Leur chef, après avoir salué Roger, lui adressa quelques mots que le marchand traduisit aussitôt :

— Lalla Aïchouch te prie à dîner ce soir.

Les jeunes gens qui avaient entendu se retirèrent, au comble de la fureur.

— Qu'est-ce que cela signifie ? demanda Roger.

— Cela veut dire, répondit Si Gafar, que tu es le vrai vainqueur de cette compétition. Même si on remet le trophée à un autre que toi, tu auras obtenu ce que tous recherchaient en vérité.

— Eh bien ! Nous irons dîner chez cette dame.

— Tu iras.

— Moi seul ? Et pourquoi diable ? Parle-t-elle seulement ma langue ?

— Certainement pas, dit le marchand en riant. Mais ce qu'elle attend de toi, comme ce que tu peux espérer d'elle, s'échange en un langage qui se passe de mots.

— Tu ne veux pas dire...

— Lalla Aïchouch était la plus jeune concubine du dernier Ziride. Il l'aimait plus que toutes les autres et, elle, aimait Palerme par-dessus tout. Quand il a dû partir, elle a obtenu de rester. Ce fut pour lui un grand sacrifice car c'est une femme d'une grande beauté, qui plus est poétesse et musicienne. Aujourd'hui, elle vit en femme libre.

— Dans ce cas, je regrette, mais il n'est pas question que j'y aille. Dis-le pendant qu'il est encore temps.

— Ne compte pas sur moi.

— Écoute : moi, je ne suis pas un homme libre. J'ai, en quelque sorte, fait un vœu...

— Un vœu de chasteté ? coupa Si Gafar en écarquillant les yeux. Tu ne vas pas me dire que tu ne touches plus aux femmes ?

— Seulement à celles que l'on paie et qui ne comptent pas.

— Eh bien, considère celle-là comme une courtisane et ne te rends pas ridicule. Écoute-moi bien. Si tu ne réponds pas à cette invitation, tu seras la risée de tout Palerme. On te considérera comme un sodomite ou, pire, un eunuque et reviendrais-tu ici dans cent ans qu'il se trouverait encore des Palermitains pour cracher sur ton passage et se moquer de toi.

Il n'était pas question d'attendre cent ans avant de retourner à Palerme.

*

* *

La longue rue pavée de marbre qui traversait la vieille ville aboutissait, au sud, à une place en demicercle fermée de hauts murs percés de quelques portes sculptées ouvrant sur des palais.

Les cavaliers vêtus de noir l'avaient escorté jusque-là si étroitement que Roger s'était demandé avec irritation si c'était pour l'honorer ou par crainte de le voir s'enfuir.

L'une des portes s'entrebâilla pour lui seul et il se retrouva en face d'une courte allée par-dessus laquelle les branches de jeunes palmiers se refermaient comme une voûte. Deux massives lanternes de cuivre éclairaient le seuil d'une belle villa où une vieille femme l'attendait. Elle lui fit traverser la maison jusqu'à une terrasse donnant sur un jardin : pouvait-il en exister de plus beaux dans tout Palerme ?

Toutes les senteurs, qui glissaient la nuit sur la ville entière, semblaient avoir ici leur source. De part et d'autre des escaliers qui menaient aux parterres de fleurs, des ruisseaux descendaient en cascade pour s'épandre dans de longs bassins étroits. Des briques vernissées qui les bordaient s'élançaient des jets d'eau entrecroisés. À travers la brume de vapeur qui en montait, on apercevait une sorte de pavillon, cube blanc, surmonté d'une coupole d'un rose orangé, qui s'ouvrait sur chaque face par une vaste porte cintrée fermée seulement de fins rideaux de toile blanche ondulant dans la brise nocturne.

C'est là que la vieille le conduisit. Elle souleva l'un des voilages pour le faire entrer et le laissa seul.

Le carrelage de la pièce était recouvert d'épais tapis rouge sang sur lesquels s'éparpillaient des dizaines de coussins où l'or et l'argent se mêlaient au bleu sombre. Sur un plateau d'albâtre, on avait disposé une aiguière, deux coupes transparentes, et des coffrets d'ivoire ciselé contenant des friandises.

Roger resta un long moment immobile, ne sachant que faire, puis décida de ressortir dans le jardin.

Il écarta le rideau et découvrit un visage de femme, presque contre le sien. L'observait-elle depuis un moment ou venait-elle d'arriver ? Il recula pour la laisser passer. Elle fit quelques pas sans lui prêter attention puis, parvenue au centre de la pièce, se tourna lentement vers lui.

D'un coup, toutes ses préventions, son agacement et sa gêne disparurent et il sut pourquoi c'était un tel honneur que d'être l'hôte de Lalla Aïchouch.

Plus encore que la beauté, c'était la noblesse qui frappait en elle.

Elle se tenait admirablement droite, grande avec un visage aux traits fermes et réguliers. Sa chevelure d'un noir luisant descendait bien plus bas que sa taille, maîtrisée sur la nuque par un large anneau d'argent. Elle était vêtue d'une longue robe bleu-vert à peine soulignée au col et aux poignets de quelques lacis de fils argentés.

Elle lui fit signe de s'asseoir parmi les coussins et versa du vin. Quand elle se pencha pour lui offrir la coupe, il aperçut, dans l'ouverture du corsage qui ne fermait que par deux minuscules boutons, un sein mat aux larges aréoles. Le vin était poivré, parfumé de quartiers d'orange piquetés de clous de girofle.

— Me permettez-vous de vous dire combien je suis…, commença Roger.

Il laissa sa phrase en suspens. Il savait bien qu'il ne pouvait être compris et s'était pourtant promis de rester muet ! La femme le fit taire d'une caresse sur les lèvres. Elle avait le regard d'une mère amusée par l'inconséquence d'un enfant.

Les yeux sombres et profonds de Lalla Aïchouch étaient ourlés de khôl. Le bleu du fard au-dessus des paupières était semblable à celui des croisillons tatoués qui, depuis la racine du nez, rejoignait la frontière stricte des cheveux.

Elle glissa les doigts dans les boucles d'or du jeune homme comme si elle voulait tenter, patiemment, de les discipliner. Un voile de mélancolie passa fugitivement dans son regard. À son tour, Roger prit les longs cheveux noirs dans ses mains et les lui présenta comme un hommage à sa beauté. Elle en retira l'anneau d'argent, le laissant enfouir son visage dans la soie et le parfum de cette chevelure répandue.

Et le jeu commença. Mais de jeu plus grave, *le dernier des derniers* n'en avait jamais connu.

Quand ils se séparèrent enfin, épuisés de fatigue et de plaisir, Roger comprit qu'il venait de faire l'amour pour la première fois de sa vie. Sans doute seul son corps avait-il aimé cette femme, mais les mouvements de sa chair avaient recelé des vagues infinies de tendresse et de respect.

*

* *

Un peu de jour commençait à rosir les voilages quand Lalla Aïchouch se leva, écartant le corps de son amant d'un jour de fête. Roger se redressa sur un coude pour la regarder s'éloigner lentement, superbement nue, vers le jardin. Sur le seuil, elle enfila avec la même lenteur le manteau que lui tendait la vieille femme et disparut.

Les hommes vêtus de noir le raccompagnèrent à la maison de Si Gafar. Dans la ville qui émergeait à peine de l'ombre, tout, jusqu'aux battements de son cœur, lui semblait imperceptiblement différent.

*

* *

Elena, la petite esclave, le regardait avec de grands yeux effarés, comme si elle ne le reconnaissait plus tout à fait et ses lèvres tremblaient. Peut-être savait-elle simplement d'où il venait.

Elle s'efforçait de l'aider à se dévêtir mais elle était si nerveuse qu'elle n'y parvenait pas. Quand elle voulut démêler ses cheveux, Roger lui arracha le peigne et lui montra la porte. Elle partit en courant mais pas assez vite pour qu'il ne puisse entendre éclater ses sanglots. Il fut pris de remords et la rattrapa. Elle voulut lui échapper. Il la retint et se mit à lui caresser la tête. Il voulait simplement la calmer, faire cesser ses larmes mais elle, éperdue, se serra soudain contre lui avec une violence désespérée. Le feu qu'avait allumé la dame de Palerme dans le corps de Roger n'était pas près de s'éteindre.

Ils tombèrent enlacés sur le divan. Comme l'avait prévenu le marchand : Elena était vierge. La souffrance la faisait gémir et pourtant elle se serrait encore plus étroitement contre son corps, l'étreignant passionnément comme si cette douleur eut été la seule chose qu'elle eût espérée de lui.

*

* *

— Désolé, dit Si Gafar en entrant en coup de vent. Habille-toi ! Tu dois partir. On vient de m'apprendre que nos bons jeunes gens te recherchent et, crois-moi, ces sales vermines arrogantes sont capables de tout. Les cavaliers de Lalla Aïchouch t'attendent avec ton cheval dans une ruelle derrière la maison J'ai un navire prêt à appareiller, le capitaine est prévenu.

La petite esclave, allongée sur le lit, écoutait et regardait sans comprendre, immobile comme dans la mort. Le marchand n'y prêtait pas attention. Tandis que Roger enfilait ses vêtements, il dit :

— Je crois qu'il est temps que nous parlions de ma rançon.

Roger le regarda un instant comme s'il ne comprenait pas. Puis une idée lui traversa l'esprit :

— Je te demande d'affranchir Elena.

— Hé ! Que pourrais-je désormais en faire d'autre ? soupira Si Gafar.

*

* *

On mit un sac sur la tête de Roger, non pour le dissimuler aux regards, mais pour qu'il ne vît rien de l'intimité des cours et des maisons par lesquelles on le fit circuler. On lui rendit la vue au portillon d'un petit verger.

Les cavaliers étaient là, leur chef tenant Braisil par la bride. On traversa la ville au grand galop, passa par le Ghetto pour éviter la Porte de la Mer et dévala en trombe vers le port en longeant le cours du Kemonia.

Le navire attendait, rames levées. Braisil franchit la passerelle en hennissant d'inquiétude. Les cavaliers noirs restèrent sur le quai jusqu'à ce que le navire, à la force des bras, ait franchi la passe. Roger les salua une dernière fois.

C'était ainsi, dans la splendeur du matin, qu'il fallait faire ses adieux à Palerme. On venait de hisser la voile. Une bonne brise emportait le navire vers les côtes italiennes.

*

* *

À Scalea, un guetteur aux yeux d'aigle l'avait aperçu à la proue du navire sarrasin et maintenant ils étaient tous réunis pour l'attendre, les habitants, les compagnons, les deux fils de Si Gafar, groupés derrière Martin Chenu qui s'appuyait sur l'épaule d'un jeune chevalier. Le cœur de Roger cessa un instant de battre, puis la joie l'inonda : cette silhouette élégante malgré la petite taille, cette chevelure noire sur un visage clair et impassible ! *Le dernier des derniers* n'en croyait pas ses yeux. Il sauta d'un bond sur le quai et, oubliant tous les autres, prit Serlon dans ses bras et le serra sur son cœur.

— Ne m'étouffe pas, dit Serlon. Je suis venu jusqu'ici pour t'apprendre une triste nouvelle : le seigneur de Hauteville est mort. La dame Frésende tenait à ce que tu sois prévenu. À Saint-Évroult, on m'a dit que tu étais parti pour la Pouille et me voilà. Pour le reste : ta mère va aussi bien que possible et j'ai cru comprendre que la demoiselle d'Évreux s'impatientait.

Il y eut des accolades et des poignées de main. Le capitaine du bateau sarrasin expliqua la situation aux fils de Si Gafar et ils décidèrent qu'il était temps d'honorer les livraisons qu'attendaient Salerne et Amalfi.

Tandis qu'ils remontaient vers la tour de Scalea, Serlon expliqua à Roger qu'on avait retrouvé le vieux Tancrède noyé dans le fossé qui entoure son donjon.

— Il avait gardé son habitude de donner des coups de pieds dans les pieux de la palissade. Ce soir-là, l'un d'eux a dû céder trop vite et il est parti avec. Comme il gelait, sa tête a brisé la glace.

Il ne restait plus aucun témoin du *jour du sanglier*.

— Allons jusqu'à l'église, dit Roger.

— Tu as raison. Nous prierons ensemble pour l'âme de ton père.

Mais Roger voulait aussi remercier Dieu d'avoir inventé les tempêtes.

5

Le synode de Melfi

Ce n'était pas un bruit qui avait éveillé l'abbé Didier bien avant l'aube, mais le silence. Il mit un moment avant de prendre conscience qu'il n'était pas dans sa calme cellule du Mont-Cassin mais dans cette chambre de la maison d'Argyros, à Bari, où la tempête le tenait prisonnier depuis trois semaines.

Et depuis trois semaines, il priait pour que les fureurs de la mer ne s'apaisent jamais. Et voilà que, tout soudain, le vent ne hurlait plus dans les toitures. Les tentures qui obstruaient les fenêtres avaient cessé de claquer. On n'entendait plus, le cœur serré, le terrible grondement des vagues à l'assaut des murailles.

Il se leva et alla s'agenouiller devant son petit oratoire de campagne.

— Seigneur, il va donc falloir que cette mission ait lieu. Vous l'avez retardée autant que possible mais dites-moi maintenant comment je dois l'accomplir.

Un mois plus tôt à Rome, Frédéric de Lorraine, pape Étienne IX, l'avait chargé, en compagnie d'un cardinal et d'un autre moine, de partir pour Byzance tenter de reforger avec le basileus cette ligue antinormande qui avait si lamentablement échoué à Civitate. Le terrible Lorrain s'accrochait à sa haine et tenait à sa revanche.

— Seigneur, implorait Didier, ne lui feras-tu donc jamais comprendre que la violence et le ressentiment sont semences stériles et qu'il ne convient pas que ton représentant sur la terre s'obstine à les répandre ?

Les trois envoyés du pontife avaient, par précaution, contourné le duché de Pouille. Depuis le port de Siponte ils avaient, par la mer, gagné Bari où Argyros, l'éternel entremetteur, avait affrété un navire pour les conduire jusqu'à Constantinople. Au lendemain de leur arrivée, la formidable tempête qui avait précipité les bateaux de Si Gafar dans le piège de Scalea, gagnant l'Adriatique, les avait immobilisés.

— Seigneur, fais-moi la charité d'un signe, dis-moi si je suis dans l'erreur ou si tu souhaites que revienne le temps des boutefeux.

Et voilà qu'on frappait avec violence à la porte et qu'Argyros criait :

— Mon père, réveillez-vous, ouvrez-moi vite !

Le jour commençait tout juste à poindre. Il n'avait pas perdu de temps, le fils de Mélès, pour donner l'ordre de se tenir prêt à appareiller. Didier, résigné, se leva et ouvrit.

— J'ai une terrible nouvelle, dit le Lombard haletant : Notre Saint-Père le pape vient de mourir.

*

* *

— Mais cela ne change rien à votre mission, insistait Argyros. L'alliance contre les Normands, quel que soit l'homme qui montera sur le trône de Saint-Pierre, reste un impérieux devoir.

Le cardinal et le moine se regardaient, indécis, mais Didier répliqua d'un ton ferme :

— Nous tenions notre pouvoir du pape défunt, aujourd'hui nous ne représentons plus que nous-mêmes. Je compte sur votre obligeance pour trouver ce qu'il faut de chevaux pour nous et notre suite, nous devons repartir au plus vite.

— Des chevaux ? dit le cardinal, incrédule. Il me paraît plus prudent de reprendre le chemin de mer par lequel nous sommes venus.

— Trop long, coupa l'abbé. Étienne est mort durant le synode de Florence, entouré de tous les cardinaux. En leur absence, Dieu sait quel tour vont nous jouer les Romains. Nous n'avons pas d'autre solution que de traverser la Pouille.

— Mais ce serait se jeter dans les griffes du Guiscard, protesta le moine.

— Le Guiscard ! J'en fais mon affaire.

Argyros avait mis toute la mauvaise volonté du monde à leur trouver quelques juments étiques dont il leur fallut bien se contenter.

Ils parcoururent la Via Trajana jusqu'à Minervino sans rencontrer de difficultés. Là, le seigneur du lieu se montra soupçonneux, mais l'abbé Didier, insistant sur le fait qu'il avait à s'entretenir d'urgence avec le duc de Pouille, obtint qu'on leur laissât poursuivre leur chemin. Le baron estima néanmoins plus sage de les escorter jusqu'à Melfi où le duc saurait bien que faire de ces encombrants personnages.

*

* *

Le Guiscard les accueillit avec la plus grande amabilité. Il éprouvait un plaisir malin à retrouver le petit exalté d'autrefois, aujourd'hui chargé d'honneurs et de responsabilités. Il était déjà au courant de la mort de son irréductible adversaire. Que ses ambassadeurs eussent renoncé si vite à poursuivre ses entreprises antinormandes avait de quoi le réjouir.

— Décidément, nous ne nous rencontrons que dans des circonstances tragiques, dit Robert.

— La vie est une tragédie, répondit Didier de Bénévent. Nous nous en remettons à vous pour avoir les moyens de regagner sans encombre et au plus vite le Mont-Cassin et Rome car vous conviendrez que l'Église est en danger.

— Je crois que vous y arriverez un peu trop tard. Sans doute ne le savez-vous pas encore : on m'a informé que vos bons Romains viennent de nous donner pour pape l'évêque de Veletri, un membre de la belle-famille des Tusculum et que l'animal n'a rien trouvé de mieux que de prendre le nom de Benoît X. Franche provocation, n'est-ce pas ?

— Pure sottise de sa part, l'évêque de Veletri est un imbécile et le peuple l'appelle *minchio* !

— Il me semble que cela signifie crétin dans la langue d'ici.

— Disons « le simplet », corrigea le cardinal.

— Vous n'aurez aucun mal à faire de ce simplet un antipape, s'amusa le Guiscard : on m'a rapporté que Pierre Damien, à qui il revenait de consacrer le pontife en tant qu'évêque d'Ostie, s'y est refusé. Il a fallu trouver un obscur fantoche pour y pourvoir.

— Pierre Damien est un saint moine de forte et austère vertu, approuva le cardinal.

— Oui, dit Didier, cet enquiquineur peut avoir du bon.

Les deux autres s'offusquèrent, mais le Guiscard éclata d'un grand rire et Didier fut certain qu'avec ce franc-parler qui ne lui était pas coutumier, il venait de marquer un point.

Robert fit le nécessaire pour que les religieux eussent de bonnes montures pour poursuivre leur route et leur assura la protection d'une escorte. Au moment de les saluer, il saisit l'abbé du Mont-Cassin par le bras et l'entraîna un instant à l'écart.

— Qui le concile va-t-il élire ? Le cardinal Hildebrand ? N'est-il pas depuis longtemps l'homme fort de la Curie, et plus que jamais je suppose, maintenant que le voilà débarrassé de notre insupportable Lorrain ?

Voilà enfin la vraie discussion, pensa Didier. C'était bon de parler politique avec un homme de la finesse d'esprit du Guiscard.

— Trop tôt, répondit-il. Le cardinal Hildebrand est un esprit supérieur mais de trop petite extraction.

— Il est donc vrai qu'enfant il gardait les moutons en Toscane ?

— Il lui faudra encore du temps pour s'imposer. Il le sait et préfère agir dans l'ombre. Mais celui qui sera élu sera sans aucun doute son favori et appliquera sa politique.

— Et comment définiriez-vous cette politique ?

— Très simplement : l'Église au-dessus de tout, le pape au-dessus de tous. C'est-à-dire qu'il ne doit être l'élu ni de l'empereur, ni des Romains.

— Je vois, dit Guiscard. Pourtant l'empereur de Germanie nous a donné de bons papes : l'évêque Gebhardt…

— Votre ami Gebhardt ! s'amusa Didier. Vous saviez qu'il était votre ami, n'est-ce pas ? S'il eut vécu plus longtemps, il eût été un excellent pontife. Mais l'Église de Dieu se doit d'être indépendante de tous les pouvoirs et, outre ses raisons personnelles, Hildebrand a cette conviction : c'est à elle de sacrer les puissants et non l'inverse.

— Des raisons personnelles ?

— Vous savez qu'il fut, à ses débuts, le secrétaire particulier de Grégoire VI.

— L'oncle du *petit branleur* ? Pardon, de Benoît IX, mais c'est ainsi que nous l'appelons dans la famille.

— Oui, l'évêque Gratien. Le cardinal Hildebrand le tient pour un saint. Il n'a jamais pardonné à Henri III de l'avoir chassé.

— Tout de même, protesta le Guiscard en riant, acheter sa charge, même à un neveu, n'est pas très canonique.

— Il faut savoir assumer de petits péchés pour aboutir à une grande œuvre.

— Ce n'est pas moi qui vous contredirai.

Il était temps de se quitter et, comme la conversation ne s'y était pas prêtée, le duc de Pouille dit, tout à trac :

— Imaginez que les Romains voient, un beau jour, cent ou deux cents des chevaliers vainqueurs de Civitate s'approcher de la Ville Éternelle, est-ce qu'ils ne mettraient pas autant d'empressement à expulser leur Benoît X que les habitants de Civitate en ont mis à chasser le grand Léon IX ?

— Ce serait fort probable, acquiesça Didier, et fort réjouissant.

Les envoyés du défunt pape montèrent en selle. Le duc de Pouille tint courtoisement la bride du cheval de Didier de Bénévent et, avant de la relâcher, dit simplement :

— Je serais comblé si notre futur pape, quel qu'il soit, voulait bien tenir son premier synode à Melfi.

*

* *

À partir de ce jour, les affaires de l'Église allèrent à un train d'enfer, suivant la formule impertinente que le Guiscard se plaisait à répéter à tous ses interlocuteurs.

Courant avril, les cardinaux, réunis à Florence, choisirent pour pape l'évêque du lieu qui prit le nom de Nicolas II.

Tandis qu'il gagnait Rome sous la protection des troupes toscanes, Hildebrand, qui l'avait précédé, ameutait la plèbe, en soudoyait les meneurs, accusait la noblesse d'avoir imposé un antipape contre la volonté du peuple. Les Romains de la rue, prompts à s'en prendre à l'aristocratie, se lancèrent dans des actions violentes qui poussèrent *le minchio* à s'enfuir à Galeria.

À peine arrivé dans sa bonne ville, le pape légitime, réunissant un concile au Latran, fit décréter que l'élection des papes serait désormais l'affaire des cardinaux, ne laissant à l'empereur germanique et aux Romains que le privilège de l'approuver.

Cela réglé, et pour les siècles des siècles, le souverain pontife, accompagné d'une partie de la Curie, Hildebrand en tête, prit la route du sud. Faisant étape à Venosa, où le duc de Pouille l'accueillit en grande pompe, il consacra l'église de la Sainte-Trinité, le sanctuaire des Hauteville, où reposaient *les premiers des premiers*.

Tout ce beau monde se dirigea ensuite vers Melfi où devait se tenir un important synode.

En chemin, le Guiscard en profita pour lier connaissance avec cet Hildebrand dont on disait qu'il était, et depuis longtemps, le vrai maître de l'Église romaine. La silhouette contrefaite du cardinal, sa face pâle et torturée n'étaient pas sans rappeler le Loup des Abruzzes, mais le regard sombre et perçant était dénué de cruauté.

Parmi les questions purement religieuses qui furent traitées dans la capitale de la Pouille et qui toutes concernaient la morale et la vertu, le Guiscard se permit très humblement de soulever celle de l'inceste. Est-ce que le pontife ne souhaiterait pas aggraver les lois qui prohibaient les mariages consanguins, poussant l'interdiction jusqu'à la septième génération ? Il avait, disait-il, souci d'éviter la trop grande facilité qu'avaient ses Normands à se marier entre eux, rendant bien difficile leur nécessaire intégration aux populations locales.

Le pape et ses conseillers trouvèrent cette remarque fort sage et accédèrent à sa demande. Puis, autour de la grande table du château de Melfi, on passa aux affaires publiques.

L'abbé du Mont-Cassin avait fait savoir à Robert que la présence de son jeune frère Roger, dont il avait pu apprécier les mérites et la parfaite maîtrise du latin, ne pouvait qu'être agréable au souverain pontife. Aussi *le dernier des derniers*, fraîchement revenu de son escapade sicilienne, siégeait-il, modeste et silencieux, à la droite de son frère, intervenant seulement pour préciser quelques termes d'une langue à l'autre. Pour les Hauteville, chaque détail comptait : il s'agissait de faire reconnaître par le pape, une fois pour toutes, que Robert Guiscard était bien duc de Pouille et de Calabre, et désormais par la volonté de Dieu et de saint Pierre.

L'abbé Didier et le cardinal Hildebrand se congratulaient discrètement. Ils venaient de faire tourner le vent de l'Histoire. Les Normands, assurés dans leurs possessions, reconnaissaient à leur tour qu'ils ne les tenaient que de l'évêque de Rome et s'engageaient ainsi à devenir ses premiers défenseurs.

C'est alors qu'on entendit la voix de Roger, reprenant la formule, ajouter tranquillement : « ... duc de Pouille, de Calabre et... de Sicile ! ». Il y eut un mouvement d'étonnement, puis de stupeur. Mais le cadet des Hauteville, fixant le groupe que formaient le pape, Didier et Hildebrand, entreprit de leur expliquer d'un ton clair et passionné :

— Je reviens de Sicile, j'étais à Palerme. J'ai vu l'évêque Nicodème, plus déguenillé qu'un mendiant, accueillir ses ouailles dans une misérable chapelle dépouillée de tous ses ornements extérieurs quand, au même moment, dans l'ancienne cathédrale, les Sarrasins se pressaient par centaines pour louer Allah et son prophète Mahomet. J'ai eu aussi connaissance des querelles qui minent l'autorité des émirs et faciliteraient aux soldats du Christ la reconquête de cette terre débordante de richesses.

Les clercs se regardaient, enthousiastes et perplexes.

— Vos paroles me touchent, mon fils, dit Nicolas II et notre cœur saigne à l'idée qu'une terre, jadis chrétienne, demeure entre les mains des Infidèles, mais je ne sais au nom de quelle autorité nous pourrions, ici, disposer de la Sicile.

— Au nom du pouvoir que vous donne, Très Saint-Père, la Donation de Constantin, glissa Roger de sa voix la plus suave.

Maintenant, il ne regardait plus le pape, mais Didier du Mont-Cassin et il vit les lèvres du père abbé frémir et ses doigts trembler un peu.

Roger s'amusait : les vieux bibliothécaires avaient bien informé leur abbé de la fausseté de la Donation. Le pape le savait-il aussi ?

Didier, lui, regardait ce jeune homme qui le fascinait et se demandait si, comme il l'avait pensé en le voyant la première fois, il était un ange... ou le frère du diable.

— La Donation de Constantin vous donne, en effet, le droit de disposer de la Sicile, Très Saint-Père, confirma Hildebrand.

On ajouta Sicile, après Pouille et Calabre.

Nicolas II jubilait. Il se voyait déjà remettre aux Hauteville l'étendard de Saint-Pierre. Il serait le premier pape de la reconquête des terres chrétiennes. Hildebrand jubilait ; il avait trouvé des alliés à sa mesure pour le jour où il déciderait de prendre en main le destin de l'Église. Le Guiscard jubilait : c'était tout de même quelque chose que les Hauteville !

Ces turbulents voisins que Léon IX prisonnier avait bien dû tolérer du bout des lèvres devenaient, au terme du synode de Melfi, les enfants chéris de l'Église et les défenseurs du Père.

Seul l'abbé du Mont-Cassin demeurait perplexe. La volonté de Dieu restait si difficile à déchiffrer. La tâche qui l'attendait angoissait cet esprit scrupuleux. Juste avant de partir pour Venosa et Melfi, le pape, tout en le confirmant à la tête du Mont-Cassin, l'avait fait cardinal et son légat pour l'Italie du Sud.

Tandis qu'il revenait vers son abbaye, un petit détail le tourmentait. Pourquoi cette obstination du duc de Pouille à vouloir interdire les mariages consanguins jusqu'à la septième génération ?

La lumière lui vint quand, avant d'arriver à Bénévent, il aperçut le chemin qui mène à Buonalbergo. Cette jeune fille qui, avec ses compagnes, l'avait soutenu, lui Didier, dans son combat contre les démons de la tentation, cette petite Aubérée n'était-elle pas la lointaine cousine du Guiscard et ne l'avait-il pas épousée ? Il n'aurait su dire quel était le degré de leur parenté, mais il eût volontiers parié que c'était le septième.

*

*　*

— Ma petite caille, dit Robert, je viens d'apprendre une bien triste nouvelle : tu n'as plus de mari.

— Mon Dieu, murmura Aubérée chancelante. Vous n'allez pas mourir, mon seigneur ?

— Non, non, rassure-toi, mon cœur, je vais bien. Mais notre nouveau pape vient de prendre une bien funeste décision. Il interdit et dissout tous les mariages entre parents jusqu'au septième degré. Hélas, c'est notre cas. Il faut nous résigner. La volonté du vicaire du Christ est la Volonté de Dieu.

— Mais, bredouilla la jeune femme, nous avons un fils...

— Eh bien, ma foi, nous avons fait un bâtard ! Marc Bohémond est bâtard comme notre duc

Guillaume de Normandie. Tu vois que ce n'est pas si grave.

— Seulement... il n'héritera pas de vous.

— Bah ! Et de quoi ai-je hérité, moi ? Regarde-le !

Par la fenêtre, il désignait le petit monstre qui, dans la cour de San Marco, massacrait à coups d'épée de bois, comme si c'eut été à la vie à la mort, quelques partenaires plus âgés et qui n'en pouvaient mais.

— Légitime ou non, celui-là sera capable de se tailler un royaume à lui tout seul !

— Et notre petite Emma ?....

Aubérée avait, quelques mois auparavant, accouché d'une fille.

Le Guiscard eut un geste d'impatience et enchaîna :

— Et toi, ma gentille petite caille, sois sans crainte, tu resteras la dame de San Marco tant que je ne t'aurai pas trouvé un mari digne de toi. Laisse-moi faire. Tu n'auras pas à le regretter et j'irai regarder jusque dans ses culottes pour être sûr que tu ne manqueras de rien. Console-toi. Je t'ai réservé une surprise, elle arrivera bientôt.

À Melfi, avant qu'ils ne se quittent, il avait dit à Roger :

— Maintenant que tu as Serlon, tu n'as plus besoin de Martin Chenu. Renvoie-le-moi au plus vite : j'aimerais faire plaisir à ce brave vieux...

6

Sykelgaïte

Le soir venait et les barques de pêche regagnaient en file indienne le port de Scalea. La saison avait bien commencé, les espadons abondaient et, dans les jours à venir, on pouvait espérer l'arrivée de grands bancs de thons poussés vers le rivage. Déjà les marins préparaient la madrague.

— Sept poissons-épées, s'exclama Roger, et ce n'est qu'un commencement !

— Demain, nous ne les compterons plus ensemble, soupira Martin Chenu.

— Allons, dit Roger, n'êtes-vous pas heureux d'aller retrouver votre petite Aubérée ?

— Je t'aime bien, fils, et je n'aurais jamais pensé que la joie de la revoir se teinterait de quelque regret.

— Moi aussi je vous aime bien, Martin Chenu, et j'aurai de la tristesse à monter seul, chaque soir, au sommet de la tour.

— Tu vois, poursuivit Martin Chenu, j'avais bien senti qu'il s'était passé quelque chose à Salerne pour que ton Guiscard de frère en revienne l'humeur si changée.

*

* *

Ce qui était arrivé à Salerne, quand Robert s'y était rendu pour trouver femme à Bohémond, Roger venait de l'apprendre à Melfi, de la bouche d'Iven.

D'abord le Guiscard n'y avait pas reçu l'accueil que sa vanité lui faisait espérer. Le vieux prince était mort et Gisolf n'éprouvait aucunement pour Robert la sympathie qu'il avait eue pour les aînés des Hauteville en qui il avait continué de voir, malgré leur réussite, les anciens mercenaires de sa principauté. Il ne pardonnait pas au Guiscard d'avoir si brutalement privé Hermann et Abélard, ses neveux, les fils de sa sœur Rocca et d'Onfroi, de tout héritage et encore moins d'avoir assisté à l'humiliation de Salerne lors du passage du pape et d'Henri III à Capoue alors même que l'empereur, en confirmant les Hauteville dans leurs titres, privait les princes de toute suzeraineté sur eux.

Ce fut une fin de non-recevoir. Certes Gisolf avait des filles, mais elles étaient toutes réservées à d'autres seigneurs... mieux nés. Si la chose n'était pas dite, le ton le laissait entendre.

Comme le Guiscard insistait sans ménagement, le prince finit par lui répondre, agacé :

— Si vous tenez tant à vous unir à notre famille, je n'ai que ma sœur Sykelgaïte à proposer pour votre Bohémond.

— Pourquoi non, dit Robert. Qu'est-ce qui s'y opposerait ?

On fit venir Sykelgaïte. Quand elle apparut sur le seuil de la porte, Guiscard resta un instant bouche bée, puis éclata de son rire énorme. Il ne put, durant un long moment, retrouver son sérieux.

La petite fiancée qu'on lui présentait approchait de la trentaine et sa taille ne devait pas être de beaucoup inférieure à celle d'un Hauteville. Elle avait un visage non dénué d'une certaine beauté, mais plus viril que charmant, et des épaules de lutteur. Bref, elle lui avait fait penser à ces créatures de légende, messagères du dieu Odin, qui excitaient les guerriers au cours des combats et les conduisaient, morts, vers les farouches délices du Walhalla.

— Qu'y a-t-il de si drôle ? s'indigna la jeune femme en le foudroyant du regard.

— Pardonnez-moi, noble demoiselle, essaya d'articuler le Guiscard en hoquetant, le prince votre frère me faisait l'honneur d'espérer que vous accepteriez d'épouser mon fils Bohémond, mais... mais...

À nouveau terrassé par le rire, il essaya de lui faire comprendre de la main la taille de l'enfant, avant de lancer d'une traite :

— Il est haut comme ça et n'a pas encore sept ans !

La robuste princesse, éclatant à son tour d'un rire qui n'avait rien à envier à celui de Guiscard, se laissa tomber sur un siège et parvint à dire :

— Sachez, messire, que si j'ai besoin d'un enfant, je le ferai moi-même. Pour le reste, il n'est pas dans mon tempérament d'attendre encore sept ans pour déniaiser votre puceau.

Dire qu'à ce moment-là, Robert tomba amoureux de Sykelgaïte serait loin de la vérité, mais il fut certain d'avoir trouvé l'âme sœur, le compagnon femelle qu'il serait piquant d'avoir à ses côtés dans les batailles.

Quand il apprit, plus tard, combien de vaillants seigneurs avaient renoncé à affronter cette femme d'airain et combien d'autres, qui s'y étaient risqués, avaient été rejetés par elle après, disaient les mauvaises langues, avoir été mis à l'épreuve, il fut évident pour lui que la Lombarde lui proposait un défi qu'il était de son honneur de relever.

Le soir même, des éclats de rire encore plein la tête, ils furent amants. Le lendemain, le duc de Pouille repartait en direction de Mileto sans avoir rien résolu. La tendresse réelle qu'il éprouvait pour sa petite caille lui interdisait d'imaginer, un seul instant, avoir recours à l'une de ces solutions radicales qu'aurait pu lui suggérer le dévouement d'un Bérard ou d'un Vouko.

Le synode de Melfi lui avait apporté une pieuse solution.

*
* *

Ainsi redevenu célibataire, Robert le Guiscard fit officiellement sa demande. Elle fut acceptée avec réticence par Gisolf et enthousiasme par Sykelgaïte.

On fixa une date pour le mariage. Robert s'était juré de ne s'habiller en *civil* que le jour où il porterait des vêtements semblables à ceux de l'empereur germanique. Le tailleur de Capoue disait n'avoir rien oublié du vêtement d'Henri III et s'engagea à en confectionner un tout semblable pour le duc de Pouille. Nul ne saura jamais si le velours était aussi fin et la coupe aussi élégante, mais c'est dans cette tenue qui lui donnait grande allure que le futur marié, entouré de sa cour rutilante, fit à Salerne, au jour dit, une entrée tout impériale.

Un luxe aussi ostentatoire ne fit qu'accroître l'amertume du prince Gisolf. Il dit froidement au duc que la principauté était exsangue, le vieux Guaimar ayant dilapidé leur fortune en œuvres pieuses et qu'il regrettait de ne pouvoir donner à ces noces le lustre espéré.

— Qu'à cela ne tienne, répondit Guiscard qui savait retenir sa colère quand il convenait. Si vous n'avez pas déjà vendu votre évêque pour nourrir vos filles, sa bénédiction nous suffira et nous festoierons à Melfi.

Ainsi fut fait.

Sitôt l'union consacrée, le cortège reprit le chemin de la Pouille. En voyant le regard que son mari lança vers la ville, passé les portes de Salerne, Sykelgaïte comprit que les jours de la principauté étaient comptés et qu'elle était du côté du manche.

À Melfi, le banquet dura trois jours. Les participants, c'est-à-dire tous ceux qui se donnèrent la peine de franchir le seuil du château, n'oublièrent jamais les fastes de cette joyeuse kermesse.

Au dîner du troisième jour, Sykelgaïte se leva et après avoir obtenu le silence en cognant sur la table à faire sauter les plats, déclara d'une voix qui, pour être moins grave que celle de son époux, était tout aussi tonitruante :

— Mes bons seigneurs, mes amis. Il est une tradition que nul ne saurait ignorer sur une terre qui fut lombarde, celle du *morgengab,* ce don du lendemain que tout seigneur doit à sa femme au matin de ses noces en compensation du préjudice irréparable qu'il lui a causé.

Là, elle fit une pause de façon à permettre à chaque convive de ricaner à sa guise, puis enchaîna :

— Le seigneur duc, mon mari, m'a promis généreusement des terres en Calabre, mais il ne les a pas encore conquises. (Tiens, pensa Roger, nous allons voir comment il va s'arranger pour les prendre sur ma part !) Or donc, mes nobles chevaliers, demain nous digérerons en selle et je compte sur votre vaillance pour gagner ce qui m'est promis. Et là-dessus, allons nous mettre au lit.

Cette dernière invite déchaîna l'enthousiasme général. Les nuits précédentes, tous les convives avaient défilé devant la chambre des jeunes mariés, attirés par les échos de leurs joutes amoureuses.

Ce serait bientôt toute l'armée qui processionnerait devant la hutte ou la tente du couple ducal pour s'esbaudir de leur vaillance.

Une plaisanterie allait faire rapidement fureur parmi les troupes du Guiscard :

— Nous servons un duc qui passe sa vie à cheval, plaisantaient les soldats, quand il descend de son étalon, c'est pour monter sa jument !

— *Le premier des derniers* prend des risques, assena un jour Serlon du haut de sa petite taille et de ses dix-neuf ans, je ne crois pas que ces jeux soient encore de son âge !

À la veille de son mariage, le Guiscard avait fêté ses quarante ans.

7

La bande de Mileto

Quarante ans ! C'était, pour le duc de Pouille, un âge conquérant. La nouvelle campagne fut une marche triomphale à travers toute la Calabre. Il faut dire que jamais il n'avait été si bien entouré.

L'émulation soupçonneuse qui existait entre lui et Roger poussait sans cesse le cadet à des exploits précipités.

Serlon, lui, compensait son manque de puissance par une folle audace. Les plus anciens des chevaliers, fascinés par le mépris qu'éprouvait pour le danger ce garçon qui paraissait bien plus jeune que son âge, se surpassaient pour le protéger. Serlon fils de Serlon lançait des défis à tout va, risquait sa vie avec la plus tranquille assurance, se forgeait, avec sa garde de vieillards, une renommée qui devait passer les mers.

Et puis il y avait Sykelgaïte. Il suffisait qu'elle se dresse sur ses étriers, brandissant son épée, secouant sa longue chevelure blonde avant de la rouler sous son casque, pour que les hommes hurlent d'enthousiasme et se sentent prêts à toutes les prouesses.

Cette campagne du printemps 1060 s'était ouverte sous les meilleurs auspices. Mileto, qui avait si longtemps résisté à tous les assauts, céda comme un fruit mûr que le voyageur affamé cueille au passage. Alors qu'ils en parcouraient les rues en triomphateurs sans gloire, le Guiscard dit à Roger :

— Si tu la veux toujours pour capitale, prends-la. Je te fais comte de Mileto. Mais je te souhaite bien du plaisir.

La ville, à moitié désertée, offrait un visage pitoyable et sentait la décrépitude. Bien des maisons montraient leurs toits effondrés : on avait utilisé jusqu'au bois des charpentes pour se chauffer et les dalles de pierre des rues avaient été arrachées pour servir d'ultimes projectiles.

— Je prends, répondit Roger.

Mileto conquise, toute la Calabre s'offrait à leur voracité. C'est là que les deux frères se séparèrent, chacun s'avançant vers l'horizon qui l'attirait.

Le Guiscard courut vers l'est, emportant tout sur son passage. Après Matera et Brindisi, il mit le siège devant Tarente et, pour en venir à bout, construisit ses premières machines de guerre.

Roger, se dirigeant vers l'ouest, réduisait une à une les places fortes de l'intérieur avant de s'attaquer aux grandes villes côtières. Gerace fut la première citadelle qui lui opposa une sérieuse résistance. C'était une ville de l'importance de Mileto et aussi bien perchée que San Marco. Redoutant un interminable siège, il envoya Serlon auprès du Guiscard pour demander l'aide du Savoyard et de ses redoutables escaladeurs. Le duc de Pouille s'ennuyait sous les murs de Tarente.

Il regroupa les éléments les plus turbulents de son armée, chevaucha à bride abattue et, sans que rien le justifie, ravagea tout le territoire aux alentours de la forteresse.

— Tu vas voir ! lança-t-il à Roger. Tu vas voir comment il faut s'y prendre !

Au plaisir de donner une leçon à son cadet et de le faire passer, auprès de ses hommes, pour pusillanime, s'ajoutait l'exaspération qui le saisissait maintenant en face de tout obstacle. Tout devait lui céder et il ne ressentait plus aucun respect pour ses adversaires.

Tandis que les massacres et les incendies se multipliaient autour de la ville, Roger entra en contact avec le seigneur de Gerace pour lui proposer une reddition honorable. Il s'engageait à obtenir que le duc de Pouille épargnât la ville. Le vieil homme qui gouvernait la cité s'empressa d'accepter mais, avant même que Roger ait pu instruire son frère de ces conditions, les premières troupes du Guiscard entraient et commençaient à se livrer au pillage.

Roger leur demanda de se retirer et, comme elles s'y refusaient, ordonna à ses propres hommes de les repousser. Ce n'était qu'une avant-garde et elle dut reculer. Le Guiscard prévenu arriva, furieux, injuriant son frère et exigeant des excuses. Roger tenta de lui expliquer à quoi il s'était engagé auprès du seigneur du lieu mais Robert, hors de lui, cria sur la place publique qu'il n'était pas concerné par les engagements de son frère et qu'il ferait, ici comme ailleurs, ce qu'il lui plairait.

— Dans ce cas, dit Roger, fais ce que tu veux de ta moitié de la ville, mais ne t'avise pas de toucher à la partie qui me revient, à moins que tu ne veuilles renier ta parole ! N'oublie pas que tu m'as promis que nous partagerions à égalité l'ensemble de nos conquêtes.

Et de la pointe de son épée il traça, sur la terre de la place, une ligne symbolique que le Guiscard effaça rageusement du pied. Ils se seraient empoignés si Serlon ne s'était interposé, leur disant avec son calme habituel et sur ce ton uni qui en imposait par son étrangeté :

— Je me souviens qu'il y avait dans la basse-cour de Hauteville deux coqs qui ne cessaient de se battre. La dame votre mère a ordonné qu'on leur coupe le cou et qu'on les fasse bouillir. À mon avis, vous donnez un spectacle assez semblable et passablement ridicule.

— Nous réglerons ça plus tard, trancha le duc en faisant signe à ses hommes de le suivre.

Par la suite, il oublia ou feignit d'oublier l'incident. Il se moquait bien de s'être attiré la haine des habitants de Gerace et d'avoir fait de Roger leur héros : un envoyé de Geoffroi Ridel venait de lui annoncer que Tarente, le grand port que même Guillaume Bras de Fer, malgré toute sa fureur, n'avait pas eu le courage d'affronter, venait de capituler. Il convoqua Roger pour lui apprendre cette grande victoire. Le cadet le félicita et ils tombèrent dans les bras l'un de l'autre.

— Bientôt, il ne restera plus aux Grecs que Bari. Alors, nous unirons toutes nos forces pour la prendre et le basileus sentira la terre trembler sous ses pieds.

— C'est quand nous aurons conquis la Sicile que Byzance sera à ta portée, répliqua Roger. Ni la Pouille, ni la Calabre ne sont assez riches pour te donner les moyens de défier l'empereur d'Orient. C'est grâce aux richesses de la Sicile que Rome a pu l'emporter sur Athènes.

— Tu as raison, dit le Guiscard. Ça ne devrait pas être trop difficile. Nous avons la bénédiction du pape, les chrétiens opprimés nous aideront et les Sarrasins n'ont que de petits chevaux.

— Commençons par prendre Reggio !

— Reggio, ce ne sera pas plus difficile que Tarente. J'amènerai mes machines de guerre, tu verras, nous ferons merveille.

Le Guiscard tint parole. Roger campait depuis peu autour de la vieille capitale de la Calabre quand il vit arriver Robert avec ses hommes, ses catapultes, ses tours et ses béliers. Mais alors que les choses évoluaient au mieux pour les assiégeants normands, Serlon vint apprendre à Roger que le Guiscard quittait la place à la tête de ses meilleurs chevaliers.

— Il ose me refaire le coup de Mileto, s'emporta Roger.

Il se trompait. Un envoyé de Nicolas II était venu réclamer l'assistance du duc de Pouille pour mettre fin aux manœuvres de l'antipape Benoît X qui, depuis Galeria où il s'était réfugié, levait une armée avec l'aide de sa famille et s'apprêtait à marcher sur le Latran. Le Guiscard ne faisait que répondre à l'appel de son nouveau suzerain.

Cette défection involontaire n'eut pour conséquence que de retarder un peu l'échéance. Une nuit, la garnison grecque de Reggio, n'espérant plus aucun secours ni par terre ni par mer, quitta la place pour aller s'enfermer plus au nord, dans la forteresse de Scylla d'où elle s'embarqua pour Byzance.

La belle saison propice aux batailles s'achevait.

— Il est temps, pour nous aussi, de prendre nos quartiers d'hiver, dit Roger à Serlon. Nous avons dix fois plus de butin qu'il n'en faut pour reconstruire Mileto.

*

* *

L'hiver fut doux et la vie à Mileto des plus joyeuses. On avait recruté à Reggio et dans les cités avoisinantes tout ce que la pointe de la Calabre pouvait compter de bâtisseurs. Charpentiers et tailleurs de pierre s'affairaient gaillardement à remettre la cité en état.

Roger avait fait rouvrir le marché, et peu à peu ceux qui, entre les sièges, avaient déserté leurs maisons, revenaient avec soulagement.

La forteresse était à nouveau digne de recevoir un comte et tous les fruits des dernières razzias qui n'avaient pas été monnayés pour financer les travaux s'y entassaient. Lampes, vaisselle d'argent, tentures et tapis donnaient à ce lieu austère une apparence de confort qui inclinait au plaisir.

Comme ni le vin ni les musiciens ne manquaient, on y menait belle vie et si, au début, la gent féminine y faisait cruellement défaut, Serlon s'était mis en devoir d'y remédier. Lui et son escouade de jeunes chevaliers, têtes brûlées et faces hilares, ratissaient avec constance le pays, promettant sans rire des baisses d'impôt aux paysans qui voudraient bien envoyer leurs filles servir au château.

On n'était pas près d'oublier *la bande de Mileto* comme on s'était mis à l'appeler. Les plaisanteries de Serlon et de ses compagnons sans fief, ou peu pressés de retrouver le leur, n'étaient pas toujours du meilleur goût, mais on les leur pardonnait car ils avaient l'excuse d'une jeunesse sans méchanceté. Bientôt, filles écervelées et dames expertes se pressèrent à leurs soirées, tant pour le charme de ces drôles de guerriers que pour l'abondance de leur table et le confort de leurs coussins.

Roger, en comte de Mileto, ne manquait jamais de présider ces réunions conviviales et débridées. Il aimait rire et chanter à table, mais sa manière courtoise de tenir les femmes à distance étonnait ceux qui ne le connaissaient pas.

— Que voulez-vous, murmurait Serlon, pince-sans-rire, il a failli être moine.

Et devant l'ahurissement de ses compagnons, il précisait en souriant :

— Je plaisante ! Il a un grand amour dans le cœur.

— Le cœur et… ça, protestaient les autres avec des gestes explicites, ce n'est pas la même chose !

— Ah ! Mes gentils coquins, philosophait Serlon, si vous le croyez, c'est que vous n'avez jamais été amoureux.

Mais le plus irritant était que toutes ces dames et demoiselles n'avaient d'yeux que pour le comte Roger, tant il est vrai que mélancolie donne encore plus de charme à beau visage.

— Les femmes sont toutes ainsi ! les rassurait encore Serlon. Elles courent après ceux qui ne les recherchent pas... mais se consolent avec les autres.

On consolait sans se ménager.

*

* *

Roger faisait de fréquentes escapades à Tropea. Il y retrouvait une femme d'âge mûr et de corps épanoui, prénommée Alba, qui faisait discrètement commerce de ses charmes.

Roger l'appréciait pour son calme et sa discrétion. Elle lui donnait l'illusion apaisante d'un couple déjà ancien. Il en oubliait quelques instants l'obsession de ces deux êtres qui maintenant hantaient son esprit : la jeune fille qu'il aimait et désirait par-dessus tout et cette autre, la dame de Palerme lointaine et mystérieuse, dont le souvenir s'imposait malgré lui comme s'imposent les rêves de la nuit.

Quand il reprenait la route du port, il retrouvait, comme à Hauteville, Serlon qui l'attendait à la croisée des chemins, toujours incompréhensiblement averti.

Cette fois-là – on était au lendemain de la Chandeleur et dans les églises les mèches fumaient encore dans leur bain d'huile – le chevalier qui tenait la place les accueillit avec soulagement.

— Je suis heureux que vous soyez venu, messire comte. Les pêcheurs sont inquiets. Ils ont aperçu d'étranges bateaux et des hommes qui bivouaquent dans une crique, près d'ici. Ils ont essayé de leur parler mais ils ne comprennent rien et paraissent menaçants. Je m'apprêtais à pousser jusque-là avec quelques hommes d'armes.

On prit le chemin qui longe la falaise. En milieu d'après-midi on atteignit la petite plage encagée dans les rochers.

— Nom de Dieu ! hurla Serlon qui s'était avancé le premier. Regarde, Roger, ils l'ont fait ! Ils l'ont fait !

Deux immenses drakkars étaient échoués sur le sable ainsi qu'un autre, plus petit, que Roger reconnut au premier coup d'œil : celui que Thorolf avait transformé pour transporter des chevaux sur l'île de Chausey. Tout le campement de Toerkil la Baleine se retrouvait, miraculeusement, dans cette crique calabraise.

— Ohé ! Oh ! cria Serlon.

Et la puissante trompe marine du fils de Toerkil la Baleine lui répondit.

Sous les yeux stupéfaits du lieutenant et de ses hommes, les deux Hauteville dévalèrent jusqu'à la plage et se jetèrent dans les bras de ces créatures hirsutes et si bizarrement accoutrées.

— Enfin vous voilà, dit Thorolf. On a bien cru qu'on avait fait tout ce chemin pour rien. Vous avez mis du temps pour nous repérer.

— Elle est bien bonne ! s'exclama Serlon. Tu n'as pas fait beaucoup d'efforts pour nous trouver.

Le vieux Toerkil la Baleine, porté par deux de ses fils, sortit de sa tente et cligna les yeux dans le soleil.

— C'est Serlon fils de Serlon et *le dernier des derniers*, annonça Thorolf.

Roger s'approcha du patriarche, lui prit les mains et les embrassa.

— Tu sais, articula péniblement Toerkil, nous avons franchi les colonnes d'Hercule. Ton père aurait dû venir. Quel sacré beau voyage !

— Le seigneur Tancrède est mort, dit Roger.

— Mort ? Comment ça ?

— Mort noyé.

— Tant mieux ! C'est ainsi qu'il faut mourir.

Ce n'était pas le moment de lui expliquer que le seigneur de Hauteville avait culbuté tête première dans deux pieds d'eau boueuse. D'ailleurs, le vieux pêcheur de baleines, épuisé, n'entendait plus. Ses deux fils le ramenèrent sous la tente et l'allongèrent sur sa couche.

— Lui aussi va nous quitter, chuchota Thorolf. Si vous n'étiez arrivés que demain, vous ne l'auriez sans doute pas revu vivant.

Roger et Serlon s'agenouillèrent auprès du moribond. Il râlait et mit quelque temps à retrouver ses esprits. Il chercha la main de Roger et lui murmura :

— Il paraît que ton frère Robert est devenu un puissant seigneur maintenant. C'est bien. Ça ne m'étonne pas, tu sais. Approche-toi, je voudrais te demander une faveur.

— Tout ce que tu voudras, promit Roger.

Alors l'autre, dans un souffle :

— Je veux une femme. Puis il parut se rendormir.

Roger sortit, éberlué, et dit à Thorolf :

— Tu sais ce que veut ton père ? Une femme ! Dans son état !

— Oh, ce n'est pas ce que tu crois. Il veut une épouse pour monter sur le bûcher à ses côtés et ne pas faire seul le grand voyage.

— Mais, protesta Roger effaré, ça n'est pas chrétien !

— Chrétien, se moqua Thorolf, qui t'a dit qu'il était chrétien ?

Depuis la tente, la voix rauque et exténuée répéta :

— Tu m'as promis, hein, tu m'as promis !

*

* *

Comment ne pas tenir sa promesse envers un homme qui avait embarqué toute sa famille, ses dizaines d'enfants et petits-enfants sur trois drakkars pour s'offrir une dernière fois le plaisir de retrouver les vagues de l'océan, de découvrir la Méditerranée et de revoir les fils de Tancrède de Hauteville ?

Roger était en proie à une grande perplexité, pris entre le désir de satisfaire cet incroyable vieillard, l'absurdité de ce qui lui était demandé et sa gêne à cautionner d'aussi païennes pratiques.

Alba, son épisodique maîtresse, vit son embarras : elle proposa de jouer la comédie. Elle avait un esprit simple et le cœur généreux et désirait tout autant calmer les scrupules de son amant qu'adoucir les derniers instants de cet aventurier dont la folie et le courage la touchaient.

Au ciel, le Seigneur Jésus saurait bien expliquer au vieux pêcheur de baleines les justes raisons de cette tromperie.

Serlon avait rameuté toute sa bande et il y eut une vaste assemblée de chevaliers de Mileto et de Tropea pour assister au mariage d'Alba et du dernier des Vikings. Ce fut Thorolf qui officia et prononça les paroles rituelles aussi fidèlement que la mémoire chancelante de son père les lui soufflait.

La veuve passa la nuit à veiller son impossible époux. On la retrouva le lendemain, vaincue par la fatigue, endormie sur les jambes du cadavre.

Thorolf récupéra une vieille barque qui pourrissait dans une anse voisine et passa la journée à la remettre en état. Il n'était pas question de sacrifier un bon drakkar.

À la nuit tombée, devant la foule venue assister à la cérémonie, les enfants de Toerkil dressèrent un bûcher dans l'embarcation et y placèrent le corps de leur ancêtre. Thorolf prit une torche et Roger conduisit Alba jusqu'à l'embarcation. La femme le regarda soudain avec des yeux effarés, ne sachant plus s'il s'agissait vraiment d'une comédie.

— Est-ce que le mariage a été consommé ? demanda Roger d'une voix forte.

— Bien sûr que non, proclama Thorolf.

— Alors, dit Roger, ce n'était qu'une apparence de mariage. Mets le feu ! Et toi, Alba, ôte ta robe. La robe, c'est l'apparence de la femme. Et il jeta le vêtement à côté du cadavre.

Le bois s'enflamma d'un coup, attisé par le vent de mer. Tous les descendants du vieux marin poussèrent l'embarcation dans les flots. De l'assistance jaillit spontanément un grand cri d'enthousiasme au spectacle de ce bûcher funéraire parti à la dérive et de ce beau corps de femme dont le feu teintait la peau blanche d'une chaude lueur.

C'est ainsi que le ressac emporta vers le rude paradis des dieux nordiques les cendres du dernier Viking mêlées à quelques flammèches de coton.

8

Les têtes brûlées

Cette nuit de funérailles fut, au campement, l'occasion d'une grande beuverie. Ainsi l'avait voulu le défunt. Pouvait-on s'attrister quand s'achevait en apothéose une si longue et rude existence ? Mieux valait se réjouir d'avoir pu lui offrir la cérémonie funèbre qu'il souhaitait.

Thorolf racontait leur incroyable périple. Toute la bande de Mileto l'écoutait passionnément. Pour ces garçons, nés en Pouille, les fils et les petits-fils de Toerkil apparaissaient comme des demi-dieux venus sur terre pour leur rappeler la vigueur de leurs racines et la violence de leur sang.

Quand au terme du récit de leur voyage, Thorolf en vint à parler de ce qu'ils avaient aperçu de la Sicile, Roger compléta sa description et l'exaltation fut à son comble quand tous apprirent qu'envahir la grande île serait l'objet des campagnes à venir.

Après le départ de Roger et d'Alba, on ne discuta plus que de ce projet et Thorolf proposa à Serlon et ses compagnons d'aller y voir de plus près. Ces jeunes loups, qui pour la plupart ne savaient que barboter en eau claire, se sentirent pousser des nageoires d'espadons.

Dans les jours qui suivirent, on délaissa la chasse et les filles pour apprendre à ramer et à manœuvrer la voile. Est-ce par prudence qu'on oublia de mettre le comte de Mileto au courant du projet ? On ne s'en rendit compte qu'à la veille du jour prévu pour le départ quand on tira au sort ceux qui seraient de l'expédition, les trois drakkars ne pouvant suffire à embarquer tous ces cavaliers et leurs chevaux. Thorolf et Serlon se chargèrent d'aller enfin avertir Roger. Ils furent surpris de le trouver fermement opposé à leur entreprise.

— Enfin quoi ! s'emporta Thorolf, ce n'est pas plus dur que d'aller à Chausey et il n'y a pas à craindre de tomber sur des tailleurs de pierre !

— La Sicile n'est pas Chausey, tête de mule, répliqua Roger, et les guerriers sarrasins sont autrement armés que tes tailleurs de pierre.

— Écoute, dit Serlon pour éviter que les choses ne s'enveniment, il me semble que Thorolf a un bon plan.

Le vieux Toerkil et sa famille avaient fait une dernière escale sicilienne sur la plage déserte d'une presqu'île si étroite que, du haut du mât, on voyait la mer scintiller de l'autre côté. C'était juste en face de Tropea. On pouvait y arriver sans grand risque d'être repéré.

Les sacrés filous ! pensa Roger. Il avait reconnu dans cette description la presqu'île de Milazzo. Lui-même s'était dit, en la remarquant, lors de son voyage vers Palerme, que c'était là un lieu propice à un débarquement et qu'il serait parfait pour y établir une tête de pont facile à défendre, tant était étroite la langue de terre qu'il faudrait protéger. Après tout, il serait peut-être habile, pour préparer l'avenir, d'y aller voir de plus près.

*

* *

Au début, tout alla pour le mieux. On aperçut l'île-volcan de Stromboli et les Éoliennes. On navigua pour se maintenir à bonne distance du fort, dressé à la pointe du cap de Milazzo. Les chevaliers qui secondaient les fils de Toerkil à la rame découvrirent qu'ils avaient encore beaucoup à apprendre et s'épuisaient à tenir le rythme.

On débarqua enfin sans encombre sur la plage déserte. Les chevaux descendirent sans effort de leur drakkar. C'était une belle journée avec juste ce qu'il fallait de fraîcheur pour avoir envie de se donner du mouvement.

On pouvait voir au loin les premières maisons du village et, plus loin encore, la petite forteresse.

La douceur de la lumière parait le paysage d'un grand air d'innocence. On alla donc visiter Milazzo, sourire aux lèvres et le plus paisiblement du monde.

Depuis les seuils et les boutiques, les villageois regardèrent passer, avec un peu d'étonnement, ces chevaliers à la silhouette et à l'équipement inaccoutumés. Mais qui eût songé à s'inquiéter, en ces temps de trêve hivernale ? On voyait bien que la porte de la forteresse, tout au bout de la presqu'île, était grande ouverte. Quand Serlon et ses compagnons proposèrent d'y aller, Roger refusa tout net et les obligea à faire demi-tour.

On repartit vers la plage, et laissant Thorolf et une partie des siens garder les barques, on poursuivit d'un pas tranquille cette escapade sicilienne, histoire d'aller voir d'un peu plus près à quoi ressemblait Messine.

C'est alors qu'on remontait cette route côtière, déjà connue de Roger, que les choses se gâtèrent. Les visiteurs avaient sous-estimé les capacités de communication des Sarrasins. Ils avaient bien remarqué, de temps en temps, ces éclairs de lumière qui partaient d'un point ou d'un autre, mais pourquoi s'en préoccuper quand le soleil méditerranéen est si prompt à faire étinceler le moindre objet poli, le moindre éclat d'obsidienne ?

On faisait une pause pour observer le magnifique spectacle des îles posées en couronne autour de la pointe de Milazzo quand on entendit les premiers bruits d'une chevauchée. Descendus des donjons qui hérissaient les sommets, des cavaliers arabes s'étaient élancés au grand galop pour couper aux Normands le chemin du retour. Roger comprit aussitôt le danger, et la folie de leur expédition lui apparut tout entière. Mais rien encore n'était perdu.

— Allons-y ! cria-t-il, ne les laissons pas nous barrer la route. Il faut les enfoncer et réembarquer au plus vite.

Dans l'exaltation de l'aventure, chacun ne vit d'abord que l'occasion d'une belle et facile empoignade. Les Sarrasins reculèrent sous la charge et leurs cadavres jonchèrent bientôt la route. Seulement, des renforts déboulaient sans cesse des montagnes et les chevaliers de Roger, pour éviter d'être pris à revers, durent reculer.

Ils n'avaient eu à faire, jusque-là, qu'à de petits groupes d'hommes qui, malgré leur courage, ne pouvaient longtemps leur résister. Ce fut Serlon, alors qu'il poursuivait un fuyard, qui aperçut le vrai danger : une troupe beaucoup plus compacte, venant sans doute de Messine, s'avançait sur leurs arrières. Une dernière fois, bien consciente du danger, la bande de Mileto essaya de forcer le passage vers Milazzo. Mais de ce côté-là aussi, leurs adversaires se multipliaient. À un contre dix, en dépit de leur puissance, ils ne purent en venir à bout.

Roger repéra alors un chemin étroit qui, au long de la falaise, menait à une petite plage de galets. C'était la seule issue. De là, on pouvait espérer que Thorolf et les siens, comprenant leur situation, viendraient les rechercher. On descendit en catastrophe. Plusieurs chevaux tombèrent et l'un des chevaliers, qui n'avait pu se dégager à temps, alla se fracasser sur les rochers entre lesquels bouillonnait la mer.

Depuis la plage de Milazzo, ceux qui gardaient les barques avaient en effet tout vu et tout compris et déjà mettaient à la rame. Roger et ses chevaliers tournaient en rond sur l'étroite plage, impatients de les voir approcher. Les embarcations étaient encore à quelque distance quand les Sarrasins, du haut de la falaise, commencèrent à les cribler de flèches.

— La tortue, la tortue ! hurla Roger.

Il leur avait enseigné cette vieille tactique romaine, apprise à Saint-Évroult, dans son Vergèce. Sautant de cheval, les Normands, regroupés en carré, se firent une carapace de leurs boucliers. Les chevaux caracolaient sans protection, affolés par les traits qui pleuvaient du haut de la falaise. Fort heureusement, la distance réduisait leur pouvoir de nuisance.

Enfin le plus petit des drakkars parvint à manœuvrer entre les récifs pour s'approcher suffisamment du rivage. Les premiers chevaux maîtrisés furent embarqués non sans mal car les galets, entraînés par le ressac, roulaient sous leurs sabots.

Thorolf criait en levant les bras au ciel :

— La houle ! La houle !

Roger finit par comprendre ce qu'il voulait dire en voyant que les deux autres barques n'avançaient plus : la mer trop forte risquait à tout instant de les briser contre les rochers.

Les Sarrasins balançaient maintenant des blocs de pierre. À peine plus de la moitié des chevaux étaient embarqués quand il fallut reformer la tortue et Thorolf se vit contraint d'éloigner son bateau. Plusieurs jeunes chevaliers se jetèrent à la mer espérant regagner les barques à la nage. Alourdis par leur cotte de mailles, trois d'entre eux coulèrent avant d'avoir pu saisir les rames qu'on leur tendait.

Les pierres qui tombaient sans cesse commençaient à crever les durs revêtements de cuir qui recouvraient les boucliers, faisant éclater les lattes de bois.

— Sous la falaise, ordonna Roger.

Tous s'élancèrent à l'abri de la paroi que le travail de la mer avait un peu creusée à sa base. Plaqués contre la muraille, ils étaient à l'abri des projectiles, mais dans une position inconfortable et précaire. Ils suivaient avec angoisse les efforts de Thorolf pour transborder les chevaux sur les grands drakkars et revenir à leur secours, mais c'était une manœuvre impossible. Coup sur coup, deux bêtes tombèrent à l'eau et Roger et ses compagnons virent avec désespoir Thorolf s'éloigner. Les deux bateaux tentèrent à nouveau de s'approcher mais sans succès.

Il n'y avait, Dieu merci, aucun autre chemin pour atteindre cette étroite bande de galets que celui que venait d'emprunter les Normands et il leur était facile de le contrôler. À plusieurs reprises, les Sarrasins tentèrent une descente mais quelques flèches habilement tirées suffirent à les dissuader.

La moitié des bêtes qui n'avaient pu être embarquées agonisait maintenant sur la plage, les membres brisés, les mâchoires sanglantes et c'était un déchirement pour ces jeunes gens attachés à leurs montures de les voir souffrir ainsi. L'un d'eux, n'y tenant plus, s'élança pour achever son cheval, mais un gros bloc lui éclata la tête.

Roger, il devait l'avouer par la suite, n'avait jamais été saisi d'une pareille angoisse. De manière absurde, il s'inquiétait moins pour sa vie qu'à l'idée que ses rêves pouvaient mourir ici et il dut prendre sur lui pour tenter d'encourager ses compagnons :

— Notre situation n'est pas si mauvaise, mes amis. De là-haut, les Sarrasins ne peuvent nous atteindre. S'ils tentent de nous déloger, c'est nous qui les massacrerons au fur et à mesure. Maintenant, notre meilleure arme, c'est la patience. C'est à l'aune de notre patience que nous saurons ce que nous valons vraiment.

Ils attendirent ainsi une nuit et un jour entier, cloués contre la falaise, sans presque pouvoir bouger, s'allongeant à tour de rôle pour prendre un peu de repos. Roger leur faisait miroiter, une fois encore, les merveilles de cette Palerme qu'ils allaient prochainement conquérir et où ils vivraient comme les princes qu'ils étaient. Tous l'écoutaient comme l'enfant qui chaque soir réclame le même conte.

Quand il se taisait, Serlon de sa petite voix placide racontait les mille histoires égrillardes qu'il avait recueillies jadis quand les adultes ne s'apercevaient pas de sa présence silencieuse et discrète. Si les bruits mêlés de la mer et du vent n'avaient pas emporté tous les sons, les Sarrasins, depuis le haut des falaises, auraient pu parfois les entendre rire.

Ils les auraient aussi entendus prier avec ferveur car leur destin dépendait de ce Dieu, tantôt vengeur et tantôt miséricordieux, qui commande à la mer.

Au soir du deuxième jour, ils furent exaucés : le vent tourna, la houle faiblit. Les drakkars purent suffisamment s'approcher du rivage pour que la tortue reformée traverse la plage et s'engage dans les vagues. Les fils de Toerkil hissèrent à bord des chevaliers ankylosés, épuisés, accablés de devoir abandonner sur le rivage les corps de cinq des leurs et presque tous leurs chevaux.

Cette première expédition en Sicile, imaginée comme une plaisante balade, se concluait par un désastre et, quelles que fussent les circonstances, Roger savait qu'il en portait, du seul fait de l'avoir permise, toute la responsabilité. Penser aux réprimandes et aux sarcasmes auxquels il aurait droit de la part du Guiscard ajoutait à la rage qu'il éprouvait vis-à-vis de lui-même.

*
* *

À quelques jours de son retour à Mileto, le dernier des Hauteville reçut un message de son aîné lui enjoignant de venir le rencontrer à Melfi.

Roger prit aussitôt la route du nord, résigné, ne donnant plus cher de son avenir. L'accueil que lui réserva le Guiscard fut à l'opposé de ce qu'il avait imaginé. *Le premier des derniers*, tout joyeux, le serra dans ses bras.

— Regarde ! clama-t-il.

Et il l'entraîna pour lui montrer, fiché dans un anneau qui servait d'ordinaire à maintenir une torche, un bel étendard blanc orné d'une grande croix, d'une tiare et des clés croisées de Saint-Pierre, le tout tissé en fils d'or.

— C'est l'étendard du pape. Il nous le confie pour aller chasser les Sarrasins de Sicile. Ah ! Mon petit frère, je lui ai fait du beau travail à notre pontife. J'ai rasé Galeria. L'antipape : enfoui sous les décombres. Les champs d'alentour : plus de quoi nourrir une musaraigne. Je suis allé jusque sous les murs de Rome crier à tous ces faiseurs de *petits branleurs* : J'en ai autant à votre service ! Bon ! Je t'ai fait venir pour qu'on parle de l'invasion de la Sicile. Depuis le temps que tu rumines, tu dois bien avoir ta petite idée là-dessus.

— Tu as raison, j'ai un plan, dit Roger. Mais avant tout, il faudra que nous bâtissions cette grande flotte dont nous avons déjà parlé. Tu m'as affirmé avoir l'argent nécessaire.

— Ne t'inquiète pas. J'irai à Monte Ilaro consulter messire saint Laurent.

— Tu comptes sur un miracle ? interrogea Roger abasourdi.

Mais le Guiscard se contenta pour tout éclaircissement d'un sourire énigmatique. Il ne jugeait pas encore l'heure venue de révéler au *dernier des derniers* où se cachait le trésor de guerre des Hauteville.

— À propos, fit le Guiscard pour changer de sujet, j'ai entendu dire que tu avais fait une petite expédition par là-bas qui s'était plutôt mal terminée.

— Qui te l'a racontée ?

— Ce cher Geoffroi Ridel, si tu veux tout savoir.

— Tu as là un bien médiocre espion, dit Roger qui avait préparé sa défense. S'il était bien informé, le Dieudonné t'aurait appris que j'étais allé essayer les nouveaux navires que nous devrons construire. Ils ont prouvé leur efficacité. On ne peut pas faire ces sortes d'expériences sans prendre quelques risques.

— Bien sûr, s'exclama le Guiscard qui décidément était de belle humeur. Sans doute pensait-il qu'une fois les Infidèles mahométans chassés, le pape lui laisserait sa bannière pour vaincre les schismatiques byzantins.

*

* *

En quittant son frère, Roger fut abordé par un moine qui l'attendait.

— L'abbé du Mont-Cassin m'a chargé d'un message pour vous, mon fils. Il s'attristait à l'idée de vous causer de la peine. Je dois vous apprendre la mort de Thierry de Mathonville.

Roger se sentit submergé de chagrin. Le moine lui prit le bras comme s'il avait craint de voir chanceler ce grand chevalier.

— Je crois qu'il espérait mourir à Jérusalem, articula avec peine Roger comme pour se consoler.

— Hélas, le seigneur ne lui a pas accordé cette dernière faveur. Le voyage par la route l'avait épuisé. Il a pris un bateau à Antioche pour continuer son pèlerinage. Il est mort à Chypre au cours d'une escale. L'abbé Didier vous transmet toute son affection. Il savait que vous pleureriez celui qui fut, je crois, votre père abbé.

— J'ai connu un saint, dit Roger.

9

Le missel de la reine Emma

Robert de Grandmesnil descendait le grand escalier de Saint-Évroult, perdu dans ses pensées. Il s'arrêta sur la dernière marche, entre les deux dragons grimaçants et eut une pensée émue pour l'abbé Thierry qui ne pouvait passer devant ces deux figures de proue sans se signer.

Grandmesnil venait juste d'apprendre la mort de son supérieur sur le chemin de Jérusalem. C'était bien avant que la nouvelle ne parvienne à Melfi. Il n'avait jamais éprouvé beaucoup de sympathie pour ce religieux trop scrupuleux et confit en dévotion, mais il devait reconnaître que s'il n'avait aucune des qualités qu'on est, à son avis, en droit d'attendre d'un homme, il possédait en revanche toutes les vertus qui conviennent à un mort.

Cela faisait plus de trois ans maintenant qu'il assumait, en tant que prieur, la charge de diriger le monastère et il entendait bien, désormais, en devenir pleinement le maître. Il lui fallait agir vite, avant que le duc de Normandie, par Lanfranc et ses moines du Bec interposés, ne manigance pour qu'on lui préfère quelque docile abbé de son goût.

Dans ce monastère où lui et sa famille avaient englouti une bonne partie de leur fortune, il se conaissait beaucoup de partisans, mais tout autant d'ennemis, à tout le moins de religieux qui ne l'estimaient guère. Il fallait trouver le moyen de convaincre ces derniers que sous sa houlette, qu'il soit aimé ou non, Saint-Évroult verrait croître son prestige.

C'est alors qu'il repensa au missel de la reine Emma.

Peut-être que les démoniaques dragons de bois lui en avaient soufflé l'idée.

Ce livre pieux était un ouvrage exceptionnel, tant par la qualité de sa calligraphie que par la beauté de ses enluminures et la vivacité de leurs couleurs. Les pages en étaient rangées dans un coffret d'argent ciselé, au fermoir incrusté de diamants.

Peu d'abbayes pouvaient se vanter de posséder un pareil trésor.

Il avait été confectionné en Angleterre où le roi l'avait offert à son épouse, qui n'était autre que la sœur du duc de Normandie d'alors, ce Richard le Second, dont Tancrède de Hauteville, *le jour du sanglier,* avait protégé la vie de son formidable coup d'épieu.

À la mort de son époux, la reine Emma l'avait offert à son tour à un autre de ses frères le jour de son accession à l'archevêché de Rouen. Le comte d'Évreux s'était retrouvé, par droit d'héritage, en possession de ce chef-d'œuvre et il en avait fait don à la dame Hadvise, mère de Robert, sans doute pour se faire pardonner de l'avoir contrainte au mariage après qu'il en eut fait une veuve.

Comme Robert de Grandmesnil avait plus d'imagination que de scrupules, il se mit à réfléchir au moyen de se l'approprier.

*

* *

Dès le lendemain, le prieur de Saint-Évroult se présentait au château d'Évreux et demandait à voir sa mère. Il était accompagné de deux moines, cadets de famille qui lui étaient dévoués corps et âme et dont l'un maniait assez habilement le pinceau, tandis que l'autre se plaisait, à l'occasion, à jouer les exaltés.

La dame d'Évreux accepta bien volontiers de montrer le missel puisque le jeune enlumineur souhaitait y puiser quelques pieuses inspirations. Elle le tira de son coffre, le débarrassa du châle en velours de soie qui l'enveloppait et étala, sur un lutrin, les parchemins sortis de leur coffret d'argent.

Le jeune peintre se mit aussitôt au travail tandis que Grandmesnil lui tenait encres et plumes et que le troisième larron redescendait vers les écuries pour s'occuper de leurs chevaux.

Il y avait une bonne heure que le moine enlumineur s'absorbait dans sa tâche quand on entendit de grands cris monter de la cour, des éclats de voix d'hommes et de femmes, tout un tumulte qui ne cessait de s'amplifier.

Une servante, toute bouleversée, vint supplier la dame de bien vouloir intervenir pour ramener le calme car il y avait, en bas, grande dispute et risque de bataille. La cause en était que le moine de Saint-Évroult était sorti précipitamment de l'écurie en criant qu'il venait d'apercevoir un homme qui tentait d'abuser d'une des lingères après l'avoir jetée sur la paille. Il prétendait même avoir reconnu le jardinier dans le fornicateur.

— Le vieux Milon ? C'est absurde, protesta la dame Hadvise.

Mais le cuisinier, lui, avait pris la chose très au sérieux, persuadé qu'il était que tous les mâles du château en voulaient à la vertu de sa fille, laquelle jurait pourtant par la Vierge Marie qu'elle n'avait jamais mis les pieds dans l'écurie. Néanmoins, le cuisinier s'était jeté sur le jardinier en brandissant une broche et le malheureux n'avait eu que le temps de récupérer sa houe pour se défendre.

La dame descendit remettre de l'ordre dans sa domesticité, ce qui ne lui prit que peu de temps.

Quand elle revint dans sa chambre, Grandmesnil était déjà en train d'envelopper le missel dans sa protection de velours.

— Nous en avons fini, dame ma mère, et vous sommes infiniment reconnaissants. Je suis désolé pour le désordre qu'a pu causer le moine Bastien, un bon garçon mais qui n'a pas la tête très solide. C'est pourquoi nous l'employons, par charité, aux soins des chevaux.

Le soir même, des indiscrétions soigneusement distillées informaient la communauté que la comtesse d'Évreux, généreuse mère du prieur, offrirait à l'abbaye un pieux manuscrit d'une valeur inestimable pour le cas où son fils serait élu abbé de Saint-Évroult. On prétendait même que le trésor était déjà dans les murs de l'abbaye.

Parmi les fidèles de Grandmesnil mis dans la confidence, Fra Modesto figurait au premier rang. Il avait pour mission de feindre d'intercéder auprès du prieur pour qu'il voulût bien, malgré ses réticences, accorder aux plus impatients l'honneur et l'amitié de leur laisser découvrir le fabuleux missel. Chacun s'en revenait ébloui, autant par ce qu'il avait vu que par le privilège dont il avait bénéficié.

À l'élection qui fut menée tambour battant, Robert de Grandmesnil obtint la quasi-unanimité des voix. Le vent de réforme qui soufflait depuis Rome et Cluny poussant à la démocratie, l'abbé Lanfranc s'inclina, du moins jusqu'au jour où il apprit le rôle qu'avait joué dans cette affaire le missel de la reine Emma et la manière frauduleuse dont le nouvel abbé se l'était procuré.

*
* *

Dans son monastère de Sainte-Eulalie, à peu de distance de Saint-Évroult, Judith d'Évreux jouissait du confort et de la liberté dus à son rang. Elle fut tout de même surprise, en cette fin d'après-midi, de voir Fra Modesto entrer dans sa chambre, se jeter à ses pieds et lui dire avec son terrible accent et sa voix si douce :

— Ah ! Ma fille, ma chère fille, l'abbé Robert, votre bien-aimé frère est perdu !

Judith n'était pas du genre à se laisser embrouiller, mais elle eut tout de même beaucoup de mal à comprendre la situation qui se résumait à ceci : l'abbé du Bec savait que Grandmesnil avait dérobé à sa mère un missel de grand prix pour se faire valoir auprès des moines et se faire élire. Le comte d'Évreux était à son tour averti et il n'attendait que d'être assuré de la véracité de l'accusation pour intervenir avec ses lieutenants et se saisir de son beau-fils.

En attendant, l'abbé Lanfranc avait fait cerner l'abbaye par des hommes du duc de sorte que plus personne ne pouvait s'en échapper.

— Comment le comte mon père a-t-il pu avoir connaissance de tout cela ? s'étonna Judith.

Alors le petit frère sicilien se jeta à terre en sanglotant, lui embrassa les pieds et lui avoua que c'était lui qui avait tout rapporté au maître du Bec. Judith en fut abasourdie.

— Mais… tu n'as jamais voulu aucun mal à mon frère ? Il t'a toujours accordé tout ce que tu désirais. Pourquoi as-tu fait ça ?

— Parce que c'était mon devoir. Si l'abbé Lanfranc m'a cédé à Saint-Évroult, ce n'était pas sans contrepartie. Et moi, misérable, j'étais tellement désireux de créer de nouvelles musiques pour une nouvelle liturgie ! En a-t-on jamais entendu de plus belles ? Aurais-je jamais eu pareille occasion ?

— Mon Dieu ! s'écria Judith qui ne put s'empêcher de sourire. Tu as donc succombé aux tentations de Satan, frère Judas. Puis, redevenant sérieuse : Est-ce que tu peux encore rentrer à Saint-Évroult ?

— Moi, bien sûr, reconnut le petit moine confus.

— Alors, rien n'est perdu. Il faut que nous partions immédiatement. Je t'expliquerai en chemin.

*
*   *

Sitôt averti, le comte d'Évreux était entré sans se faire annoncer dans la chambre de sa femme.

— Est-il vrai, mon amie, lui demanda-t-il, que vous ayez reçu ici, il y a quelque temps, votre fils Robert et que vous lui ayez montré votre missel ?

— C'est exact, messire, dit la dame. Il désirait qu'un de ses moines y prenne exemple pour son propre travail. Je n'ai pas cru devoir le lui refuser.

— Et refuseriez-vous de me le présenter maintenant ?

— Ce serait oublier que je le tiens de vous.

— Dans ce cas, ayez la bonté de me le montrer.

La dame d'Évreux fouilla dans son coffre, défit le châle, ouvrit le boîtier d'argent et découvrit le pot aux roses.

*
*   *

Évreux et ses hommes forcèrent les portes de Saint-Évroult et exigèrent qu'on leur amenât le père abbé sur-le-champ. Le portier leur dit que c'eût été sacrilège car il était en train de célébrer une messe toute particulière et il leur expliqua que, dans l'après-midi, Robert de Grandmesnil, alors qu'il s'était assoupi quelques instants, avait eu une vision au cours de laquelle Saint-Évroult lui était apparu pour lui apprendre que ce jour était le jour anniversaire de son martyre. Il souhaitait que ce moment fût célébré par des fastes particuliers. Le saint avait même désigné nommément les neuf moines qui devaient concélébrer sa messe.

Le comte et ses lieutenants trouvèrent la chapelle illuminée et la communauté en prières. Grandmesnil officiait. Fra Modesto dirigeait les chœurs. Régulièrement, l'abbé et ses servants, cierges en main, descendaient par le petit escalier qui mène à la crypte, sur la droite de l'autel et, toujours psalmodiant, remontaient par l'autre côté.

Après avoir plusieurs fois processionné en rond, ils ne réapparurent plus, mais on continua à entendre leurs répons, d'abord à l'unisson, puis de plus en plus faiblement.

Enfin, Fra Modesto resta seul à chanter. Jamais peut-être sa voix n'avait été aussi envoûtante. À l'écouter, même le peu sensible Évreux et ses rudes soldats en oubliaient le temps qui passe. Il en passait beaucoup. Tous les moines commençaient à se regarder, étonnés.

Évreux lui-même finit par flairer quelque mystère. Malgré les cris d'indignation de l'assistance, il se précipita dans la crypte, suivi de ses hommes. Ceux des moines qui descendirent sur leurs talons remontèrent aussitôt pour se jeter au pied de l'autel en criant au miracle.

La crypte était entièrement vide.

On eut beau chercher bêtement derrière les colonnettes et le sarcophage de saint Évroult, on ne trouva aucune trace de Grandmesnil et de ses fidèles. Quelqu'un finit par avoir l'idée de s'assurer de la solidité des barreaux et découvrit que l'un d'eux jouait suffisamment pour être ôté.

Mais, à cette heure, la barque qui avait jadis été témoin des amours de Roger et Judith avait déjà déposé les fuyards au bord du sentier forestier qui mène au château d'Échauffour où des chevaux leur avaient été préparés.

*

* *

À Échauffour, Grandmesnil eut à son tour la surprise de sa vie : en entrant au grand galop dans la cour de la demeure familiale, il se retrouva face à face avec Judith qui l'attendait, en selle.

— Heureuse de voir que tout s'est passé comme je l'avais prévu, mon très aimé frère, dit la jeune fille. Buvez et changez de chevaux. Vous ne serez pas en sécurité tant que nous n'aurons pas franchi les frontières du duché. Nous chevaucherons aux flambeaux !

— Nous ? s'étonna Grandmesnil.

— Nous, dit Judith. Vous me ferez une bonne escorte pour gagner l'Italie et comme c'est là que vous avez tout intérêt à vous rendre...

— Mais..., protesta Grandmesnil qui comprenait parfaitement où sa chère Judith voulait en venir, vous avez prononcé vos vœux.

— Il n'y a que les hommes pour le penser, messire abbé. Le Seigneur Dieu, lui, sait bien à quoi s'en tenir.

*

* *

À Rome, ce ne fut pas Nicolas II qui reçut l'abbé de Saint-Évroult, il venait de mourir après moins de trois ans de pontificat. Son successeur, Alexandre II, n'avait pas que le chiffre en commun avec lui, il était sa copie conforme. Ainsi l'avait voulu, dans sa stratégie à long terme, le cardinal archidiacre Hildebrand.

Le nouveau pontife compatit au malheur de Grandmesnil, entendit son désir de retrouver sa place dans une abbaye qui lui devait tant et demanda à son indispensable conseiller de faire instruire son cas.

Hildebrand entraîna Grandmesnil à part et lui fit remarquer sèchement que la Normandie regorgeait d'excellents moines capables de faire de bons abbés. En revanche, les monastères de l'Italie du Sud avaient besoin d'hommes d'autorité, d'expérience et de culture latine, pour les reprendre en main. Bref, l'abbé de Saint-Évroult, en délicatesse en son pays, ferait mieux de penser à ses devoirs plutôt qu'à ses droits.

On lui donnerait une lettre de recommandation pour le duc de Pouille.

— Nous le connaissons déjà fort bien, répliqua Grandmesnil qui avait du mal à maîtriser son agacement.

— Nous connaissons aussi très bien son jeune frère, Roger de Hauteville. Le trouverons-nous à Melfi ? demanda Judith en se sentant rougir.

— Pour le moment, l'un et l'autre combattent en Sicile, sous l'étendard de Saint-Pierre. Cela vous fera un beau voyage !

Le cardinal se demanda pour quelle raison cette nouvelle avait suffi à illuminer le visage de cette bien jolie demoiselle.

10

Préparatifs d'invasion

Après avoir mis fin à la précédente campagne, le Guiscard s'était rendu à Monte Ilaro pour y faire ses dévotions. Roger dut reconnaître que saint Laurent n'avait pas ménagé sa protection. Le duc revenait avec plus d'argent qu'il n'en fallait pour mener à bien leur projet de construction d'une flotte puissante.

Avec le surplus, l'aîné avait racheté à son cadet une partie des terres de Calabre qu'ils s'étaient partagées. C'était afin d'en doter Sykelgaïte. Roger s'était bien rendu compte qu'on le grugeait, mais il avait grand besoin de liquidités et ne protesta pas.

Tandis qu'à Reggio et Scylla, Robert se lançait, sans se cacher, dans la construction de gros navires capables de rivaliser avec les dromons grecs ou les baghlas arabes, son jeune frère mettait discrètement en chantier, dans les petits ports du sud et selon les directives des fils de Toerkil la Baleine, une flottille de ces drakkars modifiés par Thorolf, capables de transporter et débarquer, sur n'importe quelle plage, des chevaliers en armes et leurs montures.

Tout l'hiver, les villes côtières retentirent du crissement des scies et du claquement des marteaux. Le vent d'est devait porter jusqu'aux oreilles des Sarrasins de Messine ou de Faro ce perpétuel vacarme qu'accompagnait le fracas des hêtres, des châtaigniers et des chênes dont les troncs dévalaient depuis les forêts de l'Aspremont et de la Sila.

Quels que fussent l'ardeur que l'on mettait au travail et le nombre de bras qui y participaient, l'entreprise était immense. Aux beaux jours venus, on était encore loin d'en voir la fin.

Roger s'impatientait. Il enrageait : la belle saison arrivait sans qu'on fût prêt pour la grande invasion. Ce serait encore une année de perdue.

Les soirées de la bande de Mileto ne connaissaient plus la joyeuse ambiance d'autrefois. Le souvenir de l'échec de Milazzo et des cadavres abandonnés sur la plage restait présent dans tous les esprits, mêlé à la gravité qui s'emparait de chacun à l'idée des dures batailles à venir. Une jeunesse qui ronge son frein verse vite dans la mélancolie. C'est dans ce climat tendu et sombre que survint une visite qui devait précipiter les événements à venir.

Un soir, les guetteurs de Mileto annoncèrent l'approche d'une petite troupe arrivant par la route de Tropea. Roger reconnut avec joie Si Gafar dans l'homme qui chevauchait en tête. Le cadet des Hauteville et le marchand tombèrent dans les bras l'un de l'autre. Slimane, le guide des soirées de Palerme, était là aussi et fut accueilli avec autant de plaisir.

— Je suis venu parler avec toi de questions importantes et graves, dit le marchand, et l'homme que j'accompagne tient à beaucoup de discrétion.

Roger et Serlon avaient remarqué ce visiteur, vêtu d'un grand manteau de laine blanche, dont le capuchon rabattu sur le visage ne laissait apercevoir qu'une courte barbe poivre et sel, et qui restait à l'écart, sous la protection de quelques cavaliers en armes.

Roger conduisit ses hôtes dans son appartement où, après leur avoir fait apporter à boire et à manger, il se tint prêt à les écouter, ne retenant auprès de lui que Serlon.

Alors le visiteur parla pour la première fois d'une voix un peu sèche et enrouée et Si Gafar traduisit :

— Je ne veux m'adresser qu'au seul comte Roger de Hauteville.

— Serlon de Hauteville, ici présent, répliqua Roger, est mon neveu et mon bras droit. Je n'écoute rien qu'il ne puisse entendre et ne fait rien qu'il ne puisse approuver.

L'étranger, changeant de ton, s'exclama :

— La bénédiction d'Allah sur toi, chevalier Serlon. Tu n'as pas la carrure de mon ami Bras de Fer, mais tu es comme lui, je le sais, un homme de défi. Ta réputation est venue jusqu'à nous et je serai honoré de parler en ta présence.

Il enleva son capuchon, montrant le visage assez laid d'un homme d'une soixantaine d'années, aux traits bouffis et aux lèvres violacées.

— Je suis Ibn Timnah, *wâli* de la *willaya* de Catane.

D'un rouleau de cuir, il tira un parchemin qu'il tendit à Roger. Le texte y était écrit d'un côté en caractères arabes et de l'autre en latin. *Le dernier des derniers* aperçut, non sans émotion, au bas de la feuille, sous le nom de Guillaume de Hauteville dit Bras de Fer écrit par quelque clerc, la petite croix par laquelle le *premier des premiers*, il y a vingt ans de cela, avait signé son traité d'amitié et d'assistance avec l'émir de Catane.

— Je sais par mon ami Si Gafar, poursuivit l'émir, que tu es un homme d'honneur et que tu auras à cœur de respecter les engagements pris par le premier de tes frères. Je suis venu demander ton aide pour me débarrasser de mon ennemi Ibn al-Hawwâs, le *wâli* de Ksar Ianni.

Le marchand palermitain résuma les faits :

— Du temps où les Grecs de Maniakès avaient entrepris la reconquête de la Sicile, Ibn Timnah, pour mettre fin aux querelles qui divisaient les gouverneurs sarrasins, avait épousé la sœur d'Al-Hawwâs. Dernièrement, celle-ci était allée faire visite à son frère, lequel refusait aujourd'hui de la rendre à son époux malgré l'insistance de ce dernier. Pire, sachant qu'on en viendrait à la guerre, Ibn al-Hawwâs s'était, sans préavis, emparé de quelques forteresses appartenant à la *willaya* de Catane, puis de la presqu'île du Faro et de Messine.

Ibn Timnah ne proposait rien de moins à Roger que de lui remettre tous les territoires du nord-est de l'île, là où la population chrétienne était encore nombreuse, s'il l'aidait à récupérer sa femme et à châtier son agresseur.

Pendant toute cette explication, l'émir, écartant la coupe de sirop qu'on lui proposait, avait sans sourciller vidé l'aiguière de vin et semblait sur le point de s'endormir.

La proposition était si inattendue et si énorme que Roger et Serlon s'entre-regardaient, se demandant s'ils ne rêvaient pas. Pour se donner le temps de la réflexion, le cadet des Hauteville proposa à l'émir d'aller se reposer des fatigues du voyage tandis qu'ils délibéreraient.

— Est-ce toute l'histoire ? demanda Roger à Si Gafar après qu'on eut emporté l'émir chancelant jusqu'à sa couche.

— Oui, pour l'essentiel et si je suis là c'est afin que tu la prennes au sérieux. En réalité, tu l'as vu, ce malheureux Timnah n'est plus qu'un vieil ivrogne mais il n'en reste pas moins l'émir de Catane et son armée n'est pas à négliger. Maintenant, mais c'est sans importance pour toi, sache qu'Al-Hawwâs n'a pas tous les torts. Sa sœur n'est pas allée lui rendre visite, elle est allée se réfugier auprès de lui après que son mari eut tenté de lui tailler les veines à coups de couteau. Elle n'a échappé à la mort que grâce à l'intervention de ses fils.

— Qui commande à Milazzo ?

— Toujours Timnah. Le commandant de la place lui est resté fidèle.

— Dans ce cas, c'est jouable, dit Roger en regardant Serlon.

— Oui, approuva Serlon. Dans ce cas, c'est jouable.

*

* *

Le plan d'invasion de la Sicile, que le Guiscard et son cadet avaient mis au point à Melfi, supposait un double débarquement. Le premier aurait pour but d'établir une tête de pont à Milazzo. Il s'effectuerait avec l'aide des gros navires capables d'affronter la flotte sarrasine, ceux-là mêmes qui n'étaient pas encore en état de prendre la mer. Le second, à partir des ports du sud, ferait appel aux embarcations plus légères que Thorolf achevait. Les deux armées se rejoindraient pour assiéger Messine et s'en emparer, donnant ainsi aux Normands la maîtrise du détroit.

Avec l'émir de Catane pour allié, le premier objectif, celui qu'on n'avait pas encore les moyens de réaliser, perdait de son importance et rien n'empêcherait plus de se lancer à la conquête de la Sicile aux premiers beaux jours.

— Encore une question, dit Roger à Si Gafar. As-tu tant d'amitié envers moi pour me faire ce cadeau ou tant d'estime pour cet homme que tu veuilles à tout prix faire triompher sa cause ?

— De l'estime pour cet ivrogne ? Aucune. J'ai jadis essayé de le détourner de ce vice que réprouve le Prophète et il m'a répondu : « Mêle-toi de ce qui te regarde, marchand, et souviens-toi que le Prophète a dit aussi que celui qui prenait deux fois la mer était un Infidèle. »

— Tu es trop fin et me connais trop bien pour imaginer que je me contenterai d'être l'allié dévoué d'un moment.

Si Gafar plissa malicieusement les yeux :

— Je ne sous-estime pas le risque que tu représentes, disons que je réagis en marchand : tout ce désordre n'est pas bon pour les affaires.

— Mais encore ?

— Si tu y tiens ! soupira Si Gafar. Sache qu'en parler m'est très douloureux. Tu sais que les Fatimides, quand ils gouvernaient l'Ifriqiya depuis Kairouan, étaient aussi les maîtres de la Sicile. Quand ils sont repartis pour fonder Le Caire et régner sur l'Orient, ils nous ont laissé sous l'autorité de leurs émirs zirides. Par la suite, les Zirides ont rejeté leur tutelle. Alors pour se venger, les Fatimides ont envoyé les tribus les plus primitives, les plus cruelles du désert d'Arabie et ils les ont lancées vers l'ouest avec pour mission de violer nos femmes, ravager nos terres et détruire nos maisons. Aujourd'hui, à Nabeul, la villa de mon enfance n'est plus que ruines et sous ces ruines reposent les cadavres de tous les miens. Je ne veux pas que la Sicile connaisse le même sort. C'est aujourd'hui mon pays, je préfère y vivre sous l'autorité d'un Infidèle qui l'aime que sous celle d'hommes animés par la bêtise et la haine, fussent-ils mes coreligionnaires.

Saisis l'occasion que je t'offre, accomplis les grandes choses dont je sais que tu rêves. Dans la mesure de mes faibles moyens, je t'y aiderai. Je laisse auprès de toi mon neveu Slimane, il te sera précieux dans l'avenir.

— Slimane, ton neveu ? Est-ce que, par hasard, tu ne te serais pas moqué de moi ?

— Je n'allais tout de même pas donner pour guide à un dieu de l'Olympe un simple serviteur. Tu verras qu'il ne se débrouille pas si mal maintenant dans ta langue. J'ai fait venir de bons maîtres. Tous les commis de Si Gafar apprennent la langue des Francs.

*

* *

Seul le Guiscard pouvait prendre la décision de donner suite ou non aux propositions d'Ibn Timnah. Serlon se chargea d'aller informer le duc et de lui soumettre le nouveau plan d'invasion que proposait Roger.

L'inaction pesant autant à l'aîné qu'au cadet, il ne fallut pas longtemps à Robert pour évaluer le pour et le contre. Il n'avait que trop de mal à contenir l'impatience de ses turbulents barons.

— Alors quand ? fut la première phrase qu'il lança à Roger en le rejoignant sur l'un des chantiers de Thorolf, et ces deux mots sonnèrent plus agréablement à l'oreille du dernier des Hauteville que le plus affectueux des bonjours. Il répondit sur le même ton :

— Il faut une nuit de mardi à mercredi, et sans lune.

C'était le cas dans la deuxième semaine de mai.

Le Guiscard avait juste le temps de faire un aller et retour à Melfi où l'état de Sykelgaïte réclamait sa présence.

*

* *

Dans les derniers jours d'avril, les gros bateaux normands construits à Reggio et Scylla, bien que la plupart d'entre eux ne fussent pas encore aptes à prendre la mer, commencèrent à s'agiter dans l'eau des ports.

Dans le même temps, depuis les tours de Messine et du Faro, les Sarrasins pouvaient apercevoir de longues files de soldats qui s'apprêtaient à embarquer. L'ombre de la nuit cachait leur demi-tour et leur marche forcée vers le sud qu'ils gagnaient par des chemins éloignés du rivage.

Les fils de Toerkil la Baleine s'arrachaient les cheveux. Guère plus de la moitié des drakkars prévus étaient totalement achevés. Roger les rassurait : c'était plus que suffisant. On se transporterait en plusieurs vagues et, sitôt la première débarquée, les bateaux reprendraient la mer pour aller charger la suivante. Cela convenait parfaitement à leur plan.

Plus inquiétant était le retard pris par le Guiscard à les rejoindre. Il arriva enfin, au dernier jour, entouré de sa petite cour et l'humeur sombre.

— Sykelgaïte vient d'accoucher. Elle va bien, lança-t-il à Roger en manière d'excuses.

— Félicitations ! Une fille ? dit le cadet qui n'imaginait pas d'autre raison à l'humeur morose de son aîné et connaissait la faiblesse des princesses de Salerne.

— Mais non, un garçon !

Après avoir vu le petit ventre d'Aubérée produire le géant Bohémond, le Guiscard s'était attendu à ce que jaillisse de celui de Sykelgaïte rien de moins qu'un minotaure. La robuste walkyrie venait de mettre au monde un petit être pâle qui faisait plutôt penser à un poulet qu'on vient de plumer. Roger crut bien voir Bohémond, le bâtard, ricaner dans le dos de son père. Le garçon n'avait pas encore treize ans mais dépassait déjà Serlon d'une tête. Il allait participer à sa première campagne.

11

Les anges à Messine

Il traînait encore un peu de clarté à l'ouest quand eut lieu le premier départ.

Roger et Serlon embarquèrent avec ceux de Mileto auxquels s'étaient joints les hommes de Buonalbergo. Le vieux Gauthier, perclus, avait dû décliner l'invitation mais Girard le remplaçait à la tête d'une bonne centaine de chevaliers. Il n'avait accepté de se joindre à l'expédition qu'à condition d'être placé sous les ordres de Roger. Depuis la répudiation d'Aubérée, il n'adressait plus la parole au duc. Martin Chenu, accompagné de quelques vétérans, complétait le contingent.

Deux barques, qui semblaient pêcher innocemment au lamparo, servaient de phare et de jalon. Il suffisait de s'aligner sur l'une, puis l'autre, pour être certain d'aborder la longue plage s'étendant entre Tremestieri et Messine.

Tout allait bien. La mer était calme. Il y avait juste un peu trop d'étoiles dans le ciel. On toucha la côte sicilienne bien avant minuit.

*

* *

Sitôt leurs chargements d'hommes et de chevaux débarqués, les drakkars reprirent la mer. Les hommes de Roger et leurs montures se dissimulèrent du mieux qu'ils purent en contrebas de la route côtière et attendirent des heures dans le plus grand silence. Ils avaient déjà éprouvé leur patience dans des circonstances plus périlleuses.

À peine le ciel, à l'est, s'était-il teinté de rose qu'on vit apparaître la colonne des paysans qui apportaient leurs marchandises au souk du mercredi. Roger n'eut qu'un signe à faire et tout se passa exactement comme il l'avait fait répéter cent fois à ses hommes.

En un éclair, mules et ânes furent maîtrisés, les marchands assommés ou passés au fil de l'épée et ceux qui tentaient de s'échapper percés de flèches. Quelques instants plus tard, Roger, Serlon et leurs meilleurs compagnons avaient jeté les manteaux des paysans par-dessus leurs armures et la colonne repartait comme si de rien n'était.

Le disque solaire émergeait tout juste de la mer quand ils furent en vue des remparts de Messine. Ils avaient été aperçus et déjà on leur ouvrait les portes de la ville.

À nouveau, la manœuvre prévue fut une réussite. On massacra les gardes, brisa les ferrures pour empêcher que les portes ne se referment sur eux. Quand ce bref vacarme cessa, on entendit arriver au grand galop ceux de Buonalbergo et de Martin Chenu.

Roger, sautant sur Braisil qu'on venait de lui amener, les entraîna à bride abattue jusqu'au château. Ils s'attendaient à devoir escalader des murailles, enfoncer des portes, mener une rude bataille avant d'être maîtres de la citadelle. Il n'en fut rien. La place était vide. Ils n'y rencontrèrent que quelques guetteurs qui se rendirent aussitôt.

C'est une fois arrivés au sommet de la tour qu'ils comprirent à quel point leur ruse avait réussi. Tout au long de la côte nord et jusqu'à la forteresse du Faro, les troupes sarrasines s'étaient déployées dans l'attente d'une invasion qui ne pouvait venir que de

Reggio et de Scylla, là où le trajet est le plus court, là où les Normands avaient tout fait pour laisser croire qu'ils se préparaient.

Restait à s'emparer du port en profitant, sans tarder, de l'effet de surprise. Les marins, cueillis à froid, tentèrent bien de s'échapper mais les rares navires qui parvinrent à franchir la passe étaient pour la plupart déjà en feu. La lueur des incendies apprit à ceux du Faro qu'ils avaient été joués et on les vit se regrouper en hâte et fuir vers l'ouest, abandonnant armes et bagages.

Les drakkars de Thorolf avaient à peine commencé à débarquer le Guiscard et son armée que déjà flottait au-dessus de la ville la bannière aux lions des Hauteville et l'étendard blanc tissé d'or du souverain pontife.

*

* *

Quand la population de Messine comprit ce qui venait d'arriver, le désordre s'installa. Les musulmans tentaient de s'échapper. Les nombreux chrétiens de la cité commençaient à saccager les mosquées, à piller les maisons abandonnées et Roger pensa à préserver Ahmad le Soufi et ses deux enfants de ce monde brutal auquel ils n'appartenaient pas.

Il appela Martin Chenu, lui désigna la maison et lui demanda de prendre quelques hommes pour y assurer, coûte que coûte, la protection des vies et des biens. Le vieil homme aux jambes courtes, obéissant sans tarder, alla tambouriner à la porte. Voyant qu'on ne lui ouvrait pas, il se mit naïvement à crier :

— Amis ! Amis ! Ouvrez, nous venons vous protéger !

Comme personne ne répondait, il se fit hisser au sommet du mur. De là, il découvrit un jardin où deux adolescents en longue robe blanche regardaient, terrorisés, cet intrus à l'aspect effrayant et les soldats qui l'avaient rejoint.

— Ne craignez rien, nous ne vous voulons pas de mal !

Mais le garçon, qui ne comprenait pas ce qu'on lui disait, saisissant la main de sa sœur l'entraîna pour fuir vers le petit escalier qui menait à l'étroit chemin courant sans protection sur le haut des remparts.

— Bon Dieu ! s'exclama le vieil homme. Ils vont se tuer. Venez, il faut les rattraper.

Les soldats sautèrent dans la cour et s'élancèrent à leur poursuite. Les deux jeunes gens avaient de l'avance. Ils couraient si vite qu'ils semblaient ne pas toucher terre et Martin Chenu se disait qu'il ne pourrait jamais les rejoindre quand la jeune fille buta et tomba sur les genoux. Son frère la releva aussitôt, mais elle s'était fait mal et ne parvenait plus à le suivre. Il se retourna et vit que les poursuivants n'étaient plus qu'à quelques mètres, prêts à se saisir de sa sœur.

Martin Chenu n'aperçut qu'au dernier instant le poignard du fils d'Ahmad le Soufi.

Le jeune homme frappa. La jeune fille poussa un cri déchirant, se raccrocha désespérément aux épaules de son jumeau et celui-ci, éperdu, déséquilibré, tomba du haut de la muraille, l'entraînant dans sa chute.

Quand on ramena, dans le jardin, les deux corps enlacés, la jeune fille était déjà morte, mais le garçon respirait encore.

*

* *

Le Guiscard s'était attendu à des charges formidables, de rudes escalades, d'interminables combats de rue. Il entrait en triomphateur sans même avoir tiré l'épée, si ce n'est pour saluer toute cette population chrétienne qui l'ovationnait. Il en était presque déçu, mais moins que le jeune Bohémond, frustré de ces premières tueries dont il se régalait à l'avance.

On prévint le duc que Roger et son neveu Serlon l'attendaient au sommet du donjon.

À peine arrivé, il les prit dans ses bras, puis se jeta à genoux au pied de l'étendard du pape et se mit à en baiser dévotement la hampe en criant :

— Le Seigneur Dieu nous a honorés aujourd'hui d'un nouveau miracle ! Une fois encore, Il a posé Sa main sur nous.

— Il l'a surtout posée sur nos pères et nos mères quand ils nous ont faits, dit Serlon sarcastique. Rien ne l'agaçait plus que les airs de sacristain que prenait son oncle depuis que le pape l'avait adoubé.

Cette victoire foudroyante avait sincèrement ému le duc et c'est les yeux embués qu'il se mit à contempler, de l'autre côté de l'étroit bras de mer, cette terre de Calabre qu'il avait eu tant de mal à conquérir, et où Bari, seule, lui résistait encore.

— Ah ! Mon frère, mon petit frère, répétait-il en bourrant Roger de coups de poing, comme tu as mené tout ça ! À nous deux, je te le promets, nous ferons régner la foi du Christ sur le monde entier et nous bâtirons un empire. Je vais envoyer un messager à Sykelgaïte pour lui dire que je veux que mon fils s'appelle Roger.

Après ce que le père avait laissé entendre du nouveau-né, le dernier des Hauteville se demanda si c'était un si bel hommage.

Serlon regardait d'un œil ironique ce nouveau prophète qui, maintenant, agitait à bout de bras les deux étendards. Au-dessous, la foule l'acclamait, hurlait sa joie et chantait des cantiques.

*

* *

— Imbécile, triple imbécile ! hurlait Roger.

Son désespoir et sa douleur étaient si vifs qu'il eût frappé à mort tout autre que Martin Chenu.

— Comment pouvais-je imaginer que, moi, j'allais effrayer ces deux enfants ? plaidait le brave homme accablé.

Tant de détresse se lisait dans son regard que Roger finit par se dominer. Il n'y aurait donc jamais de victoire sans que coule le sang des innocents ? Jamais de triomphe qui ne soit terni de larmes ? Dans leur totale réussite, le Guiscard croyait voir la Volonté divine, mais lui la lisait dans cette terrible leçon.

Dès qu'il put s'échapper un moment, il se rendit chez le vieux soufi en compagnie de Slimane.

*

* *

Les corps des deux adolescents étaient déjà enveloppés dans leurs linceuls immaculés, simplement posés sur les nattes dans lesquelles on les roulerait pour les enfouir à même la terre.

C'était sur la terrasse, face au jardin. Du fond de la maison, on entendait monter les lamentations et les sanglots déchirants des femmes.

Le vieil homme se tenait seul et silencieux, debout à côté de ses enfants morts. Roger mit longtemps avant d'oser lui dire, par l'entremise de Slimane, son désespoir d'avoir échoué à les protéger et combien l'accablait le poids de sa responsabilité. Le vieil Ahmad se tourna vers lui, son visage d'ordinaire si pâle soudain empourpré de colère, les yeux pleins de fureur.

— Qui es-tu, pour t'imaginer jouer un rôle dans le destin de tes semblables ? Tu n'es que la misérable main dont Allah s'est servi pour accomplir ce qui est écrit ! Ô Toi le Puissant, le Miséricordieux, merci pour la joie que Tu m'as donnée hier et merci pour la joie que Tu me causes aujourd'hui en rappelant à Toi ces deux anges qui T'appartiennent et que Toi seul mérites.

Quand les colombes cessaient de roucouler, on n'entendait plus que le murmure de la vasque dont l'eau frissonnait sous la brise du soir. Le jardin, en ce printemps, était toute splendeur, mais Roger n'y voyait plus qu'un souvenir sans vie, une image figée, maintenant que lui manquait la grâce de ces deux corps qui l'avaient enchanté.

12

Les défis de Ksar Ianni

Les jours qui suivirent la prise de Messine, le Guiscard vécut dans un état d'exaltation tel qu'il en avait rarement connu. Il courait d'un bout à l'autre de la ville, faisait remettre le port en état, renforcer les ouvrages de défense, consolider les murailles et, chaque fois qu'il passait devant la grande tour, il ne pouvait s'empêcher de grimper jusqu'au sommet.

De là-haut, il poussait de grands cris de défi, menaçait l'Orient du poing. Le spectacle de ces deux rives si proches, qui maintenant lui appartenaient, lui procurait un sentiment de triomphe inégalé. Plus personne ne pourrait emprunter le détroit sans qu'il le veuille, sans qu'il eût perçu les taxes qu'il jugerait nécessaires.

Il apercevait, minuscules sur l'autre rive, les silhouettes des lourds bateaux de guerre qu'on achevait de construire. Dans ces splendides journées de mai où l'air si pur rapprochait les lointains, il avait la sensation de pouvoir s'élancer pour retomber à pieds joints sur Bari, l'écraser et, d'un autre bond, aller défier le basileus sous les murs de Constantinople.

Son euphorie fit place à de l'agacement quand des chevaliers bien intentionnés vinrent le féliciter et lui faire gloire de ce frère Roger qui avait si bien su mener le débarquement en Sicile.

— Eh bien, quoi ? bougonnait le Guiscard. Ce n'est tout de même pas Civitate !

Il convoqua son cadet et lui dit sans ménagement :

— Messine est la porte indispensable, le gage de notre succès. La perdre serait perdre tout espoir de reconquérir la Sicile. Je te la confie.

— Grand merci, dit Roger. Je suis bien d'accord avec toi. Je prendrai, avant que nous partions, toutes les dispositions pour qu'on ne puisse nous l'arracher ni par terre ni par mer.

— Le mieux est que tu y veilles toi-même. C'est là que tu me seras le plus utile.

— Désolé, messire mon frère aîné, mais je ne suis pas encore en âge de moisir gouverneur d'une forteresse, fût-elle Messine.

Le ton monta. On faillit à nouveau en venir aux mains et Serlon s'interposa, une fois de plus, pour ramener les deux frères à la raison.

Roger dut accepter que des hommes à lui prennent en charge les défenses de la cité. C'était diminuer d'autant ses troupes déjà modestes. Mais il en profita pour obtenir, ce qui n'avait pas été le cas pour la Calabre, que le partage de l'île entre eux deux fît l'objet d'un acte en bonne et due forme. Le duc de Pouille reconnaissait au comte de Mileto la haute main, en son absence, sur toutes les affaires siciliennes.

En revanche, Roger s'engageait à verser à son frère, en plus de la juste moitié des bénéfices provenant de l'île, les sommes que le duc jugerait nécessaires pour ses campagnes à venir.

Resté seul, sa mauvaise humeur passée, le Guiscard se sentait l'âme du paysan qui se rend au moulin en portant sur l'épaule le sac de froment, promesse de pain blanc.

Roger confia à Martin Chenu la garde de Messine. Le vieux soldat comprit bien que c'était là une sorte de sanction, qu'il était écarté des conquêtes futures et de la compagnie de son jeune ami, mais depuis sa tragique maladresse il était prêt à toutes les contritions.

Roger, lui, savait qu'il pouvait compter sur ce cœur fidèle et au fond de lui-même il avait pardonné. Comment un homme aussi bon que Martin Chenu aurait-il pu imaginer que sa silhouette grotesque apparaisse à deux enfants intransigeants et purs comme l'image de la lubricité conquérante ?

*

* *

Tout était en ordre à Messine et le Guiscard et Roger prêts à remettre leurs armées en marche quand ils furent rejoints par Lotfi, le fils aîné d'Ibn Timnah, venu les informer que son père avait quitté Catane à la tête de ses troupes. Passant par le flanc sud de l'Etna, il s'avançait vers Ksar Ianni, la forteresse d'Al-Hawwâs. Il leur demandait d'accourir et, contournant le volcan par le nord, de le rejoindre entre les rives du Simeto et du Ditaïno. Lotfi les guiderait afin qu'ils aillent ensemble assiéger la cité où la femme de l'émir était retenue prisonnière.

Les Hauteville se demandaient quelle confiance ils pouvaient avoir en ce fils qui avait dû intervenir pour empêcher sa mère de périr entre les mains du vieil ivrogne. Slimane les rassura : Lotfi était l'aîné d'une autre épouse de l'émir de Catane.

*

* *

Roger avait tenu à se porter à l'avant-garde aux côtés de Serlon. Tous deux, sans en parler, conservaient trop présent à l'esprit le souvenir du guet-apens dans lequel ils étaient tombés entre Milazzo et Messine pour ne pas prendre toutes leurs précautions.

Quand ils aperçurent la puissante citadelle de Rometta d'où s'étaient élancés les guerriers qui leur avaient barré la route du retour, ils se tinrent en permanence sur leurs gardes.

Avant même d'avoir atteint le chemin qui montait à la citadelle, ils virent en descendre une délégation de notables, bras ouverts en signe d'accueil, suivis de leurs serviteurs aux mains chargées de présents.

Le seigneur de Rometta faisait allégeance au duc de Pouille et, se jetant aux pieds du fils de l'émir, lui demandait pardon, jurant qu'il n'était passé un temps dans le camp d'Ibn al-Hawwâs que sous la contrainte.

Rometta verrouillait aussi bien le passage vers le centre de l'île que vers Palerme et Roger dut encore, à la demande du Guiscard, y abandonner quelques-uns de ses chevaliers pour en assurer la fidélité.

*

* *

Ce voyage autour de l'Etna, dans tout l'éclat de ce milieu de printemps, laissa aux Normands le souvenir de leur plus belle chevauchée. L'eau courait en abondance, les moulins tournaient, les troupeaux cavalcadaient sur les pentes. Les vignes s'étageaient sur les terrasses des coteaux, bordées de pierres sèches, et chaque plaine se parait du vert tendre des blés.

Impressionnées par la massive puissance de cette armée qui s'avançait sans hâte, les citadelles se rendaient une à une. Celles qui faisaient mine de résister étaient si peu nombreuses qu'on préférait les ignorer plutôt que de se gaspiller en sièges inutiles.

On atteignit sans peine le fleuve Simeto. On le franchit dans un grand brouhaha de cris et d'éclaboussures. L'eau froide et bienfaisante bouillonnait jusqu'au poitrail des chevaux. Le soleil frappait fort et chauffait déjà à blanc les heaumes et les cuirasses.

La jonction se fit avec Ibn Timnah. Le grand air semblait avoir chassé les vapeurs d'alcool qui embrumaient le cerveau de l'émir et il fut capable de cheminer en tête aux côtés du Guiscard et de Roger.

On se sentait bien. Même les plus belliqueux en oubliaient la guerre. La vue du Ksar Ianni, l'antique Enna, suffit à en rappeler les dures réalités.

La cité-forteresse se dressait sur un énorme piton rocheux, au milieu d'une plaine luxuriante.

Quand la tête de l'armée normande s'arrêta au débouché de la vallée, Roger put entendre le bruit que faisait son aîné en se grattant la barbe et il comprit pourquoi ce vieux filou d'émir de Catane était prêt à leur abandonner une partie de la Sicile s'ils lui livraient son ennemi : la tâche était quasi impossible.

Sur un signe, le Savoyard s'était approché du duc de Pouille.

— Alors ? lui demanda Robert après lui avoir laissé le temps d'observer.

— Laisse-moi deux jours, répondit Bérard.

— Deux jours pour s'en emparer ? s'étonna Roger en écarquillant les yeux.

— Deux jours pour savoir s'il est même possible de s'en approcher, répliqua l'escaladeur.

Deux jours après, on eut sa réponse : la citadelle était imprenable, de jour comme de nuit. On s'installa pour un long siège.

À Messine, Roger avait obtenu de son frère la promesse que l'île ne serait pas saccagée. Il fallait tout faire pour qu'elle tombe au plus vite, mais intacte, dans leur escarcelle. Sauf nécessité absolue, avait prévenu le Guiscard.

— Alors ? demanda-t-il à Roger, nécessité absolue ?

Le cadet acquiesça. Il ne voyait pas non plus d'autres solutions.

Dans les derniers jours qui précédaient l'été, toute la campagne autour de la cité, que les anciens appelaient le nombril de la Sicile, flamba. Flambèrent aussi les fermes, flambèrent les vignes où perlaient les raisins, les cannes à sucre et les champs de lin et dans toutes les combes, sur tous les coteaux, amandiers et citronniers s'enflammaient un à un comme des torches.

Du haut de sa forteresse, le vieil émir voyait ses richesses partir en fumée.

Quand tout ne fut plus que braise, il fallut bien admettre qu'il restait indifférent à ce désastre. Terré dans son repaire, il n'avait tenté aucune sortie, recherché aucun contact. Tout le campement normand, des tentes aux vêtements, empestait la cendre.

Il fallait essayer autre chose.

Ce fut Ibn Timnah qui suggéra de lancer un défi comme l'avait si bien réussi, vingt ans plus tôt, Guillaume Bras de Fer devant les murs de Syracuse.

Robert tenta le coup. Il grimpa jusqu'à mi-pente et là, avec Slimane pour interprète, faisant tonner sa voix que répercutaient les montagnes voisines, injuria de mille manières l'émir et le mit au défi de venir l'affronter.

Le Guiscard se planta au milieu d'un faux plat dégagé et, les yeux tournés vers les portes d'Enna, attendit. Il n'eut pas à le faire longtemps. Bientôt la porte de la citadelle s'entrouvrit et il en sortit un guerrier à la stature puissante qui, se plantant à une centaine de pas de Guiscard, lui lança :

— Ibn al-Hawwâs, mon père vénéré, est un vieil homme. Accepterais-tu que ton père combatte contre un chevalier jeune et vigoureux comme toi ? Moi, je suis son fils et j'ai à peu près ton âge. J'accepte le défi.

Robert n'hésita pas longtemps. L'inaction lui pesait trop et, sans consulter personne, il renvoya son écuyer et abaissa son casque. L'autre en fit autant et ils s'élancèrent l'un vers l'autre.

Jamais combat ne fut si bref. Le Guiscard ne sortit même pas son épée. Il fit passer son bouclier à son bras droit, chargea avec toute la violence de sa lourde monture, para le coup d'épée que l'autre lui assenait puis, ayant saisi de la main gauche la hache accrochée à sa selle, comme le lui avait appris *le premier des premiers*, il en frappa à toute volée la nuque de son adversaire et lui brisa le cou.

Il grimpa aussitôt vers la ville, traînant le cadavre, s'arrêta prudemment à bonne distance et le jeta sur le sol en criant :

— J'espère que tu as fait beaucoup d'autres fils, Al-Hawwâs ! Si nombreux qu'ils soient, le jour où tu auras enfin le courage d'affronter la mort, il ne t'en restera plus un seul pour te porter en terre.

S'il en avait plusieurs, comme l'affirmait Ibn Timnah, aucun n'eut plus l'audace d'affronter le Guiscard.

Alors Serlon essaya à son tour. Profitant de sa petite taille qui le faisait passer pour plus jeune encore, il lança un autre défi :

— Ô toi, Ibn al-Hawwâs, le plus lâche des émirs, si tu n'es plus en âge d'affronter des hommes, viendras-tu donner une leçon à un enfant ?

Tous ceux de la bande de Mileto eurent bien du mal à retenir leurs fous rires.

Depuis les remparts de Ksar Ianni, un héraut annonça que le défi était relevé et en fixa le moment.

À l'heure dite, on vit sortir de la ville un chevalier de haute stature et qui n'avait rien d'un vieillard.

— Tiens, dit Serlon à son écuyer, voilà une autre affaire ! Mais nous l'avions prévu, n'est-ce pas ?

Roger s'était précipité auprès de son neveu :

— Laisse tomber, lui conseilla-t-il, vivement inquiet. Ce n'est pas le défi que tu as lancé. Il n'y aurait donc aucun déshonneur à refuser le combat.

— Ce qui est dit est dit, répliqua Serlon. La honte retombe sur eux.

Roger était si angoissé qu'il ne remarqua pas que l'homme qui conduisait le cheval de Serlon par la bride n'était plus son écuyer mais l'un des jeunes chevaliers de sa bande.

Quand Serlon se trouva en face de son adversaire, il lui sourit et le salua très élégamment. L'autre lui rendit ses bonnes manières avec une rusticité de gladiateur. Il allait juste rabattre son casque quand une flèche lui traversa l'œil et lui perça la cervelle. Il y eut un silence de stupeur chez les Normands, des hurlements de rage et d'indignation depuis les murailles d'Enna.

Roger comprenait maintenant : le chevalier qui avait pris la place de l'écuyer de Serlon était le meilleur archer de la bande de Mileto. Serlon, faisant escalader à son cheval le chemin de la ville, attendit impassible que le tumulte se fût calmé pour proclamer :

— Toi, le plus lâche des émirs, sache que je ne suis ni un sanglier ni un cerf. Je ne me bats pas avec les chiens, seulement avec leurs maîtres, même quand leur maître n'est qu'un chien.

*

* *

Ce fut Roger qui, le premier, sut pourquoi l'émir de Ksar Ianni demeurait avec tant de patience claquemuré dans son imprenable forteresse.

Tandis que le siège s'éternisait dans l'étouffante chaleur des hauts plateaux siciliens, Roger avait pris l'habitude de lancer de grandes expéditions dans toutes les directions pour donner du mouvement à toute cette jeunesse avide d'action, à tous ces vieux guerriers qui s'ankylosaient. On en rapportait aussi un confortable butin. Les plus grincheux devaient reconnaître qu'ils étaient grassement payés à ne rien faire et les plus nerveux s'occupaient les mains à compter et recompter leurs trésors.

Ces grandes chevauchées qui se dirigeaient de plus en plus fréquemment vers la Méditerranée, alors que la chaleur ne cessait de monter, donnaient l'occasion de baignades bienfaisantes sur les immenses plages désertes du sud que seules gardaient les ruines des anciens temples grecs.

Un jour qu'ils revenaient, après avoir poussé jusqu'aux abords de la grande cité d'Agrigente, ils croisèrent des cavaliers arrivant de l'ouest qui se dirigeaient vers le camp des Normands. C'était un petit groupe de chrétiens de Mazzara. Ils venaient prévenir qu'une importante flotte, en provenance d'Ifriqiya, avait débarqué dans leur port plusieurs milliers de cavaliers et de fantassins et que d'autres navires remontaient vers le nord, sans doute en direction de Trapani ou de Palerme.

Ibn al-Hawwâs attendait tranquillement, tapi dans sa tanière, les secours qu'il avait sollicités auprès du sultan de Kairouan.

13

Les lions et les chameaux

—Les Sarrasins sont des hommes !

Le Guiscard gardait bien présentes à l'esprit les dernières paroles de Bras de Fer, et même s'il avait ajouté : mais nous, nous sommes des lions ! Que pouvait le plus fier des animaux face à des chasseurs innombrables ?

Ces troupes africaines, dont Roger venait de lui annoncer l'arrivée, et que n'allaient pas manquer de rejoindre les guerriers de la Sicile occidentale, devaient représenter un nombre de combattants bien supérieur à celui dont il pouvait disposer.

Roger ne put s'empêcher d'éprouver de l'admiration pour le sérieux et le sang-froid avec lequel son aîné prépara l'affrontement. Lui-même ressentait à l'idée de la bataille à venir une réelle inquiétude. Jusque-là, il avait participé victorieusement à des sièges, des escarmouches, des attaques surprises où la ruse avait compté plus que la force. Il savait que la bataille de demain serait d'une tout autre ampleur, l'un de ces affrontements de culture, de race et de nation au cours desquels se font et se défont les royaumes, s'écroulent les empires ou s'incarnent les rêves. Serlon l'écoutait en hochant la tête. Il partageait son impatience comme ses appréhensions.

Grâce à ses escapades en quête de butin, Roger possédait une meilleure connaissance du pays environnant. Il put expliquer à son aîné qu'au-delà de la plaine qui s'étendait au pied même d'Enna, il n'y avait que gorges et défilés, aucun lieu qui puisse permettre à la cavalerie normande d'exprimer toute sa puissance. Cette plaine était fermée à l'ouest par le fleuve Salso et Robert, se souvenant du rôle déterminant qu'avait joué le Fortore dans la victoire de Civitate en ralentissant l'intervention de la chevalerie souabe, y voyait un bon présage. Aussi fut-il décidé de laisser venir l'armée sarrasine et de livrer un combat frontal où le nombre pourrait compter moins que la force pure.

Dans les soirs qui suivirent, alors que les guetteurs annonçaient la progression de l'ennemi de camp en camp, le Guiscard réunit tous ses barons et leur expliqua inlassablement sa tactique. Il allait de tente en tente pour préparer le moindre soldat à l'épreuve qui les attendait, fortifiant chacun dans la certitude que tout avait été pensé, prévu et que lui obéir, comme chaque parcelle du corps obéit au seul cerveau, serait le gage le plus certain de leur victoire.

Sans doute n'y avait-il que Bohémond pour ne pas imaginer combien l'heure était grave. Il trépignait d'impatience depuis des jours dans l'attente du moment où il pourrait enfin fendre de vrais crânes, étriper de vrais ventres et couper de vrais bras.

Ibn Timnah buvait plus que de raison, autant pour oublier sa peur que pour rêver sa victoire, de sorte que le Guiscard préféra lui abandonner la responsabilité du siège, ayant plus confiance dans sa haine d'Ibn al-Hawwâs que dans sa lucidité guerrière ou la fidélité de ses hommes.

Arriva enfin le jour où il fut évident que l'armée sarrasine, qui bivouaquait maintenant au seuil de la plaine d'Enna, passerait dès le lendemain à l'offensive.

Les Normands s'éveillèrent au dernier quart de la nuit et tous, chevaliers et piétons, agenouillés au milieu de leur campement, se confessèrent et entendirent la messe. Des dizaines de prêtres, tant grecs que latins, leur donnèrent la Communion.

À la fin de la cérémonie religieuse, le Guiscard, brandissant son étendard où s'affrontaient des lions, leur cria :

— Honte sur ceux qui ne se battraient pas jusqu'à la mort, car ils trahiraient la confiance que j'ai mise en eux.

Puis, saisissant la bannière du pape, il ajouta encore plus fort :

— Honte sur nous, si nous ne remportons pas notre première grande victoire sur les Infidèles, car nous nous montrerions indignes de la confiance du Seigneur Christ et de son représentant sur la terre.

Le soleil était déjà haut levé quand la cavalerie sarrasine franchit le Salso et leur multitude fit comprendre aux plus vaillants qu'ils allaient, pour la seconde fois, livrer un combat qu'on ne pouvait perdre sans perdre sa vie ou ses raisons de vivre.

Le Guiscard avait aménagé un large espace entre ses premières lignes et la rive du fleuve de façon à ce que l'ensemble des Sarrasins puisse traverser avant que les deux armées ne se rencontrent. Il les laissa se reformer et lança sa cavalerie au petit trot.

Immédiatement, du rang des Infidèles monta une cacophonie de cris, d'imprécations et de louanges et, tous ensemble, ils se ruèrent dans un désordre fougueux vers les rangs ennemis.

Le Guiscard fit abaisser sa bannière et ses chevaliers chargèrent.

Braisil entraînait si vite son cavalier que Roger se demanda, bien qu'il aperçût quelques autres chevaliers allant du même train, s'il ne prenait pas trop d'avance et il se retourna pour s'en assurer. Il comprit, le cœur battant de joie, pourquoi son aîné lui avait affirmé qu'ils étaient invincibles !

Ce qui se ruait derrière lui, dans un martèlement infernal, n'avait plus rien d'humain : c'était une muraille de roches sombres, mieux, c'était toute la fureur tempétueuse de l'océan.

La cavalerie sarrasine, par ondes successives, vint s'écraser sur cette muraille de chair et de fer.

Il y eut certes encore de fiers combats d'homme à homme, mais le choc frontal avait suffi à désarticuler l'ennemi, à le laisser sans espoir et sans force. Bientôt, il ne resta plus aux soldats sarrasins qu'à se donner à la fuite, repassant le fleuve, tentant de s'échapper par toutes les petites vallées qui s'ouvraient sur leur route, trouvant refuge, après avoir abandonné leurs chevaux et leurs armes, dans les éboulis de rochers et les forêts de chênes.

À midi, sous le soleil de plomb, les Normands purent enfin ôter leur casque et leur cotte de mailles, en se brûlant les doigts, et revenir vers leur camp. Seuls de petits groupes poursuivaient la chasse. Roger était de ceux-là. Il revint sur le tard, exténué, mais l'esprit léger. Ne venait-on pas de remporter la victoire exemplaire qui, à plus ou moins long terme, leur livrerait la Sicile tout entière ?

Sa joie fut brève. Personne n'avait revu Serlon.

Accompagné de Buonalbergo et quelques-uns de leurs hommes, il se mit à errer au hasard parmi les cadavres.

Enfin, alors que le soir tombait, on vit apparaître, sur l'autre rive du Salso, la silhouette de Serlon chevauchant avec lenteur, tête basse, entouré de quelques-uns de la bande de Mileto. Roger s'élança vers lui et du plus loin cria :

— Serlon ! Es-tu blessé ?

— Tais-toi, répondit le jeune chevalier, je compte les cadavres.

La nuit, alors qu'on festoyait joyeusement sous la tente du duc de Pouille, Serlon annonça de sa voix égale qu'il avait dénombré six mille quatre cent cinquante-deux Sarrasins morts.

— Et moi, j'en ai tué plus de cent ! se mit à hurler Bohémond.

Si la douce Aubérée avait pu voir son fils à ce moment-là, elle se serait sans doute évanouie. Toutes les croûtes de sang séché qu'il s'était refusé fièrement de nettoyer rendaient sa face brutale bien plus repoussante encore. Serlon glissa à l'oreille de Roger :

— En tout cas, pour ce que j'ai vu, ce petit monstre a bien dû en étriper une douzaine !

Parmi tant de cadavres manquait toujours celui d'Ibn al-Hawwâs. Le vautour s'était bien gardé de quitter son inaccessible repaire.

Alors qu'on s'attendait à ripailler toute la nuit, le Guiscard, après avoir levé une dernière coupe à la gloire de ses chers barons et de ses bons chevaliers, leur rappela qu'on n'avait peut-être fait que la moitié de la besogne. Il ne fallait pas oublier ceux qui avaient dû débarquer quelque part, plus au nord. Il était temps d'aller dormir pour être en état de les recevoir, si besoin en était, dès le lendemain.

*

* *

On ne sut jamais ce qui avait retardé les troupes sarrasines débarquées à Palerme et dont la mission initiale était, sans doute, de prendre les Normands à revers. Mais leur avant-garde ne fut signalée que le surlendemain. Des messagers de la forteresse de Cerami, que Serlon avait enlevée sans trop de mal dès le début du siège d'Enna, vinrent informer le duc de

Pouille de l'approche, par la route côtière, d'une armée de quelque importance.

Le Guiscard envoya aussitôt Serlon et ses hommes renforcer les défenses de la forteresse et fit partir Roger et les siens avec pour seule mission de freiner l'avance de l'ennemi.

Le dernier des Hauteville était en vue de Cerami quand on lui apprit que cette seconde armée sarrasine, sans doute consciente de son retard, avait mis les bouchées doubles et leur ferait face dans les heures à venir. Roger fit immédiatement prévenir Robert et s'apprêta à subir le choc.

Il espérait faire mieux. La grande victoire des jours passés était encore une fois celle du duc. Il lui fallait la sienne. Il arrêta sa progression dans un élargissement de vallée au pied de la forteresse de Cerami, imagina une stratégie qu'il expliqua à tous et attendit.

Bientôt l'ennemi fut en vue.

Les guetteurs de Cerami accoururent à nouveau pour annoncer que le combat se livrerait à un contre dix, et que Serlon se tenait prêt à fondre à leur aide.

Immédiatement, sur l'ordre de Roger, la cavalerie normande, réduite à trois rangs d'épaisseur, s'étala sur toute la largeur de la plaine. Les Sarrasins hurlèrent de joie en découvrant le mince rideau de chevaliers qui leur était opposé et, comme l'avaient fait précédemment leurs frères, s'élancèrent dans une folle cavalcade désordonnée, certains que leur nombre suffirait à enfoncer et disperser l'adversaire.

Mais à peine s'étaient-ils lancés à l'attaque que Roger, faisant rabattre rapidement ses ailes, opposait à l'ennemi un carré à nouveau compact. Il avait expliqué à ses chevaliers : Nous formerons, au dernier instant, une forteresse humaine contre laquelle ils viendront se casser les dents.

Le mur s'ouvrait d'abord pour laisser s'enfoncer un bloc d'attaquants, puis se refermait. Semblables à la marée qui encercle un banc de sable avant de le submerger, les chevaliers de Roger engloutissaient les assaillants par petites bouchées et, quand leur masse était trop grande pour que l'étau puisse se refermer, Serlon et ceux de Mileto, dévalant comme des furieux depuis Cerami, bouchaient la muraille et achevaient le massacre.

Ce jeu terrible dura longtemps. Puis ce qu'il restait d'armée sarrasine et leurs chefs, voyant qu'ils perdaient de leurs forces à chaque assaut, comme un homme blessé perd son sang à grand jet, tournèrent bride et s'enfuirent par où ils étaient venus. Serlon et ses compagnons, lancés sur leurs talons, traversèrent leur campement sans même ralentir.

Quand Roger et ses chevaliers parvinrent à leur tour dans le camp ennemi, ils le trouvèrent désert et restèrent ébahis en découvrant toutes les richesses qui y avaient été abandonnées.

Le chef de cette seconde armée vaincue, ils le surent par la suite, était le prince Ayub, le propre fils du sultan de Kairouan. Le luxe de sa tente et de celles qui l'entouraient disait assez son haut rang et la noble origine de ses lieutenants. Jamais, même en Calabre, Roger et les siens n'avaient pu amasser d'un coup un butin aussi considérable.

On vit soudain Serlon revenir à bride abattue. Dressé sur ses étriers, un doigt pointé derrière lui, il criait :

— Regardez ! Regardez !

L'angoisse, à nouveau, étreignit Roger. N'en avait-on pas fini ? Les fuyards avaient-ils pu se regrouper ? Faisaient-ils demi-tour pour les surprendre ? Avaient-ils reçu des renforts ? Déjà, il rameutait ses chevaliers quand il vit jaillir du nuage de poussière qui suivait Serlon, non pas un flot de Sarrasins brandissant leurs épées, mais, plus effrayant encore, une horde de monstres bossus, montés sur d'immenses pattes et filant aussi vite que des étalons en poussant des cris aussi assourdissants que discordants.

— Des chameaux, dit Slimane qui n'avait pas quitté Roger de la journée. Les Grecs les appellent *dromos*, comme leurs vaisseaux, car ils courent sur le sable d'Afrique comme les bateaux sur la mer quand le vent gonfle leurs voiles.

Les bêtes s'arrêtèrent, ruant et blatérant, affolées par la présence des hommes qui les encerclaient. Tous, à l'instar de Serlon, riaient comme des fous à la vue de ces animaux inconnus et disgracieux dont le ricanement et le regard exprimaient le plus parfait dédain.

Roger et son neveu tombèrent dans les bras l'un de l'autre.

— Tu la tiens, ta victoire ! dit Serlon. Ce n'est peut-être pas Civitate, mais jamais ton frère n'a été capable de faire prisonnières des créatures pareilles ! Je te parie qu'il va vouloir en faire cadeau au pape.

— Bonne idée ! Pourquoi ne pas le faire nous-mêmes ?

On chercha parmi les blessés qui gisaient sur le champ de bataille quelques Infidèles, moins atteints que les autres, qui puissent, une fois soignés, convoyer jusqu'à la Ville Éternelle ces monstres méprisants et présomptueux comme de nobles Romains.

Tandis qu'on se battait, on avait aperçu un petit groupe d'hommes, équipés et armés à la va-vite, descendre des collines pour venir prêter main-forte aux Normands et courir sus aux fugitifs. Maintenant, ils sollicitaient une entrevue avec le chef des chrétiens et Roger les accueillit avec empressement.

C'étaient des Grecs, habitants d'une cité nommé Troina, qui avaient profité de l'affaiblissement de la garnison musulmane, partie rejoindre les troupes du prince Ayub, pour reprendre leur ville. Ils venaient l'offrir au vainqueur de Cerami.

Quand Roger apprit que Troina était encore plus haut perchée qu'Enna, ce dont les habitants n'étaient pas peu fiers, il promit de leur rendre visite dès le lendemain. Il ne devait pas le regretter.

*

* *

Si Troina n'avait pas l'importance de Mileto, c'était tout de même une vraie petite ville dominant toutes les montagnes alentour et plus inaccessible encore que San Marco.

Roger et Serlon y furent accueillis en héros.

Depuis l'unique porte, deux rues longeaient des habitations adossées aux murailles. Elles formaient deux demi-cercles enserrant un îlot d'autres maisons d'où pendaient, en signe de bienvenue, nappes, draps et tapis. Au bout de la ville, sur une placette, se dressait une petite forteresse surmontée d'un fier donjon.

Roger monta jusqu'au sommet, grimpant les escaliers quatre à quatre. Quand il arriva sur la terrasse de guet, son regard embrassa pour la première fois toute la Sicile.

Certes, au levant, l'énorme masse de l'Etna empêchait d'apercevoir la mer Ionienne, mais on savait que le volcan y plongeait ses coulées de lave. Au nord, par les échancrures des monts Nebrodi, scintillait la mer Tyrrhénienne et, vers le sud et l'ouest, un moutonnement infini de collines descendait comme un escalier jusqu'aux rivages de la Méditerranée.

L'île entière s'étalait là, sous ses yeux. Il aurait pu la prendre dans ses mains comme le ferait un potier d'un bloc d'argile avant de le pétrir et de le façonner.

Aussi, quand le prêtre qui s'était fait le porte-parole de ses concitoyens lui dit :

— Quand la mauvaise saison sera venue, vous rentrerez en Calabre ou en Pouille. Laissez-nous, je vous en supplie, quelques-uns de vos bons chevaliers qui puissent nous aider à défendre notre cité afin que nous restions libres dans notre vie comme dans notre foi. Roger lui répondit :

— Soyez sans crainte et, si vous voulez bien m'accueillir, je passerai moi-même l'hiver à Troina.

*

* *

— Je ne vais tout de même pas rester planté ici, durant des mois, à chasser les corbeaux ! Qu'il aille se les plumer lui-même, ton Timnah ! On l'a déjà débarrassé des deux armées d'Ifriqiya ! Qu'est-ce qu'il veut de plus ? vitupérait le Guiscard en désignant le Ksar Ianni, la citadelle d'Enna, où Ibn al-Hawwâs se terrait toujours. Pas possible, il doit manger ses sujets !

On avait bien soupçonné qu'il trouvait le moyen de s'approvisionner par quelques chemins souterrains, mais les recherches étaient restées vaines et on n'en avait pas plus appris par la mansuétude que par la torture.

— Et puis, poursuivait Robert, il y a ces montagnes de butin qu'on ne peut pas laisser traîner ici ! Je me demande où on va dénicher assez de chariots pour les transporter.

— Je comprends, dit Roger.

Il comprenait d'autant mieux qu'il était au courant de certains faits que son aîné s'était bien gardé de lui rapporter. Mais il obtenait par Iven tous les renseignements qu'il voulait. Rien n'agaçait plus l'écuyer que la manie qu'avait son seigneur de retenir tout ou partie des informations qu'il recevait, histoire de paraître seul à tout savoir.

Depuis plusieurs semaines, des messagers envoyés par Geoffroi Ridel signalaient que la situation, tant en Pouille qu'en Calabre, devenait inquiétante.

Un nouveau basileus, Constantin Dukas, avait pris le pouvoir à Constantinople. Bien que toujours aux prises avec les Turcs Seldjoukides, il avait pu distraire quelques troupes pour renforcer la garnison de Bari, et Argyros en avait profité pour desserrer l'étau normand autour de sa capitale et reprendre plusieurs citadelles.

Le Dieudonné le soupçonnait d'avoir pris langue avec Pierron de Trani prêt à toutes les alliances dans son désir atavique d'abaisser la puissance des Hauteville. Enfin, pour couronner le tout, la veuve d'Onfroi avait réussi à quitter San Marco, emmenant Abélard et Hermann, ses deux fils, on ne savait où. Il y avait gros à parier qu'ils avaient trouvé refuge auprès du fils d'Ami Taillemaure.

— Je comprends, répéta Roger. Mais il serait dommage de devoir perdre le bénéfice de cette campagne. Si tu m'y autorises, je resterai sur place avec au moins une partie de mes chevaliers. En ton absence, je surveillerai la Sicile depuis Troina.

Guiscard voulut connaître Troina. Quand il découvrit la citadelle enchâssée dans son piton rocheux, il eut un sifflement d'admiration, puis se rembrunit pour déclarer au bout d'un moment :

— Il manque une place forte entre Rometta et Troina. Sitôt en Pouille, j'enverrai mes architectes bâtir un donjon en un lieu que j'ai déjà repéré à mi-chemin. Ce sera mon San Marco de Sicile et je te promets bien qu'à mon retour, plus rien ne nous fera obstacle jusqu'à Palerme.

Il fut décidé que Roger, laissant provisoirement Troina à la garde de Serlon, accompagnerait son aîné jusqu'à Messine où les attendaient Sykelgaïte et son nourrisson. L'enfant avait été seulement ondoyé et on attendait Roger pour le tenir sur les fonts baptismaux. La marraine serait Gaitelgrime, sœur cadette de la princesse lombarde.

Comme à l'accoutumée, Roger prit la tête de l'avant-garde et lui fit presser le pas. Il voulait faire une halte à Milazzo pour s'assurer de la fidélité de la garnison. Il sortit pleinement satisfait de sa rencontre avec le gouverneur.

Alors qu'il se promenait sur le port dans la seule compagnie de Slimane, s'adonnant au plaisir toujours renouvelé qu'il éprouvait à voir rentrer les bateaux de pêche et décharger les gros poissons luisants et encore tressautants, il fut abordé par un homme descendu d'un navire marchand qui battait pavillon de la cité de Pise. Après l'avoir très révérencieusement salué, l'étranger lui demanda si, comme tout le laissait présager, il était bien un seigneur normand de la suite du duc de Pouille.

— Je suis son frère Roger, comte de Mileto.

— Dans ce cas, vous êtes exactement l'homme que mon maître désire rencontrer. Voulez-vous bien lui faire l'honneur d'une visite sur son bateau ?

— Très honoré à mon tour, dit Roger. Mais qui est votre maître ?

L'homme expliqua qu'il était au service d'un des plus riches commerçants de Pise, membre influent de la Ligue des Marchands.

— Dans ce cas, suggéra Roger toujours méfiant, pourquoi ne viendrait-il pas me rencontrer à la maison du gouverneur ?

— C'est que le sujet dont il veut vous entretenir est des plus confidentiels.

— Alors, qu'il m'accompagne dans ma promenade sur le port et le vent ira noyer nos paroles dans la mer.

Le marchand pisan dut parfaitement comprendre les réticences du chevalier normand car on le vit bientôt descendre en hâte de son bateau, richement vêtu et, prenant sans plus de façon le bras de Roger, lui expliquer que la Ligue pisane souhaitait, depuis longtemps, établir un comptoir à Palerme et qu'il se faisait fort de réunir une flotte assez puissante pour bloquer le port et attaquer la grande cité par la mer tandis que, conjointement, les seigneurs normands pourraient assiéger la ville du côté de la terre.

— Je crois, continua-t-il, que vous devriez étudier mon offre attentivement. Vous connaissez, j'en suis certain, nos capacités maritimes et de quel appoint décisif elles pourraient être pour vous.

— Votre offre est en effet à prendre en considération et je vous en remercie, dit Roger. J'en ferai part au duc de Pouille dès qu'il m'aura rejoint.

Ils se quittèrent là-dessus, désireux de ne pas prolonger un trop visible tête-à-tête.

— Tu as parlé trop vite, dit Slimane alors qu'ils retournaient vers le château du gouverneur. Tu ne rapporteras pas cette rencontre à ton frère.

— Et pourquoi donc ? demanda Roger surpris.

— Parce que mon oncle, Si Gafar, ne veut pas des Pisans.

— Suis-je bête ! fit Roger en éclatant de rire et se frappant la tête. Comment pourrais-je aller contre les intérêts de mon ami Gafar ?

— Ce sont aussi les tiens ! À quoi bon être maître de Palerme pour en laisser le commerce à d'autres ?

*

* *

La cathédrale de Messine avait retrouvé sa très chrétienne splendeur. Ce baptême de l'héritier du duc de Pouille était le premier grand événement qu'on y célébrait et l'assistance qui s'y pressait, chevaliers, soldats et citoyens mêlés, n'était rien à côté de celle qui avait envahi la place et débordait dans les rues adjacentes.

Quand l'enfant apparut sur le parvis entre parents et parrains, ce fut une formidable ovation d'allégresse qui s'élança jusqu'au ciel si clair de cette fin d'automne.

Roger tenait encore son filleul à bout de bras pour le présenter à la foule quand un moine, qui avait eu bien du mal à se frayer un chemin, s'approcha pour lui transmettre un message urgent de l'abbé du Mont-Cassin.

— Je puis vous le lire sur-le-champ si vous le désirez, dit le Bénédictin en montrant le rouleau qu'il tenait à la main.

— Je vous remercie de votre obligeance, répondit Roger, mais si on veut bien me décharger de cet enfant, je le ferai moi-même.

Sykelgaïte regarda son beau-frère avec des yeux ronds. C'était bien la première fois qu'elle voyait un chevalier, et qui plus est normand, capable de déchiffrer une lettre.

L'abbé du Mont-Cassin écrivait, dans une belle calligraphie latine : « J'ai eu trop de tristesse à devoir vous apprendre la mort de notre cher Thierry de Mathonville pour ne pas rendre mille fois grâce au Seigneur de me faire, aujourd'hui, le messager d'une nouvelle qui ne manquera pas de vous réjouir. L'abbé Robert de Grandmesnil nous a fait l'honneur et le plaisir d'une visite au Mont-Cassin, venant de Rome, où Notre Saint-Père le pape l'a reçu. Il vous dira lui-même les raisons de son voyage. Il est accompagné de sa jeune sœur Judith, demoiselle d'Évreux. Ils nous quitteront demain pour aller vous attendre à Mileto comme je le leur ai conseillé. Je prie le Seigneur, mon très cher fils, de vous accorder toutes ses grâces et de vous combler de tous ses bienfaits. »

14

Les violettes de l'Etna

Judith répétait, en manière de plaisanterie : Nous avons attendu bien longtemps, mais nous nous sommes mariés trois fois. Et à ce souvenir, un sourire moqueur illuminait son visage, faisait étinceler ses yeux et plissait son nez.

Les messagers entre Sicile et Calabre avaient harcelé les rameurs et crevé les chevaux. Lorsque Grandmesnil et sa suite arrivèrent à Mileto, ils apprirent que le Guiscard et son frère venaient de débarquer à Reggio.

— Nous irons au-devant d'eux dès demain matin, exigea Judith. Je mourrais à les attendre ici.

Grandmesnil soupira et prit ses dispositions pour repartir à l'aube.

L'avant-garde de l'armée normande et les fugitifs de Saint-Évroult se rejoignirent à peu près à mi-chemin, près d'un monastère voué à saint Martin.

Lorsque Roger apprit que Judith et les siens approchaient, il ôta son casque et ébouriffa ses cheveux. Il s'était mis à les peigner soigneusement depuis quelque temps. Il espérait que sa flamboyante chevelure en désordre rappellerait à la demoiselle d'Évreux l'adolescent qu'elle avait aimé. Il avait peur de paraître vieilli à ses yeux, mais n'imaginait pas que le temps eût pu la changer elle aussi.

Les deux groupes avaient jusque-là chevauché à bride abattue mais dès qu'ils s'aperçurent, comme d'un commun accord, ils mirent leurs montures au pas. Ainsi vinrent-ils lentement l'un vers l'autre.

Quand Judith fut en face de Roger, elle lui dit :

— Ma foi, messire comte, il semblerait que le soleil vous ait fait la peau aussi noire que celle d'un Sarrasin. Auriez-vous versé du côté des Infidèles ?

— N'ayez pas de ces préjugés, belle demoiselle, répliqua Roger. Mon ami Slimane, qui est ici à mes côtés, professe Mahomet mais aurait la peau aussi claire que la vôtre si cela était possible.

Slimane avait prévu l'instant de cette rencontre. Il frappa dans ses mains et des serviteurs accoururent, portant habilement sur des plateaux de cuivre des bols de lait de chèvre et des montagnes de dattes. Judith dégusta et dit qu'elle n'avait jamais rien bu ni mangé d'aussi bon.

— C'est le goût de la Sicile, dit Slimane en s'inclinant.

— À moi de vous en offrir la terre et le parfum, ajouta Roger.

Il prit des mains de l'un de ses compagnons un coffret d'argent massif admirablement ciselé et le présenta à la jeune fille.

— Cette cassette provient du trésor du prince Ayub que le comte Roger a vaincu au cours d'une grande bataille non loin de Palerme, précisa le neveu de Si Gafar.

Judith souleva le couvercle et découvrit, sur un lit de terre volcanique, trois touffes de ces violettes odorantes qui fleurissent en toutes saisons sur les flancs de l'Etna. Comme il était bon d'échanger, au milieu de cette foule, des symboles dont ils étaient seuls à pouvoir comprendre la promesse et le sens ! Comme il était bon de s'éveiller sans sortir de son rêve !

Quelques moines descendaient en courant depuis leur ermitage de Saint-Martin dans l'espoir de charités.

— Avez-vous une belle chapelle ? leur demanda Roger.

— Hélas, mon fils, dit l'un des moines, bien trop modeste pour le Seigneur Dieu que nous servons.

— Nous vous donnerons de quoi la recouvrir de feuilles d'or, mais elle suffira bien pour y célébrer nos noces, déclara Roger.

Et pour la première fois, il se tourna vers Grandmesnil dont il avait feint jusque-là d'ignorer la présence. Judith, ne sachant ce qui allait advenir, prit les devants :

— Vous devriez, mon bel ami, remercier mon frère Robert d'avoir veillé sur moi tout au long du chemin qui me conduisait vers vous.

— Je lui en suis reconnaissant, dit Roger sans trop de chaleur, et le serais encore plus s'il veut bien nous accompagner jusqu'à ce monastère pour y bénir, sur-le-champ, notre union.

On entendit Sykelgaïte pousser un grand cri d'enthousiasme.

— Par ma foi, dit-elle au Guiscard en lui tapant sur la cuisse, je crois bien que ton petit frère me plaît de plus en plus.

— Le contraire serait étonnant ! bougonna Robert en haussant les épaules.

Si souple que fût la conscience de l'abbé de Grandmesnil, il ne put empêcher sa main de trembler au moment de bénir l'union du dernier des fils d'un paysan de Coutances avec cette moniale en rupture de vœux dans les veines de laquelle coulait le sang des ducs de Normandie. Mais il était assez philosophe pour se dire que n'arrivait que ce qui devait arriver et que Dieu devait bien savoir ce qu'il faisait.

Les secondes noces eurent lieu à Mileto. Pouvait-on priver les sujets du comte Roger de ce moment de fête ? Pouvait-on en priver les quelques soldats et chevaliers qui s'y étaient morfondus tous ces temps pour garder la citadelle ?

Pouvait-on décevoir à ce point Fra Modesto ?

Car il était là, le petit moine chanteur, au premier rang de ceux qui les avaient accueillis à la porte de la ville. Il n'avait plus d'utilité pour Lanfranc, et le Bec l'avait renvoyé au Mont-Cassin. L'abbé Didier, mis au courant de ce qui allait advenir, l'offrait, en quelque sorte, en cadeau de noces à ce jeune homme qu'il avait découvert, un soir, endormi sur un banc de pierre et qu'il avait pris pour un ange. Il serait désormais le chapelain du comte et de la comtesse de Mileto... et de Troina.

— Vous voyez ! Vous voyez, s'exclamait en riant le petit frère à la voix d'or. Quoi que fassent les hommes, ils ne peuvent empêcher que s'accomplisse la Volonté du Tout-Puissant. Ah ! Mes enfants, mes chers enfants, il y a si longtemps qu'à mes yeux Dieu vous a unis !

— Cet illuminé est bien réconfortant, se rassura Grandmesnil.

Le petit moine, après avoir serré sur son cœur *ses enfants*, comme il disait, semblait chercher quelqu'un qu'il espérait apercevoir derrière eux et qu'il ne trouvait pas. Il finit par demander :

— Serlon fils de Serlon n'est pas avec vous ?

— Non, dit Roger. Il garde la Sicile.

Le petit moine parut très déçu. Mais il y avait tant à se dire et tant à faire qu'on n'y prêta guère attention.

Jamais, de mémoire d'habitants de Mileto, leur église n'avait retenti de chants aussi beaux mais, il fallait bien l'avouer, aussi déroutants pour eux. Grandmesnil et ses moines faisaient entendre, sous ces voûtes calabraises, les accents de cette liturgie du pays d'Ouche que Fra Modesto avait composée en brassant tous ses souvenirs, où Orient et Occident se mêlaient.

Le soir, au milieu du banquet, un soldat fit signe à Iven de le rejoindre dans la cour. L'écuyer revint, parla à l'oreille du Guiscard, puis tous deux ressortirent précipitamment. Quelques instants plus tard, Roger, qui tendait l'oreille, inquiet, entendit son frère qui pestait comme mille diables. Il baisa la main de Judith et alla le retrouver.

— Nom de Dieu de nom de Dieu ! continuait de jurer le duc de Pouille en donnant de grands coups de pieds sur le pavement. Tas de fumiers ! Sinistres imbéciles ! Je les écraserai comme des merdes de chiens !

Dans son ombre, Bohémond qui l'avait suivi talonnait avec rage des crottes imaginaires.

— Que se passe-t-il ? demanda Roger.

Depuis quelques jours, Pierron de Trani et les troupes grecques d'Argyros avaient osé mettre le siège devant Melfi dans l'intention de s'emparer de la ville et d'y faire reconnaître Abélard, l'aîné d'Onfroi comme duc de Pouille. Le garçon venait d'avoir dix ans.

— Je pars demain à l'aube, dit Robert. L'armée est prête. Je sonne l'hallali. Tu entends, mon Roger ? Je les massacrerai. J'en finirai une fois pour toutes et si tu aperçois encore un de ces félons ou l'un de ces maudits Grecs, c'est que la mer t'aura rapporté son cadavre.

— Je t'accompagne, dit Roger sans hésiter.

— Non, tu restes. Garde-moi la Sicile. Garde-moi ses vignes et ses pressoirs, son blé et ses moulins. Nous en aurons bien besoin. Je vais régler ça tout seul ! Ils vont regretter de m'avoir défié ! Je ne leur crèverai même pas les yeux, je veux qu'ils voient ce que je vais faire de leurs terres et de leurs châteaux !

Le lendemain, quand les deux frères se donnèrent l'accolade pour se dire au revoir et se souhaiter bonne chance, Roger murmura à l'oreille de son aîné :

— Rends-moi service : débarrasse-moi de Grand-mesnil.

Le Guiscard connaissait les motifs de l'antipathie qu'éprouvait maintenant son cadet vis-à-vis de celui qui avait jadis été son protecteur. Il serra le bras de son frère et se dirigea vers l'abbé déchu de Saint-Évroult.

— J'imagine, messire abbé, lui dit-il, que le bras vous démange de manier l'épée. J'ai connu des papes que cela démangeait aussi. Faites-moi l'honneur de m'aider à tirer vengeance de mes ennemis. Je saurai vous en être reconnaissant et, comme le cardinal Hildebrand l'a suggéré, je vous mettrai en charge d'une grande abbaye. Il n'en est pas de plus belle que celle qu'ont fondée mes frères aînés à Venosa et je n'ai pas peu contribué à l'enrichir. Je suis certain que nul ne saura mieux que vous en augmenter le prestige et servir la mémoire des Hauteville.

Le moment était grave et pourtant Roger avait bien envie de rire. C'était tout de même un bonheur que d'être le frère d'un Guiscard, si insupportable fût-il par moments !

— Alors ! criait Bohémond de sa voix ingrate d'adolescent qui mue, on y va ou on n'y va pas ?

Son cheval piaffait à côté de celui de Sykelgaïte. Il avait pris l'habitude de se tenir auprès de la seconde femme de son père comme si la servir ou en recevoir quelques compliments eût atténué sa bâtardise d'un soupçon de légitimité. La princesse lombarde, malgré les rebuffades dont elle l'abreuvait, éprouvait une certaine affection pour lui. Il faut dire que le drôle, en vrai Hauteville, savait déjà faire les yeux doux aux femmes, fussent-elles des matrones. Depuis la haute tour de Mileto, Roger et Judith, se tenant par la main, regardèrent durant plus d'une heure se dérouler, puis disparaître dans les gorges, le long ruban de l'invincible armée du duc de Pouille.

*

* *

Leurs troisièmes noces auraient pu avoir lieu à Messine, ne serait-ce que pour faire plaisir au vieux Martin Chenu dont les yeux s'étaient embués en voyant Judith. La jeune épousée lui rappelait sans doute une autre jeune femme dont les noces l'avaient éloigné à jamais. Mais Roger avait hâte de quitter Messine. La vue de la maison d'Ahmad le Soufi ramenait à sa mémoire de trop tristes souvenirs.

Il y avait, dans le trésor du prince Ayub récupéré à Cerami, une petite harpe et une sorte de guitare délicatement travaillée. Roger se présenta à la porte du vieux sage, salua le maître de maison sans dire un mot, déposa les deux instruments de musique sur le rebord de la terrasse, face au jardin et, avant de se retirer, fit simplement dire par Slimane qui l'accompagnait :

— Le comte Roger espère que le vent d'Allah les fera chanter jusque dans ton cœur.

15

Serlon père de Serlon

Au fur et à mesure qu'on avançait sur la route de Sicile, les yeux de Judith semblaient s'agrandir. Ils disaient les émerveillements du jour, ils disaient aussi les bonheurs de la nuit.

Au cinquième soir, ils aperçurent enfin les murailles de Troina. Ils n'avaient échangé pour toutes paroles que quelques mots d'amour.

Toute la population de la petite cité s'était massée au sommet des murailles pour les voir venir. Les chevaliers, restés à garder la place, galopèrent au-devant d'eux et, sur un signe de Serlon, s'immobilisèrent à quelques mètres. Alors le jeune homme aux yeux verts sauta de sa monture, se précipita vers le cheval de Judith et après avoir baisé longuement le bas de sa robe, lui dit avec le plus grand sérieux :

— Dame, puisque mon oncle Roger, usant du privilège de l'âge, a su vous séduire avant que je ne puisse le tenter moi-même, sachez que je n'aurai jamais d'autre amour dans mon cœur que celui que je vous porte et qui me fera vous servir jusqu'au sacrifice de ma vie.

Roger s'attendait à tout de la part de Serlon. Mais ce compliment si bien préparé, et dans le même temps si ambigu, le laissa stupéfait. Il eut envie de descendre de cheval et de serrer sur son cœur les deux êtres qu'il aimait le plus en ce monde et qui, sans doute, s'aimaient aussi avec autant d'affection que de respect.

Mais une autre surprise l'attendait : Fra Modesto, le devançant, avait pris Serlon dans ses bras avec tant de ferveur que c'était une chance qu'il n'eût pas assez de force pour l'étouffer.

— Serlon fils de Serlon, mon fils, mon très cher fils, enfant cent fois béni, agenouille-toi ici même.

Le jeune chevalier, médusé, obéit et alors le petit moine, posant sa main sur ses beaux cheveux noirs, lui dit d'une voix qui luttait contre l'émotion :

— Je t'apporte la bénédiction de ton père.

Deux jours après le départ précipité de Robert de Grandmesnil et des moines de son clan, Fra Modesto était retourné à l'abbaye du Bec pour y informer le père abbé de son désir de repartir pour l'Italie.

— Il me semble en effet, lui dit Lanfranc, qu'il est temps que nous vous rendions à vos frères du Mont-Cassin. L'abbé Didier ne nous tiendra pas rigueur de votre longue absence, il sait la belle ouvrage que vous avez effectuée ici.

Il faisait allusion au nouvel antiphonaire que le petit moine avait créé pour Saint-Évroult et nullement au rôle qu'il avait joué pour confondre Grandmesnil. De cela, il ne fut pas plus question que de la part inattendue qu'il avait prise dans le stratagème imaginé pour permettre à l'abbé de Saint-Évroult de se volatiliser. Lanfranc se satisfaisait d'être débarrassé de l'encombrant trublion et d'avoir toute latitude de le remplacer par un père abbé à sa dévotion.

— Et quand pensez-vous partir ?

— Dès mon retour à l'abbaye.

— Dans ce cas, faites-moi la grâce de rester ici jusqu'au prochain dimanche, notre duc viendra y entendre la messe.

*

* *

Guillaume le Bâtard faisait étape au Bec chaque fois qu'il se rendait à Caen où il avait l'intention de faire bâtir une abbaye qui serait le pendant de celle que son épouse, la reine Mathilde, venait de fonder, et c'est à l'abbé Lanfranc, son proche conseiller, qu'il en avait confié le projet.

Fra Modesto chanta donc la messe majeure pour le duc de Normandie et sa cour.

À la fin de la célébration, Lanfranc le présenta au duc qui, après avoir dit son regret en apprenant qu'il allait retourner vers sa terre natale, ajouta :

— Il y a ici un de mes bons chevaliers qui serait heureux de parler avec vous car vous avez, je crois, bien connu ses frères qui nous font, en Italie, tant d'honneur.

Le petit moine, bouche bée, vit s'avancer vers lui un homme qui boitait lourdement. Il n'avait pas la taille de Bras de Fer mais presque sa puissance, l'air circonspect de Dreux et, dans la forme de la bouche, quelque chose qui rappelait la moue débonnaire d'Onfroi.

— Mon Dieu ! Seriez-vous..., murmura Fra Modesto sans pouvoir terminer sa phrase.

— Je suis Serlon de Hauteville, dit le chevalier.

— Serlon, père de Serlon ! parvint à articuler le frère chanteur.

Et il n'eut de cesse de lui faire raconter son histoire.

Elle lui fut contée alors qu'ils marchaient, l'un sautillant l'autre claudiquant, le long de l'allée bordée d'arbres déjà presque centenaires qui conduisait à l'abbaye.

*

* *

Les pêcheurs qui l'avaient recueilli, après le meurtre du seigneur de Ridel, s'étaient débarrassés du blessé dans le premier port anglais venu. Fort heureusement, ces terres du sud de l'île comptaient autant de seigneurs normands qu'angles ou saxons.

Serlon avait trouvé refuge auprès de l'un d'eux qui l'avait pris à son service après l'avoir fait soigner, trop tardivement sans doute car il avait conservé ce déhanchement dont au fond il se moquait bien puisqu'il n'était pas un handicap pour combattre à cheval.

Le souverain qui régnait sur l'Angleterre était alors le roi Édouard, qu'on appelait le Confesseur. Par sa mère Emma (cette même Emma qui avait possédé le beau missel, cause des déboires de Robert de Grandmesnil), il était cousin de Guillaume le Bâtard. Se sachant malade, certain de ne plus procréer, il avait un jour réuni ses barons pour leur déclarer qu'il laisserait sa couronne au duc de Normandie, son parent et ami. Ils avaient été élevés ensemble de l'autre côté du détroit.

Cette intention avait indigné toute la noblesse locale. Au cours de l'une de leurs innombrables réunions de protestation, un chevalier qui se nommait Baldwin avait mis fin à leurs discussions de conspirateurs en déclarant que cette succession n'aurait jamais lieu puisque, avant même la mort de leur roi Édouard, il aurait décollé la tête du Bâtard de ses épaules. Comme il était aussi vantard que belliqueux, il avait répété sa promesse aux quatre vents. Serlon l'avait entendu et s'était discrètement attaché à ses pas. Le voyant s'embarquer sur un bateau qui gagnait la France, il l'avait suivi jusqu'aux rivages de la Normandie. Là, sans même prendre le risque d'un affrontement qu'il jugeait inutile dans de telles circonstances, il avait proprement tranché le cou du chevalier Baldwin, puis avait fourré la tête dans un sac rempli de sel et s'était rendu à Rouen où

Guillaume tenait cour de justice. Quand le duc lui avait demandé :

— Et toi, de quoi as-tu à te plaindre et qui t'a fait tort ? Il avait brandi la tête dégoulinante de sel en disant :

— Nul ne m'a fait tort, messire duc, mais j'ai eu grand plaisir à faire tort à ce chevalier anglais qui s'était promis de vous trancher le col.

Le défi de Baldwin était parvenu jusqu'à la cour normande et le duc, après s'être levé pour examiner la tête de celui qui s'était promis de l'assassiner, s'écria :

— Voilà un mufle qui laisse imaginer une fameuse bête. Sois remercié de m'en avoir débarrassé. Qui es-tu ? Et qu'attends-tu de moi ?

— La liberté de vivre à nouveau sur cette terre où je suis né, moi, Serlon de Hauteville.

Et il lui dit en quelques mots le meurtre de Ridel, les raisons qui l'avaient amené à commettre ce crime et combien l'exil lui avait pesé. Le duc lui pardonna et le retint à son service parmi les hommes chargés de le protéger.

— Tu m'as appelé Serlon, père de Serlon, dit *le dernier des premiers* au petit moine. La renommée m'avait déjà appris que j'avais un fils et qu'il servait glorieusement mes frères.

— Je pense que tu dois avoir hâte de le connaître. Je retourne en Italie et si tu veux…

— Non, coupa Serlon père. Je ne puis quitter le service du duc, même pour connaître mon fils. D'ailleurs, il suffit que nous entendions parler l'un de l'autre.

Quand Roger entendit cette formule laconique, il se dit que son très cher neveu avait de qui tenir.

Tel fut le récit que fit le petit moine dans la grande salle du donjon de Troina. Il ne savait pas qu'il inaugurait une longue suite de soirées où chacun se raconterait, et qu'il apprendrait ainsi tout ce qu'il avait manqué jusque-là de l'aventure des Hauteville dans ces temps qui étaient, pour lui aussi, des temps d'exil.

*

* *

En l'absence de Roger, Serlon et ses amis avaient reconstitué *la bande de Mileto*. La bande de Troina était moins nombreuse. Tous n'étaient pas là, loin s'en faut, seulement une vingtaine de jeunes gens, écuyers compris, mais la fine fleur. On avait tout de suite entrepris de faire renaître en Sicile les joyeuses soirées de Calabre et Roger s'était demandé, avec amusement, si Serlon ne les avait pas installés hors du château, lui et Judith, plus pour se sentir libre que pour assurer, comme il le prétendait, le confort de la jeune mariée.

Car Roger et Judith n'habitaient pas le donjon. Pour eux, Serlon avait loué et décoré à sa façon tout l'étage d'une belle maison, de l'autre côté de la place.

Quand ils entrèrent pour la première fois dans le logement qui leur était destiné, ils en restèrent ébahis. Slimane, partant d'un grand rire, dit à Judith :

— Ce n'est pas seulement par le teint que votre mari va ressembler à un prince musulman !

Serlon et ses amis avaient tapissé les murs austères de la pièce des pans de la luxueuse tente du prince Ayub. Le sol était recouvert de peaux de bêtes, de tapis et de coussins brodés.

— Mais, ajouta le neveu de Si Gafar, il ne trompera que les illettrés.

Car les étoffes qui couvraient les murs étaient parsemées de citations du Coran dont bon nombre avaient la tête en bas. Comme il s'agissait de pieuses louanges ou de sages conseils, Slimane s'employa à les remettre dans le bon sens. Judith tint à les conserver : tous ces raffinements inattendus l'enchantaient, comme l'enchantèrent les rites insolites des prêtres grecs quand, pour la plus grande joie de la bande de Troina, ils se marièrent pour la troisième fois.

Mais la population grecque, conviée en masse, appréciant peu les chants latins, dédaigna de s'extasier devant la voix d'ange de Fra Modesto.

La nuit, dans son palais oriental, Judith contemplait les fils d'or dont étaient tissées les paroles du Prophète : ils scintillaient comme des milliers d'étoiles dans un ciel d'hiver. Ils resteraient comme les étincelles de son bonheur.

Ces temps paisibles furent de courte durée.

16

Noël à Troina

Les propriétaires de la maison dont les jeunes mariés occupaient le premier étage avaient une fille à peine plus jeune que Judith qui s'était vouée à son service, séduite par la simplicité et la gentillesse de cette demoiselle de haut lignage. Ce fut elle qui les alerta au milieu de cette affreuse nuit. Elle cogna de toutes ses forces contre la porte en criant :

— Sauvez-vous ! Sauvez-vous ! Il se passe des choses terribles dans la rue.

Roger bondit de son lit et saisit son épée. Il allait s'élancer dans l'escalier quand il entendit Serlon, depuis la place, leur enjoindre de sauter par la fenêtre. Il roula Judith dans son grand manteau et la jeta vers les bras qui se tendaient. Depuis quelques jours, une bise froide s'était mise à souffler sur ces hauteurs et ils avaient pris l'habitude de quitter le donjon enveloppés dans cette chaude pelisse doublée.

Roger, après avoir sauté à son tour, se précipita dans la rue qui menait à l'entrée de la ville. Il en venait des bruits de lutte et des vociférations sauvages. La plupart des chevaliers de sa troupe tentaient, sans y parvenir, de contenir toute une foule armée qui emplissait la rue, Grecs de Troina et Sarrasins mêlés. Il vit bientôt quatre de ses compagnons jetés à terre, engloutis par cette masse furieuse. Il comprit que tout était perdu.

— Reculez, reculez ! Tous au donjon ! ordonna-t-il.

L'ennemi ayant marqué un temps d'arrêt pour se livrer à ce massacre, les autres chevaliers purent refluer vers la tour où déjà Serlon et ceux qui l'accompagnaient avait mis Judith à l'abri.

Roger y pénétra parmi les tout derniers et fit retirer la passerelle. Ceux qui étaient restés en bas pour aider à la relever furent percés de flèches avant d'avoir eu le temps de s'y accrocher. On put refermer la lourde porte bardée de fer. Les survivants étaient sauvés, mais ils étaient prisonniers. Tous se regardaient, hébétés, cherchant à deviner ce qui avait pu se produire, ce qui avait failli leur coûter la vie. Ils n'en trouvèrent l'explication que le lendemain aux premières lueurs du jour.

Depuis l'une des meurtrières du donjon, on apercevait au loin, en biais, les portes de la ville. Dans la clarté d'une aube pâle, on découvrit trois corps qui se balançaient, accrochés sous le porche à des crocs de boucher. Le sang qui avait coulé de leurs bas-ventres mutilés coagulait sur leurs jambes. C'étaient trois des plus gaillards de la bande de Mileto, trois des plus entreprenants chasseurs de filles, jeunes gens séduisants qui ne se contentaient pas de mignardises. Ils avaient commis l'erreur de croire que les rudes montagnards grecs qui peuplaient Troina avaient l'esprit aussi large ou aussi vénal que les Calabrais.

Mais que ces hommes à l'honneur chatouilleux aient pu faire appel à des soldats sarrasins pour se venger de chevaliers chrétiens, voilà qui, pour Roger, passait l'entendement. Car il n'y avait pas à en douter, c'était bien une troupe d'Infidèles qui avait repris autorité sur la ville, sans doute une bande de rescapés des défaites d'Enna ou de Cerami. Ils avaient dressé de solides barricades à l'entrée des deux rues qui partaient de la place, laissant des créneaux derrière lesquels se tapissaient leurs archers.

Roger se prit à repenser aux visages fermés, aux regards froids de ceux qui avaient assisté à ses troisièmes noces. Il fallait bien admettre que ces chrétiens de rite byzantin préféraient, à celui des Normands qui leur imposaient une liturgie étrangère, le joug des Infidèles qui, moyennant tribut, leur permettaient de célébrer leur culte à leur manière.

Quand Serlon découvrit les trois corps de ses camarades martyrisés et pantelants, il crut devenir fou. Il se précipita sur la porte pour la débarrer en hurlant :

— Je vais les venger. Je les massacrerai tous !

On se précipita pour l'empêcher de sortir mais il menaça ses camarades de son épée. Même Roger ne parvint pas à le raisonner. Il ne se calma qu'en entendant la voix de Judith qui, attirée par cette querelle et devinant ce qui se passait, descendait de l'étage.

— Serlon, dit la jeune femme en s'avançant vers le chevalier, vous apprêteriez-vous à être parjure ? Vous avez fait serment de me servir jusqu'au sacrifice de votre vie et vous vous préparez à la donner pour d'autres qui, hélas, ne sont même plus vivants. De tout mon cœur, je partage votre peine mais je n'ai jamais eu autant besoin de vous.

Le jeune homme se calma et alla s'asseoir, tête basse, dans un coin. Depuis cet instant, il ne cessa plus de penser au moyen de faire sortir la jeune femme du piège dans lequel ils étaient tombés.

Mais c'était leur constante pensée à tous.

Certains proposèrent à Roger de faire, la nuit même, une sortie en force pour tenter de reprendre la ville, mais le cadet des Hauteville les en dissuada.

— Nous avons déjà perdu neuf des nôtres. Trois ont été pendus, quatre massacrés par la foule, deux autres tués sous nos yeux. Nous ne sommes plus que douze capables de nous battre. Traverser la place sous les flèches des Sarrasins coûterait encore la vie à la moitié d'entre nous. Quel espoir de succès y aurait-il pour ceux qui resteraient ? Ici, nous sommes en sûreté. La tour est imprenable. Quiconque tenterait de l'approcher, nous pourrions sans mal l'abattre. Voyons venir et laissons faire le temps.

Mais de temps, ils n'en disposaient guère. Ils n'avaient ni réserves de vivres, ni provisions de bois et à peine de quoi nourrir les chevaux quelques jours. Ils ne possédaient, pour se couvrir, que leurs vêtements et quelques couvertures de selle et on était à la veille de Noël, à la veille de ce bref mais cruel hiver sicilien que rien ne tempère sur ces hauteurs ravagées par le vent. Ironie du sort, ce n'était pas l'impressionnant trésor de guerre accumulé dans les caches souterraines de la tour qui pourrait les nourrir ou les réchauffer.

Alors commencèrent des jours qui ressemblèrent à de longues veillées que nul feu n'égayait. Pour passer le temps, Roger entreprit de leur raconter, surtout à l'intention de Judith et Fra Modesto qui n'en connaissaient rien, toutes ses tribulations, ses tristesses et ses joies depuis sa fuite de Rieti sous la pèlerine du lépreux jusqu'à cette nuit de Troina où, pour la seconde fois, la Sicile tant désirée tendait un piège à leur trop grande confiance en leur force et leur étoile.

Et quand il était las d'évoquer ses souvenirs, l'un ou l'autre, prenant la parole à son tour, disait ce qu'il avait vécu ou ce que les anciens lui avaient rapporté des exploits des premiers Hauteville.

Le soir de Noël, on réveillonna du peu qu'on avait épargné les jours précédents et on fit même du feu.

— Il ne nous manque que le bœuf et l'âne, soupirait Judith qui s'efforçait de plaisanter. Elle pensait à leur haleine chaude sur le corps fragile de l'Enfant-Dieu.

— En effet, dit Roger, nous aurions pu les manger.

Approchait le moment, et tous en étaient angoissés, où il faudrait, pour survivre, commencer à abattre les chevaux. D'imaginer devoir les tuer, les dépecer à côté de leurs congénères, leur fendait le cœur. Serlon songeait avec horreur à la puanteur qui en viendrait et qu'il ne pouvait imaginer imposer à Judith. Déjà, une puissante odeur d'excréments montait des bas-fonds du donjon vers les étages.

Le petit moine dit la messe et chanta Noël. Ce fut une nuit de ferventes prières et de propos modestes. Mais il n'en était pas de même les autres soirs.

*

* *

À mi-hauteur de l'escalier qui montait au second étage, l'épaisse muraille était percée d'une niche voûtée, à peine assez large pour qu'on puisse s'y allonger, trop basse pour qu'on puisse s'y tenir assis, mais assez profonde pour deux corps enlacés. Ce fut la chambre de Judith et Roger. Ils s'aimaient et dormaient sur un peu de paille dérobée aux chevaux avec, pour toute couverture, le manteau qui leur avait servi, aux jours de liberté, à regagner leur palais oriental. Un bout de tenture dissimulait très partiellement l'ouverture et ceux qui allaient prendre leur tour de guet au sommet du donjon passaient devant, sur la pointe des pieds, en détournant la tête, mais Judith pouvait les entendre parfois s'esclaffer à l'idée de ce qu'ils auraient pu découvrir s'ils avaient fait preuve de moins de discrétion.

Elle s'était prise d'une profonde affection pour tous ces jeunes hommes qui ne montraient jamais ni découragement, ni crainte, ni amertume. Elle se disait, indulgente : Quelle drôle de race que celle des garçons !

Ils étaient à son égard pleins de retenue et de prévenance, mais la nuit elle les entendait, dans la grande salle, pousser à pleins poumons des chansons gaillardes. Roger voulait les faire taire, mais elle le lui interdisait bien et il se contentait, en riant, de lui boucher les oreilles de ses deux mains. Seulement, dès qu'il la croyait endormie, il descendait rejoindre ses compagnons et elle l'entendait, amusée, reprendre avec conviction, de sa voix bien timbrée, les refrains les plus osés. Il n'y avait pas jusqu'à cette petite sainte nitouche de Fra Modesto qui ne répétât inlassablement les phrases d'une belle verdeur, histoire d'apprendre à ces choristes d'occasion à les chanter dans le ton qu'il estimait juste, plus choqué par les dissonances que par les obscénités.

Serlon et Slimane ne prenaient que rarement part à ces joyeuses tablées. Sitôt la nuit tombée, ils montaient au sommet de la tour comme s'ils n'avaient pas toute confiance dans les guetteurs et scrutaient les alentours, parlant à voix basse, cherchant un moyen d'en finir avec cette claustration qui devenait insupportable.

Une nuit, Judith demanda à Roger :

— Est-ce que tu crois que Slimane est amoureux de Serlon ?

— C'est bien possible, répondit Roger avec le plus grand sérieux. Son oncle est bien amoureux de moi. Il dort avec au pied de son lit une statue qui me représente tout nu.

Judith pouffa de rire et, comme elle plissait le nez de cette manière qui pour son époux et amant était irrésistible, Roger se mit à lui dévorer le visage de baisers.

Si nous sortons un jour vivants de cette épreuve, se disait Judith, je crois que je me souviendrai éternellement d'y avoir été heureuse.

*
* *

Cette nuit-là, du haut de la tour, alors que les chants de leurs compagnons parvenaient faiblement jusqu'à eux, Slimane et Serlon entendirent les Sarrasins qui veillaient aux barricades s'apostropher et se quereller plus fort qu'à l'ordinaire. Il en était ainsi chaque fois que le paysan, venu d'on ne sait où, arrivait avec son âne lourdement chargé.

— Il leur apporte du vin, dit Slimane.

— Du vin ? fit Serlon. Je croyais que vous n'en buviez pas.

— Tout dépend des hommes et des circonstances. Et ces nuits froides peuvent le justifier pour des soldats en guerre, même aux yeux du Prophète.

L'homme à l'âne montait à Troina deux fois par semaine, tard dans la nuit.

— Sans doute les hommes veulent-ils éviter que leurs officiers ne le voient. Les chefs se montrent souvent rigoristes, du moins en public.

La livraison avait lieu le mardi et le samedi à ce qu'ils avaient noté. Les voix empâtées qui montaient de la rue prouvaient qu'on y faisait honneur.

— Nous pourrions tenter le coup mardi prochain, dit Serlon. Tu t'en sens toujours capable ?

— Je te suivrai jusqu'au fond des mers, ô ma gazelle, dit Slimane en riant.

— Dans ce cas, ô ma colombe, dès demain j'en parlerai à Roger.

*
* *

Roger prit le temps de la réflexion avant de donner son accord au projet audacieux que lui présentaient les deux jeunes gens. Il eût hésité plus encore si la proposition n'était venue que du seul Serlon. Il connaissait trop la folle témérité de son neveu. Que Slimane y apporte sa caution le rassurait. Mais, à la vérité, le Palermitain n'était si bon avocat que parce qu'il tentait de se convaincre lui-même. Il mourait de peur, mais il était bien décidé à montrer à ces chevaliers normands ce dont était capable un marchand arabe.

— Je suis d'accord avec vous, acquiesça Roger. La façade nord du donjon est invisible pour les sentinelles qui veillent dans les tourelles au-dessus des portes de la cité, mais les meurtrières sont bien trop étroites pour imaginer sortir par là. Je ne vois pas comment nous pourrions les élargir.

— Nous descendrons depuis le sommet de la tour à l'aide de la corde du puits.

— Es-tu certain qu'elle sera assez longue ?

— Elle ne l'est pas, mais en y ajoutant l'échelle qui mène à la terrasse, on devrait y arriver. Je pense que le saut qui nous restera à faire ne sera pas très dangereux.

— Admettons que vous parveniez au pied du donjon, vous ne pourrez pas gagner la vallée par la droite car vous seriez repérés, et sur la gauche la faille est trop large pour espérer la franchir d'un bond.

De ce côté de la citadelle, l'éperon rocheux était fendu d'une profonde crevasse qui en rendait l'approche impossible.

— Nous jetterons l'échelle par-dessus le trou et nous passerons à quatre pattes.

Judith ne put s'empêcher de pousser un cri.

— Mon Dieu ! murmura-t-elle les lèvres tremblantes, vous n'allez pas traverser ce gouffre sur de simples barreaux ?

— Ne vous effrayez pas, gentille dame, s'amusa Serlon. Un gouffre n'existe que si on le regarde et d'ailleurs, avec la nuit, nous n'en verrons pas le fond.

Slimane avait la gorge si sèche qu'il feignit d'être pris d'une quinte de toux pour aller boire un verre d'eau. L'eau était bien la seule chose qui ne leur manquait pas.

— Et une fois de l'autre côté, demanda Roger, êtes-vous sûrs qu'il soit possible de descendre jusqu'au pied de la montagne ?

— Nous n'en savons rien, dit Slimane, mais il me semble que ce doit être possible. De toute façon il le faudra bien.

— Je vois, fit Roger. Et si tout se passe pour le mieux mais que votre vigneron et son âne ne soient pas au rendez-vous ?

— Eh bien ! Nous irons chercher du secours jusqu'à Rometta. Mais cela prendrait des jours, autant ne pas y penser. Nous réussirons.

Roger songeait que le Guiscard avait bien raison de vouloir bâtir un nouveau San Marco à mi-chemin. Tous ceux qui auraient pu venir à leur secours étaient bien trop loin pour qu'un appel à l'aide puisse les atteindre et bien trop peu nombreux pour sortir de la protection de leur citadelle où le froid devait les cantonner.

— Dans ce cas..., dit Roger.

— Dans ce cas, il n'y a plus rien à ajouter, coupa Serlon. Préparons-nous. Tu sais très bien que Slimane et moi sommes, et de loin, les plus légers. Je suis seul à avoir les cheveux noirs et Slimane seul, ajouta-t-il en souriant, à parler sa langue !

*

* *

À la nuit tombée, tout était prêt pour l'expédition. On monta en silence sur la terrasse du donjon, retira l'échelle, l'attacha solidement au bout de la corde qu'on avait détachée du puits et entreprit de la faire descendre. Très vite, le ballant la fit frotter bruyamment contre le mur. Les quelques chevaliers demeurés en compagnie de Judith et de Fra Modesto dans la grand-salle avaient reçu instruction de chanter comme cent ! L'opération s'avéra tout de même plus lente que prévue.

Enfin, il ne resta plus que la longueur de corde nécessaire pour qu'on puisse solidement la retenir. Roger et ses compagnons s'arc-boutèrent les uns contre les autres, les pieds du premier prenant appui contre le parapet.

Serlon s'élança sans une seconde d'hésitation. Il avait prévu de marcher sur la paroi comme une mouche sur un mur, s'agrippant des deux mains à la corde et cela se révéla plus facile qu'il ne l'avait imaginé. Il atteignit l'échelle, descendit les barreaux et, suspendu au dernier, se laissa tomber. Le choc fut rude mais il réussit à l'amortir souplement.

Le moment que Slimane redoutait le plus était arrivé. Ses lèvres murmuraient une invocation à la protection d'Allah et il se laissa basculer à son tour, prenant de l'assurance au fur et à mesure qu'il se rapprochait du sol. Mais c'est une fois l'échelle atteinte qu'il lui restait le plus périlleux : il devait la détacher, se laisser partir avec elle en arrière et ne plus compter que sur l'adresse et la vigueur de Serlon pour ne pas se briser les os au pied du donjon. Serlon encaissa le choc, résista tant qu'il put et finit par s'effondrer, mais le neveu de Si Gafar était suffisamment près du sol pour y rouler sans se faire de mal.

Aussitôt, Serlon lança l'échelle par-dessus le gouffre tandis que Slimane, de tout son poids, en plaquait les montants au sol.

Le jeune Hauteville, dans cet exercice qu'il n'avait jamais pratiqué, n'était pas des plus rassurés et il n'avait pas imaginé les vives douleurs que causerait aux os de ses jambes la pression sur les barreaux. Il accéléra. Le bois tremblait, l'ensemble glissait un peu, mais il atteignit sans encombre l'autre bord et, à son tour, maintint l'échelle au sol en se demandant si son compagnon n'allait pas flancher. Mais Slimane ne connaissait pas le vertige. Il pensait que ce ne serait pas pire que de monter au mât d'un navire, en pleine tempête. Il remerciait son père de lui avoir imposé cet exercice alors qu'enfant il l'accompagnait dans ses courses.

Serlon récupéra Slimane dans ses bras et ils se tinrent un instant serrés l'un contre l'autre, riant silencieusement. Puis ils contournèrent le piton, plaqués contre la roche.

Ils ne surent jamais si la descente de l'autre côté de la montagne était difficile ou non. Après tant de craintes et d'efforts réussis, ils se sentaient plongés dans une euphorie où tout leur paraissait aisé et eux-mêmes dotés de pieds infaillibles et de bras infatigables.

Ils reprirent leur souffle dans l'ombre, au seuil de la vallée. Il leur restait une ultime décision à prendre.

Un large espace découvert s'étendait jusqu'aux premiers murets de pierres sèches entourant les oliveraies et les jardins ravagés qui avaient fait, jadis, la richesse du pays de Troina. La lune éclairait la terre d'une lumière glacée. Puisqu'à partir de là ils pouvaient être aperçus depuis les remparts, ils n'avaient pas décidé, dans leur discussion, s'il valait mieux courir jusqu'à l'abri des murs, mais brièvement, au risque d'attirer l'attention, ou marcher simplement comme deux paysans qui se seraient attardés et ne regagnaient leur village qu'à cette heure insolite. Le froid trancha pour eux. Comme ils étaient transis, ils préférèrent courir.

*

* *

Maintenant, ils avançaient le plus vite possible, pliés en deux à l'abri des clôtures, espérant qu'ils arriveraient à temps jusqu'au lieu où ils avaient décidé d'attendre le livreur de vin et son âne, c'est-à-dire à la hauteur d'une ferme incendiée dont les ruines suffiraient à cacher leur action.

Une fois arrivés sur place, ils se dissimulèrent derrière les montants qui marquaient l'entrée de la cour et attendirent. Ils n'avaient pas une idée exacte du temps qu'avaient duré leur descente et leur course jusque-là. Ils savaient bien que l'homme et sa monture n'étaient pas encore passés, mais ils espéraient que leur attente serait courte. Heureusement pour eux, l'air de la plaine, par contraste, leur paraissait presque tiède.

Enfin ils entendirent les claquements de sabots sur les pierres du chemin et la voix du vieil homme chevrotant une mélopée.

— Maintenant c'est à moi, murmura Slimane.

Il avait été entendu que ce serait lui qui égorgerait l'ânier. Ils avaient besoin des vêtements du vieux et Serlon n'avait pas l'art de trancher un cou sans que le sang se répande partout.

Slimane bondit au passage de l'homme, lui appliqua la main sur la bouche avant qu'il n'eût même l'idée de crier, lui enfonça durement son genou dans les reins et, d'un coup de lame bien aiguisée, lui trancha la gorge et lui projeta la tête en avant pour que le sang, jailli des veines et des artères, coulât sur la terre comme celui d'un mouton sacrifié.

Serlon avait entendu le gargouillement horrible. Quand il vint rejoindre son ami, celui-ci avait déjà commencé à déshabiller le vieux dont les membres tressautaient encore un peu.

Le froid justifiait que le visage et le crâne du jeune Hauteville fussent enturbannés. On avait souillé et lacéré quelques vêtements informes pour qu'il eût l'air d'un paysan. Slimane enfila la longue robe du vieillard, jeta la cape sur ses épaules et, ramassant le bâton épointé, remit l'âne en marche vers Troina.

— Tu vois, dit-il, ç'a été vite fait. S'ils surveillaient l'arrivée de leur vin, ils auront pensé que le vieux s'était juste arrêté pour pisser.

De toute façon, les gardiens sarrasins étaient bien trop loin pour distinguer autre chose qu'un peu de mouvement sur le chemin.

*
* *

Ils étaient repérés et attendus. La porte s'ouvrit avant même qu'ils ne l'aient approchée. Les sentinelles s'étonnèrent de les voir, mais Slimane leur servit, avec son meilleur accent campagnard, le boniment préparé : le vieux était malade, c'était le sourd-muet qui désormais leur apporterait le vin. Le sourd-muet, c'était Serlon. Lui n'était là, cette nuit, que pour lui montrer le chemin.

Les sentinelles prirent les deux outres qui leur revenaient.

— Buvez, buvez, dit Slimane. Il n'a jamais fait aussi froid et le Prophète lui-même vous le recommanderait. Videz tout, le petit vous en rapportera demain.

— Hé ! protesta l'une des sentinelles. Chaque jour ? T'as décidé de t'enrichir sur notre dos !

Slimane lui expliqua qu'ils n'auraient rien à débourser. Juste à lui offrir deux ou trois des coupes d'argent du prince Ayub que les Normands devaient garder, avec le reste du trésor, dans les sous-sols du donjon. La proposition fut acceptée avec enthousiasme.

Serlon écoutait, la bouche entrouverte comme un idiot, les paupières aux trois quarts fermées pour dissimuler ses yeux verts.

Slimane l'avait assuré que même si tous les Sarrasins le connaissaient de réputation, il y avait bien peu de chance pour qu'aucun de ceux qu'il rencontrerait l'ait jamais vu de près.

Le jeune homme le pensait aussi mais il restait méfiant. L'âne trottina jusqu'à la barricade qui fermait la rue longeant les remparts de l'est. Slimane livra son outre et resservit son boniment.

Puis on alla à l'autre barricade et là, le faux paysan et son sourd-muet s'installèrent pour trinquer avec ceux de l'ouest. Encouragés par Slimane, les gardiens se passèrent l'outre de mains en mains, buvant sans mesure. On exigea même que le sourd-muet en prenne sa part. Serlon tenta de se défendre mais, de crainte d'être démasqué, il dut bien accepter quelques gorgées, recrachant ce qu'il pouvait sous les rires et les lazzis de ses tourmenteurs.

Slimane, Dieu merci, feignait seulement de boire. Le temps passait. Le chant, les rires et les obscénités se multipliaient. On entendit bientôt, venant de l'autre barricade, les bruits d'une querelle. Là-bas aussi le vin faisait son effet, mais sans doute pas autant qu'ici où Slimane débitait mille plaisanteries pour pousser les autres à boire plus que de raison. Ils étaient sept en tout. Bientôt deux, puis trois s'adossèrent à la barrière et s'endormirent et quand deux autres s'éloignèrent un peu pour aller uriner contre un mur, il fit signe à Serlon, s'avança à nouveau pour offrir un gobelet de vin au soldat qui semblait le mieux tenir l'alcool et lui enfonça dans le foie le couteau qu'il avait sorti de sa ceinture.

— Hé ! Qu'est-ce qui se passe ? demanda un autre soldat chancelant voyant son compagnon s'effondrer.

— Il est cuit, dit Slimane et il poignarda à son tour celui qui l'interrogeait.

Serlon prit l'épée du mort, s'élança vers ceux qui se soulageaient dans un coin et, en deux coups de lame, les décapita. Slimane avait achevé les dormeurs. Il ne survivait plus qu'un seul gardien, trop imbibé pour bien comprendre la situation. Serlon le transperça de son épée mais il restait encore assez de vigueur au soldat pour lui permettre de réagir et Serlon s'effondra à son tour.

Slimane s'était attaqué au démontage de la barricade. C'était le signal qu'attendaient, derrière la porte de la tour, Roger et ses chevaliers mais il lui était difficile de dégager, seul, une large brèche.

— Aide-moi, cria-t-il à Serlon.

C'est alors qu'il découvrit que son compagnon ne bougeait plus. Il fut pris de panique, tira de toutes ses forces et parvint à diminuer la hauteur de la barrière juste au moment où les cavaliers normands, jaillis de la tour, arrivaient sur lui. Les chevaux réussirent à sauter l'obstacle. Les flèches que leur avaient lancées depuis l'autre position des archers à moitié ivres manquaient trop de précision pour leur causer dommage. En quelques secondes, ils furent à la porte de la ville, massacrant les gardiens et les officiers arrachés à leur sommeil, tandis que plusieurs d'entre eux, qui s'étaient arrêtés à la jonction des deux routes, abattaient ceux qui revenaient, un peu titubants, au secours de leurs camarades.

Les habitants de la ville ne s'étaient pour la plupart rendus compte de rien et ceux que le bruit avait réveillés, voyant les cadavres des Sarrasins jonchant la chaussée et les cavaliers normands remontant vers le donjon, se gardèrent bien de franchir le seuil de leurs portes soigneusement barricadées.

Toute l'affaire n'avait duré, comme devait le dire Judith qui s'était agenouillée, pour appeler sur Roger et ses amis la protection divine, que le temps de trois courtes prières.

Quand la jeune femme vit les deux chevaliers qui ramenaient le corps de Serlon, elle crut s'évanouir.

— Est-ce grave ? demanda-t-elle affolée.

— Plus que grave, fit Roger sarcastique. Il est mort... ivre mort !

*
* *

Serlon ne reprit ses esprits que tard dans la matinée du lendemain. Il n'avait plus que de vagues souvenirs de leur expédition et de ses suites.

— Mais oui, le rassura Slimane, nous avons réussi.

— Alors, dit-il en se tournant vers Judith qui était restée à le veiller comme s'il eut vraiment été victime de quelque grave blessure, vous voilà libre, ma dame !

Plus tard, quand il eut enfin les idées tout à fait claires, il exigea qu'on tire vengeance de ceux qui avaient osé assassiner ses compagnons. C'était bien ce que Roger redoutait. Pourquoi la violence devrait-elle sans cesse répondre à la violence ? Mais Serlon resta inflexible.

— Alors ce serait un crime que de vouloir donner du plaisir à quelques filles grecques ? s'indignait-il.

— Leur en donner ou en prendre ?

— Et quand bien même ils les auraient forcées, est-ce que leur vertu valait la vie de chevaliers normands ?

Non, Roger ne le pensait pas non plus.

— Et puis même, poursuivait Serlon, si tu trouvais quelque justification à leur crime, pourrais-tu leur pardonner leur félonie ? Est-ce qu'ils n'ont pas cherché à nous livrer aux Sarrasins ? Que serait-il advenu de Judith ?

— Je sais tout cela, dit Roger agacé.

Il était donc arrivé ce moment fatidique où celui qui a l'autorité doit décider de ce qui est juste et de ce qui ne l'est pas, de qui doit vivre et de qui doit mourir. À l'instant de faire son choix, ses certitudes chancelaient.

Il alla demander à Judith, un peu lâchement il le sentait bien, de raisonner Serlon mais, à sa grande surprise, la jeune femme lui répondit :

— Après ce que Slimane et lui ont fait pour nous, nous devons leur accorder ce qu'ils réclament.

Roger fit venir le prêtre grec :

— C'est toi qui as demandé, au soir de la bataille de Cerami, notre protection et je t'ai promis de rester auprès de vous et voilà comment tes fidèles me récompensent. Fais-leur comprendre qu'ils doivent me livrer ceux qui ont osé pendre trois de mes chevaliers et appeler les Sarrasins contre nous, sinon je choisirai moi-même ceux qui doivent payer, coupables ou non.

Le prêtre sortit, accablé. Sans doute fit-il ce que Roger lui demandait, mais personne ne dénonça personne.

Alors les chevaliers réunirent sur la place, devant le donjon, tous les hommes de la ville et les Normands désignèrent ceux qu'ils avaient vus ou croyaient avoir vus frapper leurs compagnons.

On les pendit sous le porche comme l'avaient été les trois boute-en-train de la bande de Mileto. Toute la population de Troina dut assister à leur supplice et, quand le dernier des condamnés eut cessé de vivre, Roger lança à la foule :

— Ce que vous voyez n'est que justice. Que cela vous serve de leçon ! Puis il murmura, pour Serlon et ceux qui l'entouraient : Que cela nous serve de leçon !

Tant que le froid conserva leurs corps, on laissa les pendus se balancer comme des grappes flétries oubliées sur une treille, après les vendanges. Puis on accorda à leurs proches la permission de les décrocher et de les enterrer.

17

Un nouveau printemps

L'hiver disparut aussi brusquement qu'il était arrivé. Une brise tiède venue d'Afrique éveilla les lézards dans le creux des murailles. Elle sentait le sable et l'écorce d'orange. Le printemps faisait frissonner de fièvre la terre de Sicile.

Bien qu'on ne fût qu'au milieu de février, les vallées se couvraient déjà de fleurs. L'or le disputait au violet et le violet au rose. Sur les flancs des collines les mieux exposées, les amandiers posaient leurs têtes neigeuses comme un souvenir des récents frimas.

C'est par l'un de ces beaux jours retrouvés qu'Iven arriva à Troina. Le Guiscard l'avait envoyé en personne pour raconter le passé et préparer l'avenir. En entrant dans la grande salle, il dit :

— Vous avez eu de la chance de rester en Sicile. Nous autres, en Pouille, avons crevé de froid !

Tous ceux qui étaient présents éclatèrent de rire.

— Moquez-vous de moi ! protesta-t-il, vexé.

— Ne te fâche pas, dit Roger qui avait du mal à retrouver son sérieux, nous aurions aussi bien pu t'étrangler. Assieds-toi, bois et raconte.

*

* *

La fureur vindicative de la cavalerie normande avait disséminé les forces byzantines et les chevaliers félons. Melfi avait été délivrée et Pierron pourchassé jusque sous les murs de Trani. Mais il n'avait pu y trouver refuge. Geoffroi Ridel, remonté du sud, avait écrasé les restes de l'armée grecque et lui avait coupé la retraite. C'est en prisonnier qu'il avait fait son entrée dans sa cité dont le Guiscard s'était empressé de faire raser le donjon.

Puis devant les décombres, Robert avait fait apporter son siège ducal et s'y était assis, son épée dégainée posée sur les genoux.

On avait fait s'agenouiller devant lui le fils du tueur de Maure et celui d'Onfroi, le petit Abélard, mains ligotées dans le dos.

Le duc de Pouille était resté une bonne heure silencieux à les contempler. L'enfant avait tenté de faire bonne figure mais au bout d'un moment sa mâchoire s'était mise à trembler, puis ses épaules et tout son corps. Malgré ses efforts, il n'avait pu s'empêcher d'éclater en sanglots. Alors le Guiscard lui avait relevé la tête du plat de son épée, il lui avait dit :

— Pourquoi as-tu peur ? Jamais je ne ferai couler une goutte du sang des Hauteville. Range-toi à ma droite et sers-moi comme j'ai servi ton père.

Puis il avait ordonné à Pierron de se redresser et avait poursuivi :

— Malheureusement pour toi je n'ai pas les mêmes raisons de respecter ton sang. Seulement, jamais je ne tuerai de mes mains un vétéran de Civitate. Alors, je te donne le choix...

— À ce moment, rapportait Iven, il m'a mis son épée entre les mains et m'a demandé de la serrer fermement. Puis il a continué :

— ... Ou tu te jettes sur cette épée comme le faisait, dit-on, les officiers des Césars au lendemain de leur défaite ou tu me baises la main, te ranges à ma gauche et me sers fidèlement comme ton père a servi mes frères quoi qu'il pensât d'eux.

— Vous me croirez si vous voulez, continuait l'écuyer du duc, mais le comte de Trani a hésité quelques instants avant de baiser la main du duc et de se placer derrière lui.

Et maintenant, *le premier des derniers* s'apprêtait à en finir, une fois pour toutes, avec le pouvoir de Constantinople. Le siège de Bari était décidé. Il avait fait venir les fils de Toerkil la Baleine avec toute la flotte, afin de couper aux Grecs la route de la mer. Il attendait de Roger qu'il ne laisse en Sicile que le nombre de chevaliers qu'il jugerait indispensable pour tenir les forteresses et qu'il vienne le rejoindre. Il lui demandait aussi d'exiger d'Ibn Timnah qu'il lui confie quelques-uns des meilleurs bataillons sarrasins afin qu'ils lui prêtent main-forte au moment de l'assaut final.

— Dis à mon frère, avait-il conclu, et là Iven rapportait mot à mot ses propos, qu'ensuite nous prendrons juste le temps de nous retourner et, sur notre lancée, nous ne ferons qu'une bouchée de la Sicile. Nous enlèverons Palerme et tandis que je partirai à l'assaut de Byzance, mon frère n'aura plus qu'à dépecer les lambeaux de la bête dont nous aurons arraché le cœur.

Le cardinal Hildebrand lui avait laissé entendre, à mots couverts, qu'il ne déplairait pas à la papauté de voir un empereur latin s'installer sur le trône des basileus.

*
* *

Il y avait un événement plus familier qu'Iven se réjouissait de rapporter à Roger, mais en tête à tête, car il n'était pas chargé de le lui faire connaître. Il savait que *le dernier des derniers* s'en amuserait autant que lui : le Guiscard avait trouvé un mari pour Aubérée.

Il avait vu débarquer un beau jour un lointain cousin de Frésende qui lui avait plu au premier coup d'œil parce qu'il avait comme lui un grand nez et la même manière de flairer le vent.

Le nouveau venu avait certes dix ans de moins que son éventuelle épouse, mais un duc de Pouille pouvait bien offrir un beau jeune homme à la femme qu'il avait abandonnée. L'arrivant fut aussitôt conduit à San Marco et présenté à sa future qui s'en révéla bouleversée. Par le cœur, Aubérée était restée la fidèle moitié du Guiscard et n'imaginait pas devoir, un jour, le remplacer. Robert, se méprenant sur les raisons de cette émotion, lui laissa jusqu'au lendemain pour donner son approbation. Quand il revint pour connaître sa décision, il trouva la mère de Bohémond plus effrayée encore.

— Mais, balbutia-t-elle, j'ai compté et recompté toute la nuit, nous sommes au même degré de parenté.

— Ah ! Bah ! fit le Guiscard qui ne se laissa pas démonter. Depuis quand les femmes savent-elles compter ?

Et craignant que son argument ne fût pas péremptoire, il ajouta avec fierté :

— Et puis, est-ce que cela nous a empêché de faire un beau garçon ?

À cette évocation du fruit de leur amour, Aubérée éclata en sanglots et se jeta spontanément dans les bras de son mari perdu. À la voir s'accrocher ainsi à lui, tremblante et confiante à la fois comme elle l'avait toujours été, le Guiscard sentit se réveiller son désir passé. Comme il l'aimait encore sa petite caille !

— Allons, allons, lui susurra-t-il à l'oreille, cesse de pleurer. Tout va bien. Je viendrai te consoler cette nuit. Après tout, tu n'es pas encore mariée !

Il ne vint pas à l'idée de la petite caille toujours amoureuse de rappeler que lui l'était.

*

* *

Judith avait pris l'habitude de monter chaque midi sur la terrasse au sommet du donjon, comme s'il lui fallait encore, aux heures les plus chaudes, faire fondre ces restes de glace qu'avaient laissés dans ses veines les terribles épreuves du temps de la Noël. L'un ou l'autre l'accompagnait, Roger s'il en avait le temps ou bien Serlon ou Slimane et toujours Fra Modesto. Mais ce jour-là, ils l'avaient tous accompagnée pour faire admirer à Iven la splendeur de l'île renaissante.

Sur l'horizon, au nord-ouest, on voyait flotter un léger nuage clair.

— C'est la brume qui monte des jardins de la Conque d'Or, dit Slimane avec nostalgie.

— L'an prochain, nous célébrerons la Nativité à Palerme, affirma Roger.

Il se tenait derrière Judith, la serrait contre lui et, le menton posé sur son épaule, regardait vers la ville comme s'il eut pu l'apercevoir.

— Le ciel t'entende, dit Fra Modesto.

— *Inch Allah !* renchérit Slimane.

Roger caressa le ventre de Judith. Depuis quelques jours la jeune femme avait des raisons de penser qu'elle portait un enfant.

— L'évêque Nicodème nous accueillera au seuil de sa cathédrale et il bénira le fils que tu porteras dans tes bras.

— Le fils ou la fille, murmura Judith non sans malice.

— Vous vous moquez ma douce amie, protesta Roger. Sachez que les Hauteville, quand ils sèment, plantent toujours un mâle en premier. Auriez-vous décidé de me faire honte devant mes ancêtres et mes frères ?

Slimane souriait en pensant : Ne t'inquiète pas pour ta capacité à engendrer des garçons, fier et beau chevalier !

Lui seul savait que depuis des mois, dans la maison de Si Gafar, Elena la petite esclave affranchie lui avait déjà donné un fils. Elle l'avait appelé Jourdain parce qu'il était, pour elle, né d'un amour aussi pur que les eaux du fleuve où Jean avait baptisé Jésus.

Ce secret brûlait les lèvres du jeune Sarrasin, mais son oncle lui avait fait jurer sur le Livre de ne pas le révéler.

*

* *

Depuis les hauteurs de l'Etna, un aigle descendit en criant, plana quelques instants au-dessus de Troina et glissa vers la mer Tyrrhénienne, emporté par le vent du sud.

À paraître prochainement : *Le Royaume sur la mer*, tome 2 du *Sang des Hauteville*.

GÉNÉALOGIE SIMPLIFIÉE DES HAUTEVILLE DE 1000 À 1063

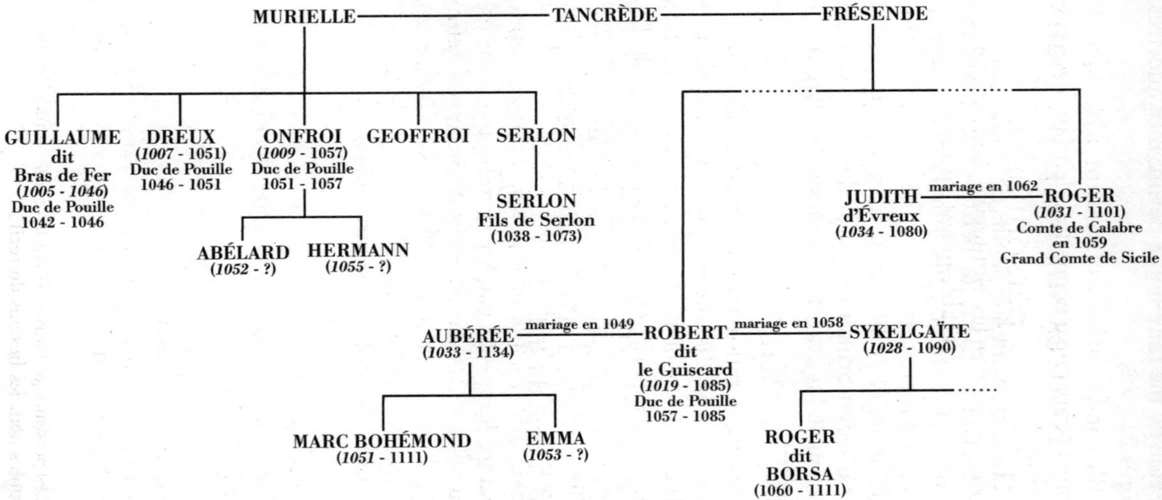

Les dates en italique sont vraisemblables mais non certaines.

Notices sur les principaux personnages

(Pour les Hauteville, se reporter au tableau généalogique)

AHMAD LE SOUFI *[1]

Mystique musulman, il appartient à la secte mystérieuse des soufis appelés ainsi à cause de la robe de laine grossière qu'ils adoptent par modestie. Le soufi se consacre avec rigueur à la connaissance du Dieu Unique, autant par la recherche intellectuelle que par le détachement et la pureté des mœurs. En cela, il rejoint l'ascète chrétien. Dieu a accordé à Ahmad, dans son grand âge, un fils et une fille d'une exceptionnelle beauté. Rapporté par les chroniqueurs du temps, le drame du jeune adolescent poignardant sa sœur jumelle pour lui éviter de tomber entre les mains des soudards normands envahissant Messine est l'un des thèmes récurrents du folklore arabo-sicilien.

ALEXANDRE II

Anselme de Baggio, évêque de Lucques, pape de 1061 à 1073.

AMI, dit TAILLEMAURE

Compagnon des premiers jours de Guillaume Bras de Fer et de ses frères, mais opposé à leur

1. Les personnages suivis d'un astérisque* sont les seuls à avoir été inventés pour les besoins du récit.

prééminence, il recevra pour ses fils Pierron et Gauthier, au partage de Melfi, les fiefs de Trani et de Civitate.

Argyros (*1015*-1068)[1]

Fils d'un certain Mélès seigneur de Bari et chef avec son frère Dato des révoltés lombards contre les Byzantins, Argyros est emmené enfant en otage à Byzance, après l'échec de l'insurrection, la mort de son père et celle de son oncle, exécuté sous ses yeux par les Grecs. Toute sa vie, il sera partagé entre sa haine et son admiration pour Byzance, tantôt s'alliant aux Normands et tantôt les trahissant. Il meurt dans sa maison de Bari tandis que Robert Guiscard assiège la ville.

Aubérée (*1033-1134*)

Sœur cadette de Gauthier de Buonalbergo et tante de Girard. Elle épouse Robert Guiscard en 1049 et lui apporte en dot les cinquante chevaliers qui seront à l'origine de la fortune du Guiscard. Elle lui donne deux enfants : Bohémond, héros de la première croisade et futur prince d'Antioche, et Emma dont le fils Tancrède succédera à Bohémond. On la dit morte plus que centenaire.

Bénoit IX (1020-1054)

Monté à l'âge de douze ans, en 1032, sur le trône de Pierre, il fut chassé et officiellement réélu deux fois (1045 et 1047-1048) malgré une vie de débauche et des appétits dont la frénésie le fit soupçonner de sorcellerie. Il meurt à trente-trois ans dans un couvent de Grottaferrata.

1. Les dates données en italique correspondent à des suppositions vraisemblables.

BÉRARD LE SAVOYARD *

Soldat de la citadelle de Scribbla quand Dreux de Hauteville en confie la garde à son frère Robert. Il deviendra, ses qualités d'escaladeur aidant, l'un des principaux lieutenants du Guiscard, tant dans ses brigandages que dans ses conquêtes.

CLÉMENT II, pape (1046-1047)

DAMASE II

Brunon, évêque de Brixen, désigné par Henri III et imposé à Rome par la force. Élu le 17 juillet 1048, il mourra trente-trois jours plus tard, empoisonné, selon la rumeur, par son prédécesseur Benoît IX.

DIDIER DE BÉNÉVENT (*1027*-1087)

Membre de la dynastie régnante de Bénévent. À la mort de son père tué au cours d'une attaque normande, il se réfugie sur l'une des îles Tremiti où il mène une vie d'ermite, conforme à son ascétisme d'adolescent exalté. Il est ensuite reçu dans l'ordre des Bénédictins. Sa haute naissance et sa finesse d'esprit en feront un conseiller très écouté de Léon IX et Nicolas II auquel, nommé légat pour les Affaires du Sud, il inspirera le rapprochement entre l'Église de Rome et les Hauteville. Toute sa politique est dictée par son souci de l'indépendance et de la grandeur de l'abbaye du Mont-Cassin dont il sera élu père abbé en 1058. Il n'abandonnera cette charge qu'en 1086 pour devenir pape, bien malgré lui, sous le nom de Victor III. Son goût pour la magnificence conférera à l'illustre abbaye un prestige et un luxe incomparables.

FATIMIDES (Dynastie des)

Descendants du Prophète, les Fatimides, vainqueurs en Ifriqiya des Aglabides, y sont nommés califes par l'Abasside Haroun el Rachid en l'an 800. Un siècle et demi plus tard, repartis conquérir l'Égypte – ils fonderont Le Caire en 973 –, ils confient l'Ifriqiya au Berbère Ibn Ziri, fondateur de la dynastie des Zirides. Devant les velléités d'indépendance des Zirides au début du XIe siècle, les Fatimides réagiront en lançant sur l'Afrique du Nord des tribus sanguinaires d'Arabie, les Beni Hillal, dont les violences et les ravages modifieront en profondeur la physionomie de l'Afrique du Nord, jusque-là majoritairement berbère.

FRÉDÉRIC DE LORRAINE

Moine bénédictin de tempérament belliqueux, bras droit de Léon IX, chancelier de l'Église, il est l'un des trois membres de l'ambassade désastreuse envoyée à Constantinople en 1054 et qui devait se solder par le schisme entre les Églises d'Orient et d'Occident. Pape sous le nom d'Étienne IX (1057-1058), il se montra toute sa vie un adversaire déterminé des Normands.

GAUTHIER DE BUONALBERGO

Il tient son fief d'un mercenaire du Cotentin venu en Pouille avant même les Hauteville. Ayant avec eux un lointain lien de parenté, les Buonalbergo leur resteront toujours fidèles, malgré quelques brouilles passagères, notamment à la suite de la répudiation par Robert Guiscard de sa première épouse, Aubérée, sœur cadette de Gauthier.

GAUTHIER DE CIVITATE

Fils d'Ami et frère de Pierron de Trani.

GEBHARDT

Évêque d'Eischtaedt et conseiller de l'empereur Henri III. En sympathie avec Robert Guiscard, il pratiqua une politique pronormande une fois élu pape (1055-1057) sous le nom de Victor II.

GEOFFROI RIDEL

L'un des plus proches et des plus fidèles compagnons de Robert Guiscard tout au long de ses campagnes. Sa version en *Dieudonné* n'est pas historique.

GIRARD DE BUONALBERGO

Fils de Gauthier de Buonalbergo et frère juré de Roger de Hauteville.

GISOLF II

Fils et successeur de Guaimar IV comme prince de Salerne.

GRATIEN

Archiprêtre et parrain du scandaleux Benoît IX. Quoique honnête et pieux, il se rendit coupable du crime de simonie en rachetant à son filleul sa charge pontificale pour devenir le pape Grégoire VI (1045-1046).

GUAIMAR IV, prince de Salerne

À la tête de la plus prestigieuse des principautés lombardes du sud de l'Italie, il fut le premier à solliciter la venue de chevaliers normands, pour le soutenir dans sa lutte tant contre les Byzantins que contre ses voisins lombards. Il avait eu l'occasion d'en apprécier les vertus guerrières. Il devra, comme son fils Gisolf II qui lui succédera, accepter la montée en puissance des Hauteville, leurs anciens mercenaires, et leur accorder fille et nièce en mariage.

GUI DE SALERNE

Frère de Guaimar IV et père de Guida qui épouse Guillaume Bras de Fer en 1042.

Guillaume d'Évreux (comte d')

Troisième fils de Robert, archevêque de Rouen, et petit-fils du duc de Normandie Richard Ier. C'est d'Emma, reine d'Angleterre et sœur de son père, qu'il tient le célèbre missel qu'il offrira à son tour à son épouse Hadvise Giroie. Ouvrage précieux que Robert de Grandmesnil dérobera pour se faire élire abbé de Saint-Évroult. Guillaume d'Évreux est le père de Judith.

Guillaume le Bâtard, puis le Conquérant (1028-1087)

Surnommé le Bâtard pour être né des amours du duc de Normandie Robert le Magnifique et d'Arlette, la fille d'un tanneur de Falaise. Héritier à l'âge de huit ans, il vécut d'abord caché, fuyant des barons séditieux qui voulaient l'empêcher de parvenir au pouvoir. Il finit par les vaincre en 1047, à la bataille de Val des Dunes, aidé de son suzerain, le roi Henri Ier de France. Grand organisateur, doué d'une intelligence et d'une énergie peu communes, il imposa son autorité sur ses terres avant d'aller s'emparer de la couronne d'Angleterre à la Noël 1066, y gagnant le nouveau surnom de Conquérant. Il fit souvent référence, dans ses harangues, à l'héroïsme des Hauteville.

Hadvise

De la turbulente famille des Giroie et veuve de Robert de Grandmesnil, tué au cours d'une des innombrables échauffourées entre adversaires et partisans du duc de Normandie, elle est contrainte d'épouser l'un des vainqueurs, Guillaume comte d'Évreux, cousin de Guillaume le Bâtard, union d'où naîtra Judith, épouse de Roger de Hauteville. De son premier mariage, elle eut trois fils, dont Robert, fondateur et abbé de Saint-Évroult.

HARALD HARDRADA, dit LE SÉVÈRE (1017-1066)

Prince de Norvège, il est, encore enfant, chassé de son pays à la suite d'un coup d'État qui coûtera la vie au roi son père. Il se fait d'abord mercenaire à Kiev, puis à Constantinople où il prendra le commandement de la célèbre garde varègue composée de Vikings russes et scandinaves, corps d'élite de l'armée byzantine. Il accompagnera en 1040 le catépan Maniakès chargé de reprendre la Sicile aux Sarrasins. Il sera l'un des artisans de la prise de Syracuse mais, indigné par le sort cruel et injuste infligé par le général grec à l'un de ses cousins normands, il désertera et partira à la tête de ses Varègues à la reconquête de son royaume. Redevenu roi de Norvège en 1047, il mourra vingt ans plus tard, tué au cours d'une expédition en Angleterre.

HENRI III (1017-1055)

Empereur du Saint-Empire Romain Germanique, il succéda à son père Conrad II à l'âge de dix-huit ans. Scandalisé par les désordres de l'Église qui connaissait alors trois papes, il intervint en tant que roi des Romains pour remettre de l'ordre et imposer des papes réformateurs à sa convenance, dont Léon IX et Victor II. Face aux ambitions normandes, sa politique fut pragmatique et il se refusa à affronter personnellement Robert Guiscard.

HILDEBRAND

Après avoir été pendant plus de vingt-cinq ans l'éminence grise de tous les papes et le véritable maître de l'Église romaine, adversaire déterminé aussi bien des Normands que de l'empereur germanique, par souci d'assurer l'indépendance de la papauté et sa suprématie sur tous les Pouvoirs, cet ancien berger accédera à la charge pontificale en 1073.

IBN AL-HAWWÂS

Émir d'Enna (Ksar Ianni pour les Sarrasins) et beau-frère de l'émir de Catane Ibn Timnah auquel il refusa de rendre sa femme, réfugiée auprès de lui après avoir manqué d'être égorgée par son mari ivre. Du haut de son nid d'aigle, au centre de la Sicile, il soutiendra un siège interminable contre les troupes de Robert Guiscard et de son frère Roger.

IBN TIMNAH

Émir de Catane, il a épousé la sœur de l'émir d'Enna, Ibn al-Hawwâs. C'est pour se venger de ce beau-frère qui refuse de lui rendre sa femme qu'il appellera en Sicile Roger de Hauteville et ses chevaliers normands, introduisant ainsi le loup dans la bergerie. Il mourra assassiné en 1062.

IVEN *

Écuyer de Robert Guiscard, qu'il a accompagné en Italie, il sera le messager privilégié entre celui-ci et son frère cadet Roger.

JUDITH

Fille d'Hadvise Giroie et du comte d'Évreux, demi-sœur de Robert de Grandmesnil avec lequel elle gagnera l'Italie du Sud pour rejoindre et épouser Roger de Hauteville. Il semble qu'elle ait été auparavant moniale dans un couvent proche de Saint-Évroult.

KALBIDES (Dynastie des)

En 947, le calife fatimide Al Mansour confie la Sicile à l'émir Al Hassan Ibn al Kalbi. Lui et ses descendants, en perpétuels conflits avec les Zirides d'Ifriqiya, garderont une autorité précaire sur l'île jusqu'en 1040.

Lalla Aïchouch *

Femme berbère de l'Atlas, poétesse d'une grande beauté, ancienne concubine du dernier sultan de Sicile, elle est l'âme libre, sensuelle et mystérieuse de Palerme.

Lanfranc (1005-1089)

Venu d'Italie où il a étudié le droit, homme de vaste culture, Lanfranc se fait moine en Normandie, à l'abbaye du Bec, en 1042. Le père fondateur, Herluin, le nomme prieur et lui confie la charge d'ouvrir une école de très haut niveau destinée à former aussi bien des juristes que des théologiens. Conseiller très écouté du duc Guillaume le Bâtard, il le suivra durant sa conquête de l'Angleterre et deviendra archevêque de Cantorbéry.

Léon IX (1002-1054)

Évêque de Toul, proposé par l'empereur germanique pour devenir pape mais n'acceptant sa charge qu'après avoir été élu par les Romains, il s'affirma, de 1049 à 1054, comme l'un des grands papes réformateurs du Moyen Âge. Il fut sanctifié, bien que ses erreurs politiques et son humeur guerrière lui aient valu de connaître le schisme des Églises d'Orient et d'Occident et de finir misérablement, prisonnier des Normands d'Onfroi de Hauteville.

Maniakès (?-1043)

Général byzantin, célèbre pour ses qualités de stratège, sa carrure gigantesque et sa cruauté. Envoyé par le basileus Michel IV pour reprendre la Sicile conquise par les Sarrasins depuis un siècle et demi, il réussit à s'emparer de Syracuse grâce aux prouesses des Normands de Guillaume Bras de Fer et des Varègues d'Harald Hardrada. Tombé en disgrâce à cause de leur défection, il se fit proclamer empereur par ses troupes et partit à la conquête de Constantinople. Il mourut en chemin, probablement assassiné à Durazzo par des espions du basileus.

MARTIN CHENU *

Écuyer du premier seigneur de Buonalbergo et tuteur d'Aubérée. Il suivra sa protégée à San Marco après son mariage avec Robert Guiscard auquel il ne pardonnera jamais d'avoir répudié sa pupille. Il passera au service de Roger de Hauteville, lui vouant une affection toute paternelle.

MICHEL CÉRULAIRE (*1000*-1059)

Nommé en 1043 patriarche de Constantinople. En 1054, il ruina, par son intransigeance et son ambition – largement aidé par la sottise et l'arrogance des envoyés du pape –, les efforts de Léon IX et du basileus Constantin Monomaque pour tenter d'aplanir les querelles d'autorité et les divergences de doctrine entre les Églises d'Orient et d'Occident. Excommunié, et excommuniant en retour les légats de Rome, il consacra le schisme.

NÉEL DE COUTANCES

Vassal du duc de Normandie, il est le plus puissant seigneur du Cotentin, région de peuplement viking dense et récent et, partant, hostile à la cour ducale déjà largement francisée et féodalisée.

NICOLAS II

Gérard de Bourgogne monte sur le trône de Pierre après avoir chassé l'inepte antipape Benoît IX. Fortement conseillé par le cardinal Hildebrand, il allait, entre 1059 et 1061, renverser les alliances de l'Église en reconnaissant Robert Guiscard duc de Pouille, de Calabre, et de la Sicile à conquérir. Il obtenait en échange la protection des armées normandes. Soucieux de l'indépendance de l'Église, il prit un décret confiant l'élection des futurs papes aux seuls cardinaux.

PANDOLF IV (*985*-1049)

Prince lombard de Capoue, surnommé le Loup des Abruzzes en raison de sa cruauté et de sa voracité qui lui valent d'être sans cesse en butte à l'hostilité tant des empereurs germaniques que des autres princes lombards. Les désordres de l'Italie du Sud lui permettront presque toujours de se rétablir.

PIERRE DAMIEN (*988*-1072)

Moine d'origine obscure mais d'une grande érudition. Aussi intransigeant que vertueux, il joua par ses écrits et ses prêches imprécatoires un rôle important, et souvent mal supporté, dans la réforme de l'Église corrompue d'alors. Ayant vécu longtemps en ermite, en gardant l'aspect et le langage, il accepta, à la demande d'Étienne IX, de devenir cardinal évêque d'Ostie, puis légat d'Alexandre II avec mission d'aller réformer les mœurs du clergé français.

PIERRON DE TRANI

Fils d'Ami Taillemaure. Il poursuivra toute sa vie le combat engagé par son père contre l'autorité des Hauteville.

RICHARD II (996-1026)

Quatrième duc de Normandie, en butte comme ses prédécesseurs et successeurs à l'hostilité des barons de l'ouest. C'est au cours d'une chasse près de Coutances que Tancrède, l'ancêtre des Hauteville, lui évite la charge d'un sanglier furieux.

RIDEL (Seigneur de) *

Petit baron du Cotentin, son fief est supposé voisin des terres de Tancrède. C'est au retour d'un pèlerinage en Terre Sainte que lui et ses compagnons, après avoir aidé vaillamment à repousser une attaque sarrasine contre Salerne, se voient confier par le prince Guaimar, impressionné par leur valeur guerrière, la mission de recruter de jeunes chevaliers normands pour venir grossir les troupes lombardes. Les faits sont historiques, mais non le personnage.

ROBERT DE GRANDMESNIL

Descendant par sa mère Hadvise des grandes familles de Giroie et d'Échauffour en perpétuelle rébellion contre leurs seigneurs les ducs de Normandie, il est l'un des animateurs de la conjuration de 1046 qui sera écrasée à Val des Dunes par les armées conjointes de Guillaume le Bâtard et du roi de France. Pour échapper à la vindicte du duc, il fonde avec ses parents, à la suite d'un *miracle,* l'abbaye de Saint-Évroult dont il devient père abbé, le 21 juin 1059, lors d'une élection des plus contestables. Banni, il s'enfuit en Italie en compagnie de sa demi-sœur Judith. Robert Guiscard le nomme abbé de Sainte-Euphémie avec la haute main sur Venosa et Mileto. En 1077, il retourne en Normandie en emportant la caisse de son monastère de Calabre. Ayant échoué à se faire redonner Saint-Évroult, il revient auprès du Guiscard, obtient son pardon et meurt en 1083, abbé restitué de Sainte-Euphémie.

SI GAFAR *

Issu d'une famille de commerçants levantins, mais né à Nabeul, sur la côte tunisienne, responsable du comptoir de Palerme depuis sa jeunesse, il est le symbole de ces grands navigateurs-marchands arabes qui firent fortune en transportant aux quatre coins de la Méditerranée aussi bien vins, céréales et métaux qu'épices, parfums et œuvres d'art. Sicilien avant tout, et lié à Roger de Hauteville par une profonde amitié, il choisira le parti normand, inquiet de l'anarchie que font régner ses coreligionnaires sur la grande île, indigné des ravages causés par les invasions hilaliennes que les sultans fatimides ont lancées sur l'Ifriqiya en châtiment de ses velléités d'indépendance.

SLIMANE *

Neveu du marchand Si Gafar et son plus proche collaborateur.

SYKELGAÏTE (*1028*-1090)

Fille du prince Guaimar IV de Salerne, elle épouse en 1058 Robert Guiscard devenu duc de Pouille. Elle l'accompagnera et le secondera vaillamment dans toutes ses batailles tout en lui donnant une dizaine d'enfants dont l'aîné, Roger dit Borsa, succédera à son père.

THIERRY DE MATHONVILLE

Moine d'une grande intégrité et d'une grande piété, nommé par Lanfranc premier abbé de Saint-Évroult. Persécuté par Robert de Grandmesnil désireux de le remplacer, il prendra prétexte d'un pèlerinage à Jérusalem pour abandonner sa charge. Il mourra à Chypre, en 1058, lors d'un voyage à Jérusalem.

THOROLF *

Fils de Toerkil la Baleine et compagnon d'enfance de Roger de Hauteville.

TOERKIL LA BALEINE *

Patriarche scandinave, pêcheur de haute mer et pirate, voire naufrageur à ses heures, prototype de ces derniers Vikings tard débarqués en Cotentin et qui tentent ombrageusement d'y préserver leur indépendance, leurs mœurs païennes et leurs coutumes d'un autre âge.

ZIRIDES (Dynastie des)

Laissés à la tête de l'Ifriqiya par les Fatimides, partis à la conquête de l'Égypte, mais sans autorité réelle sur la Sicile, ils laisseront se développer dans l'île une anarchie politique qui facilitera la conquête normande.

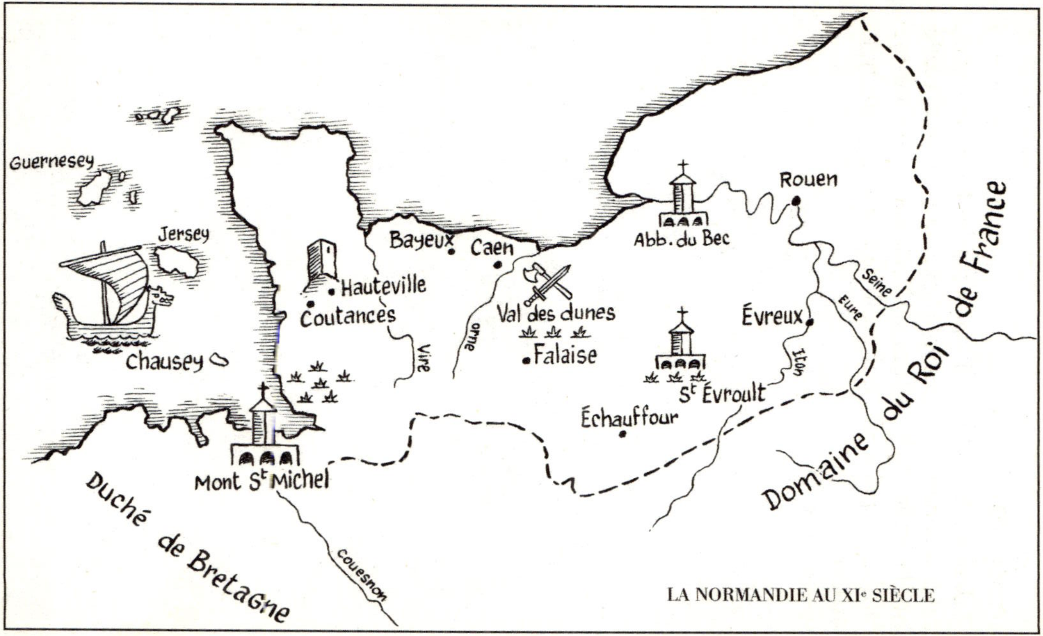

LA NORMANDIE AU XIe SIÈCLE

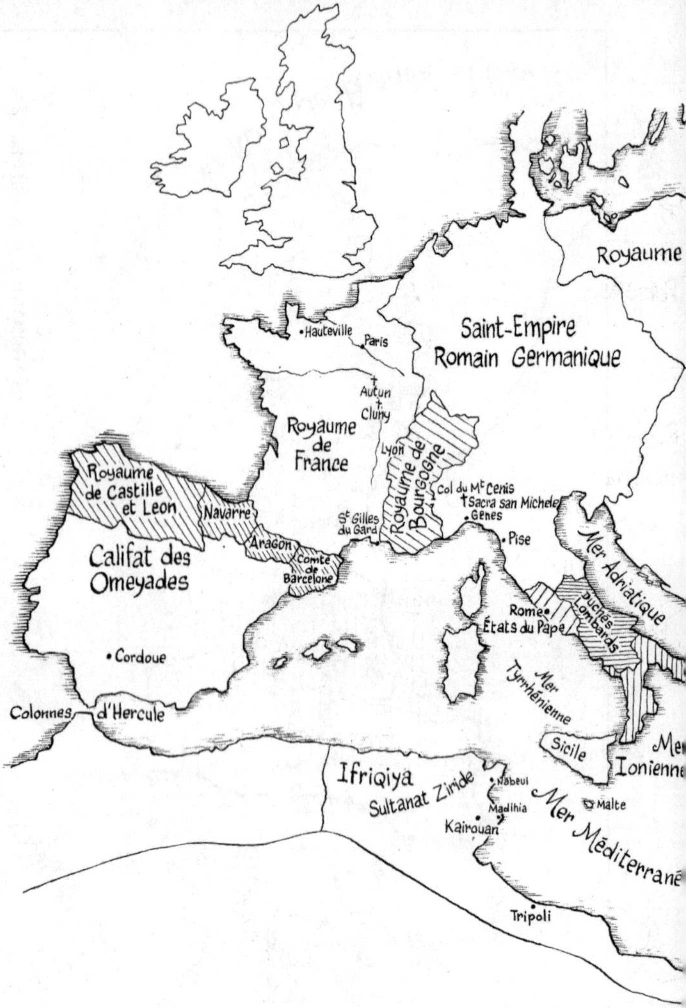
Royaume
Saint-Empire Romain Germanique
Hauteville
Paris
Autun
Cluny
Royaume de France
Lyon
Royaume de Bourgogne
Royaume de Castille et Leon
Navarre
Aragon
Comté de Barcelone
St Gilles du Gard
Col du Mt Cenis
Sacra san Michele
Gênes
Pise
Mer Adriatique
Duchés Lombards
Rome
États du Pape
Califat des Omeyades
Cordoue
Colonnes d'Hercule
Mer Tyrrhénienne
Sicile
Mer Ionienne
Ifriqiya
Sultanat Ziride
Nabeul
Madihia
Kairouan
Malte
Mer Méditerrané
Tripoli

EUROPE E

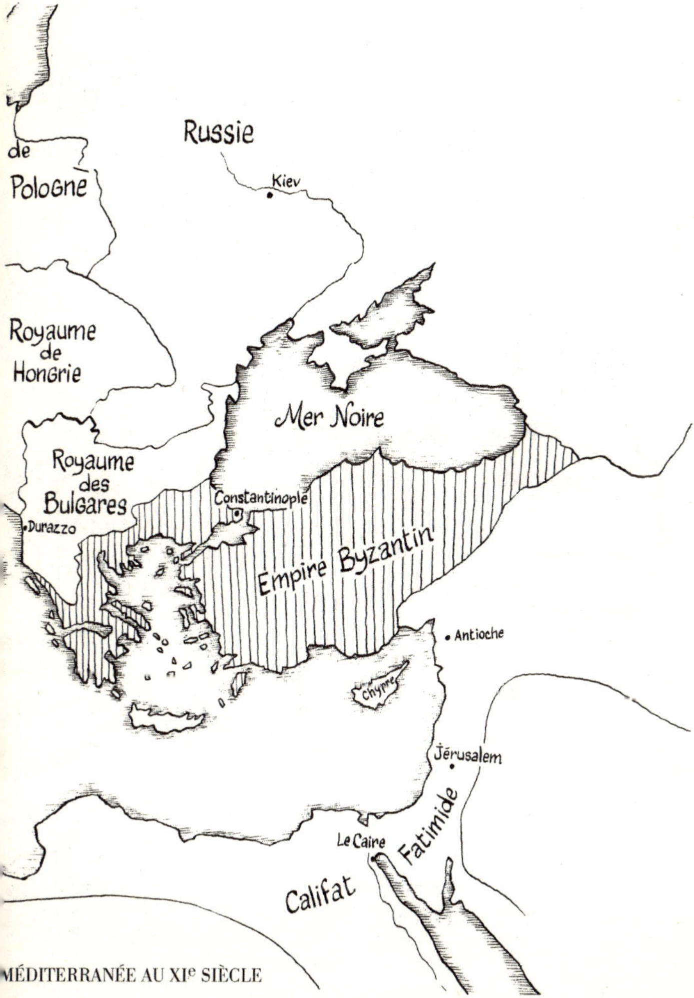

MÉDITERRANÉE AU XIe SIÈCLE

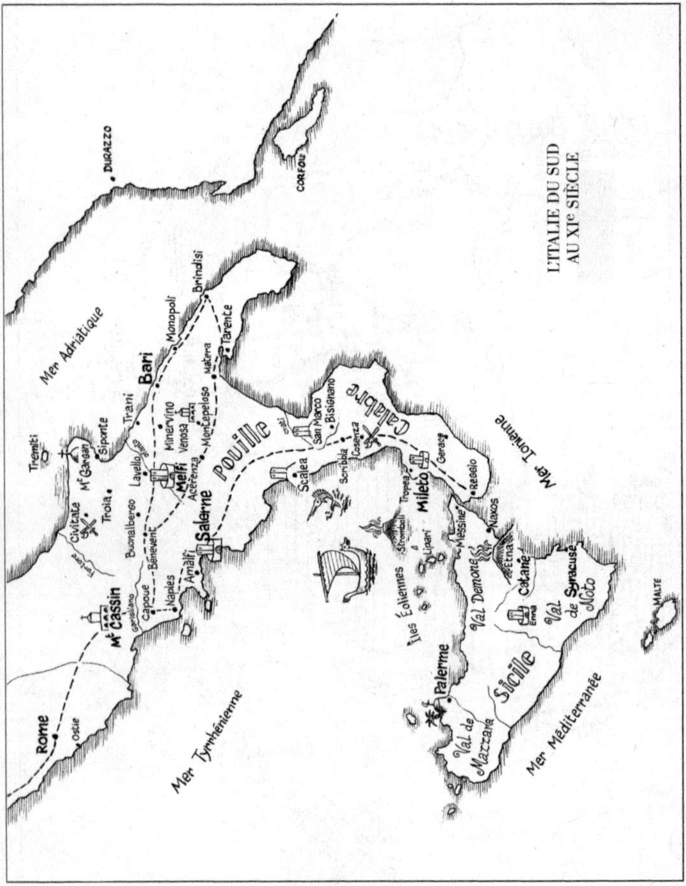

L'ITALIE DU SUD
AU XIe SIÈCLE

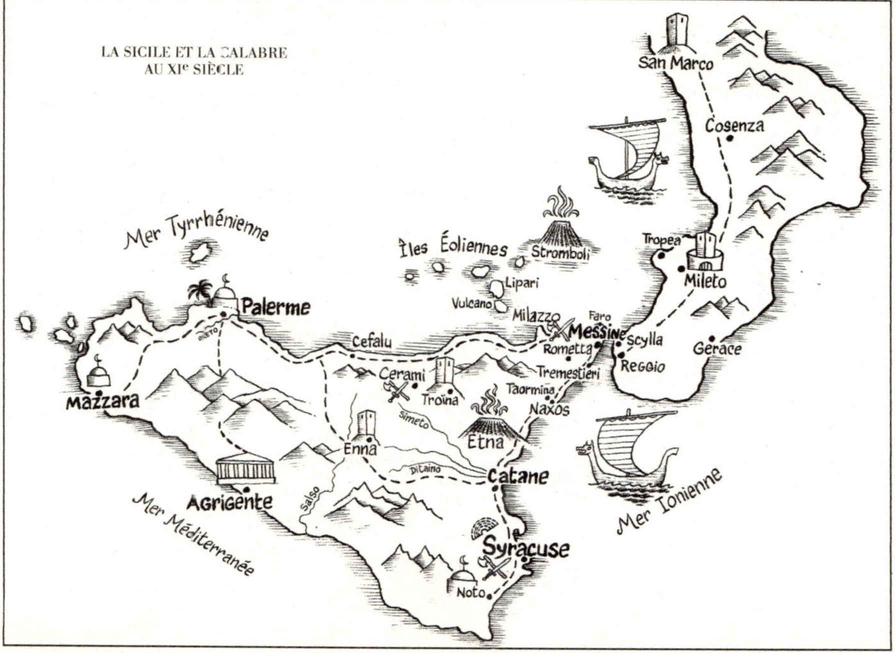

LA SICILE ET LA CALABRE
AU XIe SIÈCLE

Bibliographie

Aubé (P.), *Roger II de Sicile*, éd. Payot, 2001.

Béraud-Villars (J.), *Les Normands en Méditerranée*, Paris, éd. Albin Michel, 1951.

Bordonove (G.), *Le Roman du Mont-Saint-Michel*, éd. Laffont, 1966.

Boüard (M. de), *Histoire de la Normandie*, éd. Privat, 1970.

Bresc (H.) et Bresc-Bautier (G.), *Palerme 1070-1492*, éd. Autrement, 1993.

Chalandon (F.), *Histoire de la Domination normande en Italie et en* Sicile, Paris, éd. Picard et fils, 1907.

Decarreaux (J.), *Normands, Papes et Moines en Italie méridionale et en Sicile XIe-XIIe siècles*, Paris, A. et J. Picard, 1974.

Delarc (O.), *Les Normands en Italie*, Paris, éd. Leroux, 1883.

Guillaume de Pouille, *Gesta Roberti Giscardi*, Palermo, 1961.

La Nuit des Temps (éd. Zodiaque), volumes : *Bayeux* (1966), *Campanie romane* (1981), *Sicile romane* (1986).

Malaterra, *De Rebus Gestis Rogerii*, Bologna, N. Zanichelli, 1928.

Mont Cassin (Aimé du), *Ystoire de li Normant*, publié par l'abbé O. Delarc, 1892.

Norwich (J. J.), *The Normans in Sicily*, éd. Penguin Books, 1967.

Peri (I.), *Uomini, Città e Campagne in Sicilia dal'XI al XIII secolo,* Roma, Bari, G. Laterza e figli, 1978.

Slocombe (G.), *Guillaume le Conquérant*, Paris, éd. Payot, 1962.

Taviani-Carozzi (H.), *La Terreur du Monde*, éd. Fayard, 1996.

Vital (Orderic), *Historiae Ecclesiasticae*, Paris, J.-L.-J. Brière, 1825-1827.

Table

DEUXIÈME PARTIE
Robert le Guiscard

TROISIÈME PARTIE
Roger
ou
Le rêve sicilien

8867

Composition
NORD COMPO

Achevé d'imprimer en Espagne
par ROSÈS
le 2 février 2011.

Dépôt légal février 2011.
EAN 9782290007846

ÉDITIONS J'AI LU
87, quai Panhard-et-Levassor, 75013 Paris

Diffusion France et étranger : Flammarion